DIETRICH SCHWANITZ

Der Campus

Buch

Noch vor kurzem sonnte sich Vorzeigeprofessor Hanno Hackmann in akademischem Ruhm. Jetzt kocht der Campus, die Stadt ist entsetzt, und die Presse reißt sich um die Story: Der Starsoziologe soll eine Studentin vergewaltigt haben.

Eigentlich ist es kaum verständlich, wie aus der harmlosen Affäre des akademischen Olympiers mit seiner leicht exaltierten Studentin Babsie ein »Fall« werden konnte. Doch im Kampf um Institutsbereiche kommt den eifernden Wächtern der Political Correctness der Skandal um die vorgeblich sexuelle Belästigung gerade recht. Die Hatz auf Hanno Hackmann beginnt. Zudem steht die Wahl des Universitätspräsidenten an. Eine unglückselige Mischung aus wahlstrategischen Notwendigkeiten, radikalfeministischen Intrigen, Gesinnungsterrorismus und der Sensationsgier der Presse bringt den Professor an den Rand des Abgrunds.

Autor

Dietrich Schwanitz wurde am 23. 4. 1940 in Werne an der Lippe (Ruhrgebiet) geboren, verbrachte seine Kindheit bis zum elften Lebensjahr bei mennonitischen Bergbauern in der Schweiz ohne Schulbesuch, wurde nach seiner Rückkehr von einem tollkühnen Gymnasialdirektor ohne Vorkenntnisse in die höhere Schule aufgenommen und studierte nach dem Abitur Anglistik, Geschichte und Philosophie in Münster, London, Philadelphia und Freiburg, wo er in Anglistik promoviert wurde und sich nach Forschungsaufenthalten in den USA auch habilitierte. Seit 1978 lehrt er als Professor für englische Literatur und Kultur an der Universität Hamburg.

Sein erster Roman »Der Campus« wurde auf Anhieb ein Bestseller.

DIETRICH SCHWANITZ

Der Campus

Roman

GOLDMANN

Die Figuren in diesem Roman sind frei erfunden.
Ähnlichkeiten mit lebenden Personen
sind nicht beabsichtigt und rein zufällig.

Umwelthinweis:
Alle bedruckten Materialien dieses Taschenbuches
sind chlorfrei und umweltschonend.

Der Goldmann Verlag
ist ein Unternehmen der Verlagsgruppe Bertelsmann

Genehmigte Taschenbuchausgabe 2/98

Umschlaggestaltung: Design Team München

Satz: IBV Satz- und Datentechnik GmbH, Berlin
Druck: Presse-Druck Augsburg
Verlagsnummer: 44192
Ge · Herstellung: Sebastian Strohmaier
Made in Germany
ISBN 3-442-44192-7

3 5 7 9 10 8 6 4

I

»Verflucht!«

Hanno Hackmanns Hand öffnete und schloß sich vergeblich. Zwei Zentimeter entfernt lag der Manschettenknopf auf dem Teppichboden unter dem Biedermeier-Bett, aber er konnte ihn nicht zu fassen kriegen. Bloß mit dem Hemd bekleidet, noch ohne die zugehörige Smoking-Hose, hatte er sich ganz unter das Bett gezwängt und steckte nun fest wie in einer Felsspalte. Er konnte nicht mehr vor und zurück. In seinem Kreuz spürte er die Querleiste der Matratze, die ihn flach auf dem Boden preßte. Dieses verdammte Biedermeier-Bett! Daß seine Frau auch alle Möbel durch Antiquitäten ersetzen mußte! Ärger quoll in ihm auf, während er versuchte, die rechte Schulter noch einen Zentimeter vorwärts zu renken. Das alte extra große Bett war das Symbol ihrer Jugend gewesen. Er hatte es geliebt, wie Napoleon Austerlitz geliebt hatte. Und nun hatte Gabrielle es auf den Sperrmüll gestellt, und der Möbelwagen von Kempner & Co. hatte Biedermeier-Möbel aus Kirschbaum gebracht, aus dem das Sägemehl der Jahrtausende rieselte. Seitdem konnte man kein Whiskyglas mehr beiläufig auf den Tisch stellen, ohne daß Gabrielle panisch herbeistürzte, um einen Untersatz drunterzuschieben. Und wenig später, nachdem die Orgie des Biedermeier begonnen hatte, bat sie ihn darum, er möchte sie fortan nicht mehr Gabriele nennen, sondern Gabrielle.

»Gabrielle!«

Keine Antwort. Sie war sicher im Bad. Wahrscheinlich noch im totalen Déshabillé. Dabei mußten sie sich beeilen. Er selbst hielt den Festvortrag, da konnten sie nicht zu spät kommen. Bilder von befrackten Männern und abendkleidumhüllten Frauen mit leeren, lächelnden Gesichtern besetzten sein Hirn. Zwar würden sie keinen Schimmer haben, wovon er sprach, aber nicht verständlich sollte er sein, sondern erhebend, zwingend, interessant, opak. Idioten! Kaum hatte er seiner Forschungsrichtung einen Namen gegeben – Neokonstruktivismus –, war er ein akademischer Guru geworden, und man hatte ihn mit Ehren überhäuft. Vergangene Zukunft war bei ihm Konstruktion der Kontingenz geworden. Und das hatte er dann mit der neuen Historik verknüpft; atemberaubend. »Sie sind jetzt ein ›Olympier‹«, hatte der alte Professor Straub ihm gesagt und das Waschbrett seiner gewaltigen Stirn vorgebeugt, »also gehören Sie auf den Olymp.« Und nun lag er hier, ohne Hosen, flach auf dem Bauch unter dem Bett, das so unverrückbar zu sein schien, als wäre es festgeschraubt.

Wenn er langsam den Rücken wölbte, konnte er es vielleicht nach oben drücken. Der Manschettenknopf blinkte höhnisch. Da verdunkelte sich plötzlich sein Blickfeld, und eine weiche warme Wand drückte sich gegen sein Gesicht. Die verdammte Katze! Er versuchte, den Kopf zu drehen. Da hatte sie schon auf den Hinterpfoten gewendet, und mit routiniertem Hüftschwung warf sie sich, puckelverkürzt und aufschnurrend, von der anderen Seite gegen sein Gesicht. Ihm blieb die Luft weg. Sein Kopf ruckte zurück. Ein scheußliches Geräusch hinter ihm teilte ihm mit, daß das Ende einer kaputten Matratzenfeder seinen Hemdkragen zerfetzt hatte. Verzweifelt versuchte er, seine Hand zurückzuziehen, um die Katze abzuwehren, die wieder zum Schmiegeangriff ansetzte. Ihr Schnurrmotor lief jetzt so gleichmäßig wie sein Mercedes. Ein neuer Erstickungsanfall und der gedämpfte Aufschrei:

»Gabrielle!«

»Was ist, mein Schatz? Wo bist du denn?«

Er sah ihre rotlackierten Zehennägel unter der Bettkante auftauchen. Zu spät erkannte er, was sie vorhatte.

»Neiiin!«

Da warf sie sich schon auf das Bett. Das Fallgewicht von 68 Kilo übertrug sich auf das Zentrum der Matratze und übersetzte sich in die Bösartigkeit von wenigen Stahlfedern. Eine von ihnen bohrte sich in seinen Nacken. Eine andere erwischte die Katze. In Sekundenschnelle verwandelte sich das weiche Kuschelfell in eine fauchende Granate. Mit allen vier Krallen explodierte sie in Hanno Hackmanns Gesicht.

»Ahhhh! Verfluchte Bestie! Sie bringt mich um!«

Aus den Kratzspuren auf Stirn und Wange quoll langsam das Blut. Die Katze schoß wie eine Kugel unter dem Bett hervor und verschwand. Das Gewicht der Stahlfedern verlagerte sich jetzt in Richtung Rücken.

»Hanno, hast du die Katze gequält?«

Ihr Gesicht erschien kopfüber unter der Bettkante wie ein umgekehrt untergehender Mond.

»Bitte geh sofort vom Bett runter. Du zerquetschst mich!«

»Oh, Hanno!« Klang das etwa neckisch? Natürlich, sie war wieder verspielter Laune, denn sie warf sich mit ihren 68 Kilo herum, so daß die Stahlfedern ihn nun in die Nieren trafen.

»Versprich mir, daß wir nachher noch ins ›Bon Jour‹ gehen.« Heiteres Gelächter. »Sonst presse ich dich zu Tode.«

Der Schmerz in seinem Gesicht verschmolz mit tiefem Ärger. Seine Leiden wirkten auf sie wie Sekt. Jedesmal, wenn es ihm schlechtging, tat sie so, als ob das besonders lustig wäre. Sie zeigte dann wieder jene ungeteilte reine Gutgelauntheit wie in der Zeit ihrer ersten Bacchanalien. Damit stempelte sie seine Klagen zum Jammergeschrei eines kleinen Kindes, das versuchte, wie ein Mann zu wirken. Wie sollte er wie ein Mann wirken, wenn er ohne Hosen unter einem Biedermeier-Bett eingeklemmt war und vergeblich versuchte, gleichzeitig einen Manschettenknopf zu angeln und seinen Hemdkragen von einer kaputten Stahlfeder der Matratze zu lösen, während eine Katze sein Gesicht zerfleischte!

Da schrillte das Telefon.

Plötzlich gab die Matratzenfeder seinen Hemdkragen frei.

»Ich nehme ab.«

Gott sei Dank – sie wälzte sich vom Bett und eilte die Treppe hinab. Hanno wühlte sich rückwärts Zentimeter um Zentimeter unter der Matratze hervor und ging ins Bad. Aus dem Spiegel starrte ihm eine Ruine entgegen. Die sensiblen generösen Züge seines Renaissance-Gesichts waren entstellt. Hatte Babsi ihm nicht gesagt, er sähe aus wie der Ritter von Cellini? Lächerlich! Jetzt sah er aus wie ein Trunkenbold, der in einen Stacheldraht gefallen war. Vorsichtig machte er einen Waschlappen naß und tupfte das Blut ab. Vielleicht konnte er flüssiges Pflaster auf die Wunden sprühen und sie dann mit Tipp-Ex zuschmieren. Sein Gesicht: ein Text mit Tippfehlern! Haha, ein Witz für Dekonstruktionisten. Der Dämon Selbstironie begann ihn zu belästigen. So konnte er doch nicht den Festvortrag halten! Mit einem Gesicht wie ein korrigiertes Manuskript würde ihm niemand mehr zuhören. Da konnte er sich genausogut eine Nudel an die Nase hängen. So etwas ruinierte den besten Vortrag. Und er war ein Darsteller! Er spielte auf dem Manuskript wie auf einer Orgel – er zog alle Register, säuselte wie der milde Zephyr und ließ dann wieder den Orkan des historischen Pathos anschwellen, daß die Zuhörer vom Atem der Geschichte in die Lüfte gehoben wurden. Aber solch ein Gesicht gehörte in die Komödie! Vielleicht konnte er eine Locke über die Stirnwunde hängen lassen. Der Ritter Cellinis nach der Schlacht! Wo war der Haarfestiger?

»Mein Gott, wie siehst du denn aus?«

Gabrielle betrachtete ihn von hinten im Spiegel.

»Die Katze hat mich zerfleischt.«

Wieder dieses heitere Gelächter.

»Die Leute werden sagen, ich hätte dich zerkratzt. Oder diese Babsi.«

»Babsi?«

»Ja, sie hat gerade angerufen. Ich hab ihr gesagt, du könntest jetzt nicht telefonieren, du hättest noch keine Hose an. – Wer ist Babsi, Hanno?«

Der Ton der Frage war wie fernes Wetterleuchten.

»Babsi? Keine Ahnung.«

Also hatte sie angerufen! Und sie hatte ihm doch hoch und heilig versprochen, es nie zu tun.

»Du bist ein schlechter Lügner.«

»Ich schwöre dir, ich weiß nicht, wer Babsi ist. Ich habe Hunderte von Studentinnen, und ich kann nicht alle Namen behalten. Was weiß denn ich, wer Babsi ist. Die nennen sich doch alle beim Vornamen, aber ich kenne nur die Nachnamen!«

War das zuviel an Erklärung? Verriet er sich damit? Wirkte er vielleicht nicht nonchalant genug, wenn er diese komplizierten Deklarationen abgab? Er mußte diesen Eindruck vermeiden.

»Hilf mir lieber, die Kratzwunden loszuwerden.«

»Gemeinsam mit Babsi über einen Liebesroman gebeugt, der Text steuert dem Höhepunkt zu, da kann sie sich nicht mehr zurückhalten und bohrt ihre Nägel in dein Gesicht.«

Das Lachen nahm jetzt einen metallischen Ton an.

»Komm, ich mach dir Puder drauf. Setz dich und halt still.«

Ihre Hände waren überraschend zart. Er hatte das schon fast vergessen. Sie stand zwischen seinen Beinen und streute milden Mondstaub auf die zerfurchte Landschaft seines Professorenantlitzes. Wie süß das Mondlicht auf dem Ufer sitzt! Wie ein Echo aus fernen Zeiten regten sich milde priapische Gefühle in ihm. Vielleicht könnte er ja eine eheliche Renaissance versuchen, einen neuen Aufbruch in die grünen Weiden antiker Heiterkeit.

»Du machst das wunderbar, Gabrielle!«

»Ha.« Ein bitter-satirischer Ausruf. »Babsi zerfetzt dir das Gesicht, und ich bin da, um es zu reparieren.«

So war sie! Sie hatte vergessen, daß nicht Babsi, sondern ihre eigene verfluchte Katze ihm das Gesicht zerfleischt hatte. Sie konnte das Innere ihres Schädels nicht von der Außenwelt unterscheiden. Sie war eine Psychopathin! Sie brachte es fertig zu sagen: »Ich möchte etwas Tee!« Und wenn man ihn ihr eingoß, empört einzuwenden: »Wenn ich Tee sage, meine ich doch Kaffee«, so als ob das jeder wissen müßte. Sie trat einem vor das Schienbein und sagte dann: »Es ist aber lieb gemeint.« Sie war eine Irre! Sie hatte ihm sogar schon eine Szene gemacht, weil er sie in einem ihrer Träume mit einer Studentin betrogen hatte! Sie hatte es geträumt und ihn beim Frühstück dafür beschimpft. So ging das nicht weiter! Aber erst mußte er Babsi loswerden.

»Ausländer raus!« stand mit Filzstift auf dem verschmutzten Sitz der U-Bahn geschrieben, die sie ratternd zur Akademie brachte. Hanno stellte sich vor, wie ein glatzköpfiger Barbar mit stumpfem Grinsen die Parole auf den Sitz schmierte. Um sie herum drängten sich die Verdammten der städtischen Vorhölle. Im Ecksitz war eine Schnapsleiche in sich zusammengesunken. Ihr gegenüber saß lallend ein Irrer, dessen unnatürlich helle Augen in blödem Glanz flimmerten, während aus seinem Munde der Speichel troff und in einem elastischen, mal länger, mal kürzer werdenden Gummifaden im Rhythmus der U-Bahn an seinem Kinn pendelte. Neben ihm goß sich ein junger Asozialer eine Dose Bier in den unrasierten Schlund. Auf seinem nackten Oberkörper trug er nichts als eine umgedrehte Fellweste, und auf seinen muskulösen Oberarmen waren Ritterkreuze eintätowiert. Das war eine Kriegserklärung an jene beiden schuhcremeschwarzen Afrikaner, die auf der anderen Seite des Ganges stumm wie Idole aus dem Fenster starrten, aus dem man nur auf die vorüberfliegenden Lichter der Unterwelt blickte. Sie können jeden Moment übereinander herfallen, schoß es Hanno durch den Kopf. Neben ihm saß aufgerichtet Gabrielle im Abendkleid und versuchte, niemanden anzublicken. Sie hatte den Wagen nehmen wollen, aber er hatte eingewandt, daß sie keinen Parkplatz finden würden. Das stimmte zwar, aber er wollte sie auch dazu zwingen, von ihrem snobistischen Biedermeier-Roß zu steigen und dem arbeitenden Volk ins Gesicht zu sehen, das mit der U-Bahn fuhr.

Gabrielle stammte aus dem Milieu des vertriebenen Landadels aus dem Osten, der nach dem Krieg alles verloren hatte. Ihr Vater, der Rittmeister, war irgendwo im 2. Punischen Krieg verschollen und sie selbst mit ihrer Mutter und ein paar hochnäsigen Schwestern in einer Flüchtlingsmansarde aufgewachsen. Doch der Familienschmuck und die Manieren waren vererbt worden. Anfangs hatte das Hanno beeindruckt. Im Einheitsbrei der Angestelltenkultur hatte ihn Gabrielle mit dem Abglanz der Belle Epoque verzaubert, während Mutter und Schwestern ihn umschmeichelten. Er war junger Assistent damals und – wenn auch kein Adliger – so doch keine schlechte Partie. Übler war schon, daß er wie ein Sozialist redete, und am schlimmsten war, daß er Bier zum Essen trank. Von jeder Realität unkontrolliert wucherten die Prätentionen, bis sich die Krautjunkermädchen wie die Töchter des Zaren vorkamen. Und allmählich war ihm der verkrampfte Snobismus auf die Nerven gefallen. Von der Generosität der Noblesse – wenn es sie je gegeben hatte – war nichts übriggeblieben. Das ganze Gehabe diente nur noch der sozialen Abgrenzung.

Doch war er nicht genauso? Die Betrachtung der U-Bahn-Insassen erfüllte ihn mit Ekel. Vor der Gewalt dieses Abscheus schmolzen alle linksliberalen Prinzipien dahin. Der Speichelfaden des Irren hatte seinen Oberschenkel erreicht, und mit der interessierten Sachlichkeit eines Menschenaffen zerrieb dieser ihn auf dem Stoff seiner Hose, während die U-Bahn ihre Höllenfahrt fortsetzte. Er blickte verstohlen auf Gabrielle. Da bemerkte er, wie die Frau, die ihm direkt gegenübersaß, durch ein eigenartiges Beben geschüttelt wurde. Es war eine Riesin von geradezu überwältigender Leibesfülle. Mußte sie sich übergeben? Das würde zu einer Sintflut führen. Wieder lief das Beben durch sie hindurch. Nun versuchte sie aufzustehen. Beim zweiten Versuch schaffte sie es. Sie wuchs zu gewaltiger Höhe, wieder wurde sie von einem Zittern geschüttelt, im selben Moment bremste der Zug, weil er in den Bahnhof einlief. Langsam wie das Schicksal fiel sie seitlich auf Hanno, wischte ihn vom Sitz und begrub ihn unter sich, zusammen mit all den leeren Bierdosen, Abfällen und weggeworfenen Zeitungen, die dort auf dem Boden verstreut lagen. Hanno war erstaunt, wie weich sie sich trotz ihres gewaltigen Gewichts anfühlte. Niemand unter den U-Bahn-Insassen regte sich, während er sich unter der Gigantin hervorarbeitete. Durch den direkten Kontakt war er der einzige, der die Schallmauer der Unverbindlichkeit durchbrochen hatte und sich zum Handeln aufgefordert fühlte. Er sprang zur offenen Wagentür und rief dem aufsichtsführenden Beamten zu, daß er den Zug anhalten solle, es gäbe einen Notfall. Dann befahl er dem jugendlichen Biertrinker mit den Tätowierungen:

»Los, fassen Sie mit an!«

Gehorsam packte der die Beine der Gigantin und drehte sie mit ihrem Rumpf zur Tür. Immer noch liefen Wellen spasmischer Erschütterungen durch ihren gewaltigen Leib. Als sie sie hochheben wollten, war sie viel zu schwer. So schleiften sie sie einfach wie einen Pferdekadaver über den Boden in Richtung Wagentür. In der Mitte der Tür, die nach beiden Seiten hin aufging, ragte der Haltegriff vom Fußboden herauf und ließ nur die halbe Türbreite frei. Sie paßte nicht durch. Sie steckte fest. Da sie den Fehler begangen hatten, den Rumpf mit den Beinen zuerst durchzuhieven, wurde nun durch ihr Gezerre das Kleid der Riesin über die Hüften bis unter die Achseln gezogen und legte einen gewaltigen Leib frei, blond wie ein Weizenfeld, durch den in regelmäßigen Wellen die Spasmen liefen wie der Wind durchs Getreide. So lag sie halb noch im U-Bahn-Wagen und halb auf dem Bahnsteig. Die Passanten stiegen gleichgültig an ihr vorbei ein und aus. Der Aufsichtsbeamte starrte zu ihnen herüber wie gelähmt, während Hanno und der asoziale Biertrinker an der Gigantin zerrten und schoben. Plötzlich, schlagartig und mit einem Ruck, hatten sie sie durch und wälzten sie auf den Bahnsteig.

»Rufen Sie den Notarzt«, schrie Hanno dem Beamten zu, »und wo ist hier eine Bahre?«

Der Beamte zeigte auf die Tür mit dem Rote-Kreuz-Zeichen in

seinem Häuschen, als ob er weiter nichts mit der Sache zu tun hätte. Hanno zerrte an der Tür. Sie klemmte. Schließlich sprang sie auf, und eine Lawine aus Plastikeimern, Schrubbern, Besen und Streugut schwappte ihm entgegen, doch eine Bahre war nicht dabei.

»Wo ist die Bahre?«

Der Beamte wies wieder stumm auf die Tür, die Hanno gerade geöffnet hatte. Das verstand der Zugführer der U-Bahn offenbar als Abfahrtssignal, denn er schloß plötzlich die Türen und setzte die U-Bahn in Bewegung. Hanno sah nur noch die Rücklichter. Ein Nervenschock schoß ihm in den Rücken. Die Tasche mit dem Vortrag war in der U-Bahn neben seinen Sitz gestellt. Hoffentlich würde Gabrielle an sie denken. Er mußte die Riesin ihrem Schicksal überlassen. Ob vielleicht der Bahnbeamte durchtelefonieren konnte?

»Können Sie zu dem Zug durchtelefonieren, der gerade abgefahren ist?«

Der Beamte glotzte ihn verständnislos an.

»Da ist eine wertvolle Tasche mit einem Vortrag von mir drin.«

»Vortrag?«

Die Monotonie seines Berufes hatte den Mann offenbar geistig zerrüttet.

»Nein, eine Tasche mit einer Million DM. Ich muß sie wiederhaben.«

»Wenden Sie sich an die Bahnpolizei. Da bin ich nicht zuständig. Außerdem dürfen wir nicht mit Passagieren sprechen.«

Vielleicht nehmen sie für solche Jobs gleich geistig Unterbelichtete. Er konnte nichts anderes tun als beten, daß Gabrielle an seine Tasche dachte, und die nächste U-Bahn nehmen. Als sie einlief, lag die Gigantin immer noch auf dem Bahnsteig, und die Passanten fluteten um sie herum. Fünf Stationen später, am Rathausmarkt, hetzte Hanno in großen Sprüngen die Rolltreppe hoch und bog um die Marmormauer.

»Hallo, Hanno, warte mal.«

Auch das noch. Ihm blieb heute nichts erspart. Neben ihm tauchte Norbert der Penner auf, der hier seinen Stammplatz hatte. Hanno hatte ihn glatt vergessen, sonst hätte er den anderen U-Bahn-Ausgang genommen. In einer Stunde der Menschlichkeit hatte er ihn mal zum Bier eingeladen. Daraus waren zehn Bier geworden, und im Zuge des Besäufnisses hatte ihm Norbert seine Lebensgeschichte erzählt. Als Revanche hatte Hanno ihm eine stilisierte Version seiner eigenen Geschichte erzählt. Norbert war ein begabter Zuhörer, während er ein Bier nach dem anderen in sich hineinschüttete, und so hatte Hanno mehr erzählt, als ihm lieb war. Nun konnte er Norberts Zutraulichkeit nicht mehr ertragen. Wenn er ihm gar nicht mehr ausweichen konnte, kaufte er sich jedesmal mit 10 DM frei. Aber das steigerte seine Popularität nur noch. »Hanno ist ein Gentleman«, pflegte Norbert zu sagen.

»Warte doch mal, Hanno, ich muß dir was erzählen.«

Norbert machte alle Anstalten, ihm zur Akademie zu folgen.

»Norbert, ein andermal, ich hab jetzt keine Zeit.«

Norbert hatte eine andere Beziehung zur Zeit.

»Ja, aber das ist wichtig, Hanno.«

Hanno blieb stehen und blickte Norbert flehend an.

»Norbert, bitte, bleib jetzt hier stehen. Ich bin in Schwierigkeiten. Ich kann dir jetzt nicht zuhören.«

Damit raste er weiter. Aber das mit den Schwierigkeiten hätte er nicht sagen sollen. Norbert holte ihn wieder ein.

»Schwierigkeiten?« keuchte er, »Was für Schwierigkeiten? Ich bin doch dein Freund, ich helf dir, Hanno, auf mich kannst du dich verlassen!«

Inzwischen waren sie am Jugendstilportal der Akademie angekommen. Über ihnen leuchtete das golden ausgemalte Auge der Freimaurer und schaute auf sie herab. Hier hatte einmal die Loge residiert. Durch die Glastüren konnte er die festlich gekleideten Gäste zu den Garderoben fluten sehen. Gabrielle? Wo war Gabrielle? Er mußte sie sofort finden. Ob sie vielleicht gar nicht da war und noch an der U-Bahn auf ihn wartete? Er verwarf den Gedanken wieder, während er sich gleichzeitig hektisch mit dem Problem abmühte, wie er Norbert loswerden konnte. Die Gäste versammelten sich links und rechts vom Festsaal an zwei Garderoben, und oben auf der Galerie gab es noch eine dritte. Er trat durch die Glastür und blieb unschlüssig stehen. Hinter ihm quetschte sich Norbert in die Vorhalle. Da stakste ihm der Kollege Günter mit dem schlechten Mundgeruch entgegen. Er hatte die Angewohnheit, ihm Geheimnisse ins Ohr zu flüstern, die keine waren, und kam ihm deshalb immer zu nahe. Doch jetzt blieb er plötzlich stehen, während sein Lächeln abstürzte:

»Mein Gott, Hackmann, was ist Ihnen denn passiert?«

Hanno verstand nicht. Meinte er vielleicht Norbert, der schmutzig und grinsend hinter ihm stand? Doch dann ging ihm auf, daß Günter sich auf die Kratzspuren in seinem Gesicht bezog. Er hatte sie über der Aufregung mit dem Manuskript beinah vergessen.

»Ach, das sind meine Stammesnarben. Hören Sie, Günter, haben Sie vielleicht meine Frau gesehen?«

Jetzt kam er doch näher und raunte ihm anzüglich ins Ohr:

»Sie haben wohl Streit mit ihr, was? Na ja, Civil Society ist Ihr Spezialgebiet. Ich freue mich schon auf den Vortrag.«

Er verschwand in der Menge.

Hyäne! Aber Hanno hatte keine Zeit, die Gemeinheit der Bemerkung auszukosten, denn auf der anderen Seite näherte sich der Silberschopf des Akademiepräsidenten Weizmann. Ein Elektroschock durchfuhr Hanno. Wie, wenn er Weizmann sagte, er solle die Veranstaltung absagen? Oder wenn er ihm einfach sagte, er werde über ein anderes Thema vortragen? Wie, wenn er nicht über den Florentiner Republikanismus und die Tradition der Civil Society sprechen würde, sondern über den maroden Zustand der Universität? Eine Welle von republikanischem Mut quoll in ihm hoch, der ihm angst machte. Panik beschlich ihn wegen seiner eigenen verzweifelten Courage. Immer faselte er von Civil Society, warum sollte er nicht mal die Zivilcourage zeigen, die dazugehörte?

»Da sind Sie ja, mein Lieber.« Weizmann klopfte ihm auf den Rücken. »Wo haben Sie denn gesteckt? Wir haben schon Ausschau nach Ihnen gehalten. Sind Sie unter die Schlagenden geraten?« ›Gott sei Dank, jokoser Ton‹, dachte Hackmann. »Die guten alten Traditionen, sie kommen alle wieder, habe ich recht?« Plötzlich vertraulich: »Ehrlich gesagt, diese ganzen neuen Typen sind doch nichts als Neckermannprofessoren. Sie sind einer der wenigen, mein Lieber, der noch die Statur der alten Ordinarien wie Dibelius aufweist. Aber sagen Sie's nicht weiter, sonst werde ich gekreuzigt.« Wieder klopfte er ihm auf den Rücken. »Civil Society – das ist ein mutiges Thema für diese Feiglinge. Aber reden Sie nicht zu schnell, meine Frau hört nicht mehr so gut.«

Da drängte sich jemand nach vorn. Um Himmels willen, Norbert! Er stupste Hanno in die Seite und deutete auf Weizmann.

»Macht er dir Schwierigkeiten? Soll ich ihm eine auf die Nuß geben?«

Weizmann schaute verdutzt auf Norbert.

Hannos Hirn raste. Nach einer Ewigkeit wandte er sich an Weizmann und hörte sich sagen:

»Ich glaube, der Elektriker hat einen Fehler in der Tonanlage gefunden, den er mir zeigen will«, sprach's und zerrte Norbert zur Seite. Da kam ihm die Idee.

»Hör zu, Norbert: Du gehst zur linken Seite, Richtung Garderobe, und wenn du eine blonde Frau mit einem Riesenrückenausschnitt im schwarzen Kleid sichtest, dann sagst du ihr, sie soll sich nicht von der Stelle rühren, ich komme gleich. Ich gehe zur anderen Seite, und nachher treffen wir uns hier.«

Norbert legte die Hand an die imaginäre Mütze, grüßte wie ein Soldat, der einen Befehl entgegennimmt, drehte sich um und verschwand nach links, während Hanno sich nach rechts vorarbeitete.

Zu beiden Seiten nickte, grüßte, winkte, scherzte, lächelte seine gelehrte Kollegenschaft und die Bildungssociety der Stadt.

Da, der Rückenausschnitt!

»Gabrielle!«

Sie drehte sich um.

»Mein Gott, da bist du ja. Ich hatte solche Sorge, sie würden dich auf der Polizei festhalten. Hier ist dein Vortrag.«

Eine Zentnerlast fiel ihm vom Herzen. Vor Erleichterung umarmte er sie.

»Ich liebe dich.«

Die Umstehenden unterbrachen ihre Konversation und lächelten. Einige flüsterten: »Das sind Professor Hackmann und seine Frau.« Für eine Sekunde sahen sie so aus wie ein glückliches Paar. Wäre da nicht der stinkende Atem des Kollegen Günter gewesen, der Gabrielle ins Ohr flüsterte:

»Na, wieder versöhnt?«

Hanno nahm einen Schluck Wasser. Wer ihn kannte, wußte: Das war das Zeichen zum Endspurt. Jetzt begann die letzte Viertelstunde des Vortrags. Eingerahmt von den Buchsbäumen und Dekorationen des Festschmuckes, stand er auf dem intarsiengeschmückten Rostrum des historistischen Renaissance-Saales, eine schlanke Gestalt im Smoking, und ließ seine warme Stimme in Wellen gepflegter Modulation über die Zuhörer rollen. Eine halbe Stunde lang schon hatte er sie mit dem Rauschen seiner Beredsamkeit eingelullt; sie folgten ihm jetzt überall hin und fraßen ihm aus der Hand. Und er führte sie in die Zauberwälder historischer Lebensformen, in die Höhlensysteme vergangener Mentalitäten und in die intellektuellen Labyrinthe bizarrer Denkmuster, bis er sie so verwirrt hatte, daß sich für die Dauer einer halben Stunde ihr vertrauter Alltag im Halbdunkel dieses rhetorischen Schattenreiches auflöste und den Blick auf eine Hinterwelt freigab, in der intensive, aber opake Bedeutungen wie Edelsteine aus dem Erdinneren hervorleuchteten. Seine Zuhörer waren in den Fängen ihrer Hingabebereitschaft. Sie traten aus ihren Chefbüros, aus den Konferenzsälen und Repräsentationsräumen ihrer Versicherungsimperien und Bankkonsortien und wollten nun, daß die Korridore von den Echos der Bedeutung widerhallten. Welcher Bedeutung, war gleichgültig. Nur passen mußte sie zu ihrer Welt. Sie mußte sie mit Aura umhüllen, sie gleichsam doubeln durch eine zweite Welt der Hintersinnigkeit und Doppelbödigkeit. Geheime Türen mußten sich in der Tapete öffnen und überraschende Zugänge zu neuen Zimmerfluchten der Signifikanz eröffnen. Und Hanno verstand es, diese Türen mit der genau dosierten Geste erwarteter Überraschungen aufzustoßen. Das verlangte Takt, instinktives Balancegefühl und genaue Einschätzung des Gleichgewichts zwischen dem Zumutbaren und dem Stimulationsbedarf. Die meisten seiner Universitätskollegen waren dazu viel zu fade; einige wenige waren brutal und grob: Die redeten dann von Unterdrückung, Naturausbeutung und dritter Welt, manche Dinosaurier sogar noch von der Arbeiterklasse. Hanno dagegen badete die ermüdeten Gemüter seiner Zuhörer in Kulturtraditionen. Während ihre Körper bequem in den Sesseln des großen Saals der Akademie ruhten, führte er ihre Seelen über die Meere der Vergangenheit, in denen sich die Probleme der Gegenwart auflösten. Und jetzt ließ er das Wunder von Florenz im 15. Jahrhundert wiedererstehen; er sprach bewegend und bewegt vom Kampf der Republik gegen die Tyrannen der Visconti von Mailand (er wußte, die alten Honoratioren erglühten jetzt alle in Erinnerung an den Widerstand gegen Hitler, den geleistet zu haben sie sich inzwischen fest einbildeten) und malte die Geburt eines neuen Konzepts der Staatsverfassung so leuchtend aus wie Botticelli die Geburt der Venus. Das Schiff seiner Rhetorik flog mit vollen Segeln über die Wasser. Er stand am Steuer und schaute auf die See der Semantik. Die andächtigen Gesichter vor ihm zerflossen zu den Schaumkronen der Wellen, die sein Geist durchteilte. Über ihm wölbte sich der Abendhimmel der Geistesgeschichte, an dem die Sterne zu funkeln begannen. Guicciardini, Leonardo, Bruni, Ficino, Machiavelli, Bacon, Shakespeare, Fludd, John Dee – das war der Punkt, an dem er sich selbst und seine Zuhörer in einen Rausch geredet hatte... er beschwor jetzt geradezu die Geister der Vergangenheit, sie alle das Staunen zu lehren über das Wunder der Geburt der Demokratie aus dem Geiste der Paradoxie… Permanenz des Konflikts und gemischte Verfassung… Bürgerhumanismus und Engagement… Dreiheit der Stände und Einheit des Gemeinwesens… Drei und ein Viertes – eine zwingende Ordnungsvorstellung des wilden Denkens Europas… der Vielheit der Drei wird ein Viertes als Prinzip der Einheit hinzugesellt… literarische Kaballistik… jetzt mußte er dick auftragen: Wie hießen die drei Musketiere bei Dumas? Athos, Porthos und Aramis. Sie repräsentierten die drei Stände Adel, Klerus und Bürgertum, aber sie genügen nicht. Gäbe es nur sie, würde die Gesellschaft zerfallen. Deshalb fügt Dumas ihnen einen vierten hinzu: D'Artagnan, das Prinzip ihrer Einheit. Einer für alle und alle für einen, heißt dieses Prinzip. Das ist die literarische Darstellung des Engagements, meine Damen und Herren! So wie die Trinität der klassischen Fakultäten Jura, Medizin und Theologie durch die vierte vereinigt wird, die Philosophie (das paßte sowohl den Reaktionären als auch den leninistischen Revolutionären…). Auch Marxens welthistorische Mission für den vierten Stand, die Entfremdung der anderen drei aufzuheben, verdankt sich diesem Muster. Das stand zwar im Manuskript, aber er ließ es lieber weg. Kant war sicherer: »Auch das trinitarische Schema der Kantschen Fragen ›Was soll ich tun?‹ ›Was kann ich wissen?‹ ›Was darf ich hoffen?‹ wird in der vierten Frage zur Einheit gebracht: ›Was ist der Mensch?‹« Die Segel seiner rhetorischen Caravelle blähten sich. Er sprach über den Wiederentdecker des politischen Humanismus, Hans Baron, und seine Flucht vor den Nazis ins amerikanische Exil. Über das Rosenkreuzertum der Nova Atlantis. Über Harringtons Demokratie-Utopie »Oceana«. Über die vier Temperamente und die Vierstimmigkeit des vollendeten Gleichklangs, über Quadrivium und Trivium, und er war gerade beim vierfachen Schriftsinn, da wurde ihm plötzlich bewußt, was ihn die ganze Zeit schon irritiert hatte: Die Gestalt neben Gabrielle in der fünften Reihe, das war ja Babsi. Die ruhigen Ströme seines Hirns brachen sich und bildeten unruhige Wirbel. Was, zum Teufel, trieb sie hier? Wie war sie überhaupt hereingekommen? Er hatte sie erst gar nicht erkannt, denn sonst trug sie das Gammel-Outfit studentischer Alltagskluft. Jetzt aber hatte sie sich in eine helle Affaire eleganten Zuschnitts geworfen. Wieso saß sie ausgerechnet neben Gabrielle? Die Wirbel wurden tiefer, während sein Vortrag weiterdröhnte. Hatte sie seiner Frau etwas verraten? Wollte sie drohen? Die Idee schoß ihm durch den Kopf, daß sich die beiden hinter seinem Rücken schon längst verständigt hatten. Beide sahen merkwürdig friedlich und aufmerksam aus. Wahrscheinlich hatten sie noch gar nicht miteinander gesprochen. Sicher waren sie zufällig nebeneinandergeraten. Aber nach dem Ende des Vortrags würden beide gleichzeitig auf ihn zukommen. Dabei würde ihn Babsi unter dem Deckmantel der Begeisterung umarmen, und Gabrielle würde mit der untrüglichen Sicherheit ihres Instinkts sofort alles erraten. Er durfte Babsi keine Gelegenheit geben, ihn in Gegenwart von Gabrielle anzusprechen. Sein Vortrag rauschte dem Ende zu. Ob die Zuhörer seine Verwirrung bemerkt hatten? Gabrielle sicher. Sie bemerkte alle seine Schwächen. Sie war darauf spezialisiert, sie auszunutzen. Wenn sie böse war, wurde sie intelligenter, als es ihrer Natur entsprach. Langsam fing er sich wieder. Seine Sätze begannen ihm wieder verständlich zu werden, und am Ende stand er wieder am Steuer und lief mit vollen Segeln triumphal in den Hafen ein: »Porthos, Athos und Aramis, jeder an seinem Platz, und doch jeder von uns ein D'Artagnan: Einer für alle und alle für einen. Dieses politische Vermächtnis des Bürgerhumanismus von Florenz ist das Herz, das den Blutkreislauf unserer Demokratie in Bewegung setzte. Lassen Sie uns Musketiere sein, meine Damen und Herren, Musketiere nicht mehr im Dienste des Königs, sondern im Dienste der Demokratie!« Ein leichtes Nikken, und der Beifall brandete los. Er hatte es wieder geschafft, der Hohepriester der Semantik. Er hatte den Kelch gehoben, und der Gott war erschienen. Er war ein Olympier. Jetzt mußte sein Gesicht die Andeutung eines Tizian-Lächelns zeigen und seine Augenlider mit einem flüchtigen Senken dem Publikum seine Dankbarkeit signalisieren. Da fiel ihm ein, daß die Kratzspuren der verfluchten Katze den ganze Effekt verdarben, und so begnügte er sich mit einem ernsten, priesterlichen Blick ins Auditorium. Alte Damen nickten ihm innig und aufmunternd zu, so als ob sie am Vorabend mit ihm seinen Konfirmationsspruch geübt hätten und er jetzt ihre schönsten Erwartungen übertroffen hätte. Gabrielle lächelte ihn strahlend an, Weizmann zwinkerte ihm zu, o Gott – und Babsi klatschte in einer Orgie der Begeisterung wie eine Entfesselte. Er mußte verschwinden, bevor sie Gelegenheit fand, ihm stürmisch zu gratulieren. Er trat vom Rostrum herunter. Das Auditorium hatte sich erhoben und klatschte stehend weiter. Vielleicht konnte er den Notausgang benutzen? Gabrielle und Babsi standen in der Nähe des linken Ganges. Wenn er sich rechts hielt, mußte die Menge ihn aus dem rechten Ausgang hinausspülen. Jetzt betrat Weizmann das Rostrum. Das war der Moment! Hanno hörte noch, wie er ihm dankte und dann die Gäste nach nebenan in den kleinen Saal zum Empfang bat. Da war er schon in der Vorhalle, die Garderobenfrau blickte von ihrer Zeitung auf und sah gleichgültig zu, wie er in der Herrentoilette verschwand. Erleichtert schloß sich Hanno in einer Kabine ein und ließ sich auf den Sitz sinken. Sollten sie doch nach ihm suchen! Wahrscheinlich vermutete ihn jeder sowieso in einer anderen Gesprächsgruppe, die sich im kleinen Saal bilden würde. Er sah die Vorwürfe Gabrielles voraus. Endlich konnte sie sich in seiner Prominenz sonnen, da ruinierte er wieder alles; und hatte sie nicht recht? Der Olympier auf der Flucht, eingeschlossen auf der Herrentoilette. Ein ängstlicher kleiner Eindrucksmanipulator mit feuchten Händen, ewig damit beschäftigt, einen Olympier zu spielen, doch in Wirklichkeit ein Mickerling. Müde lehnte er sich auf seinem Toilettensitz nach hinten. Ein schlürfendes Rauschen war die Folge. Er hatte sich mit dem Rücken gegen die Wasserspülung gelehnt. Entsetzt sprang er auf, aber nicht schnell genug – sein Hosenboden war völlig durchnäßt. Er mußte die Hose ausziehen. Vielleicht gab es hier ein Gebläse zum Händetrocknen. Er machte die Kabinentür vorsichtig auf und spähte hinaus. Tatsächlich – neben jedem Spiegel gab es ein Heißluftgebläse. Aber jeden Augenblick konnte einer der Gäste kommen. Vielleicht sollte er sich einfach so unter ein Gerät bücken, daß sein Hosenboden genau in den Heißluftstrahl geriet. Er könnte dann ja so tun, als ob das seine übliche Gymnastik nach einem Vortrag wäre. Oder aber er könnte seine Kontaktlinsen suchen. Dazu mußte er seine Jacke ausziehen. Er stellte eins der Geräte an. Aufheulend schickte es einen scharfen Strahl heißer Luft nach unten. Das mußte klappen. Er hängte die Smokingjacke an den Fenstergriff und bückte sich unter das Gerät. Da ging die Tür auf. Hanno richtete sich ruckartig auf und schlug krachend mit dem Kopf direkt unter das Gebläse.

»Hanno, gut daß ich dich treffe!«

Es war Norbert, der Penner. Er schien von sachlichem Ernst ergriffen.

»Was du da gesagt hast, da kann ich so nicht mit einverstanden sein.«

Hanno hielt sich den schmerzenden Schädel.

»Einer für alle und alle für einen? Das ist doch alles gelogen! Solidarität – das gibt's doch gar nicht unter den Menschen.«

Da kam Hanno die rettenden Idee.

»Norbert, leih mir mal deine Hose. Ich muß meine trocknen. Du kannst solange in der Kabine warten.«

Norbert schaute ihn an. In seinem verfilzten Gesicht blitzten die blauen Äuglein.

»Ne, warte du mal in der Kabine, ich trockne dir die Hose schon. Ich hab da mehr Übung.«

Das war einsichtig. Hanno ging in die Kabine zurück, zog seine Smokinghose aus und warf sie über die Tür. Norbert fing sie auf. Dann hörte Hanno, wie Norbert das Gebläse anstellte. Auf der Toilette kamen und gingen die Besucher, während Norbert die Hose trocknete. Endlich hörte er Norberts Stimme.

»Weißt du was, Hanno? Deine Hose paßt mir genau.«

Hanno war entsetzt.

»Norbert, du hast doch nicht meine Hose angezogen?«

»Doch, sie paßt mir besser als meine eigene. Die ist mir zu groß, aber dir wird sie prima passen. Du bist etwas größer. Hier hast du sie.«

Norbert des Penners erdfarbenes Beinkleid segelte in die Kabine.

»Norbert, das kannst du nicht machen. Das ist ein Smoking, verstehst du, da gehören Jacke und Hose zusammen.«

Aus Norberts Stimme klang die Endgültigkeit der Logik.

»Sag ich ja, die Jacke paßt auch prima.«

Verflucht, er hatte die Jacke am Fenster hängen lassen. Wut stieg in ihm auf.

»Warte, Norbert! Das lasse ich mir nicht bieten!«

Er hörte, wie die Tür aufging und ein Besucher die Toilette betrat. Er mußte warten. Wenn er wieder gegangen war, würde er Norbert stellen. Dazu mußte er aber erst dessen Hose anziehen. So stieg er angeekelt in die erdige Pennerhose, die sich von innen merkwürdig rauh anfühlte. An seinen nackten Beinen entlang rieselte der Staub der Männerasyle. Hanno schüttelte sich. Da rauschte die Spülung, und die Tür schloß sich hinter dem Besucher. Hanno stürzte aus der Kabine. Norbert war weg.

Als Hanno spätabends seine Wohnung betrat, hatte er sich einen Auftritt als Buffo zurechtgelegt. Damit wollte er Gabrielles Wut in Komik ertränken. Wenn Sarah noch wach wäre, könnte das gelingen – Sarah war ihre fünfzehnjährige Tochter. Sie hatte in der letzten Zeit eine bemerkenswerte Wandlung durchgemacht: Dem intensiven Sozialstil ihrer Mutter entgegnete sie zunehmend mit kühler Distanz, in die sich manchmal ein Schuß Verachtung mischte. Hanno hatte es mit dankbarem Erstaunen bemerkt. In der Wildnis seiner Ehe war ihm unverhofft ein vertrautes Gesicht begegnet, ein Mensch, der seine Sprache sprechen konnte und seine Wirklichkeit wahrnahm. Doch in Sarahs Zimmer war kein Licht mehr. Sicher würde sie morgen wieder irgendeine Klassenarbeit schreiben. Der Flur führte an der Küche mit den schwarzweißen Bauernfliesen, am Eßzimmer mit dem Berliner Ofen vorbei zum Wohnzimmer.

»Da bin ich wieder«, flötete er.

Keine Antwort.

Gabrielle saß auf dem Sofa und sah ihn an. Offenbar hatte sie ferngesehen, aber bei seiner Ankunft das Gerät abgeschaltet.

»Mir ist da was wirklich Komisches passiert. Ich hab mit einem Penner die Hose getauscht.«

Er schob ein herzhaftes Gelächter hinterher, von dem die Künstlichkeit niedertroff wie Sirup.

Gabrielle stand wortlos auf und ging an ihm vorbei in die Küche. Seine Rückenmuskeln verkrampften sich. Wut gegen sich und gegen Gabrielle stieg in ihm hoch. Aber noch wollte er den Buffo-Akt nicht aufgeben. Er folgte ihr in die Küche. Gabrielle stand am Kühlschrank und steckte sich hektisch Oliven in den Mund.

»Gabrielle, so etwas Verrücktes hast du noch nicht gehört!«

Sie fuhr herum. Ihr Gesicht war rot vor Wut, und dann explodierte der Vulkan.

»Das ist unglaublich. Du bist einfach unglaublich. Du verschwindest spurlos auf dem Empfang und läßt mich da einfach allein. Hattest du eine Verabredung? War dir plötzlich was Besseres eingefallen? Wolltest du mich unmöglich machen? Alle haben mich gefragt, wo du geblieben wärst. Und wie sie mich dabei angeschaut haben! Als ob ich eine tödliche Krankheit hätte, so mitfühlend und schonend. Und diese dürre Schäfer ging sogar so weit mich zu trösten, diese Ziege. Du wärst eben ein kreativer Mensch, beinah ein Genie, da müßte eine Frau viel hinnehmen. Ich hätte ihr den sehnigen Hals umdrehen können! Alle haben mich bedauert, alle! Ich hätte ebensogut ein Schild um den Hals tragen können mit der Aufschrift: arme betrogene Ehefrau. Und jetzt kommst du in einer anderen Hose nach Hause!«

Ihr Wutkrampf löste sich in einem hysterischen Gelächter, das sich mit Weinen mischte.

»Laß dir erklären, Gabrielle...«

»Spar dir deine Ausreden. Ich kenne deine Erklärungen. Sitzungen, Tagungen, Reisen, Verpflichtungen. Aber wenn du unbedingt mit dieser Studentin schlafen willst, mußt du das ausgerechnet während des Empfangs der Akademie tun?«

Ein Schlag in den Magen hätte ihn nicht mehr aus dem Gleichgewicht bringen können.

»Welcher Studentin?«

Sie sah ihn angeekelt an. Hatte sie einen Verdacht? Hatte Babsi ihr etwa alles verraten? Er traute es ihr zu – sie war eine psychologische Abenteurerin, völlig unberechenbar. Er mußte sie loswerden – bei der nächsten Gelegenheit.

»Ich war bei keiner Studentin. Ich schwöre dir, Gabrielle, ich weiß nicht, wovon du redest! Ich habe mit einem Penner die Hose gewechselt.«

Schrilles Gelächter war die Antwort.

»Du rennst aus der Akademie, reißt dem nächsten Penner die Hose herunter, zwängst ihn in deinen Smoking«, sie schrie jetzt hysterisch vor Lachen, »so war es doch, nicht wahr? Und steigst schließlich selber in die Pennerhose, ja? Und du erwartest, daß ich das glaube?«

»Nein, es war in der Herrentoilette der Akademie.« Ein neuer hysterischer Anfall.

»Du verabredest dich mit Pennern?«

»Nein, ich hatte ihn gebeten, dich vor dem Vortrag zu suchen.«

»Mich zu suchen? Wieso mich?«

Jetzt war sie wirklich verblüfft.

»Weil du doch das Manuskript meines Vortrages hattest.«

»Aha, aber statt dir vor dem Vortrag das Manuskript zu geben hat er dir nach dem Vortrag die Hose genommen?« Ihre Stimme vibrierte vor Sarkasmus. »Weißt du, was du bist, Hanno? Eine traurige Figur!«

Diese Feststellung schien ihr Sicherheit zu geben, so als ob sie jetzt ihren weiteren Weg kannte. »Was dir fehlt, ist einfach Statur. Auf der Flucht aus irgendeinem studentischen Schlafzimmer tischst du mir die phantastischsten Lügen auf. Dir fehlt die Form. Sieh dich doch an in deiner Pennerhose. Du bist selbst ein Penner! Du liebst Penner – du fährst lieber zusammen mit dem Abschaum in der U-Bahn, anstatt unseren Mercedes zu nehmen. Und dann wälzt du dich mit einer Epileptikerin auf der Erde herum. O ja, du bist ja so sozial! In Wirklichkeit hast du keine Würde. Du stehst nicht zu deiner Position. Bei all deinem Gerede hast du überhaupt keinen Sinn für die Gesellschaft, in der du lebst. Du bist ein verdammter Hochstapler, eine ekelhafte und billige Lüge, das bist du.«

Zufrieden und hoheitsvoll schritt sie zur Küche hinaus. An der Tür drehte sie sich noch mal um.

»Du schläfst besser in deinem Arbeitszimmer.«

Hanno ging zum Kühlschrank und starrte mißmutig in das Chaos aus halbverfaultem Gemüse, zerwühlten Butterpaketen und unförmigen Aufschnitthaufen. Es war Sonntag, und die türkische Putzfrau war drei Tage nicht dagewesen. Da verwandelte sich die Küche regelmäßig in einen Komposthaufen. Hanno war es verboten, hier einzugreifen, weil er alles falsch machte. Aber auch Gabrielle lehnte es ab, etwas zu tun – sie empfand das als Sklavendienst. Dafür hatte sie eine gute Hand mit den Domestiken, wie sie sich ausdrückte. Und die waren gehalten, ihrer Vorstellung von Ästhetik zu folgen. Sie bestand darin, das Haus in ein Theater zu verwandeln, eine prächtige Dekoration auf der Bühne und eine Müllhalde hinter den Kulissen. Mißmutig holte Hanno den Rest der Oliven aus dem Kühlschrank und ließ sich auf einen Küchenstuhl fallen. Und während er teilnahmslos eine Olive nach der anderen aß, blickte er in einen Tunnel der Vergangenheit, an dessen anderem Ende die strahlende Gabriele stand, die er vor fünfzehn Jahren geheiratet hatte.

2

Das Büro war eher ein Saal. Bis zur Mitte der Wände war es mit glänzendem Mahagoniholz getäfelt. Darüber zogen sich historistische Fresken entlang, auf denen die Entwicklung der Freien und Hansestadt Hamburg von der Gründung Karls des Großen bis zur Beherrscherin der Meere in wilhelminisch-pompösen Allegorien festgehalten war. An den Rändern des geschnitzten Schreibtisches mit der Oberfläche von der Größe einer Tischtennisplatte lief ein kleines Messinggeländer entlang. In Hamburg mußte alles an Schiffe erinnern. Und tatsächlich schwamm auf der linken Seite des grünen Lederüberzugs, der die Schreibtischplatte matt überzog, das Miniaturmodell einer Hansekogge. Ihre winzigen Messingbeschläge funkelten im gedämpften Licht, das durch die hohen Fenster vom Rathausmarkt hereindrang. Auf der rechten Seite des Schreibtisches stand ein Globus, der aussah, als ob er von Martin Behaim persönlich zusammengeleimt worden sei. Und zwischen beiden Insignien Hamburger Tradition glänzte das fettige Haupt des Justizsenators Schabowski. Aber das war gar nicht der Raum, in dem Bernd Weskamp saß. Bernd, genannt Bernie, saß in einem engen, schäbigen Büro im vierten Stock der Universität und las. Er hatte die Beine auf den Schreibtisch gelegt, auf dem sich Bücher, Manuskripte und alte Kaffeebecher türmten, und las den SPIEGEL. Aber die Buchstaben verschwammen vor seinen Augen und bildeten einen durchsichtigen Schleier. Und durch den Schleier sah Bernie wieder das mahagonigetäfelte Büro des Justizsenators, den er am vergangenen Freitag zum ersten Mal besucht hatte, um sich als neuer Vorsitzender des Disziplinarausschusses vorzustellen. Natürlich kannte er ihn aus der Partei. Sie hatten sogar schon einmal zusammen einen Tag lang einen Info-Stand während des Wahlkampfes bemannt. Aber Bernie sah nicht das glänzende Gesicht des Justizsenators, und nur von ferne hörte er seine Worte – »Zusammenarbeit zwischen Stadt und Universität – Verantwortung – Autorität der Wissenschaft – Macht der Intellektuellen – Prestige des Geistes« –, denn seine Sinne waren gefangen von einer schlanken weiblichen Gestalt. Der Senator hatte sie ihm als seine neue wissenschaftliche Mitarbeiterin vorgestellt. Als sie ihn anblickte, sah er, daß sie ein blaues und ein grünes Auge hatte. Jedes dieser Augen teilte ihm dieselbe Botschaft mit. Sie lautete: »Hier, in diesem Mahagonizimmer, wohnt die Macht. Hol dir die Macht, Bernie, nimm Platz in diesen beschlagenen Ledersesseln, und ich gehöre dir!« Eine Blutwelle durchlief Bernies Hirn. Er spürte sie in diesem Augenblick, während ihn durch den Buchstabenschleier das Mädchen mit dem grünen und dem blauen Auge anblickte.

Da wirbelte ihm plötzlich Zugluft die Seiten des SPIEGEL um. Bernie blickte auf und sah, wie sich durch die geöffnete Tür langsam ein gekrümmter weiblicher Rücken schob. Er gehörte der Traktoristin. Sie wurde so genannt, weil sie so entschlossen dreinblickte wie eine sowjetische Heldin der Arbeit. Aber ihr Kartoffelgesicht mit dem verkniffenen Mund konnte Bernie jetzt nicht sehen. Sie drückte mit ihrem Hintern die Tür weiter auf, und erst jetzt bemerkte Bernie, daß sie ihr Kinn auf einen Bücherstapel geklemmt hatte, den sie mit beiden Armen von unten festhielt. Langsam drehte sie sich durch den engen Eingang ins Büro, als sie plötzlich stolperte. Wie am Strick gezogen lief sie der Fallinie des stürzenden Bücherstapels hinterher und verlieh ihm dadurch zusätzliche Beschleunigung. Endlich konnte sie ihn nicht mehr halten und schleuderte den gesamten Stapel durch Bernies Büro. Eins der Bücher traf die Hortensie auf der Fensterbank und köpfte sie. Ein anderes traf Bernie am Hals und ein drittes den Kaffeebecher aus Styropor, so daß sich der Kaffeerest der letzten Woche in die Manuskripte ergoß. Bernie sprang auf und versuchte, die Post zu retten. Im selben Moment schrillte das Telefon. Bernie nahm ab.

»Was, zum Teufel, wollen Sie mit diesen Schinken hier?«

Die Frage war an die Traktoristin gerichtet, aber die fühlte sich unschuldig.

»Was sollte ich denn machen? Drüben ist die Tür abgeschlossen, und so mußte ich durch Ihr Büro, um die Zeitschriften zur Signatur zu bringen.«

Am Telefon war Petzold von der Raumvergabe.

»Was haben Sie gesagt?«

Bernie war nur zu bereit, seine Wut auf diese inkompetente Flasche zu übertragen.

»Sagen Sie mir nicht, daß Sie meinen Hörsaal wieder geändert haben!« schrie er ins Telefon.

Petzold erhob sein übliches Gejammer: »Es geht nicht anders. Im Hörsaal B liegt Donnerstag um 11 Uhr schon eine Anmeldung vor.«

»Und wo kommt die her?«

»Von den Psychologen.«

»Hören Sie zu, Petzold!« Bernie klaubte den Styroporbecher aus dem Manuskript und warf ihn mit spitzen Fingern in den Papierkorb, während die Traktoristin auf dem schmutzigen Teppich herumkroch, um die Zeitschriftenbände wieder einzusammeln. »Wie oft habe ich Ihnen schon gesagt, daß wir in diesem Gebäude Vorrang haben? Die Psychologen haben ihr eigenes Gebäude.«

Jetzt legte Petzold seinen triumphalen Ton auf.

»Sie sind offenbar noch nicht informiert, Herr Kollege Weskamp.« Er machte eine Pause, um Bernie fühlen zu lassen, wie wenig informiert er war. Petzolds Stimme wurde jetzt geradezu freundlich. »Der Präsident hat Anweisungen gegeben, daß die Psychologen überall ein festes Raumkontingent erhalten. Und Ihr Seminar muß sich schon am Burden-Sharing beteiligen.«

Burden-Sharing! Petzold war bei einem Manager-Kurs gewesen! Kein Wunder, daß er ihn in den letzten Wochen nicht erreichen konnte. Er war immer auf bezahlten Weiterbildungskursen. Nur seinen verdammten Computer beherrschte er nicht.

Die Traktoristin hatte ihren Bücherstapel wieder unters Kinn geklemmt und plazierte jetzt ihre gewaltige rechte Hinterbacke auf die Klinke des Nebenraumes. Aber der war abgeschlossen.

»Und warum gibt es da ein burden zu sharen?« Bernie ließ es parodistisch klingen.

»Ja wissen Sie das denn nicht?«

Schon wieder diese Uninformiertheit!

»Hören Sie, Petzold, ich muß gleich zum Justizsenator.« Das war eine krasse Lüge, aber Petzold brauchte einen Schuß vor den Bug. »Ich habe jetzt keine Zeit für Ratespiele.« Das tat seine Wirkung.

»O ja, selbstverständlich. Also, die Terroristen haben die Camera Obscura der Psychologen in die Luft gesprengt.«

»Was? Ist jemand verletzt?«

»Nein, das nicht. Aber das Institutsgebäude ist stark beschädigt. Bei der Camera Obscura ist die ganze Außenwand herausgesprengt. Und die Übungsräume sind nicht mehr benutzbar.«

»Mein Gott, Petzold, warten Sie. Da müssen wir natürlich etwas tun. Ich guck mir das an und ruf dann zurück.«

Petzolds Stimme klang jetzt zufrieden. Er hatte seine Überraschung gut angebracht.

»Gut, ich erwarte Ihren Anruf. Aber noch heute!« Er legte auf.

Die Traktoristin nahm das Gewicht ihrer Hinterbacke von der Türklinke.

»Was ist los?« fragte sie. Ihre sibirische Natur sah kein Problem darin, sich direkt an ein Telefongespräch anzuhängen, das sie nichts anging. Sie war eine der ungehobelsten Frauen, die Bernie je kennengelernt hatte. Und sie war seine wissenschaftliche Mitarbeiterin. Er hatte sie sich nicht aussuchen können. An der Universität wurden Personaleinstellungen durch Gremienbeschluß geregelt. Und dabei mußte man Richtlinien beachten, wie z. B. die Frauenförderungsrichtlinie. Daß die Traktoristin überhaupt als Frau durchgegangen war, hatte ihn oft genug gewundert. Manchmal hatte er gedacht, sie sei ein verkleideter Mann, der in den Genuß der Frauenförderung kommen wollte. Außerdem mußte er sie sich mit vier anderen Dozenten teilen. Bernie war C2-Professor. Und deshalb standen ihm lediglich 1/4 wissenschaftlicher Assistent, 1/5 Schreibkraft und ein 1-Fenster-Büro zu. Alles erinnerte Bernie daran, daß er nur C2-Professor und kein Ordinarius war: die Holzstühle in seinem Büro, Ordinarien hatten zwei Sessel und ein Sofa – das Fenster, Ordinarien hatten drei – der schmale Schrank, Ordinarien hatten zwei, und eine in einen Wandschrank eingelassene Waschecke mit Spiegel und Garderobe – und wo die Ordinarien eine große Bücherwand hatten, war bei ihm die Seitentür zum Computerraum, deren Klinke die Traktoristin vergeblich niedergedrückt hatte. Zusätzlich wurde Bernies Selbstgefühl noch durch die Tatsache erniedrigt, daß sein Büro auf der anderen Seite von der Herrentoilette begrenzt wurde, deren Rauschen in regelmäßigen Abständen durch die dünne Trennwand drang. Andererseits war just diese Herrentoilette eine der bekanntesten Institutionen der Universität geworden, bekannter jedenfalls als das obskure Seminar für romanische Philologie, dem Bernie angehörte, denn sie war zum Schwulentreff der Stadt avanciert, dessen Adresse man auf den Wänden der öffentlichen Toiletten von London und Paris wiederfand. Hier war ein ständiges Kommen und Gehen. Eine kontinuierliche Zirkulation, die sich von der gedanklichen Stagnation im romanischen Seminar durch ihre schiere Lebhaftigkeit abhob. Bernie fühlte den alten Haß gegen sein Seminar in sich aufsteigen. Sollten doch die verdammten Terroristen sein Institut mit seinem schäbigen Büro in die Luft sprengen! Das erinnerte ihn an die Frage der Traktoristin, die ihn immer noch mit ihren erwartungsvollen Schweinsaugen anstarrte.

»Ach, die Psychologen haben da eine Camera Obscura gebaut bekommen, in der sie Experimente mit extrasensorischer Depravation machen wollten.«

Die Traktoristin glotzte Unverständnis.

»Na, Sie hören nichts, Sie sehen nichts, tagelang, und da fangen Sie an zu halluzinieren. Und Ihre innere Uhr fängt an, anders zu gehen. Darüber wollten die Psychologen was herausfinden. Aber Ihre Freunde aus der Hafenstraße oder die Brigade 2. Juni, oder wie die Terroristen alle heißen, die haben gesagt, das ist Folterforschung im Dienst des Großkapitals. Die Psychologen machen Forschung für die Isolationsfolter. Also haben sie die Camera Obscura in die Luft gesprengt. Was ist die Folge? Wir müssen unsere Räume an die Psychologen abgeben, so daß Ihre Freunde wieder wegen Raummangels streiken können.«

Bernie wußte, daß er die Traktoristin mit solchen Reden auf die Palme brachte. Sie hatten eine Dauerdebatte über die Baader-Meinhoff-Bande. Die Traktoristin behauptete, ihre Mitglieder hätten nicht Selbstmord begangen, sondern wären vom BND auf kaltem Wege hingerichtet worden. Sie war eine echte Paranoikerin. Bernie studierte an ihr mit Schaudern die Symptome des politischen Irrsinns. Doch immer, wenn er in ihr sibirisches Kartoffelgesicht blickte, kam ihm der Gedanke, ihr Stalinismus sei nur eine Theorie zur Rechtfertigung ihres Aussehens. Aber nun wurde sein Ekel verstärkt durch die unbewußte Erinnerung an das Mädchen mit dem grünen und dem blauen Auge. Schau mich an, sagten die Augen, und dann schau deine Komsomolzin an. Und dann weißt du, wer du bist.

Die Traktoristin hatte es inzwischen aufgegeben, mit Gewalt in den Computerraum einzudringen. Böse funkelte sie ihn über ihrem Bücherstapel an und verzog die schmalen Lippen zu einer sibirischen Grimasse.

»Jetzt fangen Sie nicht wieder an!« jaulte sie. Ihre Stimme hatte den metallischen Klang quietschender Eisenräder. »Ich laß mich nicht von Ihnen als Watschenmann mißbrauchen.«

Rückwärts wie eine Hofschranze schlurfte sie mit ihrem Bücherstapel zur Eingangstür und verschwand im halbdunklen Flur.

Bernie war von der Zerstörung, die der Terroranschlag im Psychologischen Institut angerichtet hatte, beeindruckt. Die dicken Wände zum Flur hin waren völlig herausgerissen, die Decke war eingestürzt, und im Fußboden klaffte ein gewaltiges Loch. Gott sei

Dank hatten die Terroristen sich das Wochenende ausgesucht, so daß niemand verletzt wurde. »Gewalt gegen Sachen, keine Gewalt gegen Menschen«. Der alte Slogan von früher fiel ihm ein. Hoffentlich finden sie die Täter nicht so schnell, überlegte er, als er durch den dunklen Verbindungstrakt ins Hauptgebäude zurückging. Denn wenn es Universitätsangehörige waren, mußte er sich als Vorsitzender des Disziplinarausschusses damit beschäftigen, und dann würde er selbst vielleicht zum Adressaten von Demonstrationen. Das konnte er politisch gar nicht gebrauchen. Er mußte das unbedingt verhindern. Er würde sich mal unter dem niederen Fußvolk der Universität umhören, den Hausmeistern und den Putzkolonnen, den Nachtwächtern und Fensterputzern. Zu denen unterhielt er gute Beziehungen, denn Bernie war Politiker und wußte, was Betriebsräte und Personalräte in einer SPD-regierten Universität bedeuteten.

Als er sich durch die Drehtür des Hauptgebäudes nach draußen gekämpft hatte, versuchte der Wind sofort, ihm den Trenchcoat auszuziehen, so daß er ihn mit beiden Armen festhalten mußte. Das machte ihn wehrlos gegen die Zeitung, die mit der Agressivität eines stürzenden Falken aus dem Nirgendwo sein Gesicht traf und flatternd umhüllte. Bernie drehte sich um, um sich zu befreien, und kämpfte sich, rückwärts gegen die Böen gestemmt, langsam in Richtung Audimax vor. Er war diese Kämpfe mit den Geistern der Luft gewohnt. Irgendwo zwischen der Universität, der ehemaligen Polizeiwache und der alten Thoraschule hatten sie sich eingenistet, eingeladen durch die trostlose Billigarchitektur, mit deren Kunstlosigkeit der Hamburger Senat viel Geld gespart und zugleich den Weg zurück zur Natur gefunden hatte. Der gesamte Campus sah aus, als ob ein Zyklop im Zorn einen Haufen Klötze und Quader auf ihm verstreut hätte, die nun ohne erkennbare Ordnung zueinander in urweltlicher Zufälligkeit umherlagen. Zwischen den Zyklopenmauern in Plattenbauweise nisteten zahlreiche Böen und Winde, um heulend von der Verlassenheit der

Toten zu künden, und einer der schärfsten bewachte den Eingang des Hauptgebäudes. Selbst wenn es überall sonst fast windstill war, stürzte sich dieser Lokalwind auf Hüte, Mützen und Kleider der Studenten und verwandelte ihre Gestalten in verrenkte Vogelscheuchen, die verzweifelt ihre Umhänge um sich versammelten und ihre Kontaktlinsen schützten.

Bernie liebte diesen Wind, und er liebte es, über den Campus zu schlendern. Er genoß seine maßlose Häßlichkeit mit einem perversen Schauer. In den Hohlräumen seines Gemüts hatte sich die Überzeugung verbreitet, daß er damit fertig würde, wenn andere, zartere Gemüter darunter litten. Er ließ jetzt die schwangere Auster des Audimax links liegen, schlenderte an einer Betonmauer vorbei, auf der die Ikone eines traurigen, schlaffen Phallus mit dem Zeichen der Friedensbewegung und der Aufschrift versehen war: »Frauen wehrt Euch«, und stieg dann in das Souterrain des Mensagebäudes aus fahlem Gelbklinker hinab, das ihn immer an alte Bahnhöfe erinnerte. An dem Krüppel, der ihn auf den Stufen anbettelte, ging er vorbei und ignorierte die verrückte Alte, die hinter dem leeren Garderobentisch erbost auf ihn einschrie. Statt dessen betrachtete er im Vorübergehen die unübersehbare Zahl von Zetteln an der zehn Meter langen Plakatwand mit den Aufschriften »Suche Wohnung«, »Suche Zimmer«, »Suche Mitfahrgelegenheit« und »Suche Studienplatzwechsler«, an deren unteren Rändern sich die ausgefransten Enden mit den Telefonnummern der Suchenden leise in der Zugluft bewegten. Bernie ging an der Tür zum Hauptsaal der Mensa vorbei und war erstaunt, wie leer und sauber er um 11 Uhr vormittags noch war. Wenige Stunden später würde hier ein synästhetisches Pandämonium aus Tellergeklirr, Essensgerüchen, Stimmengewirr, Zigarettenrauch, Gedränge, Stühlerücken, Gequetsche, Gewusel und Geschiebe herrschen. Mit genußvollem Ekel erinnerte sich Bernie, wie er am letzten Mittwoch den Leitenden Verwaltungsbeamten Seidel hierher mitgeschleppt hatte. Der hatte doch tatsächlich noch nie in der

Mensa gegessen; er war bis jetzt immer ins Clubhaus gegangen. Sollte er doch mal selber sehen, wie seine Studenten versorgt wurden. In einem völlig ungeordneten Gewühle vor der Ausgabentheke, das rückwärts von Studenten mit Plastikschalen voll schwappender Suppen in den Händen durchpflügt wurde, hatten sie mit wachsender Unruhe zugesehen, wie ungerührte Myrmidonen ihre Schöpfinstrumente in dampfende Bottiche tauchten und Kugeln von Brei, Kellen voll Soße und die verschiedensten unklaren Substanzen von besorgniserregender Farbe mit routinierten Bewegungen auf die Plastikteller klatschten, die sie mit Schwung über die Metalltheke schleuderten. Eingeschüchtert hatte sich Seidel durch die Kasse gequält, und dann – während Bernie die Überlegenheit des Ortskundigen über den Neuling genoß – hatten sich beide an einem Tisch niedergelassen, der von Plastikschalen mit Essensresten, übervollen Aschenbechern, halbleeren Saftbechern aus Pappe und Kaffeebechern aus Styropor sowie unzähligen Flugblättern überquoll. Dort saßen sie eingequetscht von sechs weiteren Essern, während die steifen Kragen ihrer Mäntel, die sie nicht ablegen konnten, ihnen seitlich bis über die Ohren stiegen und ihren Köpfen eine groteske Rahmung verliehen. Plötzlich war es Bernie so erschienen, als ob Seidel genauso aussah wie die Figur auf Munchs »Der Schrei«, und er war in ein unmotiviertes Gelächter ausgebrochen. Bernie grinste, als er daran dachte, während er sich in der Cafeteria einen Kaffee holte. Bis zur Sitzung des Disziplinarausschusses war noch etwas Zeit, und so konnte er sich sogar noch eine Mohnschnecke genehmigen. Er winkte zur Ecke der Kurden hinüber, die hier Tag um Tag ihren Befreiungskampf gegen die Türken planten, gab im Vorbeigehen seinem exilpersischen Freund Sanchani die Hand, dem er geholfen hatte, einen Posten in der Universitätsbibliothek zu finden, begrüßte einen alten Berufsexilanten, der wegen seines majestätischen Aussehens überall »Sinuhe, der Ägypter« genannt wurde, und ließ sich an einem der Plastiktische nieder, um einen Blick in die Mitteilungen seines Hochschullehrervereins zu werfen.

Bernie war Mitglied im VdH, dem Verband demokratischer Hochschullehrer. Das war ein hocheffizienter Interessenverband der ehemaligen Assistenten und Akademischen Räte, der in den 70er Jahren mit dem SPD-Senat zusammengearbeitet hatte, um die Ordinarienuniversität als Bollwerk der Reaktion zu knacken. Der Sieg war errungen, als ein neuer Präsident gewählt worden war: Hans Ulrich Schacht. Schacht war ein politisches Talent und wußte, worauf es ankam. Er einigte sich mit dem Senat, daß die Studentenflut durch eine ebenso einfache wie kühne Regelung aufgefangen würde, die den Vorteil hatte, wenig zu kosten: Man machte einfach alle wissenschaftlichen Assistenten, die man sowieso bezahlen mußte, zu Professoren. So war auch Bernie Professor geworden. Eines Tages war er aufgewacht, da hatte ihn die Zauberhand eines Verwaltungsaktes in einen Professor – wenn auch nur C 2 – verwandelt. Er war selbst ein führendes Mitglied des Überleitungsausschusses gewesen. Die Leichtigkeit, mit der das alles ging, hatte ihn aus der Bahn geworfen: Die akademische Arbeit schien ihm schal und leer; was ihn faszinierte, war die Macht. Ja, die Macht. Nur die Macht konnte ihn über den Schrotthaufen dieser Universität erheben. Ihre architektonische Häßlichkeit, die überwältigende Lieblosigkeit ihrer Bauten und Inneneinrichtungen waren die Botschaft des Senats an die Professoren: Das ist unsere Antwort auf euer akademisches Bemühen. Deshalb genoß Bernie diese Trostlosigkeit des Campus. Sie entlastete ihn, sie teilte ihm mit: Du brauchst mit deinen Leistungen nicht mehr Glanz aufzubringen, als dieser Campus architektonisch ausdrückt. Man erwartet es nicht von dir. Nur die Dummen rackern sich ab, die sich erniedrigen lassen. In den Korridoren der Macht lächelt man über sie. Und Bernie wollte selbst einer dieser Lächler sein. Er wollte zu den Auguren gehören, die sich an ihrem Lächeln erkennen; die darüber lächeln, daß sie über das Herrschaftswissen verfügen und die anderen nicht. Bernie schaute auf. Gegenüber auf der anderen Seite der Cafeteria sah er das Ramassidenlächeln auf dem Gesicht von Sinuhe, dem Ägypter, und mußte selber lächeln. Das steinerne Lächeln der Mächtigen, das Geheimnis der Sphinx. Im selben Augenblick dachte er an das Mädchen mit dem grünen und dem blauen Auge; er sah sie, wie sie ihn ansah. Die ägyptische Katze Kleopatra. Laßt Hamburg in der Alster schmelzen, wo hatte er nur diese Assoziationen her? Sie trugen ihn direkt ins Rathaus in den Sessel des Justizsenators und weiter in den Dienstmercedes, der Motor schnurrte leise, Kleopatra kuschelte sich an ihn, unterwegs zum Bois Joli, er hatte sie eingeladen zum großen Menü mit gefüllter Bresse-Poularde, mit Gänseleberterrine, Bries und Trüffeln, mit gedünstetem Lachs unter gratinierten Kartoffelschuppen und Hummersalat mit Algen. Schon waren sie beim Cognac und Kaffee, und er blickte ihr in das grüne und blaue Auge und las dort ein Angebot, das ein Gentleman nicht ablehnen konnte.

»Hallo, wenn das nicht Bernie Weskamp ist!« Bernie wachte aus seinem Tagtraum auf. Vor ihm war die Gestalt eines Mannes erschienen, mit braunem Gesicht, blendendem Gebiß und jungenhaftem Haarschnitt. Er trug einen dunklen Anzug mit Weste und einen Staubmantel über dem Arm. In der Hand hielt er einen Attachékoffer mit den Initialen I. K. und einem Bundesadler. Aus dem Halbdunkel von Bernies Gedächtnis löste sich ein Name. Kein Zweifel, diese elegante Gestalt war Ingo Knepper. Er hatte in Heidelberg im selben Studentenwohnheim gewohnt.

»Hallo, Ingo, welche Überraschung! Was machst du, welche Winde treiben dich hierher?«

Sie schüttelten sich die Hand.

»Ich bin zu Verhandlungen hier.« Er klopfte mit der flachen Hand auf seinen Attachékoffer. »Ich verhandle mit eurem Präsidenten und mit eurem Wissenschaftssenator über die neue HERA.«

Bernie hatte davon gehört; sie planten die Erweiterung des Elektronen-Synchroton, wo sie Elementarteilchen aufeinanderprallen ließen, um noch kleinere Elementarteilchen zu erhalten.

»Ich wußte ja gar nicht, daß du in Hamburg gelandet bist.«

Es hörte sich an, als hätte er gesagt: Ich wußte ja gar nicht, daß du in einem Misthaufen gelandet bist.

»Und du, wo bist du gelandet?«

Bernie gab sich Mühe, leichthin zu sprechen.

»Im Forschungsministerium. Interessante Arbeit, das. Ich hab jetzt viel in Brüssel zu tun.« Er fletschte lächelnd seine Zähne. Bernie erstickte fast. »Gratuliere, du, Mensch, das freut mich aber.«

Er konnte es nicht mehr aushalten. Er mußte hier raus.

»Ich muß leider in eine Kommissionssitzung. Du kennst das ja.«

»Welche Kommission?«

»Disziplinarausschuß.«

»Disziplinarausschuß?« wunderte Ingo sich in einem Ton, als ob er sagen wollte: »Spielt ihr da mit euren Mistkugeln?«

»Na ja, man kann sich da schlecht entziehen. In welchem Hotel wohnst du? Im Atlantic, sicher. Gut, wenn ich Zeit habe, rufe ich dich an.«

Und Bernie lächelte, wedelte mit dem Arm und ließ Ingo Knepper einfach stehen.

Bernie stieg keuchend die letzte Treppe zum Sitzungssaal des Fachbereichs hinauf. In Hamburg war die große Hochschulrevolte mit einer Orgie des Umtaufens gekrönt worden: Germanisten hießen Literaturwissenschaftler, Literaturwissenschaftler hießen Sprachwissenschaftler, der Rektor hieß Präsident, der Dekan hieß Sprecher, und die Fakultät hieß Fachbereich. Oben auf dem Treppenabsatz konnte er aus einem kleinen Fenster noch einmal nach draußen sehen: In der Ferne glitzerte das doppelte Schienenband der S- und Fernbahn, das sich im eleganten Bogen vom Dammtorbahnhof nach Altona schwang. Direkt unter ihm spiegelte sich der Himmel in den Pfützen auf dem Dach der Baracken, die seit 15 Jahren als Übergangslösung für die Unterbringung der Universitätsverwaltung dort aufgestellt waren. Als sie errichtet wurden, war Bernie Student gewesen. Mit welcher Begeisterung hatten sie alle damals die Universität als Hort der Bildungsprivilegien gestürmt! Welch ein trauriger Witz: Als die Massen die Privilegien erobert hatten, waren es keine mehr. Statt dessen mußten Baracken errichtet werden.

Bernie betrat das Sitzungszimmer des Fachbereichs, knipste das Licht an und warf seine Tasche auf das Kopfende des Tisches. Er war der erste. Selbst sein Freund Bauer war nicht da. Er ließ sich auf seinen Sessel fallen und räumte die Tasche aus: die Protokolle der letzten Sitzung, zwei Pakete Traubenzucker, die *Grammatologie* von Derrida, die er immer noch nicht gelesen hatte, eine Staatsarbeit mit dem Titel *Die phallische Frau im französischen Film*, ein Programm des Szene-Kinos, ein Exemplar der Universitätszeitung mit dem grinsenden Konterfei von Präsident Schacht auf dem Titelbild und die Akten mit den Fällen Brockhaus und Fiedler. Wenigstens den Fall Brockhaus wollte er heute vom Tisch haben. Er schlug die Akte auf und las den Denunziationsbrief von Dr. Rössner.

»Sehr geehrter Herr Dekan« – der blöde Rössner wußte immer noch nicht, daß das heute Fachbereichssprecher heißt –, »ich sehe es als meine Pflicht an, Ihnen zur Kenntnis zu bringen«, blablabla, »daß die von Herrn Brockhaus bei Ihnen eingereichte Dissertation über ›Neoplatonische Kosmosophie bei John Donne‹ bereits einmal erfolglos der Philosophischen Fakultät der Universität Kiel eingereicht wurde«, blablabla, »Herr Brockhaus hat damit gegen § 15 Absatz 2, 3 und 5 der Promotionsordnung verstoßen«, blablabla, »und damit den Tatbestand der vorsätzlichen Täuschung erfüllt.« – In kleinen Spurts krabbelte eine Fliege über den Brief. Bernie faltete langsam das Mitteilungsblatt des VdH zu einer schmalen, schlagkräftigen Waffe, holte vorsichtig aus und ließ sie mit unvermittelter Wucht auf die Fliege niedersausen. Im nächsten Augenblick war sie ein breiter Fleck aus gelbem Gallert, der, mit den Trümmern von zerbrochenen Flügeln und Beinchen durchsetzt, sich über zwei Zeilen von Rössners Denunziationsbrief ausbreitete. Ganz plötzlich wurde Bernie von einem kalten Lufthauch metaphysischer Angst angeweht. Mutwillig hatte er diese Fliege zerquetscht. Dabei war auch sie eine Welt, eine Welt aus DNS, Eiweiß, Molekülketten, Wahrnehmung und Bewegung wie er selbst, ein komplexes System im dynamischen Austausch mit der Umwelt, dessen gigantische Facettenaugen in Rückkopplung mit einem phantastischen Flugapparat ein neurologisches Wunder an Steuerung vollbrachten. Hätte er sie künstlich im Labor konstruiert, hätte er dafür den Nobelpreis erhalten. Eine Lebensleistung wäre das gewesen, und nun hatte er in einer Sekunde dieses Wunder zerstört. So wie die Kinder mit Fliegen, fiel ihm ein, spielen die Götter mit uns. Welche Drohung! Vielleicht sollte er diesen Brockhaus retten. Der Vorwurf der arglistigen Täuschung könnte entkräftet werden, denn er hatte seinen Doktorvater, Professor Meisel, informiert. Der hatte ihm davon abgeraten, beim Promotionsantrag anzugeben, daß er es in Kiel schon mal versucht hatte. Der Kieler Vorsitzende des Promotionsausschusses war Keller gewesen, ein bekannter Scharfmacher mit dem Spitznamen »Killer«. Und aus Angst vor ihm hatte Brockhaus in Kiel seinen Antrag zurückgezogen. Außerdem wußte Bernie von Rolf Bauer, daß Rössners Denunziation eine Intrige war. Brockhaus hatte sich als CDU-Kandidat für die Bezirksversammlung aufstellen lassen und war damit just zum Gegenspieler von Rössners SPD-Parteifreund Briegel geworden. Da er viel populärer war als Briegel, hatte er Freund Rössner gebeten, die Notbremse zu ziehen und in die Schublade mit den Reservewaffen zu greifen. Und Rössner war wissenschaftlicher Assistent von Killer-Keller gewesen. Ja, so ging es. Er mußte es so drehen, daß Rössner das Vertraulichkeitsgebot verletzt hatte. Er dürfte seine Kenntnisse gar nicht offiziell verwenden. Bernie würde den Ausschuß erst einmal dazu bringen, zu untersuchen, woher Rössner seine Kenntnisse hatte, womit er sie begründete und ob er sie verwenden durfte. Andererseits – Bernie war selbst in der SPD und schadete so vielleicht einem Parteifreund. Wenn doch Bauer endlich kommen würde, mit dem er die Sache durchsprechen könnte!

Er warf die Akte Brockhaus mißmutig auf den Tisch, als die Tür aufging. Aber herein kam nicht Bauer, sondern eine junge Frau mit dunkler Pagenfrisur, knabenhafter Figur und einer riesigen Segeltuchtasche voller Manuskripte und Bücher.

»Guten Tag. Bin ich hier richtig im Disziplinarausschuß?«

Ihre Stimme klang erstaunlich tief. Eine Garçonne!

Bernie nickte.

Sie warf ihre Tasche mit einer schwungvollen Bewegung auf den Tisch.

»Ich heiße Hopfenmüller, Alice«, sie sprach mit bayrisch-süddeutschem Akzent, da war der Name kein Wunder, »und ich bin hier die neue Assistentenvertreterin. FRAGENS MICH NET. Fragen Sie mich nicht, wieso. Ich bin neu in Hamburg. – I WOAS NIX.«

Damit ließ sie sich auf den Stuhl hinter ihrem Gebirge von Tasche fallen und lächelte knäbisch.

In Bernies Seelenhohlraum richtete sich in Sekundenschnelle die Figur des männlich-überlegenen Erklärers auf und straffte seine mißmutig zusammengesunkene Gestalt zu einem Meter fünfundachtzig respektabler Lebensgröße. Er reichte der Knäbin die Hand über den Tisch.

»Ich bin Bernd Weskamp, der Ausschußvorsitzende. Sind Sie sicher, daß Sie in diesen Ausschuß gewählt worden sind?« Als sie ihn groß ansah, fuhr er fort: »Dies ist nämlich genaugenommen der Disziplinarunterausschuß auf Fachbereichsebene.«

»Fachbereich nennt's ihr hier die Fakultät?«

NENNT'S IHR HIER! Bernie kam sich vor wie in einem Heimatfilm, von fern hörte er die Kuhlocken läuten, und seine Seele schwang sich in die freie Bergluft, die Vreni und die Froni und die Alice! Jetzt erinnerte er sich.

»Ja, natürlich, Alice Hopfenmüller. Sie sind auch in den großen Disziplinarausschuß gewählt worden.«

Er wühlte in den Akten und holte die Mitteilung des Wahlamtes hervor.

»Verstehen Sie, der Unterausschuß arbeitet nur als Vorschaltgremium für den großen Disziplinarausschuß der Universität. Die verschiedenen Unterausschüsse der Fachbereiche – der Fakultäten – machen die Voruntersuchung und Tatsachenfeststellung und sprechen Empfehlungen aus. Der große Ausschuß fällt dann nach einer Anhörung der Betroffenen die Entscheidung.«

»Oh, dann muß ich also in beide Ausschüsse?« Angstvoll-vertrauensvolle Miene.

Jetzt beruhigend-vertraulicher Bariton. »Nun, diese Personalunion hat sich bewährt. Aber keine Angst, der große Ausschuß tagt nur einmal pro Semester. Und ich werde diese Gewohnheit nicht ändern.«

Mit dieser Bemerkung flocht Bernie beiläufig ein, daß er darüber zu bestimmen hatte.

»Sind Sie denn auch der Vorsitzende des großen Ausschusses?«

»Man hat mich leider dazu verdonnert.«

Bernie zog die Schultern hoch, als er das sagte, winkelte den Unterarm an und drehte die offenen Handflächen nach außen. Diese Geste hatte er von seinem Doktorvater kopiert. Sie drückte die Resignation vor der Unvermeidlichkeit aus, mit der andere einem eine widerwillig akzeptierte Verantwortung auf die Schultern legen. Überdies signalisierte sie den Humor des komisch Verzweifelten, der gleichwohl einsah, daß er die Last auf sich nehmen mußte, weil er einfach der beste Mann war. Man schuldete der Öffentlichkeit den Dienst. Und war nicht die Universität eine heilige Institution, die Wohnstätte des Geistes, die Heimstatt der Forschung und der Wissenschaft, wo es nur um überpersönliche Werte ging? Da war es einfach eine Pflicht, überarbeitet, überanstrengt und überbeansprucht zu sein. Er würde diese Alice einfach zu seiner Verbündeten machen, dachte Bernie in einer plötzlichen Eingebung, als er noch mal auf die Mitteilung des Wahlamts blickte.

»Ich sehe, Sie sind Historikerin. Bei Schäfer?«

Sie nickte.

»Sehr schön, der ist vernünftig. Hören Sie zu: Wenn Sie in beiden Ausschüssen sind, werden Sie eine wichtige Figur. Natürlich sind Sie eine Quotenfrau. Das macht nichts, das macht nichts!« nahm er ihren Protest vorweg. »Das macht Sie für andere unangreifbar. Natürlich macht es Sie zugleich zur Gefangenen der Feministinnen. Ich sag Ihnen, wie Sie damit am besten zurechtkommen. Sie halten sich an die Partei der Vernunft, das sind Rolf Bauer und ich – mit Ihnen sind wir drei. Also die Hälfte des Ausschusses, und ich als Vorsitzender gebe den Ausschlag – und wir stützen dafür Ihre Fassade als Vertreterin der Feministinnen, ohne daß sie alles tun müssen, was die wollen. Sagen Sie jetzt nichts, aber wundern Sie sich nicht, daß wir Sie hemmungslos ins Vertrauen ziehen.« Sie hatte ihm mit offenen Augen zugehört. Plötzlich brach sie in schallendes Gelächter aus. »Mei, Sie san aber intrigant. Und so offen. Ja, ich schlag ein.«

Zu Bernies Verblüffung stand sie auf und gab ihm schwungvoll die Hand, wie nach einem abgeschlossenen Kuhhandel auf dem Viehmarkt. Im selben Moment ging die Tür auf, und Professor Köbele trottete herein, ein kleiner, drahtiger, grauhaariger Terrier kurz vor der Emeritierung, gefolgt von der blonden Siegfriedsgestalt des Dr. Gerke und der in ausgebleichten Jeansstoff gehüllten Jammerfigur des Studenten Färber, die Bernie immer an eine blau angelaufene Käserinde erinnerte.

Nachdem sich alle mit viel Geraschel um den Tisch gruppiert hatten und Bernie die Sitzung eröffnet hatte, ergriff Dr. Gerke das Wort, indem er dabei zaghaft die Hand hob.

»Ich möchte Professor Bauer entschuldigen«, er zwinkerte dabei so nervös, als ob er eine furchtbare Unanständigkeit ausspräche. »Er hat mich angerufen und ist wegen eines Prüfungstermins verhindert. Und dann möchte ich den Vorsitzenden bitten, die Sitzung noch nicht zu eröffnen.« Damit schwieg er bedeutsam und preßte die Lippen zusammen.

Bernie kannte Gerke. Er erwartete nichts Gutes von ihm. Niemand erwartete Gutes von Gerke. Gerke war die wandelnde Entropie, der absolute Wärmetod, die sinnlose Stagnation. Wo er sprach, breitete sich Wüste aus. Selbst die Überleitungskommission hatte sich nicht entschließen können, Gerke zum Professor zu ernennen, und von da ab hatte er sich auf das Lahmlegen von Gremien spezialisiert. Und dabei hatte er es zu einer fast genialen Fertigkeit gebracht. In wenigen Sekunden konnte er den Schrecken völliger Desorientierung verbreiten. Ein gezielter Einwurf, dessen Sinn durch die Verweigerung jeder weiteren Erläuterung in nachtschwarzes Schweigen gehüllt wurde, konnte so tödlich lähmen wie der Biß einer Kobra.

Bernie fühlte die bekannte Wut in sich aufsteigen, die Gerke immer wieder in ihm erregte.

»Sie haben sicher Gründe dafür, daß ich die Sitzung nicht eröffnen soll«, sagte er mit schwerer Ironie.

»Das möchte ich nicht begründen«, murmelte Gerke.

Die Alarmglocken schrillten bei Bernie.

»Dann kann ich darauf keine Rücksicht nehmen. Ich eröffne also die Sitzung«, fuhr er fort, »ja, Herr Gerke?«

Dr. Gerke hatte beide Arme gehoben. Das bedeutete, er wollte einen Antrag zur Geschäftsordnung stellen, und dann mußte man alles andere unterbrechen.

»Ich weiß zwar«, flüsterte er zwinkernd, »daß wir noch nicht in die Tagesordnung eingestiegen sind, aber das ist ja das Problem. Eine neue Person ist unter uns, und bevor wir nicht die Rechtmäßigkeit ihrer Wahl zur Vertreterin der Assistenten festgestellt haben, können wir nicht über vertrauliche Dinge verhandeln. Das geht nicht gegen Sie persönlich«, wandte er sich an Alice, »aber«, und jetzt böse und zwinkernd zu Bernie gewandt, »der Vorsitzende hätte uns die Wahl mitteilen müssen, damit wir vorher ihre Rechtmäßigkeit hätten prüfen können.«

»Dann holen wir das doch jetzt nach«, bellte plötzlich Professor Köbele.

Ganz überraschend gab Gerke sofort nach.

»Wenn Professor Köbele das für rechtmäßig hält, will ich meine Bedenken nicht weiter aufrechterhalten.«

»Dann kann ich ja eröffnen. Zunächst begrüße ich als neues Mitglied unter uns Frau Dr. Alice Hopfenmüller vom historischen Seminar. Sie ist rechtmäßig von der Gruppe der Assistenten im Verfahren der Nachwahl gewählt worden, und zwar als Ersatz für Dr. Vahrenholt, der einem Ruf an die Universität Bonn gefolgt ist. Ich bitte Sie«, an Alice gewandt, »den vorherigen Disput als rein verfahrenstechnische Klärung zu verstehen, die nichts mit Ihrer Person zu tun hat. Wir alle heißen Sie, Frau Hopfenmüller, in unserem Kreis ganz herzlich willkommen...« dröhnte Bernie. Dann galoppierte er, ungestört von weiteren Zwischenfällen, durch die Eröffnung, die Mitteilungen, die Anfragen, die Verabschiedung des Protokolls und die Feststellung der Tagesordnung. Der bläuliche Student hatte seine Arme ellbogengespreizt auf den Tisch gelegt und sein bärtiges, von fettigen Haaren umrahmtes Haupt auf die verschränkten Hände gebettet. Alice schaute Bernie aufmerksam an, Gerke las konzentrierten Ausdrucks in geheimnisvollen Rechtsverordnungen, und Professor Köbele hatte damit begonnen, mit bloßen Händen Nüsse zu knacken und die Schalen auf einem ausgebreiteten Exemplar des *New York Review of Books* zu sammeln.

»Wir kommen jetzt zum Tagesordnungspunkt fünf, dem Fall Brockhaus.«

Krach, machte die Nuß von Professor Köbele.

Da fuhr der magere Student Färber plötzlich mit dem Kopf hoch und blaffte:

»Also das ist echt irgendwie faschistisch, dieses Geknacke, wissen Sie?«

Mit Köbele vollzog sich eine erstaunliche Wandlung. Wie an Schnüren gezogen stand er auf und haute mit solcher Gewalt mit der flachen Hand auf den Tisch, daß Färber zurückfuhr und die leeren Nußschalen in die Höhe sprangen.

»Faschistisch?« brüllte Köbele mit einer Stimmgewalt, die dem kleinen Mann niemand zugetraut hätte. »Faschistisch?« wiederholte er. »Sie wissen gar nicht, was das Wort bedeutet. Sie wissen überhaupt nicht, was Worte bedeuten. Sie richten unter den Worten ein Massaker an. Sie haben aus der Universität ein Massengrab der Worte gemacht. Ich habe genug davon. Ich habe gesehen, wie meine Seminare zu Versammlungen kaugummikauender, zotteliger, stammelnder Höhlenbewohner wurden. Ich habe in Ausschüssen gesessen, wo ich mich von analphabetischen Rüpeln anpöbeln lassen mußte, gegen die King Kong ein verfeinerter Höfling war. Ich habe mich dazu hergegeben, so zu tun, als ob das sinnlose Gefasel einer Horde unartikulierter Paviane eine philosophische Diskussion wäre. Ich habe mich schwer an dieser Universität versündigt, indem ich das alles mitgemacht habe, ohne meine Kleider zu zerreißen und offen zu verkünden, daß Neandertaler wie Sie nicht auf die Universität gehören.« Wieder hieb er mit der flachen Hand auf den Tisch, daß die Nußschalen tanzten. »Aber weiter gehe ich nicht«, schrie er. »Von Hilfsbütteln der Gesinnungspolizei wie Ihnen lasse ich mir nicht verbieten, eine Nuß zu knacken. Dazu haben Sie das Recht verwirkt.« Wieder ein Schlag auf den Tisch. Köbele hatte den Kopf wie ein Stier gesenkt. Man konnte das Weiße seiner Augen sehen. Sein flammender Blick hatte Färber aus dem Sitz gehoben. Er wußte nicht, wie er dieser stählernen, konzentrierten Wut begegnen sollte.

»Das«, brüllte Köbele und hieb mit seiner blanken Faust auf eine Nuß, daß sie in Trümmern zerbarst, »das sollte ich mit Hundsföttern wie Ihnen machen.«

Hundsföttern! Den Plural von »Hundsfott« hatte Bernie noch nie gehört. Welch ein Wort! Das mußte seit 1830 außer Gebrauch sein.

Die Gewalt dieses Ausbruchs hatte alle überrascht. Für eine Sekunde stand Färber schwankend wie ein Rohr, dann griff er seine Tasche, drehte sich um und ging wortlos aus dem Sitzungszimmer. Gerke stand auf und folgte ihm.

»Ich hole ihn zurück«, sagte er.

»Wenn Sie auch noch gehen, sind wir nicht mehr beschlußfähig«, rief Bernie ihm nach, aber er wußte ja, daß Gerke eben das erreichen wollte, und beschloß, ihn zu ignorieren.

»Wir kommen jetzt zu Tagesordnungspunkt fünf, dem Fall Brockhaus.«

Weiter kam er nicht, denn die Tür ging auf, und Gerke erschien wieder.

»Ich beantrage, den Tagesordnungspunkt fünf, den Fall Brockhaus, zurückzustellen«, sagte er, noch bevor er sich gesetzt hatte, »und Tagesordnungspunkt sechs, den Fall Fiedler, vorzuziehen«, fuhr er zwinkernd fort. »Herr Fiedler ist nämlich anwesend. Er möchte zu seinem Fall aussagen, und ich finde es nicht fair, ihn lange warten zu lassen. Ich betone, daß ich mich nicht mit Fiedler abgesprochen habe. Ich habe Fiedler in dieser Woche noch gar nicht gesehen.« Heftiges Zwinkern. »Aber, man sollte meinen, das ganze Verfahren ist schon Belastung genug für Herrn Fiedler.«

Da hatten sie den nächsten Irren! Bernies Hirn arbeitete mit Höchstgeschwindigkeit. Natürlich hatte Gerke ihn bestellt. Aber beide würden das leugnen. Sein Fall war noch gar nicht zur Anhörung gediehen. Aber wenn er ihn jetzt zurückwies, würde Fiedler entweder einen chaotischen Auftritt aufs Parkett legen, oder Gerke würde aus Protest den Ausschuß verlassen, und dann wären sie mit drei Mitgliedern nicht mehr beschlußfähig.

Da hob Alice die Hand.

»Ja bitte?«

»Ich möchte den Antrag von Herrn Gerke auf Umstellung der Tagesordnung unterstützen und beantrage, Herrn Professor Fiedler hereinzubitten.«

War das Naivität oder Strategie? Bernie hatte jetzt keine Zeit, darüber nachzudenken.

»Gut, ich lasse über den Antrag abstimmen.« Er hob selbst die Hand und schaute sich um. Alle Hände waren oben. »Das ist die Mehrheit. Herr Gerke, würden Sie Herrn Fiedler hereinbitten?«

Gerke tat nichts lieber.

Fiedler setzte sich an das gegenüberliegende Kopfende. Offizierstyp, gerader Rücken, kurzes, graublondes Haar, Oberlippenbart, graublaue Augen, gerader Blick, knappe Verbeugung.

»Herr Vorsitzender, meine Dame, meine Herren! Äußerste Verbundenheit für Entgegenkommen, mich anzuhören.«

Fiedler bediente sich einer Art Funkersprache, die noch aus der Marine des Kaiserreichs zu stammen schien.

»Fall dürfte bekannt sein. Fachbereichssprecher weigert sich, Doktorarbeit auf spanisch entgegenzunehmen. Beruft sich auf Promotionsordnung, die Deutsch vorschreibt. Habe auf Ausnahmeregelung verwiesen, nach der auch Spanisch möglich ist. § 12, Absatz 1. Beiße auf Granit. Habe daraufhin festgestellt, daß vergleichbare Deutschtümelei nur im Dritten Reich üblich war.«

Bernie versuchte, das Durcheinander zu ordnen.

»Lieber Herr Fiedler, Sie haben uns durch Ihr Erscheinen zu einer gewissen Unorthodoxie veranlaßt. Die Kommission hat die Tatbestandsfeststellung noch keineswegs abgeschlossen. Ihre Anhörung ist also für später vorgesehen. Da Sie aber nun mal hier sind, können wir das vielleicht zur wechselseitigen Klärung benutzen.«

Er machte eine Pause und blätterte in seinen Papieren.

»Die Auslegung der Promotionsordnung, die zwischen dem Fachbereichssprecher und Ihnen strittig ist, ist nicht Gegenstand der Erörterung durch den Ausschuß, sondern dient nur als Motivhintergrund für den eigentlichen Anlaß, der zum Antrag auf ein Disziplinarverfahren gegen Sie geführt hat.«

»Das ist doch eine maßlose Heuchelei!« Gerkes Gesicht verfiel wieder in Zucken und Zwinkern.

»Wie bitte?«

»Eine maßlose Heuchelei nenne ich das. Wir wissen alle, daß Sie persönlich – ja, ich meine Sie persönlich – die Promotionsordnung genauso auslegen wie der Sprecher. Sie sind also Partei.«

»Quatsch«, ließ sich Köbele wieder vernehmen, »die Ausnahmeregelung betrifft nur Einzelfälle. Sie wollen aber eine Ausnahmeregelung für eine ganze Sprache, nämlich Spanisch«, fuhr er, an Fiedler gewandt, fort, »dann kommen aber die Slawisten, die Skandinavisten, die Finno-Ugristen und wollen dasselbe. Und daß das nicht geht, wissen Sie so gut wie ich. Wenn Sie Doktorarbeiten künftig auf polnisch schreiben lassen, dann haben Sie aus der Promotionskommission vorweg alle Mitglieder ausgeschlossen, die nicht Polnisch können. Und das widerspricht dem Gebot der interdisziplinären Zusammensetzung.«

»Aber um diese Auslegung geht es nicht«, fuhr Bernie fort, »sondern die Kommission hat sich mit dem Vorwurf zu beschäftigen, Herr Fiedler hätte seine Studenten dazu angestiftet, die Exponate einer vom Fachbereichssprecher besorgten Ausstellung zum Spätmittelalter mit Hakenkreuzen und der Aufschrift ›Nazi‹ oder ›Nazischwein‹ zu versehen. Außerdem liegt dem Ausschuß ein Brief an den Leitenden Verwaltungsbeamten Seidel vor, in dem Herr Fiedler den Fachbereichssprecher als typischen Vertreter völkischer Sprachwissenschaft bezeichnet. Herr Fiedler, wollen Sie vielleicht jetzt schon zu diesen Vorwürfen Stellung nehmen?«

Fiedler reckte den Hals und blickte vergnügt um sich. »Weise Vorwurf zurück, Hakenkreuzschmierereien inspiriert zu haben. Das andere – Kennzeichnung von Fachbereichssprecher als völkischen Sprachwissenschaftler – kann ich nur als gewaltiges Mißverständnis bezeichnen. Ist kein Vorwurf, ist ein Kompliment.«

Bernie verschlug es die Sprache, Köbele ließ die Kinnlade fallen, und Alice unterdrückte einen Lachanfall. Fiedler stellte sich selbst auf die Position, die er gerade angegriffen hatte. Um seinen Kopf aus der Schlinge zu ziehen, nahm er es in Kauf, selbst als Völkischer zu gelten. Am Ende meinte er es sogar ernst! Oder war es die Schläue des Irren, der die Vernünftigen mit seinem Irrsinn narrt. Diese Typen sind unschlagbar, dachte Bernie, weil niemand sie berechnen kann. Sie nehmen überhaupt keine Rücksicht auf ihre eigene Reputation.

»Darf ich das so für das Protokoll festhalten?«

»Ja.« Fiedler stand auf. »Damit dürfte das Disziplinarverfahren gegenstandslos geworden sein.«

»Das gibt der Sache zweifellos eine neue Wendung«, antwortete Bernie vorsichtig. »Aber Sie werden verstehen, daß wir uns erst im Ausschuß beraten müssen.«

Fiedler verbeugte sich knapp, drehte auf dem Absatz um und verschwand frohgemut durch die Tür. Bernie wollte gerade den Ausschuß bitten, ihn zu ermächtigen, nach diesem Auftritt Fiedlers Rücksprache mit der Rechtsabteilung der Universität zu nehmen, als die Tür wieder aufgerissen wurde. Herein strömte eine Horde von acht bis zehn Studenten, an ihrer Spitze Student Färber. Sie bauten sich wie ein Chor vor dem hinteren Ende des Tisches auf, an dem gerade noch Fiedler gesessen hatte.

»Das kann ja wohl irgendwie nicht angehen, was hier mit dem Studentenvertreter passiert.«

»Das ist echt Scheiße, finden wir das!«

»Das ist ja wohl der letzte Scheiß, den die Profs hier abziehen!«

Bernie überlegte. In diesem Chaos konnte er den Fall Brockhaus nicht lösen. Dazu brauchte er eine entspannte Atmosphäre. Also würde er bis nach dem Essen warten, dann war vielleicht auch Bauer wieder da. Und die Horde Studenten würde bestimmt nicht wieder kommen. Plötzlich fühlte er Mitleid mit ihnen. Sie hatten das Licht gesehen und hatten Leute gefunden wie Gerke und Fiedler. Ihre einzigen Freunde waren Männer wie Köbele, der ihnen sagte, wer sie waren: Höhlenbewohner, die an den Wänden entlangtasteten, Einäugige und Blinde, gegen die Polyphem ein brillanter Aufklärer war. Und plötzlich sah Bernie sich selbst in der Höhle, und am Eingang winkte das Mädchen mit dem blauen und dem grünen Auge.

»Ich stelle fest, daß die Sitzung durch ein Go-In unterbrochen ist, und vertage auf 14 Uhr.«

›Krach.‹ Köbele hatte wieder eine Nuß geknackt.

»Jetzt darf ich ja wohl«, krähte er wohlgelaunt und steckte sich die Trümmer des Walnußkerns in den Mund.

3

»Papi!«

»Ja, mein Schatz?«

»Meinst du, sie fliegt weg, wenn sie flügge ist?«

»Ich weiß nicht.«

Hanno Hackmann schaute über den Frühstückstisch hinweg, den Frau Görüsan heute auf der Terrasse gedeckt hatte, und sah zu, wie seine Tochter Sarah eine junge Dohle mit Regenwürmern fütterte. Schlank und langbeinig hockte sie auf dem Rasen, in ihrer Linken ein altes Honigglas mit Erde und in ihrer Rechten eine Pinzette. Ihre großen braunen Augen hatte sie konzentriert auf die Dohle gerichtet, die sich ihr erwartungsvoll entgegenreckte. Für Hanno hatte die Teenagerhübschheit im Gesicht seiner Tochter in letzter Zeit eine neue Färbung angenommen. Es war die Färbung der Intelligenz. In ihren Zügen begann die Sonne des Verständnisses aufzugehen und erfüllte ihre Augen mit einem morgendlichen Licht. Eine leise Rührung wehte ihn an. War dieser kleine Vogel auf seinen dünnen Beinchen etwa ein Zeichen, daß seine Tochter sich einsam fühlte? Plötzlich knickte die Dohle ein, setzte sich auf die Hacken, zitterte bettelnd mit den Flügeln und sperrte hemmungslos den Schnabel auf. Die Pinzette in Sarahs Hand hatte die Grenze ihres Blickfeldes überquert, und in ihrer Spitze wandt sich in wilden Windungen ein Wurm. Sarah stopfte ihn in den offenen Schnabel, und für wenige Sekunden verwandelte sich die Dohle in einen heftig ruckenden Hals. Ebenso unvermittelt hörte der Paroxysmus wieder auf, die Dohle glättete die Federn, streckte sich, klappte den Schnabel zu und blickte um sich, so als ob sie nie eine unanständige Demonstration ihrer Gier geboten hätte.

»Wie ist es mit dir, Sarah«, fügte Hanno hinzu, »fliegst du weg, wenn du flügge bist?«

Sie blickte ihn an. »Ich weiß nicht.«

Beide lachten. Dieses Lachen seiner Tochter hatte Hanno in

letzter Zeit als seinen Verbündeten begrüßt. Es wärmte ihm das Herz. Als er merkte, daß seine Tochter tatsächlich Humor hatte, war er sich vorgekommen wie Robinson Crusoe, als Freitag die ersten verständlichen Worte sprach. Es war eine richtige Erleichterung gewesen, ein ganz unvermutetes Glück. Anders als Gabrielle zeigte sie plötzlich die Fähigkeit, sich zu distanzieren. Es war so, als ob sie einen neuen Dialekt gelernt hätte, einen Dialekt aus sozialen Analogien und Parallelen, Inversionen und Positionswechseln, Rösselsprüngen und Rochaden. Möglicherweise hing damit zusammen, daß sie auch im Schachspielen so viel besser geworden war und Hanno jetzt regelmäßig besiegte. Und mit ihrem Lachen verständigten sich Vater und Tochter darüber, daß sie einander verstanden.

»Papi, kannst du mir einen Gefallen tun?«

»Sicher, mein Schatz. Aber warum bist du nicht in der Schule?«

»Frau Wochnowski ist krank. Da fallen die ersten beiden Stunden aus. Mami hat erlaubt«, fuhr sie fort, »daß wir die Katze ins Tierheim bringen, bis Konrad flügge ist.«

Sie hatte die Dohle »Konrad« genannt, nach Konrad Lorenz, dem Verhaltensforscher.

»Und ich soll sie da abliefern?«

»Ja, würdest du das tun, auf dem Weg zur Universität? Bitte, bitte!«

»Ich weiß nicht, vielleicht greift sie mich wieder an.«

»Weißt du, was Frau Görüsan über die Kratzspuren in deinem Gesicht gesagt hat?«

Hanno konnte sich vorstellen, was Frau Görüsan gesagt hatte. Sicher hatte sie einen Spruch von tiefer orientalischer Lebensweisheit parat gehabt. »Wenn die Katze dich kratzt, so ersäufe sie« oder dergleichen.

»Wenn die Katze dich kratzt, so ersäufe sie«, parodierte er Frau Görüsan.

Sarah lachte. »Nein, sie hat gesagt, in der Türkei sind Kratzer im Gesicht ein Zeichen, daß der Mann unterm Pantoffel steht.«

Das Gespräch drohte in gefährliche Gewässer zu führen. Schließlich konnte er doch nicht mit Sarah seine Ehe besprechen. So lenkte er unvermittelt ab.

»Weißt du, was dein Pflegekind da betrifft« – er zeigte auf Konrad, der gerade wieder ruckend einen Wurm absorbierte –, »ich habe bei Lorenz gelesen, daß eine Dohle ein Leben lang auf den Menschen fixiert bleibt, den sie für ihre Mutter hält.«

Sarah war Mitglied im »Haus der Natur«, wo sich unter der Leitung eines naturgesunden Studienrats junge Leute dem Schutz von Biotopen und dem Studium der Kleintierwelt widmeten, um für sich davon den Mehrwert moralischer Integrität abzuzweigen. Dabei hatten sie in einem Steinbruch eine Kolonie junger Dohlen vor den näher rückenden Abbaubaggern gerettet, und einen der Jungvögel hatte Sarah zur Aufzucht anvertraut bekommen. Natürlich hatte Gabrielle zunächst empört protestiert: Der Vogel würde Michael Canovas Stoffmuster auf den neu bezogenen Biedermeiermöbeln ruinieren, William Yeowards Vorhangstoffe zerfetzen und Dinah Cassons Lampen bekleckern. Aber dann hatte Hanno eine Lösung gefunden, indem er die Garage mit Hilfe eines Maschendrahts in eine Voliere verwandelte und den Mercedes seitdem vor dem Haus parkte. Haus war eigentlich zu bescheiden ausgedrückt, es war beinahe eine Villa, gebaut von dem großen Behrens persönlich. Gabrielle hatte sich große Mühe gegeben, ein standesgemäßes Domizil mit der richtigen Adresse zu finden. Mit großer Zähigkeit hatte sie eine unglaubliche Menge von Anzeigen gesichtet, Angebote von Maklern geprüft und Gebäude besichtigt, bis sie schließlich dies Haus im grünen Hamburger Villenvorort Ohlstedt gefunden hatten. Inzwischen war er damit selbst zufrieden. Versonnen blickte er auf den feuchten Teppichrasen, der zu beiden Seiten von Gruppen von Euphorbia wulfenii begrenzt wurde. Im Hintergrund formte eine Eibenhecke eine Reihe vorspringender Brüstungen, und in jedes der so gebildeten Segmente hatte Gabrielle farblich aufeinander abgestimmte Blumen pflanzen lassen. Es fing links an mit Blau und Gelb, wurde in der Mitte blaßrosa, cremefarben und weiß und ging über nach rechts in eine kühne Palette von dunklen Purpurtönen. In der Mitte des Rasens unter einer Faulkirsche stand ein kleiner Putto, den ein früherer Verehrer Gabrielles aus der Toskana mitgebracht zu haben vorgab und der angeblich eine Kopie von Sansovinos Bacchus darstellte. Daß Hanno glaubte, der Putto stammte aus dem Kieswerk von Bad Segeberg, hatte er für sich behalten.

»Also bringst du nachher die Katze ins Tierheim?« Sarah hatte Konrad auf die Hand genommen und streichelte mit einem Finger seinen kleinen Kopf.

»Wenn du sie mir schon verschlossen in einem Tragekäfig in den Kofferraum des Wagens stellst.«

Sie gab ihm einen Kuß, während die Dohle einen Strahl ätzenden Guanos haarscharf an seinem Hosenbein vorbei auf die Blüten einer Lobelie schoß. Mit federnden Schritten verschwand Sarah in der Garage, und Hanno entfaltete genüßlich die Frankfurter Allgemeine. Der frische Morgen und das kleine Bad im Swimmingpool seiner Vaterschaft hatten die Erinnerungsspuren des Krachs mit Gabrielle fast völlig hinweggewaschen.

Das soziologische Seminar der Universität Hamburg dehnte sich über alle vier Stockwerke der alten Polizeiwache aus, die sich am Rande des Campus im Herzen des Grindelviertels wie ein gewaltiger Klotz erhob. Hanno Hackmanns Büro lag im vierten Stock. Es bestand eigentlich aus einer Flucht von vier Büros, denn der Lehrstuhl von Hanno war gleichbedeutend mit der Abteilung für Kultursoziologie. Bei seinen Berufungsverhandlungen hatte er darauf bestanden, daß seine Abteilung vom Rest des Instituts durch eine Glastür abgetrennt wurde, an der eine Plakette mit der Aufschrift angebracht wurde: »Prof. Dr. Hanno Hackmann, Abt. für Kultursoziologie, Dr. Veronika Tauber, Wiss. Ass., Cornelia Kopp, Verw. e. wiss. Ass., Hildegard Eggert, Sekretariat«. Wie immer fuhr Hanno Hackmann mit dem Fahrstuhl nach oben, der aufstöhnend direkt neben der Eingangstür zu seiner Abteilung anhielt. Wenn er durch die Tür trat, ließ er die verkommene Gammelatmosphäre des Campus hinter sich und betrat ein Reich gepflegter Bürosachlichkeit. Ein blauer Teppich verband alle vier Büros miteinander; die Wände waren in gedecktem Weiß gehalten, die Möbel schwarz oder weiß. Um sein eigenes Büro zu erreichen, mußte er an den Assistentenbüros und dem kleinen Konferenzraum vorbeigehen, bis der Flur sich zu einer kleinen Vorhalle weitete. Dort standen um ein niedriges Tischchen ein Sofa und zwei Sessel für die Studenten und Prüfungskandidaten bereit, die sich bei Frau Eggert zur Sprechstunde angemeldet hatten. Frau Eggerts Büro lag direkt neben seinem eigenen, das er durch die Tür am Ende des Ganges betrat. Licht flutete ihm von zwei Seiten entgegen, denn sein Büro war ein Eckraum, und aus den beiden einander im rechten Winkel gegenüberliegenden Doppelfenstern ergoß sich die Helligkeit wie zwei zusammenstürzende Bahnen eines Wasserfalls ins Innere des Raumes, umspülte links seinen Schreibtisch, rechts die Sitzgruppe mit dem Ausziehsofa und illuminierte im Hintergrund an der rechten Innenseite die schwarzweiße Bücherwand. Hier, im Bücherregal, befand sich der eigentliche Hausaltar von Hanno Hackmann. Hier standen seine Penaten und Privatgötter. Nicht, weil eine Flasche Tullamore Dew bernsteinfarben leuchtete wie ein ewiges Licht, und auch nicht, weil dort eine Erstausgabe von Baldassare Castigliones »Il Cortegiano« von 1528 und eine Prachtausgabe von Konrad Gessners »Bibliotheca Universalis« von 1586 Hubert Langnets »Vindiciae Contra Tyrannos« von 1579 einrahmten, sondern weil dort Bücher von ganz anderer, heiliger und besonderer Machart standen. Sie trugen Titel wie: »Die Geschichte des Selbstmords«; »Der Karneval und die Subversion«; »Der Diskurs der Geschlechter und die Geschichte der Liebe«; »Lebensformen der frühen Neuzeit«; »Der adlige Heiratsmarkt und die bürgerliche Freigabe der Ehe«; »Die Entstehung der Bohème«; oder »Heilige, Helden und Sportler«. Es waren dies Bücher, die die Kenner außerordentlich gelobt hatten, und einige von ihnen waren bereits kleine Klassiker geworden. Und diese Bücher hatten alle eines gemeinsam: Ihr Verfasser hieß Hanno Hackmann. Hier zwischen diesen Buchdeckeln lagen seine Ehre, seine Reputation und sein guter Name. Hier war das Fleisch Wort und das Wort Geist geworden. In immer neuen Kombinationen von nur 26 Buchstaben, aufgereiht in Tausenden und Abertausenden von Zeilen, lag hier seine eigene persönliche Nabelschnur, die ihn mit dem Omphalos der Welt und der Doppelhelix der Urzelle verband, eine direkte Standleitung zu Elohim Adonai, dem Alpha und Omega des ewigen Alphabets. Doch wenn sein Blick liebevoll über die Buchrücken strich, fühlte er sich auch zugleich selbst als Urgrund seiner brain children, die er in männlicher Parthenogenesis gezeugt, im Leibe seines Geistes ausgetragen und aus seinem Kopfe geboren hatte, er allein, ohne Mitwirkung irgendeiner Frau. Vor ein paar Wochen hatte ihm ein skurriler Anglist, den er auf einer Tagung getroffen hatte, eine noch skurrilere Arbeit über Laurence Sternes »Tristram Shandy« und die ursprünglich sexuelle Bedeutung von Kreativität geschenkt, und seitdem hatte Hanno ein silbergerahmtes Foto von Sarah neben sein Hauptwerk »Welten aus Bedeutung« gestellt.

Im Wohlgefühl der inneren Selbstübereinstimmung schloß Hanno Hackmann seine Bürotür hinter sich, warf seine Tasche auf den Stuhl und trat ans Fenster. Doch sofort kräuselte leichter Ärger die glatte Oberfläche seines Gemüts: Arbeiter hatten die rechte Frontseite des Institutsgebäudes mit einem Gerüst versehen. Er mußte also mit Baulärm rechnen. Da erinnerte er sich, daß man die Wetterseite des Gebäudes mit einer Klinkerschicht verkleiden wollte. Instinktiv zog er den Vorhang etwas vor und trat an das andere Fenster. Gott sei Dank, die alte Jugendstilfassade ließen sie in Ruhe! Der Lärm würde sich also in Grenzen halten. Sein Blick schweifte am alten Hochbunker vorbei über den Bornplatz zur Talmud-Tora-Schule. Hier auf dem Bornplatz hatte die große

Hamburger Synagoge gestanden. Jetzt war es eine leere, gepflasterte Fläche, auf der sich die Spatzen um die Krümel balgten, die die Penner von den Parkbänken fallen ließen. Jeder im Soziologischen Seminar wußte, daß damals im Institutsgebäude die Polizeiwache untergebracht war. Hanno versuchte sich vorzustellen, wie die SA-Trupps unten aus dem Torbogen des Gebäudes traten und in jener Novembernacht 1938 über den Platz marschierten, um die Synagoge anzuzünden und das Pogrom zu entfesseln. Wer hatte wohl damals hier gestanden, wo er jetzt stand, und zugesehen? Die ganze Universität hatte zugesehen, sagte er sich mit einer plötzlichen Wendung und dachte an seinen Vortrag über Civil Society. Der Aufstand der Heiden gegen das Volk des Buches, die Rebellion der Barbaren gegen das Alphabet, und die Universität hatte zugesehen! Eine Taube landete vor Hannos Augen auf dem Fensterbrett, unmittelbar gefolgt von einer weiteren Taube, die sofort begann, sich rituell im Kreis zu drehen und sich gurrend zu verbeugen. Die Dohle von Sarah fiel ihm ein. Hatten sie sie damals Sarah genannt in einem Anflug symbolischer Wiedergutmachung, damit wieder eine Sarah auf dem Bornplatz stand? Ekelhaftes Wort in diesem Zusammenhang – Wiedergutmachung –, sollte er doch lieber seine Ehe wiedergutmachen, wenn er konnte. Dazu brauchte er sich vor Gabrielle nur so eifrig balzend zu verbeugen wie der unverdrossene Täuber auf der Fensterbank. Warum nicht, vielleicht wäre es einen Versuch wert! Aber erst mußte er Babsi loswerden. Mit einer plötzlichen Handbewegung verscheuchte Hanno die Tauben und seine Gedanken.

Entschlossen ging er zum Schreibtisch, drückte die Taste der Gegensprechanlage und bat seine Sekretärin um die Post. Eine Sekunde später trat Frau Eggert durch die Seitentür, eine zirka vierzigjährige, blondsachliche Inkarnation unauffälliger Kompetenz, die zuweilen eine ins Strenge spielende Mütterlichkeit annehmen konnte. Was immer sie darüber hinaus an romantischen Gefühlen hegen mochte, wurde der Fama nach völlig von einem unbekannten Maler aufgebraucht, der auf einem Hausboot auf der Elbe seinem Durchbruch entgegenmalte. »Eines Tages werden wir Frau Eggert noch als Modell sehen, und dann muß das Seminar ein Aktbild von ihr kaufen«, hatte sein Kollege Günter geflachst. »Nur, wenn er abstrakt malt«, hatte Hanno entgegnet, und Günther hatte geantwortet: »Na, dann trifft er sie auch richtig.« Sie reichte Hanno die geöffnete Post, aus der sie die Bücherreklamen und alles, was die Geschäftsroutine des Seminars betraf, herausgefiltert hatte.

»Der Rotary Club bittet Sie, einen Vortrag zu halten.«

»Lehnen Sie ab.«

»Aber da ist der Chef von Nixdorf dabei. Er hat unseren Computer gestiftet.«

»Dann sagen Sie zu.«

»Dann hat die Bank für Gemeinwirtschaft zugesagt, Ihr Projekt mit Katz zu finanzieren.«

»Hallelujah! Das ist eine gute Nachricht«, freute sich Hanno.

Professor Katz von der Universität Freiburg und er hatten die Herausgabe einer Reihe geplant, in der die modernen Klassiker der Sozialwissenschaften portraitiert werden sollten: Spencer, Comte, Durkheim etc., und Hanno hatte es unternommen, zur Finanzierung des Projekts Sponsoren zu gewinnen. Offenbar hatte Direktor Wiechmann sein Vortrag am Wochenende in der Akademie gefallen, denn der Brief war vom Montag datiert.

»Und dann sind Sie eingeladen, auf der katholischen Bischofskonferenz ein Seminar über ›Religion in der modernen Gesellschaft‹ zu geben.«

»Was?«

»Hier ist der Brief vom Generalvikariat des Erzbischofs in Köln.«

Hanno betrachtete erstaunt den Briefkopf mit dem stilisierten Bischofshut und dem Krummstab.

»Die haben sicher einen guten Wein«, bemerkte Frau Eggert spitz. Wie alle norddeutschen Protestanten hielt sie den katholischen Klerus für eine finstere Geheimgesellschaft mafiösen Zuschnitts, deren Mitglieder den Zölibat durch geheimnisvolle Laster kompensierten.

»Und dann teilt Ihnen der Sprecher mit, daß die C3-Stelle für Literatursoziologie und Exilliteratur freigegeben worden ist. Er bittet Sie, ihm Vorschläge für die Besetzung der Berufungskommission zu machen.«

»Gut. Rufen Sie Frau Taubert an, sie soll zu mir kommen.«

»Ist schon unterwegs.«

»Eigentlich könnten Sie den ganzen Job auch ohne mich machen, Frau Eggert.«

»Sie wissen doch, ich brauche Sie als Sündenbock, wenn was schiefgeht.«

Diese Flachsereien waren Routine. Frau Eggert verstand, daß es Hannos Art war, seine Dankbarkeit auszudrücken.

»Ist das alles?«

»Ja. Das heißt, nein. Frau Clauditz hat angerufen, sie möchte einen Termin bei Ihnen wegen ihrer Diplomarbeit. Ich habe ihr morgen um 17 Uhr gegeben, nach der Sprechstunde.«

»Ist gut.«

Hanno packte alle Ausdruckslosigkeit, derer er fähig war, in diese Antwort, denn Frau Clauditz war Babsi. Morgen würde er den Trennungsstrich ziehen. Er verbannte den Gedanken an Babsi wieder. Jetzt gab es Wichtigeres zu tun.

»Schreiben Sie erst mal einen Dankesbrief an Wiechmann. Können gar nicht genug danken... eine Tat großer Generosität und Noblesse... Monument des Gemeinsinns... Geschenk an eine ganze Generation... Sie kennen das ja. Tragen Sie ruhig dick auf. Dann rufen Sie beim erzbischöflichen Generalvikariat in Köln an. Ich betrachte die Aufforderung als große Ehre, würde aber gern Näheres über Ziel, Zusammensetzung des Publikums und alle näheren Umstände erfahren. Und wenn es geht, versuchen Sie herauszukriegen, was die an Honorar zahlen. Aber erst verbinden Sie mich mit Freiburg.«

»Sofort.« Frau Eggert wendete sich zum Gehen, blieb dann plötzlich stehen und faßte sich mit einer ungewohnt dramatischen Geste an die Frisur: »Oh, Herr Professor, beinah hätte ich das Wichtigste vergessen: Ihr Interview im Fernsehen ist für heute abend um 18 Uhr angesetzt. Ich bin ja so aufgeregt. Wir werden jetzt richtig prominent.«

Das Ausmaß, in dem Frau Eggert sich ganz selbstverständlich mit ihm identifizierte, tat Hanno wohl, aber es war nicht mit ihm persönlich, nicht mit seiner Person, sondern mit seiner öffentlichen Rolle. Ohne Seminare darüber zu besuchen, wußte Frau Eggert instinktiv, was ›corporate identity‹ war.

»Gut. Sehen Sie sich an, wie ich mich zum Narren mache.«

»Aber das ist doch nicht live. Das ist eine Aufzeichnung, die wird dann am Freitag gesendet in der Reihe ›Geistige Profile‹.« Sie lehnte sich vertraulich nach vorn: »Wir haben schon den Hausmeister bestochen, daß er uns sein Portable leiht, dann sehen wir es uns alle hier im Institut gemeinsam an.«

Sie sprach »Institut« aus, als ob sie »Familie« gesagt hätte. Ja, es war ihm gelungen, in der Wildnis der Hamburger Universität einen Garten der Ordnung zu errichten, ein kleines Eden der Wissenschaft, ein Semi-Paradies für hochkarätige Forschungsprojekte, in dem ebenso hochkarätige Doktoranden gezüchtet wurden, die schon auf wissenschaftlichen Kongressen mit vielbeachteten Vorträgen auftraten und in Zeitschriften publizierten, die die Machwerke seiner schwachsinnigen Kollegen nicht mal angesehen hätten. In Hannos Doktorandenkolloquium saß mehr Sachverstand versammelt als im ganzen Soziologischen Institut vor der Glastür.

»Ich verbinde Sie jetzt mit Professor Katz«, sagte Frau Eggert und ging in ihr Büro, und als der Summer ertönte, machte es sich Hanno in seinem Bürostuhl bequem und nahm den Hörer ab.

»Leo? Die von der Gemeinwirtschaft haben zugesagt. Wir machen die Reihe. Was ist das, was machst du da, Leo?« Im Telefon hörte er ein merkwürdig knatterndes Geräusch.

»Hast du das gehört, Hanno?« kam plötzlich Leos Stimme am anderen Ende.

»Ja, was war das?«

»Ich kann mein neues Telefon auf Mitschnitt und Zimmerlautstärke stellen, und meine Mitarbeiter im Institut hier haben alle deine Siegesmeldung mit angehört; da haben sie eben spontan Beifall geklatscht.«

Hanno sah sie vor sich, wie sie alle im wunderbaren Geschäftszimmer der großen Jugendstilvilla versammelt waren, in der in Freiburg das Soziologische Institut untergebracht war, um Leos neues Gerät zu bewundern. Die baden-württembergische Landesregierung stattete die Freiburger immer mit der neuesten Büroelektronik aus, während Hamburg ihm gerade die neuesten Bleistifte spendierte, und das auch nur auf Antrag! Der neue Laserdrucker Hannos, der Computer, sein Farbkopiergerät mit Vergrößerung und all die anderen Geräte in Frau Eggerts Büro waren deshalb auch nicht von der Universität finanziert worden, sondern von Sponsoren und Drittmittelgebern, denen er das Geld aus der Tasche ziehen mußte. Deshalb beneidete er Leo und sehnte sich manchmal nach den luxuriösen Zuständen in Freiburg.

»Leo, sag sofort, welchen Wein werdet ihr gleich trinken?«

»Achkarrer Weißherbst Spätlese.«

»Trinkt ein Glas für mich mit, und bewahrt mir eine Flasche auf, wenn ich komme.«

»Es bleibt also beim zwanzigsten?«

»Ja.«

»Hanno – du bist ein Genie. Wir alle bewundern dich hier.«

»Sagt mir das noch mal, wenn ich komme. Wiedersehen, Leo.«

Er legte auf. Sein Hochschulalltag hatte begonnen. Er surfte jetzt auf der Normalausschüttung Adrenalin dahin, die er zur konzentrierten Arbeit brauchte. Er erledigte seine Telefonate, bestätigte den Sendetermin im Fernsehen und diktierte ein Promotionsgutachten, ein Gutachten für die deutsche Forschungsgemeinschaft und zwei Gutachten über Diplomarbeiten. Hanno formulierte sorgfältig. Er gab sich Mühe mit der genauen Abstufung der Bewertungen. Die Kandidaten sollten nachher die Gutachten lesen können. Er versprach sich davon einen Rückkopplungseffekt, der zur besseren Leistung führen sollte. Und das zwang ihn selbst zum *mot juste*, zur exakten Formulierung. Er hatte sein Diktiergerät gerade angehalten und dachte über die Formulierung für eine Abschlußbewertung der Diplomarbeit nach, deren Bibliographie aufgeschlagen vor ihm lag, da fiel ihm das Arbeitsvorhaben von Babsi wieder ein. Sie wollte über Christine de Pizan schreiben. Diese französisch gewordene Venezianerin aus dem frühen 15. Jahrhundert war zur Schutzheiligen der Feministinnen geworden, und ihr Buch »Stadt der Frauen« stand in den Buchläden direkt neben den Rubriken »Hexen« und »Lesben«. Hanno hatte versucht, Babsi von dem Thema abzubringen, weil es sie in die feministische Irre führen würde. Er hatte versucht, sie überhaupt davon abzubringen, bei ihm die Arbeit zu schreiben, aber er hatte sie von gar nichts abgebracht. Statt dessen war Babsi in sein Dasein eingebrochen, in dem sie sich wie eine verrückte Tochter aufspielte. Hanno hatte die Gewohnheit, für jede bei ihm angefertigte Seminararbeit ein kleines Gutachten zu schreiben. Das gehörte zu seiner Politik der Wiedergewinnung von Standards. Und Babsis Arbeit über den Status der Schauspielerinnen im 17. Jahrhundert hatte er in Grund und Boden kritisiert. Darauf war sie im Zustand hemmungsloser Aufgebrachtheit bei ihm im Büro aufgetaucht. Erst hatte sie ihn beschimpft, dann hatte sie geweint, und schließlich, als er tröstend den Arm um sie gelegt hatte, hatte sie ihm von ihrem Vater erzählt und wie er ihre Mutter verlassen hätte, und daß sie seitdem auf der Suche nach ihm wäre und daß sie deshalb so maßlos enttäuscht sei über seine Ablehnung, und dann hatte sie sich an ihn gelehnt, mit einer plötzlichen Bewegung ihre Schuhe von sich geschleudert, die Beine auf das Sofa gehoben, ihren Oberkörper in seinen Schoß geworfen und seinen Kopf an sich gezogen zu einem höchst illegalen und ganz und gar undienstlichen Kuß. Das war der Moment gewesen, in dem Hanno sie mit sanfter Gewalt hätte zurückschieben müssen, um dann, nicht hektisch, sondern ruhig und bestimmt, aufzustehen und zu sagen: »Frau Clauditz, Sie sind erregt und haben sich zu einer unbedachten Handlung hinreißen lassen. Wir wollen diese kleine Episode lieber vergessen.« Dieser Moment war kurz. Denn unmittelbar nach ihm begann bereits die abschüssige Fahrt in den erotischen Orkus. In der Nähe der Wasserfälle, wenn man die Gischt schon sah und das Brüllen der stürzenden Wassermassen alles andere übertönte, war das Boot nicht mehr aufzuhalten. Und diesen einen kleinen Moment, in dem er aus der schneller werdenden Strömung noch ans Ufer hätte steuern können, diesen kurzen Schicksalsmoment hatte Hanno verpaßt. Und so war sein sachliches Büro zum Schauplatz einer hemmungslosen Orgie geworden. Gott sei Dank war es längst nach Dienstschluß gewesen. Babsi war aufgestanden, war auf bloßen Füßen zu beiden Türen getänzelt, hatte mit einer neckischen Bewegung die Riegel vorgeschoben, die Flasche Tullamore Dew aus dem Regal geholt, zwei Gläser eingeschenkt und dann zu seinem Schreck einen regelrechten, kunstvollen Striptease vollführt, während Hanno in panischer Hektik ein Whiskyglas nach dem anderen in sich hineinschüttete. Als schließlich ihr bebendes weißes Fleisch sich in unglaublicher Nacktheit vor ihm ausbreitete, war Hanno schon völlig betrunken. Die Affaire, die auf diese Weise entstand, war eine Serie wiederholter Rückfälle. Wie bei einer Sucht mischten sich für Hanno darin tiefe Sehnsüchte und tiefe Beschämung. Aber in Perioden wiedergewonnener Stärke, wenn er sich vornahm, seiner beschämenden Sucht ein Ende zu machen, erpreßte ihn Babsi mit der latenten Drohung exzentrischen Verhaltens zu immer neuen Orgien. Sie eskalierte dann im Seminar ihr Benehmen ihm gegenüber auf eine solche Stufe bizarrer Kapriziosität, daß ihm aus Angst vor öffentlichem Aufsehen nur noch die Flucht in den Rückfall blieb, um sie wieder zu beruhigen. Aber morgen würde damit endlich Schluß sein. Das Fiasko nach dem Vortrag hatte seiner Entschlossenheit die endgültige Stählung verliehen. Er würde ihr die Pistole auf die Brust setzen, oder wo auch immer hin, und ihr den Rollenkonflikt vor Augen führen: gleichzeitig Betreuer ihrer Arbeit und Liebhaber, das ging nicht. Das war zudem verboten. Er könnte in Teufels Küche kommen. Unzucht mit Abhängigen hieß das Verdikt. Mein Gott, das stimmte ja! Das ließ er lieber weg, denn sonst brachte er sie noch auf Ideen.

Da ging die Tür auf, und seine Assistentin Dr. Veronika Taubert riß ihn aus seinen Gedanken. Sie hatte ihr rabenschwarzes Haar durch eine strenge Frisur gebändigt und die etwas matronige Gestalt in einen grauen Stoff gehüllt, der ihrer ganzen Erscheinung trotz der fast zigeunerhaften Dunkelheit ihrer Augen eine Qualität gesunder Robustheit verlieh, die von Kernseife und Nesselstoff ausgeht.

»Hallo, Veronika, nehmen Sie Platz.«

Hanno redete seine jungen Mitarbeiter zwar mit Vornamen an, aber er siezte sie. Sich zu duzen hätte die Kapitulation gegenüber dem Intimstil des »Selbsterfahrungsmilieus« bedeutet. Diesen Begriff hatte Hanno in einer neueren Studie selbst geprägt und in Umlauf gebracht, um den Erfahrungsstil der alternativ bewegten, ein-, aus- und umsteigenden Beziehungskistenveteranen in den psychosozialen Berufen zu kennzeichnen, deren intellektuelle Exponenten auch schon einen Großteil der sozialwissenschaftlichen Institute erobert hatten. Nur die Glaswand schützte seine eigene Abteilung für Kulturgeschichte vor diesen Schwarmgeistern der Egomanie.

Da draußen, so hatte Hanno in seiner Studie zu verstehen gegeben, da trieb man keine Wissenschaft mehr, da war die Realität ersetzt worden durch den feurigen Magmakern des eigenen Ich. Auf die Entfaltung dieses inneren Ich-Kerns wurde die äußere Wirklichkeit ausgerichtet. Wenn man diesen Wesenskern auch nicht sehen konnte, wurde er doch mit derselben Evidenz erlebt wie ein Graubrot. Er gab sich kund in unmittelbaren Aufwallungen, in der Evidenz der Intuition, in der Authentizität von Lustgefühlen und noch deutlicher in Zuständen des Frusts. Deshalb wurde den

Wetterumschwüngen der Launen kognitiver Status eingeräumt, was einer Theorie zur Rechtfertigung des schlechten Benehmens gleichkam. Statt Launen zu unterdrücken, verstärkte man ihre Amplitude, um ihr undeutliches Flüstern besser verstehen zu können. Man lauschte auf die Orakelsprüche des »Bauches« und wartete auf die Offenbarung eines endgültig erlösenden Vulkanausbruchs, in dem der Wesenskern allen äußeren Druck von sich schleuderte und in feuriger Leuchtkraft sich selbst enthüllte. Auf diese Weise wurde die Wissenschaft von der Gesellschaft langsam in einen Mahlstrom der Selbsterfahrung gerissen, in dem irrationalistische Proteste, feministische Aufschreie, New-Age-Mystizismen, alternative Wissenschaft und Forschung von unten mit gruppendynamischen Erfahrungsmodellen, psychosozialen Identitätstheoremen, energetischen Kreativitätskonzepten, zwischengeschlechtlichen Kommunikationsanalysen und den rätselhaften Verlautbarungen indianischer Weiser in einem gigantischen Wirbel kreisten. Als Hannos Studie von den Vertretern dieses Milieus in »Der Psychologe« und ähnlichen abseitigen Zeitschriften giftig verrissen wurde, wußte er, daß er ins Schwarze getroffen hatte.

Inzwischen hatte sich Frau Dr. Taubert in den Besuchersessel fallen lassen, ihre Brille, die sie an einem Kettchen um den Hals trug, aufgesetzt, ihre gigantische Tasche aufgeklappt und daraus einen grünen Aktendeckel voller Bögen hervorgezogen, die mit Namenskolonnen und Zahlen bedeckt waren.

»Ich habe die Listen mit den Zwischenprüfungszensuren mitgebracht, wollen Sie sie prüfen?« fragte sie. Dr. Taubert sprach mit Schweizer Akzent, denn sie stammte aus einer Züricher Bildungsbürgerfamilie mit jüdischem Hintergrund. Und weil sie von der ganzen deutschen Misere und ihren Traumata unberührt war, benutzte sie Worte wie »Elite« oder »Leistung« mit der naiven Selbstverständlichkeit eines Kindes, das mit schlafwandlerischer Sicherheit beim Pilzesuchen durch ein Minenfeld wandert.

»Das sind die Punktzahlen für die einzelnen Aufgaben«, erklärte sie, indem sie mit einem nikotingefärbten gelben Finger auf eine Zahlenkolonne wies, »das sind die Gesamtergebnisse, und das ist der Zensurenschlüssel.« Sie sagte Schlüssel mit Doppelkonsonanten und einer Pause zwischen den beiden »s«. Hanno mochte den Akzent. Er klang solide und vertrauenerweckend. Er brauchte die Ergebnisse nicht mehr zu kontrollieren.

»Wie ist der Durchschnitt?«

»Zwei, einen Haufen Einser und Dreier, wenige Vierer, zwei Fünfer.«

»Ist das nicht zu gut?«

»Im Fachbereich Sprachwissenschaften sind vierundneunzig Prozent der Zensuren Eins und Zwei.«

Hanno war verblüfft. »Woher wissen Sie das? Solche Informationen hüten die doch wie Staatsgeheimnisse.«

»Ich habe mit dem Fachbereichsplaner Becker ein paar Biere getrunken!«

»Vierundneunzig Prozent, das ist ja ein wirklicher Skandal. Da verlieren ja die Zensuren jede Aussagekraft.«

»Nein, die sind wirklich so gut. Weil nämlich die Klausurthemen vorher bekanntgegeben werden.«

»Nein.«

»Doch.«

»Das ist doch illegal.«

»Nicht, wenn es alle tun. Auf diese Weise heben sie das Niveau. Da die Studenten die Themen schon vorher kennen, bringen sie zu den Klausurterminen die fertigen Arbeiten mit.«

»Und was machen sie dann in den fünf Stunden der Klausur? Däumchendrehen?«

»Sie kopieren die mitgebrachten Arbeiten auf die offiziellen Klausurbögen.«

Obwohl er eigentlich nicht mehr rauchte, ließ sich Hanno von Veronika eine Zigarette geben.

»Aber da gibt es ja keine Garantie, daß die Arbeiten auch von den Prüflingen stammen!«

»Deshalb sind sie ja so gut.«

Beide mußten lachen. Aber in Wirklichkeit hatte Hanno Mühe zu glauben, was er da erfuhr. Das war ja der reinste Sumpf! Ein Abgrund an Korruption. Er hatte schon vorher gewußt, daß bei den Philologen die Bewertungsstandards einem Bergrutsch zum Opfer gefallen waren, denn als Kultursoziologe hatte er viel mit Literaturwissenschaftlern zu tun. Aber daß sie so schamlos ihre Prüfungen als Farce organisierten, hatte er nicht gewußt.

»Wissen Sie was, Veronika?« sagte er mit einer plötzlichen Wendung und deutete auf die Liste auf seinem Schreibtisch – da schrillte das Telefon. Hanno sagte noch: »Wir setzen für die Bewertung der Klausuren Ihr Schema eine Zensur nach unten«, und nahm dann den Hörer ab.

»Ja? Hier Hackmann.«

Am anderen Ende meldete sich eine mehlige Männerstimme.

»Hier spricht Thurow.« Thurow war Psychologe und Vorsitzender der Studienreformkommission des Fachbereichs Sozialwissenschaften. Ein kleines, subalternes Männchen mit dem hündischen Ausdruck eines Sittlichkeitsverbrechers. Eine giftige Mischung aus Servilität und heimtückischer Renitenz.

»Ja, bitte?« sagte Hanno noch mal.

»Also, der Studienreformausschuß hat noch mal das Problem der Zwischenprüfung diskutiert. Und da sind wir auf den Beschluß gestoßen, in dem die Zwischenprüfung ausdrücklich abgelehnt wird. Damals gab es Ihre Abteilung noch nicht...«

Hanno ließ ihn nicht weiterreden. »Hören Sie, Thurow, Sie mögen es noch nicht gemerkt haben, aber die Zeiten haben sich geändert. Ihr Gefasel von Leistungsterror und Diskriminierung mag bei Ihren Gesinnungsfreunden noch Resonanz finden, aber wenn Sie sich die genau ansehen, müssen Sie selbst merken, daß ihre Häupter von Spinnweben überzogen sind und in ihren Bärten Schmetterlinge nisten.«

»Gehen Sie doch nicht gleich hoch!« fiepte Thurow.

»Ach was, ich weiß, was Sie wollen«, fauchte Hanno. »Sie wollen Ihr großes Verhinderungswerk wieder aufnehmen, Sie wollen

Placement-Tests verbieten, und Sie wollen verhindern, daß Scheine bewertet werden. Meinen Sie, ich kenne Ihre Denunziation von zuviel Selbstprofilierung nicht? Welchem Zweck sollte denn das dienen, wenn nicht dem, Leistung zu diskreditieren, Begabte zu entmutigen und die Tugend der Unauffälligkeit zu predigen.« Hanno hatte sich auf seinem Bürostuhl etwas zur Seite gedreht und schielte nun seitlich auf Veronika, die ihn selbstvergessen aus ihren Zigeuneraugen betrachtete. Zu ihrer Erbauung legte er noch etwas zu.

»Wissen Sie, was ich Ihnen empfehle, Thurow? Sie und alle Virtuosen der Curricularrichtwerte und alle Experten der Kapazitätsverordnung können sich zusammen mit ihrem ganzen Studienreformausschuß geschlossen in die Elbe stürzen, dann ginge es uns allen besser. Und nun beschweren Sie sich beim Fachbereichssprecher und sagen ihm, ich sei arrogant.« Damit knallte er den Hörer auf und lachte.

»Entschuldigen Sie den Ausbruch, Veronika, aber sie haben einen Uraltbeschluß ausgegraben, der Zwischenprüfungen verbietet. Wissen Sie, was wir tun, wenn Sie damit ernst machen? Wir befragen alle Professoren des Fachbereichs, ob sie für oder gegen die Aussagekraft des Intelligenztests sind. Und dann, wenn wir die Ergebnisse haben, unterziehen wir sie alle einem Intelligenztest und schauen nach, ob es da Korrelationen gibt.«

»Wenn Sie damit drohen, können Sie alles durchsetzen«, lachte Veronika. »Übrigens, ich gratuliere zum neuen Projekt. Frau Eggert hat es mir erzählt. Wiechmann garantiert die Finanzierung.«

»Sie übernehmen natürlich einen Band.«

Veronika strahlte, als Hanno das sagte. Eine Monographie über einen soziologischen Klassiker zu schreiben, das war eine Ehre. Sie würde Simmel nehmen, das wußte Hanno, schon aus jüdischer Sympathie. Obwohl, da hätte sie noch mehr Auswahl. Er sah sie nachdenklich an. »Und dann müssen wir noch an ein Redaktionsteam denken. Ich hab schon mit Katz gesprochen. Ach, verflucht!« unterbrach er sich. »Da hätte ich ja beinah völlig vergessen, weswegen ich Sie hergebeten habe. Die C3-Stelle für Literatursoziologie ist zu besetzen, und wir sollen die Mitglieder für die Berufungskommission vorschlagen.«

»Sie wollen, daß ich da für die Assistenten reingehe?« fragte Veronika.

»Ja. Sonst kriegen wir dort eine destruktive Null von den Germanisten. Und wen nehmen wir sonst? Sie kennen sich doch bei den Philologen einigermaßen aus. Wen gibt's denn da bei den Dozenten?«

Veronika lachte laut auf. »Entschuldigen Sie, mir fiel da nur gerade Gerke von den Anglisten ein.«

»Na, und wie ist er? Kann man den nehmen?«

Veronika lachte noch immer: »Nein, der ist der Schrecken der Kommissionen. Er soll so irre sein, daß er seine eigenen Arbeiten unter Pseudonym kritisch rezensiert und dann unter seinem eigenen Namen den Rezensenten angreift. Er führt Debatten mit sich selbst.«

»Na, immerhin führt er wenigstens welche! Was man von unseren Professoren nicht sagen kann«, entgegnete Hanno und überlegte, wie er das Gespräch am besten so weiterführte, daß es nicht in akademischen Klatsch ausartete. Zwar waren sie Soziologen, und nichts Soziales war ihnen fremd – also auch nicht der Klatsch. Aber etwas Struktur mußte ihre Beratung schon haben, um den Anspruch der Dienstlichkeit zu wahren. Veronika war lange genug in der Universität, um zu wissen, daß die Besetzung einer Berufungskommission und nachher die Arbeit in ihr zum Heikelsten gehörte, was es überhaupt gab. Denn hier entschieden Kollegen darüber, durch welchen Typ Wissenschaftler sie ihr eigenes Kollegium zu ergänzen wünschten. Deshalb stand mit dieser Auswahl für jedes einzelne Mitglied sein Verständnis der Universität, der Wissenschaft, der Rolle des Wissenschaftlers und letztlich sein Selbstverständnis auf dem Spiel. Und je nach seiner Stellung im dynamischen Zusammenhang der Universität definierte das jeder anders. Alles das wußte Veronika, und Hanno wußte, daß sie es wußte. Aber sie war bisher noch nie in einer Berufungskommission gewesen. Hanno nahm ihre Streichholzschachtel, holte fünf Streichhölzer heraus, so wie er im Seminar auf dem Pult häufig zur Illustration die Gegenstände gruppierte, die gerade zur Hand waren, Papier, Schlüsselbund, Kreide, Filzstift, und dozierte:

»Also – als Sozialwissenschaftler mache ich mir natürlich eine Typologie von Kommissionsmitgliedern. Ich unterscheide fünf Typen.« Er legte ein Streichholz hin. »Da ist zuerst die triebverzichtlerische Fan-Natur, die einen Wissenschaftler von der Art berufen will, wie er selbst einer sein möchte.«

»Sein Ich-Ideal«, ergänzte Veronika.

»Genau«, bestätigte Hanno, »er will einen Star. Dieser Typ ist das ideale Mitglied.« Er legte ein zweites Streichholz hin. »Dann ist da der fähige Wissenschaftler, der vielleicht eine Ergänzung braucht, aber auf keinen Fall einen Konkurrenten oder eine Berühmtheit, die seine eigene Leuchtkraft verblassen läßt. Der dritte Typus ist der liberale, bequeme.« Hanno schob ein weiteres Streichholz nach. »Der hat seinen wissenschaftlichen Ehrgeiz aufgegeben, hält nur noch Routineseminare und hat sich ins Privatleben zurückgezogen. Deshalb ist ihm jeder recht, solange er nicht Anlaß für den Verdacht bietet, daß er irgendwelchen Wirbel veranstaltet und Arbeit verursacht.«

»So wie Schneider«, ergänzte Veronika.

»Schneider ist ein gutes Beispiel«, bestätigte Hanno und deutete auf das vierte Streichholz. »Das ist der Typus des Konservativen, der entweder seine Lebensleistung schon hinter sich hat oder weiß, daß er die ausgefahrenen Gleise nie mehr verlassen wird. Er verteidigt entschlossen die Orthodoxie und reagiert wie ein gereizter Stier auf den leisesten Anflug von Originalität, weil er ahnt, daß sie seinen altfränkischen Kram entwerten könnte. Der fünfte Typ ist der schlimmste«, Hanno ließ das letzte jetzt isolierte Streichholz liegen, wo es lag. »Das ist die beschränkte, ständig überforderte Zwergengestalt mit dem dumpfen Wissen um ihre mangelnde Begabung. Ihn erfüllt das Ressentiment des Zukurzgekommenen gegen alle und jeden, der mehr als nur mittelmäßig ist. Thurow verkörpert den Typ in Reinkultur. Das lebende Ressentiment. Ein bösartiger Wadenbeißer, ohne einen Funken Generosität, eine tödliche Hyänennatur. So, jetzt haben wir die Typologie, und Sie sagen mir, wer wozu gehört.«

»Sie gehören zum Typus eins«, sagte sie lachend.

»Aha, die Probe aufs Exempel der Typologie. Ich danke Ihnen. Also übe ich Triebverzicht.«

Hanno schien es, als ob das Gespräch in ein leicht kokettes Fahrwasser geriet; aber doch nicht mit Veronika, dieser Figur von der Nüchternheit einer Zahnarztpraxis!

»Gut«, fuhr er fort, »wie ist es mit Ascheberg bei den Germanisten?«

Er hatte sich jetzt das Vorlesungsverzeichnis aus dem Regal gegriffen und ging den Personalteil der Geisteswissenschaften alphabetisch durch.

»Klassischer Goethe-Experte der traditionellen Schule. Ich würde sagen, Typus zwei, aber militanter Hermeneutiker mit Allergien gegen Sozialgeschichte.«

Hannos Stift strich den Namen Ascheberg mit heftigen Strichen aus dem Vorlesungsverzeichnis. Als sie eine Stunde später beim Namen »Weskamp« angelangt waren, hatten sie ihre Kandidatenliste beisammen, und es war Zeit, in den Club zum Mittagessen zu gehen und das Programm für das dreistündige Oberseminar am Nachmittag über »Lebenswelt und Alltagswelt« zu besprechen. Veronika mußte eventuell die Sitzung zu Ende führen, denn um halb sechs würde schon das Taxi des Senders kommen, um Hanno zum Interview ins Studio abzuholen. Und so würde der Arbeitstag eines akademischen Olympiers im gleißenden Licht der Fernsehscheinwerfer würdig zu Ende gehen.

4

Bab-si, kindlicher Lippenlaut. Unschuld und Lust und unschuldige Lust. Barbara am Morgen für alle Welt, Barbi am Mittag für ihre Freunde und Babsi nach Dienstschluß für Hanno. Doch nur noch heute, nur noch einmal. »Dann sprach der Rabe: Niemals mehr.« Nie-mals mehr. Bar-ba-ra. Heute würde Hanno Babsi zurückverwandeln in Barbara. Er mußte es tun. Sein Krach mit Gabrielle begann langsam zu vernarben. Daß er im Fernsehen aufgetreten war, hatte sie etwas besänftigt. Wahrscheinlich konnte sie gegenüber Freunden schlecht von seinem Prestige zehren, wenn sie gleichzeitig Krieg gegen ihn führte. Und tatsächlich, wenn er immer stärker ins öffentliche Rampenlicht trat, konnte er nicht eine zweifelhafte Liaison mit sich herumschleppen. Nein, er mußte die Sache beenden.

Er hatte sich die Szene vorgestellt. Babsi betrat sein Büro und ließ sich wie immer auf dem Sofa nieder. Wahrscheinlich warf sie ihre Schuhe weg und zog die Beine hoch. Wenn sie wieder eins dieser lockeren Kleider trug, die sie in letzter Zeit bevorzugte, konnte daraus leicht eine Katastrophe entstehen. Sollte er sich vielleicht hinter dem Schreibtisch verschanzen und ihr den Besucherstuhl anbieten? Nein, verklemmt wirken wollte er auch nicht. Er würde ihr gegenüber auf dem Sessel sitzen, aufstehen, beiläufig zum Bücherbord gehen, zwei Whiskygläser einschenken und sagen: »Babsi, so wie sich unsere Beziehung gestaltet hat, läuft sie auf einen Rollenkonflikt zu.« Klang das zu gestelzt? Er hatte in ihren Armen Ekstasen erlebt, durfte er da plötzlich reden wie der Kollege Günter? Vielleicht sollte er vorsichtig vorgehen. »Babsi, ich habe nachgedacht.« Aber schon hörte er im Geiste ihre Flirtstimme mit langgezogenem Ton: »Nach-ge-dacht?« Als ob er wieder einen Rückfall bekommen hätte. »Ts, ts, ts. Du sollst das doch nicht tun. Du weißt doch, daß dir das schadet, Hanno.« Nein, er durfte sich in ein Vorgeplänkel mit ihr erst gar nicht einlassen. Er mußte mit der Tür ins Haus fallen: »Hör zu, Babsi, wir müssen Schluß machen.« Um Himmels willen, er klang ja wie ein Teenager. Die ganze Affaire zehrte an seiner Würde – Gabrielle hatte recht, sein Sinn für Würde war unterentwickelt. Er litt am Hochstaplersyndrom, weil er selbst nicht daran glaubte, daß er seine Stellung zu Recht einnahm. Er war ein Schauspieler seiner selbst, na ja, als Soziologe wußte man das ja. Vielleicht sollte er einfach hemmungslos den Jargon des »Selbsterfahrungsmilieus« benutzen, dem Babsi zugehörte: »Sorry, Babsi, aber unsere Beziehung gibt mir irgendwie ein schlechtes Gefühl. Sorry, das ist nicht deine Schuld, das ist irgendwie meine Kiste. Irgendwie gibst du mir total das Gefühl, ich müßte dir was vormachen. Ich weiß nicht. Ich kann nicht mehr ich selber sein, sorry, und das ist nun mal meine erste Priorität, verstehst du?«

Hannos Blick fiel aus dem Fenster auf den leeren Synagogenplatz, auf dem der Wind die Zeitungen mit plötzlichem Wirbel emporriß und dann wieder gleichgültig fallen ließ, so daß sie verwirrt zur Erde taumelten. Windbräute in der Stadt der Frauen. Christine de Pizan. Ja, jetzt hatte er's! So ging es, er würde Christine de Pizan ablehnen. Er würde es ablehnen, ihre Diplomarbeit zu betreuen, weil sich die Betreuungsfunktion mit einem Verhältnis nicht vertrug. Und wenn sie protestierte, würde er ihr wie zum Opfer anbieten, statt dessen ihr Verhältnis zu lösen. Damit sie Christine de Pizan nicht aufgeben mußte. Jawohl! Erleichtert schenkte er sich ein Glas Whisky ein, als die Tür aufgestoßen wurde und Babsi hereinfegte.

Sie ging nicht, sie tanzte. Sie schwebte, sie wirbelte und drehte sich um das Gegengewicht ihrer Schultertasche im Halbkreis bis zum Bücherbord, umarmte Hanno mit flüchtiger Ballettgrazie, hauchte einen Kuß und kreiste mit verzücktem Ausdruck weiter durch das Büro, während ihr lockeres dunkles Gewand sich beim Drehen bauschte und bis zu den Schenkeln hob. Dabei jubelte sie in einem beseligten Singsang: »Ich bin wiedergeboren worden. Ich bin ein neuer Mensch. Ich habe mich gefunden. Ich weiß endlich, was ich tun muß. Ich bin eine Mondfrau. Mein Wesen ist die Wechselhaftigkeit. Alle Frauen sind Mondfrauen. Ich muß tanzen, tanz mit mir, Hanno!« Sie versuchte, ihn an der Hand in ihren Wirbel zu ziehen, und als er nicht folgte, tanzte sie weiter. »Du kannst gar nicht glauben, wie gut ich mich fühle. Also – ich hab doch diese Freundin, von der ich dir erzählt habe, die ich von früher kenne, Heike. Richtig schön, lange Beine, schlank, Busen noch größer als meiner, hellblonde Haare, die treffe ich morgens auf der Straße, am Tag nach deinem Vortrag war das, und ich sag: ›Eh, Heike, was machst du?‹ Weißt du, was sie macht? Sie macht Sprechtheaterregie und Schauspiel, hier am Forumtheater. ›Sprechtheaterregie und Schauspiel?‹ sag ich. ›Ja‹, sagt sie. ›Ich hab keine Zeit, ich muß zu einer Audition.‹ ›Zu einer was?‹ sag ich. ›Zu einer Vorsprechprobe. Weißt du was‹, sagt sie, ›komm doch einfach mit und guck dir's an, dann reden wir weiter.‹ ›Ich weiß nicht recht‹, sag ich. ›Ach komm schon‹, sagt sie, ›guck dir das an, das macht Spaß. Da ist auch Günther Pellmann dabei.‹ ›Was, Pellmann, der Regisseur?‹ sage ich. ›Ja, auch Schlüter. Die sind immer auf Talentsuche. Außerdem haben die irgendwas in diesem Studiengang zu sagen.‹ Also bin ich mitgegangen...«

»Babsi, setz dich doch.«

»Ich kann nicht stillsitzen, ich bin so aufgekratzt. Und weißt du was? Wir kommen also ins Forum, die haben da ein wunderbares Theater, das wußte ich gar nicht, da waren die Schauspieler schon alle da, also die, die sie testen wollten, ich kann dir sagen, das sind Typen! Die Männer alle schwul – na ja, nicht alle, aber viele, und die Frauen ganz schrille Tussis. Also, wir setzen uns in die zweite Reihe, und dann kommt diese Frau. Man sieht es auf den ersten Blick: Karrierefrau, weißt du, total dominierend, gut angezogen, modischer Outfit, echt geil, ein Typ Frau, auf den ich richtig abfahre. Brigitte Schell heißt sie, kennst du die? Die managt diese Theaterseminare zusammen mit diesem Rasche...«

»Babsi, ich muß dir was sagen.«

»Klar doch. Also fangen die mit den Proben an. Das ist echt geil, das ist richtig physisch, weißt du, da siehst du, wie die plötzlich Körpergefühl kriegen. Alles vibriert da, hier und hier und hier.« Sie faßte sich an Schenkel, Bauch und Brust. »Das ist echt erotisch. Das ist dann so eine Ausstrahlung, die Leute sehen direkt größer aus auf der Bühne. Da war so eine kleine Tussi, ganz unscheinbar, eigentlich direkt häßlich. Aber auf der Bühne war sie plötzlich groß und schön. Präsent, sagt Brigitte dazu, wer Präsenz hat, wird auf der Bühne erst lebendig. Wem sie fehlt, der wirkt auf der Bühne wie tot. Kannst du dir das vorstellen? Und das stimmt. Die Bühne ist eine Welt in der Welt, verstehst du? Da wirst du wiedergeboren, sagt sie...«

»Babsi, halt doch mal die Luft an und hör mir zu«, schnaubte Hanno, nun langsam gereizt, aber sie schien nicht zu hören.

»Die Frau ist echt geil, sag ich dir. Die gibt dir ein total neues Feeling. Also, die managt da alles, der Pellmann und der andere, wie heißt er doch gleich? Die saßen nur schlaff da herum. Aber die Brigitte kann direkt zaubern. Die kennt einfach die Körper ihrer Schauspieler. »Klemm die Pobacken zusammen!« sagt sie zu Heike, als die oben stand, und weißt du was, plötzlich sah die ganz anders aus. Also, sie besetzen gerade dieses Stück, *Medea* heißt es, ist aber nicht dieser Klassiker, sondern ein modernes Stück von einer Engländerin, Jessica Wilson oder so ähnlich, und da gibt es eben die Titelheldin, eine Rächerin gegen Männergewalt, ein Opfer männlicher Sexualität, weißt du? Und sie proben und proben, und da sagt die Schell schließlich zu mir: ›Kommen Sie doch mal auf die Bühne.‹ ›Was, ich?‹ sage ich. ›Ja, Sie!‹ sagt sie. Da bin ich da rauf. Was soll ich sagen, jetzt spiel ich die Rolle der Medea. Sie haben mir die Hauptrolle gegeben, das finde ich ja so was von geil...«

Unvermittelt brüllte Hanno so laut er konnte: »Ich weigere mich, deine Diplomarbeit zu betreuen, hörst du?« Er hatte es geschafft. Das Gebrüll hatte sie in vollem Lauf gestoppt. Sie blieb stehen und starrte ihn an. Draußen auf der Fensterbank erklang das Gurren der Tauben.

»Du tust was?« fragte sie ruhig.

»Ich weigere mich. Es muß sein, es geht nicht anders. Betreuung der Arbeit und – alles andere in unserem Verhältnis, das ist ein Rollenkonflikt. Ich kann es nicht, und ich will es nicht. Du kannst zu Günter gehen, der versteht auch was davon. Oder besser noch zu Frau Siefer, die wird dich mit Kußhand nehmen und auch deinen unhistorischen Feminismus akzeptieren.«

Babsi schaute ihn mit großen Augen an. Um Himmels willen, hoffentlich fängt sie nicht wieder an zu weinen! Doch sie weinte nicht. Sie wendete sich langsam zum Fenster und schaute auf den Bornplatz hinaus, wo der Wind noch immer sein Spiel mit den Zeitungen trieb. Hanno wurde unbehaglich zumute.

»Du nimmst es mir hoffentlich nicht übel. Aber es ist einfach besser so. Es ist korrekt, und bei Prüfungen muß man einfach korrekt sein.«

Ruhig stand sie am Fenster, und ihre Brust hob und senkte sich unter dem Kleid. Vor ihrer überwältigenden Femininität kam Hanno sein Betragen kläglich vor. Sie drehte sich langsam um und sah ihn an.

»Du willst mich also verstoßen?«

»Ich will nicht, ich muß.«

»Das ist echt brutal.«

»Ich weiß.«

»Ich muß mir einen anderen Prüfer suchen.« Nach einer Pause: »Oder Prüferin.«

Sie stieß sich vom Fenster ab, glitt mit einem Finger über die Kante der Fensterbank, segelte dann quer durch den Raum, warf die Schuhe weg und setzte sich im Schneidersitz auf das Sofa, indem sie ihr Kleid wie ein Zelt um sich herum drapierte. Mit ihren langen, auf die Schultern fließenden Haaren wirkte sie wie eine indische Göttin, und Hanno hätte sich nicht gewundert, wenn ihr sechs Arme gewachsen wären.

»Aber der Grund, daß du es ablehnst, meine Arbeit zu betreuen, ist, daß wir ein Verhältnis haben?« fragte sie ruhig.

»Ja. Das eine verträgt sich nicht mit dem anderen. Man kann nicht bei seinem Geliebten Examen machen.«

»Geliebter! Wie das klingt! Du bist mein Lover«, sagte sie.

»Außerdem ist es Unzucht mit Abhängigen.« Jetzt war es ihm doch rausgerutscht.

»Bin ich die Abhängige?« fragte sie in einem so ironischen Unterton, daß er sich beeilte zu betonen:

»Nur im juristischen Sinne natürlich. Als Examenskandidatin. Psychisch bin ich es«, fügte er murmelnd hinzu.

»Nicht psychisch, mein Lieber, physisch.« Sie hob ironisch ihr Kleid, so daß er ihre Schenkel sehen konnte.

»Du solltest sehen, was du für einen Gesichtsausdruck bekommst.«

»Bitte laß das, Babsi.«

Sie ließ das Kleid wieder fallen. »Also gut«, fuhr sie fort, »du würdest meine Arbeit also nur betreuen, wenn wir unser Verhältnis beenden würden, stimmt's?«

Eine Welle der Aufgeregtheit lief durch Hannos Gemüt. Sollte die Strategie etwa klappen?

»Ja, natürlich«, antwortete er so neutral wie möglich.

»Könntest du verstehen, wenn ich mein Studium für wichtiger halte als meine Beziehung?«

Hannos Hoffnung spreizte die Flügel.

»Ja, natürlich.« Er konnte den Drang nach Bestätigung kaum noch zurückhalten.

»Du hättest also Verständnis dafür, wenn ich sagen würde, das Examen geht vor, wir machen Schluß?«

»Ja, das hätte ich.« Hanno versuchte so zu tun, als ob er sich überwinden müßte.

»Gut. Dann sage ich jetzt, wir machen Schluß.«

Hanno strahlte.

»Wirklich?«

»Du strahlst ja.«

»Ich strahle nicht, mein Herz blutet. Aber ich bringe das Opfer.«

»Quatsch, du lügst. Du bringst kein Opfer, du bist erleichtert.«

»Nein, ich tue es für dich.«

»Hältst du mich für blöd?«

Der Ton in ihrer Stimme hörte sich an wie ferner Schlachtenlärm.

»Nein, nein, natürlich nicht.«

»Du willst mich lossein, und weil du nicht den Mut hast, es mir zu sagen, erpreßt du mich mit diesem Scheißexamen.«

»Nein, nein.«

»Und wie nennst du das, was du tust? Entweder Liebe oder Examen? Findest du das nicht schäbig, du Vertreter der Civil Society, du?«

Hanno zuckte unter den Hammerschlägen.

»Du bist genauso ein schäbiger kleiner Macho wie all die anderen.«

»Ja, vielleicht«, murmelte Hanno.

»In Wirklichkeit haßt ihr Frauen. Ihr mögt uns nicht. Ihr benutzt uns nur. Das sagt Brigitte auch. Du hast mich nie respektiert. Du bist nur geil. Gib es zu. Geistig hast du mich nicht für voll genommen, gib es doch zu!« schrie sie jetzt aufgebracht. »Warum gibst du es nicht ein Mal zu, nur ein Mal?«

»Weil es nicht stimmt.«

»Was lügst du so? Wär ich ein Mann, hättest du mich gar nicht zur Kenntnis genommen. Ich mußte dir schon meine Schenkel zeigen, um deine Aufmerksamkeit zu erregen. Das ist eine Form der Vergewaltigung. Vergewaltigt hast du mich.«

Hanno war baff. Sie meinte es offenbar ernst.

»Hör mal, Babsi, du hast wohl vergessen, wer hier wen verführt hat.«

»Ich wollte deinen Geist verführen, meinst du, mich hätte dein Körper interessiert?« schrie sie so laut, daß Hanno befürchtete, man könnte sie draußen auf dem Flur hören. »Aber hätte ich dir meinen Geist nackt gezeigt, hättest du bloß die Nase gerümpft. Mein Körper, das war die einzige Sprache, in der ich dich ansprechen konnte. Das ist ja die Scheiße bei euch Männern, daß ihr beides so trennt.«

»Das sind ja die Ladenhüter des Feminismus aus der Steinzeit!« schrie Hanno jetzt auch.

»Und die Scheiße ist, daß sie immer noch stimmen. Du selbst hast es bewiesen.«

»Hab ich nicht.«

»Hast du doch.«

»Hab ich nicht.«

»Hast du doch!«

Ein lautes Pochen an der Tür unterbrach unvermittelt ihr Duett und ließ Hannos Herz bis zum Hals klopfen. Noch ehe er »Herein« sagen konnte, wurde die Tür aufgestoßen, und zwei Handwerker in grauen Kitteln schoben einen Wagen mit Bürsten, Lappen, Eimern, Besen und Putzgeräten herein.

»Entschuldigung, Herr Professor, aber wir müssen mol eben Ihre Fenster hier putzen«, sagte der kleinere von ihnen im breitesten Hamburgisch, »dauert man goor nicht lang.« Und damit begannen er und sein größerer Kollege ohne Zögern, die beiden Fensterfronten einzuseifen. Babsi und er starrten sich an, ohne ein Wort zu sagen. Hannos Hirn raste. Heimlich sah er sich nach den eifrig putzenden Handwerkern um. Sie konnten doch hier nicht stumm wie bei einer Meditation herumsitzen.

»Also, Frau Clauditz«, begann er endlich, »Christine de Pizan hat zwar gegen die misogyne Literatur des Mittelalters protestiert, aber das muß man im Kontext ihrer Polemik gegen den Roman de la Rose von Jean de Meun sehen. Sie selbst bleibt völlig der mittelalterlichen Anthropologie verhaftet.«

Babsi starrte ihn an. Plötzlich brach sie in schallendes Gelächter aus. Die Handwerker hatten begonnen, die Fenster mit Lederlappen abzureiben, und guckten sich irritiert um. Als Babsis Gelachter hemmungslos weiterperlte, wurde der größere von ihnen angesteckt, und sein breites Gesicht überzog sich mit einem sinnlosen Grinsen, bis er wie ein schwergängiger Motor beim Anlassen ein unregelmäßiges tiefes Krachen hören ließ, das schneller und immer explosiver wurde und schließlich mit lautem Gebell Babsis Silberlachen übertönte. Schließlich lachten beide, die große Bulldogge von einem Fensterputzer und Babsi, im Duett, so als ob sie wüßten, worüber, bis die Gewalt dieses Ausbruchs den Handwerker nach rückwärts schleuderte, wo sein Eimer stand, und er mitsamt seinem Putzwagen zu Boden krachte, während Babsis Lachen, um eine Tonlage schriller, den Zusammenbruch begleitete.

»Mann, paß doch auf, was du machst!« schrie der kleine Fensterputzer den verstummten Kollegen an, der sich mühselig wieder hochrappelte. »Entschuldigung, Herr Professor, das ist gleich wieder in Ordnung.« Und damit richteten die beiden den Wagen wieder auf, sammelten ihre verstreuten Utensilien ein, verrieben das umgeschüttete Putzwasser im Teppichboden und verschwanden in Windeseile auf den Flur. Kaum war die Tür hinter ihnen geschlossen, brach Babsis Gelächter wieder aus.

»Hast du gesehen, wie der Typ zu Boden gegangen ist?« Sie warf sich an die Lehne des Sofas. »Himmel, ich sterbe. So, stell ich mir vor, muß es aussehen, wenn eines Tages der Turm von Pisa umkippt.« Erneutes Gelächter. »O Gott, da fällt mir Christine de Pizan wieder ein.« Das ernüchterte sie etwas. »Komm, gib mir einen Whisky, Hanno.« Er goß ihr ein Glas ein, sie trank es mit einem Zug aus, um ihr Lachen unten zu halten, riß danach erleichtert ihren Mund auf wie eine Katze und fauchte. »So, jetzt geht es mir besser.« Er goß ihr erneut ein, und sie sah ihn gesammelt an. »Setz dich, Hanno, ich hab dir auch was zu sagen.«

Er tat es.

»Du hast es vorhin vielleicht nicht ganz ernst genommen, aber ich hab es ernst gemeint. Ich bin wiedergeboren worden.«

»Was?« Hanno fühlte Entsetzen in sich aufsteigen, als ob er es mit einer Wahnsinnigen zu tun hätte.

»Guck mich nicht so an, das verstehst du nicht, weil du ein Mann bist. Ich war bis jetzt auch eine Männerfrau, deshalb hab ich mich immer so elend gefühlt, sagt Brigitte.«

»Halt, halt, wer ist jetzt wieder Brigitte?«

»Frau Schell.« Als er verständnislos blickte, ergänzte sie: »Die vom Theater. Hab ich dir nicht erzählt, daß ich die Hauptrolle in einem Frauenstück übernehme? Das ist es, was ich jetzt brauche. Die Wissenschaft ist für mich wie der pornographische Blick der Männer: Sie distanziert die Körper, sie spießt sie auf, objektiviert sie und tötet sie, sagt Brigitte. Deshalb muß ich Theater machen. Da werden die Körper erlöst. Da wird mein Körper zur Körperin, sagt Brigitte. – Und es stimmt, es ist ein echt geiles Gefühl. Du könntest das auch gebrauchen, um die Frau in dir zu befreien.«

Hanno wagte nicht zu glauben, was er da hörte.

»Versteh ich dich richtig, du willst die Soziologie aufgeben und Theater studieren?«

»Ja, ich mach Schluß mit der Wissenschaftsscheiße. Das ist einfach nichts für mich. Aber fürs Theater bin ich unheimlich begabt, sagt Brigitte. Verstehst du? Und diese Rolle ist echt geil. Da ist also diese Frau, so ein englischer Twen, mit einem miesen Macho verheiratet, die guckt sich ein Snuff movie an, weißt du, was das ist?«

Er schüttelte den Kopf.

»Das sind Gewaltpornos, da wird vor laufender Kamera die weibliche Pornodarstellerin wirklich zerstückelt, und du siehst an der Reaktion des Opfers, daß das wirklich Realität ist.«

»Das glaube ich nicht.«

»Egal, die Figur, die ich spiele, Rhoda heißt sie, die glaubt das und geht auf einen feministischen Trip. Sie erinnert sich daran, daß sie als Kind von ihrem Vater mißbraucht wurde, weißt du, das legt sie alles in sich frei, und daß sie davon diesen Hang zur Prostitution hat, das erfährt sie alles in sich, und auch, daß sie vergewaltigt wurde.«

»Mein Gott!« Hanno war überwältigt.

Babsi sah ihn nachdenklich an.

»Das hab ich auch alles in mir, weißt du? Mit dieser Rolle kriege ich es heraus. Das ist wie ein Exorzismus. Wie eine Wiederholung. Komm, laß uns noch einmal bumsen«, sagte sie unvermittelt.

Hanno fuhr zurück.

»Ein letztes Mal, zum Abschied. Ich verschwinde dann aus deinem Leben. Ein letztes Mal bist du mir schuldig.«

»Hier?« fragte er entsetzt.

»Hier war es auch beim ersten Mal. O ja, es wird eine Wiederholung. Ein re-enactment. Das ist wie beim Psychodrama. Wir spielen die Urszene.«

Sie packte ihn beim Handgelenk und zog ihn vom Sessel hoch.

»Wie war das? Wie fing es an? Ach ja, du bist zur Tür gegangen und hast den Riegel vorgeschoben. Das machen wir jetzt auch.« Sie tat es. »Ich erschrecke: Was hast du vor?«

Er protestierte: »Nein, das stimmt nicht. Du warst es, die die Riegel vorgeschoben hat. So wie jetzt auch. Und erschrocken bin ich.«

Sie schaute ihn an wie ein krankes Kind. »Das nennt man Projektion, was du jetzt machst, weißt du das? Also, danach hast du ganz unvermittelt meine Brüste ergriffen, komm, tu es jetzt!« Sie nahm seine Hände und legte sie auf ihre Brüste. »Und dann hast du mein Kleid heruntergerissen, so.« Mit einem Griff ließ sie ihr Gewand auf die Füße fallen und stand nur mit einem Slip bekleidet da. »Und dann hast du mich durch das Büro gejagt, komm, jag mich, jag mich!« Sie floh vor ihm hinter seinen Schreibtisch und blieb breitbeinig stehen, so als ob sie nach jeder Richtung hin fliehen wollte. »Jag mich sofort, sonst schrei ich laut um Hilfe! Komm! Hilfe! Hilfe!«

Hanno fühlte sich elend. Da kam ihm ein unglaublicher Gedanke.

»Babsi, spielst du etwa eine Szene aus deinem Stück?«

»Ja, wir spielen, komm, jag mich. Du bist ein schauriger Macho und Vergewaltiger! Jag mich! Reiß mir den Slip herunter! Hier auf dem Schreibtisch!«

Das Wort, das die Lawine in ihm auslöste, war »Schreibtisch«. Den Ort seiner Askese, den Feldherrenhügel seiner geistigen Schlachten mit Babsis schwer pendelnden Brüsten und ihren zitternden Schenkeln in Verbindung zu bringen, war, als ob eine Staumauer geborsten wäre. Sein Hirn wurde von einigen flachen Gewittern durchquert. Er löste seinen Gürtel, ließ die Hose auf die Schuhe fallen, stieg aus ihr heraus, riß Babsi den Slip herunter und nahm sie auf dem Schreibtisch, während Kalender, Kugelschreiber, Lexika, Briefbeschwerer und Aktenordner im Rhythmus der Erschütterungen an den Rand der Schreibplatte wanderten und eins nach dem anderen über die Kante fielen, als wäre es der Rand der Welt. Schließlich, als auch das Telefon heruntergefallen war, ohne daß sie es gehört hätten, und beide in der Stille erschöpft dem leisen Tuten des Hörers lauschten, das vom Fußboden zur Schreibplatte stetig heraufönte, erhob sich ganz in der Nähe, so als ob es im Zimmer selbst wäre, ein klatschender Applaus. Hanno fuhr in die Höhe und blickte in die lachenden Gesichter von fünf Bauarbeitern, die von draußen ins Fenster hereinblickten. Mein Gott, das Baugerüst, er hatte es vollständig vergessen! Wie in Zeitlupe sah er das Bild vor sich, das sich den lachenden Bauarbeitern bieten mußte. Babsi und er wie das Tier mit den zwei Rücken ineinander verkeilt auf seinem Schreibtisch. Der Olympier bei der Arbeit an seinem Arbeitsplatz. Welche Groteskerie! Die Bauarbeiter winkten ihm aufmunternd zu, hoben die Bierflaschen und grinsten: »Mach's noch mal, Prof!« Hanno kletterte auf allen vieren von seinem Schreibtisch, trat auf das Telefon, knickte um, fiel mehr als er ging zum Fenster und zog mit einem Ruck den großen Vorhang zu. Auf dem Baugerüst hörte er Protestgejohle. »Unfair! Weitermachen! Mach wieder auf, Prof.«

Babsi richtete sich vom Schreibtisch auf, zog wortlos ihren Slip an, stülpte sich ihr Kleid über, stieg in die Schuhe, griff ihre Tasche, ging geradewegs zur Tür, zog den Riegel zurück, ging ohne sich umzusehen oder zu grüßen hinaus und ließ Hanno im Trümmerfeld seiner Orgie ohne Hosen zurück.

5

Über dem runden Portal des alten Universitätsgebäudes in Hamburg lief ein Band aus Stein mit der in römischen Versalien gehaltenen Inschrift DER FORSCHUNG, DER BILDUNG, DER WISSENSCHAFT. Ironische Gemüter hatten das Gerücht in Umlauf gesetzt, die Frauenbeauftragte der Universität, Frau Wagner, hätte die Inschrift als chauvinistisch denunziert und vom Präsidenten verlangt, daß dort DIE FORSCHUNG, DIE BILDUNG, DIE WISSENSCHAFT eingemeißelt würde. Trat man durch die Tür in die finstere Eingangshalle, fiel der Blick auf ein paar trübe beleuchtete Vitrinen mit Gesteinsproben, mit denen die Verwaltung dem Publikum die wissenschaftliche Maulwurfsarbeit verdeutlichen wollte, die in der Universität getrieben wurde. An ihnen vorbei führte eine kleine Treppe rechts hinauf zu einem Gang. Neben der ersten Tür dieses Ganges prangte ein Schild mit den Buchstaben »Dr. Dr. h. c. Hans-Ulrich Schacht, Präsident der Universität Hamburg«. Als Bernie Weskamp an der Tür vorbeitrottete, wurde er kurz von dem Impuls irritiert, die Zahl der Doktortitel auf dem Schild mit seinem Filzstift zu verdoppeln, um die Serie durch ihre Länge ad absurdum zu führen: »Dr. Dr. Dr. Dr. h. c. Hans-Ulrich Schacht«. Er schaute sich links und rechts um, ob jemand käme – nein, das ging nicht. Schließlich war er Vorsitzender des Disziplinarausschusses, und dazu paßte es nicht, wenn er den Namen des Präsidenten durch Schmierereien verunglimpfte. Dabei nannte man den Präsidenten selten bei seinem Namen. Entweder sagte man »Herr Präsident«, auswärtige Gäste aus anderen Universitäten benutzten manchmal noch den Titel »Magnifizenz«, mit dem anderswo die Rektoren angeredet wurden, und wenn man über ihn sprach, sagte man »H. U.«, was für Hans-Ulrich stand, aber die Nebenbedeutung »Hamburger Universität« hatte, oder man nannte ihn den »Großen Häuptling« im Unterschied zum Leitenden Verwaltungsbeamten Seidel, dem »Kleinen Häuptling«.

Bernie ging weiter, am Vorzimmer des Präsidenten vorbei, bog nach links ein, stieg eine Treppe hinauf und kam in einen helleren Gang. Hier schlug das administrative Herz der Universität. Hier lagen die Büros des Planungsstabs, des Wahlamts, des Auslandsamts, des Baureferats, des Studentensekretariats, des Referats für Haushaltsangelegenheiten und der Pressestelle. Für den großen Häuptling war die Pressestelle eines der wichtigsten Ämter überhaupt, denn ihre Aufgabe bestand in der Verkündung des Ruhms des Großen Häuptlings. Diesem Ziel widmeten sich zwei Dioskuren, die allgemein »Castor und Pollux« genannt wurden, womit ausgedrückt werden sollte, wie gut sie sich ergänzten. Polluxens Arbeit bestand darin, die Redaktionsstuben und Presseagenturen der Hansestadt ständig mit kleinen Bildgeschichten aus der Universität zu beliefern wie »Präsident Schacht unterschreibt den Partnerschaftsvertrag mit der Universität Bukarest« (langsam wurden die Universitäten knapp, die noch keinen Partnerschaftsvertrag mit Hamburg hatten); »Präsident Schacht verleiht Dr. Weinberger von der Harvard University die Ehrendoktorwürde« (das würde ihm selbst auch wieder eine einbringen); »Präsident Schacht eröffnet die Ausstellung *Ergebnisse der Meeresforschung*«. Castor dagegen gab dreimal im Semester eine Universitätszeitung heraus, die ihre Spalten so ausschließlich dem Ruhm des Großen Vorsitzenden weihte, daß der Osservatore Romano dagegen kritisch wirkte. Normalerweise lief die Arbeit der Dioskuren im gut geölten Tempo mittlerer Reisegeschwindigkeit. Aber in der letzten Zeit hatte sie einen Gang zugelegt, da der Tag nahte, an dem Präsident Schacht für seine dritte Amtszeit wiedergewählt werden sollte. Und diesmal, so hieß es, würde es einen Gegenkandidaten geben. Das war zwar erst ein Gerücht, ein unklares nächtliches Geräusch im dunklen Dschungel der Stadtpolitik, aber der Große Häuptling war immer auf das Schlimmste vorbereitet. Nur deshalb hatte er als einziger Präsident seit der großen Rebellion überlebt. Und Bernie und Castor und Pollux und Peter Schmale und Erich Matte wußten das. Dr. Schmale war der Persönliche Referent des Präsidenten, und Dr. Matte war der Leiter der Rechtsabteilung. Zusammen bildeten sie mit dem Leitenden Verwaltungsbeamten Seidel eine Art Stab, der sich je nach Bedarf in ein Wahlkampfbüro, ein Beratergremium, ein Oberstes Gericht oder auch eine Feuerwehr verwandeln konnte. So nannten sie sich selbst: »Die Feuerwehr«. Sie löschten alle Brände, die dem Ruf des Großen Häuptlings gefährlich werden konnten, denn Gefahren für H. U. waren Gefahren für sie selbst. Aus diesen Feuerwehrsitzungen waren schnell informelle Routineberatungen geworden, bei denen man künftige Konfliktherde, die zu Flächenbränden werden konnten, schon bei der Entstehung bekämpfte. Als Bernie das Sitzungszimmer des Rechtsreferats betrat, fiel sein Blick zunächst auf die gewaltige Gestalt von Dr. Erich Matte, der sich unruhig in seinem Drehstuhl hin- und herwälzte. Er war so schwer, daß er es selten lange Zeit in derselben Stellung aushielt und deshalb ständig sein Gewicht verlagerte. Dabei ließ er in regelmäßigen Abständen eine Art Stöhnen hören, das dem Atmen eines Wals glich. Obwohl Bernie ihn mochte, konnte er es angesichts seiner überwältigenden physischen Präsenz nicht lange aushalten, neben ihm zu sitzen, zumal Matte die meiste Zeit damit beschäftigt war, riesige Mengen von Wurstsalat, Fleischsalat, Kartoffelsalat, Krautsalat oder Heringssalat in sich hineinzuschaufeln, die ihm ein frettchenhafter Sachbearbeiter mit dem bizarren Namen Kuhdung aus der Fleischerei um die Ecke holen mußte. Jedesmal, wenn Bernie die beiden nebeneinander sah, mußte er an eine Sau denken, die ihren ganzen Wurf gefressen und nur ein Ferkel übriggelassen hat. Jetzt aber war Kuhdung nicht zu sehen, und Matte vertilgte statt seiner eine Portion zartrosa Krabben. Als er Bernie sah, rollten seine Augen zur Seite, und bei vollen Backen formte der Schmollmund in seinem haarkranzumrahmten Mondgesicht mit großer Anstrengung langsam die Silben »MOMEMI! MILIMONIEREN!« Womit er sagen wollte: »Hallo, Bernie! Pit ist telefonieren.«

Im selben Moment legte jemand im Nebenraum den Telefonhörer auf, und Schmale trat durch die offene Tür.

»Du kommst grade recht zur Raubtierfütterung, Bernie.«
Bernie grinste.

»Man muß ihn demnächst doppelt bezahlen, weil er zwei Planstellen einnimmt.« Erich Matte hörte kurz auf zu kauen und preßte die Bemerkung durch seine Krabben:

»In mir ist der Geist Fleisch geworden.«

Schmale zupfte seine Fliege zurecht und steckte sich eine Zigarette an. Seit man ihm während seiner Studienzeit in Oxford gesagt hatte, er hätte Ähnlichkeit mit Beau Brummell, pflegte er eine leicht exentrische Eleganz.

»Bernie, der Große Häuptling will wissen, was du in der Brockhaus-Sache unternommen hast.« Bernie überlegte. In der Nachmittagssitzung hatte die Kommission den Fall abgewiesen. Nur, bevor er damit herausplatzte, mußte er die Stimmung der Feuerwehr erkunden. »Stellen wir uns mal vor, der Rössner hat recht mit seiner Denunziation...« begann er vorsichtig.

»Ekelhafter Kerl!« warf Matte ein. »Ein richtiges Schwein.«

»Was soll dann passieren?« fuhr Bernie fort. »Will der Große Häuptling dem Brockhaus dann medienwirksam den Doktorhut vom Kopf schlagen, den Talar zerfetzen und die Promotionsurkunde zerreißen, um zu beweisen, daß wir genauso hohe Standards für die Promotion haben wie die in Kiel?«

»Du willst also den Fall im Disziplinarausschuß abweisen?« fragte Matte. »Und wenn der Rössner die Presse informiert?«

»Ich hatte mir gedacht, wir kriegen ihn mit dem Vertraulichkeitsgebot. Er war doch damals Assistent von Killer-Keller.«

»Ja, so geht's«, bestätigte Matte. »Die Schweigepflicht gilt auch nach Beendigung der Dienstzeit weiter.« Bernie war erleichtert.

»Deswegen haben wir in der Kommission beschlossen, die Rössner-Denunziation abzuweisen.« Und um sie abzulenken, fuhr er schnell fort: »Außerdem herrschte Highlife. Bauer war nicht da, Vahrenholt ist ausgeschieden, da gibt's schon Ersatz, eine Assistentin von Schäfer, und dann ist der Köbele ausgerastet und hat ein Go-In von Studenten provoziert.«

»Köbele?« fragte Schmale. »Ich dachte, der wär vernünftig. Was hat er denn gemacht?«

»Ihr kennt Köbele?« Sie nickten. »Also – er sitzt da unscheinbar in der Ecke und knackt Nüsse. Das ärgert den Studentenvertreter, so eine mürrische Wohngemeinschaftspflanze, und er sagt, das wäre faschistisch. Da hättet ihr Köbele mal sehen sollen. Er steht auf, und aus dem kleinen Männchen wird der zornige Moses, der die Gesetzestafeln zerbricht, und mit den Bruchstücken trommelt er auf diesen Färber ein. Als er fertig ist, saust der hinaus und holt sich Verstärkung, und fertig war das Go-In. Da habe ich abgebrochen. Dafür haben wir aber vorher noch den Fiedler angehört.«

»Und was sagt er?«

»Er behauptet, von den Hakenkreuzschmierereien nichts zu wissen, und der Vorwurf der völkischen Gesinnung sei in Wirklichkeit ein Kompliment.«

»Was?«

»Ja, er hat's behauptet, und ich hab's selbst mit seiner Erlaubnis protokolliert.«

Alle drei brachen in wieherndes Gelächter aus. Aber sie waren diese Heiterkeitsausbrüche gewohnt. Wenn es ihnen in den Feuerwehrsitzungen gelang, den Irrsinn unschädlich zu machen, bevor er sich zu rufschädigenden internen Kriegen auswachsen konnte, dann löste er sich meist in Gelächter auf. Und zu Bernies Erleichterung fand auch Matte als Leiter des Rechtsreferats, daß das Disziplinarverfahren gegen Fiedler jetzt gegenstandslos geworden war. Er versprach, dies auch dem beleidigten Fachbereichssprecher klarzumachen. Und so löschten sie den täglich lodernden Irrsinn der Universität: Dr. Grimm von den Germanisten klagte die Spartakisten an, sie seien in die Arbeitsstelle für Exilliteratur eingebrochen und hätten das Briefpapier entwendet, um in seinem Namen Beleidigungsbriefe an einschlägige Fachkollegen für Exilliteratur zu schreiben, damit er als Bewerber für die Stelle unmöglich gemacht würde. Professor Wickert von den Historikern bezichtigte seinen Kollegen Gebhard, seine Seminarankündigungen bewußt entfernt zu haben, so daß kein einziger Student in seine Veranstaltungen gekommen sei. Die Frau des amerikanischen Gastprofessors Nelson beschwerte sich, daß die Frau ihres Austauschpartners, Professor Seliger, deren Hamburger Haus sie für ein Jahr bezogen hatten, das Porzellan weggeschlossen hätte. Frau Professor Stumm von den Wirtschaftswissenschaftlern hatte eine Dienstaufsichtsbeschwerde gegen ihr ganzes Seminar in Gang gesetzt, weil sich alle Kollegen weigerten, mit ihr zusammen Prüfungen abzunehmen. Frau Koch vom Betriebsrat des Technischen und Verwaltungspersonals hatte ein Normenkontrollverfahren darüber beantragt, ob es in der Universität eine Grußordnung gäbe und ob Professor Furk beanspruchen dürfte, von ihr zuerst und mit Titelanrede gegrüßt zu werden. Professor Busch von den Psychologen empfahl in einem Schreiben an den Präsidenten Professor Schüler für die Untersuchung im personalärztlichen Dienst. Und Dr. Gerke bezichtigte in einem Brief an Matte seinen Namensvetter Professor Gerke, sich durch Umstellung seiner Vornamen in der Kartei der Universitätsbibliothek vor ihn geschmuggelt zu haben.

»Alles der normale Irrsinn, den die Uni da ausschwitzt«, mäkelte Schmale.

»Immerhin, der Schweiß läuft ihr nur so herunter.« Bernie lehnte sich zurück.

»Ja, aber nichts, was der Große Häuptling für den Wahlkampf gebrauchen könnte.«

Matte blickte Schmale mißmutig an.

»Und was wäre ein guter Fall für den Großen Häuptling?«

Schmale drückte seine Zigarette aus und stand auf.

»Na, etwas, womit er an seine heroische Zeit anknüpft, wo er sich als Vorkämpfer gegen die Ordinarienuniversität und die Reaktion profilieren kann. Wenn irgendwo ein richtiger Parteienkampf, ein Prinzipienstreit zwischen links und rechts ausbrechen würde, mit einem großen berühmten Ordinarius als reaktionärem Gegner, das wäre lecker. Aber wo sind sie, die Gegner von einst?« rief er nostalgisch.

»Seht ihr, wie wichtig es ist, daß man seine Gegner pflegt und gut behandelt, damit sie dann nach Bedarf ihre Pflicht tun?«

Bernie verschränkte die Arme hinter dem Kopf und sah zur Decke. Der fleckige Putz verformte sich zum Erinnerungsbild an die alten Schlachten der Hochschulrevolte, als er noch wußte, wofür er kämpfte. Aber der Gegner war längst geschlagen oder geflohen, und mit ihm waren auch die großen Themen verschwunden, die damals wie bunte Fahnen über ihnen wehten im Sturm der Debatten: antiautoritäre Erziehung, demokratische Wissenschaft, herrschaftsfreier Diskurs, sozialistische Gesellschaft oder, noch besser, die Feldzeichen, die man dem Gegner in die Hand drückte, um besser auf ihn schießen zu können: ideologische Verblendung, autoritäre Herrschaft, faschistische Gesinnung, reaktionäre Fachidioten. Diese wunderbaren Dinge fehlten ihm jetzt.

Und was taten sie, die Veteranen des Schlachtfeldes, womit verbrachten sie ihre Zeit? Mit den Miasmen des Irrsinns, mit dem Schwitzwasser der Universität und den Ausscheidungen, die die Verdauungstrakte der Gremien produzierten. Mit Fällen wie dem von Professor Stilz in der Germanistik: Er war ein alter Ordinarius und wollte sich nicht daran gewöhnen, daß die Studenten während seiner Vorlesungen kamen und gingen, wie es ihnen gefiel. Jedesmal, wenn ein Student aufstand und den Hörsaal verließ, drückte Professor Stilz auf den roten Knopf des Feueralarms. Zuerst hatte es eine Panik gegeben, dann hatte niemand mehr den Alarm beachtet, so daß der Sicherheitsbeauftragte zurücktrat, weil er die Verantwortung für den Fall eines echten Alarms nicht mehr auf sich nehmen mochte, und schließlich hatte man Professor Stilz ein Vorlesungsverbot erteilt, weil er sich weigerte, die Notrufe einzustellen, mit der Begründung, man könne ja die Studenten veranlassen, bis zum Ende der Vorlesung zu bleiben. Und im übrigen sei der Notruf ein symbolischer Alarm, mit dem er auf den Verfall der Universität aufmerksam machen wollte. Er würde ihn weiter betätigen, bis man es beachte. Solche Fälle zu bearbeiten war nicht Hochschulpolitik, das war Müllabfuhr, und neuerdings kam die Frauenbeauftragte noch mit ihren Fällen von sexueller Belästigung dazu. Der Aufsichtsführende in der Bibliothek des theologischen Seminars hatte seine Kontrolle der Taschen und Mäntel bis zur Leibesvisitation gesteigert und sich dabei als Busengrapscher betätigt, während er sich damit verteidigte, daß die Theologinnen die Bücher, die sie stehlen wollten, in den Hohlräumen ihrer Büstenhalter versteckten. Einen Moment lang dachte Bernie an die Mitarbeiterin des Justizsenators mit dem grünen und dem blauen Auge.

Er löste seinen Blick von der Decke und betrachtete die gewaltige Gestalt von Erich Matte, die schwitzend und schnaufend vor einem Komposthaufen aus Akten und leergegessenen Plastikschalen saß, während Schmale ans Fenster getreten war und sich wieder eine Zigarette angezündet hatte. Sie würden ihr Leben damit verbringen, diesen akademischen Komposthaufen umzuschaufeln. Sie waren Verwaltungsfuzzis, zwar sympathisch, aber doch nur Apparatschiks. Bernie aber war ein Professor und ein Politiker. Mit der Promotion in Romanistik hatte er geistige Bürgerrechte im Mutterland der Revolution und der Aufklärung erworben. So betrachtete er den Vorsitz im Disziplinarausschuß bloß als Zwischenstation auf dem Weg nach oben zum Vizepräsidenten und, wer weiß, noch weiter. Die Informationen, die er jetzt sammelte, mußten ihm noch als Munition für später dienen. Für Bernie war der Vorsitzende des Disziplinarausschusses deshalb das akademische Gegenstück zum Chef des Geheimdienstes. Niemand würde ihn zum Gegner haben wollen. Nun ja, außer den Irren wie Gerke und Fiedler, denen war ja alles egal.

Das Telefon klingelte im Nebenraum, Erich Matte sammelte seine 140 Kilo Lebendgewicht zusammen und watschelte durch die offene Tür.

»Hier Rechtsreferat, Dr. Matte«, hörte Bernie ihn sagen, »Nein, wir warten noch auf sie…«, lange Pause, »…soll ich das bestellen... Versteh ich recht, sie ist jetzt in der Psychiatrie? ... Sie hatte einen Zusammenbruch auf der Bühne? .. Eieieieiei... also ich weiß nicht recht, Sie rufen am besten noch mal an, wenn Frau Wagner da ist. So in einer Viertelstunde?« Er legte auf und watschelte zurück. Als er sich gesetzt hatte, sah er auf die Uhr. »Wo bleibt die Wagner denn, sie müßte längst hier sein!«

»Wer war das?« wollte Schmale wissen und deutete mit dem Kopf in Richtung des Telefons.

»Irgendeine Frau Schell oder Schnell vom Theaterseminar. Sie wollte die Wagner sprechen über irgendeine durchgedrehte Studentin, die ein Trauma hat wegen sexueller Nötigung oder so was. Ich habe das Ganze nicht verstanden. Wieder so eine Irre.«

In jeder Universität gab es inzwischen eine Frauenbeauftragte, die darüber wachte, daß die Frauen bei der Besetzung von Posten nicht übergangen wurden und daß ihnen auch sonst keine Unbill widerfuhr. In Hamburg hatte darüber hinaus noch jeder Fachbereich eine eigene Frauenbeauftragte, und dann gab es noch die drei Damen der Frauenförderungsstelle. Deren aller Bemühungen wurden koordiniert von der Zentralfrauenbeauftragten und Vorsitzenden der Stelle für Frauenförderung, und das war die Linguistin Professor Dr. Ursula Wagner. Schlank, blond, gutaussehend und chic, entsprach sie so gar nicht dem Klischee verunsicherter Machos von der kompensatorischen Funktion feministischen Eifertums. Doch wurden diese für die Enttäuschung ihrer Vorurteile voll entschädigt, wenn Frau Wagner ihre Stimme erhob. Sie war ihre Geheimwaffe in überfüllten Vollversammlungen, tumultuösen Meetings und chaotischen Gremiensitzungen. Man mußte ihr einfach zuhören. Vom kakophonen Durcheinander allgemeinen Getöses hob sich ihre Stimme ab wie die Schrift an der Wand; mit der Präzision einer Laserkanone stanzte sie ihre Worte in das Chaos, daß sie die Aufmerksamkeit aller durch die schiere Unwiderstehlichkeit ihres Formwillens bannte. Und ihn hatte sie jetzt auf die drei Männer konzentriert.

»Sie haben es nicht verstanden.«

Sie hämmerte die Worte in die Tischplatte, daß sie alle schuldbewußt grinsten wie drei besonders blöde Schüler. – Die Frauenbeauftragte betrachtete angeekelt die leeren viereckigen Plastikbehälter von Kartoffel- und Krabbensalat, die auf dem Tisch vor Matte herumlagen, und schaute dann zu Schmale hinüber, der noch immer am Fenster stand.

»Können Sie nicht mal lüften hier?«

Gehorsam kippte Schmale das Fenster einen Spalt weit auf und ließ einen Schwall frischer Luft herein.

»Also – ich erkläre es noch mal«, sagte sie mit jener gefesselten Ungeduld, die kurz vor dem Ausbruch der Raserei noch einmal die Form resignierten Martyriums annimmt. Aber Bernie hatte die Frauenbeauftragte schon beim ersten Mal verstanden: Die Frauen waren bei der herrschenden Berufungspraxis von Professoren nämlich in ein Dilemma geraten: Freie Professuren wurden besetzt, indem eine Berufungskommission nach Durchsicht der Schriften aller Bewerber dem Senator für Wissenschaft eine Vorschlagsliste vorlegte, auf der drei Namen in der Reihenfolge ihrer Qualität standen. »Wie bei der Olympiade«, sagte Bernie immer, »Gold, Silber und Bronze.« In aller Regel berief der Senator auch den Goldmedaillengewinner, den die Kommission haben wollte. Aber im Prinzip stand es ihm frei, aus übergeordneten Gründen – etwa um Geld zu sparen oder einem Fach eine bestimmte Richtung zu geben – den Silber- oder Bronzemedaillengewinner zu ernennen. Das sahen die Kommissionen aber nicht gern, weil sie die nicht unbeträchtliche Auswahlarbeit und die noch größere Anstrengung bei der Einigung verhöhnt sahen, die ihren Niederschlag in pompösen Begründungen und gigantischen Gutachten von wortgewaltiger Übertreibungsrhetorik fanden. Nun hatte der Frauenförderungsparagraph dem ganzen Verfahren eine pikante Note verliehen. Er besagte nämlich, daß bei gleicher Qualifikation den Frauen der Vorzug gegeben werden mußte Setzte also nun eine Kommission eine Frau auf Platz zwei oder drei der Liste, sagte sich der Senator, »Die ist fast ebensogut wie der Goldmedaillengewinner«, und ernannte sie aus politischen Gründen, um als Frauenförderer bei der SPD seine Hausmacht zu erweitern. Damit nun der Senator nicht permanent ihre Hitlisten umwarf, übertrieben die Kommissionen bei ihren Gutachten die Abstände zwischen Gold, Silber und Bronze gewaltig und gingen, als auch das nichts half, dazu über, eine Frau gar nicht mehr auf die Liste zu setzen, wenn sie nicht sowieso vorhatten, ihr die Goldmedaille zu geben. Damit vermieden sie schließlich erfolgreich, daß der Senator ihre Reihenfolge umwarf. Und langsam war der Frauenbeauftragten aufgefallen, daß Frauen auf Berufungslisten kaum noch die Silber- oder Bronzemedaille erhielten, damit der Senator sie nicht in eine Goldmedaille verwandeln konnte. Und nun verlangte sie ein Normenkontrollverfahren und drohte mit einem Boykott aller Berufungskommissionen durch die weiblichen Universitätsangehörigen.

»Sicher«, sagte Matte begütigend, »wir haben uns auch schon Gedanken darüber gemacht. Aber das ist eben Dialektik.«

»Das ist Chauvinismus!« schnappte Frau Wagner.

»Es ist die Benachteiligung der Privilegierten«, warf Schmale ein, »sagen Sie dem Senator, er solle damit aufhören, die Vorschläge der Kommissionen zu übergehen, und künftig nur noch den Erstplazierten ernennen, dann hört die Benachteiligung der Frauen auf den Listenplätzen sofort auf.«

»Sie wollen wohl den Frauenförderungsparagraphen außer Kraft setzen?«

»Wenn ich das versuchte, Frau Wagner, könnte ich mich genausogut aufhängen.«

»Ja, aber Frau Kollegin«, mischte sich Matte wieder ein...

»Ich bin nicht Ihre Frau Kollegin!«

»Hören Sie, Frau Wagner, Sie sind die Frauenbeauftragte und ich bin der Leiter des Rechtsreferats. Der große Häuptling will, daß wir am gleichen Strang ziehen. Wenn Sie mich angiften, ist das vielleicht Ihr Privatvergnügen, aber Ihrer Sache tun Sie damit keinen Gefallen. Ich tue das nicht gern, aber ich sage jedem, bevor er sich mit mir anlegt, daß er jetzt noch Zeit hat, es bleiben zu lassen. Wenn er das ignoriert, wird er sich später nicht mehr wiedererkennen. Und ich sage das auch nur einmal.«

Bernie war überwältigt von so viel ruhiger Entschlossenheit. Er machte sich eine geistige Notiz, den Dicken künftig nicht zu unterschätzen. Der Frauenbeauftragten in einem solchen Ton entgegenzutreten, hätten nicht viele fertiggebracht. Als Matte geendet hatte, herrschte tiefe Stille. Es war einer jener Momente, in dem man alles für möglich hält, einen Pistolenschuß, ein Gelächter, einen Ausbruch, eine Tür, die schlägt. Frau Wagner schwankte leicht wie ein Boxer, der einen schweren Schwinger hat einstecken müssen. Ihr Hals war purpurrot angelaufen, und auf den Wangen bildeten sich scharf abgesetzte rote Flecken. Sie schaute Matte mit Augen an, die sich in Dolche zu verwandeln versuchten. Da besann Bernie sich darauf, daß er Politiker war.

»Aber der Sache nach hat Frau Wagner recht.« Sie warf ihm einen dankbaren Blick zu. »Es ist ein Dilemma.« Das hatte zwar sie nicht gesagt, sondern Schmale, aber das war jetzt egal. »Ich glaube, wir sollten das mit dem Häuptling beraten.« Jetzt waren ihm alle dankbar. »Es ist selbstverständlich, daß Frau Wagner bei ihren Bemühungen, eine Lösung zu finden, unser aller Unterstützung sicher sein kann.«

»Sag ich ja«, brummte Matte.

Frau Wagner hatte sich wieder erholt.

»Dann ist da noch etwas.« Sie holte vier gleich aussehende bedruckte Blätter aus ihrer Tasche und legte sie auf den Tisch. »Auf der letzten Vollversammlung der Assistentinnen und Professorinnen wurde beschlossen, daß die Verordnung über sexuelle Belästigung am Arbeitsplatz ergänzt werden müßte.«

Sie verteilte die Bögen, auf denen die bisherige Verordnung stand. »Aber erst mal sollte es ›Arbeitsplatz oder Studienplatz‹

heißen, denn die Studentinnen sind auch betroffen, und für Prozesse kann das wichtig werden. Aber das dürfte ja wohl nicht strittig sein.«

Ihre Stimme stieg jetzt auf Kreissägenhöhe.

»Die Verordnung nennt zunächst die schlimmste Form der sexuellen Belästigung: Erpressung von Sex durch Androhung beruflicher Nachteile und Unzucht mit Abhängigen im Verhältnis von Hochschullehrern und Studentinnen. Das sind ja auch ziemlich eindeutige Tatbestände, und in beiden Fällen sind Disziplinarstrafen bis zum Ausschluß aus der Universität vorgesehen.«

Sie blickte von ihrem Bogen auf, als ob sie jeden der drei auf frischer Tat ertappen wollte. Nachdem sie sich überzeugt hatte, daß sich alle ordentlich benahmen, fuhr sie fort:

»Dann nennt sie als weitere Form die verbale sexuelle Belästigung. Hier hat nun die Vollversammlung eine Ergänzung gefordert. Worüber sich nämlich viele Frauen beschweren, ist die Herstellung einer chauvinistischen Umgebung am Arbeitsplatz. Oder Studienplatz.«

Die Männer schwiegen, bis Schmale zag fragte:

»Wie muß man sich das vorstellen? Pin-up-Girls und dergleichen?«

»Ich habe hier eine Liste mit typischen Situationen zusammengestellt. Sie werden sich wundern, was da alles passiert.« Sie schob Matte die Liste hinüber, als das Telefon klingelte.

»Ach, das ist für Sie«, sagte Matte zur Frauenbeauftragten, »eine Frau Schell oder Scheel hat angerufen und wollte Sie sprechen.«

Sie erhob sich energisch, ging in den Nebenraum und zog die Tür hinter sich zu. Matte verdrehte die Augen.

»Mein lieber Erich«, sagte Bernie, »das muß ich dir sagen: Du hast mir Eindruck gemacht.«

»Na ja,« sagte Matte, »für eine Frauenbeauftragte ist sie gar nicht so übel. Aber diese Weiber fühlen sich schnell so omnipotent, daß sie sich für immun halten, weil sie natürlich jeden Widerstand gegen sich als weiteres Beispiel männlicher Unterdrückung denunzieren können. Deshalb wagt sich nach einer Zeit keiner mehr an sie heran. Selbst der Große Häuptling zieht vor der Wagner den Schwanz ein.«

»Na ja«, näselte Schmale, »schließlich will er nicht wegen sexueller Belästigung der Frauenbeauftragten angeklagt werden.«

Ihr Lachen wurde unterbrochen, als die Tür zum Nebenzimmer wieder aufgestoßen wurde. Frau Wagners Gesicht war gerötet, als sie ihre Papiere zusammenraffte und in die Tasche stopfte.

»Ärger?« fragte Bernie teilnahmsvoll.

»Die Polizei bittet mich ins Präsidium. Man hat vielleicht den Messerstecher aus dem Hauptgebäude gefaßt.« Und zu Matte gewandt fuhr sie fort: »Sie haben ja unseren ausformulierten Vorschlag vorliegen. Alles, was wir wollen, ist, daß Sie im Rechtsreferat prüfen, wie das juristisch gefaßt werden muß. Und dann soll die Verordnung ergänzt werden. Ach ja, und noch was. Das betrifft Sie, Herr Weskamp. Wenn Fälle von sexueller Belästigung vor den Disziplinarausschuß kommen, sollten die weiblichen Ausschußmitglieder über fünfzig Prozent des Stimmanteils verfügen. Ich hab schon mit dem Präsidenten gesprochen, und er ist einverstanden. Da braucht der Ausschuß nur mit Zweidrittelmehrheit seine Geschäftsordnung zu ergänzen. So, ich muß weg, meine Herren!«

»Auf Wiedersehen, Frau Wagner!« Unter den liebedienerischen Verabschiedungen der drei Männer schritt sie hinaus.

Als sie weg war, ging Matte zum Fenster und schloß es wieder.

»Was ist denn das für ein Messerstecher?« wollte er wissen.

»Ja, Ihr wißt ja in der Festung gar nicht, wie wir draußen im Hauptgebäude leben.« Bernie grinste. »Das ist ein Slum. Da schlafen Penner in den Nischen, Dealer schleichen durch die Korridore auf der Suche nach Kunden, die Schwulen aller Länder vereinigen sich auf dem Lokus direkt neben meinem Büro, und die Terroristen planen ihre Attentate. Unter all diese Leute hatte sich auch ein harmloser Messerstecher gemischt, der dann vor der Wagner geflüchtet ist und den sie jetzt geschnappt haben « Schmale blickte überrascht auf.

»Mei, mei, mei, Bernie – hören wir da Töne von Sarkasmus heraus?«

»Ich und Sarkasmus? Ich weiß gar nicht, was das ist.« Und als er das sagte, schaute er zur Decke und sah wieder das Bild von der Frau mit dem grünen und dem blauen Auge.

Das Telefon zerriß seine Vision. Dreimal hörte er es klingeln, bis Mattes Stimme ertönte: »Hier Rechtsreferat, Matte... nun ist sie grad wieder weg, Frau Schell, tut mir leid!« hörte Bernie ihn sagen, »...ja wirklich, Pech... Nein, ich hab ihr noch nichts erzählt. Wenn ich ehrlich bin, hab ich es vorhin auch gar nicht genau verstanden... ich dachte, Sie rufen sowieso noch mal an... na gut, erzählen sie es mir. Wenn es was Ernstes ist, krieg ich es sowieso auf den Schreibtisch. Und ich leite es dann an Frau Wagner weiter...« lange Pause. »Hat sie gesagt, mit wem?« Erneute Pause. »Na ja, solange sie keine Namen nennt, läßt sich mit dem Fall nichts anfangen. Und wenn, dann steht ihre Aussage gegen seine, und da gibts dann immer denselben Kampf der Glaubwürdigkeiten... ich weiß... ich weiß!... Aber Sie wissen ja, in dubio etc. Na hören Sie, Frau Schell, wir können doch nicht wegen der Leiden der Frauen alle Rechtsprinzipien außer Kraft setzen, wissen Sie? Im Grundgesetz steht, daß niemand wegen seines Geschlechts diskriminiert werden soll, und das gilt auch für Männer... na gut, das freut mich zu hören. Ja, ich sage es ihr weiter. Sie können sich darauf verlassen.«

»Was ist los? War es wieder diese Scheel?«

»Schell«, korrigierte Matte, »die betreibt den Studiengang Schauspiel und Sprechtheaterregie oder wie das heißt.«

»Oh, die Schell vom Theater, ja, die kenn ich«, warf Schmale dazwischen. »Die sind gar nicht so schlecht. Haben immer volle Häuser. Gute Reklame für die Universität.«

»Ja, also, die hat eine Theaterstudentin, die spielt die Hauptrolle in so einem Frauenstück.«

»Was ist das denn, ein Frauenstück?« fragte Schmale.

»Was weiß ich denn, was ein Frauenstück ist. Ich habe Jura studiert«, bellte Matte jetzt ungeduldig. »Irgend etwas Undelikates, Depressives, nehme ich an. Frag doch Bernie, der kennt sich da aus.«

Bernie lachte. »Matte beschreibt das ganz richtig.«

»Also: In diesem Stück spielt die Studentin die Hauptrolle, scheint es, und die Figur, die sie spielt, ist auch eine Studentin oder Schülerin oder so was, und sie wird sexuell erniedrigt und vergewaltigt und mißbraucht, was weiß ich, halt was in Frauenstücken so vorkommt. Jedenfalls macht diese Studentin von der Schell das prima. Alle sind begeistert. Und dann, nach so einem Höhepunkt, spenden die Mitspieler alle Beifall, und da plötzlich, mitten im Beifall, bricht die Studentin zusammen.«

»Und warum?«

»Sie hat all das, was sie gespielt hat, erst kürzlich selbst erlebt.«

»Nein!« Schmale war begeistert.

»Sagt die Schell«, ergänzte Matte.

»Etwa hier in der Uni?« wollte Bernie wissen.

»Ja, hier in der Uni. Aber mit wem, sagt sie nicht.«

Die gespannte Erwartung verpuffte in Enttäuschung.

»Eine Irre«, meinte Bernie.

»Sag ich ja.« Matte wühlte in seinen Papieren.

»Vergiß es«, sagte Schmale.

»Hab ich schon«, erwiderte Matte und fragte Bernie, ob er ihm nicht einen guten Gebrauchtwagenhändler empfehlen könnte, er wolle sich einen gebrauchten Mercedes besorgen, der aber nicht schöner sein dürfe als der des Großen Häuptlings.

6

Hanno saß im Auto und rollte mit Zehntausenden anderer Autos im Hamburger Ringstraßenverkehr der Stadtmitte zu. Gestern, am Tag nach seiner Eskapade, war er nicht ins Büro gegangen. Aber heute ließ sich das nicht vermeiden. Der Fachbereich hatte die vorgeschlagenen Mitglieder der Berufungskommission zur Besetzung der Professur für Kultursoziologie ernannt, und Frau Eggert hatte sie alle zu einer ersten Sitzung um 11 Uhr vormittag zusammentelefoniert. Hanno lenkte den Mercedes wie im Fieber. Vor seinen Augen erschienen fratzenhafte Gestalten und quälten ihn. Er versuchte, sich auf den Verkehr zu konzentrieren. Noch eine Viertelstunde, und er würde in seinen Campus-Parkplatz einbiegen. Oh Gott, das war ja unmittelbar neben dem Baugerüst am Soziologischen Institut. Sicher waren da immer dieselben Bauarbeiter beschäftigt. Sie würden ihm einen triumphalen Empfang bereiten. Über dem Lärm einer Zementmaschine hörte er Rufe aus rauhen Männerkehlen:

»Hey, Prof, machs noch mal, Prof!«

»Gehts wieder an die Arbeit, Prof?«

»Hey, Karl-Heinz, geh mal mit und hilf dem Prof bei der Arbeit. Das schafft er nicht allein.«

Und dann dieses entsetzlich rohe Gelächter. Plötzlich spürte er Mitgefühl mit den Frauen, die sich ständig solche Spießrutenläufe gefallen lassen mußten. Ob er den feministischen Studentinnen Unrecht getan hatte, die sich im Seminar laufend darüber beklagten? Er hatte ihre Beschwerden bisher als Technik interpretiert, die Aufmerksamkeit immer wieder von den schwierigen soziologischen Fragen zu den Geschlechterbeziehungen umzulenken, wo alle Frauen Experten waren.

Das wilde Gehupe eines BMW hinter ihm ließ ihn hochfahren. Die Ampel, an der er hielt, war schon längst wieder auf Grün gesprungen. Als sie die Kreuzung überquert hatten, überholte ihn hupend der BMW, und beim Vorbeirasen sah Hanno flüchtig, wie der Fahrer mit der Intensität eines Tobsüchtigen Gesten der Mißachtung in seine Richtung schleuderte und den Mund zum stummen Schrei aufsperrte, als würde er von innen zerrissen.

Und wenn er heute gar nicht in die Universität ginge? Er könnte einfach Frau Eggert anrufen, er fühle sich nicht wohl, und sie solle Frau Dr. Tauber bitten, die Berufungskommission zu leiten. Schließlich war es nur eine Vorbesprechung. Hanno fuhr jetzt an den bunten Glasfassaden der City Nord vorbei, in denen sich wie auf einer kalifornischen Postkarte der Himmel spiegelte, und bog dann in die Straße durch den Stadtpark ein. Die Kommissionssitzung fand in seinem Büro statt. Da war es wahrscheinlich, daß die Bauarbeiter wieder hinter seinem Fenster auftauchten. Was mußte Veronika denken, wenn sie dann zu johlen begannen: »Machs noch mal, Prof!« O Gott, was für einen Eindruck mußten seine Kollegen kriegen, wenn sie gar durch die offenen Fenster Bemerkungen machten: »Bumst euer Prof immer so gut nach Dienstschluß? Gibts heute Gruppensex?« Hanno lenkte seinen Mercedes auf den Parkstreifen, der die Straße durch den ganzen Stadtpark begleitete, und hielt an. Er mußte einen noch undeutlich aufkeimenden Gedanken fokussieren. Er würde zu Frau Eggert gehen und sagen, er habe seinen Büroschlüssel verloren. Sie müßte dann einen neuen beantragen – das war mit aufwendigen Verlustanzeigen, Ausfüllen von Formblättern und einem Riesenpapierkrieg verbunden –, und mit all diesen Tätigkeiten würde signalisiert: Der Typ, den die Bauarbeiter in seinem Büro gesehen hatten, das konnte, nein, das mußte jemand anders gewesen sein. Im Soziologischen Institut kam es häufig vor, daß sich Dozenten darüber beschwerten, Unbefugte hätten ihre Räume betreten. Schon allein die unbeaufsichtigten Putzkolonnen aus Ghana, die nach Dienstschluß das Gebäude übernahmen, entfalteten in den Räumen des Instituts ein reges nächtliches Stammesleben, und Frau Eggert hatte morgens schon manchen Asylantrag vergessen auf dem Kopiergerät gefunden.

Ein Jogger war plötzlich neben seinem Auto aufgetaucht und lief direkt neben Hannos Mercedes auf der Stelle. Er beugte sich, immer weiterlaufend, hinunter, klopfte an die Seitenscheibe und vollführte eine unverständliche Geste, indem er wiederholt seine Hand herumdrehte. Hanno kurbelte die Scheibe herunter.

»Stellen Sie doch den Motor ab, Sie verpesten ja die ganze Umwelt!« schrie ihn der Jogger erbost an.

Hanno drehte schuldbewußt den Zündschlüssel herum, und der Jogger trabte mit weit ausholenden Schritten weiter im zufriedenen Gefühl, seinen moralischen Energieüberschuß zur Vollbringung eines Werkes im Dienste der Biosphäre recycelt zu haben. Biosphäre! Das Wort fraß sich in Hannos Hirn fest und produzierte augenblicklich Metastasen von rhythmischen Alliterationen. Babsi und die Biosphäre... Babsi und die Bauarbeiter... die brünstige Babsi und die bösen Barbaren... Er durfte sich nicht gehenlassen, er war Hanno Hackmann, Professor für Kultursoziologie, und kein kleiner Krimineller, der um die Polizei einen Bogen macht. Wie immer würde er seinen Mercedes parken und erhobenen Hauptes das Institut betreten. Die Idee mit dem Schlüssel war töricht. Wahrscheinlich würden die Bauarbeiter ihn gar nicht erkennen und hatten die ganze Sache längst vergessen. Er ließ den Motor an und lenkte den Wagen zurück in den Fluß der Autokolonne. Natürlich würden sie ihn nicht wiedererkennen! Schließlich hatten sie ihn ohne Hose gesehen. Bei dem Gedanken verkrampfte sich Hannos Gesicht. Mein Gott, welch ein Bild sie geboten haben mußten! Kein Wunder, daß die Bauarbeiter in diesen rabelaisischen Frohsinn ausgebrochen waren. Grotesk mußten sie gewirkt haben mitten auf dem Schreibtisch, der Teufel mußte ihn geritten haben. Babsi und Beelzebub. Halt, keine neuen Zwangsideen! Ob sich in diesen Gedankenverbindungen die feministischen Thesen über die Hexen doch bestätigten? Die Hexen und der Teufelsritt, Inkubus und Sukkubus, vielleicht sollte er sich diese Sachen mal näher ansehen. Malleus maleficorum, der Hexenhammer. Sicher bestand ein Zusammenhang zwischen sozialer Entwurzelung, unfester Identität und der Angst vor dämonischer Besessenheit. Poröse Ich-Grenzen. Sie sollten im Kolloquium mal darüber reden. Die Vorstellung, das Thema wissenschaftlich zu traktieren, beruhigte Hanno. Delumeau hatte über die großen kollektiven Paniken geschrieben – Hexenwahn und Judenverfolgung. Hanno mußte an den leeren Bornplatz vor dem Institut denken, wo die Synagoge gestanden hatte, als er langsam die Hochallee hinunterfuhr. Die Fassaden der prächtigen Kaufmannsvillen aus der Belle Epoque glitten an ihm vorbei. Hier hatte das jüdische Großbürgertum gewohnt, etwas abseits vom Grindelviertel mit den kleinbürgerlichen Juden. Hanno kreuzte die Hallerstraße, glitt den Grindelhof entlang, wo schon bekannte Studentengesichter wie helle Blumenblätter in der Menge auf den Bürgersteigen auftauchten, bog auf den Parkplatz vor dem Soziologischen Institut ein, den er bis zum anderen Ende überquerte, und hielt dann vor einer Schranke, die den Institutsparkplatz vor studentischer Überschwemmung schützte. Hier war er schon im Blickfeld der Bauarbeiter, und er mußte aussteigen, um die Schranke zu öffnen. Steifbeinig steckte Hanno den Schlüssel in das Schlüsselloch der Schranke, klappte sie auf, ging zum Wagen zurück und fuhr durch. Das Baugerüst war leer. Erleichtert parkte er den Wagen und ging auf den Haupteingang zu. Da erscholl aus der offenen Tür eines blauen Wohncontainers, der auf dem Parkplatz aufgebockt war, vielstimmiges heiseres Gelächter. Die Arbeiter hatten gerade Frühstückspause. Mit beschleunigtem Schritt und heißen Ohren verschwand Hanno durch den Eingang des Instituts. In seinem Büro zog er zuerst den Vorhang vor das Fenster in der Wand mit dem Baugerüst. Dann überprüfte er noch mal, ob er beim Aufräumen nach seiner Orgie nichts übersehen hatte, und schließlich bat er Frau Eggert herein. Verhielt sie sich anders als sonst? Hatte Babsi sich vielleicht noch mal bei ihr gemeldet, um ihre Prüfung abzusagen? Die Vorstellung, daß Frau Eggert ihn verachten könnte, war ihm schrecklich. Aber sie war genauso sachlich und neutral wie immer.

»Hier ist die Liste mit den Mitgliedern der Kommission.«

»Wir tagen im kleinen Konferenzzimmer.« Hanno versuchte so beiläufig wie möglich zu klingen.

»Nicht hier, bei Ihnen im Büro?« fragte Frau Eggert erstaunt und ging zum Fenster, um die Vorhänge zurückzuziehen. »Hier ist es doch so viel gemütlicher. Außerdem findet im kleinen Konferenzzimmer ein Tutorium statt.«

In der Tat, Hanno hielt alle kollegialen Besprechungen einschließlich der Kolloquien und der Kommissionssitzungen in seinem Büro ab. Der Name »kleines Konferenzzimmer« war ein Euphemismus. Der Raum wirkte eher ungemütlich und diente vor allem Tutorien, Doktorandenbesprechungen und improvisierten Gruppensitzungen. Hannos Hirn raste. Der Gedanke, daß die Frühstückspause der Bauarbeiter zu Ende ging, erfüllte ihn mit einer sinnlosen Panik. Wenn die da draußen auf dem Gerüst herumkletterten, konnte er die Sitzung nicht leiten.

»Ja, ich weiß, aber wir wollen nicht riskieren, durch den Baulärm gestört zu werden.«

Frau Eggert konnte ihn da ganz beruhigen.

»Keine Angst, Herr Professor, die machen keinen Lärm. Die mauern doch bloß die Klinkerfassade auf, da brauchen sie keine Maschinen.«

Hanno hätte Frau Eggert für ihre Common-sense-Logik erwürgen können. Ratlos starrte er sie an, während sie, zufrieden, seine sinnlosen Bedenken ausgeräumt zu haben, den Tisch vor dem Sofa für den Kaffee freiräumte.

Und dann trudelten auch die Kommissionsmitglieder ein. Professor Beyer von den Amerikanisten, den Hanno noch nicht kannte, ein bäuerlich-massiger Typ, dessen wulstige Züge wie auf den holländischen Portraits fröhlicher Zecher in gutgelaunter Trinkbereitschaft glänzten; Hannos Kollege Günter; Veronika als

Vertreterin der Assistenten; der Germanist Grabert mit dem ewig grinsenden Mondgesicht, den man trotz Hannos Bedenken einfach nehmen mußte, weil er die Interessen der Exilliteratur vertrat; eine angenehm wirkende Vertreterin der Studenten, die ihm schon durch kluge Beiträge im Seminar aufgefallen war, und, o weh!, als Dozentenvertreter ausgerechnet der allseits gefürchtete Gerke, vor dem Veronika ihn gewarnt hatte. Den hatten sie doch gar nicht vorgeschlagen! Da war irgendein Unfall passiert! Hanno blickte noch mal auf seine Liste, als sich alle um den Tisch gruppiert hatten, und richtig, – da hatte Frau Eggert den Namen »Meyer-Mittendorf«, den sie vorgeschlagen hatten, durchgestrichen und als Erklärung an den Rand geschrieben: »M.-M. ist in USA, FBR (das war das Kürzel für den Fachbereichsrat) hat Gerke als Ersatz ernannt.« Tatsächlich gab es nur noch wenige Dozenten, weil alle zu Professoren ernannt worden waren, aber nach der bizarren Regelung des Hamburger Hochschulgesetzes mußten alle Gruppen in jedem Gremium vertreten sein. Also war Gerke neben M.-M. als einer der wenigen übriggeblieben und war deshalb langsam zum hauptberuflichen Mitglied vieler Gremien geworden, wo er seinem destruktiven Hobby nachgehen konnte.

Nachdem Hanno die Sitzung eröffnet und alle Anwesenden begrüßt hatte, sprach er gleich einen der heiklen Punkte an. Die Stelle, die sie besetzen sollten, war eine Professur für Kultursoziologie. Sie war also seiner Abteilung zugeordnet. Aber in einem unendlich zähen Guerillakrieg hatten die Altlinken unter den Germanisten erreicht, daß dabei die deutsche Exilliteratur besondere Berücksichtigung finden sollte. Eine der wenigen Professuren für Exilliteratur zu erobern war nun für die spätsozialistischen Literaturwissenschaftler deshalb so wichtig, weil sie damit ihre eigene Arbeit in die Tradition des »besseren Deutschland, des Deutschland des Exils« stellen konnten. Um die Definitionshoheit über das »bessere Deutschland« zu erhalten, mußten bürgerliche Wissenschaftler unbedingt verhindert werden. Und deshalb versuchte Hanno, die hier vergrabenen Minen im Vorfeld zu entschärfen, indem er eine staatsmännische Exegese der Formulierung »Literatursoziologie, möglichst unter Berücksichtigung der deutschen Exilliteratur« gab, bei der Begriffe wie »Zusammenarbeit, Ergänzung, Koordination, interdisziplinäre Kooperation und Anregung« eine zentrale Rolle spielten. Aber während alle Anwesenden den wohlgeformten Sätzen lauschten, die ohne Unterlaß über Hannos Lippen rollten, achtete er selbst auf die Geräusche der Bauarbeiter draußen auf dem Gerüst. Schließlich kamen sie zur Arbeitsverteilung der Kommission. Dabei wurden jedem Mitglied gleich viel Bewerber zugeteilt, deren Schriften es in einem längeren Gutachten bewerten mußte. Bei dieser Verteilung wurden schon immer die ersten Weichen für die spätere Auswahl gestellt. Interessierte Kommissionsmitglieder suchten sich zur Bearbeitung gern ihre Freunde oder ihre Feinde aus, um die einen herauszustreichen und die anderen abschießen zu können. Oder sie nahmen solche, die nicht viel geschrieben hatten, um Arbeit zu sparen. Und die Bewerber hatten hier schon Pech, die an einen meist noch sachunkundigen Studentenvertreter oder irgendeinen fachfremden Imkompetenten gerieten. Jeder wußte: In Berufungskommissionen war das entscheidende Mitglied der Zufall. Das galt ganz besonders dann, wenn Streit ausbrach – und in den meisten Kommissionen brach Streit aus –, weil der Zufall dann die Funktion des Schiedsrichters übernahm. Um so mehr mußte später die Rhetorik der Endgutachten das Chaos übertünchen.

Es gab 36 Bewerber zu verteilen, da bekam jedes der sieben Kommissionsmitglieder fünf Kandidaten zur Bearbeitung, wenn Hanno einen mehr übernahm. Veronika ordnete die Namenslisten, Lebensläufe, Zeugnisse und die Schriften der Bewerber, und alle Kommissionsmitglieder bedienten sich wie bei einem kalten Buffet.

»O Gott!«

Hannos Ausruf ließ sie innehalten. Selbst Gerke hörte einen Moment auf zu zwinkern.

»Mir ist gerade etwas Entsetzliches eingefallen.«

Alle schauten ihn mit großen Augen an.

»Ich habe unsere Katze im Kofferraum meines Wagens vergessen. Sie ist da seit zwei Tagen eingesperrt. Sie entschuldigen mich für einen Moment?« Und damit stürzte er hinaus, fuhr mit dem Fahrstuhl nach unten, lief über den Parkplatz zu seinem Wagen, schloß den Kofferraum auf und griff nach dem Tragekorb. Ein schriller Schmerz explodierte an seiner Hand. Er schrie auf und zog sie zurück wie vor einem Strahl heißen Dampfes. Die Katze hatte ihre Zähne oben und unten in die Seite seiner Handfläche geschlagen, und ihr Körper hatte sich in einen kontrahierten Muskel mit Krallen verwandelt, mit denen sie sein Handgelenk bearbeitete. Vor Atemnot und Hunger fast wahnsinnig geworden, hatte sie sich aus dem Tragekorb befreit und zwei Tage auf die Gelegenheit gewartet, es dem nächstbesten Feind heimzuzahlen. »Verfluchte Bestie, laß los!« Vor Schmerz fast besinnungslos, schleuderte Hanno die Katze mit aller Gewalt gegen die Seite des Mercedes. Es gab ein dumpf polterndes Geräusch. Die Katze ließ los, jagte mit hohen Sätzen über den Platz und verschwand unter dem Passat des Kollegen Günter. Hanno griff mit der Linken in seine rechte Hosentasche, zerrte ein Taschentuch heraus und wickelte es um seine blutende Rechte. Dann griff er den Tragekorb und lief zu dem Passat. Ihm war schleierhaft, wie er das Biest wieder einfangen sollte. Aber er konnte sie doch nicht einfach weglaufen lassen! Gabrielle würde ein Riesentheater aufführen. Und jetzt fiel ihm auch ein, daß er Sarahs Frage, ob er sie in der Tierpension abgegeben hatte, geistesabwesend bejaht hatte. Auch das noch! Wie stünde er da, wenn er erzählte, daß er sie zwei Tage im Kofferraum vergessen hatte? Und wie erklärte er seine lädierte Hand? Langsam ließ er sich neben dem Passat auf die Knie nieder und blickte unter den Wagen. Als die Katze ihn sah, riß sie die Lefzen zurück, öffnete den Rachen und fauchte. Wenn er den Tragekorb geöffnet hinter sie auf die andere Seite des Wagens stellte und sie mit einem Stock langsam rückwärts trieb, konnte er sie vielleicht fangen. Er umrundete den Passat. Da schoß sie auf der anderen Seite unter dem Auto hervor, lief in großen Sprüngen über den Platz und verschwand hinter dem Mensagebäude. Als Hanno sich umdrehte, um den Tragekorb in den Kofferraum zurückzubringen, blieb er wie angewurzelt stehen. Auf dem Baugerüst hatten die Maurer ihre Arbeit unterbrochen und ihm interessiert zugeschaut.

In der Schlüterstraße stand gegenüber der Mensa ein großes Haus im funktionellen Stil der zwanziger Jahre, dessen Erdgeschoß aus zwei langen Schaufensterfronten bestand. In der Mitte zwischen den beiden Schaufenstern war ein dreigeteilter Eingang. Durch die linke Tür betrat man das Studentenreisebüro, das schon von weitem mit verheißungsvollen Plakaten von sonnigen Stränden mit grünen Palmen kündete. Die rechte Tür führte in das türkische Restaurant »Ada«, das den Besucher durch eine handgeschriebene Speisekarte mit tausend-und-einem Gericht in Erstaunen versetzte, die alle aus Köfte und Börök zu bestehen schienen. Der mittlere Eingang dagegen führte über die Treppe zum ersten Stock in das Hauptquartier von Heribert Kurtz, genannt »Sahib«. An den Wänden hingen Plakate mit Aufschriften wie »International Summer Conference of Seville, July 1 – 10«, »La civilisation occidentale et la communication globale. Centre universitaire de Montpellier«, »Language Barriers and International Relations. Summer School, Florence, Italy, June 13 – 27«. Dazwischen hingen Ankündigungen von Veranstaltungen der Gesellschaft für deutsch-türkische Freundschaft, des British Council, des Maison Française, der deutsch-afrikanischen Gesellschaft, des Carl-Schurz-Hauses und des Vereins für arabische Kultur. Die Zwischenräume waren bedeckt von Kursankündigungen für Deutsch für Ausländer. In der Mitte des Büros stand ein moderner Schreibtisch, und auf der Glasplatte schwebten Telefone und ein Interkom-Gerät, während auf den Seitentischen an der Wand eine Galerie von Büroelektronik mit Computer, Faxgerät, Kopierer und Laserdrucker aufgereiht war. So also residierte der Chef des Arbeitsbereichs »Deutsch für Ausländer«.

Brigitte Schell schaute sich nicht ohne neidischen Mißmut in dieser Pracht um. Sie selbst war mit ihrem Studiengang für Sprechtheater und Schauspiel in einer Behelfsbaracke untergebracht worden, in der die Räume so klein waren, daß man darin weder unterrichten noch konferieren, geschweige denn proben konnte.

»Wie kommen Sie an diese wunderbaren Räume?«

Heribert Kurtz, der Leiter der Abteilung »Deutsch für Ausländer« und Herr über fünf weitere Großbüros, saß auf der anderen Seite des gläsernen Schreibtisches auf einem Bürostuhl auf Rollen. Durch die Glasplatte konnte Brigitte die Krücken sehen, deren obere Armgriffe über den Tisch hinausragten. Heribert hatte sich beim Wasserski den Fuß gebrochen. Statt einer Antwort griff er nach einer Krücke, stieß sich energisch mit ihr vom Tisch ab, so daß er mit seinem Bürostuhl quer über den Kunststoffboden des Büros geradewegs auf die Kaffeemaschine am Wandtisch zurollte, und setzte die ausgestreckte Krücke so genau auf den Schalter, als hätte er ihn gestempelt.

»Ha!« rief er so, wie ein Junge auf dem Fußballplatz »Tor!« schreit. Dann rollte er genauso direkt wieder zurück und lachte Brigitte triumphal an, als hätte er mal wieder gezeigt, was Geschicklichkeit und Willenskraft bei einem Selfmademan auch dann ausmachen können, wenn ein Sportunfall ihn zum Krüppel macht. Am Tisch angekommen, schwenkte er seine Krücke vage vor seinem Gesicht.

»Das alles gehört nicht der Universität, sondern dem ›Verein für Internationale Verständigung‹.«

»Verein für Internationale Verständigung?«

»Verein für Internationale Verständigung. So hieß er schon vor zwanzig Jahren, als er gegründet wurde, und so heißt er noch heute«, bestätigte Heribert. Die Kaffeemaschine begann ruckweise zu schlürfen. Brigitte hatte Kopfschmerzen. Ein Kaffee würde ihr guttun. Vielleicht konnte sie sich ja mit dem Kurtz einigen. Er schien ein ganz netter Typ zu sein, wenn auch etwas selbstzufrieden. Ein Macho eben, aber gar nicht schlecht aussehend. Gewaltiges Haupt mit großflächigem Gesicht, Rollenfach Vater oder Boß, das was die Engländer »heavy« nannten: schwere Hände, schwerer Kopf, schwerer Körper – wenn auch unglaublich schmutzig –, Fingernägel wie ein Bauer, groß wie Spaten und schwarz umrandet wie Todesanzeigen. Schlabbriger Pullover, beutelige Hose. Die Kaffeemaschine begann jetzt ihre hysterische Phase. Hoffentlich hatte er ihre Beschwerden nicht allzu krumm genommen.

Es waren ja keine Beschwerden, nur wenn jetzt auch noch die Abteilung »Deutsch für Ausländer« eine freie Theatergruppe gründete, würde sie gar keine Probenräume mehr finden. Er hatte sich ihre Argumente ruhig angehört und genickt. Ein undurchsichtiger Typ. Eingehüllt in eine Wolke von Gerüchten. Ein Weiberheld offenbar mit einem selbstzufriedenen Grinsen und einer Freundin in jedem Seminar. Einer, der seine schmutzigen Finger in jeder Pastete stecken hatte, dazu ein Gremienfuchs und politischer Drahtzieher, wie sie gehört hatte. Die Kaffeemaschine beendete jetzt ihren Todeskampf und spie fauchend die Seele aus. Heribert vollführte seine Rolleinlage mit der gleichen Präzision wie vorher: schnurgerade mit eingelegter Krückenlanze gegen den Schalter, dann goß er zwei Tassen ein, griff beide Henkel mit einer Hand und bediente mit der anderen die Krücke zum Abstoßen.

»Ah, das ist gut. Danke«, sagte Brigitte, als der erste heiße Schluck Kaffee seine klärende Wirkung ankündigte.

»Kommen Sie doch einfach zu mir, und Sie sind alle Sorgen los.«

Die Aufforderung kam so unvermittelt, daß Brigitte im ersten Schreck dachte, er fordere sie auf, ihn zu umarmen. Sie lachte nervös auf.

»Das klingt wie ›Kommet her zu mir alle, die ihr mühselig und beladen seid‹. Wie stellen Sie sich das vor?«

»Sie haben eine eigene Abteilung, das Seminar für Sprechtheaterregie und Schauspiel, stimmt's?«

Sie nickte.

»Das stimmt«, bestätigte er wie bei einer braven Schülerin, »aber für Ihre Unabhängigkeitserklärung von den Germanisten werden Sie bestraft, indem man Sie verhungern läßt, stimmts?«

Sie nickte wieder.

»Das stimmt«, bestätigte Heribert erneut. »Und mit welchem Ziel läßt man Sie verhungern? Na? Na?«

Sie schaute ihn fragend an. Sie hatte keine Ahnung, worauf er hinauswollte.

Enttäuscht wie ein Lehrer, der seine Fragen selbst beantworten muß, sagte er:

»Nun, damit Wienholt vom Zentralen Institut für Sprachpraxis Sie besser schlucken kann.« Er grinste. »Wienholt ist der böse Wolf, und Sie sind das kleine Rotkäppchen, auf das er es abgesehen hat.« Heribert stach mit seinem wurstigen Zeigefinger auf sie ein, als er das sagte. »Ein richtig leckerer kleiner Happen.«

Brigitte mußte lachen. Ihr schien es fast, als ob Heribert sich die Lippen leckte.

»Und Sie sind meine gute Mutter, die mich warnt.«

»Richtig«, bestätigte Heribert. »Weichen Sie nicht vom Wege ab, kommen Sie zu mir, und dann kann Ihnen nichts passieren.«

»Ich kenne ein Märchen, da verkleidet sich der Wolf selbst als liebe Mutter, indem er die Pfote weiß färbt und Kreide frißt, um die Kinder zu verschlingen.«

Heribert hob die Krücken.

»Sehen Sie mich an, einen Krüppel. Sehe ich etwa aus wie ein Wolf?«

Tatsächlich sah er ebenso prächtig und räuberisch aus wie ein Wolf. Und ebenso schmutzig, dachte Brigitte, als das Interkom-Gerät summte. Heribert drückte auf den Knopf, und eine Frauenstimme sagte: »Herr Pietsch aus der Bürgerschaft auf Apparat 4!« Brigitte wußte, daß Pietsch der Fraktionsvorsitzende der SPD im Hamburger Landesparlament war. Deshalb war sie erstaunt, wie freundschaftlich Kurtz ihn am Telefon begrüßte. »Hallo, Willi... Ja, immer noch auf Krücken, aber wieder an Deck...« Dann verdüsterte sich sein Gesicht. »Wenn ihr uns die Mittel für den Verein kürzt, Willi, dann muß ich Kurse streichen, das ist ja klar, denn du willst doch sicher nicht, daß ich die schönen Ferien für dich und Ruth in Sevilla streiche, oder? ... Ja, ich meine die nächste Summer School ... da wird Ruth gar nicht glücklich sein, sie will doch Spanisch lernen. Sag ich doch, Willi, sag ich doch ... also muß ich die Kurse streichen. Und weißt du, was dann passiert? ... Natürlich ist das ausländerfeindlich ... Hör zu, Willi, die Bürgerschaft sagt: Aufenthaltsgenehmigung gibt sie nur bei kultureller Integration. Und dann streicht sie die Mittel für die Sprachkurse. Was würdest du denken, wenn du Mutlu Öztürk wärest? Würdest du nicht auch sagen, man will dich verarschen? Und was glaubst du, wird Mutlu Öztürk tun, wenn man ihn verarscht? Ja natürlich bin ich dein Freund, aber soll ich ihm sagen: Mutlu, der Senat verlangt von euch die kulturelle Integration, aber er verweigert auch die Mittel dazu? Ach hör doch auf, Willi, das ist doch eine Scheißpolitik, was ihr da macht. Wenn ihr ihnen nicht die deutsche Staatsbürgerschaft gebt, können sie sich auch nicht in der deutschen Politik engagieren. Und dann werden sie auch nicht demokratisch sozialisiert. Damit drängt ihr sie in ihre faschistischen Korankurse ab – so sieht das aus! Und wenn wir für euch die Basisarbeit machen mit der kulturellen Integration und für euch die Kastanien aus dem Feuer holen, dann streicht ihr uns die Mittel. Nein, es gibt keinen Aufenthalt in Sevilla. Ruth soll mich doch mal am Arsch lecken! Ja, das sage ich ihr auch selber ... ja sicher, beschließ doch die Mittelkürzung, aber dann stock doch gleich die Personalmittel für die Polizei auf, die brauchen jetzt mehr Leute, um die Demos zu regeln ... Da mach ich noch persönlich mit, sag ich dir! Ja, ich organisier sie persönlich! Ich werde mit dem Mikro persönlich vor eurem Scheißrathaus auftreten und den Ausländern sagen, was Sache ist. Das wollen wir doch mal sehen, ob ich die Studenten hier nicht mobilisieren kann ...« Lange Pause. »Ja, das ist gut, Willi. Besprich es noch mal mit den Genossen ... der Opitz fährt ja auch nur zu gerne mit nach Sevilla.«

Als er auflegte, blinzelte er Brigitte an und nahm einen Schluck Kaffee.

»Sie sind Dramaturgin, stimmt's?« fragte er. Und als sie nickte, fuhr er fort: »Aber Sie haben einen Doktor und sind Professorin geworden. Was, glauben Sie, habe ich für eine Qualifikation für den Arbeitsbereich ›Deutsch für Ausländer‹? Ich sage es Ihnen: gar keine. Und warum habe ich die nicht? Weil, als ich Examen machte, da gab es überhaupt noch keinen Arbeitsbereich ›Deutsch für Ausländer‹, für den ich mich qualifizieren konnte. Ich habe ihn erst geschaffen.«

Der Hinweis auf diesen einmaligen Schöpfungsakt schwebte über der gläsernen Tischplatte wie der Geist über den Wassern. Von ferne hörte Brigitte durch die Wände die Silben deutscher Übungssätze.

DER MANN KAM IN DIE KÜCHE.

DER MANN, DER IN DIE KÜCHE KAM.

Und jetzt du noch mal, Suheila:

DIE FRAU KAM IN DIE KÜCHE.

DIE FRAU, DIE IN DIE KÜCHE KAM.

Brigitte mußte an den Mann denken, der aus der Kälte kam. All diese Leute kamen aus der Kälte in die Wärme der Bundesrepublik, und hier saß der Gott, der sich um sie kümmerte. Er gab ihnen die Sprache, die sie brauchten. Heribert Kurtz, ohne Qualifikation für irgendwas, und eine der wenigen Figuren, die auf der Universität wertvolle gesellschaftliche Arbeit leisteten. Und da kam sie mit ihren Mickymausproblemen wegen der Probenräume. Wenn der Kerl nur nicht so schmutzig wäre! dachte sie. Blinzelte er sie etwa begehrlich an, dieser Wolfshund?

»Und was ist das Geheimnis dieser Schöpfung?« fuhr er fort. Langsam lösten diese rhetorischen Fragen in Brigitte den Zwang aus, ihre Ahnungslosigkeit zu bekennen und um Antworten zu betteln. »Der gemeinnützige Verein für Internationale Verständigung. Er ist der Finanzträger für alle Sprachkurse, und er ist der Garant meiner Unabhängigkeit.«

»Ja, aber Sie haben doch eine Stelle bei der Universität, oder nicht?«

»Ich bin wissenschaftlicher Angestellter; aber kann man als wissenschaftlicher Angestellter ein Sprachimperium aufbauen?« Als Brigitte den Kopf schüttelte, bestätigte er: »Nein, das kann man nicht. Dazu braucht man Geld. Und wo kommt das Geld her? Wenn die Schüler arm sind, wie die türkischen Arbeitsemigranten, dann kommt es vom Staat. Wenn die Schüler reich sind, wie die Firmenbosse aus Übersee oder die amerikanischen Studenten, die hier ihre European Studies Abroad machen, dann kommt es von den Schülern selbst.« Brigitte lauschte mit wachsender Verwunderung, wie Heribert Kurtz den Aufbau seines Imperiums erläuterte. Sie ahnte, daß er das tat, um ihr Vertrauen zu gewinnen. Damit sie nicht glaubte, er sei der böse Wolf. Aber warum wollte er, daß sie ihm das glaubte? Um sie besser fressen zu können? »Der Fachbereich ist ein Kontinent«, hörte sie ihn sagen, »mit Hochebenen, Wüsten, Steppen, ein paar fruchtbaren Tälern, Hochgebirgen, Küstenstrichen und Flußdeltas.« Er zeichnete mit seiner Krücke eine imaginäre Landkarte in die Luft. »Aber die tektonischen Spannungen in der Erdrinde sind groß. Dauernd verschiebt sich der Kontinentalschelf, und neue Grabenbrüche und Meeresarme schaffen ganz neue Klimazonen. Sie selbst sind so eine Halbinsel, die sich von dem Wüstengürtel des Germanistischen Seminars losgerissen hat. Nun, das Zentrale Institut für Sprachpraxis ist die Sahelzone, sie will sich immer weiter ausdehnen. Aber der Arbeitsbereich ›Deutsch für Ausländer‹ ist der große tropische Urwald. Den kann man nicht verwalten, indem man das Hochschulgesetz studiert; mit dem kommt man nur zurecht, wenn man die Gesetze des Dschungels kennt. Und was sind die Gesetze des Dschungels? Na?«

Brigitte wußte es nicht.

»Aber das wissen wir doch aus der Marx-Lektüre von früher. Es sind die Gesetze des Marktes und der Politik. Und wie beeinflußt man Politiker? Durch kleine Geschenke und die Androhung öffentlichen Aufsehens. Das da«, er zeigte auf das Plakat mit der Aufschrift »International Summer Conference of Seville«, »das sind die kleinen Geschenke. Praktisch bezahlte Ferien unter dem Deckmantel von hochkarätigen Konferenzen. Alle wichtigen Mitglieder der Bürgerschaft sind so bereits auf Staatskosten verreist, und sie sind alle im Vorstand meines kleinen Vereins für Internationale Verständigung.«

Brigitte staunte über diese Enthüllungen. Die Universität mußte Schutzgeld bezahlen, um unterrichten zu dürfen!

»Das andere sind die Demos«, fuhr Heribert fort, »seit den siebziger Jahren haben die Hamburger Politiker eine heilige Angst vor Demos. Gott sei Dank wissen Sie nicht, daß die Studenten jetzt so revolutionär geworden sind wie Maisbrei. Also, was ist die Konsequenz? Was macht man, wenn man keine Demos mehr auf die Beine bringt?«

Wieder mußte Brigitte passen.

»Nun«, Heribert drohte tatsächlich schelmisch mit seinem Wurstfinger, als ob sie jetzt aber selbst auf die Antwort hätte kommen müssen, »man inszeniert sie. Und was braucht man zur Inszenierung?«

Diesmal wußte sie es und strahlte.

»Theaterensembles!«

»Verstehen Sie nun, warum ich eine eigene Theatertruppe gegründet habe?«

Brigitte verstand, aber sie fand es unglaublich. Meinte er wirklich, daß man die Demonstrationen ohne weiteres inszenieren konnte, mit ein paar Leuten?

»Früher«, sagte Heribert, »früher, da gab es die Marxistische Gruppe, den Kommunistischen Bund Westdeutschland, den Spartakus, die KPDML, die Roten Zellen, die Revolutionäre Aktion, den Republikanischen Club, die Linke Front, die Marxisten-Kommunisten, die Anarchisten, Trotzkisten und Maoisten. Da brauchte man keine Theatergruppen, die machten genug Theater. Und viele von den Jungs hatten Jobs im Arbeitsbereich ›Deutsch für Ausländer‹. Außerdem organisierte ich damals noch die Sprachkurse für Firmenmanager.« Er lachte amüsiert bei der Erinnerung daran. »Können Sie sich das vorstellen, so wilde Spartakisten in den Vorstandsetagen bei Esso und Unilever? Die fünfte Kolonne im Herzen des Kapitalismus? Da beschwerten sich die Bosse bei mir wegen der Lehrinhalte, und die Stadt beschwerte sich, daß sie die Ausländer agitierten. Die beste Reklame für den Kapitalismus, kann ich Ihnen sagen. Erst gibt es Jobs, und im Deutschunterricht wird ihnen erzählt, daß das längst nicht reicht und erst eine Form der Vorhölle ist.«

Brigitte holte ihn in die Gegenwart zurück: »Aber Sie können doch mit einer kleinen Theatergruppe keine Demo auf die Beine stellen!«

Heribert grinste breit.

»Das sagen Sie, eine Regisseurin? Wenn der Kameramann des Fernsehens mitmacht, sieht das wilder aus als eine richtige. Zwanzig bis dreißig Leute braucht man, das reicht. Und wissen Sie was? Man braucht nur einen harten Kern, dann wird manchmal eine wirkliche Demo draus.«

Er drückte auf sein Interkom-Gerät. »Ist Tews irgendwo, Helga, ja? Wenn er kommt, kannst du ihn dann zu mir schicken? Danke! Also dieser Tews«, fuhr er fort, »der führt diese Truppe. Sie ist deutsch-ausländisch gemischt, die meisten sind Türken und Afghanen, und eigentlich sollen sie niedliche Stücke aus ihrer Heimat übersetzen und aufführen, um bei der deutschen Bevölkerung Sympathie für ihre Landsleute zu wecken. Aber unabhängig davon sollten sie auch jederzeit so viel Leute auf die Beine stellen können, daß es im Fernsehen wie eine Demo aussieht. So sieht die Sache aus.«

Er sagte das in einem Ton, als ob nun die Kindersendung vorbei sei und der ernste Teil des Programms anfinge. »Ich verstehe«, sagte Brigitte.

»Wenn Sie das tun, wenn Sie das wirklich tun« – er beugte sich weit über seinen gläsernen Schreibtisch –, »wenn Sie verstanden haben, worüber ich gesprochen habe, dann kommen Sie zu mir, und wir arbeiten zusammen. Ich schwöre, so wie ich hier sitze« – er erhob die Krücke zum Schwur –, »daß ich Sie nicht übers Ohr hauen werde. Denn eins haben wir gemeinsam«, er machte eine bedeutungsvolle Pause, »Sie sind nur ein kleiner leckerer Happen nebenbei.«

Lieber Gott, worauf wollte er hinaus?

»Der fette Brocken, den Wienholt gerne fressen möchte, das bin ich.«

Ach, das war es also!

»Deshalb muß ich mich wehren, denn solch einen Arbeitsbereich, den kann man nicht mit Gremien verwalten, dann macht man ihn kaputt. Da braucht man Pioniere, Abenteurer, bunte Typen, die in die Wildnis gehen.«

Sie wurden durch Tews unterbrochen, einen langbeinigen großen Kerl Anfang Dreißig mit einer wilden Mähne und sympathischem Grinsen im hübschen Gesicht, Rollenfach Don Juan und jugendlicher Liebhaber. Hier versteckten sich also all diese Kerle, schoß es Brigitte durch den Kopf, denn in puncto Männer hatte sie die Universität enttäuschend gefunden. Die Studenten waren zu jung für sie, und die meisten Profs bestanden aus erotischer Antimaterie – fade Pedanten, die belehrende Vorträge hielten und ungeheuer verklemmt wirkten. Die Verständigung mit ihnen war meistens eine Tortur. Das war noch schlimmer als all die vielen Schwuchteln vom Theater. Aber hier, im Halbdunkel des Dschungels, lebten richtige Männer, wenn sie auch etwas verlottert wirkten. Aber dafür waren sie ja Pioniere.

»Hallo, Sahib«, sagte Tews, als ob er gesagt hätte »Hallo, Livingstone!«

»Hallo, Tews! Das ist Frau Schell vom Studiengang Theater. Setz Dich.«

Während Tews sich einen Stuhl heranzog, erklärte Kurtz: »Meine Freunde nennen mich Sahib.«

»Weil er sich aufführt wie ein Kolonialoffizier«, ergänzte Tews und grinste. »Irgendein Inder konnte den Namen ›Kurtz‹ nicht aussprechen, und da hat er gesagt ›Just call me Sahib‹. Und was glauben Sie, der hat gesagt: ›Yes, Sahib Sir.‹ Seitdem heißt er Sahib.«

In dem Moment steckte ein schwarzbärtiger Orientale seinen Kopf durch die Tür und redete einen Schwall in einer Sprache, die Brigitte nicht verstand. Aber wegen der vielen Ös und Üs tippte sie auf Türkisch. Zu Ihrer Verblüffung antwortete Tews ebenfalls in fließendem Türkisch und wandte sich dann an sie: »Möchten Sie etwas essen? Eine Teigtasche mit Fleisch oder Grillspießchen mit Salat?«

Brigitte schaute bedauernd in ihre leere Kaffeetasse. »Nein, danke, aber könnte ich vielleicht einen Mokka haben?«

Tews gab auf türkisch die Bestellung weiter, und der Orientale verbeugte sich und verschwand.

Brigitte kam plötzlich ein Verdacht.

»Gehört Ihnen vielleicht das Restaurant da unten auch?«

»Wir sind beteiligt«, grinste Heribert. »Aber der Studentenreisedienst gehört uns ganz. Ich wollte sagen, dem Verein.« Er wandte sich Tews zu. »Also, Frau Schell meint, es gibt Überschneidungen bei den Proberäumen, und überhaupt hat sie Bedenken, daß so ein Haufen Amateure wie ihr den Studiengang Theater in Mißkredit bringen könnte.«

»Das habe ich nicht gesagt«, protestierte Brigitte.

»Aber gemeint.« Heribert hob die Arme. »Und wieso nicht? Stören tut es auf jeden Fall. Der erste Jahrgang Ihrer Absolventen kommt erst in zwei Semestern?« Sie nickte. »Oh, dann kommen alle Geier und warten auf Ihre Leiche. Wenn Ihre Zöglinge dann nicht so gut sind wie unsere Amateure, dann kommt Wienholt und macht ›Haps‹.«

Brigitte fühlte ein Ziehen in der Magengegend. Sie mochte an die Zeit noch gar nicht denken, da ihre Studenten ihre ersten Examensprojekte vorstellten. Kurtz hatte recht. Wenn sie durchfielen und die Kritiker sie verrissen, war der Studiengang gefährdet.

Deshalb hatte sie sich auf Frauenstücke verlegt. Wenn die verrissen würden, konnte sie das als männlichen Chauvinismus hinstellen und die Unterstützung der Feministinnen gewinnen. Natürlich mußte sie dafür die Freundschaft von Ursula Wagner in Kauf nehmen. Sie überlegte gerade, ob sie sich aus Balancegründen auch mit diesen Leuten verbünden könnte, als der Orientale mit einem Kupfertablett erschien und höflich lächelnd eine Runde Mokka servierte.

»Ich habe gehört, die Produktion ist geplatzt«, begann Tews, als der Türke gegangen war. »Ihre Hauptdarstellerin ist doch irgendwie auf der Bühne zusammengebrochen oder so was.«

»Wer hat Ihnen denn das erzählt?« Brigitte wunderte sich, wie schnell Gerüchte die Runde machten. »Nein, ich hab schon Ersatz, und ich hab sie selber rausgeworfen. Und erst dann ist sie zusammengebrochen. Sie war ja gar keine Studentin von uns.« Ob sie den Typen die ganze Geschichte erzählen sollte? Also gut, dieser Tews sah sie so niedlich an. Und schließlich war es besser, künftig mit ihnen gut auszukommen. »Sicher, verrückt war das schon«, fuhr sie fort. »Dieses Mädchen kommt da eben nur mal so zur Besetzungsprobe vorbei, ich sehe, sie ist ein Naturtalent, und merk sie mir für die Titelrolle vor.«

»Medea?« warf Tews ein.

»Ja, aber modern. Eine junge Frau, die von ihrem Lehrer mißbraucht, vergewaltigt und sexuell erniedrigt wird und sich dafür rächen will. Also diese Barbara spielt das so hinreißend, daß alle Mitspieler auf der Bühne Beifall klatschen. Da sagt sie plötzlich, sie kann das so gut, weil sie alles ganz genau so erlebt hat. Hier in der Uni.«

»Ja, und?« fragte Tews. »Deswegen haben Sie sie rausgeworfen?«

»Ja, sicher. Ich kann doch nicht ein Mädchen eine Rolle spielen lassen, die ihr eigenes Trauma enthält. Da bricht sie mir ja mitten in der Produktion zusammen oder während der Aufführungen, das ist viel zu gefährlich. Und ich hab recht gehabt«, fuhr sie fort.

»Kaum hatte ich dieser Barbara gesagt, daß sie die Hauptrolle unter diesen Bedingungen nicht spielen kann, kriegt sie einen Anfall. Sie rastet völlig aus. Sie brauche die Rolle für ihre Wiedergeburt, sagt sie. Sie dreht völlig durch, schaurig! Und dann sagt sie doch tatsächlich, das mit der sexuellen Erniedrigung, die sie selbst erlebt hätte, das wäre alles erfunden, weil sie gedacht hätte, das wäre gut für die Rolle. In Wirklichkeit sei kein Wort davon wahr.«

»Vielleicht sagte sie da die Wahrheit«, warf Tews ein. »Es klingt doch logisch.«

»Nein, nein – da kannst du Gift drauf nehmen, daß das stimmt. Die hat das wirklich erlebt.«

Brigitte sah Kurtz überrascht an. Normalerweise erwartete sie von Männern, daß sie solche Geschichten als Hirngespinste hysterischer Frauen abtaten. Besonders normale, nette Männer taten sich schwer damit zu akzeptieren, daß es unter ihren Geschlechtsgenossen jede Menge sadistische Schweine gab.

»Ich frage Sie jetzt, Brigitte, wollen sie mit uns zusammenarbeiten?« Wie ein Priester vor dem Traualtar schaute Kurtz sie an. Was nahm er sich heraus, sie mit dem Vornamen anzureden? Brigitte sah hinüber zu Tews. Der grinste freundlich und nickte ganz unmerklich mit dem Kopf. Irgendwo aus dem Gebäude drangen leise die deutschen Übungssätze an ihr Ohr.

DIE ZIEGE ZEUGT SO ZÜCHTIG NUR IM ZOO.

DIE SCHNEPFEN HÜPFEN TAPFER IN DEN TOPF.

Da dachte Brigitte: ›Ich tu's. Ich gehe vom Wege ab und laß mich vom Wolf auffressen. Ich gehe in den Urwald, wo die Männer wohnen.‹ Sie blickte zu Kurtz, der sie noch immer erwartungsvoll anstarrte.

»Gut. Ich arbeite mit Ihnen zusammen. Aber ich bleibe mein eigener Herr, und wenn mir nicht paßt, was Sie machen, steige ich aus.«

»Keine Angst, Sie steigen nicht mehr aus.« Tews grinste sie liebenswürdig an. »Er ist ein politisches Genie. Sonst könnte er nicht zugleich Gutes tun, mehr Geld verdienen als der Präsident und als wissenschaftlicher Angestellter mit einem kläglichen Examen Leiter des Arbeitsbereichs ›Deutsch für Ausländer‹ sein.«

Während er sprach, hatte Kurtz auf sein Interkom-Gerät gedrückt.

»Helga, gibst du mir mal die Frauenbeauftragte?«

»Okay«, antwortete die Stimme.

»Wenn sie ihr die Geschichte mit Barbara erzählen wollen, die kennt sie schon.«

Jetzt war es an Kurtz, überrascht zu sein.

»Sie haben sie ihr schon selbst erzählt?«

»Na ja, nicht persönlich. Ich hab sie gerade telefonisch verpaßt, als sie im Rechtsreferat war. Da habe ich sie dem Leiter der Rechtsabteilung, wie heißt er doch gleich, erzählt, und der hat mir versprochen, sie an Ursula weiterzugeben.«

»Sie haben mit Matte gesprochen?«

»Ja, wenn das der Leiter der Rechtsabteilung ist.«

Da summte wieder das Interkom-Gerät.

»Frau Professor Wagner auf Apparat zwei.«

Kurtz nahm ab.

»Frau Professor Wagner? Hier ist Heribert Kurtz von der Abteilung ›Deutsch für Ausländer‹. Bei mir sitzt gerade Frau Professor Schell und möchte sie sprechen. Einen Augenblick bitte.« Brigitte nahm den Hörer, schlug die Beine übereinander, drehte sich ab und nahm ihre Telefonierstellung ein.

»Hallo, Ursula. Ja, ich hab versucht, dich im Rechtsreferat zu erreichen. Hat der Leiter dir ausgerichtet, was ich ihm erzählt habe… er hat es aber versprochen… also es geht um folgendes…« Sie erzählte noch mal die Geschichte mit Barbara und schloß dann: »Weißt du, ich wußte nicht, wie ich mich da richtig verhalten sollte und wollte deinen Rat. Schließlich ist sie völlig zusammengebrochen, und ich fühlte mich irgendwie schuldig. Aber ich konnte sie in diesem Zustand nicht spielen lassen; sie hätte womöglich später alles geschmissen…«

Am anderen Ende der Leitung war Frau Ursula Wagner, die

Frauenbeauftragte, auf dem Gipfel der Entrüstung. Ihre Stimme hatte die intensive Schärfe einer Kreissäge angenommen. »Diesen Dr. Matte kauf ich mir«, tobte sie. »Typisch für so 'nen Macho, mir so was zu verschweigen. Das ist ein Skandal! Eine richtige sexistische Verschwörung. Die versuchen bestimmt, irgend etwas zu vertuschen. Einen Fall von sexueller Erpressung oder so. Das arme Mädchen, sie muß uns sagen, wer es war.«

Brigitte versuchte, sie zu bremsen. Es war ihr gar nicht recht, wenn Ursula das sofort an die große Glocke hängte. Die Öffentlichkeit könnte meinen, daß auch sie sich nicht gerade besonders fein benommen hatte, als sie Barbara die Rolle gleich wieder wegnahm. Sie hatte eigentlich nur wissen wollen, wie sie sich in einem solchen Fall verhalten sollte.

»Ach was«, schnappte es am anderen Ende der Leitung. »Du bist doch nur der Auslöser. Traumatisiert war sie doch schon vorher. Irgend so ein Macho-Schwein hat sie doch gequält. Sie ist in der Klinik? Auweiawei. Hoffentlich ist sie nicht völlig durchgedreht!«

Als sie auflegte, rieb sich Kurtz begeistert die Hände.

»Sie haben die Götter geschickt. Denn die Götter wollen nicht, daß unsere Subventionen gestrichen werden. Und sie wollen auch nicht, daß der große böse Wienholt Sie schluckt. Und wissen Sie, was die Götter wollen?« Er zeigte mit seinem wurstigen Zeigefinger an die Decke, wo die Götter wohnten. »Ich sage Ihnen, was die Götter wollen: Die Götter wollen, daß sich die Ausländer, die armen Schweine, und die Frauen verbünden. Zwei entrechtete Minderheiten, zwei ausgebeutete, unterdrückte Gruppen in dieser machistischen, patriarchalischen Gesellschaft. Und die Ausländer, das bin ich, und die Frauen, das ist Frau Wagner. Und Sie«, er stach seinen Finger wieder in Richtung Brigitte, »Sie sind das Bündnis zwischen uns. Warum arbeiten Sie nicht mit Tews zusammen? Frauenstück und Ausländerstück. Die einen helfen den anderen. Tews Meute kann bei Ihnen Statisterie spielen und Sie bei den Public Relations unterstützen. Und Sie bringen ihnen ein bißchen das Handwerkszeug bei. Aber demonstrieren tun sie gemeinsam.«

»Wofür?« wollte Brigitte wissen. »Oder wogegen?«

Kurtz lehnte sich zurück. »Tja, das ist ein entscheidender Unterschied. Wogegen ist immer besser.«

»Also wogegen?« wiederholte sie.

»Das fragen Sie noch? Nach dem, was Sie erzählt haben? Gegen Frauenunterdrückung, gegen sexuelle Belästigung am Studienplatz. Malt schon mal Plakate!« wandte er sich an Tews, »Ausländer gegen das Patriarchat.«

»Aber die Türken sind die schlimmsten Machos«, gab Tews zu bedenken. Kurtz ließ nichts mehr gelten. Er war jetzt in seinem Element. Er war ein Veteran der Revolutionskriege, und für ihn waren Begriffe Regimenter, und Ideen waren Divisionen, die man richtig einsetzen mußte. Er ließ sie aufmarschieren, um zu sehen, wo sie die größte Wirkung erzielten. Dabei galt es, möglichst viel vom ideologischen Gelände zu besetzen. Wer hier die strategischen Punkte wie Antifaschismus, Schutz der Natur, Demokratie, Chancengleichheit, humane Gesellschaft und Frieden eroberte, der drängte den Gegner in die faschistischen Sümpfe der antidemokratischen Kriegshetze und Naturzerstörung, in denen man nur noch untergehen konnte. Und seit dem Höhepunkt der Revolutionskriege waren zwei semantische Felder dazugekommen, die die ermüdete Kampfeslust wieder beflügelten: multikulturelle Gesellschaft und Frauenemanzipation. Die Gegner waren Nationalisten und Machos. Und waren die nicht wirklich letztlich dasselbe? fragte Kurtz und blickte in die Runde. Waren nicht beide militaristisch und phallokratisch? Waren nicht Ausländerfeinde auch Frauenfeinde? Und waren nicht Frauen die friedlicheren Menschen und somit die natürlichen Verbündeten der unterdrückten Ausländer? Und war nationale Homogenität nicht eine typische chauvinistische Idee, bei der es nur um die Herrschaft des Patriarchats ging, das alles unterwarf? Repräsentierten nicht dagegen die Frauen immer schon das Prinzip der Verschiedenheit und der Toleranz? Hieß Feminismus nicht schon an sich multikulturelle Buntheit? Gehörte nicht dazu der Garten des Polytheismus, während erst die Männer die Wüste des Monotheismus hervorgebracht hatten?

»Das solltest du aber unseren türkischen Freunden lieber nicht sagen«, lachte Tews.

Kurtz war irritiert. Er war aus dem Tritt geraten.

»Scheißegal«, sagte er, »wir machen eine Demo.« Mit der Krücke malte er die Aufschrift der Transparente in die Luft. »›AUSLÄNDER UNTERSTÜTZEN FRAUEN‹, ›GEGEN VERTUSCHUNG VON FRAUENBELÄSTIGUNG IN DER UNIVERSITÄT‹.«

7

Martin Sommer blickte auf das leere Blatt Umweltpapier auf seinem Schreibtisch. Es war so fahl wie der Hamburger Himmel hinter seinem Fenster, und es war so leer wie sein Hirn. Zum hundertsten Mal stand er von seinem Schreibtisch auf, ging am Wandkalender vorbei, überzeugte sich, daß es immer noch Montag war, klemmte sich mit Rücken und angezogenen Beinen längs auf den breiten Fenstersims, so daß er links aus dem Fenster blickte, während er rechts zum Zimmer hin den schweren Vorhang vorzog. Eine Weile saß er so zwischen dem dunklen Stoff und der durchsichtigen Fensterscheibe und suchte die Welt da draußen nach einem Zeichen ab. Aber die Welt da draußen bestand aus der kahlen Brandmauer gegenüber und dem leeren Himmel über ihr. Nachdem er diese immense Leere zum hundertsten Mal wieder durchgearbeitet hatte, schob er den Vorhang beiseite und kehrte an seinen Schreibtisch zurück, um zu prüfen, ob sein leeres Blatt Umweltpapier sich inzwischen verändert hatte. Die geringste Spur einer Einwirkung hätte ihm genügt. Ein Fliegendreck. Ein vorher nicht bemerktes Wasserzeichen. Alles wäre eine Botschaft gewesen, eine Nachricht von irgendwoher. Aber seit Wochen war das

Blatt völlig unverändert geblieben. Das einzige, was sich in Martins Zimmer veränderte, waren die Tage auf dem Kalender, die er jeden Morgen durchstrich. Über alles andere, die Berge von Büchern und Karteikarten in den Regalen und auf dem Fußboden, die alte Schreibmaschine, den vergammelten Säulenkaktus, die alte Reisetruhe mit seiner Wäsche, die kleine Skulptur mit seinem Sternzeichen »Zwillinge«, die Susanne ihm geschenkt hatte, über sie alle hatte sich wie eine sanfte Hand der Staub gesenkt. Martin starrte auf das leere Blatt. Er hätte es gegen ein anderes leeres Blatt austauschen können. Er hatte noch Hunderte von der gleichen Sorte in einem Stoß direkt daneben liegen. Aber das hätte nichts geändert. All diese Blätter warteten noch darauf, von Martins Hand mit einer Magisterarbeit über das Thema »Sinn und Bedeutung: Zur Rolle der phänomenalistischen Semantik in der Kunsttheorie von Nelson Goodman« beschrieben zu werden. Aber dazu mußte Martin erstmal das erste Blatt beschreiben. Er mußte die gleichförmige Fahlheit dieser Wüste entschlossen mit einer graphischen Spur markieren. Er mußte diese bleierne Stille mit einem ersten ursprünglichen Laut zerteilen und so eine Form schaffen, die weiterwachsen konnte. Doch dazu brauchte Martin einen kleinen Hinweis, der ihm einen Grund gab, wenigstens die Spur eines Grundes, es so zu machen und nicht anders. Wo war dieser Grund? Er schaute intensiv auf das Blatt. War da vielleicht nicht doch ein Wasserzeichen? Nein, es war nur die grobe Maserung des Papiers. Welcher Dämon hatte ihn auch nur dazu getrieben, seine Magisterarbeit bei Hahn zu schreiben? Jeder wußte doch, daß das ein scharfer Hund von einem Theoretiker war. Und als er ihm auf seinem fleckigen Besuchersofa in seinem Büro gegenübergesessen hatte, warum hatte er da nicht protestiert, als ihm Hahn mit funkelnden Brillengläsern dieses wahnsinnige Thema aufs Auge drückte? Ganz unten am Grunde der Schutthalde seines Ichs wußte Martin, warum: Er wollte zu den theoretischen Assen gehören, die sich um Hahn sammelten. Er wollte im Drachenblut ihrer Hochnäsigkeit baden und sich eine intellektuelle Panzerhaut zulegen, um den Feuilletonredakteuren der ZEIT zu imponieren. Denn wie alle Germanisten träumte Martin davon, gleich nach dem Examen bei der ZEIT einzusteigen. Deshalb hatte er schon im vierten Semester ein Volontariat beim Abendblatt absolviert und seitdem immer mal wieder kleinere Reportagen geschrieben. Seine Spezialität waren Berichte über Ausstellungen, Antiquitätenmessen und Kunstauktionen, denn außer Germanistik studierte Martin die Nebenfächer Geschichte und Kunstgeschichte. Diese Berichte schrieb Martin zwischen leeren Kaffeetassen in Restaurants ohne Mühe herunter. Aber da brauchte er ja auch nur zu erzählen, was außen in der Welt passierte. Da gab es lebendige Leute und holländische Bilder und gesalzene Preise und spannende Versteigerungen bei Sotheby's und Schlüter und Kenzia und die Vernissagen bei Wieners, die die Sehkraft mit teurem Wein befeuerten, so daß die Farben der Bilder um so intensiver leuchteten. Aber die phänomenalistische Semantik von Nelson Goodman gab es nur in Form von Texten in Büchern und Begriffen im Kopf. Die Bücher lagen seit Monaten im ganzen Zimmer verstreut. Sie trugen Titel wie »The Concept of Mind«, »Sprachen der Kunst«, »Sémantique structurale«, »The Structure of Appearance«, »Word and Object«, »Deutung und Notwendigkeit«, »Extensionale Semantik«, »Intension und Referenzsemantik«, »The Tyranny of Words«. Martin las sie zum hundertsten Mal. Er tat es, obwohl sein Hirn dabei implodierte. Es stürzte in sich zusammen zu einem strukturlosen Haufen konturloser Brösel, in dem keine Form mehr haften blieb. Intension, Referenz, meaning, Sinn, Bedeutung – wenn er über diese Begriffe nachdachte, erhob sich in ihm ein Wüstensturm und begrub die Welt unter Sand. Wenn er die Unterschiede zwischen Referenz und Denotation, Interpretationsregeln und Anwendungsregeln oder diametralen und orthogonalen Oppositionen je geahnt hatte, waren sie dann wieder verschüttet. Martin verfiel dann in einen desparaten Stupor, in eine lähmende Verzweiflung, in der auch der letzte Unterschied zwischen der Außenwelt und dem Innern seines Schädels sich in graue Indifferenz auflöste. Er mußte sich dann eingestehen, daß er von phänomenalistischer Semantik keinen Schimmer hatte und gar nicht wußte, was diese Begriffe bedeuteten. Warum hatte er sich bloß nicht ein nettes, saftiges Thema geben lassen, wie »Heines ›Bäder von Lucca‹ zwischen Assimilation und Protest«, oder – noch solider – »Die journalistischen Schriften von Gustav Freytag«? Dann wäre er längst fertig. So aber hatte er nur das Deckblatt fertiggestellt. Als säuberlicher Computerausdruck lag es ganz oben auf dem Haufen Papier: »Sinn und Bedeutung. Zur Rolle der phänomenalistischen Semantik in der Kunsttheorie von Nelson Goodman. Wissenschaftliche Hausarbeit zur Erlangung des akademischen Grades eines Magister Artium der Universität Hamburg, vorgelegt von Martin Sommer aus Kamen«. Martin spürte, wie sich beim Anblick des Titels sein Magen zusammenkrampfte. Die Frist war abgelaufen, und heute nachmittag mußte er im Oberseminar von Hahn daraus vortragen. Natürlich hätte er rechtzeitig sagen können, er käme mit dem Thema nicht zurecht. Aber in solchen Dingen war Martin ein Aristokrat des Geistes. Statt seine kleinen Sorgen herauszuposaunen und sich helfen zu lassen, lebte er auf Kredit. Er hob Vorschüsse von seinem Image-Konto ab. Und er hatte durchaus ein Image als Kenner der Theorieszene. Es beruhte aber nur auf seiner Fähigkeit zur Mimikry. Manchmal war das fast schon ein Zwang. Wenn er jemandem zehn Minuten zugehört hatte, begann er im selben Duktus wiederzugeben, was dieser vor zehn Minuten selbst gesagt hatte, und stieß dabei zu seinem Erstaunen meist auf erfreutes Interesse. Die selbstverliebten Vielredner merkten offenbar nicht, daß sie in einen Spiegel schauten, und waren nur zu erfreut, daß jemand das gleiche sagte wie sie. So hatte er auch Hahn hingerissen. »Wir brauchen eine extensionale Semantik«, hatte er im Seminar verkündet, nachdem Hahn am Anfang der Stunde gefordert hatte: »Was wir brauchen, ist eine extensionale Semantik.« Seitdem hielt Hahn ihn für einen Star der modelltheoretischen Semantik. Also hatte Martin auf Hahns Frage nach seiner Arbeit stets geantwortet, es gäbe keine Probleme. Er mache prächtige Fortschritte. Sie sei kurz vor dem Ende. Sie sei praktisch schon fertiggestellt. Er würde übermorgen abgeben. Und als er dann gefragt wurde, ob er für heute vortragen könne, hatte er nonchalant gesagt: »Kein Problem, tue ich gerne.« »Wir freuen uns drauf«, hatte Hahn geantwortet und ihm einen freundschaftlichen Klaps auf den Oberarm gegeben. Das bedeutete für ihn soviel wie ein theoretischer Ritterschlag.

Als Martin Sommer den Raum 451 im Germanistischen Seminar betrat, in dem das Oberseminar von Professor Hahn tagte, war er dem Irrsinn nahe. Der Weg von seiner Wohnung in Eimsbüttel bis zum Hauptgebäude der Universität hatte er wie betäubt zurückgelegt. Die Geräusche der Stadt waren gedämpft, und die Farben waren erloschen. Im weißen Feld seiner Indifferenz hatte Martin eine unsichtbare Linie überquert. Er kam sich vor, als ob er nach einem Abschied noch einmal zurückblicke, um die Leere zu besichtigen, die er selbst hinterlassen hatte.

Die kleine, erlesene Mannschaft in Hahns Oberseminar war bereits vollzählig versammelt. Lonitz, das Alpha-Tier, und Beate, seine Partnerin in Theoriekenntnis, nickten ihm freundlich zu. Sie hatten den zentralen Platz an der Tür genau gegenüber Hahn freigelassen, wo die Referenten immer saßen. Martin stellte seine Tasche neben den Stuhl, setzte sich und packte den großen Berg Papierbögen mit dem fertigen Deckblatt vor sich auf den Tisch. »Donnerwetter, das ist aber ein Magnum Opus!« entfuhr es Lonitz, als er die ziegelsteindicke Masse Papier bemerkte. Und dann kam Hahn hereingetrottet, bebrillt und mit einer Frisur wie eine Mütze, blickte sich um, bemerkte, daß Martin den Stuhl des Referenten besetzt hatte, lächelte und setzte sich.

»Guten Tag, meine Damen und Herren«, begann er. »Wir haben beim letzten Mal von Frau Karkosch gehört« – er lächelte der

Referentin der letzten Stunde zu, und sie schaute bedeutend zurück –, »daß wir zwischen inhaltlichen Redeweisen der traditionellen Erkenntnistheorie und den formalen Redeweisen der modernen Theorie unterscheiden. Es hat sich herausgestellt, daß das von Vorteil ist, wenn wir nicht Urteile und Vorstellungen untersuchen, sondern sprachliche Ausdrücke. Das ist der linguistic turn in der Wissenschaftstheorie.« – Neuer, jetzt neckischer Blick auf Frau Karkosch – »Das hört sich für uns an wie Antimetaphysik. Aber das Referat über Quine von Herrn Rassmann hat gezeigt, hier wird kräftig weiter über Universalien gestritten.« – Wildes Nicken von Rassmann. – »Gibt es den Pegasus, von dem A sagt, er existiert, und B sagt, er existiert nicht?« – Rassmanns Augens schraubten sich in die Höhe intellektueller Ekstase, als wollte er sagen: Jetzt kommt's! – »Herr Rassmann hat nun mit Quine gezeigt, daß B die Kontroverse gar nicht formulieren kann. Denn dann redete er über etwas, von dem er sagt, daß es es nicht gibt.« – Seht ihr? sagte Rassmanns Blick – »Als Lösung des Problems haben Quine und Russell vorgeschlagen, Prädikate und logische Ausdrücke von Individuen-Variablen zu trennen und damit Fragen der Bedeutung und Existenzfragen auseinanderzuhalten. Das ist eine Form des Nominalismus.« – Natürlich, das wußten alle. – »Heute lernen wir nun einen extremen Nominalisten kennen, der wohl den interessantesten Vorschlag zur Wiederaufnahme der Diskussion gemacht hat, der in der letzten Zeit auf dem Markt war.« – Alle Augen richteten sich auf Martin. Seine Beine begannen unter dem Tisch unbeherrscht zu zittern. Hahn sagte: »Nelson Goodman hat einfach das semiotische Dreieck vereinfacht und verbindet einen extremen Extensionalismus mit einer radikalen Referenzsemantik. Wie das aussieht, das zeigt uns heute Herr Sommer. Herr Sommer, wir alle sind furchtbar gespannt.«

Zufrieden lehnte sich Hahn zurück.

Martin fühlte, wie sich ein irrsinniges Grinsen auf sein Gesicht stahl und dort festsetzte. In seinem Hirn herrschte dichtes Schneegestöber. Von weitem hörte er sich sagen:

»Wir sprechen von Semantik. Semantik ist die Lehre von der Bedeutung. Niemand weiß, was das ist.«

Alle lächelten aufmunternd: So war's. Das durfte man im logischen Empirismus nicht wissen. Das Schneegestöber in Martins Hirn wurde dichter.

»Deshalb mach ich jetzt eine Performance.«

Seine Nerven waren wie Feuerdrähte. Er hatte keine Ahnung, was er vorhatte. Auf den Gesichtern der Zuhörer spiegelte sich gespannte Aufmerksamkeit. Der Teufelskerl! Eine Performance! Welch eine originelle Idee für ein Referat über Semantik.

In Martins Schädel löste sich donnernd eine Lawine.

Er stand auf, auf seinen Schultern lastete das Gewicht eines Kleiderschranks. Er packte den Stoß Papier mit der einen Hand und blätterte mit der anderen vor aller Augen die leeren Seiten auf. Auf der letzten stand in Großbuchstaben:

ALLES IST NICHTS. Er hatte ganz vergessen, daß er das dort hingekritzelt hatte! Aber jetzt stand es da in seiner tiefen metaphysischen Rätselhaftigkeit, wie ein Menetekel. Er sah, wie sich die Gesichter um ihn herum mit Bestürzung bezogen. Da begrub ihn die Lawine unter sich. Er dachte nur noch, daß er jetzt tot war und daß nun gar nichts mehr zählte.

»Es tut mir leid, Herr Hahn, ich habe keine Arbeit über Nelson Goodman. Alles, was ich fertiggebracht habe, ist das hier.«

In tödlichem Schweigen nahm er seine Tasche vom Boden, drehte sich um und ging hinaus. Auf dem Flur packte ihn die Übelkeit mit der Gewalt einer Sturmböe. Er rannte den Gang hinunter zur Toilette und schaffte es gerade noch in die Kabine. Mit lautem Gewürge übergab er sich in das Becken.

Es dauerte fast eine Viertelstunde, bis er sich wieder erholt hatte. Dann wusch er sich das Gesicht, nahm seine Tasche, stieg über die Hintertreppe des Gebäudes hinunter zum Notausgang, überquerte die Binderstraße und verschwand in einer gelben Telefonzelle gegenüber der Post. Nachdem er seine Karte in den Schlitz gesteckt hatte, wählte er.

»Susanne. Hier ist Martin. Frag mich jetzt nicht, wieso – aber ich möchte unsere Beziehung beenden. Ich bin einfach nicht der, für den du mich hältst.«

Als sich nach einer Schrecksekunde am anderen Ende der Sturm der Fragen erhob, legte er auf. Dann rief er seine Mutter in Kamen an.

»Hallo, Mama. Ja, mir geht's gut. Ich rufe an, um dir etwas zu sagen. Ich hätte es dir schon längst sagen sollen. Ich werd das Examen nicht machen. Ich weiß, daß dich das schockt. Aber schließlich bin ich nicht gestorben. Ich habe es mir gerade erst selbst eingestanden, und ich lebe noch. Ich bin nicht dabei gestorben. Was Susanne dazu sagt? Ich hab mich gerade von ihr getrennt. Ich trenn mich jetzt von all diesen –« er wollte sagen »Lügen«, aber er wußte nicht, ob er seine Mutter auch als Lüge bezeichnen konnte. Er wußte aber, wenn er auflegte, würde sie ihr Indianergesicht auf die Sofalehne legen und um ihren einzigen Sohn weinen. Denn für sie war er gestorben, so wie er bis jetzt für sie gelebt hatte. Als er aufgelegt hatte, zog er die Karte aus dem Schlitz, ging über die Straße ins Rauchfaß, trat an die Bar und bestellte einen Doppelten. Er konnte es immer noch nicht fassen. Tatsächlich hatte er den katastrophalen Schiffbruch überlebt. Zwar hatte ihn der Schiffsrumpf tief unter Wasser gezogen, so daß er glaubte, ertrinken zu müssen. Aber jetzt war er wieder aufgetaucht und schwamm zwischen den Trümmern herum. Er atmete. Er kippte seinen Doppelten und atmete tief durch. Erst jetzt konnte er seine Umgebung wieder wahrnehmen. Die Welt nahm wieder Konturen an. Da, am anderen Ende der Bar, das feiste Schweinsgesicht mit dem hohen Mantelkragen – war das nicht Manfred Schröder, mit dem er am Abendblatt volontiert hatte?

»Hallo, Manfred.«

»Hallo, Martin. He, du siehst irgendwie käsig aus. Geht's dir nicht gut, bist du krank?«

»Nur den Magen verdorben, es geht schon wieder.«

»Das ist euer Mensaessen. Bist du immer noch auf der Uni?«

»Hhhhmmmmm. Und was machst du? Bist du noch immer beim Abendblatt?«

»Abendblatt? Wo denkst du hin. Schon längst nicht mehr. Ist mir viel zu brav.« Schröder blickte sich um, als ob er ein Undercoveragent auf der Spur der Mafia wäre. »Nein. DAS JOURNAL, das ist die Zeitung. Hör mal, willst du nicht zu uns kommen? Wir haben da ein richtiges Team. Werner ist dabei und Patrick und Irene. Du erinnerst dich doch an Irene, ›die große Blonde mit dem platten Fuß‹?« Zum ersten Mal seit sechs Wochen fühlte Martin sich wieder lachen. O ja, er erinnerte sich an Irene! Manfred Schröder rückte jetzt noch näher und beugte sich zu ihm herüber. »Wir sind gerade hinter dem Görde-Mörder her. Ich glaube, wir wissen, wer es ist, aber die Polente weiß es noch nicht. Das gibt einen richtigen Knüller. Das ist das richtige Leben, Martin, laß deine Scheißgermanistik und komm zu uns. Soll ich dich mal unserem Chef vorstellen? Eine richtige Type, sage ich dir. Aber als Zeitungsmacher ein Profi mit Nase. Ein Trendschnüffler, sag ich dir. Hier ist meine Karte. Wenn du einen Termin willst, ruf an!«

Martin steckte die Karte ein. »Danke. Und jetzt gebe ich dir einen Doppelten aus.«

»Wieso, ist heute etwa dein Geburtstag?« fragte Schröder. Martin schaute ihn überrascht an. Eher sein Todestag! Gestorben war der intellektuell anspruchsvolle Feuilletonredakteur der ZEIT, und geboren war der Reporter, der hinter einer Story her war. Der Typ, der den Fuß in die Tür stellt und die Steine umdreht. Der Jäger und Rechercheur. »Ja, ich hab heute Geburtstag.«

»Monika, schick mal 'ne Lage rüber auf Kosten des Hauses: Der Junge hier hat heute Geburtstag!«

»Nun sagen Sie mal, sag ich, was glauben Sie, wen Sie vor sich haben? Ich bin doch nicht Ihr Dienstmädchen. Gehen Sie doch zu Frau Börsch oder Frau Haberland. Mit denen können Sie doch sonst so gut. Ich bin nur für den Geschäftsführenden Direktor da! Mir hat niemand sonst was zu sagen, auch Sie nicht. Da hätten Sie

sie mal sehen sollen. Fast geplatzt wäre sie. Genau da hat sie gestanden, wo Sie jetzt stehen, und wußte nicht, wo sie hingucken sollte. Mir hat niemand was zu sagen, auch Sie nicht! Frau Künzel, hab ich gesagt, und wenn Sie zehnmal Wissenschaftliche Mitarbeiterin sind, mir hat nur der Geschäftsführende Direktor was zu sagen.«

Erst jetzt ging Bernie auf, daß Frau Novak von der Traktoristin sprach. Da die Bibliothekarin beurlaubt war, hatte sie der Herrin über das Geschäftszimmer zugemutet, die eingehenden Bücher mit Signaturen zu versehen – und damit eine wüste Verletzung der Etikette begangen. Dafür waren die Hilfskräfte zuständig oder allenfalls Frau Kempe von der Ausleihbibliothek. Aber doch nicht Frau Novak! Sie war voll damit ausgelastet, dem neugewählten Geschäftsführenden Direktor zu zeigen, welche Anweisungen er ihr erteilen sollte.

»Da hat sie gestanden, direkt neben den Postfächern. Und weil sie nicht wußte, wohin sie gucken sollte, tat sie so, als ob sie im Postfach von Professor Breitner was sucht.«

Frau Novaks Stimme hob sich zu einem gellenden Gelächter.

»Und wissen Sie was? In dem Postfach war überhaupt nichts drin, die Post war noch gar nicht dagewesen.«

Noch einmal gönnte sie sich den Luxus eines kleinen satirischen Exzesses, um plötzlich abzubrechen: »Das sag ich Ihnen, Herr Weskamp, die Künzel ist wirklich hinterhältig. Die bringt es fertig und beschwert sich. Sie kennen sich doch aus: Ich hab doch recht, nur der GD kann mir Dienstanweisungen geben?«

Bernie gehörte zu Frau Novaks Vertrauten, denn er benahm sich kollegial. Niemals gab er ihr Anweisungen oder Befehle, sondern verpackte sie in Vorschläge und Bitten. Immer, wenn er ins Geschäftszimmer kam, um seine Post abzuholen, war er zu einem kleinen kollegialen Schwatz von gleich zu gleich aufgelegt. Niemals kehrte er den Professor heraus. Und er war sich noch nicht mal zu schade, Frau Novaks Rollschrank aufzustemmen, wenn er mal wieder klemmte.

»Natürlich, Frau Novak, das steht in der Dienstordnung.« Bernie lächelte zustimmend. »Ich red mal ein Wort mit der Traktoristin.«

Als Frau Novak hörte, daß Bernie den Spitznamen Frau Künzels benutzte, warf sie sich in ihrem Bürostuhl zurück und stieß einen Laut aus wie ein Vogelschrei. Sie war chic, wie es sich für eine Chefsekretärin gehörte, während die Künzel aussah wie ein Kartoffelsack. Die glaubte wohl, weil sie Akademikerin war, hätte sie es nicht nötig.

»Übrigens«, unterbrach Bernie sie, »könnten Sie vielleicht meine Vorlesung am Donnerstag in Hörsaal B auf Freitag umbuchen, ebenfalls um 11 Uhr im Hörsaal B? Petzold weiß schon Bescheid. Ja, wegen der Psychologen, schrecklich, was?«

Frau Novak machte sich eine Notiz und beugte dann ihren Oberkörper konspirativ über den Schreibtisch.

»Wissen Sie, daß die Künzel früher auch mal zu den Terroristen gehört haben soll? Frau Thieme vom Personalreferat hat's mir erzählt.«

Dramatisch lehnte sie sich zurück und wartete auf den Effekt dieser sensationellen Enthüllung. Aber hier war Bernie einfach gezwungen, sie zu enttäuschen.

»Nehmen Sie es mir nicht übel, Frau Novak, aber als Vorsitzender des Disziplinarausschusses darf ich so etwas einfach nicht wissen. Denn wenn ich es weiß, muß ich eine Untersuchung einleiten.«

Das stimmte zwar nicht, aber so konnte er Frau Novaks Mitteilungsdrang zugleich stoppen und doch ihre Sensationsgier befriedigen. Sie nickte zufrieden im Vollgefühl ihrer Gefährlichkeit. Hatte sie es nicht in der Hand, die Künzel mit einem Wort zu vernichten? Heute würde sie sie noch verschonen, aber noch einmal so eine Frechheit...

Bernie griff in das Fach mit der Aufschrift »Prof. Weskamp«, nahm seine Post heraus, warf die Reklame in den Papierkorb und überließ Frau Novak ihren rachsüchtigen Visionen. Während er den Gang hinunter zu seinem Büro neben der Herrentoilette ging, las er die Absender auf den Umschlägen durch. Verdammt, schon wieder ein Brief des Oberschulamts. Er hatte immer noch nicht seine Klausurthemen eingereicht. Eine Mitteilung der Gehaltsstelle. Die Entschuldigung eines Studenten, daß er sein Referat nicht halten könnte. Dann mußte er also wieder umdisponieren. Die Bitte von Professor Eichkorn, die Kollegen möchten in ihren Veranstaltungen doch auf den Gastvortrag »Frühneuzeitliche Narrativik« von Professor Ter-Nedden aus Siegen hinweisen. Bernie betrat sein Büro und ließ sich auf den Stuhl hinter dem überfüllten Schreibtisch fallen. »Frühneuzeitliche Narrativik«! Seine Studenten interessierten sich für Filme, aber doch nicht für frühneuzeitliche Narrativik! Und zu Gastvorträgen erschien in Hamburg sowieso niemand. Der Eichkorn war frisch berufen und kannte die Zustände an einer Massenuniversität nicht. Das war nicht wie in Tübingen oder Heidelberg, wo man abends die akademischen Berühmtheiten aus anderen Universitäten hören konnte. Er würde sich noch wundern; in Hamburg wünschten sich die Studenten um 5 Uhr nachmittags »Schönen Feierabend!« und verließen fluchtartig den Campus, um sich an den Tropf des Nullmediums Fernsehen zu hängen. Wie ihre Eltern, dachte Bernie, warf Eichkorns Mitteilung in den Papierkorb und griff zum nächsten Brief. Der Fachbereichssprecher teilte mit, daß in der Magisterprüfungsordnung § 17, 2 nur in Verbindung mit § 24, 1 zu gelten hätte, und daß der 13. Stock des Hauptgebäudes nicht mehr betreten werden könnte. Bernie wußte, warum: Vor einer Woche war wieder ein Selbstmörder auf das Dach geklettert und hatte sich hinuntergestürzt. Der achte in diesem Jahr! Die Novak hatte nachher behauptet, sie hätte ihn an ihrem Fenster vorbeifliegen sehen.

Der letzte Brief war von der Frauenbeauftragten Frau Wagner. Bernie hatte ihn erwartet. Sicher die Vorschläge für die Neuformulierung der Geschäftsordnung des Disziplinarausschusses! Bernie entfaltete das Schreiben mit dem pompösen Briefkopf »Frauenbeauftragte der Universität Hamburg, Leiterin der Frauenförderungsstelle, Frauengleichstellungsbeauftragte des Senats, Professor Dr. Ursula Wagner«. Aber was schrieb sie denn da? Das waren nicht die Vorschläge für die Neufassung der Geschäftsordnung, das war ja ein echter Antrag zur Untersuchung eines schweren Falls von sexueller Belästigung. Bernie las das Schreiben mit wachsender Irritation: »... handelt es sich zweifellos um einen gravierenden Fall. Die betroffene Studentin, Frau Barbara Clauditz, befindet sich augenblicklich in der neurologischen Klinik in stationärer Behandlung. Ihre Aussagen gegenüber ihrer betreuenden Dozentin, Professor Dr. Schell vom Studiengang ›Sprechtheaterregie und Schauspiel‹, lassen keinen Zweifel daran, daß sie aufgrund sexueller Belästigung durch einen Hochschullehrer unserer Universität so schwer traumatisiert wurde, daß sie ihre Studien nicht ordnungsgemäß fortführen konnte. Als Frauenbeauftragte der Universität Hamburg fordere ich Sie mit allem Nachdruck dazu auf, diesem Fall nachzugehen, indem Sie den Täter ermitteln und zur Befragung vor den großen Disziplinarausschuß laden. Ich lege Wert auf die Feststellung, daß wir uns nicht mit dem Disziplinarausschuß des Fachbereichs zufriedengeben werden, sondern auf dem paritätisch besetzten großen Disziplinarausschuß bestehen müssen...«

Bernie legte den Brief langsam auf den Tisch. Erbitterung stieg in ihm auf. Was die Wagner sich einbildete! Er war doch nicht ihr Hilfssheriff, der in ihrem Auftrag hinter den Busengrapschern herschnüffelte! Matte hatte ganz recht, die Wagner nahm sich zuviel heraus. Er ließ sich von niemandem Anweisungen geben, außer vom Präsidenten persönlich, auch nicht von der Frauenbeauftragten. Wo käme er denn da hin? Oder hatte sie etwa schon mit dem Präsidenten gesprochen? Bernie überflog den Brief erneut. Irgendwie kam ihm das bekannt vor. War das nicht die Studentin aus dem Frauenstück, von dem Matte erzählt hatte? Ja, richtig, hier schrieb ja die Wagner, sie studiert bei der Schell vom Theater. Auf der Bühne zusammengebrochen. Aber wer sie belästigt hat, sagte sie nicht. Bernie erinnerte sich. Eine Irre, wieder so eine Irre! Zerbrochenes Glas auf dem gigantischen Scherbenhaufen der Universität. Die war ja schon abgehandelt, die hatten sie in der Feuerwehrsitzung schon in die Müllpresse geschaufelt! Die holte er da nicht wieder heraus. Sollte doch die Frauenbeauftragte selbst da hineinkriechen, wenn sie sich so für Müll interessierte, sollte sie sich doch selber drin wälzen, aber nicht andere dazu abordnen! Dann würde sie sehen, was das für einen Spaß machte. Mißmutig blickte Bernie auf den Brief, als das Telefon klingelte. Er nahm den Hörer ab. Am anderen Ende und zugleich ganz nah an Bernies Ohr fragte eine dunkle Frauenstimme:

»Ist da Professor Weskamp?«

Die sanfte Stimme der Frau schickte Stromstöße durch die Telefonleitung, die die Membrane im Telefonhörer zum Vibrieren brachte; das wiederum versetzte die Luft in Schwingungen, die sich auf Bernies Trommelfell übertrugen und über den Hammer, Amboß und Steigbügel immer weiter ins Innere des Kopfes von Bernie wanderten, bis sie in seiner Lymphflüssigkeit einen mikrologischen Orkan verursachten, der über die Hörnerven in seinem Hirn ein elektrisches Gewitter auslöste. Eine Kaskade von Blitzen durchzuckte die neuronalen Bahnen und erleuchtete schlagartig ein Bild: das Mädchen mit dem blauen und dem grünen Auge! Es war ihre Stimme am andern Ende der Leitung. Die Stimme, so weit weg und doch so wirksam in Bernies Schädel – sie flüsterte:

»Hier ist Rebecca Roth vom Büro des Justizsenators. Wir haben uns neulich beim Senator kennengelernt.«

»Ich hab Sie sofort erkannt.« Bernie mußte sich räuspern, weil seine eigene Stimme plötzlich im Morast der Befangenheit versumpft war.

Ein leises Lachen am anderen Ende: »Könnten wir uns vielleicht mal zum Lunch treffen? Ich möchte etwas mit Ihnen besprechen. Ja? Es ist etwas vertraulich, deshalb möchte ich es nicht am Telefon sagen. Ja? Morgen um eins? Im Restaurant? Das ist lieb. Was schlagen Sie vor?«

In rasender Eile blätterte Bernie das Bilderbuch seiner Gewohnheitskneipen durch. Konnte er sie in eine der Ethnokaschemmen einladen, die den Campus umgaben? Zu Sidu oder zum Afghanen vielleicht, wo man sich in die Polster legen konnte? Eine kleine Weltreise in den Slum? Aber sicher war sie Besseres gewohnt. Sie ging bestimmt ins Harvey's zum Luncheon, wo es Perlhuhnschaum in Traminergelee gab. Da konnte er sie nicht ins Calcutta einladen und Pakora mit Kichererbsenbeilage und einem Glas Stutenmilch vorsetzen. Nein, das ging nicht.

»Lassen Sie mich nachdenken«, krächzte er.

Wie war das mit dem Bistro? Da könnte er dem blöden Breitner zeigen, mit welcher Superfrau er ausging! Und dann kam der dicke Matte und setzte sich einfach dazu, und alles war ruiniert. Nein, das ging auch nicht. Es mußte schon etwas weiter weg sein, schließlich wollten sie ungestört bleiben. Ein vertrauliches Gespräch! Edles Ambiente und gepflegte Atmosphäre.

»Wie wär's mit dem Alsterclub?« fragte er, immer noch heiser.

»Das paßt mir prima.« Wie das klappte! Bernie, der Weltmann! Er räusperte sich noch mal, um die Stimmbänder endlich freizulegen fürs weltmännische Finale, aber bevor er sie flotthatte, sagte sie:

»Dann also bis morgen um eins. Und gute Besserung!«

Sie legte auf. Bernie betrachtete versunken den Telefonhörer, packte ihn dann mit beiden Händen und bettete ihn behutsam auf die Gabel. Gute Besserung? Ihm ging es blendend. Er stand auf, warf den Brief der Frauenbeauftragten mit Schwung in die Ablage und trat ans Fenster, um zu prüfen, ob er von da aus das weiße Gebäude des Alsterclubs sehen konnte.

Am nächsten Morgen nach dem Frühstück hatte Hanno Hackmann sich schon im Mantel auf die Kante des ehemaligen gemeinsamen Biedermeier-Ehebettes gesetzt. An seinem Kopfende in der

Mitte saß Gabrielle mit gelöstem Haar und im Nachthemd in ein paar riesige gelbe Kissen gelehnt, über ihren Knien das Frühstückstablett, das Frau Görüsan ihr gebracht hatte, und um sich herum in verschwenderischer Fülle die prachtvollen Coverbilder von »House and Garden«, »Country Living«, »Ambiente«, »Pan«, »Country Homes and Gardens«, »Architektur und Wohnen« und »Der Feinschmecker«. Seitdem Hanno in sein Arbeitszimmer umgezogen war, frühstückte sie jetzt häufiger im Bett und telefonierte endlos mit ihrer Schwester und ihrer Mutter. Und abends ging sie fast ständig mit ihren Freundinnen aus, so daß Hanno sie seit Tagen nicht mehr gesehen hatte. Jetzt schickte sie ihren feindseligen Blick zwischen seinem Gesicht und der Bettkante, auf der er saß, hin und her, um ihm zu bedeuten, daß er sich einer groben Verletzung ihrer Territorialhoheit schuldig machte, die vor dem Gerichtshof ihrer Ehe noch Folgen zeitigen würde.

»Paß doch auf, bitte, du bringst ja meine ganzen Zeitschriften durcheinander!« Hanno konnte nicht entdecken, was er da noch durcheinanderbringen konnte.

»Hör zu, Gabrielle. Mir ist da etwas Dummes passiert.«

»Ich will es nicht wissen.« Das sagte sie in gefaßtem, ruhigem Ton. Dann plötzlich stieß sie sich von den Kissen ab und schrie mit energischem Haß: »Fang jetzt ja nicht an zu beichten!« Und eine Sekunde später war sie auf dem Gipfel der Raserei. »Ich interessier' mich nicht für deine Seitensprünge, verstehst du? Ich interessier' mich einfach nicht dafür.«

Automatisch stand Hanno auf, um vor der Gluthitze dieser Wut zurückzuweichen. Sie war einfach nicht normal! Sie kümmerte sich gar nicht darum, was er sagte oder tat. Sie registrierte nur ihre eigenen Dramen im Kopf und schrie ihn an, wenn sein kleiner Doppelgänger in ihrem Hirn sich nicht so benahm, wie sie wollte. Warum sollte er sich überhaupt mit ihr herumschlagen? Hanno drehte sich um und ging wortlos zur Tür.

»Was hast du denn mit deiner Hand gemacht?«

Erst jetzt hatte sie also den Verband bemerkt.

»Das wollte ich dir ja gerade sagen. Deine Katze hat sie mir zerfleischt.« Und Hanno erzählte die Geschichte seines Kampfes mit der Katze, indem er den Schauplatz auf den Parkplatz bei der Tierpension verlegte und ausließ, daß er die Katze zwei Tage im Kofferraum vergessen hatte. Als er geendet hatte, bemerkte er mit Schrecken, daß sie weinte. Erst liefen ihr ein paar Tränen zögernd über die Wangen, dann fingen ihre Schultern an zu zucken, sie begann zu schluchzen, warf sich herum und heulte schließlich mit solch hemmungsloser Hingebung, daß ihr ganzer Körper von Konvulsionen geschüttelt wurde. Hanno staunte über die Intensität eines solchen Gefühls. Es war, als ob sie alle Verluste ihres Lebens auf einmal beweinte, als ob sie ihre schwindende Jugend und ihre verfehlte Ehe beweinte. Sie weinte so aufopferungsvoll und umfassend gründlich, als ob sie mit ihren Tränen das Haus ihrer Trauer ein für allemal säubern wollte, daß Hanno am liebsten mitgeweint hätte. Der Impuls breitete sich in ihm aus, sich wieder aufs Bett zu setzen, sie in die Arme zu nehmen und zu trösten. Er trat einen Schritt vor, da hörte er die Stimme von Frau Görüsan.

»Frau Hackmann, Sie haben gerufen, ich komme!«

Gabrielles Geschrei hatte sie aus dem Garten geholt. Hanno eilte aus dem Schlafzimmer, um sie abzufangen. »Es ist nichts, Frau Görüsan. Meine Frau hat Kopfschmerzen, wir lassen sie besser in Ruhe.«

Frau Görüsan sah ihn mit schiefgestelltem Kopf an.

»Ahh, ah – ist nicht gut, so viel Kopfschmerzen. Wir sagen in Anatolien: Geht der Mann auf Reisen, kommt der Kopfschmerz zu Besuch. Kommt der Mann nach Hause, geht der Kopfschmerz auf Reisen. Sie verstehen?«

Hanno schaute sie verzweifelt an. Frau Görüsan machte sich also ihren eigenen deftigen Reim auf die Veränderungen im Hause Hackmann und erinnerte ihn an die guten alten Rezepte. O Gott, wenn das so einfach wäre! In dem Moment wünschte sich Hanno nichts lieber, als nicht mehr Professor Hackmann zu sein, sondern der Mann von Frau Görüsan.

Um zwei Uhr mittags desselben Tages saß Bernie Weskamp schon eine Stunde mit Rebecca Roth aus der Senatskanzlei im Restaurant des Alsterclubs. Natürlich hatte er einen Tisch bestellt. Eine halbe Stunde zu früh war er dann in dem rotem Sunbeam, den er sich von seinem Kollegen Breitner geliehen hatte, in den Parkplatz voller Mercedesse, Jaguare und BMWs eingebogen. Dann war er, als ob er es alle Tage täte, aufrecht über den roten Teppich durch die Säulen vor dem gläsernen Eingang geschritten, die der weißgetünchten Fassade des Alsterclubs das klassische Aussehen eines Südstaatenhauses verliehen. In der ovalen Lobby mit der oben umlaufenden Galerie hatte er den Mantel an der Garderobe abgegeben und war schließlich an der Bar vorbei, aus der man auf das achtzehnte Loch des Golfplatzes blickte, über ein paar Stufen in das Alsterrestaurant getreten. Von hier aus hatte man über das Grün des Golfplatzes mit der Pitch-und-Putt-Anlage hinweg einen freien Blick auf die Alster. Bernie hatte auf die weißen Segel geblickt, als er plötzlich einen Hauch von Chanel No. 5 spürte. Er schaute auf, und da stand sie hochhackig vor ihm und lächelte ihn an. Ihre Haare, die sie bei ihrer ersten Begegnung hochgesteckt hatte, fielen ihr in brünetten Locken auf die Schultern. Sie trug ein enges schwarzes Kleid und eine weiße Jacke mit schwarzem Revers. Um den Hals hatte sie mehrmals einen weißen Seidenschal geschlungen, der von den goldenen Kreolenringen gestreift wurde, die an ihren Ohren baumelten. An der linken Hand blitzten zahllose Ringe. Als sie ihre Jacke auszog, entblößte sie zwei glatte Schultern, von denen die Spaghettiträger haltlos abzurutschen drohten. Bernie war aufgesprungen, um ihren Stuhl zurechtzurücken, und hatte vor Übereifer dabei seinen eigenen umgeworfen. Aber als sie sich gesetzt hatten und der Kellner an den Tisch getreten war, hatte er das wieder gutgemacht, indem er mit weltmännischer Nonchalance die Bestellung aufgab. Die halbe Stunde hatte er nämlich dazu benutzt, die Speisekarte fast auswendig zu lernen. Er wußte, die Küche war Wienerisch, denn der Chef war Werner Bergmoser. »Wie ist heute der Savarin vom Silberlachs?

Oder können Sie das Steinpilzgericht in Veltliner empfehlen? Vielleicht für die Dame die pochierten Rinderfiletscheiben im Schnittlauchfond, nein?« Am Ende hatte sie das Menü mit dem Zander im Strudelteig genommen, dazu Wirsing eingewickelt, mit Paradeisersauce, Schwammerlgulasch mit Serviettenknödeln und als Vorspeise Kalbsrahmbeuscherl. Für sich hatte Bernie im Überschwang etwas zuviel vorgesehen: als Vorspeise mit Kräutern überbackene Waldpilze, Kaviar mit Rotkrautgelee auf Selleriemus, Bachsaibling mit Kartoffelpüree und Waldspinat, eine Taube in Lebersauce sowie ein Stück vom steirischen Milchkalb mit Ziegenkäse. Und während sie dazu einen Weißburgunder vom Neusiedlersee tranken und Bernie in Rebeccas blaues und grünes Auge schaute, erzählte er von seinen drei literarischen Lieblingsgestalten: Bernie dem Furchtlosen, Bernie dem Humorvollen und Bernie dem Erfahrenen. »... Sie waren noch nicht in Andalusien? Da müssen Sie unbedingt hin! Die Heimat des Stierkampfs! Als ich als Student dahinkam – ja, um Spanisch zu lernen – ja, das muß man als Romanist – na ja, nicht fließend, nicht so gut wie Italienisch oder Rumänisch –, also, da hatte ich noch keine Ahnung von der Grandezza dieser Landschaft. Maurisch und europäisch zugleich. Lieblich und düster. Aber immer heroisch. Nobel. Der Stierkampf drückt das aus. Sicher, zuerst dachte ich wie Sie. Eine Tierquälerei, Machismo. Aber da lernte ich Manolete kennen. Ein junger Stierkämpfer, der mich mit auf eine große Estanzia nahm. Er ist heute schon tot.« Halt! rief da von ganz weit Bernie der Wahrhaftige. Jetzt reicht's aber! Weder kennst du Manolete, noch ist er tot. Aber Bernie der Tollkühne hörte nicht auf ihn. Als er beim Bachsaibling war, erklärte er die einzelnen Phasen des Stierkampfs. Und bei der Taube half er den Arbeitern der Estanzia auf der Viehweide beim Zusammentreiben der wilden Stiere. Eine neue Gestalt war geboren: Bernie der Torrero.

»Olé«, sagte Rebecca mit leichter Ironie und hob ihr Glas.

Das rief Bernie den Humorvollen auf den Plan.

»Na ja, Sie haben mich zu furchtbaren Übertreibungen provoziert. In Wirklichkeit bin ich ganz feige. Und wenn ein Stier sich umgedreht hat, habe ich Reißaus genommen.«

Ob er Manolete auch wiederauferstehen lassen sollte? Bevor er das entscheiden konnte, sagte Rebecca plötzlich:

»Ich schätze Männer, die warten können.«

Bernie sah sie überrascht an. Warten worauf, fragte er sich. Nun gut, er würde weiterwarten, wenn sie das schätzte. Oder meinte sie etwa...? Eine Blutwelle rollte durch Bernies Hirn.

»Sie haben kein einziges Mal gefragt, warum ich Sie sprechen wollte?«

Richtig, das hatte er ganz vergessen. Über seinen Erzählungen von Bernie dem Tollkühnen war ihm entfallen, daß nicht er sie ausgeführt, sondern sie ihn zu einem Busineß-Lunch gebeten hatte. Am besten sagte er jetzt nichts mehr.

»Der Senator schätzt diskrete Leute«, fuhr sie fort.

Aha, daher wehte also der Wind. Der Senator wollte etwas von ihm. Vielleicht fing jetzt die Politik an. Wenn die Besuche in Nobelrestaurants erst zur Gewohnheit avancierten, wurde die Korruption richtig stilvoll. Vage betrachtete Bernie die Seebilder von Johannes Holst und Alfred Jensen, die an den Wänden des Restaurants hingen.

»Er hat mich beauftragt, Ihnen in aller Form zu danken.«

Sie wurden vom Kellner mit dem Käsewagen unterbrochen. Rebecca ließ sich einen Tête de moine, ein Stück Chèvres und einen Gruyères geben, während Bernie genüßlich einen Eisbecher löffelte. Nach der Schlemmermahlzeit fühlte er sich wie ein Knödel, der in der Brühe seines körperlichen Wohlbehagens schwebt. Bernie der Furchtlose und Bernie der Erfahrene hatten sich zur Ruhe gelegt und Bernie dem Behaglichen Platz gemacht, der mit seliger Ergebenheit auf die den Exzeß abrundenden Wohltaten eines funkelnden Cognac und eines schaumigen Espresso schaute.

»Die Art, wie Sie den Fall Brockhaus abgebogen haben, war überaus gekonnt. Den Rössner ins eigene Messer laufen zu lassen, das war geradezu elegant. Und so diskret!«

Ach, darum ging es also. Aber was hatte der Senator damit zu tun? Bernie lächelte, hob sein Cognacglas wie zur Andeutung eines Zuprostens und schaute sie über den Rand vielsagend an.

»Er wird Ihnen das nicht vergessen. Das war's, was ich Ihnen sagen sollte. Aber natürlich muß dieses Gespräch unter uns bleiben. Sie verstehen.«

Bernie verstand nicht und nickte. Rebecca wühlte in ihrer Handtasche. Das weckte ihn aus seiner Lethargie. Wenn sie jetzt ging, würde er nicht erfahren, was das alles zu bedeuten hatte.

»Der Senator fand es also richtig, daß ich den Brockhaus gerettet habe?« fragte er noch mal. Sie sah ihn überrascht an.

»Aber ja. Wundert Sie das etwa?«

»Nein, nein. Aber was hat der Brockhaus mit dem Senator zu tun?«

Ihre Augen wurden rund.

»Er ist sein unehelicher Sohn, wußten Sie das denn nicht?«

Nein, das hatte Bernie nicht gewußt. Welch ein idiotischer Fehler! Da bewahrte er den Sohn des Senators davor, daß ihm mit Schimpf und Schande der Doktorgrad wieder aberkannt wurde, und jetzt vermasselte er wieder alles! Wieso sollte der Senator ihm dafür dankbar sein, wenn Bernie gar nicht gewußt hatte, daß es sein Sohn war. Das wußte ja offenbar jeder. Er mußte das wieder ausbügeln. Bernie der Geheimnisvolle mußte jetzt an die Front. Er schwenkte sein Cognacglas, schaute es an, ließ seinen Blick zu ihrem Gesicht schweifen und versuchte seiner Miene den Ausdruck der Sphinx zu geben. Dann schaute er sich um, um sicherzugehen, daß kein Vertreter des KGB und des CIA hinter ihm stand.

»Ich weiß nur, was ich wissen darf.«

Er stellte die Worte eins nach dem anderen auf den Tisch, schwer und dampfend vor Bedeutung. Damit mußte er jetzt weitermachen. »Aber da Sie's jetzt offen ausgesprochen haben, kann ich es ja auch offen aussprechen: Bis dahin schien es mir besser, so zu tun, als wüßte ich von gar nichts.«

So hatte Bernie nun doch sein Geheimnis ausgeplaudert. Aber

sie war die einzige, die es kannte. Die Zögerlichkeit, mit der er es sich entlocken ließ, war ein Maß seiner Diskretion. Die Widerwilligkeit, mit der er selbst ihr grünes und blaues Auge einen Blick auf den Grund seiner Seele tun ließ, war ein Indiz seines politischen Tiefgangs. Hatte er nicht eben noch eine Lügengeschichte nach der andern erzählt? Bernie der Machiavellist lehnte sich bedeutungsvoll zurück und spielte mit seinem Serviettenring. Da ergriff sie plötzlich seine Hand über den ganzen Tisch, so daß der Spaghettiträger des Kleides ihr von der Schulter rutschte.

»Danke, Professor Weskamp, auch in meinem Namen persönlich. Dr. Brockhaus ist nämlich auch der Mann meiner Schwester.«

Und als die Rechnung über 182,– DM kam und sie darüber stritten, wer zahlen durfte, gewann sie die Debatte, indem sie darauf verwies, daß es auf Kosten des Justizetats ging. Schließlich hatten sie ja nur im Dienste der Gerechtigkeit einen kleinen Lunch eingenommen.

»Warten Sie, warten Sie, warten Sie.« Der Chefredakteur des JOURNAL streckte seine Hand beschwörend aus und schloß die Augen in angestrengter Konzentration. In seiner ovalen Glatze spiegelten sich die hundert Lampen, die die Kantine auf der Dachterrasse des Pressehauses erleuchteten. Nur wenige Tische waren zu dieser Zeit noch besetzt. Am Tisch des Chefredakteurs Bülhoff hatten die beiden Mitarbeiter Patrick und Irene keinen Blick übrig für das nächtliche Stadtpanorama, das man durch die Terrassenfenster sehen konnte, weil das Theater ihres Chefs sie völlig in Anspruch nahm. Immer noch hielt er die Augen geschlossen wie ein Medium und forderte schließlich nachdrücklich:

»Sagen Sie etwas, irgend etwas, ganz egal, was.«

Sein blinder Blick richtete sich auf Martin Sommer, den Schröder gerade an seinen Tisch geführt hatte.

»Guten Abend, Herr Bülhoff, ich freue mich ehrlich, daß Sie schon mal ein paar Sekunden Zeit für mich haben.«

Martin sprach diesen Satz im dick aufgetragenen Jargon des östlichen Ruhrgebiets. ICH FROI MICH EALICH. Denn kurz bevor sie aus dem Fahrstuhl gestiegen waren, hatte ihn Schröder gewarnt, daß ihr Chef bei jedem Neuen versuchte, die Herkunft an der Dialektfärbung zu erraten. »Wie dieser Phonetiker aus *My Fair Lady*«, hatte er erklärt, »nur er schafft es selten. Und er mag es nicht, wenn er es nicht schafft! Aber bei dir hat er eine Chance, weil du aus der gleichen Gegend bist. Also mach es ihm leicht!«

»Dortmund!« schrie Bülhoff in Ekstase und riß die Augen auf in freudiger Erwartung der Bestätigung.

»Fast genau«, rief Martin, »Kamen, am Kamener Kreuz.« Bülhoffs Ekstase steigerte sich nochmals.

»Was?« jubelte er, »Sie kommen aus Kamen?« Jetzt verfiel er selbst in breitestes Ruhrgebietlerisch. »Junge, setz dich. Du auch, Manni. Darauf müssen wir einen heben! Das hier ist Irene, ach, ihr kennt euch schon? Komm, Patrick, hol mal noch 'ne Runde Pils mit Klarem. Ich bin nämlich auch von Kamen weg.« Es klang wie WECH. »Da staunste, watt? Bei Bierkämper vonne Westfalenpost hab ich als junger Spunt angefangen. Da war ich noch auffe Penne. Bisse auch in Kamen auffe Penne gegangen?«

Dieser gemütliche Bülhoff kam Martin vor wie der wiedergefundene Papi, den er nie gehabt hatte. Er kippte den Klaren, den Patrick gebracht hatte, und ließ sich in das Ruhrgebietsdeutsch gleiten wie ins Badewasser.

»Auffe Kamener Penne? Jau, da hab ich Abi gemacht.«

»Gibt's den Terboven noch mit der Hasenscharte?«

»Micha mibts mem moch.« Martin gab eine hemmungslose Imitation von Terboven im Hasenschartenwestfälisch und erntete den jubelnden Beifall der ganzen Runde. Wiehernd schüttelte sich Bülhoff in einem Wiedererkennungsspasmus.

»Ja, so hat er gesprochen, genau so! Aber den alten Grevenbroich, den Mathelehrer, habt ihr den auch noch gehabt?«

»Aber das war doch ein Rheinländer, der kam bei uns immer rein und sagte erst – Martin gab jetzt eine perfekte Imitation eines Rheinländers –: »Meine Herrschaften, isch warne oisch. Isch habe noch jeden von oisch kleinjekrischt.«

Wieder ging Bülhoff aus dem Leim. »Genau, genau!« schrie er. Und als er sich etwas erholt hatte, fuhr er fort, indem er auf Martin zeigte: »Da seht ihr, was ich immer sage.« Patrick und Schröder mußten grinsen. »Ja, ich weiß wohl, daß ihr euch über mich lustig macht. Aber den Leuten aufs Maul schauen, das muß der Reporter, das ist sein Beruf. Wissen, was die Leute reden, dann weiß man auch, was sie lesen wollen.« Mit weiten Schlägen ruderte er hinaus auf die hohe See der Zeitungsmacherphilosophie. »Guckt euch die ZEIT an. Die Leitartikel liest kein Mensch. Wer die ZEIT kauft, läßt sie eine Woche abhängen, und bis er sich durch das Feuilleton gequält hat, ist die Woche um und die neue ZEIT da, und er kann die alte wegschmeißen. Die Leute kaufen die ZEIT, um sie wegzuschmeißen. Sie ist das Nullmedium der A-13-Kultur; unlesbar wie eine Magisterarbeit in Germanistik.«

Der letzte Satz traf Martin wie ein Pfefferkorn die frische Wunde eines gerade gezogenen Zahns.

»Weitschweifig«, Bülhoff beschrieb mit weitausholender Geste, was weitschweifig war, »geschwätzig. Zwar keine Informationen, aber dafür flächendeckendes Moralangebot bei unsittlichen Berührungen der Leserschaft. Ein Komposthaufen fermentierender Betulichkeit und fauler Betroffenheitsappelle. Eine Zeitung für chronisch Verstopfte.«

Martin mußte lachen. Welch eine Befreiung! Seit seiner Katastrophe mit der Magisterarbeit fühlte er sich frisch wie nach einer kräftigen Dusche.

»Und die taz?« fragte er.

»Ja, die taz.« Bülhoff schüttelte traurig sein kahles Haupt wie über einen mißratenen Zögling, der die schönsten Hoffnungen enttäuscht hat.

»So kann man einfach keine Zeitung machen«, nahm Schröder

den Faden wieder auf, den Bülhoff hatte hängen lassen. »Nur Schocks und Inkompetenz, das geht nicht. Oder hast du schon mal einen Artikel über Wirtschaftspolitik oder Bildungspolitik in der taz gelesen?«

»Aber sie sind wenigstens furchtlos und aggressiv«, warf Irene ein.

»Wie die akademischen Lumpenproletarier, die sie repräsentieren, wolltest du sagen?« Patrick hatte kurz für die taz gearbeitet und war dann im Krach geschieden.

»Sie ist so infantil wie ihr Milieu. Sie schockiert durch schlechtes Benehmen.«

Bülhoff stand auf: »Kinder, laßt uns eine richtige Zeitung machen. Mit Reportagen. Zu euren Zelten, o Israel! Zurück an die Arbeit!« Sie waren jetzt alle aufgestanden. »Was ist übrigens mit den Kammerspielen?« fragte er Patrick, als sie zum Fahrstuhl gingen. »Warst du bei der Belegschaftsversammlung?«

»Ich hab den Wirtschaftsbericht gelesen. Die sind pleite, und die Kultursenatorin läßt sie hängen.«

»Weißt du das sicher?«

»Informantin in der Kulturbehörde.«

»Dann unterstützen wir das. Schluß mit den Subventionen für diese Scheißtheater.« Während sie auf den Fahrstuhl warteten, wandte er sich an Schröder. »Die mietfreien Luxusvillen für Senatsmitglieder. Wann bist du mit der Sache fertig?«

»Hab ich übermorgen im Kasten.«

»Geht das nicht schneller? Nicht, daß uns einer den Knüller noch wegschnappt! Irene – für dich hab ich was Neues. In der CDU gibt es Ärger, weil die Mandatsinhaber die anderen nicht in die Mitgliederkarteien gucken lassen. Datenschutz – sagen sie. Nur, in Wirklichkeit sichern die sich so ihre eigene Wiederwahl, weil nur sie wissen, wen sie ansprechen können, um wiedergewählt zu werden. Und die draußen vor der Tür haben keine Chance. Na, und deshalb rebellieren die jetzt! Mach dich doch mal an den Militzki ran, der weiß sicher, was da los ist.«

Sie waren jetzt im großen Redaktionsbüro angekommen. »Und wir zwei gehen jetzt erst mal in mein Büro.« Bülhoff legte Martin den Arm um die Schulter, während die anderen zu ihren Laptops zurückgingen und nach den Telefonen griffen.

Im Vergleich zu dem plebejischen Durcheinander im großen Redaktionsraum war Bülhoffs Büro eine Oase vornehmer Gentlemankultur. Sessel und Schreibtisch waren aus Mahagoni, an den Wänden hingen Karikaturen von Daumier, Cruikshank und Grandville neben Graphiken von Kubin und Bargheer.

»So«, sagte Bülhoff, als sie sich gesetzt hatten, »jetzt wollen wir mal. Ihr Freund Schröder hat mir erzählt« – Martin bemerkte, daß Bülhoff ihn wieder siezte –, »daß Sie einen Job suchen. Und Sie haben schon mal beim Abendblatt gearbeitet.«

Martin nickte. »Ja, im Volontariat. Und ich schreibe regelmäßig über Ausstellungen und Kunstauktionen.«

»Theaterkritiken?« fragte Bülhoff.

Am besten wurde Martin jetzt etwas undeutlich: »Gelegentlich mal. Ich kenne das Milieu jedenfalls.«

»Kennt das Milieu, kennt das Milieu«, murmelte Bülhoff laut vor sich hin. »Sie sind Historiker, sagt Schröder?«

Martin nickte.

»Was wissen Sie über die Riezler-Tagebücher?«

O Gott, das wurde ja wie im Examen! Was wußte er über die Riezler-Tagebücher? Mußte er das wissen? Was wußte er über Referenzsemantik? In seinem Hirn begann es ganz leise zu rieseln.

»Über die Riezler-Tagebücher?« wiederholte er. »Da weiß niemand etwas.«

Bülhoff stand auf und zeigte mit dem Finger auf Martin: »So ist es. Niemand weiß etwas darüber. Das heißt, über den Teil, der fehlt.« Er ging jetzt auf und ab. »Wie Sie wissen, war Riezler beim Ausbruch des Ersten Weltkriegs persönlicher Sekretär des Reichskanzlers Bethmann-Hollweg.«

Martin wußte es nicht, aber er nickte. »Klar.«

Bülhoff blieb stehen und sah ihn an. »Dann wissen Sie auch, daß bei den Besprechungen des Reichskanzlers kein Protokoll geführt wurde. Wir haben dafür nur Riezlers Tagebuch.«

Also gab es doch eins?

»1938 emigrierte Riezler in die USA und kam 1953 nach Deutschland zurück. Direkt am Ende des Zweiten Weltkriegs wollte er sein Tagebuch publizieren, als ein Haufen deutscher Historiker unter der Führung von Hans Rothfels das verhinderten, weil sie wußten: Das Tagebuch bewies die deutsche Schuld am Ausbruch des Ersten Weltkriegs. Weil schon klar war, daß sie am Zweiten Weltkrieg schuld waren, sollten sie nicht auch noch am Ersten schuld sein. Rothfels und Konsorten unterdrückten die historische Wahrheit.«

Den letzten Satz ließ Bülhoff schwer reißend vom Löffel tropfen. Wollte er ein historisches Kolleg halten, oder verfolgte er eine tiefere Absicht?

»Sie sind doch Historiker?« fragte er wieder und unterbrach seine Wanderungen.

»Im Nebenfach.«

»Im Nebenfach, im Nebenfach, im Nebenfach.« Er hatte die Angewohnheit, einfach die letzten Worte zu wiederholen, als ob er damit Anlauf nehmen wollte. »So, so, im Nebenfach. Also, um es kurz zu machen, dieser Riezler hatte auf dem Sterbebett bestimmt, daß seine Tagebücher verbrannt werden sollten. Aber bevor das geschah, ließ sein Bruder eine Abschrift anfertigen. Und die wurde dann von einer deutschen Historikerkommission publiziert. Aber, jetzt kommt's – da fehlte die Zeit vom Juni/Juli 1914, also genau die Zeit der Serbienkrise. War einfach nicht dabei.«

»Und wo war sie?« fragte Martin.

»Ja, wo war sie? Sie kennen ja diese endlosen Historikerkontroversen über den deutschen Sonderweg; und führt eine gerade Linie von Luther über Bismarck zu Hitler? Das ist alles Scheiße! Weil die Deutschen keine anständige demokratische Tradition haben, haben sie statt dessen Historiker; und die kloppen sich dann darum, wie die Tradition aussieht. Sie balgen sich wie Köter um die Geschichte, als ob sie ein Haufen Knochen wäre.« Plötzlich lachte er laut auf. »Was sie ja auch ist.«

Martin lachte jetzt pflichtschuldig mit.

»Also, Martin, mein Junge, meine Nase sagt mir, daß wir bald eine Bildungsdebatte kriegen. Die Schulen sind schlecht, die Uni ist ein Misthaufen, die Standards sind im Eimer, und die Nobelpreise bleiben aus. Und was tut da ein Zeitungsmann mit Instinkt? Er verstärkt die bildungspolitische Redaktion. Und da kommst du ins Spiel.« Jetzt duzte er ihn also doch wieder. Ob das System hatte? Martin nahm sich vor, darauf in Zukunft zu achten. »Ich brauche einen Mann für die Uni – hier vor Ort, in Hamburg. Du bist dafür die ideale Besetzung.«

Martin wunderte sich. »Wieso ich?«

»Na, denk doch mal nach. Du bist älteres Semester, kennst dich also aus.« Er begann jetzt die Vorteile an den Fingern aufzuzählen. »Du hast noch kein Examen und kannst also wie ein richtiger Student auftreten. Andererseits willst du kein Examen mehr machen, also brauchst du auch nicht mehr zu büffeln, sondern kannst recherchieren. Und weil du kein Examen mehr machst, bist du auch nicht mehr unter – Druck, sondern unabhängig, distanziert, kritisch; und außerdem bist du aus Kamen.« Martin mußte grinsen.

Und was war mit diesen Riezler-Tagebüchern?

»Also, ich möchte, daß du weiterhin so tust, als studiertest du auf dein Examen zu. Wie ein Undercover-Agent, ein verdeckter Ermittler. Aber in Wirklichkeit recherchierst du. Und dein erstes Zielobjekt sind die Riezler-Tagebücher. Ich habe da ein Gerücht gehört, daß der Schäfer sie hat. Kennst du den?«

»Den Historiker Schäfer? Ja sicher, den kennt jeder.«

»Mach dich an ihn ran. Und sieh zu, was du rauskriegst. Oder was du sonst herausfindest in diesem Labyrinth. Jede Sensation ist willkommen, um diesen Laden auf Trab zu bringen.«

Martin stand auf. Er hatte das Gefühl, daß die Unterredung zu Ende war. Aber war er auch angestellt? Er wandte sich zum Gehen, als Bülhoffs Stimme ihn anhielt.

»Bring morgen gleich deine Papiere. Ich sag unten im Büro Bescheid. Und laß beim Rausgehen gleich deinen Presseausweis ausdrucken.« Er wühlte in seinen Hosentaschen. »Hier sind erst einmal ein paar Taxischeine. Brauchst du einen Vorschuß?«

Martin schüttelte den Kopf. »Danke, es reicht noch.« Bülhoff streckte die Hand aus: »Willkommen im Team, Kumpel aus Kamen.«

»Glückauf«, grinste Martin, »der Steiger kommt.«

»Mach Sachen«, grinste Bülhoff. »Und, Martin? Bring uns was Gutes.«

Eine Viertelstunde später verließ Martin leichtfüßig wie ein Balletänzer das Pressehaus und winkte ein Taxi herbei. Als er sich in den Fond zurücklehnte, betrachtete er zärtlich den Kunststoffpresseausweis in verschweißter Plastikfolie. Links oben war sein Foto eingeprägt, und in der Mitte war der Name Martin Sommer eingestanzt. Und quer über den Ausweis stand in Versalien DAS JOURNAL.

8

Nach seinem Luxuslunch gestern vertilgte Bernie die Tagesration der üblichen Ärgernisse in der Universität mit der Nonchalance eines spanischen Grande. Bernie der Überlegene. So machte es ihm auch nichts aus, als er eine Weile auf Alice Hopfenmüller im Historischen Seminar warten mußte, weil die Bibliotheksaufsicht, die sie ablösen sollte, zu spät kam. Und es machte ihm auch nichts aus, daß die Schranke vor seinem Parkplatz nicht aufging, weil irgendein Idiot seinen Schlüssel im Schloß abgebrochen hatte. Nahmen sie eben ein Taxi!

»Taxi!«

Sie hatten Glück. Normalerweise war im Gewühl des Campus selten ein Taxi zu sehen.

»Eppendorfer Kliniken bitte«, sagte Bernie, als sie eingestiegen waren. Die ganze Expedition war sowieso Unsinn und verschwendete Zeit. Er war deshalb eisern entschlossen, sich zurückzulehnen, um zu entspannen, als sie im Stoßverkehr steckenblieben. Der Fahrer, ein schnauzbärtiger Türke, drehte sich nach ihnen um und fragte:

»Sie schnell in Krankenhaus? Soll ich umdrehen und anderen Weg fahren?«

»Nein danke, wir haben Zeit«, sagte Bernie, und der Fahrer drehte sich um und begann, die Bild-Zeitung zu lesen.

»O wei, das kann dauern. Hams denn angerufen in der Klinik?«

»Ja, die erwarten uns. Müssen sie eben warten.«

»Ja, aber da hams der womöglich a Spritzn geben, daß sie verhandlungsfähig ist, und da kommen wir nicht. Ah wei, ich find dös ja so was von aufregend, ich war noch nie in so einer Narrenanstalt gwesn, Sie schon?«

Bernie bekam einen leichten Schock. Narrenanstalt! So einen Ausdruck für die Psychiatrie hatte er noch nie gehört. Alicens Bayrisch gab dem Wahnsinn noch einen zusätzlichen Touch ins Surrealistische. Plötzlich erlebte er wieder den optischen Quantensprung, bei dem er sich ruckartig von sich entfernte und mit Befremden in merkwürdigen Situationen wiederfand. Was tat er nur mit einem Türken und einer burschikosen Bayerin in einem Taxi unterwegs zur Psychiatrie, um eine durchgedrehte Studentin zu interviewen? War das sein Beruf? Warum machte er solche Sachen? Er mußte unvermittelt lachen. Alice und Bernie im Wunderland!

»Nein«, sagte er, »ich war auch noch nicht in der Psychiatrie.«

»Aber sie ham mir noch nicht derklärt, warum S' grad mich mitgenommen hamm.«

»Na, weil ein Zeuge bei dem Gespräch dabeisein muß, und weil es besser ist, daß das eine Frau ist.«

»Na, da schau her, da hat aber einer fei große Angst vor der Fraunbeauftragten, wie?«

Bernie lachte. Jeder hatte große Angst vor der Frauenbeauftragten, einschließlich der Frauenbeauftragten. Er überlegte. Konnte er Frau Hopfenmüller in alle Hintergründe einweihen? Nachdem er den Antrag von der Wagner noch ein weiteres Mal gelesen hatte, war ihm klargeworden, daß er ihn zumindestens dem Ausschuß vorlegen und dort behandeln lassen mußte. Daraufhin hatte er Schmale angerufen. Aber der war bereits informiert. »Mach, was die Wagner will, Bernie!« hatte er ihm geraten. Er hatte etwas belegt geklungen, und nach einigem Hin und Her hatte ihm Bernie die Hintergründe aus der Nase gezogen. Vertrauen gegen Vertrauen, dachte Bernie plötzlich, als er Alicens Knabenblick auf seinem Gesicht fühlte, sie hatte ihm darauf die Hand gegeben, also kann ich ihr auch weiter vertrauen. Der Taxifahrer warf plötzlich die Zeitung beiseite und nutzte eine Lücke im Verkehr zu einem längeren Spurt über mehrere Ampeln.

»Also, Sie haben hier ein Beispiel für den Hamburger Filz«, begann Bernie der Vielerfahrene. »Der mächtigste Mann in der Universität ist nicht der Präsident, sondern ein Wissenschaftlicher Angestellter namens Kurtz. Heribert Kurtz, genannt ›Sahib‹. In Wirklichkeit ist er ein capo di tutti capi.«

»Ein was?«

»Ein Pate der Mafia. Er leitet seit hundert Jahren eine ehrenwerte Gesellschaft, die sich ›Verein für Internationale Verständigung‹ nennt. Neben den Sprachkursen organisiert diese Gesellschaft auch luxuriöse internationale Treffen in südlichen Städten mit hohem Freizeitwert, und da werden dann alle wichtigen Leute der Bürgerschaft und des Senats von den Jets von Kurtz' Reisebüro hingeschafft und dürfen auf Staatskosten einige Wochen in Grandhotels Ferien machen. Zum Ausgleich sorgen sie immer wieder dafür, daß die Stadt den Verein für Internationale Verständigung mit gigantischen Summen subventioniert, die im Kulturetat als ›Ausländerförderung‹ versteckt werden.«

»Viel zuwenig Ausländerförderung«, bellte plötzlich der Taxifahrer und drehte sich um, »ich gehe zur Behörde, weil Stand mit Kebab aufmachen. Du kein Gewerbeschein, sagt Behörde. Warum? Befristete Aufenthaltsberechtigung. Na und, sag ich. Befristeter Kebabstand. Scheißbehörde!« schloß er und klatschte mit der flachen Hand auf den leeren Beifahrersitz mit der Bild-Zeitung.

Bernie war durch diesen Ausbruch etwas aus dem Tritt geraten und mußte sich wieder sammeln. »Also, dieser Kurtz hat alle entscheidenden Leute korrumpiert und kann sie deshalb alle erpressen. Aus irgendeinem finsteren Grunde beschließt er, der Frauenbeauftragten zu helfen, ruft den Fraktionsvorsitzenden Pietsch von der SPD an und bittet ihn um einen Gefallen. Der wiederum ruft unseren Präsidenten an und bittet ihn seinerseits um einen Gefallen, und der Präsident sagt seinem Persönlichen Referenten Schmale, er soll dem Professor Weskamp den Befehl geben, der Frauenbeauftragten doch den Gefallen zu tun und diese Verrückte nach dem Namen ihres sexuellen Belästigers zu fragen, damit die Feministinnen endlich einen Macho steinigen können.«

»Und der kleine Professor Weskamp ruft die noch kleinere Hopfenmüller Alice an und gibt ihr den Befehl, bei der Befragung das Protokoll zu führen«, beendete Alice die Geschichte.

»So ist es«, lachte Bernie. »Unsere Erzählung hat die Gegenwart erreicht, und der Knoten schürzt sich.«

»Ich bin Historikerin, da erreicht die Erzählung nie die Gegenwart.«

Alice wurde fast gegen Bernie geschleudert, als das Taxi jetzt in die Einfahrt zum Komplex der Eppendorfer Kliniken einbog und an der Pförtnerloge hielt. Bernie schraubte das Fenster hinunter.

»Zur Psychiatrie?« schrie er zum Pförtner hinüber.

Der kam eigens aus seinem Häuschen gehumpelt, beugte sich nieder, um im Auto nach den Fahrgästen zu sehen, und wedelte dann mit dem Arm.

»Immer nur links halten, dann sehen Sie schon. Es steht ein Schild dran.«

Alice erging sich in schauerlichen Visionen.

»Ich schwör's Ihnen, so wie der g'schaut hat, hat der mich für eine ghalten, die jetzt eingliefert werden soll.«

An der Klinikrampe zahlte Bernie das Taxi, half Alice beim Aussteigen und meldete sich dann am Empfang.

»Ich sag' Dr. Erdmann Bescheid. Warten Sie dort im Warteraum.«

Die junge Frau hinter der Glaswand zeigte mit ihrem Bleistift auf eine angelehnte Tür schräg gegenüber und griff nach dem Telefon. Das Wartezimmer war leer. Gott sei Dank war die reguläre Besuchszeit vorüber. Sie ließen sich zu beiden Seiten eines Ecktisches mit zerfledderten Zeitschriften nieder. Erst jetzt ging Bernie auf, daß der Verkehrsstau sie davor bewahrt hatte, mit einer Truppe von Psychotikern auf den Arzt zu warten. Beklommen ließ er seinen Blick über die häßlichen roten Sessel an der Wand schweifen.

»Ihr, die hier eintretet, laßt alle Hoffnung fahren!« murmelte er. »Dantes Überschrift über der Hölle«, setzte er erklärend für Alice hinzu, die von einer Zeitschrift aufblickte. Wahrscheinlich hatte sie ein Gemüt so robust wie ein Pferd, dachte Bernie. Er haßte Kliniken. Die sterile Funktionalität ließ die Temperatur seines Ich-Gefühls auf den Gefrierpunkt sinken. Hier war er ein Nichts, ein Staubkorn unterm Mikroskop von Dr. Mabuse. Ein Fall vielleicht, aber höchstens zur Konservierung in Formaldehyd. Kliniken waren so eingerichtet, daß sich nur Ärzte darin wohl fühlten. Ja, genau das war es! Neben dem furchtbaren Geruch war es die heitere Geschäftigkeit der Ärzte, die ihn so demoralisierte. Von außen kamen merkwürdig gurgelnde Geräusche. Ob sie hier die Irren vorbeiführten? Liefen die vielleicht frei herum? Wann kam denn endlich dieser Dr. Erdmann? Bernie fühlte einen schlechten Geschmack im Mund. Er mußte daran denken, wie sein Vater gestorben war – Darmkrebs. Er war einfach verhungert in der Klinik von Wandsbek. Achtundvierzig Jahre als Bahnwärter gearbeitet, und fünf Jahre in russischer Gefangenschaft, und dann in Wandsbek verhungert! Seine Mutter war wie versteinert, aber den betreuenden Arzt hatte offenbar nur interessiert, wo Bernie studierte. Er mußte sich ablenken.

»Haben Sie schon eine Wohnung in Hamburg gefunden?«
Alice wachte aus ihrer Zeitschriftenversunkenheit auf.

»Jo, da hab ich fei Glück g'habt. Also der Schäfer, der ist ja so a netter Mensch! Der kennt da so a Schauspielerin vom Ernst-Deutsch-Theater, deren Mann ist grad ausgezogen und will sich scheiden lassen. Na, und nun kann die Frau die Wohnung nicht mehr halten. Direkt in der Isestraße ist sie gelegen, mit einem Blick nach hinten auf den Isekanal. Das ist ja so was von chic!«

»Da haben Sie wirklich Glück gehabt«, bestätigte Bernie.

»An der Isestraße gehen sonst die Wohnungen alle unter der Hand weg.«

»Na, und was glauben's, was los ist, wie ich dahin komm, um die Wohnung zu besichtigen? Da steht die Feuerwehr vorm Haus und diese Schauspielerin steht oben auf dem Fensterbrett und will sich aus dem fünften Stock stürzen, weil ihr das Leben nichts mehr bietet, wo der Mann weg ist. Und im Zimmer hinter dem Fenster auf so einer kleinen Stehleiter steht ihr fünfjähriger Sohn und schreit ›Mami!‹ War das a Hetz, kann ich Ihnen sagen! Und oben auf der Leiter von der Feuerwehr redet der Feuerwehrmann auf die Frau ein, sie soll sich das überlegen mit dem Springen.«

»Mein Gott, und ist sie gesprungen?«

»Na, sie macht das jeden Tag, hat mir der Vermieter erzählt. Er glaubt, sie übt fürs Theater. Auf jeden Fall muß sie ausziehen, weil der Mann die Miete nicht mehr zahlt, und sie spielt nur Statisterie und verdient nix, und so hab ich eben die Wohnung. Erst hab ich noch dran gedacht, ob ich mit ihr teil, trotzdem daß dieser Bub vielleicht Krach macht, aber als ich dann ihren Auftritt gesehen habe, hab ich mir gesagt: Nix ist, statt daß ich eine Habilitation über die Sozialpolitik der deutschnationalen Volkspartei schreibe, sitze ich nachts und hör mir die Geschichten einer Verrückten an.«

Alicens Redefluß wurde von einem Mann im weißen Arztkittel unterbrochen, der eine hölzerne Schreibunterlage mit einem eingeklemmten Aufnahmebogen in der Hand hielt. Das mußte Dr. Erdmann sein. Er blickte Bernie fischig an. Mit medizinischer Arroganz übersah er Bernies ausgestreckte Hand und wandte sich an Frau Hopfenmüller.

»Wie heißt der Patient?« fragte er kalt.

»Eine Patientin!« verbesserte sie.

»Aha, eine Patientin. Wie heißt sie?«

»Barbara... wie hieß sie noch?« Alice machte eine hilflose Geste in Richtung Bernie. »Sie fragen besser... also Professor Weskamp sagt Ihnen am besten... er hat doch mit Ihnen telefoniert?«

»Aha, er hat telefoniert.«

Bernie sah erstaunt, daß sich Dr. Erdmann eine Notiz auf seinem Aufnahmebogen machte.

»Ja, ich habe mit Ihrer Sekretärin gesprochen«, übernahm Bernie jetzt das Kommando. »Leider sind wir im Stau steckengeblieben.«

Dr. Erdmann blickte auf seine Uhr.

»Es ist jetzt genau 16.58 Uhr«, sagte er vorwurfsvoll. O Gott, ein Pedant! dachte Bernie. »Ja, ich weiß«, entschuldigte er sich. »Aber es wird sich doch hoffentlich noch machen lassen, daß wir...« Er ließ den Satz in der Luft baumeln.

Dr. Erdmann klopfte mit dem Kugelschreiber auf die Schreibunterlage.

»Wir müssen hier ganz genau sein, pein-lich genau! Sonst funktioniert hier nichts! Da hängt viel von ab.« Er warf Bernie wieder einen fischigen Blick zu. »Wollen Sie sich künftig danach richten?«

»Ja sicher, aber...«

»Dann also der Name, bitte?«

»Clauditz.«

Erdmann schrieb den Namen auf.

»Vorname?«

»Barbara.«

Wieder der fischige Blick.

»Seit wann glauben Sie, daß Sie eine Frau sind?«

»Was?« Bernie hatte das Gefühl, plötzlich mit dem Fahrstuhl

nach unten zu fahren. Alice hielt sich die Hand vor den Mund und gab gurgelnde Geräusche von sich. Der Fahrstuhl kam langsam zum Stehen.

»Ich bin kein Patient. Ich möchte bei Ihnen eine Patientin besuchen, ihr Name ist Barbara Clauditz. Wir haben uns in Ihrem Büro für vier Uhr angemeldet. Nun sind wir leider etwas zu spät gekommen.«

Bernie hatte laut und energisch gesprochen. Da ging die Tür auf, und eine freundlich blickende junge Frau im weißen Kittel trat zu ihnen, legte ihre schmale Hand auf Dr. Erdmanns Arm und sagte in ruhigem Ton:

»Komm, geh, Doktor. Ich übernehme die Aufnahme. Im Fernsehen gibt es einen Chaplin-Film.«

Mit professionellem Schwung klemmte Dr. Erdmann seine Schreibunterlage unter den Arm, nickte, »Danke, Frau Kollegin«, drehte sich noch mal zu Bernie um. »Aber nächstes Mal sind Sie bitte pünktlich!« und ging gemessenen Schritts hinaus.

Die junge Ärztin lächelte und streckte ihre schmale Hand aus.

»Guten Tag, Professor Weskamp.«

Bernie mochte nicht glauben, was er gerade erlebt hatte.

»Sie sind Dr. Erdmann?« sagte er konsterniert.

Die Ärztin lachte. »Ja. Hat unser Doktor Sie in Verwirrung gestürzt? Er hält sich für einen Psychiater und schleicht sich immer zur Pforte, um die Aufnahme zu machen. Da glauben ihm die Leute noch. Chronisch schizophren, aber harmlos.«

»Mein Gott! Ich war kurz davor, mich selbst für einen Patienten zu halten.«

»Da sind Sie schon geheilt«, erwiderte Frau Dr. Erdmann und gab Alice die Hand. Bernie stellte sie vor.

»Wir wollen uns vielleicht kurz setzen, um den Ablauf des Gesprächs zu klären.« Als sie sich niedergelassen hatten, fuhr sie fort: »Ich habe doch richtig verstanden, sie untersuchen auf Antrag der Frauenbeauftragten Professor Wagner einen Fall von sexueller Nötigung, und Sie möchten Frau Clauditz nach dem Vorfall befragen?« Bernie nickte. »Ich kann also davon ausgehen, daß polizeiliche Ermittlungen noch nicht eingeleitet sind, denn dann brauchen wir eine richterliche Genehmigung.«

Bernie konnte sie beruhigen.

»Ja, bevor wir Näheres wissen, wollen wir die Sache nur auf der disziplinarrechtlichen Ebene behandeln. Jedenfalls wünscht das der Präsident«, fügte er hinzu. Nach dem gerade erlebten Absturz brauchte er etwas zusätzliche Respektabilität.

»Gut.« Dr. Erdmann blickte auf die Uhr. »Wir gehen jetzt gleich in das Besuchszimmer.« Sie wendete sich an Alice. »Werden Sie Notizen über das Gespräch machen?«

Alice sah Bernie an, und der übernahm die Antwort.

»Wir brauchen ein Protokoll für den Disziplinarausschuß.«

»Dann machen Sie Ihre Notizen vielleicht besser unauffällig. Wir wollen ja nicht den Eindruck eines Polizeiverhörs erwecken. Ich selbst werde nicht anwesend sein, bin aber in der Nähe, falls Sie mich brauchen. Sie müssen keine Angst haben, da passiert nichts. Es ist nur Vorschrift. Wenn ich wiederkomme und die Unterredung beende, dann diskutieren Sie bitte nicht mit mir, daß Sie noch ein paar Fragen stellen möchten.«

»Das klingt ja spannend.« Bernies Beklemmung stieg wieder.

»Ist es aber nicht. Wie alle Vorschriften sind auch die nur für alle Eventualitäten gedacht.«

»Machen Sie das mit allen Patienten so?«

»Nein, aber bei den Suizidgefährdeten. Barbara ist hochgradig suizidgefährdet. Deshalb steht sie jetzt unter Sedativa. Ach ja, und noch etwas: Beim Hinausgehen lassen Sie bitte keine Kugelschreiber oder spitzen Gegenstände liegen.«

»Sie hat versucht, Selbstmord zu begehen?« mischte sich Alice jetzt ein.

»Noch nicht, aber wenn sie es versucht, ist es vielleicht zu spät. Die Neigung zum Suizid kann man durch Tests ermitteln wie Blutzucker. Wußten Sie, daß Ungarn und Sachsen in weit überdurchschnittlichem Maße zu Selbstmord neigen?«

Das war ja hochinteressant! Bernie hatte mal etwas über Selbstmord in der französischen Tragödie verfassen wollen.

»Die haben das christliche Selbstmordverbot noch nicht internalisiert. Wußten Sie, daß erst Augustinus die Tabuisierung des Selbstmords ins Christentum eingeführt hat? Die Urchristen begingen massenweise Kollektivselbstmord, wie die Juden in Massada. Auch die Kreuzigung Christi wurde durchaus als Selbstmord verstanden. Die Renaissance hat dann die Selbstmörder...«

Aber Dr. Erdmann interessierte sich nicht dafür, was die Renaissance mit den Selbstmördern gemacht hatte. Sie stand auf und führte sie durch einen Gang in ein kahles Besucherzimmer. In der Mitte stand ein langer Tisch mit einer grauen Kunststoffplatte, der den Raum in zwei Hälften teilte. An den Wänden und zu beiden Seiten des Tisches standen ein paar Stühle. Durch ein kleines, hohes Fenster fiel scharf gebündeltes Licht und formte auf der Tischplatte ein schräg verzerrtes Karree. Dr. Erdmann verschwand, und Alice setzte sich auf den Stuhl direkt neben dem Eingang, während Bernie noch zögerte, ob er sich setzen sollte. Da ging auf der anderen Seite des Tisches die gegenüberliegende Tür auf, und Dr. Erdmann führte Barbara herein. Bernie betrachtete sie mit einer gewissen Befangenheit. Sie trug Jeans und einen weiten Pullover. Ihre dichten Haare waren zu einem Pferdeschwanz zusammengebunden. Sie hatte einen sinnlichen großen Mund, kräftige Hände und ein großflächiges Gesicht. Sicher gut für eine Schauspielerin, dachte Bernie. Aber ihre Augen konnte er fast nicht sehen, weil ihre Züge ganz verquollen waren. Hatte sie geweint? Oder war das die Wirkung der Medikamente? Als Dr. Erdmann sie vorstellte und den Zweck ihres Besuches erklärte, setzte sie sich gehorsam an den Tisch, faltete ihre Hände und wartete. Bernie setzte sich vorsichtig ihr gegenüber, nachdem die Ärztin sie allein gelassen hatte. »Frau Clauditz, glauben Sie mir, uns ist diese Unterredung ebenso peinlich wie Ihnen.«

Barbara sah ihn an. O Gott, hatte er jetzt schon alles verdorben, wenn er ihren Seelenschmerz als peinlich bezeichnete?

»Ich möchte, daß Sie genau verstehen, worum es sich handelt.«

»Ich weiß. Frau Erdmann hat es mir erklärt.« Ihre Stimme war voll und angenehm. Aber was konnte ihr Dr. Erdmann schon erklären? Er wollte ein säuberliches Protokoll haben, an dem die Wagner kein Haar mehr auszusetzen hatte. Ob sie durchdrehte, wenn er ihr widersprach?

»Uns ist klar, daß Sie das langweilen muß.« Wieso langweilen? Das war doch jetzt wirklich das falsche Wort! »Aber ich möchte Ihnen nochmals die Voraussetzungen klarmachen, unter denen dieses...« Was sollte er sagen? Interview? Befragung? Verhör? »... dieses Gespräch mit uns stattfindet. Die Frauenbeauftragte, Frau Professor Wagner, hat einen förmlichen Antrag an den Disziplinarausschuß der Universität gerichtet – und ich bin der Vorsitzende des Ausschusses...« Wie schrecklich sich das alles anhörte. Aber Bernie brach jetzt rücksichtslos weiter durchs Unterholz: »... und laut Aussage von Prof. Schell haben Sie erklärt, daß Sie das, was die von Ihnen gespielte Figur in dem Stück alles erdulden muß, – daß Sie das alles persönlich am eigenen Leibe von seiten eines Hochschullehrers dieser Universität auch haben erdulden müssen. Dabei handelt es sich um sexuelle Nötigung, Vergewaltigung...«

»Das war doch alles gelogen.« Barbara war aufgesprungen, hatte die Hände auf den Tisch gestützt und starrte ihn böse an.

»Bitte beruhigen Sie sich, Frau Clauditz, ich flehe Sie an.« Bernie flehte wirklich. Zögernd setzte sie sich wieder, indem sie einen Schuh auszog und das Bein unterschlug.

»Sie sagen, das war alles gelogen.« Barbara nickte. »Können Sie begründen, warum Sie damals gelogen haben? Immerhin war das eine ziemlich schwere Beschuldigung.«

»Aber ich habe doch niemanden beschuldigt«, schrie sie laut. Ihre Stimme eignete sich wirklich für die Bühne.

»So ganz kann man das nicht sagen. Sie haben einen Hochschullehrer dieser Universität beschuldigt.«

»Aber ich habe keinen Namen genannt«, sagte sie jetzt so leise, daß Bernie Mühe hatte, sie zu verstehen. Er schaute sie unschlüssig an. Das Ganze war ihm furchtbar unangenehm. Er wünschte sich eigentlich, daß die Frauenbeauftragte ins Leere taumelte. Er wollte gern mit dem Nachweis weggehen, daß an der Sache nichts dran war. Aber jetzt gewann er langsam den Eindruck, daß sie irgend etwas verschwieg. Sei's drum, seine Sache war es nicht, das herauszukriegen. Sollte sie doch alles verschweigen, je mehr, desto besser. Er hatte keine Lust, sich in solch einem stinkenden Fall herumzuwälzen. Müll war das, der übliche Müll.

»Ich komm noch mal auf die Frage von vorhin zurück. Können Sie begründen, warum Sie angeblich... ich meine, warum Sie gelogen haben?«

Barbara hatte sich wieder gefaßt und sprach jetzt ruhig und klar.

»Ich dachte, wenn ich das sage, dann bekomme ich die Rolle dieser Medea.«

»Aber Sie hatten sie ja schon.«

»Ja, sicher, aber dann war da plötzlich dieser Beifall, und ich dachte... wissen Sie, für einen Moment habe ich mir eingebildet, so etwas schon erlebt zu haben.«

Bernie lehnte sich angeekelt zurück.

»Für einen Moment?«

»Ja. Sie können das nicht verstehen, weil Sie nicht schauspielern. Aber das war so ein irres Gefühl, und ich hatte das gerade neu entdeckt in mir; ich war wiedergeboren worden! Richtig angetörnt war ich – ich bin nämlich eine Mondfrau –«

Sie brach plötzlich ab.

»Sie sind eine Mondfrau«, stellte Bernie fest, wie wenn er Alice einen Hinweis fürs Protokoll geben wollte. Barbara schwieg jetzt, als ob sie ihr ganzes Geld ausgegeben hätte.

»Aber...« Bernie nahm Anlauf für die heikelste Frage. Wie sollte man mit einer Irren über ihren Irrsinn reden? Er stocherte in den Reservoirs der Umschreibung nach Euphemismen. »Also... Tatsache ist doch, daß Sie... wie soll ich sagen... einen Nervenzusammenbruch hatten... der kann doch nur aufgrund der Traumatisierung... durch die, also die sexuelle Nötigung... oder die Vergewaltigung verursacht worden sein.«

»Sagt das die Brigitte?«

Bernie blickte sie verständnislos an.

»Frau Schell«, erklärte Barbara.

»Ja, Frau Schell. So hat sie sich sinngemäß gegenüber der Frauenbeauftragten geäußert.«

»Sie lügt auch.«

»Warum sollte sie das tun?« Bernie war jetzt wirklich verblüfft.

Barbara hatte sichtlich Mühe, die Frage zu beantworten. Sie blickte in alle Richtungen des Zimmers, stand dann auf, stellte sich hinter den Stuhl, packte die Lehne, knetete sie, ließ sie wieder los, bearbeitete ihre Finger, bis es schließlich aus ihr herausbrach:

»Durchgedreht bin ich, weil sie mir diese Rolle wieder weggenommen hat. Das war, das war so... das war so, wie wenn sie mir mein Kind weggenommen hätte, verstehen Sie, wie wenn sie mir mich selber weggenommen hätte, mein Leben, meinen Körper, meine Sinne, mein Gefühl – alles. Ich hatte plötzlich nichts mehr, gar nichts, und dafür hatte ich alles... alles aufgegeben. Das war so ein irrsinniger Verlust, und das war nun alles umsonst, so ein irrsinniges Verlustgefühl, wissen Sie? Das war so eine wahnsinnige Leere, und da bin ich dann nur noch reingefallen, und jetzt ist sowieso alles egal.«

In der bleiernen Stille, die diesem Ausbruch folgte, konnte man das Kratzen von Alicens Tintenkuli auf dem Papier hören. Barbara hob den Kopf, blickte hinüber zur Tür, wo Alice ihren Block auf den Knien bearbeitete. Als sie Barbaras Blick sah, hörte sie abrupt auf, schraubte den Tintenkuli zu und lächelte.

»Schreiben Sie etwa auf, was ich sage?« schrie sie. »Ist das etwa ein Verhör? Sie sind von der Polizei, oder? Sie haben mich reingelegt.«

Bernie war aufgestanden. »Nein, nein, wir sind nicht von der Polizei. Das sind nur ein paar Notizen als Gedächtnisstütze.«

»Ich sage kein Wort mehr. Ich will hier raus.« Und sie ging zur Tür. Aber da kam schon Dr. Erdmann.

»Sie haben mich reingelegt. Die sind von der Polizei!«

»Glaube mir, Barbara, die sind nicht von der Polizei, und wenn du nicht willst, mußt du auch nicht mit ihnen reden. Das war ganz freiwillig.« Sie wandte sich an Bernie. »So, das Gespräch ist jetzt zu Ende. Sie finden ja wohl allein hinaus. Ich rufe Sie dann an. Auf Wiedersehen.« Und sie führte Barbara zurück in das Innere der Klinik.

Allmählich wurde Alice Hopfenmüller klar, warum sie so angenehm von der Atmosphäre im Historischen Seminar überrascht worden war. Wie bei jedem Neuen, der noch nicht durch Bündnisse und Seilschaften vereinnahmt war, witterten alle Angehörigen des Instituts die Chance, die Macht ihres Bündnisses durch ein weiteres Mitglied zu vergrößern; also wurde Alice von einem nach dem anderen hofiert und umworben. Man überschlug sich geradezu mit Aufmerksamkeiten. Nicht nur, daß Schäfer ihr die Wohnung beschafft hatte, nein, man führte sie durch das Territorium des Instituts – wie Gallien war es in die drei Teile geteilt, in Alte Geschichte, Mediaevistik und Neue Geschichte. Man erklärte ihr geduldig die Stammessitten, zeigte ihr die akademischen Futterstellen und Tränkplätze in der Umgebung des Campus, erzählte ihr die Lokalmythen und weihte sie in die Mysterien der Stammesreligion der Hamburger Historiker ein. Es war einfach wunderbar. Alice wußte, daß das nicht dauern konnte. Daß eines Tages ihr Bündniswert verbraucht sein würde, weil sie sich dann entweder einer der Cliquen angeschlossen oder sich als bündnisunfähige Einzelgängerin erwiesen hatte. Aber solange es dauerte, war es wunderbar, und sie war entschlossen, es dauern zu lassen. Wie die große Elisabeth von England wollte sie ihre Jungfräulichkeit teuer verkaufen und am Ende womöglich behalten. Und so begriff sie, daß die Freundlichkeit, mit der die alteingesessenen Mitglieder des Instituts eine Neue wie sie behandelten, im direkten Verhältnis zu der Intensität stand, mit der sie sich gegenseitig haßten.

So war Alice auch nicht sonderlich überrascht, daß ihre Mitassistentin Sibylle Sinowatz sie mit konspirativer Miene abfing, als sie am Morgen nach ihrem Ausflug in die Psychiatrie den Fahrstuhl im 8. Stock des Hauptgebäudes verließ, wo das Historische Seminar untergebracht war. Alice war immer etwas verwirrt, wenn sie dort oben ankam. Sie hatte sich noch nicht an die schweinische Brutalität der Graffiti auf dem Hamburger Campus gewöhnt. Und besonders in diesem dicht bevölkerten Fahrstuhl zu fahren und zu wissen, daß all die respektablen Akademiker um sie herum dieselben abstoßenden Filzstiftfresken betrachteten, die mit ihren grotesk gezeichneten Genitalien und ihren Inschriften von infernalischer Hemmungslosigkeit jedem die Sprache verschlugen, war für sie jedesmal ein Erlebnis von abgründiger Absurdität.

Wie ein kleines gerupftes Huhn trippelte Sibylle eifrig vor ihr her zu ihrem Büro, schloß die Tür hinter Alice, drehte sich um und verkündete:

»Wußtest du, daß der Schäfer dich gestern den ganzen Nachmittag gesucht hat? Er war ganz aufgeregt. Weißt du, was er von dir will?«

»Nein, keine Ahnung.« Alice setzte sich gespannt auf die Ecke von Sibylles Schreibtisch, der fast gänzlich mit Karteikästen bedeckt war, die mit Exzerpten und Fußnoten zur Geschichte der deutschen Freikorps vollgestopft waren. Sibylles Spezialgebiet war der deutsche Militarismus, aber ihr eigentliches Engagement galt der Verteidigung der Rechte der Assistenten.

»Also, du kannst das nicht wissen, weil das bei euch in Bayern noch anders ist.« Sie sagte »Bayern«, als ob sie von Obervolta spräche. »Hier in Hamburg gibt's das nicht mehr, daß die Assistenten einem Professor zugeordnet sind. Das ist schon längst abgeschafft. Wir brauchen niemand mehr zuzuarbeiten. Der Schäfer hat dich also nicht herzubestellen. Der versucht es auszunutzen, daß du neu bist, und spielt sich als dein Chef auf. Außerdem wird er immer verrückter.«

»Woran arbeitet er eigentlich?« wollte Alice wissen.

»Ha, woran arbeitet er?« Sibylle hob ihre Arme wie zwei Flügel und trippelte einen kleinen Kreis. »Woran sie alle arbeiten, diese Hammel, an der Frage: ›Wem gehört die deutsche Geschichte?‹« Sie deutete durch die Wand auf einen imaginären Punkt im Gebäude. »Der Partei der rechtgläubigen Aufklärer auf der Innenseite des Ganges oder –« sie schwenkte den ausgestreckten Arm um 90 Grad – »den neokonservativen Sinnstiftern in patriotischer Absicht auf der rechten Seite hinter der Damentoilette?«

»Und wem gehört sie?« wollte Alice wissen.

»Das ist noch unentschieden. Die Aufklärer klagen die Sinnstifter an, sie hätten im Nato-Auftrag den Holocaust enttabuisiert und damit die deutschnationale Büchse der Pandora geöffnet. Und die Sinnstifter nennen die Aufklärer Motivschnüffler, manichäische Moralisten und Mandarine der Mythen. Schön, was? Da haben die Aufklärer nur ›Regierungsrevisionisten‹ entgegensetzen können.«

»Das klingt ja wie Wagner.« Alice mußte lachen.

»Die Konservativen sind eben immer etwas poetischer. Auf jeden Fall hat unser Weltbürgerkrieg neuerdings eine neue Eskalationsstufe erklommen, weil der Paulsen den Schäfer einen akademischen Legastheniker genannt hat.«

»Ich glaube, ich gehe jetzt mal hinüber zu ihm.« Bevor sie ging, knöpfte Sibylle ihr noch den obersten Knopf der Bluse zu.

»Zeig nicht zuviel Dekolleté!« sagte sie. »Sonst will er dich ständig sehen.«

Auf dem Weg zu Schäfers Büro kehrte Alice noch einmal auf der Damentoilette ein, um ihr Make-up zu überprüfen. Sie stand genau auf der Grenze zwischen Sinnstiftern und Aufklärern, schoß es ihr durch den Kopf, als sie sich im Spiegel betrachtete. Sie wußte nicht genau, warum sie Schäfer mochte, obwohl er sich etwas anmaßend benahm. Wahrscheinlich war es, weil er so klein war und dabei so wirkte wie ein tapferer Junge, der sich mit den Größeren herumprügelte. In einem Anfall genetischer Launenhaftigkeit hatte ihm nämlich das Schicksal nur ganz kurze Beine gegönnt und obendrein verhindert, daß er einen Hals entwickelte. So steckte Schäfers Kahlkopf in seinem Brustkorb wie in einem Eierbecher. Und wenn er einen seiner weiten Pullover anzog, verwandelte er sich in eine wandelnde Wand, über die er selber hinüberzugucken versuchte. Vielleicht war es dieses bizarre Äußere, das Schäfer zur Archivratte hatte werden lassen. Seine Spezialität war es, da noch weitere Quellen zu finden, wo andere schon aufgegeben hatten. In den Semesterferien verschwand er regelmäßig in den Katakomben der größeren europäischen Bibliotheken und Sammlungen. Alice hatte schon viele Insiderwitze gehört, die alle um die Vorstellung kreisten, Schäfer würde unbemerkt in den Archiven auch wohnen, weil die Bibliothekarin ihn nicht mehr von den Bücherwänden unterscheiden könnte, wenn er den Kopf einzog. Sie sah sich im Spiegel lächeln, als sie daran dachte.

Schäfer saß hinter seinem Schreibtisch, als sie sein Büro betrat.

»Da sind Sie ja endlich«, krähte er. »Kommen Sie, schauen Sie sich dies mal an.« Er streckte ihr ein paar Ausleihscheine entgegen, die die Studenten ausfüllen mußten, wenn sie übers Wochenende Bücher aus der Seminarbibliothek entliehen. Examenssemester oder Doktoranden durften sogar während der Woche ausleihen, weil man festgestellt hatte, daß dann viel weniger Bücher gestohlen wurden. Und wenn größerer Andrang herrschte, half die Bibliotheksaufsicht auch schon mal beim Ausfüllen der Leihzettel, weil es dann schneller ging. Schäfer sah Alice gespannt an, als sie die Leihscheine wie ein Blatt Pokerkarten spreizte.

»Das ist doch Ihre Schrift, habe ich recht?«

»Ja. Ich habe gestern die Bibliotheksaufsicht vertreten. Die sind ja ständig krank.«

Schäfer ging nicht auf die Implikation ein, daß Alice sich im Dienste des Seminars aufopferte, indem sie Sklavenarbeit unter ihrer Würde machte. »Fällt Ihnen an diesen Titeln etwas auf?«

Alice ging sie einzeln durch. Band 15 der Mitteilungen für Österreichische Geschichte, Band 110 der Blätter für Landesgeschichte, Band 48 der deutschen Geschichtsquellen, Fritz Fischer, *Griff nach der Weltmacht*, Karl Dietrich Erdmann, *War Guilt Reconsidered*...

Nein, ihr fiel nichts auf. Was sollte daran auffällig sein? Über den Rand seines Brustkorbs sah Schäfer sie lange und prüfend an. Dabei stülpte er seine wulstigen Lippen in einer unbewußten Grimasse rhythmisch nach außen und zerrte sie dann wieder in die Breite wie zwei feuchte Wienerle. Was hatte er nur? Hatte sie vielleicht einen Fehler gemacht?

»Wissen Sie, was Band 48 der deutschen Geschichtsquellen enthält?« Alice haßte diese Art Fragerei. Sie erinnerte sie an ihre Prüfungen, und Historiker sind unangenehme Prüfer, weil sie ständig nach irgendwelchen Quellen fragen. Und leider wußte Alice nicht, was Band 48 der deutschen Geschichtsquellen enthielt. Schäfer verschob den Kopf im Eierbecher seines Oberkörpers und flüsterte: »Die Riezler-Tagebücher.«

Na und, was sollte daran so geheimnisvoll sein? Jeder Zeithistoriker wußte, was mit den Riezler-Tagebüchern los war. Sie hatten ja im Kielwasser der Fischer-Kontroverse eine große Rolle gespielt. Bernd Sösemann hatte herausgefunden, daß Karl Dietrich Erdmann, der Kieler Herausgeber der Tagebücher, einen schweren Fehler begangen hatte, weil er nicht gemerkt hatte, daß das Tagebuch von 1914 nicht echt war. Natürlich war das eine gewaltige Blamage gewesen, aber seitdem hatte es neue Blamagen gegeben.

»Da leiht jemand die ganze Literatur zu Riezler aus.« Schäfer klopfte anklagend mit dem Knöchel auf die Ausleihscheine, die Alice wieder auf den Schreibtisch gelegt hatte. »Also schreibt er an irgendeiner Arbeit. Aber bei wem, möchte ich wissen, bei wem?«

Mit einem Arm, der viel zu lang für seinen kurzen Körper war, stieß er sich vom Schreibtisch ab und rollte auf seinem Bürostuhl nach hinten. Also das war es, was ihn beunruhigte. Er wußte nicht, welcher Kollege sich auf seinen Weidegründen tummelte. Da machte er sich wahrscheinlich ganz umsonst Sorgen. Alice erinnerte sich an den Studenten, der die Riezler-Sachen ausgeliehen hatte. Ein Witzbold, der zum Gaudi der Umstehenden eine kleine Kabarettnummer mit einer Imitation von Alicens Bayrisch zum besten gab. Sie nahm einen der Leihscheine auf und betrachtete den Namen des Entleihers.

»Martin Sommer«, las sie. »Kennen Sie den?«

»Nein, eben nicht«, klagte Schäfer. »Ich habe schon in der Studentenkartei nachgesehen. Er studiert Geschichte im Nebenfach.« Er hätte auch sagen können: ›Sie wollen doch wohl nicht annehmen, daß solche Schmalspurhistoriker bei mir studieren?‹ »Deshalb glaube ich ja, daß jemand von meinen Kollegen hinter dem Riezler-Thema her ist.«

»Das glaube ich nicht«, sagte Alice. Als Schäfer sie überrascht ansah, fuhr sie fort: »Ich hab mir natürlich seinen Studentenausweis zeigen lassen, und da hat er aus Versehen seinen Presseausweis gezeigt. Der recherchiert für irgendeinen Artikel.«

Ein elektrischer Schlag hätte Schäfer nicht stärker galvanisieren können. Er zuckte, stieß sich ruckartig vom Schreibtisch ab, geriet mit den Rollen seines Bürostuhls auf die Teppichkante, und während der fünfzehige Krallenfuß nach vorne ausglitt, krachte der Sitz in einem grotesken Durcheinander von Lehne, Armen und Beinen mit Schäfers Oberkörper zu Boden.

»Um Himmels willen.« Alice war aufgesprungen und klaubte Schäfer aus den Trümmern seines Bürostuhls. »Ham'S sich verletzt?« Es war ihr etwas schaurig, diesen kleinen Kerl mit seinem verstauchten Oberkörper zu berühren, aber er fühlte sich ganz hart und solide an. »Ham'S sich weh getan?« Sie hatte den Impuls, ihm über den Eierkopf zu streicheln und seine fleischfarbene Tonsur zu glätten, deren Haare sie jetzt erst bemerkte, als sie vom Kopf abstanden. Schäfer schaute wirr und benommen drein wie ein Kind, das von seiner Mutter gerade aus dem Teich gezogen wird, in den es gefallen ist. »Danke, danke. Ja, mir geht es gut, vielen Dank, sehr liebenswürdig. Nein, ich bin ganz intakt. Sollen wir uns vielleicht an den Sofatisch setzen, dort drüben? Es ist vielleicht sicherer für mich«, versuchte er tapfer zu scherzen, während Alice den Verdacht hatte, daß er sich irgendeinen Schmerz verkniff und weich sitzen wollte.

»Ich bin Ihnen eine Erklärung schuldig«, begann er, als sie sich gesetzt hatten. »Aber vorher müssen Sie mir versprechen, daß Sie das, was ich Ihnen jetzt sagen werde, absolut vertraulich behandeln. Versprechen Sie mir das?«

Alice war jetzt wirklich neugierig geworden. »Ich schwör«, sagte sie und hob spielerisch die Hand zur Parodie eines Schwurs. »Meine Lippen sind versiegelt.«

Schäfer kniff die Augen zusammen und blinzelte sie skeptisch an.

»Heiliges Ehrenwort«, fügte sie hinzu.

»Also gut.« Er gab sich einen Ruck und zögerte dann doch wieder. »Auch kein Wort gegenüber irgendeinem Kollegen! Auch nicht gegenüber der Sinowatz!«

»Versprochen.«

Das schien ihm endlich zu genügen.

»Ich habe die Tagebücher«, sagte er.

Sie verstand nicht gleich. Dann ging ihr ein Licht auf. »Ja meinen'S die Lücke von 1914, wo nachträglich dran rumgeflickt worden ist?«

»Ja, ich habe das Original.«

»Nein!«

»Doch.«

»Das war doch vernichtet.«

»War es eben nicht. Ich habe nie dran geglaubt. Und jetzt hab ich's gefunden.«

»Wo?«

Schäfer lächelte sie an.

»Da schweigt des Sängers Höflichkeit.« Er machte eine Pause. »Hören Sie, Alice«, warum benutzte er plötzlich ihren Vornamen? »kennen Sie sich in Editionstechnik aus?«

»Na, so das übliche«, entgegnete sie vorsichtig. Wollte er sie etwa an der Herausgabe beteiligen? Wenn die Tagebücher wirklich echt waren, würde sie das mit einem Schlag bekannt machen. Dafür würde sie ihre Sozialpolitik der deutschnationalen Volkspartei sofort fahren lassen. Wenn er sie da mitmachen ließe, wäre sie eine gemachte Frau. Tief in ihrem Inneren fühlte sie eine leichte Vibration, ein seismisches Beben, das einen Bruch in ihrem Dasein anzukündigen schien. Das Original der Riezler-Tagebücher herauszugeben, das würde sie zum Schiedsrichter in der Kriegsschulddebatte machen.

»Und was sagen die Tagebücher über die Kriegsschuld?« fragte sie.

»Ich mache Ihnen ein Angebot«, sagte Schäfer. Alice spürte, wie das Beben in ihrem Inneren stärker wurde. »Wenn Sie es annehmen, können Sie die Tagebücher selber einsehen. Wenn nicht, müßten Sie alles, was Sie heute gehört haben, vergessen. Also – ich will ehrlich zu Ihnen sein.« Er stand auf und begann im Büro auf und ab zu gehen. »Ich brauche Hilfe bei der Edition. Aber aus dem Seminar kann ich niemandem trauen. Sehen Sie, die Originaltagebücher sind sehr viel wert. Sowohl finanziell auf dem Medienmarkt als auch als wissenschaftliche Quelle. Da könnte jemand in Versuchung geraten. Aber nehmen Sie die Historiker in unserem Seminar«, er machte mit seinem langen Arm eine weit ausholende Geste. »Die meisten von ihnen sind damals übergeleitet worden. Keine andere Universität will sie haben. Von denen bekommt niemand je einen Ruf. Wenn aber jemand das Original-Riezler-Tagebuch entdeckt, könnte sich das ändern. Deshalb habe ich auch kontrolliert, wer die Sachen hier ausgeliehen hat. Aber das mit der Presse ist viel gefährlicher.«

»Meinen'S, die zahlen jedes Geld, um die Tagebücher selbst zu veröffentlichen?«

»Das wäre vielleicht noch nicht einmal so schlecht.« Er sagte das so schelmisch, als ob er daran dächte, diese Möglichkeit selbst auszunutzen. »Nein, wenn die Presse zu früh davon Wind kriegt, gibt es todsicher einen Disput über Veröffentlichungsrechte. Und dann können wir eine kritische Edition vielleicht gar nicht mehr machen. Deshalb bin ich so geheimniskrämerisch.«

Jetzt verstand Alice: Er hatte wirklich recht. Und sie hatte ihn für einen der üblichen akademischen Paranoiker gehalten.

»Hat denn jemand die Rechte?« fragte sie.

»Das ist eben nicht klar. Die Rechte an den bisher veröffentlichten Teilen hat eine Nichte in Bern. Aber auch diese Rechte sind nie gerichtlich überprüft worden.« Schäfer beendete seine Wanderungen und setzte sich wieder auf das Sofa.

»Ham'S die Tagebücher von ihr?«

»Um Himmels willen, nein. Die weiß gar nicht, daß sie noch existieren.«

»Und wo ham'S sie gefunden? Jetzt können's mir ja sagen.« Alice versuchte, verschwörerisch auszusehen.

Schäfer blickte sie an und machte wieder seine Lippengymnastik.

»In Moskau.«

»In Moskau?«

»Ja, da sind jetzt die großen Funde zu machen.« Und Alice lauschte mit atemloser Spannung, wie Schäfer von den Katakomben der Moskauer Archive erzählte, die zum ersten Mal ihre Tore öffneten, um Schätze freizugeben, von deren Existenz die Welt nicht einmal etwas ahnte. »Für uns Historiker brechen aufregende Zeiten an«, schloß er die Erzählung von der Odyssee bei der Suche nach den Tagebüchern. »Und da wird sich noch manch einer wundern, wie sehr er mit seinen bisherigen Urteilen danebenlag.«

Alice hatte das Fieber gepackt.

»Wie beim Fluch der Pharaonen«, sagte sie.

»Wie?« Schäfer blickte sie verständnislos an.

»Ach nix, a Trivialgeschichtn aus der Archäologie. Beim Öffnen von den Pharaonengräbern sollen irgendwelche fünftausendjährigen Bakterien über die Archäologen hergfallen sein.«

»Unsinn«, bellte Schäfer. »Übrigens, wo waren Sie eigentlich gestern nachmittag? Ich habe den ganzen Tag nach Ihnen herumtelefoniert, weil ich Sie nach diesem... wie heißt er noch...«, er blickte auf die Ausleihscheine, »... diesem Martin Sommer fragen wollte.«

»Ich war in der Psychiatrie.« Alice schien es fast, als ob das vor Wochen gewesen wäre.

»In der Psychiatrie?« Schäfer wunderte sich. »Was haben Sie denn da zu tun?«

Und Alice erzählte es ihm. Zu ihrer Verwunderung hörte er ihr sehr aufmerksam zu. Er wollte alles wissen und stellte so detaillierte Fragen, daß ihr zwischendurch der Gedanke kam, Schäfer selbst könnte der unbekannte Hochschullehrer sein, der Barbara sexuell erpreßt hatte. Aber dann schaute sie ihn an und verwarf den Gedanken wieder. Lächerlich! Doch nicht diese Archivratte! Der interessierte sich doch nur für Quellen. Als sie ihren Bericht beendet hatte, kam er unvermittelt auf diesen Sommer zurück.

»Hören Sie, am Montag muß er doch diese Bücher zurückbringen, stimmt's?« Und als sie nickte, fuhr er fort: »Können Sie es so einrichten, daß Sie wieder die Bibliotheksaufsicht führen, und wenn er kommt, schicken Sie ihn zu mir, geht das?«

Ja, sicher, Alice konnte es einrichten. Aber was hatte er vor?

»Spuren verwischen«, bellte Schäfer vergnügt, und sie sah, daß er einen Plan hatte.

»Oder a Spur legen?« sagte sie anzüglich.

Er kugelte seinen Kopf im Eierbecher seines Oberkörpers nach hinten und drehte in einer Geste gespielter Unschuld die Augen zur Decke. »Wir arbeiten zwar ab jetzt zusammen, aber Sie müssen nicht alles wissen.«

Doch sie wußte, daß er wußte, daß sie wußte, was er vorhatte.

Am Samstag abend stand Bernie vor seinem Spiegel und rasierte sich. Der Spiegel hing in seiner kleinen Junggesellenwohnung in Eppendorf, und Bernie bereitete sich auf einen Theaterabend mit Rebecca vor. Ein ehemaliger Student von Bernie war Regieassistent am Thalia-Theater und hatte ihm zwei billige Karten für zwei teure Plätze für Wilsons *Black Rider* besorgt. So hatte er kurzentschlossen im Büro des Justizsenators angerufen und gleich Rebecca an die Strippe gekriegt. Ja, sie ging gerne mit, hatte sie mit ihrer schmelzenden Telefonstimme so direkt in seine Ganglien geflüstert, daß die neuronalen Instant-Gewitter direkte priapische Ausschläge bewirkten. Das war ihm schon lange nicht passiert, dachte er, als er sich prüfend mit der Hand über die rasierte Wange fuhr. Ob er ein paar Kondome einstecken sollte? Besser ist besser. Er wühlte im Wandschränkchen neben dem Spiegel, da schrillte das Telefon. ›O nein‹, dachte Bernie, das war sicher ein Student, der einen Tip für ein Referat brauchte! Samstag abend war ihre Zeit, da trafen sich alle in der WG und steigerten sich in Rage über die mangelnden Informationen, die sie von ihren Profs erhielten. Er ließ es klingeln. Mal sehen, wer es länger aushielt. Er fand die Packung mit den Kondomen und steckte sie in die Hosentasche, nahm ein frisches Taschentuch aus der Kommode, sprühte sich etwas Eau de Toilette auf die Handgelenke und klappte das Innere der Schranktür auf, um eine Krawatte auszusuchen. Meine Güte, wer mochte da so hartnäckig klingeln? Ob es vielleicht etwas Dringendes war? Etwa seine Mutter?

Er griff zum Hörer. Am anderen Ende erscholl das metallische Singen der Kreissäge.

»Mein Gott, waren Sie in der Badewanne, daß Sie so lange nicht abgenommen haben?«

Die Frauenbeauftragte Ursula Wagner!

»Hallo, Frau Wagner, ich hab jetzt keine Zeit. Ich bin auf dem Sprung ins Theater.«

Er hätte das genausogut seinem Kleiderschrank mitteilen können. Sie ignorierte es einfach.

»Ich hab gestern den ganzen Tag versucht, Sie zu erreichen.«

»Ich hatte Prüfungen im Schulamt. Was gibt's denn so Dringendes?«

Im nächsten Moment verfluchte sich Bernie, daß er das gefragt hatte.

»Ich wollte mal hören, was sich bei dem Gespräch mit Barbara Clauditz ergeben hat.«

»Warten Sie den Bericht ab. Ich muß jetzt weg.«

»Na, kommen Sie schon, Weskamp, Sie können mir doch schnell sagen, wen sie benannt hat.«

Sie klang, als ob sie jemandes Blut saufen wollte. Die Femme fatale. Was hatte Bernie über die phallische Frau im französischen Film gelesen? Der Phall Wagner. Er konnte sich einfach die Befriedigung nicht versagen, sie zu enttäuschen.

»Sie hat niemanden benannt, Frau Wagner.«

»Nein?«

Bernie mußte grinsen. Sie klang wirklich enttäuscht. Das geschah ihr recht!

»Nein«, sagte er noch mal mit dem zufriedenen Gestus eines satten Sprechaktes. Die Wagner wir schließlich Linguistin.

»Sie haben nicht richtig gefragt.« Ebenfalls mehr eine Feststellung als eine Frage.

»Sie können es ja nachlesen.« Er mußte es ihr noch mal hinreiben. »Sie müssen sich schon damit abfinden, Frau Wagner, da ist nichts. Das Mädchen ist derangiert. Die hat die ganze Geschichte erfunden, um die Rolle zu kriegen, und erst als die Schell ihr die Rolle weggenommen hat, ist sie durchgedreht.«

»Sagt sie das?«

»Ja.«

»Und Sie glauben ihr das?«

»Ja, sicher.«

»Obwohl sie derangiert ist?« Bernie fühlte die Anfänge leichter Ungehaltenheit. Er hatte die Sache zum Abschluß gebracht, und damit basta! Sollte sie doch den Bericht abwarten.

»Weil es eben schlüssig ist. Diese Rolle war ihr furchtbar wichtig. Sie hätten sie sehen sollen, eine Hysterikerin reinsten Wassers. Die war nur scharf auf die Rolle.«

Das mit der Hysterikerin hätte er nicht sagen sollen. Das war Macho-Sprache, und sie führte sofort zum solidarischen Schulterschluß aller leidenden Frauen.

»Aha, aha«, schrie es am anderen Ende der Leitung. »Da haben wir's, das ist typisch, das ist genau wie bei den Polizeiverhören von Vergewaltigten! Immer wird erst unterstellt, daß die Frau sich alles einbildet. Oder sogar die Vergewaltigung provoziert hat. Mit so einer chauvinistischen Einstellung kann man doch so eine Befragung nicht machen. Ich werd dafür sorgen, daß das Mädchen noch mal befragt wird, von einer Frau.«

Wie froh war Bernie, die Hopfenmüller mitgenommen zu haben!

»Es war ja eine Frau dabei. Ein Mitglied des Disziplinarausschusses.«

Das nahm der Wagner für eine Sekunde die Luft weg. Damit hatte sie wohl nicht gerechnet.

»Kenne ich sie?«

»Weiß ich nicht.« Bernie zwang sie dazu, nachzufragen.

»Wie heißt sie?«

»Alice Hopfenmüller. Vom Historischen Seminar«, fügte Bernie hinzu. Die Frauenbeauftragte kannte sie nicht und ließ sich den Namen buchstabieren.

»Sie hat das Gespräch protokolliert. Aber um eins möchte ich Sie bitten, Frau Wagner: Belästigen Sie sie jetzt übers Wochenende nicht mit Anrufen! Sie soll unbeeinflußt den Bericht schreiben.«

»Es ist vielleicht besser, Sie erklären mir nicht, wie ich meinen Job machen und die Rechte der Frauen wahrnehmen soll.« Sie hatte ihre Metallstimme wieder etwas gesenkt und nagelte diesen Satz in den Telefonhörer.

»Was immer Sie tun«, sagte Bernie kühl, »dieser Fall ist jetzt abgeschlossen.«

Da legte sie wieder los: »Meinen Sie etwa, wir lassen einen Mann entscheiden, wann so ein Fall von sexueller Belästigung abgeschlossen ist und wann nicht? Die Zeiten sind vorbei, wo man das einfach vertuschen konnte. Dieser Fall ist erst abgeschlossen, wenn ich es sage«, fügte sie hinzu. »Sie können das nicht mehr nach Gutsherrenart machen.«

»Wollen Sie damit andeuten...?«

»Ich will gar nichts andeuten«, schnitt sie ihm das Wort ab. »Aber erst gibt Dr. Matte die Informationen nicht weiter, und dann kommen Sie mit diesem Märchen von der Hysterikerin, die sich alles einbildet... Das sind doch, weiß Gott, vertraute Muster...«

Bernie sah auf die Uhr. Oje, er mußte sich beeilen und war noch nicht mal ganz angezogen.

»Hören Sie, Frau Wagner, ich muß jetzt wirklich Schluß machen, sonst komme ich zu spät ins Theater. Warten Sie den Bericht in der nächsten Woche ab. Sie werden sehen, Frau Hopfenmüller wird das bestätigen, was ich gesagt habe. Einen schönen Abend wünsche ich noch.« Er legte auf. Gott sei Dank gab es auch Frauen wie Rebecca! Er wählte eine diskrete Krawatte, band sie um, zog sein Jackett über, schloß die Etagentür hinter sich und verließ das Haus, um sich in den abendlichen Lichtern der Großstadt zu verlieren.

9

Am Montag morgen fuhr Martin Sommer mit dem Fahrstuhl in den achten Stock des Hauptgebäudes der Universität. Er war deprimiert. Die euphorische Qualität seines Neuanfangs hatte sich beim Studium der Bücher verflüchtigt. Das war ja schlimmer als ein Hauptseminar in Geschichte! Er konnte überhaupt nicht begreifen, worum es da ging. Ein editorischer Grabenkrieg zwischen Pedanten und Federfuchsern, Archivratten und Fanatikern. Waren die Eintragungen Riezlers während der Julikrise nachträgliche Interpolationen, die das Originaltagebuch simulieren sollten, oder memoirenartige Erinnerungsblätter? Waren die Eintragungen im Berichtsstil oder im präsentischen Tagebuchstil geschrieben, wie stand es mit dem Papier und der Numerierung der Blätter? Wieso behauptete Erdmann, die Eintragungen enthielten eine Widerlegung der These von der deutschen Kriegsschuld, wenn Rothfels ihre Vernichtung mit der Begründung empfahl, sie bewiesen die deutsche Kriegsschuld? Martin hatte das ganze Wochenende mit dem Studium dieser Schriften verbracht und hatte keinen Schimmer, was Bülhoff da suchte. Aber vielleicht würde ja ein Interview mit Schäfer Licht in die Sache bringen. Schade nur, daß er nicht als Journalist auftreten konnte. Sich als Student da einzuschleichen war ihm eigentlich zuwider. Er wollte diese Rolle loswerden. Na ja, er war es ja nur noch zum Schein. Er mußte sich daran erinnern, daß er nur noch den Studenten spielte. Seine Miene hellte sich etwas auf, als er in die Bibliothek des Historischen Seminars trat. Ach, da war ja wieder diese knäbische Bayerin! Eine nette Person, eigentlich. Sie hatte seine Parodie neulich mit Humor genommen.

»Guten Morgen, Herr Sommer.«

Halt, woher kannte die seinen Namen? Ach ja, sie hatte ja die Ausleihscheine.

»Guten Morgen.« Er packte die Bücher auf den Tisch, und sie gab ihm die Leihscheine zurück.

»Herr Professor Schäfer möchte sie für einen Moment sprechen, Herr Sommer. Er erwartet Sie in seinem Büro. Sie können gleich reingehen. Lassen's die Bücher hier, ich stell sie schon zurück.«

Schäfer wollte ihn sprechen? Er wollte Schäfer sprechen! Was hatte das bloß zu bedeuten? Ach ja, er hatte ja mal einen Seminarschein nicht abgeholt, einfach weil er die Hausarbeit nicht abgeliefert hatte. Ob er sich daran noch erinnerte? Martin hatte wieder dieses ungute Gefühl.

»Gleich soll ich da rein gehen?«

»Ja, er erwartet Sie.«

Schäfer war aufgeräumt und leutselig. Er saß auf dem Sofa und wies mit seinem langen Arm auf den Besuchersessel.

»Ah, Herr Sommer. Nehmen Sie Platz, nehmen Sie Platz. Ich danke Ihnen, daß Sie ein paar Minuten für mich freimachen können. Ich hoffe, ich bringe Ihren Tagesplan nicht allzusehr durcheinander?« Martin setzte sich. Nette Type, eigentlich, wenn er so redete.

»Möchten Sie etwas Kaffee? Er ist noch heiß – und hier sind Milch und Zucker.«

Mit jedem Schluck hob sich Martins Wohlgefühl.

»Eigentlich wollte ich auch zu Ihnen, Herr Professor.«

»Tatsächlich? Warum?« Er schaute Martin neugierig an und stülpte seinen Schmollmund nach außen. Ja, was sollte er sagen? Sollte er mit der Tür ins Haus fallen und zugeben, daß er hinter den Riezler-Tagebüchern her war? Wie machten die richtigen Rechercheure das? Halt, er durfte nicht vergessen, daß er ja als Student auftrat.

»Ich dachte, ich wollte mal mit Ihnen über ein Referatsthema für das nächste Hauptseminar sprechen.«

»Und da haben Sie an die Riezler-Tagebücher gedacht?«

Ein Schuß hätte ihn nicht stärker überraschen können. Woher wußte der Schäfer das?

»Ja... ähhh, ja an so was Ähnliches hatte ich eigentlich gedacht.«

»Und da haben Sie sich erst einmal einen Forschungsüberblick verschafft, sehr gut, sehr gut!« Schäfer lächelte ihn an. Also daher wußte er, auf welches Thema er loswollte. Er hatte mitgekriegt, was er sich ausgeliehen hatte. Wahrscheinlich zählte er jeden Tag die Bücher nach, alle 68000 Bände, ob abends nicht eins fehlte.

»Und?« fragte Schäfer. »Zu welchem Ergebnis sind Sie gekommen? Was möchten Sie da bearbeiten?«

»Mich interessiert die Zeit um die Julikrise.«

»Ja?« Schäfer blickte ihn erwartungsvoll an. Was sollte er sagen? Er konnte doch nicht damit rausplatzen, daß er die Originaltagebücher suchte. Aber warum eigentlich nicht? Wenn Schäfer sie hatte, blieb ihm ja sowieso nur die Möglichkeit, ihn dazu zu bringen, es zuzugeben. Schließlich konnte er nicht bei ihm einbrechen. Er mußte einfach auf den Busch klopfen.

»Da gab es doch dieses Problem, daß Riezler die Originaltagebücher vernichtet und durch einen nachträglichen Erzählbericht ersetzt hat.«

»Richtig.« Schäfer nickte. Als nichts hinterherkam, sagte er: »Na und?«

»Also, wo ist das Original, ist die Frage.« So, jetzt war es heraus. Schäfer blickte immer noch stumm in seine Richtung.

»Und darüber wollen Sie arbeiten?«

»Ja.«

»Und wie stellen Sie sich das vor? Wollen Sie in die Archive von Zürich und New York reisen? Wollen Sie etwa nach Princeton fahren oder ins British Museum nach London?«

»Nein, ich dachte, Sie könnten mir vielleicht einen Hinweis...« Er ließ den Satz unvollendet hängen.

Schäfer stand auf und trat ans Fenster. War das das Zeichen zum Aufbruch? Hatte er sich unmöglich gemacht oder etwas Dämliches gesagt? Schäfer konnte recht abrupt sein, wie er aus dem Proseminar wußte. Befangen sah er sich im Büro um. Die Wände waren voller Bücherborde, die Bücherborde waren voller Bücher, und die Bücher waren voller Zettel. Aus jedem Buch ragte ein Blumenstrauß von Zetteln. Wenn Martin so etwas sah, wurde ihm elend zumute. Diese Zettel waren Verkehrsschilder auf der Straße seiner Niederlage. Da wandte sich Schäfer plötzlich um und sah ihn an.

»Herr Sommer, das muß ich Ihnen lassen, Sie sind ein exzellenter Schauspieler.«

Was? Was meinte er damit? Was hatte er jetzt wieder vor? Langsam wurde dieser groteske Gnom ihm unheimlich.

»Wie meinen Sie das, Herr Professor?«

»Nun, wir wollen uns doch nichts weiter vormachen, Herr Sommer. Sie sind ein cleverer Journalist, der hinter den Riezler-Tagebüchern her ist. Und deshalb spielen Sie hier den unbedarften Studenten.«

Martin fühlte, wie ihm ein Gewicht von der Brust gehoben wurde. Seine Verblüffung versank in einem Ozean von Erleichterung. Endlich konnte er sein wahres Ich wieder zeigen. Es zeigte sich ja offenbar schon von selbst. Er war nun einmal kein Student, er war ein Journalist.

»Dann habe ich ja doch nicht so gut gespielt.«

»Täuschend ähnlich, ganz ausgezeichnet«, widersprach Schäfer. »Und glauben Sie mir, Herr Sommer, ich weiß, was ein unbedarfter Student ist.«

Beide mußten lachen.

»Aber sehen Sie«, fuhr er fort, »ich weiß auch, was ein cleverer Journalist ist. Und Sie sind nicht der erste, der hier auftaucht, um nach den Riezler-Tagebüchern zu suchen.«

»Nein?« Martin war erneut aus der Bahn geworfen. Er mußte sich angewöhnen, ein Pokerface zu bewahren. Nur nicht erschüttern lassen. Er versuchte, durch mimische Kommentierung seinem erstaunten Ausruf nachträglich die Bedeutung ironischer Antizipation zu geben, so als ob er gesagt hätte: ›Na, das ist doch klar, daß ich nicht der einzige bin.‹

»Nein«, bestätigte Schäfer, »denn die Gerüchte laufen wieder um. In regelmäßigen Abständen wird der Medienmarkt von dem Gerücht überflutet, es gäbe sensationelle Tagebücher aus der deutschen Vergangenheit. Sie werden bewußt gestreut, diese Gerüchte, von einschlägigen Fälscherwerkstätten, die neue Produkte unters Volk bringen wollen. Immerhin werden sie ja nicht schlecht bezahlt, wie man an einem der letzten Fälle dieser Art sehen konnte.«

»Sie meinen die gefälschten Hitler-Tagebücher?«

Schäfer nickte. »Ich war da als Gutachter tätig. Man konnte gleich sehen, daß es sich um eine Fälschung handelte. Aber meinen sie, die Leute vom bewußten Magazin hätten sich das sagen lassen? Die wollten einfach an die Echtheit glauben. Das Ergebnis kennen Sie ja. Ein gigantischer Schtonk, der Scharen von Journalistenkarrieren beendet hat. Zu Recht, wie ich finde.«

Martin lief ein Schauer über den Rücken. In welche Falle hätte er hier taumeln können! Seine Karriere wäre beendet gewesen, bevor sie begonnen hätte! Schäfer sah aus wie ein verwachsener Nero, der den Daumen senkte. Entnervt fuhr Martin zusammen. Durch irgendeinen Lautsprecher ertönte plötzlich eine krachende Stimme: »Achtung, Achtung! Dies ist eine Durchsage des Hausmeisters. Uns ist eine Feuerwarnung durchgegeben worden. Ich wiederhole – eine Feuerwarnung ist uns durchgegeben worden. Alle werden gebeten, das Gebäude unverzüglich zu verlassen. Bitte vermeiden Sie jede Panik. Es besteht kein Anlaß zu einer Panik. Benutzen Sie bitte nicht die Aufzüge. Ich wiederhole: Benutzen Sie nicht die Aufzüge! Gehen Sie die Treppen hinunter. Verlassen Sie das Gebäude durch den Haupteingang und die beiden Notausgänge auf der Rückseite!« Der Lautsprecher wurde abgestellt und hinterließ eine tödliche Stille. Dann hörte man von überall her gedämpftes Türenschlagen und vielfüßiges Getrappel.

»Wenn die Herausgeber einer Zeitung einen Knüller wittern, verlieren sie jede Kritikfähigkeit. Und eben das machen sich die Fälscher zunutze. Sie glauben ja gar nicht, was da für Talente am Werk sind.«

Ja, wollte denn dieser Schäfer nicht das Gebäude verlassen? Schließlich brannte irgendwo ein Feuer. Sollten sie hier verbrennen? Martin blickte verzweifelt auf die Tür.

»Müssen wir denn nicht …?«

Schäfer sah ihn verständnislos an. Dann erhellte sich seine Miene. »Ach, Sie meinen den Feueralarm?« Er verdrehte seinen runden Kopf in seiner Halsmulde und warf die langen Arme in der Andeutung eines resignierten Martyriums in die Luft. »Achten Sie nicht darauf, das gibt's alle paar Tage. Es hat nichts weiter zu bedeuten. Irgendein Defekt im System.«

Martin war da nicht so sicher. Hatten sie nicht neulich das Gebäude der Psychologen in die Luft gesprengt? Aber er konnte als abgebrühter Journalist doch nicht feiger wirken als dieser Gnom. Er bekämpfte die Regung von Panik und zwang sich, zuzuhören.

»... ist auch für die Historiker eine große Irritation, weil durch die Leichtgläubigkeit der Medien eine Flut von Fälschungen entsteht. Aber das endet jedesmal in einem Fiasko, weil es dann schließlich doch herauskommt. Und vor solch einem Fiasko wollte ich Sie bewahren. Deshalb habe ich Sie zu mir gebeten.«

Martin hatte sich wieder gefaßt.

»Ja aber, warum wollen Sie mich davor bewahren? Sie kennen mich doch gar nicht. Was haben Sie für ein Interesse daran?«

»Können Sie das nicht verstehen?«

Meinte er etwa Edelmut? Sollte er ihm abnehmen, er machte das aus Menschenliebe, unterstellte er ihm, daß er das auch für selbstverständlich hielt? Begeh eine gute Tat, wo du die Möglichkeit dazu siehst? Meinte er das?

»Na ja, vielleicht Altruismus«, sagte Martin.

Schäfer lachte. »Ich danke Ihnen für Ihre gute Meinung von mir. Nein, stellen Sie sich doch mal vor, Sie sitzen da wieder so einem Fälscher auf, und Ihre Zeitung druckt das Zeugs. Dann werden Sie als Finder doch groß herausgestellt. Na, und wenn dann die Sache platzt, fragt jeder, wer war denn dieser Schafskopf? Und was wird man da sagen? Man wird sagen, ein gelernter Historiker! Ein Schüler von Schäfer aus Hamburg. Dieser Trottel, wird es heißen, hat bei Schäfer in Hamburg studiert. Und meine Kollegen in München und Heidelberg und Freiburg erheben ein lautes Gelächter. Damit ich dieses Gelächter nicht zu hören kriege, damit dieses Gelächter mich nicht in meine Träume verfolgt, deshalb habe ich Sie davor bewahrt, in dem Sumpf zu ersaufen, in den Sie sich gerade stürzen wollten. Nein, es ist kein Altruismus, also danken Sie mir nicht.«

Das tat es. Wenn Martin bis jetzt noch Zweifel an Schäfers Absichten gehegt hatte, der Verweis auf seinen Egoismus hatte sie alle ausgeräumt. Wer so schonungslos auf sein Interesse als einzige Quelle seiner Motive verwies, der konnte nur die Wahrheit sagen. Es war Martins Glaube an das Schlechte im Menschen, der ihn von Schäfers Ehrlichkeit überzeugte.

»Ich danke Ihnen trotzdem.«

»Gut«, sagte Schäfer zu Martins Überraschung. »Dann will ich mir auch Ihre Dankbarkeit verdienen.« Er machte eine Pause. Draußen hörte man noch immer gedämpftes Getrappel von Hunderten von Menschen, die die Treppen hinunterliefen, ein leichtes Brausen wie ein entfernter Wasserfall. »Schauen Sie«, Schäfer war wieder ans Fenster getreten und guckte nach unten, »da unten stehen sie alle und gucken zu uns herauf. Sie warten auf irgendeine Katastrophe, die nicht kommt, und gleich traben sie enttäuscht zurück.« Martin war ebenfalls ans Fenster getreten und guckte nach unten. »Treten Sie um Himmels willen zurück, sonst sieht man Sie und holt uns hier raus.« Schäfer schob ihn mit sanfter Gewalt ins Büro zurück. »Ich bin zu klein, mich kann man von unten nicht sehen.« Sie setzten sich wieder.

»Also, ich wüßte etwas, worüber es sich wirklich lohnte zu schreiben.«

Martin horchte auf. Der Journalist in ihm erwachte wieder. Hatte er doch noch was in Reserve?

»Wären Sie interessiert?«

Und ob er das war! Aber mußte er nicht cool bleiben, mußte er als Profi nicht so tun, als sei er nur mäßig interessiert, damit die Informanten ihre Information nicht einschätzen konnten?

»Ich muß erst mal hören, was es ist. Und dann muß ich meine Redaktion fragen.«

»Es geht um einen Fall von sexueller Nötigung, Unzucht mit Abhängigen zwischen Professor und Studentin.«

Martin war baff. Das erzählte ihm ein Prof? Und er hatte immer gedacht, da hackte eine Krähe der anderen kein Auge aus! Sexuelle Nötigung? Welch ein saftiges Thema für die Uni! Das war doch etwas! Und war das Thema nicht ganz heiß und brandaktuell? Das war wirklich etwas Würzigeres als dieses staubige Editionsproblem. Was hatte er gesagt, er müßte seine Redaktion anrufen? Gut, warum tat er es nicht, das sah professionell aus.

»Darf ich mal Ihr Telefon benutzen?«

»Bitte. Aber wenn Sie aus dem Behördennetz rauswollen, müssen Sie die Null vorwählen.«

Martin ging zum Schreibtisch und wählte.

»Hier Martin Sommer. Kann ich mal den Chef sprechen?« Er hatte inzwischen schon mitgekriegt, daß alle vom Team den Chefredakteur Bülhoff nur »den Chef« nannten. »Hallo, Chef, hier ist Martin aus Kamen.« Damit entging er der Gefahr, stundenlang erklären zu müssen, wer er war, falls Bülhoff seinen Namen vergessen hatte, und zugleich klang es nach altem Insiderslang. »Also, ich bin hier bei Professor Schäfer in der Uni, und an der Sache ist nichts dran. Schtonk, sagt Professor Schäfer. Ja, Gerüchte und Fälschungen. Wir sollten die Finger davon lassen. Ja, ich glaube ihm.« Er sah zu Schäfer hinüber – ein wunderbares Gefühl, am Telefon Urteile über seinen Professor abgeben zu dürfen. Er glaubte ihm. Er könnte ihm auch nicht glauben. Schäfer schien ihn dankbar anzusehen, weil er ihm glaubte. »Aber ich bin da auf etwas anderes gestoßen.« Daß Schäfer es ihm auf dem Tablett serviert hatte, ließ er weg. »Sind wir an einem Fall sexueller Belästigung interessiert? Professor nötigt Studentin zur Unzucht und so was? Sind wir? Wenn eine Story drin ist. Sicher werd ich das alles chekken. Ist ja klar. Okay, dann kann's losgehen. Wiedersehen, Chef.« Er legte auf. So sah das Leben der Journalisten aus. Jetzt erst fing sein Arbeitsalltag an. Er setzte sich wieder. »Können Sie mir vielleicht Näheres über den Fall erzählen? Mit Namen und Positionen und so?«

Er holte einen Notizblock hervor und schaute Schäfer erwartungsvoll an. Schäfer räusperte sich.

»Also, ich gebe Ihnen die Fakten in großen Zügen, so wie ich sie gestern von meiner Mitarbeiterin gehört habe. Die näheren Umstände und die Details müssen Sie sich von ihr selbst erzählen lassen. Das ist Frau Dr. Hopfenmüller. Sie kennen sie. Bei ihr haben Sie Ihre Bücher ausgeliehen, und sie hat Sie heut morgen zu mir geschickt. Die junge Frau mit der Pagenfrisur.«

Martin wußte, wen er meinte. »Mit dem bayrischen Akzent?«

»Richtig«, bestätigte Schäfer. »Die kann Ihnen den ganzen Fall genau erzählen. Sie hat die junge Frau gesprochen. Also, es geht um eine Studentin, die von ihrem Professor vergewaltigt und sexuell genötigt wurde. Als sie im Studiengang Sprechtheaterregie und Schauspiel eine Figur spielen sollte, der etwas Ähnliches passiert war, brach sie zusammen. Und so kam die Sache heraus.«

»Wo kann ich die Studentin jetzt finden?«

»In der Psychiatrie, soweit ich weiß.«

»Wow!« rief Martin. Das war der Stoff, aus dem die Sensationen sind.

»Passen Sie auf«, sagte Schäfer, als er Martin mit seinem Notizblock hantieren sah. »Am besten gebe ich Ihnen ein Vorlesungsverzeichnis, da haben Sie alle wichtigen Namen und Telefonnummern. Ich unterstreiche Ihnen mal hier, was Sie brauchen. Das ist zunächst mal Frau Professor Schell vom Studiengang Schauspiel etc., dann müssen Sie mit Herrn Professor Weskamp sprechen, der ist der Vorsitzende des Disziplinarausschusses, der sich mit dem Fall befaßt, und dies hier« – er strich einen weiteren Namen an – »ist Frau Professor Wagner, die Frauenbeauftragte. Das sind die Leute, die Sie ansprechen müssen. Aber Frau Dr. Hopfenmüller kann Ihnen vielleicht noch mehr Namen nennen. Nehmen Sie das Vorlesungsverzeichnis mit, ich habe noch mehr.«

Sie hatten sich erhoben, und Martin wollte gerade seine Hand ausstrecken, da ertönte wieder dieser nervenzerfetzende Lautsprecher.

»Achtung, Achtung! Hier spricht der Hausmeister! Alle Bediensteten können das Gebäude wieder betreten. Es war falscher Alarm. Ich wiederhole: Es war falscher Alarm!«

Als er geendet hatte, schmunzelte Schäfer verschmitzt. »Wen redet er denn an, wenn alle Leute das Gebäude verlassen haben?«

»Haben aber nicht alle«, entgegnete Martin.

Sie lachten sich an wie zwei Jungs, denen ein Streich gelungen war. Martin wandte sich zum Gehen. »Und noch was«, hörte er Schäfer sagen. Er drehte sich in der Tür noch einmal um. »Sie müssen sich mit der Geschichte beeilen, bevor sie vielleicht begraben wird.«

»Warum begraben?«

»Na, haben Sie schon einmal gehört, daß aus der Universität so etwas bekannt geworden wäre? Diesen Sumpf auszuleuchten, das schafft nur ein cleverer Journalist!«

Martin hob den Daumen wie zur Bestätigung, daß man sich auf ihn verlassen könnte, und begab sich auf den Weg zu Frau Dr. Hopfenmüller. Er wußte, in diesem Moment hatte seine Karriere als Journalist wirklich begonnen.

Am Montag, nachmittags von 16 bis 17 Uhr, hielt Bernie seine Sprechstunde ab. Geduldig warteten auf dem trübe beleuchteten Flur vor seinem Büro zehn bis zwanzig Studenten. Da es keine Stühle und Bänke gab, hockten sie wie Indios mit dem Rücken an die Wand gelehnt auf dem Fußboden, starrten vor sich hin und rauchten. Die meisten von ihnen wollten sich von Bernie bei ihren Hausarbeiten beraten lassen. In diesem Semester gab Bernie eine Einführung in das Studium der französischen Literatur und ein Hauptseminar über den französischen Roman von Flaubert bis Zola. Damit war sein Deputat bereits erschöpft. Als nach der Explosion der Hochschulen die Kultusminister überall das Lehrdeputat der Professoren von sechs auf acht Stunden angehoben hatten, hatten die Hamburger Reformer im Gegenzug die Stundenzahl für jede einzelne Lehrveranstaltung von zwei auf drei, vier oder fünf Stunden erhöht. So konnte man mit einem dreistündigen Hauptseminar und einem fünfstündigen Einführungskurs wieder das ganze Deputat abdecken, ohne dabei mehr tun zu müssen, denn die zusätzlichen Stunden wurden der Gruppenarbeit gewidmet und fanden unter der Leitung von Tutoren statt. Das hatte den Vorteil, daß man das Ganze auch noch als hochschuldidaktische Reform feiern konnte. Andererseits hatten die Tutorien aber nachträglich durchaus ihren Sinn bewiesen, denn die Studenten waren so schlecht geworden, daß man ihnen keine intellektuelle Anstrengung mehr zumuten konnte, wenn man sie nicht durch flankierende Maßnahmen sozialtherapeutischer Art abgesichert hatte. Und in solche Maßnahmen hatten sich langsam auch die Sprechstunden verwandelt. Neben der fachlichen Beratung spendete Bernie vor allem Lebenshilfe. Das ergab sich schon daraus, daß die Studenten ständig ihre Biographien erzählten, um zu begründen, warum sie ein Referat nicht geschrieben und eine Magisterarbeit abgebrochen hatten. Der Menschheit ganzer Jammer rührte ihn da an. Väter, die ihre Söhne verließen, Mütter, die Töchter nicht verstanden, Geschwister, die die erste Geige spielen wollten, Eltern, die ihren Sprößlingen keine Arbeitshaltungen vermittelten – sie alle setzten ihren unheilvollen Einfluß tief in die Magisterarbeiten ihrer Opfer fort und wirkten dort in Form lähmender Spätschäden. Alles konnte da von Übel sein. Zu große Strenge und zu große Milde, Erziehung zur Pflicht und Erziehung zur Pflichtvergessenheit, Freiheit und Zwang, Maßstablosigkeit und zu strikte Maßstäbe. Nichts Harmloses und Folgenloses gab es da mehr. Und so hörte sich Bernie gerade die jammervolle Geschichte eines großen bärtigen Menschen mit dem gewaltigen Schädel eines Stieres an. Sein Vater habe ihm als Jungen mit dem Krocketschläger einen Schlag auf den Kopf versetzt, was zu unguten Spätfolgen in Form periodischer Denkstörungen führte. Bernie saß hinter dem Schreibtisch und empfand ein gewisses Verständnis für diesen brutalen Vater. Das hielt den Stierköpfigen nicht davon ab, den Schreibtisch zu umrunden, um an Bernies eigenem Kopf zu demonstrieren, wo ihn der Schlag des Vaters getroffen hatte. Seine Faust schwebte schon über Bernies Scheitel, als die Tür aufging und das Gesicht der Traktoristin erschien.

»Oh, Entschuldigung! Ich hatte vergessen, daß Sie Sprechstunde haben.«

Sie zog den Kopf wieder zurück und verschloß die Tür. Was mußte sie wohl gedacht haben, was sie hier trieben, überlegte Bernie. Immerhin hatte sie den Stierköpfigen abgelenkt. Unter dem offensichtlichen Einfluß einer Denkstörung trottete er grußlos nach draußen. Bernie folgte ihm auf den dunklen Gang. Er ließ seinen Blick über die Reihen der fatalistischen Indios schweifen und überlegte, ob er wieder die Zeit überziehen mußte. Da wurde unmittelbar neben ihm die Tür der Herrentoilette von innen mit Schwung aufgestoßen, und ein Schwuler betrat den Gang im Vollgefühl körperlicher Ausdrucksstärke. Alle Studentinnen sahen ihm nach, wie er erhobenen Hauptes zum Fahrstuhl ging und mit einer flamboyanten Geste auf den Knopf drückte, als wollte er sagen: ›Ihr werdet sehen, selbst der Fahrstuhl mag mich!‹

»Die nächste, bitte.«

Bernie sagte »die nächste«, weil er nur noch Studentinnen sah.

Eine schwarzhaarige Melancholikerin mit langen Strähnen und weiß geschminktem Gesicht erhob sich schläfrig und folgte ihm schwankend ins Büro.

»Nehmen Sie Platz, Frau Wächter.«

Sie ließ sich mit einer Geste abgründiger Vergeblichkeit auf den Besucherstuhl vor seinem Schreibtisch sinken und beugte sich so tief über ihre Tasche, daß ihr die Haare über die Augen fielen. Als sie sich wieder aufrichtete, hatte sie einen Kugelschreiber und ein Ringheft in der Hand und strich sich die Strähnen hinter das Ohr.

»Also, ich weiß einfach kein Thema«, begann sie. »Diese dicken alten Schinken, Flaubert und Zola und... und so ... das ist einfach nicht so mein Bier. Ich steh da eher auf kurze Sachen. Maupassant, das törnt mich richtig an. Oder so modernere Sachen. *L'étranger*, das finde ich echt geil.«

Bernie wußte, was ihr an Camus' *L'étranger* gefiel: Es gehörte zum Schullehrplan und bildete möglicherweise die gesamte Basis an Textkenntnis für ihr Romanistikstudium. Mit Dégout betrachtete Bernie diese aus den Fugen geratene Inkarnation der geistigen Verelendung. Wie sollte er diesen Zombies nahebringen, was es bedeutet, eine Welt aus Sprache zu schaffen? Was ahnten sie von den sprachlichen Ligaturen und Gliederungen der Wahrnehmung, der verbalen Organisation der Sichtfelddimensionierung? Was konnten sie je begreifen von der Abgründigkeit der Opakisierungswirbel und dem blendenden Glanz gestaffelter Kaskaden von Oszillationsparadoxien? Bernie blätterte seine Themenliste durch. Die meisten Referate waren schon vergeben.

»Die Erlebte Rede bei Flaubert. Das ist noch frei.«

Sie hatten in der letzten Sitzung die Erlebte Rede als eine Form der Bewußtseinsdarstellung besprochen, die Flaubert im modernen Roman heimisch machte.

»Haben Sie verstanden, was das ist, die Erlebte Rede?«

»Doch, irgendwie schon...«

»Dann können Sie das Thema bearbeiten. Lesen Sie dazu Wagner und Steinberg und Weinrich. Steht auf der Literaturliste.«

Sie strich sich die Haare zurück und nölte: »Ich weiß nicht, ob ich da so drauf abfahre, das ist so formal. So wenig inhaltlich. So irgendwie nichts Gefühlsmäßiges. Wissen Sie, ich mach alles aus Gefühl. Ich muß da irgendeine gefühlsmäßige Beziehung zu aufbauen zu so einem Thema.«

Bernie betrachtete seine Liste. Alle anderen Themen waren vergeben. Ach nein, er hatte ja vergessen, daß der stierköpfige Denkgestörte gerade sein Thema zurückgegeben hatte.

»Gut. Dann Nehmen Sie ›Zolas Beteiligung an der Dreyfus-Affaire‹.«

»An der was?«

Er blickte angewidert in ihr verhangenes Gesicht.

»Sie haben noch nie von der Dreyfus-Affaire gehört?«

Sie schüttelte langsam den Kopf.

»Die Dreyfus-Affaire war ein Skandal, der in den neunziger Jahren...« Weiter kam er nicht, weil das Telefon klingelte. Er hatte schon oft daran gedacht, es während der Sprechstunde nach draußen auf die Fensterbank zu stellen oder aber einen abstellbaren Apparat zu beantragen. Die Leute riefen ihn an, gerade weil sie wußten, daß er Sprechstunde hatte, denn dann konnten sie damit rechnen, daß er anwesend war. »Augenblick!« sagte er zu der Studentin und nahm den Hörer ab.

»Ja, hier Weskamp. Ich habe gerade Sprechstunde.«

»Ich weiß«, hörte Bernie die Stimme am anderen Ende sagen; sie gehörte Hans Ternes, genannt »Pollux«, aus der Pressestelle der Universität. Als ein ständiges Mitglied der Feuerwehr war er ein Duzfreund Bernies und durfte sich freundschaftliche Freiheiten herausnehmen.

»Ich hätte dich auch nicht gestört, wenn es nicht wichtig wäre. Wenn du es hörst, hättest du selbst gewollt, daß ich dich störe.«

»Mach's nicht so spannend.«

»Also, ich kriege gerade einen Anruf von so einem Journalisten, warte, wie heißt der noch gleich – ja, hier ist es: Sommer, Martin Sommer vom JOURNAL. Und er bittet mich um eine Stellungnahme zu diesem Fall sexueller Nötigung. Was wir da untersuchen, und ob wir das unter den Teppich kehren. Und blablabla und so weiter.«

»Auwei, da hat die Wagner zugeschlagen.«

»Von der Wagner hat er nix gesagt. Vielmehr hat er mir aus deinem Bericht über die Befragung von dieser Studentin vorgelesen. Da habe ich mich gefragt, wie kommt der an deinen Bericht?«

Bei Bernie schrillten die Alarmglocken. Die Hopfenmüller! Die Wagner hatte die Hopfenmüller dazu gebracht, den Bericht an die Presse zu geben. Daraus würde er ihr einen Strick drehen! Er würde sie schlachten, wie er den Rössner geschlachtet hatte. Und er berichtete Pollux, wie die Wagner ihn am Samstag abend noch angerufen hatte, um zu erfahren, was in dem Bericht stand, und dann damit gedroht hatte, sich hinter die Hopfenmüller zu klemmen, als er ihr nichts sagte. »Leider hab ich die Hopfenmüller nicht mehr erreicht, um sie zu warnen«, schloß er. Daß er es gar nicht versucht hatte, unterschlug er.

Heiner Lauterbach ist Professor Hanno Hackmann in der Universitätssatire *Der Campus*, verfilmt von Sönke Wortmann

Prof. Hanno Hackmann (Heiner Lauterbach) möchte die Affäre mit der Studentin Babsi (Sandra Speichert) endgültig beenden

Links:
Die Frauenbeauftragte Dr. Wagner (Barbara Rudnik) verbündet sich mit dem Vorsitzenden des Disziplinarausschusses Bernie Weskamp (Axel Milberg)

Sarah (Yasmin Asadie) leidet unter dem Wirbel um ihren Vater Hanno (Heiner Lauterbach)

Rechts:
Akademiepräsident von Zitkau (Martin Benrath) im Gespräch mit Hannos frustrierter Frau Gabrielle (Sibylle Canonica)

Dauer-Demonstrationen an der Universität: Der »Sex«-Professor soll gehen

FRAUEN =
Freiwild
VON FRA
Frau sein = frei sein!
gegen
FRAUENUNT
Ausländer gegen das

v.l.n.r.: Axel Milberg als Bernie Weskamp, Codula Bachl-Eberl als Alice Hopfenmüller und Hermann Lause als Professor Köbele

Links:
Babsi (Sandra Speichert) muß sich damit abfinden, daß ihre Affäre mit Professor Hackmann endgültig vorbei ist

Rechts:
Die Leiterin des Theaterseminars, Brigitte Schell (Maren Kroymann), ist auch nicht ganz ohne…

Regisseur Sönke Wortmann bei den Dreharbeiten zu *Der Campus*

»Ja, aber du hast mir doch gesagt, im Bericht steht, daß an der Sache nichts dran ist. Das Mädchen hätte alles erfunden.«

Die Art, wie Pollux das sagte, ließ Bernie nichts Gutes ahnen.

»Ja sicher. Die ganze Sache kann man vergessen. Das ist eine Irre. Hat dieser Typ, dieser Journalist, etwas anderes erzählt?«

»Nach dem, was er mir am Telefon vorgelesen hat, klang das anders. ›Der deutlich sichtbare Versuch, den Namen des Täters zu verschweigen... blablabla... Folge der tiefen Verstörung... läßt darauf schließen, daß die ursprüngliche Aussage über den sexuellen Mißbrauch der Wahrheit entspricht... blablabla‹.«

»Was?« Bernie hatte gar nicht gemerkt, daß er gebrüllt hatte. Die Studentin auf dem Besucherstuhl wachte aus ihrem somnambulen Zustand auf und blickte ihn erschrocken an.

»Das ist das Gegenteil von dem, was wir festgestellt haben. Die Wagner hat die Hopfenmüller dazu gebracht, den Bericht zu verfälschen.«

»Na ja, aber nun steht's da drin«, stellte Pollux trocken fest. »Und ist an die Presse gegangen. Warum schreibst du auch nicht deine Berichte selbst!«

»Die Hopfenmüller hat Protokoll geführt, und ich hab sie extra mitgenommen, um eine weibliche Zeugin zu haben.«

Pollux blieb ungerührt. »Nun hast du ja eine. Aber was sag ich nun diesem Sommer, wenn er wieder anruft? Daß wir die Sache weiterverfolgen?«

»Wir verfolgen gar nichts weiter, Pollux, die Sache ist abgeschlossen. Statt dessen knöpf ich mir die Wagner vor. Sie hat das Vertraulichkeitsgebot verletzt. Das ist Bruch des Dienstgeheimnisses. Jetzt verpaß ich ihr einen Schlag mit dem Holzhammer.« Bernie fiel der Mann mit der Denkstörung ein.

»So wie dem Rössner im Brockhaus-Fall?«

»So wie dem Rössner. Nach diesem Schlag wird sie Denkstörungen kriegen.«

»Die Wagner? Die hat jetzt schon Denkstörungen. Das macht ihr nichts aus.«

»Wiedersehen, Pollux!« Bernie legte auf und starrte geistesabwesend die Studentin an, deren verhangenes Gesicht jetzt einen Widerschein von Lebendigkeit zeigte. Bernie fiel wieder ein, worüber sie zuletzt gesprochen hatten. »Lesen Sie doch gefälligst selbst nach, was die Dreyfus-Affaire war. Und dann bearbeiten Sie das Thema oder lassen es ganz bleiben. Auf Wiedersehen, Frau…« Er hatte ihren Namen vergessen.

Die Studentin erhob sich. »Und sagen Sie draußen, die sollten sich etwas gedulden, ich sag Bescheid, wenn's weitergeht.« Er griff zum Telefon. »Am besten sagen Sie, sie sollten zur nächsten Sprechstunde wiederkommen.« Und während er die Nummer der Frauenbeauftragten wählte, murmelte die Studentin beim Hinausgehen, daß sie es echt beknackt fände, wenn jemand seinen Frust an anderen aus- und den Macho heraushängen ließe, und daß sie es noch nie abgekonnt hätte, wenn jemand so eine Chauvi-Scheiße abzöge, und verschwand in der finsteren Vorhölle des Flurs des Romanistischen Seminars.

Um achtzehn Uhr desselben Tages nutzte Martin Sommer die Tatsache, daß Frau Schell zur Toilette gegangen war, zu einem Telefonat. Sie hatten sich im Restaurant Ada neben dem Studentenreisebüro verabredet, und Frau Schell war zu Martins Überraschung nicht alleine erschienen. In ihrer Begleitung war ein bulliger Kerl, den sie als Heribert Kurtz von der Abteilung »Deutsch für Ausländer« vorstellte. Martin wußte nicht, aber er ahnte, daß sich beide unmittelbar vorher den Freuden des Geschlechtsverkehrs überlassen hatten, denn sie trugen denselben leichten Schimmer auf der Haut, jenes Nachglühen, daß die intensive Sinnenfreude eine Zeitlang hinterläßt. Sie hatten sich zu dritt an einen Ecktisch gesetzt, doch als Martin das Gespräch auf Barbara brachte, war Kurtz verschwunden. Und als Frau Schell zur Toilette ging, wollte Martin demonstrieren, daß er als Journalist seine Zeit zu nutzen verstand, und lehnte jetzt in der engen Telefonzelle am Ende des Ganges hinter der Toilette. Er wühlte in seinem Notizbuch und wählte eine Nummer aus Nienburg an der Weser. Genaugenommen hatte er keine Ahnung, wo Nienburg eigentlich lag, außer, daß es an der Weser sein mußte.

»Hallo, hallo, sprech ich mit Frau Clauditz?« Eine Frauenstimme antwortete: »Ja, hier ist Frau Clauditz. Wer ist da bitte?«

»Hier ist Martin Sommer vom JOURNAL.«

»Können Sie etwas lauter sprechen?«

»Martin Sommer hier, vom JOURNAL. Das ist eine Zeitung in Hamburg.«

»Hamburg? Da studiert doch die Barbara.«

»Deshalb rufe ich Sie an, Frau Clauditz. Hat man Sie informiert, daß ihre Tochter in der psychiatrischen Klinik ist?«

Am anderen Ende herrschte Stille.

»Frau Clauditz?« Hatte sie vielleicht einen Herzanfall? »Frau Clauditz!«

»Wie bitte?«

»Ich weiß, das muß ein Schock für Sie sein, wenn Sie es noch nicht wußten. Aber man hat ihre Tochter wegen eines Nervenzusammenbruchs in die psychiatrische Klinik eingeliefert.«

»Ich bin nicht die Mutter, ich bin die Tante. Wo hat man sie eingeliefert?«

»In die psychiatrische Klinik.«

»Ist das nicht die Klapsmühle?«

»Nein, das ist...«

Ein gellender Ruf am andern Ende. »Hertha, Hertha, wo bist du? Barbara ist in der Klapsmühle! Hier ist ein Herr am Telefon, der möchte dich sprechen.« Wieder zu ihm zurück: »Sie kommt gleich, sie zieht sich nur eben die Stiefel aus. Sie war im Garten Unkraut jäten. Hier ist alles ganz matschig. Hat es in Hamburg auch so geregnet?«

Dann eine etwas mildere Stimme: »Hier spricht Hertha Clauditz, was ist mit Barbara?«

»Sie hatte einen Nervenzusammenbruch und ist in der Psychiatrie in Eppendorf. Hat man Sie denn nicht benachrichtigt?«

»Das hat Barbara sicher nicht gewollt. Sie spricht schon seit Jahren nicht mehr mit mir.«

»Oh.« Martin war schockiert. Das hatte er nicht erwartet. Im Hintergrund erscholl die Stimme der Tante wie ein griechischer Chor. »Es ist deine Tochter, Hertha, denk dran! Deine Tochter!«

»Sei still, Luise, ich kann ja nicht verstehen, was der Herr sagt. Sind Sie der Arzt?«

»Nein, ich bin Journalist. Ich möchte etwas über Barbara schreiben.«

»Über Barbara?«

»Ja. Über ihre Herkunft, ihre Eltern, ihre Jugend.«

»Wir sind rechtschaffene Leute, sie hat alles gehabt, und nun dies!«

»Können Sie mir sagen, was Sie beruflich machen, Sie und Ihr Mann?«

»Warum wollen Sie das wissen?«

Martin überging die Frage.

»Sie haben Barbara doch sicher eine gute Erziehung mitgegeben. Sie hat alles gekriegt, was sie brauchte, stimmt's?«

»Alles hat das Kind gekriegt, alles.« Martin hörte einen unterdrückten Schluchzer. »Das Kind hat es gut bei uns gehabt, das können Sie mir glauben. Stimmt's, Luise?«

Im Hintergrund schrie Luise: »Verwöhnt hat er sie.« Von wem redeten sie jetzt?

»Das stimmt, verwöhnt hat er sie, als sie noch klein war. Die schönsten Kleider mußten es sein, und immer schöne Reisen. Das bildet, hat er gesagt. Dabei sind wir einfache Leute. Mein Mann war Briefträger. Wie lange ist Erwin jetzt schon tot, Luise? Zwölf Jahre?«

»Elf«, schrie es im Hintergrund.

»Nein, zwölf. Es war kurz nach Willis Hochzeit, daß er gestorben ist. Und die kleine Angelika ist jetzt genau zwölf.«

»Darf ich noch eine Frage stellen, Frau Clauditz? Hatte Barbara als junges Mädchen schon jemals Probleme mit ihrer Psyche?«

»Wie meinen Sie das?«

»Hatte sie schon mal Nervenzusammenbrüche oder... oder war durcheinander?« schloß er schwach.

»Nie. Nie. Sie war so ein liebes Mädchen! Wir hatten so ein gutes Verhältnis, ein süßes Mädchen war sie, und immer freundlich.«

Im Hintergrund schrie es: »Und immer ordentlich und höflich!«

»Und warum spricht sie seit Jahren nicht mehr mit Ihnen?«

»Wer sind Sie?«

»Ich bin Martin Sommer vom JOURNAL.«

»Sie sind nicht vom Krankenhaus?«

»Nein, ich bin Journalist.«

›Klick‹ machte es, und sie hatte aufgelegt. Martin ging an die Theke, um die Telefonrechnung zu begleichen.

»Ist umsonst«, sagte der türkische Wirt. »Du bist Gast heute. Vielleicht mal du schreibst Artikel über gutes Restaurant Ada.«

Martin streckte bestätigend den Daumen hoch. »Wird gemacht!« sollte das heißen. Die Geste gefiel ihm. Er wurde jetzt jemand, der etwas machte. Jetzt machte er noch das Interview mit der Schell zu Ende, und dann ging's zurück in die Redaktion. Als er sich umdrehte, sah er sie bereits wieder am Tisch sitzen. Eine attraktive Person für eine Professorin, und gut angezogen. Eher eine Art Managerin, dachte Martin, als er sich wieder setzte.

»Ich hab grad mit der Mama in Nienburg gesprochen. Die wußte noch gar nichts davon. Na ja, jetzt weiß sie es.« Er schaute auf seine Notizen.

»Mein Gott, und wie hat sie es aufgenommen?« Frau Schell beugte sich vor.

»Das sind Gemütsathleten; die Art Frau, die sagt: ›Schieben Sie ihn unter der Tür her‹, wenn man ihr erzählt, daß ihr Sohn plattgefahren wurde.« Martin ließ es klingen wie den Extrakt aus zehn Jahren Reportererfahrung. »Also, Sie sagen, sie war begabt?«

»Ja, sogar sehr.«

»Also hätten Sie ihr eine Chance gegeben?«

»Ja sicher, sie sollte ja die Hauptrolle spielen.«

»Aber Sie haben doch so einen rigorosen Numerus clausus?«

»Hätte sie die Rolle gut gespielt, wäre sie in den nächsten Jahrgang aufgenommen worden. Sie wollte ja umsatteln.«

»Wissen Sie, was sie vorher studiert hat?«

»Wenn Sie mich genau fragen, nein, Germanistik, nehme ich an.«

»Nein, Soziologie«, entgegnete Martin und schaute auf seinen Block.

»Woher wissen Sie das, waren Sie in der Klinik?«

»Nein, im Studentensekretariat. Da habe ich auch ihre Heimatadresse her.«

Sie wurden von Heribert Kurtz unterbrochen, der sich mit beträchtlicher Umständlichkeit an ihrem Tisch niederließ. Martin fiel auf, mit welcher beflissenen Dienstfertigkeit der türkische Wirt zu ihnen eilte und ihm die Krücken abnahm; und als Kurtz seine schmutzige Hand auf den Oberschenkel von Frau Schell legte, die ihn nur dümmlich anlächelte, wurde ihm klar, woran ihn Kurtz erinnerte: an einen Pascha. Ohne weitere Umstände schaltete er sich in das Gespräch ein, so als ob alles bisherige nur Vorgeplänkel gewesen wäre und es jetzt erst richtig losginge. »Sie müssen mit dem Vorsitzenden des Disziplinarausschusses sprechen, der untersucht die Sache.« Er schoß seinen wurstigen Zeigefinger auf Martin ab und bestellte eine Runde Schnaps. »Hab ich schon.« Martin legte einen Ton auf, der bedeutete: »Meinen Sie, ich bin ein Anfänger?«

»Und was sagt er?«

»Er hat gemauert. Er meinte, die Sache wäre vertraulich. Solange die Untersuchung dauert, könnte er nichts sagen. Aber er hat angedeutet, ich könnte die ganze Geschichte vergessen, es wär nichts dran.«

»Siehst du?« Er wandte sich an Frau Schell. »Was habe ich dir gesagt? Die wollen die Sache vertuschen!« Und für Martin wiederholte er: »Die wollen die Sache vertuschen! Schreiben Sie, daß die die Sache vertuschen wollen. Dann können sie es nicht mehr!«

Martin verstand nicht, was Kurtz für ein Interesse daran haben konnte, daß der Fall hochgespielt wurde. Bei Frau Schell hatte er dagegen eher eine gewisse Zurückhaltung bemerkt. Irgend etwas war ihr offenbar daran peinlich. Überhaupt schienen eine Menge Leute ein ganz unterschiedliches Interesse an diesem Fall zu haben. Er wandte sich wieder an Frau Schell: »Mir ist da noch ein Punkt nicht ganz klar. Bei der Befragung durch...«, er schaute auf seine Notizen, »... durch Herrn Weskamp hat Frau Clauditz ausgesagt, sie hätte die ganze Geschichte erfunden, um die Rolle zu kriegen. Und zusammengebrochen ist sie erst dann, als Sie ihr die Rolle weggenommen haben. Jedenfalls steht es so in dem Bericht von Frau Dr. Hopfenmüller. Das hört sich doch so an, als ob Sie erst den Zusammenbruch ausgelöst hätten.«

Frau Schell warf Kurtz einen Blick zu und wandte sich dann wieder an Martin.

»Das habe ich mir auch schon gedacht, aber es sieht eben nur so aus. Die Geschichte mit der sexuellen Erpressung war nicht erfunden. Wieso sollte sie lügen? Sie hatte die Rolle doch schon. Sie hätten sie mal sehen sollen, wie sie das erzählte! Es gab einen richtigen Erinnerungsdurchbruch. Das konnte jeder sehen.«

Martin war fasziniert. »War das denn auf der Bühne, mitten im Spiel?«

»Ja, das heißt, während des Beifalls. Sie hatte gerade die Vergewaltigungsszene hingelegt, da spendeten alle ganz spontan Beifall. Und während die noch klatschten, brach das in ihr durch. Jeder konnte sehen, daß sie plötzlich von Erinnerungen überflutet wurde.«

»Toll.« Martin sagte das wie ein Mediziner, der einen besonders gründlichen Leberschaden lobt. »Hat sie geweint?«

»Nein, sie hat hysterisch gelacht. Gekreischt hat sie vor Lachen, es war schlimm, sie konnte sich gar nicht wieder einkriegen. Es war ungeheuer, was das Mädchen für Spannungen in sich hatte. Nein«, schloß sie, »das war nicht gelogen! So kann niemand lügen.«

»Das ist doch klar«, mischte sich Kurtz wieder ein. »Sie will jemanden schützen.«

Das hatte Frau Hopfenmüller auch gesagt.

»Aber warum tut sie das? Warum sollte sie ihren sadistischen Peiniger schützen?«

»Um das zu verstehen, müssen wir ihn erst finden.«

Wir müssen ihn finden! Was hatte Kurtz damit zu tun? Es war seine Geschichte, Martin Sommers. Ihm gehörte sie ganz allein. Seine erste große Geschichte, und er würde dafür sorgen, daß niemand anders sie sich unter den Nagel riß. Vielleicht war es jetzt besser, daß er ging, bevor dieser fettige Schmutzbold von einem Krüppel seine wurstige Pranke auf sie legte. Martin winkte dem türkischen Wirt, aber der zeigte nur lachend die Zähne. »Ist erledigt.« Martin blickte Kurtz an. Der Kerl grinste wölfisch und zwinkerte ihm zu. »Viel Glück mit der Story!«

Martin dankte und ging. Ein paar Schritte weiter, die Schlüterstraße hinunter, leuchtete der Eingang des Élysée-Hotels. Da bestieg Martin ein Taxi und ließ sich zur Redaktion fahren.

10

Der erste Mai fiel in diesem Jahr auf einen Dienstag, und an diesem Termin schloß die Universität zusammen mit ganz Hamburg ihre Pforten. Von der Arbeit befreit zogen alle Menschen am Tage der Arbeit ins Grüne hinaus. In endlosen Autokolonnen strömten sie in die umliegenden Landschaften, in das Alte Land südlich der Elbe, die Harburger Berge und die Nordheide, in die Holsteinische Schweiz und an die Küsten von Nord- und Ostsee. Die ganz Reichen hatten sich am Montag sowieso nicht in ihren Büros blicken lassen und waren seit Freitag in ihren reetgedeckten Ferienhäusern auf Sylt neben ihren Faxgeräten geblieben. Die hohen Beamten und die Bewohner der unteren Wohlstandsetagen dagegen blieben in ihren gepflegten Vorstadthäusern im Grünen. Und so hatte auch Hanno Hackmann einen sorgenfreien Sonnentag zu Hause bei seiner Familie verbracht und nach ausgiebiger Zeitungslektüre und kleinen Spaziergängen mit Sarah zusammen Konrads Flugübungen bewundert. Die Dohle hatte in wenigen Tagen fliegen gelernt und dabei einen ausgesprochenen Hang zu Kunstflugübungen entwickelt. Sie warf sich auf den Rücken, nutzte die Thermik über dem Haus zum rasanten Aufstieg, kreiste hoch in den Lüften, sauste dann im Sturzflug dicht über ihre Köpfe hinweg und landete nach einem Looping elegant auf Sarahs Schulter. Sie konnte sich nicht sattsehen an seinen Kapriolen. Konrad war völlig handzahm und kam auf Sarahs Lockruf. Sie hatte dafür die Art, in der sie »Konrad« rief, dem metallischen Schrei der Dohle angepaßt. Immer wenn sie ihn ausstieß, stürzte sich Konrad aus irgendeiner Baumkrone hinunter und setzte sich zahm auf Sarahs ausgestreckte Hand. Sie ließ sich aber auch manchmal auf Hanno nieder und versuchte sogar, Gabrielle zu beehren. Aber die wehrte sie ab, weil sie sich nicht ohne Grund um ihre Frisur und ihre Garderobe Sorgen machte.

Hannos Verhältnis zu Gabrielle war inzwischen von der Phase offener Feindseligkeiten wieder zu korrekter Koexistenz übergegangen. Und Hanno machte sich Hoffnungen, durch eine aktive Friedenspolitik der kleinen Schritte ein gewisses Tauwetter herbeizuführen. In Hackmanns Garten jedenfalls und in allen umliegenden Gärten blühten schon tausend Blumen. Hinter den Heeren von Tulpen und Narzissen erhoben sich die Farbexplosionen der blühenden Rhododendren mit ihren weißen, roten und leuchtendlila Kaskaden wie bei einem Feuerwerk. Daneben wechselten weiße Vogelmilch mit zierlichen Hasenglöckchen, Anemonen, Primeln, Fritielarien und Orchideen. Nach einem makellosen Hamburger Sonnentag nahm das helle Licht des blaßblauen Himmels langsam eine tiefere Färbung an, und die schräg einfallenden Sonnenstrahlen verwandelten die Blütenkrone der Faulkirsche auf dem Rasen in eine leuchtende Lichtkuppel, von der die aufkommende Abendbrise hin und wieder einen Konfettiregen von Blütenblättern herunterhauchte. Einige der Blüten fielen auf Gabrielles frische Frisur und schmückten sie wie eine Karnevalsprinzessin, als sie auf der Terrasse mit ihrem Mann und ihrer Tochter »Trivial Pursuit« spielte. Hanno hatte es unternommen, die Fragen zu stellen und die Antworten mit den richtigen Lösungen zu vergleichen.

»An welchem Fluß liegt Königsberg?« Gabrielle war an der Reihe.

»Königsberg – liegt Königsberg an einem Fluß? Du erfindest die Frage. Da fließt gar kein Fluß. Laß mich die Karte sehen.«

Sarah protestierte. »Das geht doch nicht. Das ist gegen die Spielregel, Mami.«

»Siehst du, ich kann nicht, selbst wenn ich wollte«, lächelte Hanno.

Gabrielle streifte ihn mit einem anzüglichen Blick. »Seit wann hältst du dich an die Spielregeln?« Hannos Rückenmuskeln strafften sich. Selbst dieses Spiel nutzte sie zu spitzen Bemerkungen. »Beantworte die Frage«, sagte er so neutral wie möglich.

»Siehst du, so fragt er auch seine Studenten. Und Studentinnen.« Wieder dieser Unterton.

Sarah ging nicht darauf ein. »Nun sag schon, Mami, das ist sonst langweilig.«

»An der Memel. Königsberg liegt an der Memel.«

Wieder protestierte Sarah. »Aber Mami, Königsberg liegt doch nicht an der Memel.«

»Kommt dein Vater aus Ostpreußen oder meiner? Da kenn ich mich besser aus als du!«

Hanno deckte die Karte auf.

»Unsinn, Königsberg liegt am Pregel.«

»Das meine ich ja, an der Pregel, ich habe mich versprochen. Gib mir die Karte.«

»Es heißt nicht ›die Pregel‹, sondern ›der Pregel‹. Und du hast eindeutig ›Memel‹ gesagt. Sarah ist dran.«

Gabrielle heulte auf. »›Der Pregel‹ soll das heißen? Das möchtest du wohl gern, du Macho!« Mein Gott, jetzt hatte das schon auf die stockkonservative Gabrielle abgefärbt. »Nein, mein Lieber, es heißt ›die Pregel‹. Gib mir die Karte.«

Hanno versuchte es mit Lustigkeit.

»Gut, es heißt ›die Pregel‹, aber dafür heißt es ›der Memel‹, und du hast an der Memel gesagt.«

Da prustete Sarah los. »Von dem Maas bis an den Memel« gakkerte sie. »Mamis neue Nationalhymne.« Sie stieß ein Indianergeheul von Gelächter aus. Gabrielles Hals verfärbte sich rosa. Unvermittelt griff sie in den Karton mit den Karten.

»Ich kontrolliere jetzt die Fragen«, dekretierte sie. »Sarah, du bist dran.« Sarah würfelte und landete auf dem braunen Feld Kultur und Literatur. Gabrielle zog eine Karte und las die Frage vor. »Was ist die ursprüngliche Wortbedeutung von Seminar?« Sarah überlegte kurz und mußte dann passen. Gabrielle guckte auf die Rückseite der Karte und stieß dann einen schrillen Juchzer aus. »Es bedeutet eine Stelle zum Besamen, Saatgrund. Hast du das gewußt, Hanno?«

Hannos Poren schlossen sich. Er sicherte, vorsichtig wie ein Soldat im verminten Gelände. Keinen unbedachten Schritt jetzt!

»Ja, das habe ich gewußt. Mach weiter, ich bin jetzt dran.« Und er würfelte.

»Du hast das wirklich gewußt?«

Ohne daß er das wollte, stahl sich eine gewisse Schärfe in seine Stimme. »Ja, wir säen Kenntnisse und pflanzen Wissensbäume. Aber der Baum der Erkenntnis ist dir wohl völlig fremd, Gabrielle, wie?«

Sarah blickte auf. »Oh, Papi, jetzt fängst du auch noch an. Das ist ja ätzend.«

Die Bemerkung lenkte Gabrielles Aufmerksamkeit auf ihre Tochter.

»Was soll das heißen, jetzt fängt er auch noch an? Womit an? Was meinst du damit?«

»Ach, nichts.« Sie sagte das so routiniert, wie sie die Tür ihres Zimmers hinter sich zuzog. Doch Gabrielle trommelte dagegen.

»Antworte gefälligst, wenn ich dich etwas frage.«

»Komm, Gabrielle, beruhige dich.«

»Natürlich, du ergreifst wieder für sie Partei. Ich kann die ganze Erziehungsarbeit leisten, und du bist der verständnisvolle Vater.«

»Schrei doch nicht so, Gabrielle, du erschreckst ja die Nachbarn.«

Das war ein finaler Todesschuß. Gabrielle sprang auf, warf die Karten auf die Erde und keifte: »Spielt doch allein weiter, ihr – ihr – ihr...« Sie ließ es offen, für was sie sie hielt, drehte sich um und ging mit dramatisch einknickenden Kniegelenken ins Haus.

Sarah bückte sich und sammelte langsam die Karten auf, die ihre Mutter über den Boden verstreut hatte. Hanno lehnte sich im Gartenstuhl zurück und blickte in den dunkler werdenden Himmel, auf den ein Flugzeug einen von der Abendsonne beleuchteten Kondensstreifen schrieb, so gerade wie mit dem Lineal gezogen. In der Ferne hörten sie den Widerhall der U-Bahn. Auf dem unteren Ast der Faulkirsche begann Konrad langsam schläfrig zu werden und verwandelte sich zunehmend in eine Federkugel. Aus den Gärten ertönte das Lachen der Nachbarn, die auf den Terrassen saßen. Hin und wieder schickte ein Hund sein sinnloses Gebell in den Abend, und ganz leise konnte man das Gelächter eines Grünspechts hören. Sarah hatte die Karten in den Karton zurückgestapelt und das Spielfeld mit dem aufgemalten Speichenrad zusammengelegt. Dann drückte sie wie Hanno die Lehne des Gartenstuhls nach hinten zurück und schaute in den Himmel, an dem die ersten Sterne zu funkeln begannen.

»Papi?«

»Ja, mein Schatz.«

»Soll ich dir die Sternzeichen erklären?«

Hanno mußte lächeln. Das hatte er sie immer gefragt, als sie noch ein kleines Mädchen war und sie nebeneinander auf dem Spitzboden unter dem großen Dachfenster auf dem Rücken lagen und in den Himmel blickten.

»Siehst du die drei Sterne nebeneinander? Das ist der Gürtel des Orion«, parodierte sie ihn. »Er ist viele Lichtjahre entfernt. Lichtjahre – das hat mir immer gut gefallen. Ich hab mir immer leuchtende Jahre vorgestellt.«

»Und du hast immer gewollt, daß ich dir die Geschichte von deiner Geburt erzähle. Ich mußte sie dir immer wieder erzählen.«

Sie schwiegen und betrachteten den Himmel. Hanno dachte an Sarahs Geburt vor 15 Jahren. »Mami hat die Geschichte immer ganz anders erzählt«, nahm sie das Gespräch wieder auf.

»Na ja, sie hatte schließlich auch eine andere Optik. Ihr beiden wart die Helden, und ich war nur Zuschauer.«

»Merkt man als Zuschauer nicht besser, was passiert, als die Helden?«

»Manchmal schon.« Hanno dachte nach. »Aber nicht, wenn es um das Innere der Hauptperson geht. Das kann nur sie selbst beobachten.«

»Meinst du, Mami kann sich selbst beobachten?«

Hanno blickte zu seiner Tochter hinüber. Sie schaute noch immer in den nachtblauen Himmel, an dem immer mehr Sterne zu funkeln begannen. In der Nachbarschaft gingen auf den Terrassen und in den Fenstern langsam die Lichter an, und von weitem hörte man leise Radiomusik. Hanno wußte nicht, ob er mit seiner Tochter über ihre Mutter sprechen durfte. Sie hatte offenbar ein Bedürfnis danach, aber konnte er sich dabei völlig aus der Gefahrenzone verächtlicher Tonlagen heraushalten? Was passierte, wenn die Tochter merkte, daß ihr Vater ihre Mutter für eine bornierte Frau hielt? Am besten verlegte er sich auf relativierende Verallgemeinerungen.

»Niemand kann sich so sehen, wie andere ihn sehen.«

Ihr Gespräch wurde durch Gabrielle unterbrochen, die sich vor Sarah aufpflanzte.

»Und daß du Bescheid weißt: Ab sofort bleibt dein Vogel in der Garage. Ich bin das Theater mit dem Biest leid. Noch einmal so ein Vorfall, und ich nehm ihn dir weg, hast du verstanden!«

Damit drehte sie sich um und ging wieder ins Haus zurück.

»Was für einen Vorfall meint Mami denn?« wollte Hanno wissen.

»Ach, Nicole war gestern zum Kaffee, und da hat Konrad ihr die Frisur ruiniert.«

Hanno versuchte, sein Vergnügen zu unterdrücken. »Er ist auf ihrem Kopf gelandet?«

»Ja. Du hättest sie sehen sollen – sie hat einen Anfall gekriegt und wie wild um sich geschlagen. Was mach ich nur, wenn Mami es ernst meint?«

Hanno betrachtete den vollen, bleichen Mond, der jetzt unnatürlich groß über den nächtlichen Schatten der Bäume aufgegangen war.

»Na ja,« sagte er schließlich, »da wirst du dich vielleicht an den Gedanken gewöhnen müssen, ihn zu der Dohlenkolonie in dem Steinbruch zurückzubringen, wo ihr ihn herhabt. Da wird er ja eine Menge Altersgenossen haben. Oder du bringst ihn ins Tiergehege nach Otternbusch, ich kenn da den Zoologischen Direktor aus der Universitätsgesellschaft. Da kannst du ihn dann immer besuchen.«

Und Hanno wußte nicht, warum er so tief gerührt war, als Sarah sich auf ihn stürzte und ihn stürmisch abküßte.

»Danke, Papi.«

Dann holte sie den schlafenden Konrad von seinem Ast und brachte ihn in die Garage, während Hanno zusah, wie der Mond am Himmel emporkletterte und alle Gärten ringsum mit dem gleichen silbrigen Licht übergoß.

11

Am Mittwoch morgen um 8.30 Uhr saß Alice Hopfenmüller zwischen ihren unausgepackten Umzugskartons in der Küche ihrer neuen Wohnung in der Isestraße beim Frühstück, als plötzlich das Telefon klingelte. Das mußte irgend jemand sein, der die Vormieterin sprechen wollte, dachte sie und nahm den Hörer ab. Doch am anderen Ende war Schäfer.

»Haben Sie schon das JOURNAL gesehen?« krähte er aufgeregt. »Wir haben es geschafft, der Jagdhund hat die Fährte aufgenommen. Jetzt sind wir erst einmal sicher.«

Es dauerte einige Sekunden, bis Alice begriff, daß er mit »Jagdhund« diesen Journalisten meinte. »Ist der Artikel schon erschienen?«

»Ja, ganz groß, auf der dritten Seite! Fast eine ganze Seite lang. Überschrift: Die Universität – eine Hölle für die Frauen, Fragezeichen.« Er kreischte fast vor Vergnügen. »Was sagen Sie dazu, DIE UNIVERSITÄT – EINE HÖLLE FÜR DIE FRAUEN? Kaufen Sie sich eine Zeitung, und kommen Sie her. Wir haben zu tun.« Er legte auf, und Alice warf sich einen Mantel über, um am Kiosk am Eppendorfer Baum ein JOURNAL zu kaufen.

Zur selben Zeit lag Heribert Kurtz in seiner Pöseldorfer Penthouse-Wohnung im Bett und sog die Düfte ein, die von der Küche herüberwehten. Dort brutzelte Brigitte Schell ein kräftiges englisches Frühstück, das sie sich redlich verdient hatten. Vorher war sie im Morgenmantel mit dem Fahrstuhl nach unten gefahren und hatte ihm die drei Zeitungen gebracht, die er jeden Morgen im Bett las: die FAZ, die taz und das JOURNAL.

»Hör dir das an!« schrie er durch die offene Tür zu Brigitte in die Küche. Und er las:

»In der Universität rumort es. Grund ist diesmal nicht die finanzielle Misere, sondern der Verdacht, daß die Verwaltung einen Fall von sexueller Erpressung vertuscht.

Professor Brigitte Schell vom Studiengang Schauspiel berichtete dem JOURNAL, wie die Hauptdarstellerin im diesjährigen Theaterprojekt, Clara C., plötzlich auf der Bühne zusammenbrach, als sie das Opfer einer Vergewaltigung spielen sollte. ›Das habe ich alles genauso erlebt‹, sagte sie laut Professor Schell und erlitt einen Nervenzusammenbruch. Der Vergewaltiger in dem Stück von Jessica Wilson mit dem Titel ›Medea‹ ist ein Professor.«

Brigitte war im Morgenmantel ins Schlafzimmer gekommen und stand nun mit der brutzelnden Pfanne in der Tür, um besser zuhören zu können. »Was steht da, wie die Studentin heißt, Clara wie?«

Kurtz suchte im Text herum.

»Clara C.« wiederholte Kurtz. »Warte mal, da steht ein Sternchen – ah ja, unten ist eine Fußnote: ›Der richtige Name des Opfers ist der Redaktion bekannt.‹ Die müssen das wegen der Persönlichkeitsrechte.«

»Lies weiter«, bat Brigitte und ließ langsam die Eier in der Pfanne kalt werden.

Wenig später kam es in Bernies Gehirn zum Kampf zwischen den heftigen Schwingungen in den Gehörgängen, die vom Schrillen des Telefons verursacht wurden, und der neuronalen Abwehrorganisation in seinem Schlafschutzzentrum. Bernie war gestern abend recht spät von einem Segeltörn mit Rebecca zurückgekommen und hatte sich nach einer Mahlzeit in der Tarantel in ihrem Appartment noch dem Luxus eines alkoholisierten Tête-à-tête hingegeben, das in einem Absturz endete. Und so mußte ihn das Läuten des Telefons aus großen Tiefen nach oben ziehen. Als er auftauchte, griff er blind nach dem Hörer und krächzte: »Hallo?«

»Gurgelst du gerade?« Von weitem hörte er die Stimme von Dr. Schmale, dem Persönlichen Referenten des Präsidenten. »Wie spät ist es?«

»Gerade fünf vor zwölf. Hör zu, Bernie, ich les dir jetzt einen Artikel vor, der wird dich aufwecken.« Bernie hörte ein hirnzerfetzendes Geraschel, dann murmelte Schmale etwas in sich hinein und las plötzlich laut: »Als Folge dieses Zusammenbruchs mußte Frau C. sich zur Behandlung in die psychiatrische Klinik in Eppendorf begeben, wo sie wegen akuter Suizidgefährdung unter Beobachtung steht. ›Das ist ein eindeutiger Fall schwerer sexueller Erpressung einer Studentin durch einen Hochschullehrer dieser Universität!‹ sagte die Frauenbeauftragte Ursula Wagner. ›Und wir werden nicht zulassen, daß er unter den Teppich gekehrt wird.‹ Bernie, bist du noch da?«

»Pit, was, zum Teufel, liest du da?« Bernie kämpfte sich durch die Brandung seines Hirntobens langsam an Land.

»Das ist ein Artikel aus dem JOURNAL von einem gewissen Martin Sommer. Hast du mit dem gesprochen?«

»Ich weiß nicht, ja, ich glaube, da war so ein Schnüffler, der hat mich angerufen.«

»Hör zu, jetzt kommst du nämlich. Warte...« Wieder ertönte das Rascheln.

»Inzwischen hat eine Befragung des Opfers durch den Vorsitzenden des Disziplinarausschusses der Universität stattgefunden, über das dem JOURNAL ein Gesprächsprotokoll vorliegt. Darin bestätigt die Verfasserin Frau Dr. Hopfenmüller ihren Eindruck, daß das Opfer aus Angst den Namen des Täters verschweigt. ›Sie ist zweifellos durch die Vergewaltigung schwer traumatisiert. Ich hoffe nur, daß man nicht wieder unterstellt, es sei alles die Erfindung einer hysterischen Frau, und den Fall auf sich beruhen läßt.‹ «

Bernie verstand nicht, was er da hörte. Er war wie vor den Kopf geschlagen. Die Hopfenmüller konnte das unmöglich gesagt haben. Wahrscheinlich hatte dieser Journalist alles verdreht.

»Das ist alles Quark«, krächzte er.

»Hör zu, jetzt kommt's: Das ist offenbar genau das, was die Verwaltung beabsichtigt. ›An der Sache ist nichts dran‹, sagte der Vorsitzende des Disziplinarausschusses, Professor Weskamp, auf Anfrage dem JOURNAL. Im übrigen verweigerte er jede weitere Auskunft.

›Die Öffentlichkeit hat ein Recht zu erfahren, welche Hölle die Universität für die Frauen ist‹, bemerkte kämpferisch die Frauenbeauftragte Professor Wagner gegenüber dem JOURNAL. ›Das ist im Interesse aller Studentinnen und Hochschullehrerinnen.‹ «

»Warte, warte, Pit, mir ist schlecht«, ächzte Bernie, legte den Telefonhörer auf und eilte ins Bad.

»Wo hat dieser Kerl bloß all diese Informationen her?« fragte zur selben Zeit der Leiter des Rechtsreferats, Dr. Matte, und wies anklagend auf die Nummer des JOURNAL, die aufgeschlagen auf seinem Schreibtisch lag. Vor ihm stand der Pressereferent der Universität, Hans Ternes, genannt Pollux.

»Bernie sagt, von der Wagner.«

»Ja, aber doch nicht dies hier. Warte, wo ist es denn? ›Die Öffentlichkeit hat ein Recht zu erfahren, welche Hölle... blablabla...‹ Das hatten wir schon, das ist der Quatsch von der Wagner. Ah, hier ist es, hör zu!

›Sie war ein so glückliches Mädchen‹, sagte Claras Mutter in einem Exklusivinterview dem JOURNAL unter Tränen. Die Witwe eines Postbeamten aus Nienburg konnte die Nachricht von dem, was ihrer Tochter widerfahren war, zunächst gar nicht fassen. ›Ich versteh das nicht!‹ sagte sie immer wieder, als sie die unbeschwerte Jugend ihres einzigen Kindes schilderte. An Claras Interesse für Kostüme hatte der Vater ihre Schauspielbegabung erkannt, und trotz seiner schmalen Einkünfte brachte die Familie jedes Opfer für ihre Ausbildung. Daß es sich gelohnt hatte, bestätigte Frau

Professor Schell vom Studiengang Schauspiel gegenüber dem JOURNAL. Auch sie hielt Claras Begabung für außerordentlich. Daß sie vorher noch ein anderes Fach studiert hatte, habe ihr Talent reifen lassen, sagte sie.«

Matte ließ das Journal sinken und sah zu, wie Pollux die Backen aufblies und dann ganz langsam die Luft abließ.

»Wie hat er nur die Adresse der Mutter herausgekriegt, möchte ich wissen?«

»Das ist jetzt völlig gleichgültig, wie er das rausgekriegt hat«, sagte Pollux. »Lies weiter.«

In der Lobby des Hauptgebäudes saß um die gleiche Zeit Frau Professor Wagner inmitten einer Gruppe aufmerksamer Studentinnen an einem Tisch der Cafeteria. In der einen Hand hielt sie einen Plastikbecher mit Kaffee und in der anderen einen Kugelschreiber. Auf ihren Knien lag aufgeschlagen das JOURNAL, und sie war beim Vorlesen fast schon bis zum Ende des Artikels gekommen. Dabei hatte sie nicht bemerkt, daß ihre gleichmäßig schneidende Stimme die Konversation an den umliegenden Tischen allmählich zum Verstummen gebracht hatte, so daß sie zuletzt ihre Worte in den Untergrund aufmerksamer Stille nagelte.

»Der Pressesprecher der Universität, Hans Ternes, erklärte gegenüber dem JOURNAL, mit der Befragung von Clara C. und der Entgegennahme des Berichts durch den Disziplinarausschuß werde der Fall abgeschlossen. Es gebe keinen Täter, die Studentin sei offensichtlich verwirrt, und im übrigen stehe in solchen Fällen, in denen keine Zeugen ausfindig zu machen seien, Aussage gegen Aussage. Auf weitere Anfragen des JOURNAL verwies er auf den Datenschutz und die Verschwiegenheitspflicht der Universitätsbediensteten. Die Aussagen der Frauenbeauftragten wollte er nicht kommentieren, äußerte aber Zweifel darüber, ob es mit ihren Dienstpflichten zu vereinbaren sei, vor dem Abschluß schwebender Verfahren mit so eindeutigen Urteilen über die Absichten der Verwaltung an die Öffentlichkeit zu treten. Damit werde dem inneren Frieden der Universität kein guter Dienst geleistet, fügte er hinzu, und der sei nun einmal unabdingbar für die Erfüllung der Hauptaufgabe der Universität, nämlich Forschung und Lehre.«

Als sie geendet hatte, erhob sich ein solch vielstimmiges Geschrei des Protests, daß der afghanische Cafeteriawirt instinktiv seine Kasse schloß und der Hausmeister in seiner Glasloge auf der anderen Seite der Lobby seinen kurzgeschorenen Quaderkopf von der Lektüre der Sportnachrichten hob und sein Hinterteil vom Sitz lüftete, um besser sehen zu können, was in der Cafeteria los sei.

In derselben Minute saß Hanno Hackmann auf einem hochgekanteten Plastikbierkasten in der Lebensmittelabteilung des Kaufhauses Preßler am Markt in Ahrensburg. Er hatte Frau Görüsan nach dem feiertäglich verlängerten Wochenende zum Großeinkauf gefahren und sich wie immer die Zeit ihres Einkaufs damit vertrieben, die Zeitschriftenauslagen durchzublättern. Als er im JOURNAL auf die Überschrift »DIE UNIVERSITÄT – EINE HÖLLE FÜR DIE FRAUEN?« gestoßen war, mußte er sofort wieder an den infernalischen Hexenritt mit Babsi in seinem Büro denken. Er hatte den Impuls, die Zeitung zuzuschlagen. Er durfte sich nicht in Obsessionen hineinsteigern, am besten, er versuchte, seine eigenen Zwangsvorstellungen zu ignorieren. Er wollte sie aushungern, mit gezieltem Vergessen wollte er versuchen, die Bilder von ihrem Anblick auf dem Schreibtisch und den lachenden Bauarbeitern zu löschen, bis diese Orgie in seiner Vorstellung völlig unwirklich geworden war. Nur so konnte er seine Unbefangenheit wiedergewinnen. Aber dann hatte ihn ein zweiter Blick auf die Überschrift in den Abgrund gerissen. Als er zu Ende gelesen hatte, mußte er sich setzen, weil der Fußboden unter ihm nachgab. Er fiel und fiel und fiel. Der Abgrund war endlos. Und als er nach einer Ewigkeit unten aufschlug, hatte sich alles verändert: der Druck hinter den Augen, das Gewicht seines Körpers, die Temperatur seiner Haut, der ganze Aggregatzustand seines Daseins war mit einem Schlag ein anderer. Die Welt war entfärbt; er selbst verdorrt. Es schien ihm, als ob er raschele. Und dann begann das Zittern. Plötzlich machten sich seine Knie selbständig und fuhren unbeherrschbar hin und her. Hanno sah es mit Beschämung und mit Verwunderung. Er konnte es nicht abstellen. Es geschah. Es war geschehen. Das, was er ein Leben lang gefürchtet hatte, war geschehen. Unter seinem Erfolg hatte sich der Abgrund aufgetan und hatte ihn verschlungen. Hanno hatte immer gewußt, daß dieser Abgrund da war. Aber er hatte den Blick davon abgewendet. Und zuletzt hatte er gar nicht mehr so recht an ihn geglaubt. Angesichts des wohlgeordneten Lebens hatte seine monströse Schrecklichkeit ihn mehr und mehr wie ein Hirngespinst wirken lassen. Und jetzt war er in ihn hineingestürzt. Daß es so unwirklich wirkte, machte es um so schrecklicher. Im Inneren seines Schädels breitete sich ein fahler Hohlraum aus, und in ihm vollführten die wirbelnden Gedanken einen Geistertanz um eine obsessive Vorstellung: Man hatte ihn erwischt! Er war durchschaut! Man hatte ihm die Maske vom Gesicht gerissen und seine Verächtlichkeit entdeckt! Kein Zweifel, der Artikel handelte von Babsi. Die Geschichte mit dem Theaterstück, ihre Herkunft aus Nienburg, der Anfangsbuchstabe C. ihres Nachnamens, alles stimmte. Hanno erinnerte sich plötzlich sogar an den Namen der Theaterprofessorin, den sie erwähnt hatte: Brigitte Schell. Auch sie wurde in dem Artikel erwähnt. Gott sei Dank hatte die Redaktion den Vornamen geändert. Hanno kontrollierte noch einmal, daß er vorher richtig gelesen hatte: Ja, da stand es, Clara C. Und in einer Fußnote: »Der richtige Name des Opfers ist der Redaktion bekannt.« Aber warum war sie zusammengebrochen? Ein Kälteschauer rieselte ihm das Rückgrat hinab. Doch wohl nur, weil er ihr Verhältnis so abrupt beendet hatte. Ob er noch mal mit ihr sprechen sollte? Lieber nicht, dann würde sie bestimmt wieder einen Anfall kriegen. Bis jetzt hatte sie ja offenbar geschwiegen. Hannos wirbelnde Gedanken ordneten sich etwas. Er las noch einmal das Ende des Artikels. Es gab keinen Täter und keinen Zeugen. Da stand seine Aussage gegen ihre; und würde man einem angesehenen Hochschullehrer nicht eher glauben als einer durchgedrehten Studentin, die wegen eines Nervenzusammenbruchs in der Psychiatrie saß? Noch einmal überflog Hanno den Artikel von Anfang an. Und wieder liefen ihm Schauer den Rücken hinunter, als er die blutrünstigen Aussagen der Frauenbeauftragten las. Er ließ das JOURNAL sinken. Hätte er doch den verdammten Artikel nicht gelesen! Dann hätte er nichts gewußt, nichts geahnt, gut gegessen und gut gearbeitet. Nichts hätte ihn gestört, wenn er von ihrem Zusammenbruch nichts erfahren hätte. Sie hätte für ihn nicht mehr existiert. Und langsam wäre es so gewesen, als ob es sie nie gegeben hätte. Er wäre seinen Pflichten nachgegangen und hätte gut geschlafen. Doch nun würde keine Schlaftablette dieser Welt ihm den festen Schlaf wiedergeben, dessen er sich immer so gerühmt hatte. Und wieder las er die Überschrift: »EINE HÖLLE FÜR DIE FRAUEN?« Hanno lachte trokken auf. Was hatte Babsi da für Lügen über sexuelle Nötigung erzählt? Jetzt fing die Hölle für ihn an!

Um die gleiche morgendliche Stunde war Martin Sommer schon seit zwei Stunden auf. Hastig hatte er sich angezogen, war zum Kiosk an der Ecke getrabt, hatte das JOURNAL gekauft und noch direkt am Kiosk nach seinem Artikel durchgeblättert. Da stand er, auf Seite 3, in wunderbaren Versalien prangte die Überschrift: »DIE UNIVERSITÄT – EINE HÖLLE FÜR DIE FRAUEN?« Von Martin Sommer. Martin Chrysostomos! Er war ein Journalist! Der Tag begann mit dem JOURNAL. Mit jedem Sonnenaufgang erschien das Journal, für das er schrieb. Introibo ad altare dei. Die Nacht ging, und Martin Sommer kam! Er und seine Zunftgenossen waren das Licht, das sich jeden Morgen in die Stadt ergoß – ihre Strahlen leuchteten die Schatten der Gesellschaft aus und erhellten, was verborgen war. Und obwohl er den Artikel gut kannte – schließlich hatte er ihn selbst geschrieben –, hatte er die ganze Taxifahrt zur Redaktion damit verbracht, ihn immer wieder zu lesen. Und so saß Martin erwartungsvoll im Allerheiligsten in einem der Mahagonisessel und betrachtete seinen Chefredakteur.

»Junge, Junge, Junge, Junge! Das ist ein Volltreffer!« Bülhoff hielt in der linken Hand das neue Heft des JOURNAL und klopfte mit der Rechten, zwischen deren Mittel- und Ringfinger eine Zigarre qualmte, auf den aufgeschlagenen Artikel, wobei er den knöcheltiefen Teppich mit Asche bestreute, während er hinter seinem Schreibtisch auf und ab tigerte. »Der Telefondienst kann sich vor Anrufen kaum retten, und das schon am frühen Morgen!« Er blieb stehen und sah Martin an.

»Mit dem Riezler-Tagebuch hast du wohl recht, Junge. Da hätten wir schön in die Scheiße geraten können.« Er schwenkte seine Zigarrenhand so, als ob er sich einen Finger geklemmt hätte und nun den Schmerz abschütteln müßte. »Soll ich dir sagen, wo ich den Tip herhabe? Von einem Kollegen der Konkurrenz. Was sagst du nun, Martin?«

Er erinnerte sich also an seinen Vornamen.

»Sicher.« Martin schlug die Beine übereinander. »Der wollte Sie ins Messer laufen lassen. Wahrscheinlich gibt es das Tagebuch irgendwo wirklich, oder es wird noch gemacht. Aber dann sind es Fälschungen. Diese Fälscherwerkstätten streuen erst die Gerüchte, und wenn sie einen Interessenten gefunden haben, dann stellen sie die Ware her. Und natürlich versuchen sie's zuerst bei den Medien, weil die am besten zahlen. Ich glaube, da sollten wir sehr vorsichtig sein!«

Wir! Der Chefredakteur Bülhoff und ich! Sie waren eben ein Team. Freigebig ließ Martin ihn an den Erkenntnissen teilhaben, die er bei Schäfer aufgeschnappt hatte. Bülhoff sah Martin jetzt mit echter Bewunderung an.

»Martin«, sagte er schließlich, »ich glaube, du bist wirklich ein cleverer Junge!« Dann klopfte er wieder auf das JOURNAL: »Und hiermit hast du gleich einen wirklichen Knüller gelandet. Da ist Musik drin, Martin, Musik, Musik, Musik.« Er sang jetzt fast selber in Parodie eines Frühlingslieds. »Da freut sich die Auflage, da freuen sich die Inserenten, da bleiben wir dran. Wie willst du übrigens weitermachen, Martin?« fuhr er fort. »Hast du noch was in Reserve? Man muß bei solchen Sachen immer etwas in Reserve halten, damit man eine Fortsetzung in der Tasche hat.«

»Na klar.« Martin hatte wirklich etwas in Reserve gehalten. »Sie hat doch Soziologie studiert. Und diesen Aspekt habe ich noch ganz draußen gehalten. Übrigens scheint das niemand zu wissen. Die meinen alle, sie ist eine Germanistin oder so was und hätte von da aus in den Theaterbereich gewechselt. Weil diese Schauspielstudenten meistens wirklich aus der Germanistik kommen... und wenn sie Soziologin war, dann wird ja wohl der Prof, der sie sexuell erpreßt hat, auch aus der Soziologie kommen, oder? Vielleicht wollte sie deshalb wechseln.«

»Soziologie, Soziologie, Soziologie –« Wie ein Funker stellte Bülhoff wieder seinen Peilsender ein, um auf der neuen Wellenlänge weiterzumachen. »Soziologie – ich hab selbst mal etwas Soziologie studiert. Soll ich dir was sagen? Wir sind die richtigen Soziologen, wir, die Journalisten! Wir sagen, was in der Gesellschaft los ist.«

»Gut, dann mach ich jetzt etwas Soziologie der Soziologie.« Martin kannte schon die Vorliebe seines Chefredakteurs für logische Loopings.

»Metasoziologie«, schrie Bülhoff, »Martin der Metasoziologe! Wo hast du übrigens Schreiben gelernt?« fragte er plötzlich.

»Na, genau da, wo Sie es gelernt haben«, antwortete Martin spontan.

Bülhoff sah ihn verblüfft an.

»In Kamen auffe Penne!«

»Junge, Junge, du bist vielleicht 'ne Marke. Aber wir verstehn uns.« Er blickte zur Uhr. »Oh, schon zwanzig vor neun.« Er griff zum Telefon. »Maria, gib mir mal den Bruno. Bruno – wir haben da heute einen heißen Artikel über die Uni auf Seite 3. Hast du schon gesehen? Spitze, was? Ganz frische Schreibe, sage ich auch. Ich schick dir mal eben den Autor rüber. Der fängt bei euch im Bildungsressort an. Na, ist ja gut, daß wir dasselbe denken. Ja, der will da am Ball bleiben. Ja, Martin Sommer. Er kommt gleich rüber. Und Bruno – laß diese Witze sein, die ihr immer sonst mit den Neuen macht, bei dem ist das unangebracht.«

Als Martin hinausging, tastete er suchend nach dem neuen Heft des JOURNAL in seiner Jackentasche und dachte daran, daß Susanne nun sicher seinen Artikel zum Frühstück lesen würde. Und nicht nur sie! Professor Hahn würde ihn lesen, und Lonitz, der Theoriestar, und Beate und Rassmann und all die Cracks im Seminar, die seinen Untergang mit angesehen hatten, die würden jetzt sehen, wo er wieder aufgetaucht war. Und wirkte nicht in diesem Licht sein Zusammenbruch wie eine spektakuläre Selbstversenkung? Wie die flamboyante Inszenierung eines dramatischen Abgangs, ALLES IST NICHTS. Hey, Leute – ich geh jetzt, Martin Sommer! Und ihr werdet sehen, wo ich wieder auftauche. Ob er nicht vielleicht Susanne mal anrufen sollte?

Ungefähr drei Stunden später standen Alice Hopfenmüller und Professor Schäfer am Fenster von dessen Büro und schauten acht Stockwerke tief auf die Schlüterstraße. Von dort erscholl ein unregelmäßiges Geräusch empor. Es war die durch ein Megaphon verstärkte Stimme von Professor Ursula Wagner, deren Widerhall von der Hochhausfront des Hauptgebäudes zurückflutete, auf die gegenüberliegende Wand des Rechtshauses prallte und dann vom gewalttätigen Lokalwind in Fetzen zu ihnen emporgeschleudert wurde. WERDEN WIR UNS NICHT GEFALLEN LASSEN … RUFEN ALLE STUDENTINNEN UND STUDENTEN AUF … SOLIDARISIERT EUCH

MIT DEN OPFERN... schrie der Wind, schrie die Frauenbeauftragte. Unter ihnen klumpten sich zirka dreißig Studenten, die einen dichten Wald von Schildern und Transparenten trugen. STOPPT SEXUELLE GEWALT IN DER UNI – AUSLÄNDER UNTERSTÜTZEN FRAUENKAMPF – GEGEN SEXUELLE BELÄSTIGUNG AM STUDIENPLATZ – SEX GEGEN SCHEINE IST PROSTITUTION – HAUT DEN MACHOS AUF DIE SCHWÄNZE – WEIBLICHE WISSENSCHAFT IST WEICHE WISSENSCHAFT.

Von oben sahen sie aus wie ein versprengtes Häufchen Landsknechte, die enger zusammenrücken und dabei ihre Spieße senkrecht stellen. Aber sie hatten einen furchtlosen Hauptmann. Ein langbeiniger Kerl mit lockiger Mähne hatte sie mitten auf die Schlüterstraße geführt, so daß sich zu beiden Seiten unübersehbare Autoschlangen gebildet hatten. Der Hauptmann schickte ein paar Demonstranten an den Kolonnen entlang, um den wartenden Fahrern Zettel ins Fenster zu reichen. Alice schien es so, als ob sie auf einigen das Layout des JOURNAL wiedererkannte. Aber nicht alle Autofahrer schien das zu beruhigen. Zwischen den Parolenfragmenten klang zerfetztes Autogehupe zu ihnen herauf. Inzwischen hatten sich am Straßenrand eine Menge Zuschauer gesammelt, die um ein Vielfaches größer war als der Demonstrationszug.

»Das ist also die Frauenbeauftragte.« Alice fand sie chicer als erwartet.

Doch Schäfer schien mit seinen Gedanken beschäftigt.

»Emergenz«, sagte er. »Hier können Sie sie beobachten. Wie aus der Vogelperspektive.«

Alice schaute sich nach ihm um.

»Creatio ex nihilo. Ein kleiner Anfang, und er wird zum Kristallisationspunkt eines gewaltigen Wachstums.« Er zeigte nach unten auf die Straße. »Das haben wir ausgelöst.«

Ein Polizeiwagen kämpfte sich mit Blaulicht durch den Stau. Zwei Polizisten stiegen aus und versuchten, den Zufluß des Einbahnstraßenverkehrs aus der Binderstraße umzudrehen und in einen Abfluß zu verwandeln. Deutlich konnten sie die vergeblichen Wendemanöver beobachten, bis mehrere Autos völlig querstanden und schließlich alles blockiert war.

»Ja mei, was macht der denn jetzt?« Alice sah, wie der Landsknechtshauptmann kurzerhand auf die Ladefläche eines Pritschenwagens sprang, die Frauenbeauftragte zu sich hinaufzog und selbst zum Megaphon griff. Wie es schien, gab er praktische Anweisungen. Sie hörten Fetzen wie HELFT DER POLIZEI... ZIEHEN JETZT ZUM VERWALTUNGSGEBÄUDE... Dann gab er das Megaphon an die Frauenbeauftragte zurück. Offenbar hatten sie sich die Arbeit geteilt wie Lenin und Trotzki. Während sie die ideologische Marschrichtung festlegte, organisierte er die praktische Durchführung. Langsam quälte sich das Häuflein Demonstranten durch die Autos, während die Menge der Studenten auf ihrem Wege zur Mensa immer mehr anschwoll.

Heribert Kurtz saß in seinem Büro in der Schlüterstraße, als der Demonstrationszug sich langsam näherte. Plötzlich bekam er einen Wutanfall und drückte auf den Knopf seines Interkom-Geräts: »Monika, ich brauche Holischek vom NDR! Ralph, ich bin's, Sahib. Sag mal, wo bleibt denn euer Kamerateam? Der Tews hat hier die schönste Demo laufen, und ihr seid nicht da. Du hast doch gesagt, du schickst den – wie heißt der noch, mit seiner Crew –, den Kalthoff. Aber nix ist zu sehen. Was sagst du, sie stehen im Stau? Hör mal, was ist denn das für eine Truppe von Eunuchen, die sollen einen Menschenauflauf filmen, und sie sagen, sie kommen nicht durch, weil da ein Menschenauflauf ist? Da könnt ich ja gleich meine Großmutter schicken. Nein, das ist nicht unfair, Ralph, ihr Öffentlich-Rechtlichen seid einfach zu bequem geworden. Das ist, was los ist, mein Junge! Ich sage: zu bequem, ja, zu faul! Geschieht euch ganz recht, daß die Privaten euch die Hosen ausziehen. Was ist, kannst du diese Truppe mit dem Autotelefon erreichen? Gut, dann sag ihnen, sie sollen nicht durch die

Schlüterstraße kommen, sondern von der anderen Seite, ja, von der Grindelallee, und dann an der Staatsbibliothek vorbei einfach die Einbahnstraße rauf. Ja, da kommt jetzt nichts durch, da ist alles leer. Ach was, die Bullen stecken auch fest. Und hör mal, Ralph, ihr bringt das doch gleich heute abend in der Landesschau, ja – Monika faxt dir gleich den Text rüber. Nein, Scheiße, Ralph – daß ihr das nicht durcheinander kriegt! Das ist nicht wegen der Sprachkurse, die haben wir im Sack. Das ist wegen sexueller Belästigung am Studienplatz – sexuelle Belästigung, ja! Gibt's hier dauernd. Das ist doch klar, ich werd auch ständig belästigt! Nein, die Wagner kocht hier so einen Fall hoch. Prof vergewaltigt Studentin, erpreßt sie sexuell, blablabla – du kriegst ja gleich den Text. Na sicher ist das saftiger! Da kannst du einen drauf lassen! Oh, Ralph – vergiß das Autotelefon, ich seh deine Crew, tut mir leid, sie sind doch nicht so lahm. Sie sind schon von selbst durch die Einbahnstraße gekommen. Der Tews schleppt die Meute jetzt zum Vergewaltungsgebäude – Scheiße, das war aber eine Freudsche Fehlleistung. Ja, da wird sich der große Häuptling aber freuen. Der guckt immer sowieso die Landesschau, ob er nicht drin ist. Das ist das mediengeilste Schwein, das ich kenne. Weißt du, daß der drei Fernsehschirme in seinem Büro hat? Ja, die hat er in seinem Aktenschrank. Also wenn er da die Tür aufmacht, guckt er in die Röhre. Oh, der Kalthoff ist aber sportlich, der ist gerade mit der Kamera auf so einen Kleinlaster gesprungen, und sein Schlepper hinterher. Na, groß ist die Menge nicht, aber eine Menge Zuschauer. Und ihr schneidet's doch so, daß es wie eine Riesendemo aussieht, da kann ich mich drauf verlassen? Okay, Ralph – bis zum nächsten Mal.« Er legte auf und betrachtete zufrieden das Chaos aus Demonstranten, Autos und Zuschauern, das sich langsam in Richtung Altes Universitätsgebäude bewegte.

12

Hanno Hackmann las natürlich regelmäßig seine Fachzeitschriften wie die *Kölner Zeitschrift für Soziologie und Sozialpsychologie*, das *Journal of Sociology*, die *Révue de Sociologie* und *Social Research* von der New School in New York; in der letzten Zeit hatte er sogar verstärkt die *Soziologische Zeitschrift* aus Bielefeld gelesen, weil er sich zunehmend mit der Systemtheorie befaßt hatte, obwohl er sich selbst als Tenbruck-Schüler fühlte. Neben diesen und etlichen anderen Zeitschriften las Hanno auch noch als Tageszeitungen das Abendblatt für die lokalen Meldungen und die FAZ für die richtigen Nachrichten. Das Abendblatt war eigentlich keine Zeitung, sondern eher eine Volksbelustigung, in der die Hamburger immer wieder erfahren durften, daß Hamburg der Nabel der Welt war und südlich der Elbe der Balkan anfing. Deshalb blätterte Hanno sie in wenigen Minuten durch. In der FAZ las er nur das Feuilleton und den Wissenschaftsteil, den allerdings gründlich. Heute, am Donnerstag, kaufte er noch zusätzlich DIE ZEIT, um für seine Examenskandidaten nach Stellenanzeigen zu schauen, weil er den Verdacht hatte, daß sie es selbst nicht taten. Hanno grämte sich nämlich, daß die Universität praktisch keine Stellen für begabte Nachwuchswissenschaftler zur Verfügung stellte. Sie konnte das auch nicht, weil sie ihre ganze Reserve in einem einzigen Schub für die übergeleiteten Professoren verbraucht hatte. Statt einen Korridor von Stellen für die gleichmäßige Vergabe an die Begabtesten der jeweils nachrückenden Generation offenzuhalten, hatte die Universität sie alle auf einmal verramscht, mit dem Ergebnis, daß nun eine Menge mittelmäßiger Professoren die Stellen blockierten, während der begabte Nachwuchs vor der Tür stand. Hanno fand das unmoralisch. Er konnte sich jedesmal maßlos darüber empören. Für ihn war dies nicht nur ein Fehler der Wissenschaftspolitik – denn jeder konnte die katastrophalen Folgen voraussehen –, sondern eine bewußte Verschwendung von

Talenten und gesellschaftlichen Reichtümern, eine skrupellose Selbstbedienung des BdH und seines Führers, des Präsidenten der Universität, der einfach alle zu Professoren ernannt hatte, die ihn wählten. Zum Ausgleich sah Hanno es als seine Pflicht an, wenigstens für seine begabten Absolventen nach wissenschaftlichen Mitarbeiterstellen und Graduiertenkollegstipendien an anderen Universitäten Ausschau zu halten, und die wurden nun einmal in der ZEIT angezeigt.

Hanno kaufte seine Zeitungen, wenn er die Brötchen holte. Sein Bäcker hatte erkannt, daß der Mensch nicht von Brot allein lebt, und deshalb sein erstaunliches Angebot von Bauernbrötchen, Franzbrötchen, Schrippen, Kielern, Roggenbrötchen, Laugenbrötchen, Mohnbrötchen und Milchbrötchen auch noch durch die wichtigsten Zeitungen ergänzt. Aber am heutigen Donnerstag kaufte Hanno nicht nur die FAZ und das Abendblatt und die ZEIT, denn als er seine Zeitungen einsammelte, starrte ihm das Titelblatt des JOURNAL entgegen: Wie unter Zwang griff er nach dem neuesten Heft und blätterte es auf. Er wollte es schon beruhigt zurücklegen, da bemerkte er, daß er eine Seite überschlagen hatte. Als er sie aufschlug, traf es ihn mit der Gewalt eines Faustschlags:

Soziologisches Institut – ein Sumpf sexueller Erpressung?

Darunter stand in kleineren Buchstaben:

Neue Erkenntnisse im Fall Clara C.

Hanno hatte das Gefühl, daß seine Beine ihn nicht mehr tragen würden. Panik befiel ihn. Gab es hier nichts zum Sitzen? Er lehnte sich an die Wand neben dem Zeitungsstand und klemmte seine Ellbogen auf den umlaufenden Mauervorsprung in der Wand. Von ferne hörte er die Stimme des Bäckers.

»Das Übliche, Herr Professor? Drei Milch, drei Mohn und drei Schrippen?«

Hanno nickte. Kein Zweifel, es war derselbe Verfasser, Martin

Sommer. Er mußte mit Babsi gesprochen haben. Hanno versuchte zu lesen.

»Bevor Clara C. Theater studierte, war sie Studentin der Soziologie. Das wurde bekannt, nachdem das JOURNAL in seiner gestrigen Ausgabe von ihrer schweren sexuellen Traumatisierung durch einen Hochschullehrer der Universität Hamburg berichtet hatte. Der Direktor des Soziologischen Instituts, Professor Rudowsky, befindet sich augenblicklich auf einer Tagung in Cornell und war für eine Stellungnahme nicht zu erreichen.«

»Wäre das alles, Herr Professor?« erscholl es von der Bäckereitheke herüber.

»Was? Jaja, alles. Danke.«

»Nehmen Sie das JOURNAL auch mit den übrigen Zeitungen?«

»Wie? Jaja, bitte.« Hanno legte den Finger in die Seite des Journals, klemmte die übrigen Zeitungen unter den Arm und stellte die Tüte mit den Brötchen auf die Leiste vor der Theke.

»Das macht 17,80 DM.«

Hanno zahlte geistesabwesend, nahm seine Brötchen und ging lesend hinaus. In seinem Unterbewußtsein registrierte er mit großer Klarheit das Vogelgezwitscher in den Gärten ringsum. Es würde wieder ein wunderschöner Tag werden. Auf seinem Hintergrund zeichnete sich das gedruckte Todesurteil in seiner Hand mit der Schärfe einer Tätowierung ab, und Hanno Hackmann stürzte langsam und unaufhaltsam die drei Stufen der Bäckerei hinab und fiel krachend auf das Pflaster davor. Seine Zeitungen flatterten auf den Platz vor den Stufen, die Brötchen verteilten sich über die ganze Einfahrt, und eins rollte auf die Straße, wo es die Räder eines vorbeirasenden Audi sofort zu Krümeln zermalmten. Um Hannos Beine aber wickelte sich die Hundeleine eines Yorkshireterriers, der ihn mit hysterischem Gekläffe in immer engeren Zirkeln umkreiste, bis er unmittelbar vor ihm stehenblieb und knurrte. Hanno setzte sich auf. Merkwürdigerweise hatte er das JOURNAL noch in der Hand, mit seinem Zeigefinger zwischen den Seiten. Aus der Bäckerei lief die Besitzerin des Yorkshireterriers, stürzte sich auf ihren Liebling und hob ihn auf den Arm. Dabei zog sie Hannos Beine wieder hoch, so daß er zurückfiel und sich mit den Ellbogen abstützen mußte.

»Mutzischnutzitutzi« – das Frauchen drückte ihr Gesicht in das Fell ihres Lieblings, der gellend auf Hanno herabbellte. Ihm kam seine groteske Lage langsam zu Bewußtsein. Seine beiden Beine schwebten gefesselt in der stramm gespannten Hundeleine, deren eines Ende mit einem Karabinerhaken in den Haltering neben dem Eingang der Bäckerei eingehakt war, während das andere am Halsband des Hundes hing. Hanno deutete auf den Hund. »Machen Sie das Halsband los! Sie ziehen mir ja die Beine weg!«

Das Frauchen schien nicht zu begreifen, sondern zog um so fester, während ihr Köter noch ein paar Takte rasender kläffte. Da sah Hanno aus den Augenwinkeln, warum: Hinter ihm trottete der gewaltige Berner Hirtenhund seines Nachbarn Tietmeyer heran. Beiläufig verpaßte er Hanno einen feuchten Begrüßungskuß ins Ohr und fraß dann seelenruhig ein Brötchen nach dem anderen auf, während das Frauchen ihren Terrier noch fester hielt und dieser sein Gekläff zum Delirium steigerte.

»Machen Sie doch endlich die Leine los!« blaffte Hanno. Da trat eine junge Frau aus der Bäckerei, bückte sich und löste mit einem Griff den Karabinerhaken. Hanno wickelte die Leine von seinen Beinen ab, rappelte sich hoch und hob die Zeitungen auf.

»Vielen Dank!« Die junge Frau sah ihn besorgt an. »Danke, es geht schon wieder. Ein lächerlicher Sturz, nichts weiter.«

Das Frauchen erhob plötzlich ein Wehgeheul.

»Das ist aber auch zu dumm, ich sage ja immer, der Ring ist zu nahe an der Tür. Tausendmal habe ich das Bäcker Mossmann schon gesagt. Aber wo soll ich meinen Putzi denn anbinden, wenn sonst kein Ring da ist? Geh weg!« schrie sie plötzlich den Berner Hirtenhund an und trat hysterisch mit dem Fuß nach ihm, so daß er in schwerem Trab langsam davontrottete. Dann sammelte sie das Ende ihrer Leine ein und ging mit ihrem kläffenden Terrier zurück in die Bäckerei. Als auch die junge Frau gegangen war, humpelte Hanno zu seinem Mercedes, warf die Zeitungen auf den Nebensitz und kontrollierte, ob er etwas zerrissen oder sich verletzt hatte. Aber abgesehen von ein paar Schürfungen an den Handgelenken war alles in Ordnung. Dann griff er wieder zum JOURNAL. Merkwürdigerweise war er jetzt viel ruhiger geworden. Er fühlte sich dem Text plötzlich gewachsen. Er überflog ihn und stellte fest, daß weiter nichts Gefährliches darinstand. Sein Name wurde nicht genannt. Sie hatten eben herausgekriegt, daß Babsi Soziologin war. Wie sollten sie auch nicht, das war ja nicht sensationell. Daß sie bei ihm Examen machen wollte, wußte eigentlich nur Frau Eggert, und er konnte sagen, daß er sie abgelehnt hatte. Viele erinnerten sich daran, wie er ihr Referat verrissen hatte. Er blickte wieder auf das JOURNAL und las das Ende des Artikels.

»Die Frauenbeauftragte, Frau Wagner, ist entschlossen, den Fall nicht auf sich beruhen zu lassen, sagte sie gestern auf einer Demonstration vor dem Verwaltungsgebäude der Universität. Eine große Menschenmenge hatte sich eingefunden, um die Forderungen der Demonstranten zu unterstützen. Unter ihnen waren zahlreiche Hochschullehrerinnen einschließlich Professor Brigitte Schell vom Studiengang Sprechtheaterregie und Schauspiel. ›Dies wird ein Prüfstein für alle Hochschullehrerinnen und Studentinnen, ob die Universitätsleitung es ernst meint mit der Frauenförderung in der Universität!‹ sagte sie dem JOURNAL. ›Das Amt des Präsidenten steht bald zur Wiederwahl an. Und der amtierende Präsident hat versprochen, die Frauen in ihrem Kampf zu unterstützen. Jetzt kann er zeigen, daß er sein Versprechen hält.‹«

Es war klar, daß das eine Kampagne werden würde. Das war zwar einerseits gefährlich, aber andererseits konnte man alles auf eine überpersönliche Ebene heben. Wenn es politisch wurde, ließen sich Verdächtigungen bezüglich der Motive viel plausibler machen. Hanno war plötzlich klar, was er zu tun hatte. Rudowsky, der gerade die Geschäfte führte, war nicht da, und das würde er dazu ausnutzen, für seine Abteilung die Politik festzulegen. Er würde so tun, als ob er das ganze Soziologische Institut vor Verdächtigungen in Schutz zu nehmen hatte. Er würde an den korporativen Instinkt appellieren, an den Teamgeist und die Institutssolidarität. Jetzt zahlte es sich aus, daß er seiner Abteilung einen Geist der Gemeinschaftlichkeit und Kooperation eingehaucht hatte. Er ließ seinen Wagen an, fuhr nach Hause und bat Frau Eggert telefonisch, für 16 Uhr die Abteilung für Kultursoziologie zusammenzurufen.

Als Hanno ins Büro kam, waren Veronika, Frau Kopp, die Verwalterin der Wissenschaftlichen Assistentenstelle, Dr. Seifert, die Bibliothekarin und die Hilfskräfte schon in seinem Büro versammelt und hatten sich auf das Sofa, die Sessel und die Stühle verteilt, die an den Wänden für Gruppensitzungen bereitstanden. Frau Eggert holte noch gerade die Mitarbeiter der Arbeitsstelle für »Subkultur und Gegenkultur«, erfuhr er. Als sie kamen, wartete er, bis auch sie sich gesetzt hatten, trat dann etwas zurück und kam gleich zur Sache.

»Ich danke Ihnen«, begann er, »daß Sie alle Ihre Arbeit für diese kleine Zusammenkunft unterbrochen haben. Aber wir Soziologen finden ja nichts dabei, die Reflexion auf die Gesellschaft manchmal durch die Teilnahme an der Gesellschaft zu unterbrechen.« Sie lächelten milde über diesen humorigen Appell an ihr Selbstverständnis. »Dabei gehört der konkrete Anlaß eher zum Bereich subkultureller oder gegenkultureller Erfahrung. Die meisten von Ihnen werden gehört oder gelesen haben«, er schwenkte die Nummer des JOURNAL, »daß es in der Universität angeblich einen Fall sexueller Nötigung gegeben hat. Die Details erspare ich Ihnen, Sie finden sie in den Spalten dieser Postille. Wenn ich richtig gelesen habe, ist gegenwärtig der Disziplinarausschuß der Universität mit der Untersuchung des Falles befaßt. Es handelt sich also um ein schwebendes Verfahren. Nun komme ich zum eigentlichen

Grund, aus dem ich Sie hergebeten habe. In dieser Nummer des JOURNAL können Sie nachlesen, daß die Studentin, um die es sich handelt, an unserem Institut studiert hat. Deshalb richtet sich die Aufmerksamkeit aller derjenigen, die an dem Fall interessiert sind, auf uns.« Wer vorher noch nicht zugehört hatte, hörte jetzt zu. »Natürlich vor allem auf die männlichen Mitarbeiter«, fügte er mit einem nervösen Lachen hinzu und erntete ein ebenso unbehagliches Lachen der anwesenden Männer. »Es sieht nun so aus, daß aus all dem eine Kampagne werden könnte. Wir sollten da vielleicht noch mal die Schriften des Kollegen Uhlig konsultieren, zu dessen Forschungsgebieten bekanntlich Skandale und Kampagnen gehören.« Wieder erntete er das pflichtschuldige Lächeln seiner Zuhörer. »Mir schien es deshalb geboten, daß wir uns in unserer Abteilung noch einmal versammeln und unser Immunsystem überholen, bevor wir vielleicht schon durch wechselseitige Verdächtigungen und Unterstellungen unheilbar krank sind.« Jetzt fühlte er langsam das magnetische Feld des Corpsgeistes. »Wir sind alle Soziologen, und ich habe mich manchmal gefragt, ob nicht unsere wissenschaftliche Erkenntnis dazu führen müßte, daß wir mit sozialen Krisen besser fertigwürden. Nun, wir alle kennen die Mechanismen der Eskalation. Wir alle wissen, wie schwer unklare Unterstellungen dementiert werden können. Wir alle sind mit den internen Grenzen der Kommunikation vertraut, an denen jede Beteuerung der eigenen Unschuld aufläuft und im Selbstdementi endet. Wir alle haben auch Veronikas Artikel über die korrodierende Wirkung des Verdachts bei Morduntersuchungen gelesen; um einen Schuldigen zu finden, muß man erst alle verdächtigen.« Jetzt hatte er sie zu einem Bataillon zusammengeschweißt, über dem das Banner der Soziologie wehte. Nur das Angriffsziel mußte noch benannt werden. »Ich schlage deshalb vor, daß wir den unvermeidlichen Anschlag auf unseren guten Ruf erst einmal durch wechselseitige Unschuldsvermutungen ins Leere laufen lassen. Es gibt keinen Mitarbeiter an unserem Institut, dem ich solch ein verwerfliches Verhalten zutrauen würde, wie es sexuelle Nötigung darstellt. Solange unser Geschäftsführender Direktor noch in Cornell ist, werde ich es deshalb als meine Aufgabe ansehen, mich vor jeden Kollegen zu stellen, den man verdächtigen sollte. Solange nicht das Gegenteil bewiesen ist, gilt er als unschuldig.« Als Hanno eine Pause machte, standen alle Anwesenden auf und applaudierten. »Ich danke Ihnen, ich danke Ihnen! Nein, das ist keine Routinedanksagung, ich bin Ihnen wirklich dankbar, daß Sie in diesem Punkt mit mir übereinstimmen. Es ist nicht selbstverständlich. Lassen Sie mich deshalb die Gelegenheit beim Schopf ergreifen, Ihnen einmal zu sagen, wie sehr ich Ihnen allen für ihre Loyalität dankbar bin. Dies bedeutet mir mehr, als ich normalerweise ausdrücken kann. Man braucht fast eine solche Gelegenheit wie diese hier, um so etwas einmal zu sagen.« Hanno war jetzt selbst gerührt, und einige Mitarbeiter bekamen glänzende Augen. »Es gibt wenige Institute, in denen solch ein team spirit und so eine menschlich angenehme Atmosphäre herrschen wie in unserer Abteilung.« Wieder brach Beifall aus. »Danke, ich glaube, ich mache jetzt lieber Schluß, bevor ich Ihnen vor Rührung um den Hals falle.« Er sah sich um, und selbst die kühle Frau Eggert schien jetzt von innen zu leuchten. »Nur noch eins: Es wird vielleicht demnächst Demonstrationen vor unserem Institut geben. Lassen Sie sich bitte nicht provozieren. Ich will Ihnen da nicht hineinreden, aber ich persönlich würde Ihnen raten, sich auf keine Debatten einzulassen. Vielleicht gibt es ja einen Schuldigen, und der muß gefunden und bestraft werden. Aber ganz unabhängig davon sind die Demonstranten auch in Pogromstimmung. Ihnen ist jeder Schuldige recht, und sie sind nicht wählerisch. Auch hier wissen wir ja als Soziologen, daß der kollektive Wunsch nach Vergeltung ganz andere Gründe hat als den Wunsch nach Gerechtigkeit. Und Analoges gilt ja wohl auch für die Presse – mit der Einschränkung, daß es hier die Jagd auf Sensationen ist, die den Wunsch nach einem Schuldigen beflügelt. Von mir jedenfalls wird niemand etwas erfahren. Solange die Untersuchung universitätsintern noch nicht abgeschlossen ist, sollten wir uns alle nach außen Zurückhaltung auferlegen. Im übrigen bin ich sicher, daß Kultursoziologen die sozialtechnischen Vorteile von Takt und Diskretion zu schätzen wissen. Sie werden schon das Richtige tun. Ich danke Ihnen!«

Hanno hatte plötzlich abgebrochen, weil mit seinen Zuhörern eine deutliche Veränderung vorgegangen war. Er konnte es zunächst nicht deuten, bis er bemerkte, daß sie an ihm vorbeiblickten. Er drehte sich um und fuhr zurück. Hinter seinem Rücken am Fenster standen zwei grinsende Bauarbeiter, und einer von ihnen hielt den Mittelfinger in seiner geballten Hand in einer eindeutigen Geste senkrecht nach oben gestreckt.

Am Abend desselben Tages wälzte sich Bernie in seinem Fernsehsessel zu Hause herum und sah sich einen deutschen Kriminalfilm aus der Serie »Derrick« an. Als Professor hatte Bernie ein schlechtes Gewissen, wenn er fernsah. Das war reine Zeitverschwendung und eines geistigen Menschen nicht würdig. Denn während eines solchen Films hätte er besser ein paar wissenschaftliche Aufsätze lesen oder an seinem Aufsatz über »Die ironische Verwendung der Erlebten Rede bei Flaubert« schreiben können. Aber Bernie dachte nicht gerne an seine Veröffentlichungen, denn er hatte bis jetzt überhaupt nur seine Dissertation und vier weitere Aufsätze publiziert. Als Publikationsliste war das erbärmlich kurz und für einen richtigen Professor eigentlich zu wenig. Deshalb hatte er sich immer wieder vorgenommen, durch ein paar weitere Publikationen die Optik zu verbessern. Nicht, daß es irgend jemand gekümmert hätte – aber es wäre für sein Selbstgefühl gut gewesen. Dabei ging es fast allen seinen Kollegen genauso. Doch die suchten ihre Kompensationen in der Lehre. Die Lehrerfolge dokumentierten sie dadurch, daß sie volle Seminare hatten und dann unter der Überlastung stöhnten. Und die Seminare füllten sie, indem sie die Leistungsstandards senkten, was ihrer Abstinenz in der Forschung wieder entgegenkam. Das schien Bernie zu erbärmlich. Deshalb holte er sich seine Befriedigung in der Politik und reservierte seinen Forschungsehrgeiz für später. Eines Tages würde er sein zweites Buch folgen lassen: »Alltag und Banalität in *Madame Bovary*«, das ihn mit einem Schlag zu einem Kritiker von Statur machen würde. Aber mittlerweile mußte er diesen Kriminalfilm sehen. Deutsche Filme waren nämlich die einzigen, die er ohne schlechtes Gewissen sah. Das lag daran, daß er von ihnen nicht unterhalten wurde. Im Gegenteil: Er wurde von ihnen in einen Zustand quälender und erbitterter Langeweile versetzt, die ihn so sehr aufregte, daß er schon wieder unterhalten wurde, ohne es zu merken. Im Geiste verglich er sie ständig mit amerikanischen oder französischen Kriminalfilmen und konnte seine Wut dabei kaum beherrschen: Irgend etwas war mit den deutschen Filmemachern und Schauspielern nicht in Ordnung. Eine kollektive Seuche hatte sie unfähig gemacht, Konflikte darzustellen. Wenn ein deutscher Schauspieler einen erbitterten Polizeikommissar spielte, dann spielte er nicht einen erbitterten Polizeikommissar, der die Leute beschimpfte und seine Untergebenen fertigmachte, sondern einen Schauspieler, der sich dafür entschuldigte, daß er einen erbitterten Polizeikommissar spielte, indem er augenzwinkernd zu verstehen gab, daß er im Grund ein gutmütiger Schauspieler war. Bernie konnte sich so sehr darüber aufregen, daß er unfähig war, mit anderen zusammen fernzusehen. Er ruinierte ihnen mit seinen bösen Kommentaren jede Chance zu verstehen, worum es ging. Und deshalb mußte er sich alleine aufregen. So krümmte er sich jetzt vor Schmerzen und wies mit ausgestrecktem Zeigefinger auf die sinnlosen Sequenzen, mit denen die Regisseure Zelluloid zu schinden suchten. »Oh!« schrie er, als der glotzäugige Kommissar wie ein Lemure zur Tür hereinkam, Tür außen – Bildschnitt – Tür innen, jetzt griff er zum Telefon, wählte – Bildschnitt, Telefon am Ohr, tut-tut, niemand da, Bildschnitt, Hörer wieder hingelegt. Wozu sollte diese Aktion gut sein, wenn der Kerl am anderen Ende des Telefons sowieso nicht da war? Und dieser traurige Froschblick des Kommissars, der grenzenloses Verständnis ausdrückte! Das war es, was er an den deutschen Regisseuren so sehr haßte. Sie fürchteten den Dissens, den Streit, den Konflikt, sie appellierten nur an das Einverständnis des Publikums. Oh, oh, und jetzt kam da der schratige Assistent des Kommissars, eine Figur wie aus dem Bauerntheater, ein Depp – und jetzt hob der auch noch den Telefonhörer ab, wählte, tut-tut, Schnitt, Froschblick des Kommissars, niemand da, der Schrat legt den Hörer wieder auf – und dann sagt er doch tatsächlich: »Es ist niemand da.« »Nein!« schrie Bernie, als bei ihm das Telefon läutete, hob ab und schrie »Nein! Ich bin gerade an der spannendsten Stelle.« Es war Schmale, wer sollte es auch anders sein um diese Zeit?

»Bernie, siehst du etwa fern?«

»Nein, ich bin gerade bei einem wissenschaftlichen Werk. Du hast mich gestört. Der Abend ist für mich heilig. Ich muß schließlich auch mal meine wissenschaftlichen Aufgaben erledigen.«

Schmale war offenbar beeindruckt. »Tut mir leid, Bernie – aber Erwin hat mir erzählt, ihr hättet euch heute die Demo angeguckt.«

»Ja, es war Pipifax. Ein paar Leute mit der Wagner als Marketenderin. Das können wir vergessen.«

»Hast du nicht die Landesschau gesehen?«

»Die Landesschau? Ich sag dir doch, ich sehe nicht fern. Was ist das, Landesschau?«

»Wir haben uns heute mit dem großen Häuptling zusammen im Büro die Landesschau angeguckt. Und da sah das nicht mehr nach Pipifax aus. Da sah das aus wie eine gigantische Menge unübersehbarer Massen vor dem Hauptgebäude. Aufgebrachte Demonstranten, verzerrte Gesichter, schaurige Plakate – eine ganze Kollektion. Drei Minuten lang, sag ich dir. Ich hab's gestoppt – drei Minuten lang! Der große Häuptling ist fast ausgerastet. Ich soll dir sagten, du mußt dich darum kümmern.«

»Wie meint er das?«

»Du sollst ins Soziologische Seminar gehen und da mit dem GD reden. Die sollen sich was ausdenken, wie sie den Typen finden, der diese Studentin vergewaltigt hat. Oder du sollst ihn selber finden – Hauptsache, es passiert was. Bei uns läuft die Pressestelle heiß. Alle naselang rufen Journalisten an. Sie wollen wissen, was wir tun, Bernie! Wir können das jetzt nicht mehr auf kleiner Flamme kochen – wir müssen wenigstens sagen, wir haben gesucht! Bernie, bist du noch da?«

»Ja, ich überlege nur, was ich da machen soll. Ich kann doch nicht zu den Soziologen gehen und fragen: ›Wer ist bei euch hier der staatlich geprüfte Vergewaltiger?‹ Wie stellt ihr euch das vor? Ich bin doch kein Polizeikommissar!«

»Du brauchst überhaupt nichts zu tun, aber wir müssen sagen können, wir haben nichts unversucht gelassen. Mach, was du willst, aber nachher erzähl uns was. Du hättest ihnen den dritten Grad gegeben, was weiß ich. Der große Häuptling will was in Händen haben. Geh doch zu dem GD und red mal mit dem.«

»Wer ist das, kennst du den?«

»Nein. Er heißt Radimowsky oder so. Aber der ist in Cornell, schreibt das JOURNAL. Hör mal, geh doch zu dem Hackmann, der ist prominent. Wenn der seine gepflegte Suada im Fernsehen abläßt, dann beruhigen die sich von selbst. Hast du ihn neulich in der Serie ›Geistige Profile‹ gesehen? Ach ja, du siehst ja nicht fern! Präsidial, sage ich dir! Obergepflegt! Schleif ihn ins Fernsehen, der wirkt wie das Gegenteil der sexuellen Nötigung. Wiedersehen, Bernie! Ruf mich morgen an!«

Und er legte auf.

Bernie dachte nach. Pit hatte recht. Morgen würde er als erstes Hackmanns Sekretärin anrufen und einen Termin mit ihm ausmachen. Und damit wandte sich Bernie wieder der lustvollen Qual seines Kriminalfilms zu.

13

Niemand von Tews' Bekannten benutzte seinen zweisilbigen Vornamen, weil er zu kompliziert schien, um den einfachen Wesenskern seines Charakters zu bezeichnen. Tews – das traf es richtig. Die einfach Lautfolge drückte die Fähigkeit aus, auf der permanenten Welle der Gegenwart zu surfen: Tews. Er bestand überhaupt nur aus Weltkontakt. Er fand sich wieder in der Extrovertiertheit. Das Innere seines Schädels lag als äußere Landkarte vor seinen Augen differenzlos da. Dabei verwandelte seine Vitalität alles, was ihm nahe kam, in ein Fest. Er war ein soziales Genie, ein Hans Dampf in allen Gassen, ein Johannes-Faktotum und ein König Karneval, ein Held der westlichen Welt und ein Liebling der Frauen. Das Feld seiner Tätigkeit war schier unerschöpflich, und es gab kein Milieu, dessen Konvivialität er nicht anzuzapfen verstand. Viele brachten diese besondere Fähigkeit von Tews mit seiner Herkunft in Verbindung: Auf der Grenze zwischen Ungarn und Serbien als Sohn eines Volksdeutschen und einer spaniolischen Jüdin geboren, war er von einer türkischen Amme erzogen worden und als Teenager mit seiner Familie nach Frankreich emigriert, weil sein Vater den französischen Behörden weismachen konnte, seine volksdeutschen Vorfahren aus dem Banat seien aus dem Elsaß eingewandert. Und so kam es, daß Tews mit sechs Muttersprachen heranwuchs: Serbokroatisch, Ungarisch, Türkisch, Deutsch, Französisch und Spanisch. Englisch und Russisch kamen später noch dazu. Das Studium der Germanistik hatte ihn dann nach Hamburg geführt, wo er bald im Sprachenimperium von Kurtz seine vielfältigen Talente anbringen konnte, ohne ein Buch lesen zu müssen. Denn das war das einzige, was Tews nicht gern tat. Die graphischen Spuren der Worte ließen ihn kalt. In seiner Welt wehte nur der lebendige Atem des gesprochenen Wortes. Und so war Tews auch zum Theater geraten. Im Deutschen Schauspielhaus war er eine bekannte Figur, die gleichermaßen als König der Statisterie, als begabter Arrangeur von Fecht- und Prügelszenen und als sangeskundiger Shakespeare-Narr beliebt war. So kam es, daß Tews zu einer morgendlichen Probe von »Was Ihr Wollt« ins Schauspielhaus ging. Wie häufig in der letzten Zeit war die Probe blockiert. Die Hauptdarstellerin Tilla Semper weigerte sich, ein Kostüm zu tragen, das nicht eigens für sie geschneidert worden war. Dafür war die Kantine des Schauspielhauses geöffnet. In ihr saß an einem der schwarzen Tische zusammen mit etlichen Bühnenarbeitern Tews und lehnte mit dem Rücken an der Wand. Seine Rechte umklammerte eine Bierflasche, seine Linke hatte er in die Luft gehoben, seine Augen waren verzückt nach oben geschraubt, und den Mund hatte er geöffnet, um eine perfekte Imitation von Harry Belafontes Banana-Lied zu geben. Er schraubte das westindische Pidgin-Englisch Belafontes in die oberen Sphären musikalischer Verzückung, ließ es dort in dramatischen Explosivlauten zerplatzen und dann in einer Stufenleiter von Banana-Silben langsam zu Boden perlen, wobei seine erhobene Hand diesen köstlichen Abstieg mitvollzog. Dann hob er die Bierflasche und gab damit den gespannt wartenden Bühnenarbeitern das Einsatzzeichen zum frisch erlernten Refrain, den sie mit jener rückhaltlosen Hingabe sangen, zu der die alkoholische Unterstützung befähigt.

Die Runde saß im oberen Teil der Kantine auf der Empore, von der aus man auf ein Fresko mit antiken Tempeln blickte. Von der Bühnenseite aus war die Kantine nur durch eine unauffällige Tür zu erreichen. Aber auf der anderen Seite öffnete sie sich zum öffentlichen Theaterrestaurant hin, von dem sie nur eine Säulengalerie und ein Gitter trennten. Das erhöhte den Umsatz des Restaurants beträchtlich, weil damit den theaterbegeisterten Hamburgern die Gelegenheit gegeben wurde, ihre Stars in der Kantine und während der Vorstellungspausen sogar im Kostüm zu bewundern. Insofern war die Kantine selbst eine Art Bühne, was durch die Empore zusätzlich unterstrichen wurde, auf der Tews gerade zur Laute gegriffen hatte und ein lyrisches Intermezzo mit Shakespeares Narrenlied aus »Was Ihr Wollt« gab.

»Und als ich vertreten die Kinderschuh...«

klang es zart durch die Kantine und ließ alle Statisten und Kleindarsteller ihre Konversation unterbrechen.

»Der Regen, der regnet jeglichen Tag.«

Als Tews mit der tiefmelancholischen Note geendet hatte, die auch der letzte Ton von »Was Ihr Wollt« ist, herrschte eine Sekunde Stille. Dann klang es plötzlich aus dem Restaurant durch das Gitter in breitestem Berlinerisch herüber: »Da könn wa auch ma 'n Lied von singen, wat, Willi? Daß der Regen jeden Tag regnet? Wo der Dichter recht hat, hatta recht.«

Diese Bemerkung löste überall zustimmende Heiterkeit aus, denn zunächst dachten alle, das sei eine Parodie, wie sie unter den zitierfreudigen Schauspielern üblich war. Dann wurde erst deutlich, daß der Kommentar von einem richtigen Menschen kam; daß man gerade eine Sekunde volkstheaterlicher Kommunikation erlebt hatte, wie man sie in den ewigen Theatergesprächen ständig beschwor: Der Mann auf der Straße reagiert auf Shakespeare. Tews stand auf und trat an das Absperrgitter zum Restaurant. Sein Blick fiel auf zwei Männer in Arbeitskleidung, die als einzige Gäste an einem Tisch auf die Bedienung warteten. Er bemerkte sofort, daß sie nicht zum Restaurantbesuch gekommen waren, sondern nur eine Frühstückspause einlegten. Er winkte ihnen zu.

»He, Leute, kommt rüber zu uns, hier ist es viel billiger.«

Die Arbeiter sahen sich unschlüssig an.

»Ja, wirklich!« rief Tews. »Da, wo ihr seid, ist das Restaurant, die Kantine für die arbeitenden Menschen ist hier.«

Die beiden erhoben sich langsam und kamen zu der Öffnung im Messinggitter. Als sie das einbeinige Holzschild mit der Aufschrift »Nur für Bedienstete des Schauspielhauses« sahen, das wie ein Stehpult im Eingang stand, zögerten sie erneut.

»Das ist schon in Ordnung«, beruhigte sie Tews und führte sie zum Tresen. »Ihr arbeitet doch hier für uns, oder?« Er bedeutete Mustafa hinter dem Tresen, den beiden auf Kosten des Hauses ein paar belegte Brötchen auf den Teller zu packen. »Was wollt ihr, Bier oder Kaffee?« Die beiden entschieden sich für Bier.

»Wir reparieren bei Euch die Stufen im Treppenhaus«.

Als sie zahlen wollten, zwinkerte Tews ihnen zu. »Euer Arbeitgeber hat bezahlt.«

Leicht verschüchtert und beeindruckt folgten sie Tews wie zwei

Hündchen an seinen Tisch. Doch als sie sich niedergelassen hatten und feststellten, daß sie unter Arbeitskollegen waren, taute der ältere von ihnen sichtlich auf.

»Das war Klasse, wie du gesungen hast, richtig Spitze!«

»Das kannste jeden Tach hören bei uns hier im Schauspielhaus«, erwiderte einer der Bühnenarbeiter und machte eine bedeutsame Pause. »Wenn du 60 DM fürs Parkett zahlst.« Und die ganze Runde brach in satirisches Gelächter aus.

»Wart ihr schon mal hinter der Bühne?« fragte der wortführende Bühnenarbeiter, so wie die Stadtmaus die Landmaus fragt, ob sie auf dem Lande auch eine U-Bahn haben.

»Bühne?« antwortete der Berliner und zwinkerte seinem Kumpel zu. »Brauchen wir eine Bühne, Willi?« Und dann brachen die beiden in ein Gelächter aus, dessen Unverständlichkeit die Stadtmäuse frustrieren sollte. Als sie hinlänglich verständnislos guckten, ergänzte der Berliner: »Da, wo wir arbeiten, ist auch eine Bühne.« Und beiden ließen erneut ihr Gelächter hören.

»Die arbeiten bestimmt am Ernst-Deutsch-Theater«, wandte sich die Oberstadtmaus an die anderen Stadtmäuse, so als ob er gesagt hätte: ›Die wissen gar nicht, was ein Theater ist.‹

Da öffnete der Kollege des Berliners, den er mit »Willi« angeredet hatte, zum ersten Mal seinen Mund und ließ ein eigenartiges Hecheln hören. Alle sahen sich erstaunt an, bis jedem klar wurde, daß Willi stotterte.

»Ha-ha-ha-ha-ha- an der Uni arbeiten wir«, brach es aus ihm heraus.

»Also ick sage Euch wat«, nahm der Berliner den Faden wieder auf. »Wir müssen da so eine Mauer verklinkern, langweilig ist det, nur Stein auf Stein, eine riesije Wand. Kannste noch nicht mal drüberkieken. Glotzt die janze Zeit jejen die Wand, wo du verklinkerst. Direkt stumpf is det. Menschenunwürdig, sage ick dir… Und da sehe ick, wie der Willi da oben auf'm Jerüst durch so'n Fenster starrt. ›Wat is da los, Willi?‹ sage ick, aber er macht nur psst!« Er demonstrierte, wie Willi den Finger auf den Mund legte.

»Da denke ick, det muß ja wat sein, und schleiche mir nach oben. Ich kiek durch dat Fensta, und ick globe, mir trifft der Schlach.« Er machte eine bedeutungsvolle Pause und setzte Tews den Finger auf die Brust. »Wat glaubste wohl, wat ick sehe?«

Tews schüttelte mit dem Kopf. »Keine Ahnung.«

»Eine nackte Frau seh ick.«

Diesmal dehnt er die Pause bis zur Unerträglichkeit.

»Na, und was macht sie?« Die Stadtmaus hatte ihre Rolle als überlegener Insider vergessen und hing jetzt an den Lippen der Landmaus.

»Was macht sie? Sie schreit.«

»Sie schreit?«

»Ja, so ein Typ jagt sie um den Schreibtisch, und sie schreit. Da bleibt sie stehen, sie auf der einen Seite und er auf der anderen. Plötzlich läßt er die Hose fallen.«

Die Gespräche an den Tischen ringsum waren verstummt.

»So einen Kavenzmann hatte der, sage ich.« Er hob die Hand, um die erstaunliche Größe eines erigierten Penis anzudeuten. »Er packt sie, reißt ihr das Höschen runter, knallt sie rückwärts auf die Tischplatte und rammelt sie auf dem Schreibtisch.«

»Oben auf dem Schreibtisch?« rief die Stadtmaus ungläubig.

»Mitten drauf«, bestätigte der Berliner.

»Da-da-da-da-da-das stimmt«, meldete sich Willi. »Hoho-ho-ho- oben drauf.«

»Mensch, war det eine Nummer. Dieser Typ rammelt wie ein Weltmeister. Weil dat immer weiterjeht, guckt Willi auf die Uhr.«

»Und – wie lange hat er es geschafft?« wollte Tews wissen.

»Ma-ma-ma-ma-...«, er unterbrach seine Agonie, um neu anzusetzen: »Ma-ma-ma-ma-ma-...«

»Seine Uhr war kaputt«, übernahm der Berliner. »Aber es waren sicher zehn Minuten.«

»Fünfzehn«, verbesserte Willi, jetzt ohne Schwierigkeiten.

»Jetzt übertreibst du aber, Willi. Fuffzehn Minuten ist eine Viertelstunde! Auf jeden Fall geht das so lange, daß sich die anderen das auch noch angucken können. Schließlich ist er fix und fertig, da kann Kurt es nicht länger aushalten und fängt an zu klatschen – wie im Theater.«

»Da-da-da-da-da-das war Wolfgang.«

»Gut, Wolfgang, is ja auch egal. Weil – eigentlich haben wir dann alle geklatscht. Der Typ hört das, springt zum Fenster und zieht den Vorhang zu. Da war die Vorstellung zu Ende. Ne bessere Schau macht ihr hier auch nicht!« wandte er sich an die Stadtmaus.

Die Runde war beeindruckt, und Tews war nachdenklich geworden.

»Wo war das in der Uni?«

»Wie heißt diese Bude noch, Willi, das is da gegenüber... da wo der große Parkplatz ist. Das is so ein großer Kasten mit einer riesigen Wand, steht ein Gerüst vor.«

Tews wußte nicht, was er meinte.

»Willi, wie heißt det denn? Auf der andern Seite ist ein Kino, soziales... irgentwat mit soziales...«

»Soziologisches Institut?« fragte Tews.

»Genau, det isset. Wir müssen noch die Rückwand aufmauern. Aber weeßte wat? Paar Tage danach sehe ick denselben Typen, wie er eine Katze über den Parkplatz jagt. Irre Typen sind das da auf der Uni.«

Die Stadtmaus zeigte auf Tews.

»Er ist auch von der Uni.«

»Tatsache?« Der Berliner sah ihn an. »Studierste da noch? Kennste den Typ vielleicht? Fährt einen blauen Mercedes 300 SL mit Weißwandreifen. So ein Professor wie im Fernsehen.«

»Und zwischen den Vorlesungen nagelt er seine Studentinnen«, ergänzte die Stadtmaus, und alle brachen in ein sozialkritisches Gelächter aus. Als sie sich ausgelacht hatten und schwiegen, wandte sich Willi plötzlich an Tews.

»Ka-ka-ka-ka-ka-kannste noch mal das Lied von eben singen? Das mit dem Regen?«

Tews zögerte. »Noch mal?« Dann kam ihm ein Gedanke, und er griff zur Laute. »Ich sing's euch jetzt im Original.« Und er sang:

»When that I was and a little tiny boy
with the heyho, the wind and the rain,
a foolish thing was but a toy
for the rain, it raineth every day.«

Doch ehe er zur zweiten Strophe kommen konnte, knarrte der Lautsprecher: »›Was Ihr Wollt‹, alles auf die Bühne bitte! Die Probe geht weiter.«

14

In der letzten Zeit schlief Hanno schlecht. Die ganze Affaire mit Babsi zehrte an seinen Nerven. Dann war auch noch der alte Professor von Zitkau gestorben, bei dem er Politik studiert hatte. Und im übrigen war die Liege in seinem Arbeitszimmer alles andere als bequem. Immer wieder fuhr er aus unruhigen Träumen auf, und wenn er aufwachte, fühlte er, wie sein Herz raste. Verzweifelt versuchte er, wieder einzuschlafen und steigerte sich durch die Vergeblichkeit der Willensanstrengung in rasende Verbitterung. Hellwach verfolgte er, wie das graue Licht des Morgens durch das Fenster kroch, bis er dann wieder einschlief, kurz bevor der Wecker rasselte.

Und so war Hanno tagsüber müde. Deshalb war ihm etwas widerfahren, was noch nie geschehen war. Er war am späten Nachmittag auf seinem Schreibtischstuhl im Büro eingeschlafen. Er träumte, daß er im Theater den Hamlet sähe, und Gabrielle spielte Ophelia. Es wunderte ihn nicht, daß sie das tat, denn es war die Gabriele ihrer ersten Bekanntschaft, und sie strahlte Lieblichkeit und Anmut aus. Plötzlich saß er selbst auf der Bühne, und sie warf ihm seine Geschenke vor die Füße. Dabei klopfte sie ständig mit einem hochhackigen Schuh auf den Bühnenboden, poch, poch, poch. Poch, poch, poch machte es auch an Hannos Bürotür. Mit einem Ruck, der seine Nerven vibrieren ließ, fuhr er aus dem Schlaf. Jemand klopfte an die Tür! Es kam ihm plötzlich so vor, als ob das Klopfen schon eine Ewigkeit gedauert hätte. O Gott, er hatte den Termin mit diesem Weskamp verschlafen! Hanno ordnete sein Haar, zog seinen Schlips zurecht, ging zur Tür und machte sie auf.

»Guten Tag, Herr Weskamp – entschuldigen Sie, ich habe gerade noch ein Telefonat beendet!«

Hanno kannte Weskamp flüchtig aus der Universitätsgesellschaft. Das war eine Reklameeinrichtung der Universität, mit der die Verwaltung mögliche Geldgeber der Stadt mit interessierten Akademikern zusammenbrachte. Umgekehrt lieferte die Universität den Gattinnen der Geldgeber gepflegte Geselligkeit in Form akademischer Soireen mit kaltem Buffet und kurzen, kultivierten Vorträgen. Bei jeder dieser Soireen wurde den Gästen ein anderes Institut vorgestellt, und als die Romanisten an die Reihe kamen, hatte Hanno Gabrielle hingeschleppt, weil sie als Au-pair-Mädchen mal in Lyon gewesen war und im Romanistischen Seminar elegante Franzosen erwartete. Daß dann ein Haufen deutscher Kleinbürger herumlungerte, war für sie eine große Enttäuschung gewesen, wobei sie bei ihrer Massenverurteilung nach dem Abend Weskamp vergleichsweise gnädig behandelt hatte.

»Wir haben uns in der Universitätsgesellschaft kennengelernt, nicht wahr?« Hanno gab ihm die Hand. »Vielleicht setzen wir uns hierher.« Hanno plazierte ihn auf das Besuchersofa. »Sie nehmen doch einen Whisky? Nein?« »Es ist ein Tullamore Dew«, fügte er aufmunternd hinzu. »Nun, ich genehmige mir jedenfalls einen.« Er goß sich zwei Finger ein, hob die Flasche und sah Weskamp an. »Sie sagen es, wenn Sie es sich anders überlegen?« Dann lehnte er sich zurück und betrachtete die große, jungenhaft schlaksige Gestalt auf dem Sofa. Eigentlich wirkte dieser Weskamp ganz sympathisch. Gar nicht inquisitorisch. Merkwürdig, daß er sich ausgerechnet den Vorsitz im Disziplinarausschuß ausgesucht hatte. Und dann noch bei beiden Ausschüssen, wie er erfahren hatte, im Disziplinarausschuß des Fachbereichs Sprachwissenschaften und im großen Disziplinarausschuß der Universität: der Großinquisitor! Ein harmlos aussehender Torquemada. Je harmloser sie waren, desto gefährlicher. Hanno hatte in einem Sammelband mal etwas über Folterpraktiken und Geständnisse geschrieben. Katz und er hatten den Band herausgegeben, bei Suhrkamp. »Bekenntnis und Geständnis« hatten sie ihn genannt, und im Untertitel »Formen der Selbstthematisierung«. Welche Ironie! Er mußte sich jetzt auch thematisieren, aber so, daß er wie ein Leuchtturm der Respektabilität wirkte.

»Zunächst danke ich Ihnen, daß Sie so schnell einen Termin für mich freimachen konnten«, eröffnete Weskamp die Partie mit einem weißen Bauern.

»Scheußliche Sache, diese Geschichte, die Sie da untersuchen.« Hanno zog seinen schwarzen Bauern.

»Ja, degoutant. Nicht das, was man gerne untersucht.« Zweiter weißer Bauer ein Feld nach vorn.

»Aber nach den Veröffentlichungen und den Demonstrationen gerät die Verwaltung wohl unter Druck, und die Frauenbeauftragte will Blut sehen?« Schwarzer Bauer, um den weißen Läufer herauszulocken.

»Auch das. Nun konzentriert sich die Aufmerksamkeit auf Ihr Institut, weil die betreffende Studentin bei Ihnen studiert hat. Kennen Sie sie?«

Hannos Alarmanlage schrillte. Was machte er da? Bot er ihm seinen Bauern zum Fressen an? Eine Falle!

»Wie sollte ich das? Ihr Name ist doch der Öffentlichkeit nicht bekannt.« Hanno überlegte. Aber Weskamp mußte ihn doch kennen, weil er mit Babsi das Gespräch in der Klinik geführt hatte. Er brannte darauf, ihn danach zu fragen. Aber, wenn er den Namen erführe, mußte er zugeben, daß er sie näher kannte, und er wollte lieber auf Distanz bleiben, solange es ging. »Wir alle im Institut sind naturgemäß tief betroffen, daß so etwas bei uns vorgekommen sein soll. So eine Anklage bringt natürlich Unruhe in die Abteilungen, vor allem, seit es diesen öffentlichen...«, er wollte sagen »Rummel«, besann sich aber, »dieses öffentliche Aufsehen gibt.« Jetzt zog er den Springer zum Gegenangriff. »Wir möchten Ihre Untersuchung nicht erschweren, aber Sie werden verstehen, daß ich mich vor alle Mitarbeiter stelle. Wir könnten vielleicht etwas... etwas kooperativer sein, wenn Sie nicht Ihren Bericht gleich an die Presse gegeben hätten.«

»Ja, das ist sehr unglücklich. Glauben Sie mir, es war ein Versehen. Die Protokollantin des Gesprächs ist neu in Hamburg und hat sich von einem Journalisten ausfragen lassen.«

Aha. Weiß zog seinen Bauern aus der Gefahrenzone. Er wankte, er war angeschlagen. Hanno zog den anderen Springer nach.

»Ja, aber nun ist das Kind in den Brunnen gefallen. Sehen Sie, als Soziologen kennen wir die korrodierende Wirkung allgemeiner Verdächtigungen, die sich bei so einer Jagd nach Sensationen immer einstellt. Jetzt gilt es nicht nur den Schuldigen zu ermitteln, sondern auch die Privatsphäre völlig Unschuldiger zu schützen.«

Weskamp brütete offenbar über seinen Figuren und nickte impotent.

»Und was ist, wenn das Mädchen alles erfindet?«

Da wachte Weiß wieder auf und zog einen Bauern.

»Na, dieses Argument ist tabu. Wenn wir damit argumentieren, haben wir sämtliche Feministinnen und Nichtfeministinnen auf dem Hals, denn das gilt als typisches Macho-Argument. Erfunden haben darf sie das nicht!«

Hanno dachte an Babsi. Sie könnte alles erfinden. Er brannte darauf, diesen Weskamp zu fragen, welchen Eindruck sie gemacht hatte, aber er sollte es lieber lassen.

»Welchen Eindruck hat sie denn auf Sie gemacht? Sie haben sie doch befragt. Wirkte sie glaubwürdig?«

War der Zug ein Fehler? Wirkten nicht genaue Kenntnisse schon zu verräterisch? Bewies nicht erst sein Mangel an Detailinformationen seine Indifferenz und persönliche Distanz? Er versuchte, unbeteiligt zu wirken, während er auf Weskamps Antwort wartete.

»Ich weiß nicht recht. Schwer zu sagen.«

Hanno spürte in sich den Drang zu fragen, ob sie Namen genannt hatte. Es kostete ihn eine merkliche Anstrengung, dem Sog zu widerstehen. »Wie dem auch sei«, er zog einen schwarzen Bauern vor, »auf jeden Fall steht in einer solchen Situation immer Aussage gegen Aussage, und dann – dann entscheidet die Glaubwürdigkeit. Und wer ist glaubwürdiger, ein Hochschullehrer dieser Universität oder ein Mädchen in psychiatrischer Behandlung? Nein, damit ist nichts anzufangen. Und jetzt, wo sie noch nicht mal einen Namen genannt hat...?« Hanno hob die Hände, um die Aussichtslosigkeit der ganzen Sache anzudeuten. Dann trank er das Whiskyglas mit einem Zug leer und stellte es mit einer Endgültigkeit auf den Tisch zurück, die seinem Gegner die Botschaft vermittelte, seine Stellung sei hoffnungslos und er könne die Partie ebensogut aufgeben.

»Aber sie hat ja den Täter genannt.«

Der Satz traf Hanno wie ein Kopfschuß. Er fuhr zurück. Vor seinen Augen kreisten kleine Punkte. Er mußte nach Atem ringen. Unvermittelt brach ihm der Schweiß aus. Sein Herz jagte, und er fühlte sich schwindelig.

An seinen Handgelenken pochten die Schürfwunden von seinem Sturz. Er zog das Taschentuch, um sich den Schweiß abzuwischen. Dann schneuzte er sich und simulierte einen Hustenanfall, um Zeit zu gewinnen.

»Entschuldigen Sie«, röchelte er schließlich, »eine verflixte Erkältung.«

Was sollte er jetzt tun? Diese verfluchte Babsi! Jetzt wußte dieser Großinquisitor Bescheid. Wer wußte es noch? Ob er ihn bestechen sollte zu schweigen? Oder überreden? Vielleicht konnte er ihm die ganze Sache erklären? Wie wäre es, wenn er sich ihm anvertraute und ihm die Wahrheit erzählte? Schließlich hatte er niemanden vergewaltigt und sexuell erpreßt.

»Wer weiß es noch?« Er mußte sich räuspern und konnte es erst im zweiten Anlauf sagen. Er fühlte den durchdringenden Blick seines Gegenübers auf sich.

»Niemand außer mir. Und der Protokollantin«, fügte er hinzu.

Hannos Hirn raste.

»Sehen Sie, der Institutsfrieden ist auch ein Rechtsgut«, hörte er sich sagen. »Kennen Sie die Geschichte von Dostojewskis Großinquisitor? Sicher kennen Sie die... Das eine ist der fundamentalistische Moralismus, und das andere ist die strukturelle Vernunft der Institutionen... Wir sind dazu da, die Institutionen zu schützen. Wir werden angegriffen von der leeren Subjektivität, von den neuen Enthusiasten des Gewissensterrors. Die Folgen interessieren sie nicht... Wir sollten auch in diesem Fall...« Ihm war bewußt, daß er galoppierenden Unsinn redete. Wo führte das hin? Er mußte sich bremsen. Hatte er nicht gerade gesagt, daß Aussage gegen Aussage stand? Er durfte sich jetzt nicht dazu verleiten lassen, irgend etwas zuzugeben. Verstehen würde dieser Weskamp nichts, wenn er die Wahrheit zugab. Er würde sein Geständnis protokollieren und die Presse benachrichtigen. O Gott, nein! Er mußte bei seinem Leugnen bleiben! Er mußte jetzt so tun, als ob er die ganze Zeit über von einem anderen Mitarbeiter des Instituts gesprochen hätte, den er vielleicht für schuldig hielt. Ja, aber was dann? Dann mußte er doch fragen, wen das Mädchen genannt hatte, wenn er es nicht selbst war. Aber dann erfuhr er ja, daß er es selber war, und mußte mit seinem Leugnen beginnen. Er brauchte Zeit zum Nachdenken.

»Sagen Sie mir nicht, wer es ist. Ich will es nicht wissen«, begann er wieder. »Man wird sonst furchtbar befangen, und das möchte ich mir ersparen.« Ja, das tat gut, so war es richtig! »Herr Weskamp, Sie werden finden, daß das Institut solidarisch zusammensteht. Ich selbst rate dazu, die Sache fallenzulassen. Sie werden sehen, es wird auf die übliche Konfrontation hinauslaufen: Anklage und Dementi, Glaubwürdigkeit gegen Glaubwürdigkeit. Und da habe ich keinen Zweifel, wer diese Konfrontation gewinnen wird.« Er sprach jetzt durch die Blume. Dieser Weskamp sollte doch denken, was er wollte. Wenn er ihn für schuldig hielt, konnte er es als Ankündigung auffassen, daß er kämpfen würde. Wenn er ihn für unschuldig hielt, konnte er sowieso gleich aufgeben.

Hanno erhob sich. »Es tut mir leid, daß ich Ihnen so gar nicht helfen konnte. Es wäre alles leichter, wenn nicht schon die Öffentlichkeit eingeschaltet worden wäre.« Auch Weskamp hatte seine 1,85 m erhoben und reichte ihm die Hand.

»Ja, das bedaure ich auch.« Er blickte Hanno jetzt durchdringend an. »Und wenn es nach mir ginge, würde ich den ganzen Kram fallenlassen, das können Sie mir glauben. Hoffen wir, daß es gelingt. Es ist etwas paradox, eine Reputation für Diskretion zu haben, aber es wäre nicht zum ersten Mal.« Und dann zwinkerte er ihm doch tatsächlich zu. »Auf Wiedersehen, Herr Hackmann.«

Er brachte ihn zur Tür. »Auf Wiedersehen.«

Als er die Tür wieder geschlossen hatte, blieb Hanno nachdenklich stehen. Er wußte nicht, was er von diesen letzten Bemerkungen halten sollte.

Die Musik rieselte wie ein Perlenvorhang herab. Der Oberkörper des Mannes am Klavier schaukelte im langsamen Takt der rhythmischen Wellen. Am Tisch in der Ecknische des Cordon Rouge in Pöseldorf brannte Bernie darauf, zu erzählen, was er gerade erlebt hatte. Allzu gerne hätte er Bernie den Polizeikommissar gezeigt. Aber das ging leider nicht. Diesem Fleischwolf von Kurtz konnte er doch nicht diese Geschichte erzählen, und der Schell auch nicht. Damit würde er bei Rebecca mit einem Schlag seinen Kredit verlieren. Hatte er ihn nicht gewonnen, weil er diskret und taktvoll war? War das nicht das Entrée-Billett zu den Korridoren der Macht? Da konnte er sich nicht plötzlich als Klatschbase entpuppen. Hatte er nicht den Fall Brockhaus auf leisen Sohlen erledigt? Andererseits würde er aber allzugerne Bernie den Unwiderstehlichen auftreten lassen. Denn Bernie empfand ein unangenehmes, enges Gefühl: Eifersucht.

Es war Rebecca gewesen, die den gemeinsamen Freitagsabendrestaurantbesuch mit Kurtz und der Schell vorgeschlagen hatte. Offensichtlich hatten die beiden ein Verhältnis. Aber daß Rebecca den Kurtz so gut kannte, hatte er nicht geahnt. Sicher, jeder im Senat kannte den Kurtz irgendwie – aber an den Blicken, die sie und Kurtz tauschten, und an ihren Gesten las er ein Einverständnis ab, das nur auf dem Humus vergangener Intimität gewachsen sein konnte. Über ihrer reibungslosen Verständigung lag ein Widerschein lächelnder Erinnerung wie ein Abendrot auf einem zerwühlten Hotelbett. Die Vorstellung, daß dieser Koloß mit ihr geschlafen hatte, machte die beruhigende Wirkung des opulenten Abendessens völlig zunichte. Um so mehr versprach sich Bernie etwas Beruhigung von dem herrlichen 1972 Cheval Blanc von St. Emilion. Mit Kennermiene studierte er das Etikett. In einem Bogen wölbte sich der Schriftzug »Château au Cheval Blanc«. Darunter, in einem Ornamentkreuz, stand die Jahreszahl 1972, direkt über dem Namen der Region St. Emilion, und ganz unten stand in Antiqua der Name des Besitzers, Fourcaud-Laussac. Bernie fühlte, wie in seinem Inneren mehrere Figuren auf einmal aufstanden. Bernie der Romanist, Bernie der Weltmann und Bernie der Kultivierte. »Ein St. Emilion muß es für mich sein.« Er sog die Luft durch den kleinen Schluck, den er aus dem Glas genommen hatte, und schnalzte dann ganz leicht mit der Zunge. »Er ist ungeheuer stark, so wie ein Port und ein Bordeaux zusammengenommen. Ich ziehe ihn dem Pomerol vor. St. Emilion ist Seide, und Pomerol ist Samt. Außerdem kenne ich den Besitzer.«

»Können Sie uns dann ein paar Flaschen billiger besorgen?« Bernie fühlte seinen Grimm steigen. Dieser Kurtz versuchte gleich, einen Reibach zu machen. Er sah, wie die Schell ihn anflirtete.

»Das ist unfein, Sahib. Laß lieber Herrn Weskamp erzählen, woher er den Besitzer kennt.«

»Das ist in der Dordogne. St. Emilion war eine Station auf dem Pilgerweg nach Santiago de Compostella...«

»Soll er doch lieber erzählen, was er in der Sache mit der sexuellen Belästigung herausgefunden hat«, unterbrach ihn Kurtz brutal und wandte sich an Bernie direkt. »Das interessiert Brigitte mehr als dieses Bildungsgerede über Santiago de Pomponella!«

Bernie wurde fast wieder nüchtern vor Wut. Jetzt mußte Bernie der Eisige an die Front und dem Kurtz eins aufs Dach geben.

»Ha, ha, ha«, lachte Bernie der Eisige stählern, »ich weiß nicht, ob sich jeder für unsere Hintertreppenpolitik in der Uni so interessiert wie Sie.« Er blickte zu Rebecca hinüber. »Außerdem gibt es so etwas wie Diskretion und Takt. Damit erledigt man manches leichter, als wenn man permanent die große Glocke läutet. Ich bin doch nicht die Katze, die die Schelle umhängt, wenn sie Mäuse fängt.«

Jetzt hatte er sie. Alle blickten ihn an, als ob er etwas verschwieg. Selbst Kurtz tauschte sein wölfisches Aussehen gegen den Ausdruck echten Interesses.

»Nun sagen Sie schon, was haben Sie rausgekriegt.«

»Dienstgeheimnis bleibt Dienstgeheimnis.« Bernie lächelte enigmatisch, lehnte sich zurück und betrachtete interessiert das kräftige Rot in seinem Weinglas, dessen Stiel er zwischen den Fingern drehte.

Rebecca lächelte ihn an. »Bernie, bist du so lieb und holst mir mal ein paar Zigaretten – Kent, bitte?«

Bernie war so lieb und stakste steifbeinig zum Automaten in der Garderobe. Als er die Packung aus der Automatenrinne geklaubt hatte und sich wieder aufrichtete, stand Rebecca hinter ihm.

»Nanu?«

»Wenn du was hast, erzähl es uns«, flüsterte sie. »Der Senator will daraus einen großen Fall machen, und dazu brauchen wir den Kurtz.«

»Hast du mal was mit dem gehabt?«

Sie nahm sein Gesicht zwischen ihre beiden Hände und küßte ihn lachend auf den Mund. »Jetzt hab ich mit dir was. Du hast das Zeug für... na, eben für mehr als Kurtz.« Sie küßte ihn wieder. »Er ist eine Kanaille, aber verärger ihn nicht. Wir stehen auf derselben Seite. Hast du was rausgefunden?«

Bernie nickte.

»Warte, bis ich von der Toilette zurück bin, und erzähl es dann erst.«

»Der Senator hat was damit vor, sagst du?«

»Ja, er läßt dich grüßen.« Auf dem Weg zur Damentoilette drehte sie sich noch einmal um. »Warte mit der Story, bis ich wieder da bin, ich will sie auch hören!«

Na gut, wenn sie es sagte. Auf ihren Befehl wurde Bernie reuelos zum Verbrecher. Wenn sie ihn küßte, schmolz Hamburg in der Alster. War er nicht angetreten, die große Politik zu erobern? Bernie dachte an sein kleines Büro in der Universität. Ein Schließfach für einen Koffer, aber kein Büro für einen Professor! Wenn er daran dachte, welche Paläste seine Mitstudenten inzwischen bewohnten! Und welche Gehälter sie scheffelten! Er dagegen verbrachte seine Zeit damit, bei der Materialstelle herumzubetteln, daß er ein paar Aktenordner bekam. Er mußte da raus!

»Wo ist Rebecca? Na ja, wo ist sie schon«, sagte er, als er sich wieder niederließ und das Paket Kent auf den Tisch warf.

»Sie haben Lippenstift auf dem Mund«, lachte die Schell.

»Ich hab mich gerade etwas geschminkt«, konterte Bernie – und die gute Laune schien wiederhergestellt. Als Rebecca zurückkam, konnte nun endlich der Vorhang für das Stück »Bernie fängt den Schmutzbold« aufgehen.

»Also – ich kenne den sexuellen Belästiger jetzt.«

Er lehnte sich zurück. Das saß. Alle schrien so durcheinander, daß die Gäste von den Nebentischen herüberstarrten. »Was?« »Wer ist es? Nun sag schon!« »Wie haben Sie es herausgekriegt?« Bernie der Kommissar hob die Hand.

»Also, ich ruf da im Soziologischen Institut an. Der Rudowsky, das ist der GD im Augenblick, ist in Cornell. Ich soll mich mit dem Hackmann in Verbindung setzen. Ich kenn den Hackmann von der Universitätsgesellschaft. Ein richtiger Großordinarius: modern, gepflegt, theoriegestylt. Richtig edel.«

»Muß man den kennen?« fragte Brigitte zu Kurtz hinüber.

»Ein Promi«, bestätigte Kurtz. »Und ein reaktionäres Schwein, faselt ständig von Leistung und Standards und Reputation. Ein Platzhirsch von der kapitalsten Sorte. Hat eine scharfe Alte.«

»Ich hab ihn neulich im Fernsehen gesehen«, bestätigte Rebecca.

»Wir machen also einen Termin aus für heute abend.«

»Heut abend?«

»Ja, grad eben. Na ja, vor ein paar Stunden. Um sechs Uhr war's. Bei ihm im Büro. Ich arbeite mich bei den Soziologen in die Abteilung für Kultursoziologie vor, sehr gepflegte Bürolandschaft, alles vom Feinsten, anders als der Slum bei uns im Hauptgebäude.«

»Siehst du – die Zauberwirkung der Drittmittel!« Kurtz grinste die Schell wölfisch an.

»Ich klopf an seine Bürotür – keine Reaktion. Ich klopf und klopf – und schließlich leg ich das Ohr an die Tür. Ich hoffe, du verzeihst mir die Indiskretion, Rebecca. Und wißt Ihr was, der schnarcht, der macht ein Nickerchen, der sägt sich durch die Tischplatte. Ich also noch mal gegen die Tür gewummert, und das hat ihn wach gemacht. Und er steht vor mir und sagt, er mußte gerade noch ein Telefonat beenden.«

Kaskaden von Gelächter schallten ihm entgegen. Bernie der Raconteur!

»Um wach zu werden, gießt er sich einen Whisky hinter die Binde, und dann geht der Small talk los. Furchtbare Sache – delikate Angelegenheit –, und wie es Unruhe in das Seminar bringt, und er stellt sich vor alle seine Mitarbeiter, und dann macht er mir die Hölle heiß, daß wir den vertraulichen Bericht an die Presse gegeben haben. ›Scheiße‹, denke ich, ›der hat gleich meinen schwachen Punkt erwischt.‹ Und er hackt immer wieder drauf rum, wie gerne er kooperieren möchte, aber jetzt müßte er die Privatsphäre seiner Mitarbeiter schützen, und er redet und redet über Sensationshascherei und daß nachher sowieso nie etwas dabei rauskäme und so weiter. Na, was soll ich sagen? Ich denke, der mauert mich ein, und will schon gehen. Da fällt mir so ein Kriminalfilm ein, den ich neulich gesehen haben. Da verhört der Kommissar einen Haufen Verdächtiger und weiß gar nichts. Aber jedem sagt er, er hätte den Täter. Ich wollte schon gehen, da fiel mir das wieder ein. So spontan. Ich denk, soll er doch glauben, er kann seinen Mitarbeiter nicht mehr sehr schützen, wir wissen schon, wer er ist – da wird er vielleicht kooperativer. Ich sag also: ›Das Mädchen hat den Täter genannt.‹ Einfach so. Ein Schuß ins Dunkle – und wißt Ihr was? Ein Volltreffer! Er geht aus dem Leim. Er sagt keinen Ton mehr – die Augen quellen ihm aus dem Kopf, der Schweiß läuft ihm nur so in den Kragen, ich denk, der kriegt einen Anfall. Er ist völlig verändert, und als er sich gefangen hat, redet er irre.«

»Sie meinen, er ist es selbst?«

»Natürlich ist er's. Da gibt's überhaupt keinen Zweifel.«

»Hat er es zugegeben?«

»Was er dann gesagt hat, habe ich überhaupt nur noch teilweise verstanden. Erst denke ich, er will mich kaufen. Dann faselt er plötzlich vom Großinquisitor.«

»Von wem?« fragte Rebecca.

»Ich habe es auch erst nicht begriffen, bis ich merkte, daß er die Fabel aus Dostojewskis ›Brüder Karamasow‹ meint. Da kommt Christus zur Erde zurück, und der Großinquisitor von Spanien läßt ihn wieder verhaften. Wahrscheinlich war ich der Großinquisitor, und er war Christus.«

»Jawoll, Christus, das ist er«, schrie Kurtz laut. »Wir werden ihn schon kreuzigen! Da freue ich mich richtig drauf!«

»Und ich wasch meine Hände in Unschuld«, sagte Rebecca und trank einen Schluck St. Emilion.

»Na ja, so weit ist es ja noch längst nicht.« Bernie fühlte sich jetzt als Besitzer des Schicksals von Hackmann und wollte nicht, daß andere es ihm wegnahmen. »Noch hat er ja nichts zugegeben – und was er sagt, ist richtig: Nachher steht Aussage gegen Aussage. Und wenn er nicht umfällt, sind wir kein Stück weiter.«

»Deshalb müssen wir ihn jetzt weichkochen.« Kurtz stand auf und hielt Brigitte seine offene Hand hin: »Hast du mal 'n bißchen Kleingeld, ich muß telefonieren.«

Sie gab ihm ein paar Groschen, und er verschwand.

»Der Satzung nach müßte jetzt eigentlich der Disziplinarausschuß des Fachbereichs Soziologie die Sache übernehmen.«

»Dann wärst du ja den Fall los!« Rebecca klang erschrocken.

»Die Wagner hat schon dafür gesorgt, daß die Fälle von sexueller Belästigung vor den großen Disziplinarausschuß kommen, weil da die Frauen fünfzig Prozent der Stimmen haben.«

»Und du bist der Vorsitzende.« Rebeccas blaues und grünes Auge leuchteten ihn an. »Stell dir vor, was das für eine Publicity gibt. Da muß Sahib für Medienrummel sorgen. Du wirst hinreißend sein. Ich freu mich schon drauf!« Und sie prostete ihm zu. »Auf deinen Auftritt, Torquemada.«

Bernie war überrascht, daß sie den Namen des Großinquisitors kannte. Sie überraschte ihn immer wieder; sie war eben eine Frau, die ihre Geheimnisse zu bewirtschaften verstand.

Als Kurtz wieder da war, warf er sich fast in seinen Sitz. Er hatte die Krücken abgelegt, aber sein Bein war noch etwas steif.

Die Schell war ganz besorgt. »Du siehst so grimmig aus, tut dir etwas weh?«

»Ja, ich habe einen Phantomschmerz.«

»Siehst du, es war noch zu früh, ohne Krücken zu gehen.« Sie schaute mütterlich nach unten auf sein Bein. »Wo ist es, mitten im Fuß oder an der Seite?«

»Ach was, mir tut nichts weh. Ich kann nur diese Krücke von Tews nicht finden. Im Büro war er nicht, zu Hause ist er nicht, und im Schauspielhaus ist er auch nicht.«

»Was macht er denn im Schauspielhaus?« Frau Schell zeigte plötzlich die Irritation des Chefs, der feststellt, daß er nicht mehr alles erfährt, was in seinem Betrieb passiert.

»Was er da macht? Was soll er da machen! Er spielt Theater. Er gibt den Narren in ›Was Ihr Wollt‹.«

»Von Shakespeare?« fragte Rebecca.

»Na, von Brecht wird es nicht sein«, konterte Kurtz brutal. »Aber was wollt Ihr?« fuhr er an die ganze Runde gewandt fort, »die Rolle paßt auf ihn. Er ist selbst ein bunter Hund. Die reinste multikulturelle Gesellschaft.«

»Was kann denn so wichtig sein, daß du ihn mitten in der Nacht sprechen mußt?« fragte Frau Schell.

»Ich muß ihm doch sagen, daß er die Demo morgen früh vor dem Soziologischen Institut abziehen soll, und nicht vor dem Hauptgebäude.«

»Morgen früh – bist du verrückt? Morgen ist Samstag!«

Kurtz schlug sich mit der flachen Hand gegen die Stirn und lachte. »Tatsächlich, das hatte ich ganz vergessen. Im Eifer des Gefechts, sozusagen.«

Bernie überlegte. Wozu brauchte der Senator den Kurtz, wenn er daraus eine große Sache machen wollte? Lag es daran, daß niemand im Senat es sich erlauben konnte, etwas ohne Kurtz zu unternehmen? Mußte er ihn um Erlaubnis fragen? Aber offenbar war Kurtz ja selbst schon heftig engagiert. Bernie blickte ihm in die zusammengekniffenen Augen. »Was ist eigentlich Ihr Interesse an der Sache?« fragte er Kurtz.

»Gerechtigkeit. Identifikation mit den Schwachen.« Er guckte kokett, und Bernie wußte nicht, ob er es nicht vielleicht doch ernst meinte.

»Nein, im Ernst, was haben Sie davon?«

»Wirklich!« Kurtz hob die offenen Hände. »Ich hab nichts davon. Ich unterstütze die Frauen, weil ich Ausländer unterstütze, und wenn ich das tue, unterstützen mich vielleicht die Frauen, wenn die Ausländer in Schwierigkeiten geraten.«

»Er zahlt ein paar Einlagen in die Bank für Gemeinwirtschaft«, sagte Rebecca lächelnd.

»Genau.«

Bernie fühlte wieder dieses nagende Gefühl, als sich beide einverständig zuprosteten.

15

»Nun überhol ihn doch schon, Hanno.« Es war Gabrielle, die ihn zur Eile antrieb, als er im Samstagsvormittagsverkehr auf der Autobahn Richtung Kiel zu lange hinter einem Kleinlaster hergezottelt war. »Beeil dich doch ein bißchen, die Trauerfeier ist auf 11 Uhr angesetzt.«

»Ich dachte immer, am Samstag kann man niemanden beerdigen.«

»Das ist doch auf dem Dorf. Außerdem haben die Zitkaus einen eigenen Familienfriedhof auf dem Gut.« Sie hatte wieder den Ton aufgelegt, den sie für die Botschaft »In unseren Kreisen gelten nun mal andere Regeln« reservierte.

»Wäre es da nicht angebracht, daß wir ein bißchen zu spät kämen? Es reicht doch, wenn wir zum Beileidsappell da sind.«

Aber das war nur noch das letzte Aufflackern seines Widerstands. Zunächst hatte er in der Aufregung der letzten Woche die Anzeige vom Tod des alten Zitkau völlig vergessen. Und als Gabrielle ihn am Freitag abend daran erinnerte, war er von dem Gespräch mit Weskamp so demoralisiert, daß er sich schlichtweg weigerte zu gehen. Er konnte niemanden sehen, und schon gar nicht bei einer Beerdigung. Denn er wußte jetzt, die Ketten der Treiber um ihn herum wurden dichter. Die Aussicht auf ein balsamisch ruhiges Wochenende ohne Zeitungen und Begegnungen war ihm deshalb wie ein Aufschub des Todesurteils erschienen, ein Aussetzen des Schmerzes, während die Wirkung der Tablette noch andauerte. Aber dann hatte Gabrielle alle Argumente, die sie hatte, auf ihn abgeschossen. Er könne sich nicht wieder drücken, schließlich habe er bei von Zitkau studiert und seine Festschrift zum Siebzigsten mit herausgegeben. Die Universität müsse ihre großen Leute auch ehren, er rede doch sonst immer von Corporate Identity. Und sie selbst sei praktisch mit den Zitkaus verwandt. Es sei einfach unmöglich, wenn sie nicht kämen. Sie hätte dafür schon ein Kostüm gekauft, bei Strothmann sei auch schon das Bukett bestellt, und überhaupt habe sie bei Beate schon zugesagt.

Beate war eine wichtige Person in Gabrielles Leben. Sie nannte sie »Cousine«, aber in Wirklichkeit war sie die Stiefschwester einer Cousine dritten Grades, die allerdings den Vorzug hatte, daß die Schwester ihres Mannes den ältesten Zitkau und damit den Erben des Herrenhauses geheiratet hatte, zu dem sie jetzt fuhren. Um dieses Herrenhaus endlich kennenzulernen und mit allen Zitkaus sofort Freundschaft schließen zu können, würde Gabrielle einen Mord begehen, das wußte Hanno, und sich sogar wieder mit ihm versöhnen. Er blickte sie von der Seite an. Das schwarze Kostüm und das kleine schwarze Hütchen mit dem schmalen Schleier ließen das Blond ihres Haars fast golden erscheinen. Jason, der das goldene Vlies betrachtet – ging es ihm durch den Sinn –, und Medea neben ihm. Wie würde sie reagieren, wenn er in aller Öffentlichkeit der sexuellen Erpressung bezichtigt würde? In ihren Augen wäre er dann gestorben. Es war dieser Gedanke, der ihn plötzlich bewogen hatte, doch zur Beerdigung zu gehen. Es würde auch seine Beerdigung sein. Mit dem Alten von Zitkau würde er seine eigene Beerdigung feiern. Er würde sich von seiner bürgerlichen Existenz verabschieden. Der Gedanke, daß Gabrielle nicht wußte, wen sie da beerdigte, verschaffte ihm eine gewisse sardonische Befriedigung. Es würde sicher sehr gepflegt und stilvoll sein. Schließlich gehörte Zitkau zu einem alten holsteinischen Adelsclan.

»Du weißt doch sicher, wo dieses Herrenhaus liegt?« wandte sich Hanno an Gabrielle. »Wo muß ich denn von der Autobahn abfahren?«

Hanno wußte, daß er sie mit dieser Unterstellung ärgerte, denn Gabrielle war auch noch nie »auf Wulfsfeld« gewesen. Sie sagte nie »bei Zitkaus« oder »in Niendorf« oder wo dieses Gut lag, sondern »auf Wulfsfeld«. Sie benutzte den Namen des Herrenhauses selbst, um ihre grundsätzliche Zugehörigkeit zu den Besitzern solcher Häuser mit eigenem Namen zu dokumentieren. So sagte sie »Auf Wulfsfeld wird gerade geerntet« oder »Auf Wulfsfeld scheren sie jetzt die Schafe«.

»Du mußt in Blumenthal abfahren.«

»Na, du kannst mich ja führen«, erwiderte Hanno und freute sich schon darauf, sich zu verfahren; denn Gabrielle war praktisch unfähig, eine Karte zu lesen. Wollte sie sich orientieren, ließ sie sie in zunehmender Hektik auf ihren Knien kreisen, weil sie Karten überhaupt nur lesen konnte, wenn sie auf ihr geradeaus und nach oben fuhren. Aber sie verfuhren sich nicht. Gabrielle hatte offenbar die Karte vorher auswendig gelernt, denn sie lenkte ihn problemlos von der Autobahnabfahrt durch das Dorf in eine lange Lindenallee. Als sie das kompakte Torhaus durchfahren hatten, war auch Hanno beeindruckt. Vor sich sahen sie die klassizistische Front des dreiflügeligen Herrenhauses. Direkt neben dem Torhaus erstreckten sich die Wirtschaftsgebäude und Marställe, und dahinter öffnete sich der Ehrenhof nach beiden Seiten zu einem Parkgelände, in dem zwei barocke Pavillons sichtbar wurden. Immer, wenn er so etwas sah, fühlte Hanno einen Anflug von Verständnis für Gabrielles Gier nach den schönen Lebensformen, und sie tat ihm fast leid. Er fuhr über den vornehm knirschenden Kies des Ehrenhofes zum Platz neben der Auffahrt und parkte seinen Wagen neben all den andern Autos, die dort schon fast wie eine Gruppe Hinterbliebener warteten. Beim Aussteigen griff Gabrielle das Callas-Bukett vom Rücksitz, ordnete dann ihr Kostüm, sicherte mit erhobenem Haupt wie eine Hirschkuh auf der Lichtung, klappte den dekorativen Schleier von ihrem Hütchen herunter und zeigte dezent in die Richtung, in die sie zu gehen hatten. Auf der rechten Seite, direkt an der Mauer, die den Park von den

Wirtschaftsgebäuden trennte, stand eine kleine Kapelle. Aus ihrer offenen Tür strömten die Klänge einer Orgel. Als sie vorsichtig eintraten, hatte Hanno das Gefühl, daß die Zeremonie sich schon ihrem Ende näherte. Sie setzten sich auf die letzte Bank, die noch völlig frei war. Von dort aus betrachteten sie die schwarzen Rükken der Herren und die dezent gebändigten Frisuren der Damen, von denen einige ähnliche Hütchen trugen wie Gabrielle. Mit Gabrielle selbst war eine merkliche Veränderung vorgegangen. Sie straffte sich und blühte auf wie eine Wüstenblume, wenn der Regen kommt. Sie hatte völlig vergessen, daß sie Hanno eigentlich verabscheute. Selbstvergessen vibrierend griff sie seine Hand.

»Das ist die Witwe«, flüsterte sie, »und das da drüben, das muß der Sohn sein. Beate hat mir ihn auf einem Photo gezeigt. Aber er sieht in Wirklichkeit viel besser aus. Und da drüben ist Freifrau von Eckesbarre, die war mit Tante Dorothea auf demselben Pensionat.«

Während der Pfarrer auf einer leicht erhöhten Kanzel die Paradoxien des Hinscheidens und des Heimkehrens, des Abschiednehmens und des Ankommens beschwor und seine biblisch getränkten Urworte von dem kleinen gemauerten Kreuzgewölbe der Kapelle widerhallten, versuchte Hanno mit gerecktem Hals über die Rücken zu blicken. Unmittelbar hinter den Angehörigen drängte sich die akademische Prominenz: Der Präsident der Universität Hamburg hatte seine mafiosen Züge in ernste Falten gelegt; der alte Weizmann ließ seinen Silberschopf über die Versammlung leuchten; neben ihm saßen der Sprecher des Fachbereichs und die Professoren der Politologie wie die Krähen auf der Stange. Aber auch Lokalprominenz in ländlich wirkenden Stoffen füllte die Bänke. Hanno meinte sogar, den Vertreter des Bauernverbandes zu erkennen. Und ganz vorn, vor dem kleinen Altar, stand leicht geneigt auf einem Podest der Eichensarg mit den sterblichen Überresten von Professor Albrecht von Zitkau, Totalitarismusexperte und Herausgeber der »Zeitschrift für osteuropäische Politik«. Gott sei Dank war der Sargdeckel geschlossen. Hanno war sich nicht sicher, ob seine in ernste Trauerfalten gebügelten Züge den plötzlichen Anblick des leblosen Zitkau überstanden hätten, ohne zu entgleisen. An den Wänden des Chorraums, auf den Stufen zum Altar und an dem Podest lehnten und lagen in verschwenderischer Fülle die Blumengebinde und Kränze, mit denen außer den Freunden die vielen Verbände, Gesellschaften und Institutionen, denen der Verblichene angehört hatte, ihre Anteilnahme zum Ausdruck brachten. Hanno entzifferte die Schleifen des Schleswig-Holsteinischen Landschaftsschutzverbandes, des Schützenbundes Niendorf, des Verbandes der holsteinischen Pferdezüchter, der Führungsakademie der Bundeswehr, des Bauernverbandes, der Joachim-Jungius-Gesellschaft, der Universität Hamburg und des Corps Teutonia. Er hatte gar nicht gewußt, daß Zitkau in einem Corps gewesen war. Aber in dieser Umgebung schien es ihm nicht mehr so abwegig. Daß Zitkau konservativ gewesen war bis in die Knochen, war schließlich allgemein bekannt. Er hatte es sich auch leisten können, denn er hatte als junger Offizier dem Widerstandskreis um Generaloberst Oster unter Canaris angehört. Diese Erfahrung hatte ihn nach dem Krieg zur wissenschaftlichen Politik geführt, wo er sich einen Namen als Totalitarismusexperte gemacht hatte. Da er seinen Antifaschismus nicht mehr beweisen mußte, hatte er in der Hochschulrevolte furchtlos dem Zeitgeist getrotzt und die Vorwürfe reaktionärer Gesinnung an sich abprallen lassen. Und da lag er nun, der antifaschistische Reaktionär, besiegt von der Zeit, von der Last der 85 Jahre eines wüsten Jahrhunderts.

Hanno schreckte aus seinen Betrachtungen auf, als er plötzlich den Politologen Kärner neben sich sitzen fühlte, der sich flüsternd zu ihm beugte.

»Gut, daß Sie da sind, Hackmann, uns fehlt ein Sargträger, weil Lersch krank ist. Wir dachten, es wäre schön, wenn seine Schüler ihn zu Grabe tragen. Hier sind weiße Handschuhe. Wir gehen jetzt zusammen nach vorn.«

Hanno wollte einwenden, daß er nur im Nebenfach bei Zitkau

studiert hatte, aber was bedeutete das schon angesichts des Todes? Und so ließ er sich von Kärner nach vorne führen. Gabrielle würde es gefallen, wenn Hanno eine zentrale Rolle in einem so wichtigen Drama auf Wulfsfeld spielte.

Als Hanno nach vorne kam, hatte die Orgel schon zum Finale angesetzt, die fünf Sargträger hatten Position bezogen, und Kärner wies Hanno an die sechste neben dem linken hinteren Griff des Sarges. Er zog seinen weißen Handschuh über und sah, wie ein etwa zehnjähriger Junge vor dem Sarg mit einem Kissen Aufstellung nahm, auf dem die Orden des Verblichenen lagen. Dann versiegte der Fluß der Orgelmusik abrupt, und auf der Empore der Kapelle spielte ein Posaunenchor Chopins Pompe Funèbre. Sie nahmen den Sarg auf und gingen gemessenen Schritts im Rhythmus der Musik hinter dem Pfarrer und dem kissentragenden Knaben her ins Freie, während sich hinter ihnen raschelnd der Trauerzug formierte. Draußen erwartete sie ein Spalier von Corpsstudenten in vollem Wichs, und sie marschierten hindurch wie durch die Lindenallee zum Herrenhaus. Hanno hatte nicht geahnt, daß ein Sarg so schwer sein konnte. Oder war es der leblose Körper des alten von Zitkau, dessen Gewicht ihm so scharf in die Hand schnitt? Er spürte, wie die Bisse der Katze wieder zu schmerzen begannen. Wie lange würde er das aushalten? Der alte Zitkau spürte nichts mehr, aber ihm tat die Hand mörderisch weh. Plötzlich bog der Pfarrer um eine Mauerecke, und da war der kleine Familienfriedhof. Überwölbt von der Krone einer riesigen Linde erhob sich in der Mitte ein Findling mit einem kaum mehr sichtbaren, ausgewaschenen Wappen, und um ihn herum gruppierten sich die Grabsteine verstorbener Zitkaus in unterschiedlichen Zuständen der Verwitterung. Ganz vorne klaffte, umrandet von Wällen frischer Erde, das längliche Rechteck des neuen Grabes. Quer über der Öffnung lagen drei Eisenstangen, so daß ihre Enden sich in die Erdwälle quetschten, und zwischen ihnen hingen zwei Hanfseile. Nicht ohne Mühe stolperten die Sargträger über die Erdwälle zu beiden Seiten des Grabes und stellten schließlich den Sarg auf die Stangen. Und während Hanno verstohlen seine Hand knetete, versammelte sich, dezent nach dem Grad abnehmender Verwandtschaft geordnet, die Trauergemeinde um das offene Grab. Hanno kam sich vor wie im Hörsaal. Um ihn herum die hellen Ovale gesammelter Mienen, die ihren Blick auf ihn richteten. Da zuckte er zusammen: Unmittelbar hinter ihm war eine Abteilung des Schützenvereins angetreten und feuerte eine Salve in die Luft. Aufgeschreckt erhob sich vom Schloßdach ein Schwarm Tauben mit klatschendem Flügelschlag. Dann machten die Schützen zwei Hornisten des Jagdvereins Platz, die ein letztes Halali bliesen, während der kleine Knabe über einen Erdhügel am Rande des Grabes kletterte und das Kissen mit den Orden auf den Sarg bettete. Es waren Orden der Bundesrepublik, wie Hanno feststellte. Jetzt wurde es ernst ... »Laßt uns Abschied nehmen von Albrecht von Zitkau« ... hörte Hanno den Pfarrer sagen, aber wie zum Teufel sollten sie den Sarg in das Grab senken? War da niemand, der ihnen helfen würde? ... »Und der Herr spricht, kommt wieder, Menschenkinder...« Er hatte so etwas noch nie gemacht... »Ich habe Dich bei Deinem Namen gerufen, und Du bist mein.« Er konnte doch nicht gleichzeitig das Seil halten und die Stange wegziehen... »Amen.« Ein diskretes Zeichen des Pfarrers, und die anderen Sargträger bückten sich und faßten die Enden der Seile. Hanno ergriff das Ende zu seinen Füßen und zog es unter dem Sarg stramm, während sein Gegenüber dasselbe tat. Natürlich, bei zwei Seilen blieben ja die mittleren Sargträger übrig. Als sie mit den Seilen den Sarg anhoben, zogen diese die Stangen weg. Langsam ließen sie die Seile nach. Der Sarg war noch schwerer als vorher. Kein Wunder, sie waren ja jetzt nur noch zu viert. Er mußte aufpassen, daß er nicht zu schnell nachließ, sonst verkantete sich der Sarg in seine Richtung und er trug das ganze Gewicht. Ob der alte Zitkau jetzt darin herumrollte, mein Gott, war er schwer! Hanno sicherte seinen Stand auf dem Erdhügel, indem er etwas zurücktrat. Da fühlte er, wie er ins Rutschen geriet. Der Sarg neigte sich zu seiner

Seite, er ließ das Seil los, um sich abzustützen, doch die Grabkante brach weg, und mit den Beinen zuerst fuhr Hanno über dem Sarg in die Grube. Sein erster Gedanke war, Mein Gott, ist so ein Grab tief! Er saß direkt auf dem Sarg und blickte nach oben. Nur eine schmale rechteckige Öffnung des Himmels war noch sichtbar. ›So ist das also‹, dachte er. So ist es, wenn es vorbei ist. Diese leere Vorstellung, daß es vorbei sei, beruhigte ihn. Obwohl seine Schuhe von der feuchten Erde noch glitschig waren, gelang es ihm, auf die Beine zu kommen. Als er sich aufrichtete, konnte er gerade über den Rand des Grabes blicken. Vor ihm erhob sich ein Wall schwarz gekleideter Menschen von erstaunlicher Höhe. Er konnte ihre Strümpfe und Hosenbeine sehen. Von hoch oben schauten ein Dutzend Gesichter auf ihn herab. Hanno mußte plötzlich an einen französischen Film denken, in dem ein Gangster nach der Flucht durch die Kanalisation aus einem Gulli kroch und in die Gesichter einer Abteilung schwarz uniformierter Flics blickte, die ihn dort schweigend erwarteten. Er stützte die Hand auf die Kante des Grabes und sprang vom Sarg ab, um sich aus dem Grab zu schwingen. Aber die Kante gab sofort nach, und er rutschte auf dem Bauch in das Grab zurück. Wo waren die Bretter, die die Grabkanten sonst befestigten? Aber hier waren ja Amateure am Werk gewesen. Er machte einen neuen Versuch, indem er rücksichtslos in die Grabwand trat und sich auf dem herunterbrechenden Erdhaufen selbst einen Weg nach oben bahnte. Sein schwarzer Anzug war jetzt völlig mit nasser Erde beschmutzt. Nach einer Ewigkeit reichten ihm zwei Sargträger die Hand und zogen ihn aus dem Grab. Ihm war so, als ob einige Trauergäste Mühe hatten, ihre Mienen in Ordnung zu halten. Dann trat eine junge Frau auf ihn zu: »Kommen Sie«, flüsterte sie und faßte ihn leicht beim Arm, »ich zeig Ihnen, wo Sie sich restaurieren können.«

Sie führte ihn über einen schmalen Plattenweg an steinernen Bassins mit Putten und Balustraden vorbei durch eine Miniaturallee zu einem Seiteneingang des Herrenhauses. Durch das Fliegengittertor betraten sie einen Gang, von dem man durch die offenen

offenen Türen ein Billardzimmer und eine Bibliothek sehen konnte. Dann stiegen sie eine kleine hölzerne Wendeltreppe empor und befanden sich plötzlich auf einer Galerie, von der aus Hanno auf den gefliesten Steinfußboden der großen Eingangshalle hinuntersah. Auf der rechten Seite öffnete sich ein gewaltiger Kamin, und unter einem Wald von Geweihen stand vor der linken Wand ein veritabler ausgestopfter Bär, während gegenüber, zu beiden Seiten des Eingangs, das Licht durch die Fenster der Fassaden flutete. Direkt unter den Fenstern waren Seitenborde aufgebaut worden, auf denen Kompanien von Sektgläsern blitzten und Schwadrone von Platten mit Häppchen in allen kulinarischen Farben spielten. Nachdem sie die Galerie überquert hatten, öffnete seine Begleiterin plötzlich eine Tür und ging ihm voran in ein Bad mit marmorgekachelter Wanne und Dusche.

»Am besten ziehen Sie Ihre Jacke aus«, sagte sie ohne Umstände und nahm sie ihm ab. »Die muß erst austrocknen, dann bürsten wir sie sauber.« Plötzlich setzte sie sich auf einen frottierten Hokker, schüttelte ihren blonden Pferdeschwanz und brach in lautes Gelächter aus, wobei sie außergewöhnlich breite Zähne entblößte. »Nehmen Sie es mir nicht übel, aber so wie Sie da in das Grab geflutscht sind, da konnte niemand ernst bleiben. Machen Sie sich nichts draus! Sie haben die ganze Beerdigung gerettet.« Dann stand Sie auf und streckte ihm die Hand hin. »Ich bin eine Großnichte, Felicitas Bütow, aber alle nennen mich Felix.«

»Ich möchte mich bei Ihnen bedanken, Felix, Sie haben mich vom Tode errettet. Ich heiße Hanno Hackmann.«

»Ich weiß, ich hab Sie neulich im Fernsehen gesehen. Sie sind Soziologe, nicht? Jetzt müssen wir aber Ihre Hose etwas in Ordnung bringen. Wollen Sie sie ausziehen?«

»Also, ich glaube, das ist nicht nötig.« Hanno dachte an Norbert den Penner. Er konnte nicht schon wieder in einer fremden Hose auftauchen. »Ich glaub, sie ist noch tragbar für einen Sargträger.«

»Na gut, versuchen wir es so.« Felix nahm eine Bürste, hockte sich vor ihn hin und griff entschlossen den Hosenstoff im Zentrum, zog ihn zu sich hin und bürstete wild auf ihn los. »Geht ganz gut ab«, funkte sie zu ihm nach oben, während er auf ihren straffen Scheitel und den hüpfenden Pferdeschwanz blickte. Dann erhob sie sich wieder und schaute sich die Jacke an.

»Oje, die können Sie aber so nicht anziehen. Die ist ja noch ganz verschmiert. Warten Sie, ich hole Ihnen eine neue.«

Als sie verschwunden war, öffnete Hanno das Fenster, um nachzuschauen, ob die Trauergemeinde noch auf dem Friedhof war. Aber von hier aus konnte er nur die hinteren Teile der Parkanlage sehen. Der Rasen zeigte noch die regelmäßigen Zebrastreifen frischer Mahd. Wie bei einem Wappen bildeten die Wege auf ihm ein regelmäßiges Kreuz. Aber an der Stelle, wo sie sich hätten kreuzen sollen, blinkte ein ovaler Teich, den die Wege wie die Einfassung eines Medaillons umgaben. Direkt vor seinem Fenster stolzierte ein Pfau und schleppte ruckweise das Gewicht seines hypertrophierten Federschwanzes auf eine graubraune Henne zu. Plötzlich reckte er sich zu einem lauten, katzenartigen Schrei, der in seinem eigenen Echo erstarb. Dann machte er kleine kreisende Trippelschritte und formte unvermittelt den Federschwanz zu einem zitternden Rad, das er raschelnd gegen die Henne drehte. Staunend betrachtete Hanno die tausend blauen Augen, die ihn vom Amphitheater des Pfauenschwanzes anblickten, als Felix mit einer schwarzen Jacke erschien.

»Hier, probieren Sie die an«, sagte sie. Sie war etwas eng, aber wenn er einen Knopf aufmachte, ging es.

»Wessen Garderobe trage ich denn da zu Markte – nur für den Fall, daß der Besitzer sich Sorgen macht?« fragte Hanno.

»Die gehört Großvater.«

»Sie meinen den Verstorbenen?«

Sie nickte. Das traf ihn unvorbereitet. Ganz unvermittelt wurde ihm schwindlig, er mußte sich auf den Hocker setzen. Ob jetzt erst die Reaktion auf seinen Grabsturz eintrat?

»Sie meinen, das macht Ihnen was aus, die Jacke eines Verstorbenen zu tragen?« Felix schien ehrlich erstaunt.

»Nein, nein – ich denke nur, vielleicht findet Ihre Familie das pietätlos?«

Sie lachte. »Da kennen Sie meine Familie schlecht. Außerdem«, fügte sie hinzu, »jemand, der bereit ist, sich in Großvaters Grab zu stürzen, gehört schon fast selbst zur Familie. Wußten Sie, daß Großvater schon mal zum Tode verurteilt war?«

Hanno wußte, daß der Volksgerichtshof ihn nach der Hinrichtung von Canaris ebenfalls verurteilt hatte und daß die sowjetischen Truppen ihn aus Plötzensee befreit hatten.

»Ich kenne die Biographie Ihres Großvaters. Er war ein Held.« Hanno hatte sich gefangen und stand wieder auf.

»Und Sie tragen jetzt seine Jacke«, sagte sie lachend. »Und nun müssen Sie mit hinunterkommen und uns helfen, das Fell zu versaufen.«

Hanno stutzte bei diesem Ausdruck.

»Nun gucken Sie nicht so schockiert, so nennt man bei uns die Leichenfeier. Da wird heftig gebechert, damit der Verstorbene eine gute Überfahrt hat.«

»Überfahrt, das klingt ja ziemlich heidnisch.« Hanno blickte zur Kontrolle noch einmal in den Spiegel. Da sah er, daß auf der linken oberen Jackentasche ein kleines Familienwappen aufgenäht war.

»Überfahrt über die Ströme von Alkohol.« Sie ging voran. »Und die Ströme von Reden.«

Die Trauergemeinde hatte die Kondolenzkur hinter sich gebracht und war längst in der großen Halle zum Sektempfang versammelt. Die Gläser waren schon zum zweiten Mal gefüllt worden, und der Strom der Reden hatte begonnen. Als sie auf die Galerie traten, blieb Hanno stehen. Er hatte die Stimme des alten Weizmann erkannt.

»... in Zeiten, als alle Maßstäbe verlorenzugehen schienen, hat er Kurs gehalten. Er war ein furchtloser Mann. Sein Mut hat uns alle aufgerichtet, wenn die Kränkungen viele von uns Schwächeren mutlos machten. Er hatte den klaren Blick dessen, der weiß, was richtig ist. Massen beeindruckten ihn nicht. Im Gegenteil, ihre Blindheit und Ungehemmtheit machten ihn mißtrauisch. Er hatte ihre Wirkung im Nationalsozialismus kennengelernt und diese Lehre niemals vergessen.« Weizmann machte eine kleine Pause und fuhr dann fort: »Ich will nicht noch einmal seine Rolle im Widerstand würdigen, das hat unser lieber Universitätspräsident schon getan. Aber lassen Sie mich Ihnen etwas ganz Persönliches sagen, liebe gnädige Frau«, er sprach jetzt offenbar die Witwe an. »Nichts hat mich für Ihren Mann so eingenommen wie die Großzügigkeit, mit der er den jungen Leuten den infamen Vorwurf verziehen hatte, er sei ein Faschist. Er verfügte über eine große Gelassenheit, die sich bei ihm aus zwei Quellen speiste: aus dem Rückblick auf eine lange Familientradition des Dienstes am Gemeinwohl und aus der Einsicht in das wahre Wesen der Politik. Obwohl er selbst in entscheidender Stunde mit seinem eigenen Leben für sein Gewissen einstand, ist er nie müde geworden, gegenüber den Studenten und in der Öffentlichkeit auf den notwendigen Unterschied zwischen Politik und Moral hinzuweisen. Und in seinem großen Buch über Hobbes hat er uns alle gelehrt, daß man den politischen Gegner kriminalisiert, wenn man Politik und Moral verwechselt. Ja, daß man die Spannung zwischen den beiden Polen nicht auflösen darf, sondern aushalten muß. Für diese Fähigkeit zur Balance gab er selbst das beste Beispiel: Sie hatte bei ihm die Form der Noblesse. Liebe gnädige Frau, als Kollege, nein als Freund, der ihren Mann auf seinem Berufsweg lange Jahre begleitet hat, lassen Sie mich sagen: Diese Noblesse hat seine Wirkung auf die junge Generation nie verfehlt. Sie empfand unbewußt die Resonanz auf eine Welt, zu der sie den Kontakt verloren zu haben schien. Ihr Mann, Ihr Vater und Großvater – unser aller Freund Albrecht von Zitkau ist tot. Aber für ihn gilt Goethes Wort,

›Es wird die Spur von seinen Erdentagen
nicht in Aeonen untergehn.‹

Ich möchte Sie alle bitten, mit mir das Glas zu heben auf das Andenken an Albrecht von Zitkau.«

Hanno und seine Begleiterin nutzten die Pause, um in die Halle hinunterzusteigen. Am Fuße der Treppe traf er direkt auf Weizmann, der offenbar ein paar Stufen erhöht gestanden hatte und ihn angeregt begrüßte. »Sie waren großartig, lieber Hackmann, wie der Totengräber im Hamlet. Haben Sie schon der Witwe kondoliert?« Und er drehte ihn sacht zur Seite. Hanno faßte eine flekkige Hand und murmelte etwas von tiefem Mitgefühl durch einen Schleier, da bemerkte er, daß der Mund unter dem Schleier lächelte und ihm zuflüsterte: »Beinah hätten wir auch Sie zu beklagen gehabt, junger Mann. Aber es ist besser so, wie es ist.« Sie wurden von einem gräßlichen Krächzen auf der Treppe unterbrochen. Hanno drehte sich um und sah ein altes Männchen die Stufen hinaufrudern. Es war völlig gebeugt, so daß der Oberkörper mit seinen Beinen einen rechten Winkel formte. Es versetzte ihm einen Schock, als er Professor Straßberger erkannte, seinen Doktorvater aus Freiburg. Auf der Mitte der Treppe schwenkte Straßberger seinen Oberkörper wie den Arm eines Baukrans und wedelt mit der Hand. Das Rauschen des Geredes in der Halle verstummte allmählich.

»Ich muß etwas höher hinauf«, krächzte er, »weil ich Sie sonst gar nicht sehen kann.« Leichtes Gekicher wehte durch die Halle. »Ich studiere nur noch die Erde, um mich mit ihr bekannt zu machen. Ich will nämlich wissen, ob es lohnt, meinem Freund Albrecht dahin zu folgen.« Das Gekicher ging etwas zurück. »Ich kann keine lange Rede mehr halten – und das Wichtigste ist ja auch gesagt worden. Aber bevor ich hier von der Treppe falle, muß ich meinen Freund Weizmann in einem Punkt ergänzen.« Er packte jetzt das Geländer der Treppe. »Er hat zwei Kraftquellen von Albrecht erwähnt: Tradition und Politikverständnis. Ich schulde es ihm, daß ich die dritte erwähne, weil ich sie oft habe fließen sehen: Ich meine seinen Humor. Ihm hätte dieses Begräbnis heute gefallen. Wissen Sie, er hat mir mal unter Lachtränen aus diesem Roman von Mark Twain vorgelesen, wie Tom Sawyer sein eigenes Begräbnis miterlebt. Ich mußte daran denken, als ich sah, wie unser guter Hackmann – wo ist er denn? – ihm heute ins Grab folgen wollte.« Das Gelächter schwoll jetzt merklich an. »Genau so hätte Albrecht sich sein Begräbnis gewünscht. Ich kann mir gut vorstellen, was er gesagt hätte: ›Siehst du‹, hätte er gesagt, ›wie sehr unsere Schüler auch gegen uns rebellieren, am Ende folgen sie uns doch.‹« Jetzt erscholl lautes Gelächter. Die Umstehenden lächelten Hanno direkt an. Er stellte erfreut fest, daß das Lachen wohlwollend war. Er hatte ihnen mit seinem Sturz den Tod erträglich gemacht, und sie waren ihm dankbar. »Aber dazu«, schloß der alte Straßberger, »dazu müssen wir ihnen vorangehen. Und das ist auch gut so, erst kommen die Alten an die Reihe und dann die Jungen. Albrecht von Zitkau hat immer gesagt, wenn die Alten vor den Jungen sterben, ist das ein Zeichen, daß die Zeiten in Ordnung sind. Trinken wir darauf, daß es so bleibt. Ehren wir den Toten, indem wir auf das Leben trinken!« Als er geendet hatte, stürzte ein junger Mann die Treppe hinauf und drückte dem alten Straßberger ein Sektglas in die Hand, die ganze Versammlung hob jubelnd das Glas, froh, auf den Worten des Alten dem Tode davongeritten zu sein, und viele prosteten Hanno zu, weil er es ihnen möglich gemacht hatte.

Zwei Stunden später saß Hanno im Salon auf Wulfsfeld und löffelte Rote Grütze zum Nachtisch. Die alte Frau von Zitkau hatte ihn und Gabrielle gebeten, doch nach dem Empfang noch zum Essen im engeren Kreise zu bleiben. Schließlich müsse ja seine Jacke noch trocknen. Gabrielle hatte ihm alle vergangenen Sünden verziehen, denn sie spürte, daß allein Hannos Sturz das strahlende Ziel der Freundschaft mit den Zitkaus in so greifbare Nähe gerückt hatte. Sie saß weiter links, für ihn unsichtbar, aber er hörte, wie sie ihre Kenntnis seiner jungenhaften Tolpatschigkeit in Form lustiger Geschichten vermarktete. Fragmente der Komödie mit der Katze drangen an sein Ohr, seine Neigung, über Hundeleinen zu stolpern, und seine generelle Fallsucht wurden von ihr in kleiner Münze an die Zuhörer verteilt. Links neben ihm saß seine Samariterin und unterhielt sich mit einem Vetter. Hanno selbst saß an der Ecke der Tafel und hatte keine Tischdame. Statt dessen saß übers Eck am Kopfende des Tisches der Chefredakteur Hirschberg von der Abendpost, den er anläßlich einer Artikelserie über Formen der Massenkultur kennengelernt hatte.

Hanno schwamm auf einer Wolke der Unwirklichkeit. Das Gefühl, daß sein Leben vielleicht vor dem Zusammenbruch stand, war durch eine weitere Geschmacksvariante der Irrealität bereichert worden. Diese Leute mochten ihn offenbar. Er war bis jetzt, zu Gabrielles Ärger, gegenüber den richtig konservativen Milieus auf Distanz geblieben. Die meisten Soziologen waren sowieso links, und da galt der Kontakt zu feinen Leuten als unfein. Die funktionalen Herrschaftseliten – ja, die mußte ein Soziologe kennen dürfen, wenn er die moderne Gesellschaft verstehen wollte. Aber die waren ja auch selten fein. Dazu gehörten Gewerkschafter, Parteibonzen, Geldleute und Industrielle. Aber mit Landedelleuten zu verkehren war einfach unmöglich. Dadurch verriet man einen lächerlichen Hang zu veralteten Distinktionsmerkmalen, eine Art soziologische Zurückgebliebenheit, als hätte man eine Neigung zum Kitsch. Genausogut hätte er für Heimatfilme schwärmen können. Aber vielleicht lagen hier noch eingemottete Reserven an sozialen Tugenden, auf die eine Gesellschaft nicht verzichten konnte. Die großzügige Nonchalance, mit der diese Leute seinem Sturz jeden Beigeschmack des Peinlichen genommen hatten, kontrastierte deutlich mit der kleinbürgerlichen Neigung linker Universitätsmilieus, aus jedem Mißgeschick eines anderen für sich selbst Vorteile zu schlagen. Es war diese niedrige Gesinnung, diese hyänenhafte Angewohnheit, die Hanno in letzter Zeit immer stärker angeekelt hatte. Ob er Gabrielle Unrecht getan hatte, wenn er ihrer Sehnsucht nach den besseren Kreisen soviel Widerstand entgegengesetzt hatte, zumindestens passiven Widerstand? Gegenüber dem juste milieu akademischer Normalvertreter war diese Mischung aus Gutsherrlichkeit und alter Ordinarienwelt jedenfalls eine Wohltat. Zugleich konnte Hanno seine eingefleischte linksliberale Distanz zu diesem Milieu nicht auf Anhieb ablegen. Und so fühlte er sich wie eine Fliege, die plötzlich in eine wohlschmeckende Suppe gefallen ist und betäubt in der delikaten Flut herumpaddelt.

»Wie man hört, gibt es in Ihrem Institut Turbulenzen?« Die Bemerkung riß Hanno aus seinen Betrachtungen. Der grauschopfige Hirschberg hatte seine Rote Grütze zu Ende gelöffelt und tastete seine Jackentaschen nach einer Zigarre ab. Sein Bulldoggengesicht vibrierte dabei. Fleischige Taschen hingen in schweren Wülsten von seinen Wangen herab. An seiner Nasenwurzel behinderten sich mehrere Falten und stauten sich mit den buschigen Augenbrauen zu einer wulstigen Landschaft auf, in der die kleinen Augen fast begraben wurden. Nur der große Mund behauptete in diesem Gebirge aus Wülsten sein eigenes Recht auf Expressivität. Während Hirschberg mit seinem Zigarrenschneider umständlich das Ende der Zigarre einkerbte, die er in seiner Innentasche gefunden hatte, überlegte Hanno, wieviel er wohl wußte. Wieder mußte er den Impuls bremsen, sich plötzlich jemandem anzuvertrauen.

»Sie haben davon gelesen? Was ist dieses JOURNAL eigentlich für ein Blatt?«

»Gehört zur Jahn-Gruppe.« Hirschberg riß ein Streichholz an und blickte dann zu Hanno hinüber. »Stört Sie meine Qualmerei vielleicht?« Hanno winkte, daß er weitermachen solle, und mit zuckender Flamme zündete Hirschberg seine Zigarre an. »Ehrgeiziger Chefredakteur. Will daraus eine windschnittige City-Zeitung für junge Karrieristen machen. Aber dazu muß er den reaktionären Stallgeruch von Jahn loswerden.«

Hanno war verblüfft. Da sprach der Chefredakteur einer reaktionären Zeitung über reaktionäre Positionen, als ob er damit nichts zu tun hätte, und hüllte sich in Zigarrenrauch. »Ist denn etwas dran an dieser Geschichte?« klang es aus den Qualmwolken zu Hanno herüber.

Ach, das war noch so eine Hyäne, der wollte etwas wissen.

»Wollen Sie auch auf der Welle der Sensationsenthüllungen reiten?«

»Im Gegenteil, wir möchten diesen Bülhoff als Aasgeier entlarven. Das ist der Chefredakteur des JOURNAL«, fügte er erklärend hinzu. »Aber dann wäre es schön, wenn er einem Gerücht aufgesessen wäre.«

Hanno überlegte. War hier ein möglicher Verbündeter? Konnte er es sich leisten, sich von der Abendpost helfen zu lassen? Selbst wenn das gelingen sollte, wäre er als Reaktionär abgestempelt. Andererseits – hatte er jetzt noch die Wahl? Konnte er es sich leisten, sich nicht von der Abendpost helfen zu lassen? Aber welche Positionen mußte er dann einnehmen? Sollte er alles abstreiten und das Duell der Glaubwürdigkeiten kämpfen? Oder sollte er diesem Hirschberg vielleicht die Wahrheit erzählen? Bevor er antworten konnte, nahm Hirschberg wieder das Wort. »So eine aufwendig geführte Kampagne, die sich am Ende als Flop erweist, das kann einem Chefredakteur in der Anfangsphase durchaus das Genick brechen.«

Er sagte das, als ob er an die vergangenen Schlachten seiner Jugend dachte.

»Und was wäre Ihr Interesse daran? Ein Konkurrent weniger?« fragte Hanno.

Hirschberg zog an seiner Zigarre. »Das auch. Aber auch – ein Aasgeier weniger. Sie sind Soziologe. Haben Sie sich mal mit der Entwicklung der Presse befaßt?«

Hanno schüttelte den Kopf. »Nicht gründlich.«

»Nun, es gab immer schon die Sensationspresse mit Sex und Crime. Sie ist so alt wie die Zellulose und die Massendemokratie. Aber der Typ JOURNAL ist eine neue Mutation. Diese Spezies bricht in die Domäne der seriösen Politik ein. Das Ergebnis können Sie jetzt schon in Amerika sehen. Politiker werden nicht mehr anhand ihrer Programme kritisiert, sondern durch Enthüllungen von Bettgeschichten abgeschossen. Wenn das hier auch anfängt, dann gnade uns Gott. Dann wird jeder Wahlkampf in einen Sprühregen aufgewirbelter Jauche eingehüllt sein, von den Kommentaren seriöser Journalisten begleitet, die niemand mehr zur Kenntnis nimmt. Dann landen wir alle im Dreck. Dann wird uns niemand mehr hören, wenn wir nicht auch mit Dreck schmeißen. Und nicht im Dreck zu landen, das ist mein Interesse, um auf Ihre Frage zurückzukommen.«

Das klang gut. Hannos Zuversicht stieg. Er mußte dem Hirschberg weiter auf den Zahn fühlen, bevor er ihm mehr erzählte.

»Und Sie haben das Gefühl, daß Sie selbst sauber bleiben konnten?«

Das Bulldoggengesicht verzog sich bis zur Unkenntlichkeit. Hanno wußte zunächst nicht, was vorging, bis er bemerkte, daß Hirschberg lächelte.

»Nein, Professor Hackmann, sauber bleiben kann man in unserem Metier so wenig wie in der Politik.« Er schüttelte sich. »Aber bisher gab es einen stillschweigenden Comment, der auch beachtet wurde. Jeder Topjournalist kennt doch die Geliebte des Ersten Bürgermeisters und den Geliebten des Oppositionsführers.«

Auf der anderen Seite des Tisches riß sich eine silberhaarige Dame von ihrem Konversationspartner los und warf ihren Oberkörper in Richtung Hirschberg.

»Nein – sagen Sie –, der Erste Bürgermeister hat eine Geliebte? Das glaube ich nicht. Der wirkt doch so vornehm. Und seine Frau ist eine so damenhafte Erscheinung!«

»Ich glaube es auch nicht«, beschied Hirschberg die Silberhaarige, und sie wandte sich mit routiniertem Lächeln enttäuscht von der unergiebigen Fundstelle ab, um anderswo nach Informationsnuggets zu graben. »Aber jeder, der das ausschlachten würde«, fuhr Hirschberg fort, »würde sofort von seinen Informationsquellen abgeschnitten. Da funktionierte der Konsens noch.«

»Und warum sollte er jetzt nicht mehr funktionieren?«

»Es gibt eine Schwachstelle im System. Eine Vermischung von Politik und Sexualmoral, die neu auf dem Markt ist.« Er blickte Hanno aus seinen Bulldoggenaugen an. »Der Fall in Ihrem Institut, sexuelle Belästigung, feministischer Protest, Political correctness. Das ist wie eine Kernfusion, die ganz neue Strahlungen freisetzt. Tödliche Strahlungen. Sie führt zu Krebs in der Politik und Krebs im Journalismus.«

Hanno hatte die Vision, daß der Zigarrenqualm Hirschbergs sich zu einem gewaltigen Atompilz formte, der sie alle umhüllte. Aber was er sagte, war richtig. Hanno wußte nicht, ob er sich davor fürchten sollte oder nicht. Einerseits wurde die Gefahr, die ihm drohte, in Hirschbergs Analyse zu einer mächtigen gesellschaftlichen Tendenz, die soviel Rücksicht auf sein persönliches Schicksal nehmen würde wie ein Erdrutsch. Andererseits war diese Unpersönlichkeit entlastend. Irgendwie war es würdevoller, einem Weltbürgerkrieg zum Opfer zu fallen, als für ein ganz persönliches Verbrechen einsam gehenkt zu werden, nachdem man noch vorher am Pranger gestanden hatte. Aber in diesem Fall bedeutete die Niederlage im Bürgerkrieg für ihn, am Pranger zu stehen. Der Gedanke an die nächste Woche überrollte ihn wie eine eisige Welle. Mein Gott, er hatte sich schon fast wieder lebendig gefühlt! Bald würde er diese Insel der Seligen verlassen, wo selbst der Tod so zivilisiert und wohlerzogen war, und in die Stürme des Eismeers zurückkehren. Von der anderen Seite des Tisches tönte die ekstatische Stimme Gabrielles herüber, die lustige Geschichten von Konrad der Dohle erzählte. Felix, der Knabe mit dem Kissen und alle jungen Leute von Wulfsfeld hatten sich um sie versammelt und hörten ihr hingerissen zu, während ihre Mütter milde dazu lächelten.

»Wir saßen auf der Terrasse«, hörte er Gabrielle, »und ich hatte gerade frischen Kaffee eingegossen, da landet Konrad mit einem Bein in der Erdbeertorte und mit dem anderen bei der Frau des Attachés in der Kaffeetasse.« Lärmende Jubelrufe waren die Antwort. Ob sie nicht mal mit Sarah und der Dohle nach Wulfsfeld kommen könnte? Gabrielle schien zu zögern und die Zustimmung der Mamis abzuwarten. »Oh, bitte, bitte, Mami, ja?« Hanno konzentrierte sich wieder auf seinen Gesprächspartner.

»Könnte ich Sie vielleicht nächste Woche anrufen, wenn ich mehr über die Sache weiß?« fragte er Hirschberg. »Vielleicht habe ich dann ein paar Informationen, die Sie brauchen können.«

Hirschberg stach mit der Zigarre nach ihm.

»Genau darum wollte ich Sie gerade bitten.«

Beim Aufbruch kam Hirschberg noch einmal zu ihm. »Sie wissen ja, auch für Journalisten gibt es zehn Gebote. Und das erste Gebot lautet: ›Gib niemals deine Quelle preis, sonst kriegst du nie wieder eine Information!‹ Paradoxerweise sind Journalisten die verschwiegensten Leute, die es gibt. Und sie wissen am meisten. Auf Wiedersehen, Herr Professor Hackmann! Rufen Sie am besten abends an. Sie können auch zu mir nach Hause kommen. Wir sind nämlich beinah Nachbarn. Auf Wiedersehen.«

16

Die Universität Hamburg hatte keinen Namen. Sie war nicht die »Albert-Ludwigs-Universität« oder die »Wilhelm-August-Universität«, denn sie war nicht von einem Landesherren gegründet worden. Sie war von der Bürgerschaft der Stadt Hamburg, und das erst sehr spät, im Jahre 1919, gegründet worden. Aber sie hieß auch nicht »Heinrich-Heine-Universität« wie die Universität Düsseldorf, obwohl Heine auch in Hamburg gelebt hatte und auf dem Rathausmarkt sein Denkmal stand. Statt eines Namens hatte die Universität eine Präsidialverfassung. Das war eine Errungenschaft der Reform. Anderswo wurde turnusmäßig ein neuer Rektor gewählt, aber der eigentliche Machthaber, sozusagen der Premierminister seiner machtlosen Majestät des Rektors, war dann der Chef der Universitätsverwaltung. Ähnelte das von weitem der alten britischen Monarchie, hatte der Präsident der neuen Ordnung eher die machtvolle Stellung des amerikanischen Präsidenten. Und der Verwaltungschef war ihm untergeordnet. Deshalb kam es einem Fauxpas gleich, daß der Leitende Verwaltungsbeamte Seidel am Montag morgen die Präsidentenrunde auf sich warten ließ.

Das Büro des Präsidenten war durch zwei verschiedene Teppiche in zwei Zonen geteilt. Auf einem Perser, der sich direkt an das Vorzimmer anschloß, markierte eine Sitzgruppe aus cremefarbenen Sesseln den Bereich der Gemütlichkeit. Auf der weiten Fläche eines strapazierfähigen Kaufhausteppichs machte ein Konferenztisch mit Stühlen unmißverständlich klar, daß dort der Bereich ernster Besprechungen war.

Die vier Herren im Büro des Präsidenten hatten sich auf die zwei Zonen verteilt. Vorne saßen Bernie, Schmale und Pollux in der Sitzgruppe. Und hinten, am Kopfende des Konferenztisches, saß der große Häuptling persönlich und tat so, als ob er schnell noch die Mappe mit Geschäftspost erledigen wollte, wenn er schon auf seinen Leitenden Verwaltungsbeamten warten mußte.

»Du hast uns in eine unmögliche Situation gebracht«, giftete Schmale Bernie an. »Sieh dir die Zeitungen an, wieder so ein Artikel im JOURNAL, wir würden einen Skandal vertuschen. Im Fernsehen stundenlang Bilder von Demos. Und du hast keine Ahnung, was in deinem eigenen Bericht steht. Das ist fahrlässig, Bernie, fahrlässig!«

Bernie sah, wie Schmale aus den Augenwinkeln zum Präsidenten guckte, um zu sehen, wie seine Tirade bei ihm ankam. Sie war zwischen ihnen beiden verabredet. Schmale würde Bernie all das vorwerfen, was der große Häuptling sowieso sagen würde, und sich dabei als ein Kampfhund für die Interessen des Präsidenten empfehlen; und zugleich konnte Bernie sich ihm gegenüber viel heftiger rechtfertigen als gegenüber dem Präsidenten.

»Das ist Unsinn, Pit, das war nicht fahrlässig – ich hatte keine andere Wahl. Ich mußte eine Frau zur Befragung mitnehmen. Daß die den Bericht an die Presse weitergeben würde, war nicht vorauszusehen.«

»Du hast sie nicht gewarnt?«

»Als sie den Bericht schrieb, war Wochenende und von der Presse weit und breit nichts zu sehen. Statt dessen habe ich die Frauenbeauftragte angerufen und sie an das Dienstgeheimnis erinnert. Du kannst sie fragen.«

Daß die Frauenbeauftragte ihn angerufen hatte, war in diesem Zusammenhang nicht so wichtig. Aber Bernie war sich nicht sicher, ob der Große Häuptling überhaupt zuhörte. Er saß dort hinter dem Konferenztisch und brütete finster über seiner Mappe. Seinen sandigen Krauskopf hatte er nach vorne gebeugt. Bernie fand alles sandig an ihm. Die Schafwolle auf seinem Kopf, die Augenbrauen, den Oberlippenbart und die ganze Person. Er war erdfarben wie ein Wüstenfuchs. Matte behauptete sogar, daß er vor lehmigen Hauswänden plötzlich die Kontur verlöre und unsichtbar würde. Dann könnte man ihn nur noch an der schwarzen Brille erkennen. Bernie kannte den Präsidenten schon lange. Er hatte kurz vor dem Staatsexamen gestanden, da war Schacht als Assistentenvertreter der Anglisten von den Wellen des Aufstands in die erste Reihe der Revolutionäre gespült worden. In einer heroischen Schlacht gegen die alten Ordinarien hatten die Rebellen ihren Kandidaten Schacht dann zum Präsidenten gewählt. Damals war seine wissenschaftliche Laufbahn von einer politischen Karriere abgelöst worden. Genaugenommen war er ein Amerikanist gewesen. Das machte ihn in einem Punkt untypisch für die akademischen Linken: Er war nicht antiamerikanisch. Diese Haltung war eher unter Germanisten und anderen provinziellen Fächern verbreitet, aus denen die linken Milieus ihren Nachwuchs rekrutierten. Aber Schacht liebte Amerika und verehrte es. Bernie erinnerte sich sogar daran, einmal seine Doktorarbeit in Händen gehalten zu haben: »Die Darstellung der Gewerkschaft im amerikanischen Roman des zwanzigsten Jahrhunderts von 1910 bis 1940«. Und in einem Punkt war Schacht sogar ausgesprochen amerikanisch: Er glaubte an die unversiegbare Kraft der Reklame. Er verstand es, den Zerfall der Universität hinter einem Schleier von Reklame zu verbergen, denn er wollte wiedergewählt werden. Er ließ ganze Institute verhungern, um aus ihren Kadavern Studiengänge mit hoher Außenwirkung zu formen wie Medienwissenschaft, Theater und Schauspiel, Kulturmanagement, Musiktheaterregie und Sport. Er hielt seine Universität in den Schlagzeilen, indem er mit allen Universitäten der Welt Partnerschaftsverträge abschloß. Er kompensierte den Niedergang der Leistungsstandards in den Sozial- und Geisteswissenschaften, indem er neue Studenten mit exotischen Fächerkombinationen anlockte, wie Jura und Japanologie. Und als er es durch die Überleitung geschafft hatte, alle seine Wähler zu Professoren zu ernennen, war seine Wiederwahl gesichert. Nur jetzt, vor der dritten Amtsperiode, hatte sich der Wind gedreht. Der Verfall der Wissenschaft wurde immer sichtbarer, und das hatte den großen Häuptling in der letzten Zeit zunehmend nervös gemacht. Und so hatte Bernie das Gefühl, daß eine finstere Nachricht in der Mappe die Aufmerksamkeit des Präsidenten völlig gefesselt hatte.

»Hört euch das an«, schrie der große Häuptling plötzlich, sprang auf und klopfte anklagend auf den Brief in seiner Hand, »das ist doch die Höhe! Das gibt's doch nicht! Da gründen die Physiker zusammen mit Wentorf ein Forschungsinstitut außerhalb der Universität, ohne mich auch nur zu benachrichtigen. Wißt ihr, was das Arschloch von GD schreibt? Er schreibt, für Neugründungen innerhalb der Universität wäre angesichts der bekannten Zustände der Stagnation und Zerrüttung kein Geld mehr von außen zu besorgen. Dieses Schwein! Das ist die Kriegserklärung! Jetzt machen die Alternativinstitute auf, jetzt fangen die an, mit sich selbst zu konkurrieren. Das ist Krieg, sage ich euch, das ist Krieg! Das lasse ich mir nicht gefallen! Da muß sofort der Matte her. Wo sind die bloß alle? Pit, wo ist Matte? Der muß denen das rechtlich verbieten!« Wenn der große Häuptling stand, war er nicht mehr so groß. Im Gegenteil, er wirkte eher klein. Deshalb hielt er sich ganz gerade und wirkte ein bißchen wie ein sandiger Taschennapoleon. Bernie wußte, daß er manchmal sogar hochhackige Schuhe anzog. Und so reckte er sich jetzt in der Mitte des Raumes hoch auf. Aber die Runde war diese Ausbrüche gewohnt. Pollux fuhr seelenruhig damit fort, den SPIEGEL, das Tageblatt, die Abendpost und die WELT nach Nachrichten über die Universität und den großen Häuptling durchzusehen. Und auch Schmale blieb ganz ruhig. »Matte klärt mit Seidel die Rahmenbedingungen für die Einrichtung des Medienzentrums«, sagte er. »Deshalb haben sie alle Sprecher zu einer kleinen Konferenz gebeten. Sie erinnern sich, Sie haben ihnen selbst den Auftrag gegeben, bis heute zu klären, ob wir Nägel mit Köpfen machen sollen und einen neuen Fachbereich gründen oder einfach alle Medienaktivitäten, die es jetzt schon gibt, fachbereichsübergreifend koordinieren. Ich nehme an, daß die Besprechung etwas länger gedauert hat, aber sie müßten gleich hier sein.«

Während Schmale sprach, war der Präsident erschöpft auf seinen Stuhl zurückgesunken und brütete wieder düster über seinem Brief. In der Stille konnte Bernie von ganz weit her ein Megaphon hören, und ihm fiel die Ankündigung von Kurtz ein, die Demos jetzt zum Soziologischen Institut zu dirigieren. In diesem Moment durchzuckte ein neuer Gedanke Bernies Hirn. Der Gedanke hing mit dem neuen Forschungsinstitut der Physiker zusammen, über dessen Gründung sich der große Häuptling so aufregte. Bernie hatte sich nämlich eine Strategie für die heutige Präsidialsitzung zurechtgelegt. Dabei ging er davon aus, daß der Präsident verlangen würde, den Clauditz-Fall weiterzuverfolgen, und daß Seidel und Matte davon abraten würden. Schmale verhielt sich in solchen Kontroversen in der Regel neutral, denn er mußte später mit beiden Parteien weiterarbeiten und wollte deshalb vermeiden, es sich mit einer von beiden zu verderben. Am Anfang wollte Bernie selbst sich ebenfalls zurückhalten, und erst, wenn der Präsident umzufallen drohte, wollte er ihm beispringen. Er versprach sich davon um so größere Dankbarkeit. Aber jetzt, mit der neuen Idee, konnte er vielleicht mehr erreichen. Sollte vielleicht... aber da wurden seine Gedanken durch die Ankunft von Matte und Dr. Seidel unterbrochen. Seidel war ganz der Typ des tüchtigen höheren Verwaltungsbeamten. Korrekt gekleidet, glatzköpfig, mit Puttogesicht und Engelshaarkranz, intelligent blinkenden Brillengläsern und gepflegt modulierter Stimme, also das direkte Gegenteil des ungeschlacht schnaufenden Matte. Trotzdem bildeten die beiden häufig eine Koalition.

Matte stampfte stumm zur Sitzgruppe und ließ sich erschöpft in einen Sessel fallen. Offenbar hatten sie sich beeilt.

»Morgen allerseits, und entschuldigen Sie«, grüßte Seidel nach allen Seiten, »wir haben uns so sehr beeilt wie möglich. Die Sprecher sind eben ein unordentliches Volk. Wollen wir gleich...?« Und alle, einschließlich des schweigenden Pollux mit seinen Zeitungen, setzten sich an den Konferenztisch. Als sie ihre Akten vor sich aufgebaut hatten, begann der Präsident wieder mit seinem Gejammer über die Physiker. »Das ist der erste Schritt zur Gründung einer Privatuniversität. Das können die doch nicht machen. Dann öffnen sich alle Schleusen. Habt ihr davon gar nichts gemerkt in euren Bürosesseln?« Die Frage enthielt die Andeutung, daß die Verwaltungsheinis im Gegensatz zu ihm vom wirklichen Leben nichts mitkriegten und daß er sich offenbar alleine den Stürmen des Lebens stellen müsse, im Stich gelassen von unfähigen Bürokraten. Das war die Rolle, die der Präsident am liebsten spielte. Wie alle guten Politiker fühlte er sich in der Öffentlichkeit wohler als im Privaten. Eine ausgesprochen fade Ehefrau mochte dazu beigetragen haben. Aber am wohlsten fühlte er sich in der Halböffentlichkeit seines Küchenkabinetts. Da ließ er sich gehen. Da konnte er den Luxus privater Hemmungslosigkeit mit dem Status seiner öffentlichen Rolle verbinden. Er führte sich dann auf wie ein königliches Baby, das mit seinen Anfällen eine ganze Schar von Ammen, Hoffräuleins und Kinderschwestern im Zustand besorgter Aufmerksamkeit erhielt. Deshalb mischte sich in ihrem Verhalten die Achtung, die seiner Stellung galt, mit der freundlich-herablassenden Geduld, die ein Erwachsener einem Kind entgegenbrachte.

»Warum hört ihr so was nicht rechtzeitig?« jammerte der große Häuptling und griff sich in die sandigen Haare.

Aber seine Kindermädchen hatten davon gehört. Seidel setzte gerade zu einer Antwort an, da kam Matte ihm zuvor. »Wir können sie natürlich leicht daran hindern. Wenn ein Institut als juristische Person einen Verein gründet, braucht es dazu unsere Genehmigung.«

»Wollen Sie sagen, sie haben das in der Rechtsabteilung schon genehmigt?« Der große Häuptling war bereit, auch diesen Schlag einzustecken.

»Natürlich haben wir das nicht genehmigt. Die haben das ohne uns getan, weil sie Angst hatten, wir machen Schwierigkeiten. Aber ich würde nicht dazu raten, ihnen das nachträglich zu verbieten.«

»Und warum nicht?« Seine Miene enthielt die Aufforderung ›Kommt, häuft noch mehr Leid auf mein Haupt‹.

»Damit man ihnen ein Ventil gibt«, nahm Dr. Seidel das Wort. »Herr Präsident...« Bernie wußte, wenn er »Herr Präsident« sagte, wurde er grundsätzlich... »Herr Präsident. Wir alle kennen die Probleme der Massenuniversität. Die Leute leiden in ihren Instituten. Sie sind frustriert. Sie möchten forschen, aber sie können es nicht. Sie sind hochqualifiziert. Sie haben ihre Jugend geopfert. Sie sind Asketen, Mönche. Sie haben ihr Leben der Wissenschaft geweiht. Sie möchten der Wahrheit dienen. Aber sie haben keine Räume, keine Mittel, keine Geräte. Sie sind verzweifelt. Da holen sie sich selbst die Mittel, und Sie wollen sie daran hindern?! Wenn Sie das machen, dann holen Sie sich fanatische Feinde auf den Hals. Den Kampf können Sie nicht gewinnen. Man kann eine Universität nicht gegen ihre besten Wissenschaftler regieren.«

Der große Häuptling guckte sie der Reihe nach an wie Christus, der sich beim Abendmahl nach Judas umsieht. ›Es ist einer unter euch, der wird mich heute verraten.‹ Pollux tat ihm den Gefallen.

»Ich bin nicht für die große Politik zuständig«, warf er ein, »aber eins kann ich bestätigen: Die Presse beschäftigt sich zunehmend damit, warum die besten Professoren weggehen. Sie lassen sie die ganze Litanei herunterbeten: schlechte Ausstattung, Bürokratie, Behinderungen. Erinnern Sie sich noch, als alle Informatiker auf einmal verschwanden? Nach Eichstätt! Stellen Sie sich vor, die gehen von Hamburg nach Eichstätt!«

Der Präsident schaute ihn traurig an, als ob er sagen wollte: ›Auch du, Pollux?‹

»Wenn es die Attraktivität der Stadt nicht gäbe, hätten wir überhaupt keine Professoren mehr.« Der Dolchstoß kam von Matte.

»Außer den selbstgemachten.« Der Stich traf auch Bernie ins Herz. Seidel hatte vergessen, daß auch er zu den selbstgemachten Professoren gehörte.

»Ja, sollen wir denn die Physiker einfach mit dem Wentorf fremdgehen lassen?« (›Ich will nicht, aber Ihr zwingt mich ja dazu.‹)

»Ich fürchte, es ist besser so.« Seidel lächelte schmal hinter seinen blitzenden Brillengläsern. »Eine häßliche Ehefrau soll lieber nicht soviel öffentlichen Krach schlagen, wenn der Ehemann sich eine hübsche Geliebte nimmt.«

Das reichte dem Präsidenten. Er hatte genug von dem Thema. Schließlich war seine Leidensfähigkeit nicht unerschöpflich, er war ja nur Jesus Christus.

»Und was ist bei der Sprecherkonferenz rausgekommen?«

»Gar nichts ist da rausgekommen, sie können sich nicht einigen.« Seidel schaufelte seine Akten um. »Sie haben zwar gesagt, wir sollten das bis heute klären, aber klären Sie mal einen Glaubenskrieg. Die Literaturwissenschaftler mit historischem Schwerpunkt haben Angst, daß sie zu kleinen Orchideenfächern verkümmern, wenn die Medienleute aus ihren Seminaren herausgenommen werden. Niemand beachtet sie dann mehr, während die Medienvertreter alle Gelder kriegen. Aber die Medienburschen fürchten, wenn sie keinen eigenen Fachbereich bekommen, würden ihnen die anderen wie Mühlsteine am Hals hängenbleiben, und sie kämen auf keinen grünen Zweig. Und die Frauenvertreter sind gegen alles, weil sie wollen, daß erst eine Stelle für Frauenforschung gegründet wird.«

»Und ausgerechnet jetzt muß diese Panne mit der sexuellen Nötigung passieren!« Der Präsident tauschte jetzt die Miene eines sandigen Gekreuzigten gegen das Visier des entschlossenen Kämpfers. »Hier müssen wir denen den Wind aus den Segeln nehmen.« Er wandte sich an Bernie. »Wir haben jetzt keine Wahl, Herr Weskamp, Sie müssen weiterermitteln. Wir müssen da Dampf machen!« Er wandte sich an Pollux. »Wir geben eine Presseerklärung heraus, daß wir auf Hochtouren weiterermitteln. Wir stellen uns voll hinter die Forderung der Frauenbeauftragten und der Demonstranten. Wir werden mit allen disziplinarrechtlichen Mitteln gegen den Täter vorgehen. Am besten setzen Sie sie gleich auf.«

Pollux wollte sich erheben, wurde aber von Seidel aufgehalten.

»Ist das auch alles richtig durchdacht?«

Der Präsident ging hoch.

»Jetzt kommen Sie mir nicht wieder mit Ihren Bedenklichkeiten! Haben Sie die Demonstrationen im Fernsehen gesehen? Wir können jetzt nicht mehr anders, wir müssen darauf reagieren. Sonst stellen die uns alle als chauvinistische Frauenschänder hin.« Wenn es unangenehm wurde, redete der große Häuptling gerne von »wir« und »uns« und schloß sie alle mit ein. Wenn er Triumphe feierte, zog er die erste Person Singular vor.

»Aber was soll dabei rauskommen?« Bernie wußte, daß Seidel jetzt mit dem Kampf der Glaubwürdigkeiten argumentieren würde, und so war es. »Das geht aus wie das Hornberger Schießen«, schloß er, »und dann stehen wir am Ende schlechter da als vorher. Solch eine Form der Selbstdarstellung sollten wir lieber vermeiden. Hier werden Lehre und Forschung betrieben, und keine Schlammschlacht.«

Das brachte den Präsidenten endgültig in Rage. Das hörte sich ja an, als ob Seidel für die Forschung und Lehre und der Präsident für die Schlammschlachten zuständig wäre. Der große Häuptling zückte wieder die bewährte Waffe des Bürokratenvorwurfs.

»Sie müssen ja nicht wiedergewählt werden!« schrie er. »Sie können bequem auf Ihrem Hintern sitzen und in die Bürostühle furzen. Ich aber muß meinen Arsch retten!« Mit solchen Ausdrükken spielte der große Häuptling den amerikanischen tough guy: »I've got to save my ass!«

Aber das Argument war natürlich kaum widerlegbar.

»Eine Universität sollte von so etwas die Finger lassen«, murmelte Seidel schwach.

Der Präsident wandte sich wieder an Bernie:

»Was sagen Sie dazu, wie stehen die Chancen, den Kerl zu finden und kunstgerecht zu schlachten?«

Jetzt schlug Bernies Stunde. Jetzt mußte er seine Karten richtig ausspielen. Er dachte an sein schäbiges Büro und an Rebecca und den Justizsenator. Wenn er diese Chance nicht nutzte, würde sich so bald nicht wieder eine bieten; sein Herz klopfte ihm bis zum Hals. Er hoffte nur, daß er nach außen hin kühl wirkte. Er brauchte jetzt gute Nerven.

»Ich habe ihn schon gefunden«, sagte er so ruhig er konnte, aber ihm war, als hätte seine Stimme gezittert.

»Was?« entfuhr es dem Präsidenten. Alle blickten ihn erwartungsvoll an.

»Aber bevor ich Ihnen sage, wer es ist, möchte ich eine Bitte äußern: Die Bedenken des Leitenden Verwaltungsbeamten sind mir nicht fremd. Es kann sein, daß man selbst am schlimmsten verschmutzt aus so einer Schlammschlacht hervorgeht. Als Vorsitzender des Disziplinarausschusses trage ich das ganze Risiko.« Bernie konnte sehen, wie bei dem Wort »Risiko« der Ausdruck des Präsidenten mörderisch wurde. Er ahnte also, daß Bernie eine Forderung stellen wollte. Aber es gab jetzt kein Zurück mehr. Er wandte sich direkt an den Präsidenten: »Meine Bitte ist ganz leicht zu erfüllen. Bevor wir weiterreden, möchte ich, daß Sie mir etwas versprechen.«

Der Präsident machte eine Geste, die bedeuten sollte: ›Red nur weiter, solange du noch kannst.‹

»Ich möchte, daß Sie beim Justizsenator anrufen und ihn fragen, ob er mich Ihnen für das Amt des Vizepräsidenten empfehlen kann.«

Als das heraus war, erwartete Bernie eine Explosion. Einen Vulkanausbruch. Eine Naturkatastrophe größerer Art. Aber das einzige, was er hörte, war das Klopfen seines Herzens. Da stand der Präsident auf, umrundete seinen Stuhl, ergriff die Lehne und lächelte. Ja, er lächelte.

»Sieh einer an!« wandte er sich an die anderen. »Ich habe oft erlebt, wie um mich herum jemand zum Politiker gereift ist. Ich selbst habe darin einen crash course absolviert. Aber so schnell wie beim Vorsitzenden des Disziplinarausschusses habe ich das noch nie erlebt. Sie wollen mich also erpressen?« fragte er mit der Liebenswürdigkeit eines Vertreters, der sagt: ›Sie möchten also eine Versicherung abschließen?‹

Bernie war darauf vorbereitet.

»Nein, das möchte ich nicht. Ich versichere hier vor Zeugen, daß ich weiterhin loyal bei... daß ich weiterhin loyal mit Ihnen kooperieren werde, auch wenn Sie jetzt nein sagen. Ich habe nur diese Bitte, daß Sie mir versprechen, den Justizsenator anzurufen.«

Der Blick des Präsidenten drückte fachliche Anerkennung aus. ›Ja, so muß man das machen‹, schien er zu sagen. »Den Justizsenator? Was hat der damit zu tun?«

»Er könnte zum Beispiel einen eleganten juristischen Weg finden, die Sache mit den Physikern zu regeln und mit allen künftigen Gründungen.«

Der Präsident pfiff leise durch die Zähne und dachte nach.

»Das könnte er vielleicht tatsächlich. Wenn er das könnte, wäre das wunderschön. Ja, das wäre wunderschön – sehr schön wäre das. Aber Vizepräsident können Sie trotzdem nicht werden. Das muß nämlich eine Frau werden, das werden Sie einsehen. Da sind mir die Hände gebunden.«

Jetzt kam Bernies politischer Vorschlag: »Ich hatte daran gedacht, daß Sie zwei Vizepräsidenten ernennen. Das ist in Bremen so, in Osnabrück so, und ich weiß nicht, wo noch, ganz üblich.«

Der große Häuptling sah sich um. »Zwei Vizepräsidenten?« wiederholte er. »Was haltet ihr davon?« Er wandte sich an die anderen. Schmale ergriff das Wort.

»Warum nicht? Der Präsenz des Präsidiums in der Universität würde es guttun; der Arbeitsteilung auch. Und wenn Bernie sich jetzt als Rächer der Frauen profiliert, dann gewinnt er die Wahl auch, dann bringt er Ihnen sogar Stimmen.«

»Ich mach Ihnen einen Vorschlag.« Der Präsident hatte einen Entschluß gefaßt. »Sie sagen uns, wer der sexuelle Erpresser ist, und wenn er sich zur öffentlichen Schlachtung eignet, verspreche ich Ihnen den Anruf beim Justizsenator. Und alles, was dazugehört«, fügte er hinzu. »Nun, ist das ein Deal?«

»Ist es das?« fragte Bernie.

»Ja«, sagte der Präsident.

»Das geht ja hier zu wie auf dem Viehmarkt«, murmelte Matte, aber niemand achtete auf ihn.

»Es ist Professor Hackmann vom Soziologischen Institut.«

Als es heraus war, erlitt der Präsident einen bedrohlichen Hustenanfall. Er explodierte ganz plötzlich und steigerte sich dann in eine solche Inbrunst, daß er rot anschwoll und ihm die Tränen über das Gesicht liefen. Schmale war aufgesprungen und klopfte ihm auf den Rücken wie eine Amme bei einem Baby, das ein Bäuerchen machen soll. Als er sich schließlich japsend beruhigt hatte, hechelte er: »Entschuldigt... aber ich war... es hat mich einfach überrascht... weil ich ihn noch gestern gesehen habe. Auf der Beerdigung des alten Zitkau. Und wißt ihr was?... Das glaubt ihr nicht... er ist ins Grab gefallen.« Und er erzählte die Geschichte von Hackmanns Grabsturz mit solch einer Lust am grotesken Detail, daß ihr gemeinsames Gelächter homerische Qualitäten annahm. Und kaum hatten sie sich beruhigt, löste Bernie eine gigantische neue Heiterkeitswelle aus, indem er erzählte, wie er Hackmann auf die Spur gekommen war, daß die First Lady im Vorzimmer zu ihren Untersekretärinnen sagte: »Heute ist der große Häuptling wieder gut aufgelegt.« Und das war er.

»Hackmann!« Er ließ den Namen auf der Zunge zergehen. »Das ist unser Mann! Ich habe ihm das gar nicht zugetraut. Aber so sind sie, diese reaktionären Schweine. Ich hatte schon Angst, es könnte irgendein armer Teufel aus dem BdH sein. Aber Hackmann, der ist ideal! Überall tönt er vom Verfall der Leistungsstandards herum und vom Niedergang der Universität. Er hat sogar neulich im Fernsehen darüber rumgeschwafelt – sollen die Leute jetzt mal sehen, wer zum Niedergang der Universität wirklich beiträgt! Die, die ihn am meisten bejammern! Wir werden ihn öffentlich steinigen!« Er rieb sich die Hände. »Was haben Sie denn gegenüber ihm in der Hand, Bernie?« Es war plötzlich »Bernie«. Er hatte es geschafft. Bernie jubelte! Jetzt würde er mit dem großen Häuptling auf demselben Ticket laufen. Sie würden zusammen Wahlkampf machen. Er hatte es geschafft! Die Macht schaute ihn an mit ihrem blauen und ihrem grünen Auge.

Doch bevor er antworten konnte, sagte Matte: »Nichts hat er gegen ihn in der Hand. Ich habe das Befragungsprotokoll gelesen. Da steht nichts drin. Diese Theaterstudentin sagt, sie hätte einen Moment das Gefühl gehabt, das Schicksal dieser Figur, die sie da spielt, selber erlebt zu haben. Einen Moment das Gefühl gehabt! Ich bitte dich«, wandte er sich an Bernie, »und um diese Rolle zu kriegen, hat sie dann behauptet, daß es stimmt. Was willst du damit anfangen?«

So hatte Bernie vor kurzem auch noch geredet. Aber der Deal hatte Bernie den Skeptiker in Bernie den Enthusiasten verwandelt.

»Aber hast du nicht gelesen, daß die Hopfenmüller glaubt, sie verheimlichte etwas, um den Täter zu schützen?«

Er war ihr jetzt für diese Unverfrorenheit dankbar, obwohl er sie sich nicht erklären konnte. Sein Verdacht, daß die Frauenbeauftragte dahintersteckte, hatte sich jedenfalls nicht bestätigt.

»Und außerdem wird der Hackmann von selbst aus dem Leim gehen. Noch ein paar Demos vor dem Soziologischen Institut, und er kracht zusammen.«

Seidel gab nicht auf.

»Da wär ich nicht so sicher! Wenn so jemand öffentlich angegriffen wird, findet er schnell Leute, die sich mit ihm solidarisieren.«

»Mit einem sexuellen Erpresser?« fragte Bernie.

»Mit jemandem, den sie für das Opfer einer schmutzigen Rufmordkampagne durch einen Haufen Feministinnen und Fundamentalisten halten. Außerdem hat er in seinem Institut eine gut funktionierende Abteilung. Die werden alle einen Treueeid auf ihn ablegen. Und was glauben Sie, was die konservativen Zeitungen schreiben?«

Das letzte Argument belebte den Präsidenten wieder. »Aber dann haben wir ja, was wir wollen! Dann gibt es den großen Solidarisierungseffekt. Dann jagen wir nicht ein armes Würstchen, dann führen wir einen großen Kampf; dann ist dieser Skandal das Symptom eines Gesinnungssumpfs, dann geht es um die ganz großen Fragen. Und die Frauen, die hätten wir alle auf unserer Seite.«

Sie wurden von Frau Österlin-Knöchel unterbrochen, die ihr toupiertes Haupt zur Tür hereinsteckte. »Ein Anruf für Professor Weskamp.«

Der Kopf verschwand wieder, und Bernie erhob sich, um ins Vorzimmer zu gehen.

»Auf Apparat drei«, sagte die First Lady und deutete auf einen abgelegten Telefonhörer.

»Ja, hier Weskamp?«

Er hörte die Stimme von Kurtz. »Sie haben recht gehabt, er ist es.«

»Sie meinen Hackmann?«

»Ja. Es gibt Zeugen. Sie erinnern sich doch, daß ich am Freitag abend einen Mitarbeiter von mir angerufen habe, er solle die Demos am Soziologischen Institut abhalten, und daß ich ihn nicht erreichen konnte?«

Bernie erinnerte sich.

»Am Sonntag hab ich ihn erreicht.« Und Bernie erfuhr mit wachsender Aufregung die Geschichte von Tews. »Ich liefer Ihnen den Fuchs in der Falle«, schloß Kurtz seinen Bericht. »Jetzt dürfen Sie ihn aber auch nicht wieder laufen lassen.«

»Keine Angst«, sagte Bernie, »jetzt zieh ich ihm das Fell über die Ohren, und Sie kriegen den langen roten Schwanz.« Er legte auf und überlegte. Er surfte auf Adrenalin. Er war wie elektrisiert. Das war das Leben, das er führen wollte. Bernie der Machiavellist. Er sollte jetzt besser Rebecca anrufen, bevor er zu den anderen ging, damit sie den Senator vorbereitete. Er blickte zur First Lady hinüber und zeigte auf das Telefon. »Darf ich?« Sie nickte, und er wählte. Die Nummer kannte er auswendig. 97123 für den Senat, 6358 für Rebecca. Am anderen Ende nahm niemand ab. Er ließ es eine Weile tuten und legte dann auf. Gut – würde er sie eben später anrufen. Er nickte der First Lady zu und ging dann zu den anderen zurück, die ihren Disput unterbrachen.

»Es gibt eine neue Lage«, verkündete er. Alle sahen ihn an. Bernie der Stratege! »Wir haben Zeugen gefunden.«

Sie haben gefunden. Bernie und seine Leute hatten sie gefunden!

»Was?« Es war Matte, der das sagte. »Zeugen für die Vergewaltigung?«

»Ja.«

»Das glaube ich nicht.«

»Das ist auch unglaublich.«

»Und wer ist das?«

»Eine Horde Bauarbeiter. Die haben auf dem Baugerüst oben am Soziologischen Institut gestanden und von außen zugeguckt, wie der Hackmann in seinem Büro eine Studentin vergewaltigt hat.«

»Und haben nicht eingegriffen?« rief Seidel empört.

»Offenbar nicht. Sie dachten wahrscheinlich, das ist Wissenschaft«, erwiderte Bernie trocken.

Der Präsident legte sich in seinem Stuhl zurück und keckerte vor Lachen. Bernie registrierte es mit Genugtuung. Er und der Präsident! Sie fingen an, ein Team zu bilden.

Aber Matte war nicht einverstanden und warf Bernie einen nassen Blick zu.

»Also, ich muß schon sagen...«

»Ja, ist schon gut, ist schon gut! Ich weiß nicht, warum die nicht eingegriffen haben. Vielleicht haben sie es versucht. Vielleicht haben sie gelärmt, aber der Hackmann hat nichts gehört. Vielleicht konnten sie grad nur so über die Fensterbank schielen, während das Gerüst wackelte – was weiß ich? Auf jeden Fall haben wir jetzt Zeugen.«

»Fabelhaft, einfach fabelhaft. Das muß ich sagen. Haben Sie sie schon befragt?«

»Noch nicht öffentlich. Ein...« Bernie suchte nach einem neutralen Wort... »ein Informant von mir hat sie aufgetrieben.«

»Dann befragen Sie sie sofort. Und jetzt geben wir die Presseerklärung heraus, daß wir in der Sache weitergekommen sind.« Pollux stand auf, und der Präsident gab ihm noch ein paar Stichworte. »Von Vertuschung kann keine Rede sein – Wir haben mit allen uns zur Verfügung stehenden Mitteln ermittelt – Der Vorsitzende des Disziplinarausschusses wird demnächst einen Bericht über den Stand der Untersuchung geben. Rufen Sie Frau Schermbek-Galen vom Abendblatt an, die soll das in die nächste Ausgabe nehmen, und dann sagen sie Frau Österlin, sie soll versuchen, Redlich vom NDR zu finden; ich möchte ihn sprechen.« Pollux ging ins Vorzimmer. »Und dann soll sie uns einen Kaffee bringen«, rief er ihm hinterher. Er stand jetzt auf, zog sich die Jacke aus und krempelte die Ärmel auf.

»Jetzt fängt unser Wahlkampf an zu laufen, was Bernie?«

Da stand Bernie ebenfalls auf, zog die Jacke aus und krempelte die Ärmel auf. Er fühlte sich schon als zukünftiger Vizepräsident.

Er hatte es geschafft! Der Mantel der Gelegenheit war an ihm vorübergerauscht, und er hatte seinen Saum ergriffen. Was kümmerte es ihn da, daß Matte ihn ansah, als ob er ein ekliges Insekt wäre. Rebecca würde ihn ganz anders anschauen!

17

Am Montag morgen hatte Hanno als erstes das JOURNAL gekauft und hastig nach dem neuesten Artikel durchgeblättert. Und richtig, auf der dritten Seite stand in großen Lettern die Überschrift: FRAUEN FRAGEN: WANN GREIFT DER PRÄSIDENT DER UNIVERSITÄT EIN? Aber sein Name wurde nicht erwähnt. Wenn er nachträglich an das Gespräch mit dem Vorsitzenden des Disziplinarausschusses dachte, schien es ihm gar nicht so abwegig, daß dieser Sommer vom JOURNAL recht hatte: Vielleicht wollte die Verwaltung die Sache wirklich vertuschen. Dieser Weskamp hatte beim Abschied doch sehr ambivalente Reden geführt. Und was konnte die Universitätsverwaltung sich eigentlich davon versprechen, wenn sie den Fall weiterverfolgte? Er würde nur ein schlechtes Licht auf die Universität werfen.

Doch dann war etwas geschehen, was ihn völlig entnervt hatte. Das Telefon hatte geklingelt, und Sarah hatte den Hörer abgehoben. Es war noch beim Frühstück gewesen, und er hatte über der Zeitungslektüre plötzlich bemerkt, daß Sarahs Stimme sich geändert hatte. Sie schrie auf, und dann, »Papi, Papi, komm schnell, da ist so ein Mann!«, und hatte ihm den Telefonhörer hingehalten. Als Hanno sich meldete, sagte eine klare Männerstimme: »Wir kriegen dich, du geile Sau!« Er ließ fast den Hörer fallen. Es war so unerwartet, wie wenn ihn aus dem Dunkeln ein Puma angesprungen hätte. Er stammelte: »Wer ist denn da?« Aber da machte es klick, und der letzte Teil der Frage wehte ins Leere. Sarah sah ihn ängstlich an. »Wer war das, Papi, wer war das?«

»Was hat er dir gesagt, Liebes?«

»Ich habe es gar nicht richtig verstanden. Irgendeine... irgend etwas Ekelhaftes... Wer war das, Papi?«

Hanno hatte überlegt, ob er seiner Tochter ein abgeschwächte Version der Wahrheit erzählen oder ihr wenigstens klarmachen sollte, daß man ihn vielleicht eines scheußlichen Vergehens bezichtigen würde. Aber dann hatte er nicht den Mut gehabt und etwas von Verrückten gemurmelt, die zu anonymen Anrufen neigten. Sarah war natürlich aufgeklärt aufgewachsen, und es gab keine Zeit, in der sie nicht, dem Verständnis ihres Alters entsprechend, über die menschliche Sexualität Bescheid gewußt hätte. Allein schon die ständige Wiederholung ihrer Geburtsgeschichte setzte das voraus. Entsprechend war die Kommunikation über dieses Thema zwischen Vater und Tochter immer völlig unverkrampft gewesen. Aber seit ihrer Pubertät war es etwas in den Hintergrund getreten und wurde von beiden gemieden. Deshalb hatte Hanno nur eine unklare Vorstellung von den Gedanken, die sie sich über die Sexualität ihres Vaters machte. Seinen Auszug von den ehelichen Fleischtöpfen hatte sie gelassen und kommentarlos hingenommen. Um so mehr war Hanno entsetzt gewesen, als er ihr verzerrtes Gesicht am Telefon gesehen hatte. Sie war ihm so jung und verletzlich vorgekommen, und das war der Anlaß gewesen, daß er eine Minute später den Chefredakteur Hirschberg von der Abendpost angerufen hatte, den er auf der Beerdigung des alten Zitkau getroffen hatte.

Als er seine Nummer im Telefonbuch nachschlug, bemerkte er, daß er tatsächlich nur wenige Straßen weiter in seiner unmittelbaren Nachbarschaft wohnte. Doch als er anrief, war er nicht zu Hause. Seine Frau sagte ihm, er fände ihn im Reiterhof Peerstall, Richtung Ahrensburg. Er könne ihn gar nicht verfehlen. Ja, er solle ihn ruhig stören, ihr Mann habe ihr eigens den Auftrag gegeben, ihn dorthin zu schicken. Er habe seinen Anruf erwartet. Hanno kam dieses Vorwissen etwas unheimlich vor, aber er war entschlossen, mit Hirschberg zu reden. Bis jetzt hatte er eigentlich nichts unternommen, um sich selbst vor dem Hurrikan zu schützen. Aber der anonyme Anruf und der Gedanke, daß er Sarah schützen mußte, hatten seine Handlungsfähigkeit geweckt.

Er kannte den Reiterhof, von dem Frau Hirschberg gesprochen hatte, ganz gut. Sarah hatte dort häufig ihrem Jungmädchentrieb der Pferdepflege gefrönt und bei mancher Fohlengeburt geholfen. Er fand Hirschbergs Körper in ein Reiterkostüm gezwängt auf dem Sattelplatz. Er hatte offenbar nach seinem Ausritt schon abgesattelt und war damit beschäftigt, einen großen braunen Hannoveraner mit einer weißen Blesse zu bürsten.

»Ah, Professor Hackmann! Das ist gut, daß Sie mich gefunden haben«, begrüßte er ihn über den Pferderücken hinweg.

»Ich muß mit Ihnen sprechen«, begann Hanno.

»Legen Sie los«, und als Hanno zögerte, »legen Sie los, der Gaul versteht nichts.«

Als Hanno so unvermittelt damit konfrontiert wurde, sein Problem zu formulieren, scheute er doch zurück. Plötzlich kam er sich selbst vor wie ein Pferd, das Anlauf genommen hatte und nun vor der Höhe der Hürde zurückschrak. In seinem Hirn breitete sich das Bild davon aus, wie das Pferd seine Beine kurz vor der Hürde plötzlich in den Boden stemmte und, weil es die Wucht des Anlaufs nicht mehr abfangen konnte, in das Gestänge stolperte und den Reiter in hohem Bogen in die Trümmer katapultierte, während sein Bein im Steigbügel hängenblieb und seine Hand am Zügel den Kopf des Pferdes zur Seite riß. Er schaute nach oben, um das Bild loszuwerden, und sah unter dem Dachvorsprung des Stallgebäudes die Schwalben wie Geschosse in die Löcher ihrer Lehmnester flutschen.

»Können Sie sich etwas unter dem Begriff ›Interne Grenzen der Kommunikation‹ vorstellen?« begann er seinen Anlauf.

Hinter dem Rücken des Pferdes murmelte Hirschberg: »Irgendein soziologischer Sophismus, vermute ich?«

»Ein Dilemma. Ich hab es oft im Seminar behandelt.« Jetzt nicht stoppen! Weiterlaufen! »Je mehr man seine Unschuld beteuert, desto verdächtiger wird man.« War das die Hürde? War er auf der anderen Seite? Über dem Pferderücken tauchte Hirschbergs Bulldoggengesicht auf und sah ihn an.

»Und das ist Ihre Lage im Augenblick?«

»Ja.« Er war auf der anderen Seite gelandet.

Hirschberg tauchte wieder ab, und Hanno konnte hören, wie er seine Bürste in rhythmischen Abständen vom Striegel abstreifte.

»Erzählen Sie«, erklang es hinter dem Pferderücken.

Plötzlich mußte Hanno lachen. »Wissen Sie, daß Karl V. mit seinen wichtigen Bezugsfiguren in verschiedenen Sprachen redete, Spanisch mit Gott, Französisch mit seiner Frau, Italienisch mit seinen Bankiers und Deutsch mit seinem Pferd?«

»Mit mir reden Sie am besten Tacheles!« erscholl es unter dem Pferdebauch. »Also – Sie sind selbst das Ziel dieser Kampagne?«

»Ja.«

»Und es gibt da auch etwas, was mißverständlich aussieht?«

»Ja.«

»Sie hatten ein Verhältnis mit dieser Studentin. Das Mädchen erhebt nun wirre Beschuldigungen, die irgendwie mit einem feministischen Theaterstück zusammenhängen. Und Ihr Präsident sieht plötzlich die Möglichkeit, frisches Wasser über seine trockenen Mühlen zu leiten.« Hirschberg bearbeitete jetzt das Hinterteil des Pferdes, so daß Hanno ihm automatisch Platz machte und nach vorne zum Kopf ging.

»Ja, so ungefähr ist es«, bestätigte Hanno. Geistesabwesend betrachtete er die Blesse auf der riesigen Stirn des Pferdes und streichelte das Maul mit den beweglichen Lippen, die auf der Suche nach Zuckerstücken an seiner Jackentasche knabberten.

»Jetzt kommt's drauf an.« Hirschberg wurde hinter dem Pferd sichtbar. »War sie Ihre Studentin?«

»Ja. Aber ich habe es abgelehnt, ihre Arbeit zu betreuen«, fügte er hastig hinzu. Er merkte, wie er jetzt schon den Entschuldigungston des Ertappten anschlug, und fuhr langsamer fort: »Darauf eröffnete sie mir, sie wolle sowieso Theater studieren und gäbe die Soziologie auf.«

»Aha, ein Grenzfall also. Man könnte daraus Unzucht mit Abhängigen konstruieren oder sogar den Studienabbruch mit der Belastung durch das Verhältnis begründen.«

»O Gott, das stimmt, ja, daran hab ich noch gar nicht gedacht.« Hanno versteckte sich auf der anderen Seite des Pferdes, als Hirschberg nun auf seiner Seite die ausgedehnten Flächen unter die Bürste nahm.

»Na ja, das Ganze ist halb so schlimm. Es ist alles nur Rhetorik und Kampagne, wenn Sie die Zähigkeit haben, so etwas durchzustehen. Sie müssen nur alles abstreiten. Fangen Sie ja nicht an, komplizierte Wahrheiten zu erzählen. Die werden nur gegen Sie ausgeschlachtet. Sowenig Details wie möglich. Blanke Leugnung. Ihre Reputation spricht für Sie. Sie haben doch nicht so etwas schon öfter gemacht? Oder? Sonst graben die frühere Freundinnen von Ihnen aus!« Über dem Pferderücken erschien wieder Hirschbergs Kopf wie eine Figur im Kasperletheater und sah ihn an. ›Kinder, seid ihr alle da?‹ ›Ja, wir sind alle da.‹

»Um Himmels willen, nein. Aber wer sollte so etwas ausgraben? Die vom JOURNAL?«

»Ja, die auch.« Der Kopf verschwand wieder. »Aber ich höre, die wollen Sie vor ihren Disziplinarausschuß laden, und wenn sie das wollen, müssen sie etwas in der Hand haben. Also werden sie suchen.«

Hannos Nervensystem erhielt einen Stromstoß. ›Die wollen Sie vorladen.‹ Hatte der Hirschberg etwa schon vorher gewußt, daß er der sexuelle Erpresser war? Und woher? Was wußte er überhaupt?

»Nicht wahr, Sie haben schon vorher gewußt, daß ich derjenige welcher bin.«

Hirschbergs Stimme klang gepreßt unter dem Bauch des Pferdes hervor. »Gewußt nicht, geahnt.« Er machte eine Pause, richtete sich dann auf und hängte beide Arme übel den Pferderücken. In der einen Hand hielt er den Griff eines Striegels, über die andere hatte er das Halteband der Bürste gestreift. »Das war nicht schwer. Im JOURNAL hatte ja gestanden, es müßte ein Soziologe sein. Und von denen kannte ich sowieso nur Sie. Und als ich dann sah, wie Sie bei Zitkau in das Grab fielen, da dachte ich mir, Sie sind es, Sie sind der Typ dafür. Wissen Sie, das passiert nicht jedem – nach vierzig Jahren Journalismus erkennen Sie den Typ, der aus Versehen in der Schießbude den Besitzer erschießt.«

Hanno fühlte sich von dieser trockenen Beschreibung zerkrümeln wie ein Löschblatt auf der Herdplatte. Der akademische Olympier als Calamity Jane! Eine Witzfigur. Der Typ, der beim Staatsempfang auf dem Flugplatz die Gangway hinunterfiel!

»Können Sie mal den Huf halten? Ich muß da wohl etwas rausziehen.« Hirschberg hatte jetzt Striegel und Bürste zur Seite gelegt und sich statt dessen mit einer Zange bewaffnet. »Nur so aufnehmen, er ist ganz zahm.« Er zeigte auf den linken Vorderfuß des Pferdes. »Ziehen Sie dran, dann gibt er Pfötchen.« Und tatsächlich, als Hanno das Vorderbein packte, verlagerte das Tier sein Tonnengewicht auf die anderen drei Beine und klappte das Vorderbein nach hinten, so daß sie beide in das Schüsselchen der Hufunterseite mit dem Eisenrand blickten. »Da sitzt es.« Hirschberg zeigte mit der Zange auf das blinkende Ende einer Krampe, die in den Huf getreten war. »Wir müssen das erst ein bißchen saubermachen«, und er wandte sich um, um einen Kratzer zu holen. Hanno hielt den Fuß mit beiden Armen, so daß er sich parallel zum Rumpf des Pferdes in Richtung der Hinterbeine gebückt hatte. Er spürte, wie das Pferd den Kopf nach hinten schwang und seinen Rücken benagte.

»Wie heißt Ihr Pferd eigentlich?« fragte Hanno.

Hirschberg lachte. »Akademiker. Verrückter Name, wie? Aber die Namen von Hengstfohlen müssen immer mit demselben Buchstaben anfangen wie der Name des Vaters, und der hieß Alarich. Ihre Tochter kennt ihn übrigens, sie hat ihn häufig geritten. Sie sagte immer, ›Mein Vater ist auch Akademiker‹. So, jetzt wollen wir das Biest mal rausziehen. Können Sie noch halten, ja? Betten Sie ihn auf ihr Knie. Das macht es leichter. So – da haben wir ihn. Ich wußte doch, daß er irgend etwas im Fuß hat. Jetzt können Sie ihn wieder absetzen.«

Hanno ließ das Bein los, und Akademiker stand wieder solide wie ein Tisch mit allen vier Füßen auf der Erde. »So.« Hirschberg klatschte seinem Pferd mit der flachen Hand auf den Hintern. »Zurück in den Stall.« Er band das Halfter vom Haltering los, und Akademiker folgte ihm mit gesenktem Kopf und hell klingenden Hufen über den Betongang vor dem Gebäude in die Stalltür, während Hanno hinterhertrottete.

»Da, halten Sie ihn noch mal, ich habe ganz vergessen, das Stroh aufzuschütten.« Hanno nahm den Strick des Halfters, während Hirschberg in der Box verschwand und mit der Mistgabel frisches Stroh verteilte.

»Sie meinen also, ich sollte die Sache auf mich zukommen lassen«, nahm Hanno den Faden wieder auf.

»Benehmen Sie sich wie ein Unschuldiger.« Hirschberg stützte sich auf die Mistgabel und schaute ihn an. »Und wenn Sie einem alten Mann gestatten, sich in Dinge einzumischen, die ihn nichts angehen?«

»Aber ja. Ich kann Ihnen übrigens gar nicht sagen, wie dankbar ich Ihnen bin, daß Sie sich so mit meiner Kalamität beschäftigen.«

Hirschberg nahm die Strohverteilung wieder auf. »An Ihrer Stelle würde ich auf keinen Fall irgendwelche Seelenerleichterung gegenüber meiner Familie betreiben. Ehefrauen reagieren manchmal unberechenbar. Und dann haben Sie ohne Not eine zweite Front eröffnet. In solchen Sachen braucht man nur gute Nerven. Es sieht furchtbar aus, wenn der Orkan losbricht. Man meint, man überlebt es nicht. Man möchte wegrennen, doch wirklich gefährlich wird es nur, wenn man selbst in Panik gerät. Wenn man aber ruhig den Kopf einzieht und die Böen über sich wegsausen läßt, ist es bald vorbei. Ich habe es oft erlebt. Das bewundere ich bei richtigen Politikern: Die haben Nerven wie Drahtseile. Aber nach einer gewissen Zeit sind sie natürlich auch abgehärtet. Die wissen, es gibt nur eins, was tödlich sein kann: wenn es Zeugen gibt.«

Ein Zahnarzt, der plötzlich seinen Nerv getroffen hatte, hätte Hanno nicht stärker zurückzucken lassen. Dabei hatte er es kommen sehen, er wußte ja, daß das die Schwachstelle seines künftigen Glaubwürdigkeitsduells war. Aber er hatte es immer wieder verdrängt. Wie sollten sie auch die Bauarbeiter finden? Wie sollten die Bauarbeiter mitbekommen, daß sie etwas gesehen hatten, womit sich der Disziplinarausschuß beschäftigte? Sie lasen bestimmt nicht das JOURNAL, und in der Morgenpost hatte noch nichts gestanden. Andererseits – bald würden die auch etwas darüber schreiben. Er mußte auch den peinlichsten Teil der Affaire gestehen. Hirschberg lehnte jetzt in der Box die Mistgabel an die Wand und nahm Hanno das Halfter ab. Er streifte es dem Pferd vom Kopf, und Akademiker schritt in das frische Stroh und senkte schnobernd seine Schnauze hinein. »So, jetzt kriegst du auch noch was zu futtern!« Hirschberg schaufelte aus einem Sack etwas Hafer in eine Schüssel und schüttete ihn unter dem Heugatter durch in den Futtertrog. Und Akademiker begann sofort, mit laut mahlenden Zähnen Hafer zu kauen.

»Aber es gibt ja Zeugen.«

Hirschberg fuhr aus der Betrachtung von Akademikers genüßlicher Mahlzeit auf.

»Es gibt Zeugen? Wovon? Da hilft jetzt alles nichts, Professor Hackmann. Wenn ich Ihnen helfen soll, müssen Sie mir das sagen.«

Und Hanno schilderte, so dezent er konnte, seine Abendvorstellung für die Bauarbeiter. Als er geendet hatte, begann Hirschbergs Gesicht in beunruhigender Weise zu zucken. Erst machte sich ein Wulst selbständig und fuhr auf eigene Faust in seinem Gesicht herum, dann folgte ein zweiter, und nach kurzer Zeit vollführten die Fleischtaschen und Hautwülste von Hirschbergs Gesicht einen veritablen Veitstanz. Gleichzeitig hörte Hanno ein unterirdisches schleimiges Rasseln, das langsam lauter wurde und schließlich in einem stochastischen Vulkanausbruch explodierte. »Nehmen Sie es mir nicht übel, aber wenn ich mir vorstelle...« Hirschberg ließ offen, was er sich vorstellte. Dann wurde er plötzlich wieder ernst. »Sie hätten mir das gleich am Anfang sagen sollen. So haben wir Zeit verloren.« Er zeigte aus der Stalltür auf die gegenüberliegende Reithalle. »Da drüben gibt es neben der Reitbahn eine kleine Holztribüne mit Stühlen und einem kleinen Kiosk, wo Sie sich einen Kaffee geben lassen können. Warten Sie dort auf mich, ich muß telefonieren.«

Er verschwand in Richtung des Haupthauses, und Hanno ging zum Reitstall hinüber, setzte sich auf einen Plastikschalensitz auf der Holztribüne und schaute zu, wie die schnaubenden Pferde in der Sägemehl-Reitbahn geduldig die gleichen Programme absolvierten, während ein Reitlehrer mit langgezogenen Rufen die Reiter kommentierte. »Ja, so ist guuuut, Gerda. Nimm ihn ruhig fester, gesammelter. Ja, soooo. Gib ihm mehr Druck, Michael, doch nicht sooo. Du behinderst ihn ja...« Als Hirschberg zurückkehrte, hielt er ein Paket Zigarren in der Hand. »Möchten Sie eine?« fragte er, als er sich neben ihn setzte.

»Nein danke.« Hanno war nervös. Hirschberg hatte offenbar vor, es sich gemütlich zu machen. »Was geschieht jetzt, was haben Sie unternommen?« fragte er.

Hirschberg ließ sich ruhig nieder, und während er seelenruhig sein Ritual des Zigarrenspitzenabschneidens und -anzündens vollführte, erklärte er Hanno in den Arbeitspausen, daß er die besten Rechercheure der Abendpost hatte ausschwärmen lassen, um die Bauarbeiter aufzuspüren.

»Keine Angst, die finden sie«, schloß er seinen Bericht. »Und bis sie sie gefunden haben, werden wir hier zusammen warten und den Reitern zuschauen.«

Hanno konnte nicht einsehen, wohin das führen sollte. Er wollte diese Bauarbeiter doch wohl nicht bestechen? Das könnte ja alles noch schlimmer machen. Wie ein Fieberschauer befiel ihn plötzlich das Gefühl, daß er sich diesem Hirschberg jetzt ausgeliefert hatte.

»Ja, und dann, wenn sie sie gefunden haben?« Hirschberg schien die Ängstlichkeit in seiner Stimme gehört zu haben.

»Keine Angst, sie tun nichts Illegales. Sie weisen sie nur darauf hin, daß sie, wenn sie eine Vergewaltigung bezeugen, sich selbst einer Straftat beschuldigen.«

»Wieso?« Hanno war verblüfft. »Welche Straftat meinen Sie?«

»Der unterlassenen Hilfeleistung.«

Aber ja – warum war er da noch nicht selbst drauf gekommen? Hanno fühlte eine enorme Erleichterung. Er hätte diesen Hirschberg umarmen können. Er fing an, diesen Mann zu mögen. Er brauchte jetzt einen Freund. Er sah ja, er selbst konnte nicht mehr klar denken.

»Ich weiß gar nicht, wie ich Ihnen danken soll. Sie haben ja so recht. Und an Ihrer Souveränität sehe ich, wie kopflos ich selbst bin.«

Hirschberg lächelte. »Warten Sie's ab.«

Aber Hannos Erleichterung setzte eine euphorische Gesprächigkeit frei.

»Wissen Sie, seitdem das passiert ist, habe ich mich manchmal gefragt, ob ich mein eigenes Milieu überhaupt noch richtig beobachtet habe. Ein ernüchternder Gedanke für einen Soziologen, daß er seine soziale Umgebung vielleicht gar nicht mehr begreift. Ich hab mich bisher immer für einen Linksliberalen gehalten. Ich war zwar kein Achtundsechziger, das war mir zu unrealistisch, aber ich gehörte doch zu dem Milieu. Ich nehme an, Sie haben es immer für irregeleitet gehalten, wie?«

Über Hirschberg stand die Zigarrenwolke wie der Rauch über einem Vulkan.

»Ich war zu alt dafür. Wie hat Ihr Kollege uns noch genannt? Skeptische Generation. Und Skepsis und Konservativismus gehören irgendwie zusammen.« Er machte eine Pause für eine Zigarrenwolke. »Wir haben diesen Trümmerhaufen mit dem Gefühl wiederaufgebaut, nie wieder sinnloser Enthusiasmus! Nie wieder solche romantischen Gefühlsorgien! Nie wieder solche Exaltationen! Und dann kamen sie doch wieder. Gott sei Dank nur als akademische Jugendrevolte. Also ungefährlich. Aber daß sie überhaupt möglich war, hat mich gestört. Da hatten wir endlich die sogenannte bürgerliche Demokratie, die uns die Rechten zertrümmert hatten, und da wurde sie von links wieder diskreditiert. Ich hielt sie nicht für so robust, daß sie das ohne meine Hilfe überleben konnte«, lachte er. »Und das hat mich zur Abendpost gebracht.«

»Jetzt scharfer Trab!« ertönte das Kommando des Reitlehrers. »Nicht ausbrechen lassen, geradeaus!«

»Aber jetzt ist die Gefahr überstanden«, antwortete Hanno, damit sein Gegenüber die Diagnose in die Gegenwart fortsetzte. Da richtete Hirschberg seine kleinen, unter Wülsten vergrabenen Augen direkt auf ihn.

»Im Gegenteil. Jetzt kommt die eigentlich gefährliche Phase – die Phase der Fäulnis. Die Moral ist in der Hektik der unrealistischen Projekte verkohlt worden. Was zurückgeblieben ist, ist die Korruption des Zynismus. Glauben Sie mir, ich weiß, wovon ich rede. Diese Stadt ist von oben bis unten korrupt. Die Kritiker schreiben, sie wird seit Jahren von derselben Partei regiert. Und sie meinen die SPD.« Er gab eine gewaltige Wolke von sich, so als ob der Vulkan bald Feuer speien würde. »Sie haben schon recht mit derselben Partei, aber es ist nicht die SPD. Es ist die Partei der Führungszirkel aus beiden Parteien. Sie sichern sich ihre Posten auf Ewigkeit durch Absprachekartelle, wer kandidieren darf. Wer nicht zum Kartell gehört, hat keine Chance. Was ist das Ergebnis? Wahlen sind nur noch entscheidend für Hinterbänkler. Nur die können ihre Mandate verlieren oder nicht. Die Mitglieder der inneren Zirkel sind immer drin. Für die ist eine Wahl egal.«

»Also der berühmte Filz?« Hanno dachte daran, daß er dasselbe auch von der Universität sagen könnte.

»Das ist mehr als Filz, das setzt die Verfassung außer Kraft. Die

Opposition meint es nicht mehr ernst, sie regiert sowieso schon mit. Sie ist gekauft. Sie werden es nicht glauben, aber es gibt richtige Verträge über die ausgewogene Verteilung von Pfründen: Überlaßt uns die Baugesellschaft, dann kriegt ihr die städtische Energiegesellschaft.«

»Nein!«

»Doch. Das wird inzwischen vertraglich geregelt. In dem einen Jahr streicht die Firma des SPD-Fraktionsvorsitzenden die Hamburger Brücken, in dem anderen Jahr macht das die Firma des Parteivorstands der CDU. In geraden Jahren vertritt eine CDU-Kanzlei die Stadt in ihren Rechtsstreitigkeiten, in ungeraden Jahren macht das eine SPD-Kanzlei. Und in Schaltjahren darf eine FDP-Kanzlei ran«, ergänzte er grimmig. »Kein Schuldirektorposten, kein Chefposten einer öffentlichen Sparkasse, der nicht in dieses System einbezogen wäre. Und dabei ist das Unrechtsbewußtsein völlig verschwunden. Im Gegenteil: Sie halten das für moralisch. Sie haben eine neue Moral ausgebildet, eine Art Stammesmoral, in der als gut gilt, was den eigenen Stammesangehörigen nutzt. Das ist Neofeudalismus. Ihre Universität unterscheidet sich in nichts von der Stadt!«

»Gleichzeitig beobachtet man aber doch eine starke Moralisierung der Politik«, wandte Hanno ein.

Hirschberg schleuderte mit einer heftigen Handbewegung jetzt wirklich glühende Zigarrenasche um sich herum. »Sie meinen diese wechselnden Moralkampagnen für Frieden, Schutz der Natur und Befreiung aller Kanarienvögel? Seien Sie doch nicht naiv, mein Lieber. Die Inhalte sind den Drahtziehern völlig gleichgültig. Die unterstützen völlig wahllos wechselnde Kreuzzüge, um damit ihre eigene Machtbasis zu vergrößern. Meinen Sie, bei Ihrem Präsidenten ginge es wirklich um das Schicksal vergewaltigter Frauen?«

Hanno mußte bei diesem Gedanken auch lächeln. Nein, allerdings nicht. Der würde seine eigene Großmutter einem Kosakenregiment ausliefern, wenn ihm das nützte.

»Das ist es, was ich an der Linken so ärgerlich fand: Ich wußte es damals noch nicht, aber ich ahnte es schon. Sie hat die Moral inflationiert. Sie hat den Grundsatz mißachtet, daß man auch in der Moral eine Politik des knappen Geldes machen muß. Sonst beschwört man eine Krise herauf. Dann verlieren die Leute den Glauben an die Moralwährung und werden korrupt. Dann herrscht der Schwarzmarkt der Moral. Und genau das ist heute geschehen. Die Linke hat die Moralwährung ruiniert. Als Konsequenz betätigt sie die Notenpresse und pumpt mit moralischen Billigkampagnen immer mehr wertloses Geld in den Markt. Da man dadurch die moralische Geldentwertung natürlich noch mehr anheizt, versucht man, den Wertverfall durch Geschichten wie Ihre aufzuhalten. Dadurch, daß man Leute wie Sie als Schurken hinstellt, hofft man, für das wertlose Geld wieder moralische Deckung zu finden. Das ist die gegenwärtige Politik Ihrer linken Freunde, die Sie jetzt schlachten wollen. Und deswegen...« Jemand auf der anderen Seite der Halle schrie: »Herr Hirschberg, Telefon für Sie!«

»Das sind meine Leute!« sagte er und stand auf.

Als er weg war, tat Hanno etwas, was er seit seiner Jugend nicht getan hatte: Er faltete die Hände und betete. ›Lieber Gott, mach, daß diese Reporter die Bauarbeiter finden.‹ In seinem Inneren begann der Junge wieder zu brabbeln, der er vor langer Zeit gewesen war. ›Mach, daß das klappt. Mach, daß sie Erfolg haben. Laß mich diesmal noch davonkommen.‹ Die Litanei setzte lang verschüttete Formeln aus Gottesdiensten seiner Kindheit frei. ›Laß den Kelch an mir vorübergehen. Mein Gott‹, fuhr es Hanno durch den Kopf, ›ich rede ja wie Christus persönlich.‹ Plötzlich begann sein Herz vor Aufregung zu rasen. Zum ersten Mal nach langer Zeit konnte er sich wieder vorstellen, daß er davonkommen könnte. Vielleicht könnte er dem Tod noch einmal von der Schippe springen. Warum sollte das nicht möglich sein? Wo blieb nur dieser Hirschberg? In der Halle flog eine Schwalbe durch das gegenüberliegende Tor herein, durchquerte in Sekundenschnelle die ganze Länge der Reitbahn und flog auf der anderen Seite durch eine Maueröffnung wieder hinaus. ›Lieber Gott, mach, daß ich noch mal davonkomme! Dann werde ich auch ein guter Ehemann und ein vorbildlicher Vater sein! Und gegenüber meinen Kollegen will ich weniger arrogant sein! Ich werde sogar nett zu Thurow sein, wenn Du mich noch einmal davonkommen läßt!‹

Da kam Hirschberg zurückgestampft. Sein Bulldoggengesicht strahlte. »Erledigt!« rief er schon von weitem, »Sie können wieder ruhig schlafen. Die sagen nichts mehr.«

»Sie meinen...«

Hanno wollte Hirschberg umarmen. Er wollte mit ihm einen Walzer tanzen. Er wollte ein Pferd besteigen und davonreiten.

Hallelujah, da konnte man ja wieder an die Menschheit glauben – oder an Gott. »Wie in aller Welt haben Ihre Leute das so schnell fertiggebracht?«

»Sie haben ihnen eben eindringlich vor Augen geführt, daß sie sich der Strafverfolgung aussetzen, wenn sie über eine Vergewaltigung berichten, die sie nicht verhindert haben.« Hirschberg lachte vergnügt. »Mich freut es immer, wenn ich so eine Schmutzkampagne vereitle. Sie müssen mir meinen Ausbruch von vorhin verzeihen! Aber manchmal packt mich einfach der Ekel über das ganze verrottete Milieu. Es ist die Berufskrankheit der Journalisten. Nehmen Sie es nicht so ernst. Ich werde jetzt noch mal nach meinem Gaul sehen, und dann muß ich nach Lübeck fahren. Wiedersehen, Herr Professor Hackmann. Und fragen Sie Ihre Tochter, warum sie nicht mehr herkommt, um Akademiker zu reiten!«

»Sie hat eine junge Dohle aufgezogen«, sagte Hanno, »die hat sie völlig in Atem gehalten.«

»Eine Dohle hat sie aufgezogen?« Hirschbergs Bewunderung war echt. »Dann wird sie eine gute Mutter. Grüßen Sie sie von mir!« Und er verschwand im Stallgebäude.

18

Bernie war verzweifelt. Es war 10.30 Uhr, gleich war die Frühstückspause zu Ende, und er saß in der Sackgasse. Dabei hatte er alles so schön aufeinander abgestimmt. Kurz vor 10 hatte er die Vorladung Professor Hackmanns vor den großen Disziplinarausschuß persönlich im Geschäftszimmer des Soziologischen Instituts abgeliefert. Er hatte sie auf letzten Freitag zurückdatiert, damit bei der vorgeschriebenen Vorlaufsfrist von einer Woche die Sitzung noch am Freitag dieser Woche stattfinden konnte. Das ließ es dann so aussehen, als ob er schon vor den entscheidenden Informationen des letzten Wochenendes entschlossen gewesen wäre, die Untersuchung weiterzuverfolgen. Dazu mußte aber der Brief auch am Montag eintreffen. Und deshalb mußte Bernie die extrem langsame und unzuverlässige Universitätspost, die für die Übersendung des Briefes noch mal zwei Tage gebraucht hätte, durch die persönliche Überbringung umgehen. Und so hatte er mit eigenen Augen gesehen, wie die Geschäftszimmersekretärin des Instituts den Brief mit dem Absender »Großer Disziplinarausschuß der Universität Hamburg« in Hackmanns Postfach deponiert hatte. Und da lag er nun auch. Gleichzeitig hatte Bernie seinen Besuch im Soziologischen Institut zeitlich so geplant, daß just in dem Moment, in dem er das Institutsgebäude verließ, die Bauarbeiter ihre Frühstückspause beginnen würden. Aber erstens waren nur noch zwei der Arbeiter, die in der letzten Woche am Soziologischen Institut gemauert hatten, zu finden, eine Berliner Großschnauze namens Werner Frahm und ein Stotterer mit dem Namen Willi Behnke. Das mußten zwar die Typen sein, die der Freund von Kurtz im Theater getroffen hatte, aber von einem Stotterer hatte Kurtz nichts gesagt. Bernie wußte, daß ein Stotterer für jede Kommission eine tödliche Gefahr bildete. Die Agonien des ringenden Ausdrucks – das hemmungslose phonetische Gemetzel und die respiratorischen Konvulsionen ruinierten jeden geschäftsmäßigen

Ernst. Er hatte schon eine Doktorprüfung erlebt, in der ein simpler Lispler, dessen »s« wie ein »f« klang, ein Gremium melancholischer Professoren in solch heidnische Fröhlichkeit versetzt hatte, daß das Examen nur mit Mühe zu Ende geführt werden konnte. Und ein richtiger Vollblutstotterer war imstande und verwandelte jede ernsthafte Sitzung in eine idiotische Farce. Aber um das Maß vollzumachen, behaupteten diese Typen jetzt, sie hätten gar nichts gesehen. Sie gaben zwar zu, diesem Guitarrespieler im Theater so eine Geschichte von einem bumsenden Professor aufgebunden zu haben – aber das sei alles dummes Zeug gewesen. Und nun saß Bernie vor dem Soziologischen Institut in einem Wohncontainer der Baugesellschaft auf einem umgedrehten Bierkasten und sah ihnen dabei zu, wie sie Brötchen mit Gehacktem aus dem Fleischladen nebenan verspeisten und sich dazu Dosenbier in die Kehlen gossen, und wußte nicht weiter.

»Aber warum haben Sie denn diese Geschichte erzählt, wenn sie nicht stimmte?« versuchte Bernie es noch mal.

Er wußte, sie würden wieder dasselbe sagen. Aber er wußte nicht, was er sonst tun sollte. Wenn er unverrichteter Dinge aus dem Bauwagen wieder herauskletterte, war er blamiert. Dann würde seine ganze schöne Verhandlung ein Fiasko. Dann hätte er sich lächerlich gemacht. Und die Wagner und die Presse und alle Höllenhunde würden ihn zu Tode hetzen – der große Häuptling würde ihn einfach über Bord werfen. Ade, Vizepräsidentschaft! Dieser verfluchte Kurtz! Er hatte sich auf ihn verlassen, und nun versagten seine Zeugen. Der eine *konnte* vielleicht nichts sagen, aber dieser schweinsäugige Berliner *wollte* definitiv nichts sagen. Unter seinem gelben Schutzhelm sah er Bernie an wie einen Vollidioten.

»Mensch Meier, Sie geben aber auch nie auf, wa? Det habe ick Sie doch schon jesacht, wir haben einen Jokus jemacht, een Scherz war det, wenn Se wissen, wat ick meene. Ham Se denn noch nie inner fröhlichen Runde ne Flunder erzählt, wo nicht strikt der Wahrheit entspricht? Da schmückt ein Mensch so was mal aus, vastehnse mir? Dat det ’n richtigen Pfiff kricht, so ein bißchen Pfeffer, dat is doch wat janz Normalet, is det, stimmt’s, Willi?«

»Da-Da-da-da-« – ›Mein Gott‹ dachte Bernie, ›das wird ja furchtbar‹, und schenkte ihm seinen Satz: »Das stimmt«, sagte er für ihn.

Und als Willi heftig nickte, ging ihm der Gedanke durch den Kopf, daß er vielleicht doch kein so schlechter Zeuge wäre, da man ihm alles vorsagen mußte. »Haben Sie gesehen, wie der anwesende Professor sowiewas...?« Willi sagte: »Da-da-da-da-«, »Und das haben Sie also gesehen«, sagte man und Willi nickte. So ging es auch!

»Da-da-da-da – oben kann man ja nix sehen«, sagte Willi plötzlich.

»Wo oben?« fragte Bernie, und Willi antwortete ohne Zögern: »Da oben im vierten Stock.«

Bernie und der Berliner guckten erst Willi und dann sich gegenseitig an und lauschten, wie bei ihnen die Groschen fielen.

»Woher wissen Sie denn, welches Büro es ist, wo Sie nichts gesehen haben?« fragte Bernie der Staatsanwalt lächelnd. Da zog Willi sich wieder verstockt hinter die Mauer seiner Behinderung zurück. Aber Bernie wußte jetzt jedenfalls, daß sie logen, wenn sie sagten, daß sie gelogen hätten. Nur, warum logen sie? Irgend jemand mußte sie manipuliert haben! Konnte das Hackmann gewesen sein? Dann hätte er sich damit selbst überführt.

»Ich beschreibe Ihnen mal den Mann, um den es geht«, sagte Bernie, genannt Perry Mason: »Und Sie sagen mir, ob Sie ihn schon mal gesehen haben.«

»Wir sagen jarnischt.« Der Berliner wurde jetzt ernsthaft bokkig. »Stellen Se sich mal vor, wir hätten da wat jesehen – eine Vergewaltigung oder dergleichen, und wir sagen vor Ihrem Ausschuß oder wat dat is, ›Klar, da hat eene Vergewaltigung stattjefunden, prima war det, direkt erbaulich. Ein Kunstgenuß.‹ Wat sagen die da? Sagen die ›Sehr schön, det freut uns für Sie, Sie können jetzt gehen!‹ Nee, dat sagen die nich, die sagen: ›Wat, Sie gucken zu, wie ein Verbrecher zur Tat schreitet, und fallen ihm nicht in den Arm? Det sagen die, und denn sind wa dran wegen unterlassener Hilfeleistung bei einem Verbrechen. So sieht det aus! Nee, wir haben nischt jesehen, und dabei bleibt es.«

Bernie war wie vor den Kopf geschlagen. Natürlich, das war es. Eine vage Remineszenz klopfte an seinen Hinterkopf, daß Matte in der Präsidentenrunde etwas Ähnliches gesagt hatte. Aber er war darüber hinweggegangen. Und warum war er darüber hinweggegangen? Weil er unbedingt wollte, daß der große Häuptling die Sache weiterverfolgte; weil er selbst auf den Wellen dieser Affaire in das Büro des Vizepräsidenten surfen wollte. Dafür saß er jetzt in der Klemme – wie ein Marktweib auf faulem Obst saß er jetzt auf seinen Zeugen. Hoffnungslos starrte er sie an. »Ja, das sehe ich ein«, sagte er. »Das kann man verstehen.« Er zog es in die Länge, weil er sich nicht geschlagen geben wollte. »Das ist wirklich ein ernsthafter Hinderungsgrund, das muß bedacht werden.« Er wußte immer noch nicht, wie es weitergehen sollte. »So eine vertrackte Sache, so was!« Plötzlich hatte er einen Gedanken: Es war eher der Embryo eines Gedanken, ein Gedankensamen, der noch wachsen mußte. »Sagen Sie, wo machen Sie heute Mittag?«

»Ha-ha-ha-ha ...«

»Hier im Bauwagen«, ergänzte der Berliner widerwillig, und der Stotterer nickte.

»Hätten Sie was dagegen, wenn ich Sie heute zum Essen da vorne ins Arkadasch einlade?«

»Ist das türkisch?« fragte der Berliner mißtrauisch.

»Ja, schmeckt aber prima.«

»Eß ick nich«, dekretierte der Berliner. »Und Willi auch nich.«

»Wie wäre es mit griechisch?«

»Ist dasselbe. Italienisch, der Laden da drüben, das ist gut.« Und er zeigte mit der Bierdose durch die Tür auf das Edelrestaurant Torre Pendente.

›O Gott, der weiß ja wirklich, was gut und teuer ist‹, dachte

Bernie und sagte: »Gut, um 12.30 Uhr. Ist doch die Zeit, wenn Sie Mittag machen?«

»Genau«, sagte der Stotterer wie aus der Pistole geschossen.

Als wenig später Martin Sommer an die Tür des Allerheiligsten klopfte, empfing ihn Chefredakteur Bülhoff mit väterlicher Wärme. »Komm rein, mein Junge, sag mir, was du auf dem Herzen hast. Weißt du, daß deine Story drauf und dran ist, uns den Durchbruch bei den Studenten zu verschaffen? Sechzig Prozent mehr bei den Verkaufstellen rund um den Campus! Zwölf Prozent mehr City-Auflage, das ist eine Rekordsteigerung, Junge. Das müssen wir jetzt stabilisieren. Erst wenn das keine Beule mehr in der Kurve ist, wenn wir das zu einer Plattform ausgebaut haben, haben wir gewonnen. Deshalb mußt du jetzt dranbleiben.« Bülhoff warf sich gegen die Lehne seines Mahagonisessels.

»Ich hab da eine Frage, die...«

»Warte, warte, warte, warte.« Bülhoff hatte die Augen geschlossen, und sein Gesicht zeigte den visionären Ausdruck der Inspiration. »Warte, warte, warte, warte.« Dann öffneten sich seine Augen wieder. »Wie wär's, wenn wir eine Serie mit solchen Studentinnen machen, die... ICH SCHLIEF MIT MEINEM PROFESSOR? Na ja, vielleicht ist das zu wild. Aber irgend etwas, was das zu einem Dauerthema macht.« Bülhoff kehrte in die Welt der Sterblichen zurück. »Was hast du auf dem Herzen, mein Junge?«

»Also, ich hab da endlich diesen Vorsitzenden des Untersuchungsausschusses weichgekocht, diesen Weskamp, der immer so gemauert hat. Jetzt mauert er nicht mehr.« Diese Version hörte sich doch besser an für die Ohren seines Chefredakteurs, dachte Martin, als wenn er platt erzählen würde, daß Weskamp ihn gerade in der Redaktion angerufen hatte.

»Und was hast du rausgekriegt?«

»Er hat Zeugen!«

Bülhoff sprang auf. »Er hat Zeugen? Das ist ja großartig! Dann geht es ja weiter, mein Junge.« Bülhoff hatte wieder den Anflug einer Vision: »Dann müssen sie ein Verfahren durchziehen, dann gibt es Für und Wider, Glaubwürdigkeitsblockade, gegenseitige Diskreditierung, Anhörung, Vertagung, neue Untersuchungen.« Plötzlich wurde er wieder nüchtern. »Aber, Martin, dann weiß dieser, wie heißt der, Weskamp? Dann muß der ja wissen, wer es war! Hat er was gesagt?«

»Nein, das ist ja der Haken...«

»Dann hauen wir ihn in die Pfanne.« Bülhoff erhob wieder die Augen zum visionären Blick und zeichnete mit der rechten Hand eine künftige Überschrift in den Himmel. »UNIVERSITÄTSLEITUNG DECKT DEN TÄTER.«

»Nein, hören Sie, Chef.« Bülhoff fokussierte mit einiger Mühe wieder irdische Gegenstände, und als Martin registrierte, daß er ihn wieder sah, fuhr er fort: »Er schlägt uns einen Handel vor. Seine Zeugen wollen nämlich nicht reden, weil sie Angst haben, sie wären dann wegen unterlassener Hilfeleistung dran.«

»Sind es denn mehrere?«

»Er hat so geklungen.«

»Und was sind das für Typen?«

»Sagt er nicht, solange wir uns nicht einig sind.«

»Also gut, wie sieht der Handel aus?« Der Prophet Bülhoff hatte sich jetzt wieder Profanem zugewandt.

»Er will wissen, ob wir bei diesen Zeugen den Willen zur Wahrheit mit ein paar Riesen unterstützen und die Rechtsanwälte bezahlen, falls sie angeklagt werden. Dafür bietet er uns die Hintergründe exklusiv, für den Fall...«

»Ja, sicher machen wir das!« rief Bülhoff.

»... für den Fall, daß er es schafft, das Vertraulichkeitsgebot aufheben zu lassen.«

Bülhoff sah Martin an. »Was soll da noch vertraulich sein?«

»Na ja, er sagt, normalerweise würden die Untersuchungen des Disziplinarausschusses vertraulich behandelt und Informationen über solche Fälle fielen unter das Dienstgeheimnis. Er hätte selber schon Leute vor den Disziplinarausschuß zitiert, die das Dienstgeheimnis gebrochen hätten. Dann könnte er ja selbst schlecht... aber er würde versuchen, für diesen Fall wegen des allgemeinen öffentlichen Interesses die Vertraulichkeit aufheben zu lassen.«

Bülhoff überlegte.

»Das klingt ja reichlich matschig! Wir sollen zahlen, aber bei ihm könnte... wenn es gelänge... eventuell... wir kaufen da eine Eventualität; und wenn nicht, sagt er ›Tut uns leid!‹ «

»Aber wenn wir nicht kaufen, stirbt vielleicht die Story; denn dann sagen diese Leute nichts. Wir zahlen dafür, daß die Story weitergeht! Und die Exklusivrechte sind dann ein Extrabonus, wenn's klappt.«

Bülhoff haute mit der Hand auf den Schreibtisch. »Martin, mein Junge, ruf ihn an, wir zahlen. So wird die Sache gemacht, Martin.« Martin hob den Daumen zur konspiratorischen Geste. »Gute Idee, Chef.« So als ob Bülhoff den Gedanken gehabt hätte. »Danke, Chef.« Im Hinausgehen hörte er noch, wie sein Chefredakteur den Telefonhörer abhob.

Kurz vor seiner Vorlesung um 11 Uhr über »Interaktion und Gesellschaft: Theoriefassungen eines Problems von Simmel bis Bourdieu« wollte Hanno in seinem Büro noch ein paar Notizen durchgehen. Aber er kam nicht dazu, denn heute morgen lag ein geöffneter Brief vor ihm auf dem Schreibtisch, den er gerade aus seinem Postfach im Geschäftszimmer abgeholt hatte.

> Sehr geehrter Herr Kollege Hackmann!
> Im Namen des Großen Disziplinarausschusses der Universität Hamburg darf ich Sie bitten, diesen Brief als eine Vorladung vor den Großen Disziplinarausschuß auf seiner Sondersitzung am Freitag, den 10. Mai d. J., um 11 Uhr im großen Hörsaal des Pädagogischen Instituts zu betrachten. Auf Antrag der Frauenbeauftragten Frau Prof. Dr. Wagner befaßt sich der Ausschuß

mit einem Fall sexueller Nötigung einer Studentin durch einen Hochschullehrer dieser Universität. Ich darf Sie bei dieser Gelegenheit an die rechtlichen Grundlagen des Verfahrens erinnern: Gemäß § 14 Absatz 2 der Disziplinarordnung muß der Große Ausschuß in Fällen, in denen Angehörige mehrerer Fachbereiche beteiligt sind oder das gesamtuniversitäre Interesse berührt ist, Verfahren der Unterausschüsse der einzelnen Fachbereiche auch dann an sich ziehen, wenn sie sich noch in der Phase der Voruntersuchung befinden. Dies ist im vorliegenden Fall gegeben. Dem entsprechend ist noch kein förmliches Disziplinarverfahren eröffnet worden. Die außerordentliche Sitzung ist deshalb eine Anhörung im Sinne von § 5, Abs. 1–4. In Analogie zu den üblichen Anhörungen der Unterausschüsse dient sie der Feststellung, ob ein Disziplinarverfahren eröffnet werden soll. Zu dieser Anhörung sind Sie als Zeuge geladen. Sollten Sie verhindert sein, bitte ich Sie um rechtzeitige Nachricht. Ich darf aber daran erinnern, daß nach § 24, Abs. 7 der Disziplinarordnung eine Weigerung, vor dem Ausschuß zu erscheinen, schriftlich begründet werden muß. Mit der Bitte, den Empfang dieses Schreibens zu bestätigen, verbleibe ich

mit freundlichen Grüßen,
Ihr Bernd Weskamp
(Vorsitzender des Großen Disziplinarausschusses)

Der Brief war vom Freitag datiert. Da hatte er die Unterredung mit Weskamp gehabt. Wahrscheinlich hatte er ihn verlassen und direkt diese Einladung diktiert. Dann hatte er ihn mit seinen ambivalenten Reden bewußt irregeführt. Aber vielleicht wollte er diese Sache auch schnell hinter sich bringen.

Hanno sah auf die Uhr. Er mußte zu seiner Vorlesung. Er kam immer pünktlich, damit er dasselbe von seinen Studenten verlangen konnte. Bei vielen seiner Kollegen kamen und gingen die Studenten nämlich, wann es ihnen gerade einfiel, und so ähnelten ihre Vorlesungen den Deklarationen von Sektenpredigern auf dem

Bahnhofsvorplatz, die von einer wechselnden Menschenmenge genossen wurden. Abgesehen davon, daß Hanno das unwürdig fand, hatte es den Nachteil, daß man bei den Studenten kaum gleiche Wissensstände voraussetzen konnte. Da sich die Gremienmehrheiten in den Sozial- und Geisteswissenschaften strikt weigerten, das Studium zu gliedern – weil man damit Vergleichsmaßstäbe für die Qualität von Professoren gewonnen hätte, die vielleicht ein ungünstiges Licht auf sie warfen –, hatte man in den Seminaren Studenten mit völlig verschiedener Vorbildung. Statt daß sie eine halbwegs homogene Truppe bildeten, bei der alle ungefähr gleich schnell marschierten, bestimmte der fußkrankeste Student die Geschwindigkeit aller. Und deshalb legte Hanno Wert darauf, daß wenigstens seine Studenten über ungefähr gleiche Vorkenntnisse verfügten, wenn sie in seine Seminare kamen. Und aus diesem Grund mußten sie seine Vorlesungen entweder regelmäßig oder gar nicht besuchen. Dem entsprechend blickte er in halbwegs vertraute Gesichter, als er seine Notizen auf dem Katheder ausgebreitet hatte und in die ansteigenden Reihen des Hörsaals schaute. »Meine Damen und Herren«, begann er, »heute möchte ich Ihnen von einem Verfahren berichten, für das sich unter amerikanischen Soziologen der Jargonausdruck ›to garfinkel somebody‹ eingebürgert hat.« Leichtes Kichern. »Einige von Ihnen werden davon gehört haben. Der wissenschaftliche Ausdruck, den ihm sein Erfinder Harold Garfinkel gibt, heißt Ethnomethodologie. Ich gebe zu, ein etwas schwergängiger Begriff, aber ehren wir damit seinen Erfinder. Worum geht es dabei? Nun, ich habe in der letzten Stunde von den Strukturen der Alltagswelt gesprochen, der Basis unseres Realitätsgefühls, dem Hintergrundwissen, das alle Menschen einer Kultur miteinander teilen, der Summe der Selbstverständlichkeiten und Fraglosigkeiten, die unsere Wahrnehmungsmatrix organisiert. Dazu gehören sowohl eine eigene Logik wie auch die Geltung fragloser Gegebenheiten. Diese Strukturen der Alltagswelt sind vor allem von dem Phänomenologen Alfred Schütz und seinen Schülern Berger und Luckmann in folgendem Buch beschrieben worden.« Hanno sah auf seine Notizen und schrieb dann auf die Folie des Overhead-Projektors »P Berger/T. Luckmann, The Social Construction of Reality. New York 1976«. Die Hand eines Studenten ging nach oben. »Ja, bitte?« »Das ist ja auf englisch. Gibt's das auch auf deutsch?« Hanno unterdrückte den Impuls zu einer Predigt über das Thema »Englischkenntnisse bei Soziologen«, denn es gab tatsächlich eine deutsche Übersetzung. »Wie sich unschwer erraten läßt, heißt der deutsche Titel ›Die gesellschaftliche Konstruktion der Wirklichkeit‹. Ich glaube, bei Fischer. In der Ethnomethodologie«, nahm er den Faden wieder auf, »wird diese Beschreibung nun experimentell geprüft. Wie kann man aber über das Fraglose Experimente machen? Nun, Harold Garfinkel hat es uns gezeigt. Er hat das Fraglose fraglich gemacht, indem er seine Studenten anwies, ihren Bezugsfiguren die Konsensunterstellung über das geteilte Verständnis von Alltagssituationen stillschweigend aufzukünden. Zum Beispiel mußten die Studenten ihren Eltern gegenüber mindestens 15 Minuten lang die Unterstellung durchhalten, sie seien ihnen völlig fremd und sähen sie zum ersten Mal. Nach kürzester Zeit konnten sie die Symptome schwerster psychotischer Störungen beobachten.« Im Auditorium erhob sich Gekicher. »Den Opfern wurde der Boden unter den Füßen weggezogen.« ›Wie bei mir selbst‹, dachte er. »Das Phänomen wurde unter dem Jargonausdruck bekannt, den ich Ihnen genannt habe. Auf die Beobachter wirkten diese Experimente wie besonders effektive Szenen aus einem absurden Drama. Sie zeigten die Brüchigkeit unseres Realitätsgefühls.«

In diesem Moment wurde die Tür des Hörsaals aufgestoßen, und eine Truppe von zehn bis zwölf Studentinnen und zwei Studenten zog herein, baute sich in einer Reihe vor dem Auditorium auf und entfaltete ein Transparent. Hanno beugte sich vor, um es lesen zu können. GEGEN VERTUSCHUNG VON SEXUELLER ERPRESSUNG IN UNSEREM SEMINAR stand darauf.

»Darf ich fragen, in welchem höheren Auftrag Sie die Vorlesung stören?« Hanno versuchte es mit einem sardonischen Ton.

Eine langhaarige, korpulente Studentin in Latzhose und Birkenstockschuhen schnellte herum, daß ihre Mähne flog.

»Wir sind von der Fraueninitiative Sozialwissenschaften. Angelika hier vertritt die Frauenhausgruppe, und Manfred ist von der Selbsthilfegruppe ›Männer gegen Männergewalt‹.« Sie wandte sich wieder dem Auditorium zu. »Ihr habt ja sicher alle von diesem Fall sexueller Nötigung gehört, der in unserem Institut passiert ist. Und wir dachten, das ist unheimlich wichtig, daß wir das auch in den Lehrveranstaltungen diskutieren.« Manfred hatte inzwischen damit begonnen, Handzettel zu verteilen. »Und wir fordern euch alle auf, zur nächsten Vollversammlung der Frauengruppe im Audimax zu kommen. Da soll die Resolution verabschiedet werden, die auf eurem Zettel steht.«

Hinten im Auditorium stand ein Student auf. »Ihr kommt hier einfach rein und drängt uns euer Thema auf, aber wir wollen die Vorlesung weiter hören.« Ein gewaltiges Getöse war die Folge. Alle Studenten schrien durcheinander. Die Bemerkung hatte das Auditorium in Sekundenschnelle in zwei Parteien gespalten. Die einen wollte diskutieren und die anderen die Vorlesung hören. Darauf drängelte sich die Sprecherin der Gruppe an Hanno vorbei ans Mikrophon.

»Wenn hier im Institut sexuelle Gewalt ausgeübt wird, kann man doch nicht Lehrveranstaltungen abhalten, als ob nichts passiert wäre! Das hat doch Einfluß auf die Lehrinhalte und die Lehrformen. Diese männliche Art Wissenschaft und die sexuelle Gewalt gehören doch zusammen. Das muß man doch sehen.«

Hanno lehnte sich zum Mikrophon vor. »Alles vergebens, kein Schütz, kein Berger, kein Luckmann und kein Garfinkel.« Aber weiter kam er nicht. Die Sprecherin hatte das Mikrophon wieder zu sich herübergebogen. »Professor Hackmann versucht, das hier lächerlich zu machen, aber jeder von den Hochschullehrern hier im Institut könnte der sexuelle Erpresser sein. Jedenfalls jeder männliche. Und es gibt fast keine anderen. Jeder, Sie auch.« Und sie trat zurück und legte mit ausgestrecktem Finger auf Hanno an.

Ein ohrenbetäubender Lärm war die Folge. In die Rufe »Das kannst du doch nicht einfach behaupten!« »Das ist Rufmord!« »Sie hat recht!« »Wir wollen diskutieren!« mischten sich Ausbrüche hysterischer Heiterkeit und extremer Empörung. Hanno dachte daran, daß Hirschberg ihm geraten hatte, sich immer wie ein Unschuldiger zu benehmen. Er bog das Mikrophon wieder zu sich herüber, drehte es etwas lauter und sprach mit Gottesstimme in das Pandämonium: »Ich mache Ihnen einen Vorschlag: Es ist jetzt 11.25 Uhr. Ich gebe bis 11.40 Uhr eine Kurzfassung der Vorlesung, die ich hätte halten wollen, und lasse Ihnen zwanzig Minuten zum Diskutieren. Das finde ich fair.« Unterstützt von Teilen des Auditoriums erhoben die Demonstranten ein Protestgeheul. Wieder fiel ihm Hirschberg und seine Analyse der Korruption ein. »Wieso, es ist doch so ausgewogen wie der Parteienproporz. Sie diskutieren über die Gefahren sexueller Nötigung an diesem Seminar einschließlich der Möglichkeit, daß ich der Täter bin. Dafür gestatte ich mir, Ihren Go-In als Beispiel für Garfinkels Regelverletzungsstrategie zu analysieren.« Im Auditorium erhob sich sporadisches Gelächter. »Die Frage ist, ist das eine Vorlesung oder ein Gottesdienst politischer Fundamentalisten?« Ein wütendes Protestgeheul war die Antwort. Hanno stellte das Mikrophon noch lauter, so daß er sich mit der schieren Gewalt der Lautstärke Gehör verschaffte. »Meine Damen und Herren! Sie haben bemerkt, daß ich durch meinen Vorschlag der Demonstration eine neue symbolische Rahmung gegeben habe. Die Demonstranten sind jetzt zu einem Beispiel für die Garfinkelsche Regelverletzung umfunktioniert worden.« Gelächter antwortete ihm. Er hatte das Gefühl, das Auditorium auf seine Seite zu ziehen. »Damit sind sie in einem double-bind; sie können sich nur durch Eskalation der Regelverletzung daraus befreien, aber damit bestätigen sie ihre Beispielhaftigkeit für Garfinkel.«

»Du verdammtes Chauvi-Schwein!« gellte plötzlich die Sprecherin der Demonstranten.

»Sehen Sie«, sagte Hanno, »das ist es, was ich meine.«

Im Auditorium lachten nun die meisten.

Da rollte Manfred plötzlich das Transparent wieder zusammen und brüllte ins Auditorium: »Also das finde ich echt schwach, wie Ihr euch von so einem Prof einseifen laßt! Komm, Inge, wir hauen ab.« Und die Gruppe marschierte im Gänsemarsch aus dem Hörsaal. Hanno aber fühlte die Exaltation eines gewonnenen Kampfes und führte die Vorlesung in gehobener Stimmung zu Ende.

Am frühen Nachmittag desselben Tages saß Bernie in seinem schäbigen Büro, hatte die Beine auf den Schreibtisch gebettet und telefonierte mit der Frauenbeauftragten.

»Ganz recht, am Freitag um 11 Uhr ist das Hearing.«

Ihre Reaktion klang begeistert. »Das ist ja plötzlich rasend schnell gegangen, Herr Weskamp. Haben Sie Ihre Meinung geändert?«

Bernie wußte, daß es hier Interpretationsbedarf gab. »Ich glaube, da gab es einfach ein kleines Mißverständnis zwischen uns. Ich habe schon verstanden, daß Sie den Eindruck gewinnen mußten, ich verschleppe die Sache. Aber ich schwöre Ihnen, Frau Wagner, ich wollte einfach nur sichergehen. Schließlich hat es da gewisse Empfindlichkeiten gegeben wegen des Dienstgeheimnisses.«

»Sie meinen in der Rössner-Sache?«

»Es hat Schwierigkeiten gegeben. Aber glauben Sie mir, ich wollte die Sache genausowenig unter den Tisch fallen lassen wie Sie. Vielleicht sollten wir uns künftig einfach besser abstimmen.« Frau Wagner würde damit sehr einverstanden sein, das wußte Bernie. »Wir sollten einfach zusammenarbeiten.«

Die Stimme der Frauenbeauftragten nahm eine wohltemperierte Färbung an.

»Herr Weskamp, sind das etwa neue Töne? Oder habe ich die alten bisher falsch interpretiert?«

»Ich habe mich vielleicht nicht immer ganz klar ausgedrückt. Aber ich glaube, Sie werden in Zukunft mit mir zufrieden sein.«

»Nun sagen Sie schon, wer ist es denn, den Sie da am Wickel haben? Ich höre, es ist ein Soziologe?«

Bernie überlegte. Sollte er es ihr sagen? Aber – das hätte wirklich den Bruch des Dienstgeheimnisses bedeutet.

»Frau Wagner, morgen ist Präsidentenrunde. Ja, eine außerordentliche Sitzung. Und da werde ich dafür kämpfen wie ein Löwe, daß wir das Hearing am Freitag öffentlich machen. Und wenn der große Häuptling mitzieht, sind Sie die erste, die es erfährt, das schwöre ich Ihnen.«

»Ist es denn wenigstens jemand, der sich als Schlachtopfer eignet?«

»Ein Prachtstier, Frau Wagner. Am Freitag können Sie sehen, wie ich in der Arena auf der Spitze meiner Muleta sein Leben aufspieße, und in der Sekunde der Wahrheit widme ich Ihnen seine Hoden.«

Die Frauenbeauftragte ließ ein wohltönendes Gelächter durch den Hörer perlen.

»In Südamerika sind Stierhoden eine Delikatesse. Au revoir, Monsieur Weskamp.« Bernie legte auf und machte sich an die Vorbereitung der Freitagssitzung.

Gegen vier Uhr hatten sich in Hannos Büro die Mitglieder der Berufungskommission für die C3-Stelle »Kultursoziologie, möglichst unter Berücksichtigung der Exilliteratur« versammelt: Veronika, Hannos Kollege Günter, Grabert mit dem grinsenden Mondgesicht, der Amerikanist Beyer und Gerke, der Dozentenvertreter. Sie alle saßen um seinen Sofatisch und blätterten in ihren Papieren. Nur die Vertreterin der Studenten war nicht erschienen. Nachdem Hanno die Anwesenheit festgestellt und die Sitzung eröffnet hatte, kam er zur Tagesordnung.

»Also, Ihre Zustimmung vorausgesetzt, habe ich mir ein paar Auswahlkriterien überlegt. Ich denke, über die sollten wir uns im Groben einigen, bevor wir die Kandidaten inhaltlich durchgehen.« Er blickte in die Runde, und alle nickten Zustimmung. »Ich hatte mir gedacht, wir verfahren so, daß wir die Kriterien erst sammeln und dann in eine Prioritätsordnung bringen.« Wieder nickten alle, das war ja das übliche Verfahren. »Nun denn. Wie immer gibt es das Kriterium der Einschlägigkeit, das durch die Ausschreibung festgesetzt ist. In diesem Fall muß der Kandidat also durch Forschungen in der Kultursoziologie ausgewiesen sein. Das ist unverzichtbar. Ich stelle die Anbindung an die Exilliteratur erst noch mal zurück. Herr Grabert?« Grabert grinste. Er hatte gegrinst, wann immer Hanno ihn getroffen hatte. Jetzt hatte der grinsende Grabert die Hand erhoben, und wie ein Kind, das eine frische Entdeckung gemacht hat, schrie er mit brüchiger Stimme: »Ja, aber da liegt ja schon das Problem. Nehmen wir die Exilliteratur als Zusatzqualifikation für die besten Kultursoziologen, oder ist es ein Essential?« Hanno wußte, das war der Sprengsatz für den Konflikt. In jeder Berufungskommission gab es die Mitglieder, die einfach den Besten ihres Faches haben wollten, und diejenigen, die mit Hilfe der Stellenausschreibung die Qualität unterliefen. War etwa eine Stelle mit Schwerpunkt »Stadtsoziologie« ausgeschrieben, wurde der beste Soziologe unter den Bewerbern regelmäßig mit dem Argument torpediert, der Drittbeste hätte aber mehr über Stadtsoziologie gearbeitet. Und im Handumdrehen hatte sich die Kommission in die Vertreter der Qualität und die Advokaten des Ausschreibungstextes gespalten.

»Ich finde, wir sollten das auch offenlassen und erst mal sammeln«, fuhr Hanno fort. »Exilliteratur ist auch ein Kriterium.« Mit diesem Bonbon mußte er Grabert beruhigen. »Dann gibt es natürlich das Kriterium Qualität; dann sehe ich noch das Kriterium Binnendifferenzierung der Forschung; also sind seine Forschungen breit gestreut, oder konzentriert er sich auf ein Spezialgebiet?«

»Fällt das nicht unter Einschlägigkeit?« Es war Beyer, der Amerikanist, der das fragte.

»Mir schien es einfach praktischer, Außengrenzen und Binnendifferenzierung zu unterscheiden«, entgegnete Hanno. Aber er wollte Beyer, der neu war, keineswegs antagonisieren und gab seiner Antwort einen versöhnlichen Unterton, mit dem er mitteilte, daß er dafür keine Schlachten schlug.

»Na, und schließlich ist da noch die Lehrerfahrung als letztes Kriterium. Ja, Herr Gerke?«

Gerke hatte sich mit einem rätselhaft tragischen Ausdruck kommenden Unheils gemeldet.

»Ich weiß nicht, ob wir diese Sitzung weiterführen sollten.« Er zwinkerte heftig und schwieg.

Hanno starrte ihn an. Offenbar war Gerke nicht gewillt, seine Bemerkung zu erläutern. Er überließ es den Anwesenden, ihren bodenlosen Sinn zu ergründen, und starrte auf seine Akten.

»Wollen Sie die Bedenken erläutern, die Sie gegen eine Fortsetzung der Sitzung haben?«

»Das überlasse ich Ihnen.« Gerke schloß sein Gesicht, wie ein Ladenbesitzer die Rolladen bei Feierabend herunterläßt.

Atmosphärische Spannung baute sich auf. Alle blickten von ihren Akten auf. Das Schweigen tropfte langsam wie schmelzendes Eis herab.

»Was soll ich dazu sagen, Herr Gerke? Ich kenne ja Ihre Bedenken nicht.«

Gerke erhob jetzt sein tragisches Tartuffe-Gesicht und zwinkerte.

»Es ist doch bekannt, was in Ihrem Institut vorgekommen ist. Und solange das nicht geklärt ist, sehe ich mich außerstande, in dieser Kommission mitzuarbeiten.«

Jetzt wurde Günter munter. »Das ist doch eine Ungeheuerlichkeit! Wollen Sie uns etwa verdächtigen?«

Gerkes Züge glätteten sich. Er hatte seinen natürlichen Lebensraum wiedergefunden: das Chaos.

»Verdächtigen will ich niemanden. Im Gegenteil, ich spreche Ihnen hiermit ausdrücklich mein Vertrauen aus. Aber ich mache mir Sorgen, daß die Arbeit der Kommission umsonst ist. Wenn sich herausstellen sollte, daß eines der Mitglieder...« Er ließ den Satz unvollendet.

Veronika meldete sich und schwyzerte: »Wenn ich als Frau keine Bedenken habe, mit potentiellen sexuellen Belästigern zusammenzuarbeiten, brauchten Sie das auch nicht, Herr Gerke.«

»Leider ist die Vertreterin der Studenten nicht gekommen. Vielleicht steht ihr Fehlen schon im Zusammenhang mit diesem Vorfall.« Plötzlich erscholl unmittelbar unter ihrem Fenster ein Megaphon.

»WIR WENDEN UNS GEGEN SEXUELLE ERPRESSUNG AM STUDIENPLATZ – WIR PROTESTIEREN GEGEN FRAUENFEINDSCHAFT UND MÄNNLICHE WISSENSCHAFT – WIR FORDERN SOFORTIGE AUFKLÄRUNG DER EREIGNISSE AM SOZIOLOGISCHEN INSTITUT – WIR RUFEN ALLE STUDENTINNEN AUF, MASSENWEISE IN DIE LEHRVERANSTALTUNGEN ZU GEHEN, UM DIE ÖFFENTLICHKEIT HERZUSTELLEN – WIR SOLIDARISIEREN UNS MIT ALLEN STUDENTINNEN, DIE VON IHREN PROFESSOREN UNTERDRÜCKT WERDEN.«

Hanno verspürte plötzlich eine maßlose Wut über den Dozentenvertreter Gerke.

»Das kommt ja wie bestellt, Herr Gerke. Sie sagen, Sie könnten nicht mit Leuten in einer Kommission zusammenarbeiten, die unter solch einem Verdacht stehen. Wissen Sie was? Ich möchte nicht mehr mit Leuten wie Ihnen in einer Kommission zusammenarbeiten! Ich trete vom Vorsitz der Kommission mit sofortiger Wirkung zurück. Veronika, sagen Sie Frau Eggert, sie soll dem Sprecher davon Mitteilung machen.« Er stand auf, packte seine Akten in die Tasche und wandte sich zum Gehen. »Ich empfehle mich.« Unter dem Schweigen der Zurückbleibenden verließ er sein Büro. Er fühlte sich besiegt. Was die Studenten nicht vermocht hatten, hatte Gerke geschafft, weil er selbst Hochschullehrer war. Er hatte ihn demoralisiert.

19

In der Universität Hamburg war mittwochs Gremientag. Weil dies nun mal so war, hielten die Gremienprofis diesen Tag weitgehend frei von Lehrveranstaltungen und anderen Verpflichtungen, um sich dem Geschäft der Sitzungen hinzugeben. Aus diesem Grund fand auch die außerordentliche Präsidentenrunde am Mittwoch morgen statt. Sie sollte auch nur kurz tagen, um den Präsidenten in einem einzigen Punkt zu beraten: Sollte er wegen des außerordentlichen Interesses der Öffentlichkeit an dem Fall Clauditz das Hearing am Freitag öffentlich stattfinden lassen oder nicht? Denn für die Aufhebung der Vertraulichkeit von Dienstgeschäften, so sah es ein Nachtrag zum Hamburger Hochschulgesetz vor, bedurfte es einer Genehmigung durch den Präsidenten.

In der morgendlichen Runde am Konferenztisch im Präsidialbüro waren die Meinungen so geteilt, wie zu erwarten war. Der Leitende Verwaltungsbeamte Seidel und der Leiter des Rechtsreferats, Dr. Matte, waren gegen die Öffentlichkeit, der Präsident und Bernie waren dafür. Pit Schmale, der Persönliche Referent des Präsidenten, hielt sich bedeckt, indem er so tat, als ob er nicht anwesend sei. Pollux dagegen war tatsächlich nicht anwesend, da er den Auftrag erhalten hatte, zwei entgegengesetzte Pressemitteilungen aufzusetzen. Wie immer die Runde entscheiden würde – er konnte dann sofort eine Erklärung abgeben, und diesmal war Eile geboten, wenn man vor der Sitzung am Freitag noch in die Nachrichten am Donnerstag kommen wollte.

Die Runde legte gerade eine kurze Erholungspause ein, da beide Seiten das Gefühl hatten, die wichtigsten Argumente seien ausgetauscht. Bernie überlegte, ob er ihnen noch eine Runde gönnen oder jetzt schon sein entscheidendes Argument in die Waagschale werfen sollte. Das Timing war in solchen Fragen immer außerordentlich wichtig. Wenn die Kombattanten noch zu frisch waren, konnte das Reserveargument im Getümmel der nächsten Runde zerfetzt werden und untergehen. Waren sie aber schon zu erschöpft, konnte es vorkommen, daß das Argument zur Entscheidung zu spät kam. Es war wie beim Stierkampf, dachte Bernie: Ließ der Torrero die Lanzenreiter zu lange in der Arena, war der Stier durch den Blutverlust vielleicht zu geschwächt, um noch einen guten Kampf zu liefern, und dann mußte der Torrero gefährliche Risiken eingehen, um ihn zu reizen. Schickte er sie dagegen sofort wieder hinaus, blieb der Stier zu gefährlich. Bernie beschloß, den Zeitpunkt seines Eingreifens von der kommenden Runde abhängig zu machen. Seidel erholte sich als erster.

»Herr Präsident«, begann er wieder, »mir geht es nur um unsere Reputation. Eine Universität kann einfach nicht gewinnen, wenn sie durch solche Affairen in die Schlagzeilen kommt.«

Auf dem sandigen Gesicht des Präsidenten ruhte ein gütiges Licht.

»Mein lieber Seidel, ich gebe Ihnen recht.« Er sprach außerordentlich milde, wie zu einem unverständigen Kind. »Aber leider sind wir bereits in den Schlagzeilen.« Sein mildes Lächeln machte ganz plötzlich einem bösen Ausdruck Platz. »Warum, zum Teufel, tun Sie ständig so, als ob ich eine schmutzige Kampagne angezettelt hätte. Dieser Hackmann hat eine Studentin vergewaltigt, und Sie tun permanent so, als ob ich es gewesen wäre.«

»Noch wissen wir ja nicht, ob er es getan hat.«

Der Präsident zeigte auf Bernie. »Wir wissen es nicht? Er hat Zeugen, die haben es sich angeguckt. Na sicher wissen wir es, und Sie wollen, daß wir den Kerl damit durchkommen lassen.«

»Ich sage ja nicht, daß er nicht vor den Ausschuß soll«, erwiderte Seidel ruhig. »Mir geht es ja nur...«

»... um die Reputation der Universität, ich weiß!« ergänzte der Präsident. »Worum es Ihnen nie geht, ist meine Reputation. Stellen Sie sich mal vor, wir machen es nicht öffentlich. Wir machen es hinter verschlossenen Türen. Können Sie sich die Schlagzeilen vorstellen? Vertuschung, Klüngelei, patriarchalische Verschwörung. Und ich werde angeklagt, mein Versprechen zu brechen und die Frauen nicht zu unterstützen. Sie haben ja die Parolen im Fernsehen gesehen. Und wenn ich erst mal die Frauen gegen mich aufgebracht habe, brauche ich zur Wiederwahl gar nicht mehr anzutreten. Wissen Sie, was der Pietsch mir dann sagt? Er sagt: ›Wir werben um die Stimmen der Frauen, aber du treibst sie uns wieder weg. Warum sollten wir dich unterstützen?‹ Und ich könnte ihn sogar verstehen.« Er lehnte sich zurück und schaute die anderen an, als ob er sagen wollte ›Nun, ist noch einer von euch am Leben?‹

»Es hat einfach etwas Widerliches«, schnaufte Matte. »Ein öffentliches Hearing über das Sexualleben eines angesehenen Professors dieser Universität.«

Bernie sah Gefahr im Verzug. Politische Argumente konnte man zurückschlagen, Argumente des Stils nicht. Wenn Matte mit dem Ekelargument stilistischer Niedrigkeit kam, wurde der Große Häuptling empfindlich. Nichts kümmerte ihn mehr als das eigene Image. Wenn er fürchten mußte, als degoutante Figur zu wirken, würde er zurückscheuen.

»Eine Institution wie die Universität muß doch auch ihre Würde wahren«, ergänzte Seidel. »Und Sie sind der Hüter dieser Würde. Sie verkörpern sie.« Bernie sah, wie die Gestalt des Präsidenten sich unmerklich straffte. »Stellen Sie sich vor, wie das auf die Stadt wirkt, ich meine jetzt nicht das Rathaus«, fuhr Seidel fort, als der Präsident unterbrechen wollte, »ich meine die Mäzene, die Society, die Bankiers, die Kaufmannschaft, die Industrie, mit der wir zusammenarbeiten. Wir können sie schon jetzt nicht mehr in die Universität holen. So angeekelt sind sie von dem verwahrlosten Anblick. Die kennen doch die Universität nicht mehr wieder, an der sie studiert haben. Wenn Sie jetzt dieses Hearing öffentlich machen, dann bestätigen wir all die, die immer schon sagen, die Universität beschäftige sich mit nichts anderem als mit Pornographie.«

»Ich kann die Bedenken verstehen.« Bernie zog die überraschten Blicke der Runde auf sich. »Aber ich glaube, sie sprechen eher dafür, das Hearing öffentlich zu machen, als für das Gegenteil.« Die Überraschung stieg. »Sehen Sie«, wandte er sich an Seidel, »wenn wir das Hearing hinter verschlossenen Türen abhalten, wird es die Reaktion provozieren, die der Präsident geschildert hat. Das wird die Kampagne verlängern. Das Thema kommt dann nicht mehr zur Ruhe. Immer wieder wird es Zeitungsberichte und Fernsehsendungen, Demonstrationen und Go-Ins geben. Die Feministinnen werden weiter Krach machen. Die Frauenbeauftragte wird keine Ruhe geben. Kurzum, das Thema wird sich nicht mehr beerdigen lassen. Machen wir aber das Hearing öffentlich, wird alles auf einmal präsentiert, und dann ist Schluß. Es ist ein Ventil; wir lassen Dampf ab. Dann ist es vorbei. Bei einem nichtöffentlichen Hearing aber bewirken wir das Gegenteil von dem, was Sie wollen: weil es die Sache verlängert.«

Bernie schielte zum Präsidenten hinüber. Sein Gesichtsausdruck enthielt jetzt die Botschaft ›Seht Ihr wohl? Wie wollt Ihr aus dieser Falle wieder herauskommen?‹ Die Reihen der Gegner wankten. Ob Bernie jetzt schon das Hauptargument nachschieben sollte?

»Außerdem«, begann er, »geht es gar nicht mehr anders.« Und er berichtete von dem Deal mit dem JOURNAL. »Wenn das JOURNAL die Zeugen nicht absichert, sagen die nichts.«

Matte war empört. »Du läßt dich auf solche schmutzigen Geschäfte ein?«

Bernie hatte das erwartet. »Das sagst du – der Leiter des Rechtsreferats? Da wagen in einem Fall die Zeugen nicht, die Wahrheit zu sagen, und man schützt sie, so daß sie es können, und da sagst du, das sind schmutzige Geschäfte? Das verdreht doch nun wirklich die Maßstäbe.«

»Bernie hat recht.« Der Präsident nahm Witterung auf. Er roch, daß in diesem Argument die Möglichkeit zur ganz großen moralischen Geste lag. Man mußte sie nur entfalten. Man mußte sie abrollen wie ein Fahnentuch und sie im Winde flattern lassen. »Das ist doch immer so bei diesen Vergewaltigungsfällen, daß den

Frauen nicht geglaubt wird, weil es keine Zeugen gibt. Wie sollte es auch. Und nun haben wir endlich einmal einen Fall, bei dem es Zeugen gibt. Da wollen Sie ihn verstecken? Das kann beispielhaft sein, die Art, wie wir das machen.« Und zu Seidel gewandt: »Sie glauben ja gar nicht, was es da für eine Dunkelziffer gibt. Das ist ja gerade das Problem, daß immer alles verborgen wird. Auch in solchen Dingen hat die Universität einen Auftrag. Einen Auftrag zur Aufklärung.« Er kam jetzt immer stärker in Fahrt. »Damit sind wir eines Tages hier angetreten, um die Universität aus dem gesellschaftlichen Abseits herauszuholen und sie mit der sozialen Wirklichkeit zu konfrontieren. Und da reden Sie von Würde! Gehen Sie doch in die Garderobe des Audimax, da hängen noch die Talare mit dem Muff von tausend Jahren. Da haben Sie Ihre Würde! Nein, wir sind die Vorausabteilung für gesellschaftliche Selbsterkenntnis. Ja, wir sind immer noch eine Avantgarde! Da stolpert man herum und experimentiert. Man fällt in den Dreck, wie soll man da Würde bewahren? Die Universität wird nicht mehr repräsentiert von Ordinarien mit Samtbaretts auf dem Kopf. Ihre typische Figur ist der halbrasierte Professor, der seine Studenten duzt. Vielleicht ist er nicht würdig, weil er sich die Finger dreckig macht – aber er steckt wenigstens mitten in der Gesellschaft.«

Darauf geschah etwas Ungeheuerliches: Matte erhob die Stimme und sagte: »Das ist alles ein Haufen Quatsch.«

Bernie traute seinen Ohren nicht. Würde der Himmel zusammenbrechen? Wird sich die Erde auftun und Matte verschlingen? Sein fürchterlicher Satz lag auf dem Tisch wie ein Haufen Hundekot auf den Altarstufen einer Basilika. Die ganze Gemeinde starrte ihn an und war ratlos. Und auch Gott war ratlos. Bernie blickte sich um. Pit Schmale schnitt ihm eine Grimasse. Da begann Matte seine Papiere zu sammeln. »Ich sehe, Sie sind einfach entschlossen, die Sache öffentlich zu machen, egal was wir sagen. Aber dafür braucht man sich doch nicht besoffen zu reden. Es tut mir leid, Chef, daß ich so deutlich geworden bin. Aber Sie wissen so gut wie ich, daß eine Universität sich von der Gesellschaft unterscheiden muß, wenn sie auf sie einwirken soll. Gerade, wenn sie sie analysieren soll. Aber gucken Sie sich unsere Universität an: Sie unterscheidet sich gar nicht mehr von der Gesellschaft. Sie ist von ihr überschwemmt worden, sie ist in ihr untergegangen, und die wenigen Professoren, die noch versuchen, die Dämme zu flicken, denen wollen Sie in den Rücken schießen.«

Der Präsident war ein politischer Profi, und er hatte sich längst wieder gefangen. »Dr. Matte, lassen Sie mich eines ganz klar machen: Ich schätze Sie wegen Ihrer Gradlinigkeit.« Er wandte sich an Bernie. »Tatsächlich«, sagte er, »ich schätze ihn wegen seiner Gradlinigkeit. Mit solchen Mitarbeitern kann ein Präsident nicht untergehen. Er hält mich in Form. Ja, jeder Boß braucht Widerspruch von seinen eigenen Mitarbeitern. Sie müssen für ihn seine Gegner repräsentieren. Das macht er für mich.« Der Präsident blickte jetzt wieder zufrieden auf den mißmutigen Matte. Gott hatte seinen Gleichmut wiedergefunden, als ihm einfiel, daß er selbst Satan erfunden hatte. »Also, die Sache ist klar? Wir machen das Hearing öffentlich. Meine Herren, ich danke Ihnen!«

»Da ist noch was.« Bernie hatte einen Zettel hervorgezogen. »Ich schlage vor, den Bedenken des Leitenden Verwaltungsbeamten und des Leiters des Rechtsreferats etwas entgegenzukommen. Die Presse hat bis jetzt die Persönlichkeitsrechte der betroffenen Studentin gewahrt, indem sie einen anderen Namen benutzt hat. Ich glaube, wir können das auch so machen.«

»Und wie wollen Sie das im Hearing machen?« Seidels Brillengläser funkelten Bernie an.

»Die Ausschußmitglieder und die Zeugen erhalten einen Zettel, auf dem der richtige Name, ›Barbara Clauditz‹, steht. Und für die Befragung werden sie angewiesen, für den Namen auf dem Zettel das Pseudonym ›Clara C.‹ zu benutzen, der durch die Presse schon bekannt ist.«

Der Präsident wandte sich an Matte: »Geht das juristisch?«

»Ich denke schon. Das ist ja keine Gerichtsverhandlung. In der Festlegung seines Verfahrens ist der Ausschuß souverän.«

»Dann machen wir das so.« Die Herren erhoben sich. »Pit, Sie sagen Pollux Bescheid. Ich will die Presseerklärung noch mal sehen, bevor er sie rausgibt. Inzwischen kann Castor bei den privaten Stationen mal nachfragen, ob sie Interesse an einer Exklusivübertragung haben.«

»Wollen Sie das etwa verkaufen?« fragte Matte.

Der Präsident sah ihn unschuldig an. »Warum nicht? Ich brauche Geld für meinen Krokodilsfond.«

»Das können Sie doch nicht verkaufen – nicht, wenn Sie gleichzeitig mit dem öffentlichen Interesse hausieren gehen.«

»Na, vielleicht nicht.« Der Präsident machte die Tür zum Vorzimmer auf. »Frau Österlin? Verbinden Sie mich mit Pietsch in der Senatskanzlei, und dann rufen Sie die Frauenbeauftragte an.« Als die anderen hinausgegangen waren, legte er Bernie die Hand auf den Arm und machte die Tür wieder zu. »Haben Sie noch eine Sekunde Zeit, Bernie?«

»Na ja, ich muß mich mit diesem Typ vom JOURNAL in Verbindung setzen, sonst denkt der, ich halt mich nicht an den Deal.«

»Gut, daß Sie den Deal erwähnen.« Er sah Bernie an, als ob er intim werden wollte. »Ich habe den Justizsenator angerufen, und er hat Sie wärmstens empfohlen. Ich hab ihm folgendes gesagt ...« Er sah sich um, ob die anderen auch wirklich das Büro verlassen hatten. »... Damit kein Mißverständnis zwischen uns aufkommen kann, sage ich Ihnen, was ich gesagt habe. Ich habe gesagt, falls er, der Senator, das Problem mit den wilden Institutsgründungen juristisch bereinigt, werde ich seine Empfehlung berücksichtigen. Und ich sage Ihnen noch eins, Bernie: Ich denke, er wird das bereinigen, und das freut mich.« Er drückte ihm die Hand; Bernie hatte plötzlich den Impuls, auf die Knie zu sinken und seinen Kardinalsring zu küssen.

»A la bonne heure«, sagte der Präsident, »und nun bringen Sie Ihren Deal mit dem JOURNAL unter Dach und Fach. Nicht, daß uns da noch etwas passiert.«

Wie gewöhnlich war für den Mittwoch nachmittag für 14 Uhr auch die Tagung des Institutsrats des Soziologischen Instituts angesetzt. In Abwesenheit des Seminardirektors leitete sein Stellvertreter die Sitzung, und das war als Leiter der Abteilung für Kultursoziologie automatisch Hanno. Aber Hanno wußte, daß es heute anders als gewöhnlich sein würde. Kurz nach Mittag hatte Hirschberg ihn angerufen und ihn gewarnt – der Präsident hatte eine Presseerklärung gegeben, und morgen würde sein Name in allen Zeitungen stehen. Er selbst werde auch einen Artikel schreiben. Er würde ihn natürlich verteidigen, aber jetzt könne Hanno es nicht länger geheimhalten. Er müsse seine Familie vorbereiten. Und vielleicht auch sein Institut. Und dazu war Hanno jetzt entschlossen. Er wollte das auf der Institutsratssitzung tun.

Er schritt den Flur seiner Abteilung entlang durch die Glastür, ging am Fahrstuhl und der langen Pinwand mit den Ankündigungen der Veranstaltungen vorbei, wandte sich nach links und trat vor dem Drehkreuz im Eingang der Bibliothek nach links in den Raum 443. Um eine große Fläche von mehreren zusammengestellten grauen Tischen herum saßen die Mitglieder des Institutsrats. Günter, Frau Siefer, Erzgräber, Mauser, Bertram und Kaiser. Veronika als Vertreterin der Assistenten, der Dozentenvertreter fehlte, ebenso zwei Studenten. Auf einem äußeren Ring von Stühlen an der Wand entlang saß die sogenannte Institutsöffentlichkeit. Das waren in der Regel ein paar versprengte Lehrbeauftragte und Wissenschaftliche Mitarbeiter, die neu eingestellt waren und dachten, der Besuch des Institutsrats sei Pflicht. Daß jemand freiwillig gekommen wäre, war nicht zu erwarten, denn wer sich von einer Sitzung des Institutsrats einen eigenen Unterhaltungswert versprach, mußte sich vor Verzweiflung eigentlich erschießen. So war es äußerst ungewöhnlich, daß Hanno die Stühle an der Wand voll besetzt fand. Auch seine Mitarbeiter hatten sich vollzählig versammelt und blickten ihm erwartungsvoll entgegen. Hanno nickte Frau Eggert zu, die links am Tisch saß, um das Protokoll zu führen, und setzte sich an das Kopfende, das immer für den Leiter der Sitzung freigehalten wurde. Keine Frage – der außerordentlich gute Besuch war darauf zurückzuführen, daß sie alle eine Diskussion über den Vorwurf der sexuellen Erpressung erwarteten. Hanno hob den Blick und schaute sich um. Er ließ sich Zeit dabei. Er dachte daran, wie er hier als frisch berufener Professor aus Köln in seinem ersten Semester angetreten war, um seine hochfliegenden Konzepte zu erläutern. Wie er sie eingeladen hatte, eigene Forschungsteams aufzubauen, eine Zeitschrift herauszugeben, Geld aufzutreiben und eine Hamburger Soziologische Schule zu gründen. Wie er gesprüht und geworben hatte, wie er sich das bleierne Desinteresse anfangs gar nicht erklären konnte, bis ihm langsam klar wurde, daß es seine Kollegen überforderte. Er dachte daran, wie er dann in die innere Emigration gegangen war und eine eigene Abteilung gegründet hatte; und wieviel nutzlose Stunden öder Leere und tödlicher Langeweile er bei Sitzungen in diesem Raum verbracht hatte. Aber dann sah er wieder in die vertrauten Gesichter von Frau Eggert und Veronika und Frau Kopp und seiner anderen Mitarbeiter, und als er an die vielen Stunden gemeinsamer Arbeit dachte, fiel es ihm schwer, zu sagen, was er sagen mußte. Wenn sie sich an den Tag erinnerten, an dem er sich so großartig vor alle Institutsmitglieder gestellt hatte – mußten sie ihn dann nicht für einen gewaltigen Heuchler halten, wenn er sich jetzt selbst als Verdächtigter zu erkennen gab? In ihren Augen mußte er wie ein schmieriger Tartuffe wirken, ein aufgeblasenes Windei, ein falscher Fuffziger mit perversen Neigungen. Hanno fühlte den erwartungsvollen Blick von Frau Eggert auf sich ruhen. Irgendwie grämte es ihn besonders, daß ihre gute Meinung von ihm zusammenbrechen mußte. Es kam ihm so entsetzlich vor, wie wenn ein Elefant eines qualvollen Todes stürbe.

»Meine Damen und Herren!« begann er. »Schon an der großen Zahl der Anwesenden können Sie sehen, daß dies keine gewöhnliche Sitzung des Institutsrats ist. Sie wissen alle, worum es heute gehen wird: den Vorwurf, ein Mitglied unseres Lehrkörpers habe eine Studentin vergewaltigt.« Er machte eine Pause. »Bevor ich in die Tagesordnung eintrete, möchte ich eine Erklärung abgeben, die außerhalb des Protokolls bleibt.« Er blickte Frau Eggert an. »Der Disziplinarausschuß der Universität wird sich am kommenden Freitag mit dem Fall beschäftigen. Man ist überzeugt, den Schuldigen gefunden zu haben. Er gehört unserem Institut an. Sie können morgen seinen Namen in allen Zeitungen lesen.« Er machte eine Pause. »Es ist mein Name.« Jetzt war es so still wie in einem Grab. Frau Eggert hatte die Augen weit aufgerissen. Veronikas Unterlippe hing schlaff herunter, und alle blickten ihn an, als ob er sich ganz plötzlich in einen Käfer verwandelt hätte. Ihm fielen die tausend Augen des Pfauenschwanzes ein, die ihn im Park der Zitkaus so starr angeblickt hatten. »Ich möchte nicht in Beteuerungen meiner Unschuld verfallen«, fuhr er fort. »Ich erwarte von Ihnen, daß Sie mir glauben, wenn ich Ihnen sage: also – der Vorwurf ist ungerechtfertigt! Ich weiß nicht, wer es war, aber ich war es nicht. Ich möchte trotzdem vom stellvertretenden Vorsitz des Institutsrats zurücktreten. Und ich möchte die Professoren unter den Mitgliedern fragen, ob jemand den Vorsitz übernimmt und bereit ist, als ersten Tagesordnungspunkt eine Solidaritätserklärung für mich beschließen zu lassen.« Hanno blickte in die Runde. Ihm wurde kalt ums Herz. Keine Hand rührte sich, kein Blick traf den seinen. Alle blickten nach unten. Die Stille war so schwer wie auf dem Meeresgrund. Es war merkwürdig, er verachtete sie alle, und doch hätte er jetzt nichts mehr gebraucht als ihre Solidarität. Er mußte den Impuls zügeln zu flehen. Er wollte winseln und betteln: ›Bitte, bitte, steht zu mir, verteidigt mich! Helft mir!‹ Er haßte sich für diese hündische Sehnsucht. »Bitte!« Es klang wie ein Jaulen. »Bitte, ist jemand von den Kollegen dazu bereit?« Niemand und nichts rührte sich. Er hatte das Gefühl zu zerfallen. Er stand auf. Der Boden unter seinen Füßen fühlte sich wattig an. Er hoffte nur noch, mit Würde zur Tür zu kommen. »Frau Eggert« hörte er sich sagen, »bitte sagen Sie alle Termine ab.« Er hatte keine Kraft mehr, in sein Büro zu gehen. Er trat in den Fahrstuhl und sank nach unten. Wie in Trance glitt er durch die Eingangstür, da traf ihn mit voller Wucht eine Tomate an den Kopf. »Wichser!« schrie es ihm entgegen, »Chauvisau!«, »Machoschwein!« Vor dem Eingang stauten sich die Demonstranten. Er hielt sich beide Hände schützend vor die Augen und rannte gebückt zwischen der Menschenmenge und der Hausfront zum Institutsparkplatz, tauchte unter dem Gerüst durch und rettete sich in seinen Mercedes. In Panik ließ er den Motor an und fuhr quer über den Rasen durch eine Rosenhecke auf den Fahrradweg der Grindelallee und von da auf die Fahrbahn.

Den ganzen Tag über war Hanno in seinem Auto über Land gefahren. Daß alle diese Wiesen und Äcker und Dörfer so indifferent dalagen, daß die Leute ihren Geschäften nachgingen und so gar nichts von seiner Katastrophe wußten, empfand er als eine monströse Diskrepanz. Er fühlte sich von allem getrennt. Er schwebte. Er flog durch interstellare Räume. In seinem Auto fühlte er sich wie im Inneren eines Raumschiffs, das durch fremde Welten glitt. So mußte es sein, wenn einem der Arzt mitteilte, daß man an Krebs litt. Nach einer Endlosigkeit von Lichtjahren fragte er sich, wo er eigentlich war. Bei der nächsten Ortschaft sah er bewußt auf das Ortsschild. Er las den grotesken Namen »Kuddelwörde«, und er hatte keine Ahnung, wo das war. Darauf hatte er in seinem Handschuhfach nach der Karte gesucht, aber Gabrielle mußte sie wohl nach ihrer Fahrt zur Beerdigung mit ins Haus genommen haben. Er hatte sich verfahren. Als er jemanden fragen wollte und in ein blöde grinsendes Gesicht blickte, wurde er plötzlich von einem so unerklärlichen Widerwillen überwältigt, daß er weiterfuhr, ohne die Antwort abzuwarten. So war es schon dunkel, als er nach Hause kam.

Gabrielle war aufgekratzter Stimmung.

»Ich bin gerade nach Hause gekommen. Stell dir vor, ich hab zufällig die junge Frau von Zitkau in der Stadt getroffen, und sie hat Sarah und mich für morgen nach Wulfsfeld eingeladen. Das paßt prima, denn am Freitag hat Sarah schulfrei – da hol ich sie morgen gleich von der Schule ab, und wir bleiben über Nacht auf Wulfsfeld. Ich freue mich ja so für Sarah.«

Hanno hatte sich an die Bar gesetzt, die die Küche vom Eßzimmer trennte. Von der anderen Seite stellte Gabrielle zwei Gläser auf die Theke.

»Komm, wir trinken ein Glas Sekt.« Sie ging zum Kühlschrank und holte eine Piccoloflasche Sekt heraus. »Das müssen wir begießen.« Sie schenkte ein und hob ihr Glas. »Skol! Warum trinkst du denn nicht? Ist dir nicht gut? Du siehst schlecht aus. Du bist in letzter Zeit so... so verfallen. Komm, ein Glas Sekt wird dir guttun. Unser Streit hat dich wohl mitgenommen?« Sie lachte – wie über eine Schwierigkeit, die Jahrzehnte zurücklag. Und alles verdankte sie dem toten Zitkau. Mein Gott, jetzt schlug er ihr diese Zitkaus auch schon wieder aus der Hand!

»Gabrielle, es ist etwas Furchtbares passiert.« Sie stellte ihr Glas ab und starrte ihn an. »Ich werde vor dem großen Disziplinarausschuß der Universität der Vergewaltigung einer Studentin bezichtigt. Morgen steht es in allen Zeitungen.«

»Du wirst...« Sie schien nicht zu begreifen. »... der Vergewaltigung?« Sie mußte sich erst darüber klarwerden, was das war. »Das ist ja furchtbar!« Ihr Gesicht verzerrte sich, und ihre Hand fuhr zum Mund. »Aber warum? Warum?«

Hanno goß sich nun doch ein Glas Sekt ein. »Ich habe keine Ahnung. Ein Mißverständnis.«

»Aber die müssen doch einen Grund haben!« Sie schrie jetzt.

»Eine Studentin von mir hatte einen schweren Nervenzusammenbruch. In der Psychiatrie hat sie dann wirre Beschuldigungen erhoben.«

»Gegen dich?«

»Nein, aber sie wollte bei mir Examen machen, deshalb glaubt man, daß ich es gewesen sein muß. Es ist eine Kampagne.«

»Eine Kampagne?«

»Ja.«

»Wieso eine Kampagne?«

»Universitätspolitik – der Präsident betreibt seine Wiederwahl.«

»Wie heißt die Studentin?«

»Weiß ich nicht.«

»Das weißt du wohl.«

»Nein, der Name in der Zeitung war geändert.«

Sie sah ihn durchdringend an. »Ist es Babsi?«

»Babsi?«

»Sie hat hier angerufen, kurz bevor du deinen Akademievortrag hieltst. Als du mich auf dem Empfang danach allein gelassen hast und mit einer fremden Hose zurückkamst.« Plötzlich schrie sie: »Tu nicht so! Du weißt genau, wovon ich spreche! Hanno, du bist das gewesen mit der Vergewaltigung, ich sehe es dir an. O mein Gott! Du... du... du miserabler, windiger Schuft, du, wie stehen wir jetzt da? Ich kann mich nirgends mehr sehen lassen!« Plötzlich griff sie ihr Sektglas und warf es ihm mit voller Wucht an den Kopf, so daß er sich ducken mußte, um es nicht ins Gesicht zu kriegen. Ein Schwall Sekt traf ihn ins Gesicht, während das Glas hinter ihm zerschellte. »Alles Schöne reißt du runter!« schrie sie. »Da versucht man, was aufzubauen, dann kommst du und machst es kaputt! Du machst immer alles kaputt! Alles hast du kaputtgemacht, was ich aufgebaut habe, alles! Ich habe überhaupt keine Freude mehr am Leben gehabt.« Wie in Zeitlupe sah Hanno, daß ihr die ersten Tränen direkt aus den Augen sprangen, dann ergoß sich ein lauter Strom über ihr Gesicht, und sie lief die Treppe hinauf in ihr Schlafzimmer. Hanno hörte, wie sie die Tür zuschlug, und dann herrschte Stille. Langsam erhob er sich und las die Scherben des Sektglases auf. Ob Sarah etwas gehört hatte? War sie überhaupt zu Hause? Oder schlief sie vielleicht schon? Es half nichts, er mußte es ihr jetzt sagen. Noch heute abend. Wenn sie morgen zu den Zitkaus fuhr, würde er keine Gelegenheit mehr dazu haben.

Er ging leise die Treppe hinauf, vorbei an dem ehemals ehelichen Schlafzimmer, und klopfte an Sarahs Tür.

»Sarah?«

Er klopfte noch mal.

»Du läßt Sarah damit in Ruhe!« Er hatte Gabrielle gar nicht gehört und fuhr herum. Sie stand mit verquollenem Gesicht da und zitterte vor Wut.

»Ich muß es ihr sagen, sonst erfährt sie es durch die Zeitungen.«

»Ich lass' das nicht zu, daß du das Mädchen auch noch kaputtmachst. Hörst du – das lasse ich nicht zu!«

»Ich muß es ihr selber sagen.«

»Geh weg, geh weg von uns – laß uns in Ruhe.«

Hinter ihm ging die Tür auf, und Sarah stand da, schlank und dünn in ihrem Nachthemd.

»Müßt ihr euch denn immer streiten?«

»Siehst du, was du angerichtet hast?« schrie Gabrielle.

»Sarah, ich muß dir etwas sagen.«

Gabrielle stellte sich schräg vor Sarah und hielt einen Arm wie eine Schranke schützend vor ihren mageren Körper.

»Du läßt sie gefälligst mit deinen schmutzigen Geschichten in Ruhe!«

»Papi, was ist denn los? Laß mich doch los, Mami, was willst du denn? Was ist los?«

»Mami will nicht, daß ich dir etwas Schreckliches erzähle, was mir passiert ist. Aber du mußt es wissen…«

»Passiert, passiert…« schrie Gabrielle, »getan hast du es. Dein Vater ist ein… ein… Sexualverbrecher. O Gott, ich überlebe das nicht!« Damit drehte sie sich um und lief in ihr Schlafzimmer.

Sarah starrte ihn verständnislos an. »Was hat Mami gesagt?«

»Komm, gehen wir in dein Zimmer. Leg dich ins Bett, so. Jetzt erzähl ich dir alles.« Er überlegte. »Du erinnerst dich doch an den anonymen Anruf neulich?« Sarah nickte. »Nun, damit hat es zu tun. Wenn man im öffentlichen Leben steht, so wie ich…« Das klang zu pompös. »Ich habe Feinde.«

»Feinde? Ich dachte immer, du hättest nur Freunde!«

»Nein, zum Beispiel, wenn man Studenten durchs Examen fallen läßt, mögen die einen nicht besonders. Und damit hat es zu tun. Ich habe es abgelehnt, eine Studentin von mir zu prüfen, weil sie zu schlecht war. Darauf hat sie einen Nervenzusammenbruch bekommen und behauptet nun, ich hätte mit ihr... also daß ich mit ihr...«

»Nun sag schon, sie behauptet, du hättest mit ihr geschlafen?«

»Ja.« Er war verblüfft, mit welcher Leichtigkeit sie das äußerte. »Aber sie hat noch mehr behauptet.« Er machte eine Pause, um zu schlucken. »Ich soll sie dazu gezwungen haben.«

»Du meinst, vergewaltigt...?«

»Ja, und mit dem Examen erpreßt. Morgen wird es in allen Zeitungen stehen, und ich möchte, daß du es von mir hörst. Und weil Mami das verhindern wollte, haben wir uns draußen gestritten.«

Sie sah ihn an und griff seine Hand. »Papi, sie lügt doch, oder?«

»Ja.«

»Schwörst du es?« Er zögerte. »Wenn du es schwörst, weiß ich, daß sie lügt, und dann ist mir ganz egal, was andere sagen. Auch was Mami sagt.« Das letzte hatte sie fast geflüstert.

Als Hanno sie in den Arm nahm, kuschelte sie sich dicht an ihn. »Ich glaube nur dir!« flüsterte sie. »Schwörst du es?«

Hanno machte einen Arm frei und hob ihn zum Schwur.

»Schwörst du, daß du nichts mit dieser Studentin zu tun hast?«

Eine kleine metaphysische Angstwelle lief durch ihn hindurch. Sollte er einen Meineid leisten? Andererseits konnte er doch nicht an der Eidesformel herumdiskutieren? Der warme Körper seiner Tochter entschied es.

»Ich schwöre.«

»Jetzt ist es gut. Armer Papi! So ein Aas! Warum lügt sie? Um sich für das Examen zu rächen?«

»Ja.«

»Weißt du, daß Angelika Liebig auch mit unserem Mathelehrer geschlafen hat?«

»Tatsächlich?«

»Ja, und er ist vor den Direktor zitiert worden und hat einen Verweis bekommen. Ich weiß es von Anja. Kriegst du nun auch einen Verweis?«

»Ich werde am Freitag vor einen Ausschuß zitiert, und meine Strafe ist, daß alle Zeitungen über mich schreiben. Also werden es auch alle deine Mitschüler wissen und dich damit quälen. Die werden sicher nicht zimperlich sein. Denk an den anonymen Anruf!«

»Das war schrecklich – so... säuisch!«

»Solche Sachen werden dir auch einige deiner Mitschüler sagen.«

»Das glaube ich nicht.«

»Es ist besser, du rechnest damit. Du mußt dich jetzt etwas abhärten.«

»Für dich ist es aber auch schrecklich.«

Hanno fühlte, wie ihm die Tränen in die Augen traten. Ihm wurde klar, daß sein Leid ihr Leid war. Wenn sie an ihn glaubte, war ihm der Rest ziemlich egal. Er sagte es ihr unter Tränen, und Vater und Tochter weinten ein bißchen zusammen, bis Sarah einschlief. Dann ging er leise nach unten. Auf der Küchenuhr war es kurz nach Mitternacht. Der neue Tag hatte schon begonnen. Da fiel ihm ein, daß am Hauptbahnhof schon die neuen Zeitungen verkauft wurden. Warum fuhr er nicht hin und las sie als erster, dann wußte er, was auf ihn zukam?

Als Hanno kurz vor eins auf dem Hachmannplatz vor dem Hauptbahnhof aus seinem Wagen stieg, blickte er vom ersten Kreis der Hölle auf verschiedene Gruppen von Verdammten. Rechts in Richtung St. Georg strichen die Nutten durch die engen Gassen hinter dem Deutschen Schauspielhaus und schauten nach Kunden aus. Geradeaus, hinter einem Absperrgitter vor dem Bieberhaus, hatte sich eine Schlange aus Asylanten gebildet, die sich einen guten Platz sichern wollten, wenn morgens um acht die Ausländerbehörde aufmachte. Links unter dem ausladenden Vordach des Bahnhofsgebäudes lagen, hockten, saßen und standen einzeln und in kleinen Trupps Fixer, Dealer, Drogensüchtige, Penner und Obdachlose. Und direkt vor ihm auf dem Parkplatz holten und brachten die Taxis die Strichjungen und Nutten mit ihren Kunden. All diese Gruppen waren an ihrer Kleidung erkennbar. Was hatte Hirschberg gesagt, Refeudalisierung der Gesellschaft? Hier schlug sie sich im Kostümzwang nieder. Das funktional Unauffällige der bürgerlichen Kleiderordnung war der schrillen Expressivität ständischer Trachten gewichen, mit denen die zahlreichen Zünfte und Innungen von Ganoven, Strichern und Zuhältern ihre kollektive Identität zum Ausdruck brachten, während die Asylanten sowieso schon aus den Zeitzonen ständischer Gesellschaften kamen. Hanno kontrollierte zweimal, daß alle Türen seines Autos auch abgeschlossen waren, prüfte auch den Kofferraum und ging in das Bahnhofsgebäude. Der Anblick der großen Eingangshalle erinnerte ihn plötzlich an die Universität. Dieselbe Verbindung von Massen und Vernachlässigung. Bei den Benutzern derselbe Kontrast zwischen vorübergehendem Aufenthalt bei denen, die weiterreisen wollten, und permanenten Parasiten lumpenproletarischen Zuschnitts. Derselbe Widerspruch zwischen funktionaler Höchstleistung und galoppierendem Verfall. Dieselbe Kombination von Anonymität und flüchtigen Kontakten. Und derselbe Kunstwille bei den Graffiti. Es war die dunkle Gegenwelt der Universität, ihre karnevalistische Verkehrung, ihr geträumter Widerschein in den dunklen Wassern der Nacht.

Hanno durchquerte die Halle und wandte sich dann nach links in einen Gang. Er hatte das Gefühl, daß all diese schattenhaften Gestalten an den Wänden ihn anblickten. Sie wisperten und flüsterten. »Hast du mal fünf Mark?« »You want to fuck my sister, lovely girl?« »Gib mal 'ne Zigarette, Alter!« Auf dem schmutzigen Fliesenboden vor den Schließfächern lehnte, unbekümmert um das Getrappel um sie herum, ein Mädchen, hatte den linken Arm angewinkelt und setzte sich mit der rechten Hand einen Schuß. ›Sie muß ungefähr in Sarahs Alter sein‹ dachte Hanno, und er empfand eine Welle der Erleichterung, daß Sarah seine Katastrophe so gut zu verarbeiten schien. Wenn sie jetzt noch die nächsten Tage überstand, war es geschafft.

Der Gang öffnete sich zu einer kleinen Rotunde mit Geschäften für Reiseandenken, Blumen und Proviant. Alle waren jetzt geschlossen, bis auf den Pressekiosk. Vor seinem hell erleuchteten Eingang stapelten sich verschnürte Blöcke mit frischen Zeitungen. Leider würde die Abendpost noch nicht dabei sein, sie erschien erst später. Der türkische Verkäufer mußte einige der Blöcke aufschnüren, als Hanno seine Sammlung von Zeitungen verlangte. »Abendblatt, BILD, Rundschau, Morgenpost und JOURNAL«, sagte er. »Fallen die Aktien?« fragte der Verkäufer in akzentfreiem Deutsch. Hanno zahlte und griff sein Paket. Sein Herz klopfte. Er suchte eine Gelegenheit zum Sitzen. Wo er auch hinblickte, es gab keine Bank. Kurz entschlossen ging er auf einen Stapel Bretter zu, der mit einem Metallband verklammert vor der Drahtabsperrung einer Baustelle lag, setzte sich und blätterte die Zeitungen durch. Obwohl er darauf vorbereitet war, traf ihn die Gewalt der Überschriften mit der Wucht eines Leberhakens. BEKANNTER SOZIOLOGE ALS SEX-PROFESSOR ENTLARVT, stand da in riesigen Blockbuchstaben neben einem Bild von ihm beim Akademievortrag. DAS SEXMONSTER HEISST PROFESSOR HACKMANN – SEXUELLE ERPRESSUNG AN DER UNI: ES WAR PROFESSOR HACKMANN. Hanno fühlte sich schwindelig, er hatte Mühe mit dem Atmen. Die Buchstaben verschwammen ihm vor den Augen. ›Jetzt nur keinen Kreislaufkollaps‹, dachte er, und zwang sich zum regelmäßigen Atmen. Er konzentrierte sich auf die Maserung des Brettes, auf dem er saß, und zählte die Astlöcher. Er wartete darauf, daß der Sturm in seinem Inneren sich wieder legte. Nach einer Ewigkeit fühlte er sich einem neuen Blick auf die Zeitungen gewachsen. Er las zunächst das JOURNAL. Wieder nahm ihm die

Überschrift den Atem: EXAMEN GEGEN SEX: DIE PRÜFUNGEN DES PROFESSOR HACKMANN. Ein Exklusivbericht über die Hintergründe des Uniskandals von Martin Sommer.

»Bettina S. ist fassungslos. Das hätte sie nie von Professor Hackmann erwartet. Bettina S. studiert im 7. Semester Soziologie. ›Ich wußte ja nicht, was mir blühte‹, sagte sie: Wie sie reagierten viele Studentinnen am Soziologischen Institut. Aber es ist wahr: Der sexuelle Erpresser ist Dr. Hackmann, angesehener Professor für Soziologie. Lange schien zweifelhaft, ob man den Vergewaltiger von Clara C. finden würde. Dann hätte Professor Hackmann weiter erpreßt, dann hätten die Kandidatinnen weiterhin Sex gegen Examen liefern müssen. Es ist der Zähigkeit eines Mannes zu danken, daß das nicht geschehen ist: Professor Bernd Weskamp. Als Vorsitzender des Disziplinarausschusses war er mit der Untersuchung des Falles betraut. ›Es haben viele geholfen‹, sagte er und meinte damit auch die Recherchen des JOURNAL. ›Man darf doch so etwas nicht auf sich beruhen lassen.‹ In einer ersten Stellungnahme sprach der Universitätspräsident Dr. Schacht von einer Schande für die Universität Hamburg und drückte die Betroffenheit aller Angehörigen der Universität aus. ›Wir schulden es ihrem Ansehen, den Fall rückhaltlos und vor den Augen der Öffentlichkeit aufzuklären‹, sagte er. ›Aber so ein Fall rüttelt auch wach. Wir werden uns künftig den Problemen, die besonders Frauen an der Universität haben, stärker zuwenden.‹ Professor Hackmann ist als Stellvertretender Geschäftsführender Direktor des Soziologischen Instituts zurückgetreten und hat seinen Vorsitz in der Berufungskommission niedergelegt. In der Fachwelt genießt Professor Hackmann hohes Ansehen. Er ist Mitglied der Hamburger Akademie der Wissenschaften und Künste, Herausgeber mehrerer Reihen und Zeitschriften und sitzt in vielen Beratergremien namhafter Institute. Unter Kollegen und Studenten gilt er als umgänglich, aber elitär. ›Er hat immer viel verlangt‹, sagte seine Assistentin Dr. Veronika Tauber und lachte dann über den neuen Sinn, den ihre Bemerkung durch die Enthüllungen angenommen hatte.

Seiner Sekretärin, Frau Eggert, war nie etwas Besonderes aufgefallen. Er hatte zu allen ein gutes Verhältnis. Noch vor wenigen Tagen hatte er sich schützend vor die Mitglieder des Instituts gestellt, nachdem das JOURNAL über den Fall berichtet hatte. ›Aber da wußte ja noch niemand, daß er selbst der Täter war‹, sagte seine Sekretärin unter Tränen.«

»Willkommen in der Heimat, Hanno!« sagte plötzlich eine rauchige Stimme direkt neben ihm. Hanno fuhr auf und blickte in das stoppelige Gesicht von Norbert dem Penner. Unter einem offenen Mantel, der noch aus Napoleons Winterfeldzug zu stammen schien, sah Hanno seine eigene Smokinghose im Zustand intensivster Strapaziertheit. Sie hing an Norbert wie an den Beinen eines Gehenkten. Norbert blickte ohne Befangenheit an sich hinunter.

»Hält nix aus, so 'ne vornehme Hose.« Zu Hannos Erstaunen knöpfte er sie auf und zeigte ihm darunter eine zweite Hose. »Guck dir die an. Ne einfache Hose von C & A. Eine Hose für einen kleinen Mann auf der Straße. Nix Besonderes. Kein feiner Stoff oder so. Aber so was von solide, das glaubst du nicht. Hat alles ausgehalten, Feuer, Wasser, Säure, Tritte, Hundebisse – einfach alles. Sogar als ein Typ mir mal draufgepißt hat, habe ich nix gespürt. Imprägniert war sie – wasserdicht. Läßt nix durch. Du bist geschützt, einfach solide gemacht. Da ist dieses feine Zeugs nix dagegen. Willst du sie wiederhaben?«

Hanno winkte ab. »Nein danke, behalt sie – ich brauch sie nicht mehr.«

Norbert setzte sich neben ihn auf die Bretter und holte einen Flachmann aus der Manteltasche. »Willst du einen? Aber du mußt ja sicher noch fahren.« Er nahm einen Schluck und ließ die Flasche wieder verschwinden. »Hanno, was du da neulich gesagt hast, bei dem Vortrag – über Solidarität und einer für alle und so, da hab ich oft drüber nachgedacht. Weißt du was, du hast recht! Solidarität – das gibt es. Freundschaft auch. Hast du mal einen Zehner?«

Hanno griff nach seinem Portemonnaie. Es war nicht da. Er

stand auf und tastete seine Jackentaschen ab, seine Hosentaschen und die Gesäßtasche. Nichts.

»Hast du die Zeitungen da drüben am Kiosk gekauft?«

Hanno nickte.

»Dann ist es dir geklaut worden. Warte einen Moment, ja? Ich bin gleich wieder da.«

Norbert verschwand, und Hanno setzte sich wieder hin und überflog die Artikel in den anderen Zeitungen. Aber da wurde nur die Presseerklärung des Präsidenten zitiert. Der Artikel im JOURNAL war sehr viel detaillierter. Hanno las ihn noch einmal durch. Dieser Martin Sommer mußte wesentlich bessere Informanten haben.

»... wie das JOURNAL aus verläßlicher Quelle erfuhr, liegt dem Disziplinarausschuß eine neue Erklärung der betroffenen Studentin vor. Über den Inhalt ist noch nichts bekannt geworden...«

»Hier hast du es.« Aus dem Schattenreich des Bahnhofs war Norbert der Penner wieder aufgetaucht. Hanno traute seinen Augen nicht: In der Hand hielt er sein Portemonnaie.

»Wo hast du denn das plötzlich her?«

Norbert reichte es ihm zurück. »Ich weiß doch, wer um diese Zeit hier arbeitet.« Und er beschrieb mit einer weit ausholenden Handbewegung das Jagdrevier seines Freundes, des Taschendiebs. »Da habe ich es dir wiedergeholt. Aus Freundschaft!« fügte er hinzu. »Da waren doch deine ganzen Papiere drin.«

Hanno machte das Portemonnaie auf. Tatsächlich, die Papiere waren da – aber das Geld war weg.

»Na ja, sonst hätte ich es gar nicht wiedergekriegt. Aber zehn Mark Finderlohn hat er mir gegeben. Der ist echt in Ordnung. Und du sollst besser aufpassen, soll ich dir bestellen. So was Geistesabwesendes hat er noch nicht erlebt. Er hat gleich gemerkt, du bist ein Professor. Der Junge hat einfach Menschenkenntnis, das braucht man in seinem Beruf. Was ist denn das?« Norbert hatte ein Auge voll von den Schlagzeilen erhascht und las laut jede einzelne Silbe vor. DAS SEXMONSTER HEISST PROFESSOR HACKMANN. Sag bloß, das bist du?«

Hanno nickte und gab ihm die Zeitung. Norbert las konzentriert, ließ dann die Zeitung sinken und sah Hanno an.

»Stimmt denn, was die da schreiben?«

»Nein.«

»Diese Schweine!« Norbert dachte über die Schlechtigkeit der Welt nach. »Siehst du, alles gelogen, was in der Zeitung steht. Neulich stand drin MODERNE UNTERKUNFT FÜR OBDACHLOSE ERÖFFNET. In der Schröderstraße. Ich geh hin, steht da so ein Typ am Eingang. ›Verpiß dich!‹ sagt er. ›Das hier ist nicht für Penner.‹ ›Steht aber in der Zeitung‹, sag ich. ›Scheiß auf die Zeitung‹, sagt er – und weißt du was? Das tu ich auch. Ich geb dir einen Rat, Hanno – umsonst! Glaub nicht, was in der Zeitung steht! Mach's gut, ich hab eine Verabredung!«

Und Hanno sah zu, wie die huschenden Schatten des Bahnhofs Norbert den Penner verschluckten, als hätte es ihn nie gegeben.

20

Das war sein Tag. Er hatte all das hier verursacht. Hätte er nicht so eine gute Nase gehabt, würden diese Leute jetzt nicht hier sitzen. Martin Sommer schaute sich um. Der große Hörsaal des Pädagogischen Instituts war bis auf den letzten Platz besetzt. Aber er selbst hatte noch in der ersten Reihe einen Platz gefunden, denn für ihn war reserviert worden. Er saß auf einem der Stühle, auf denen ein Schild mit der Aufschrift »Presse« gelegen hatte. In den Seitengängen waren die Kamerateams postiert, und um ihn herum die Kollegen der Zunft. »Sie sind doch der Bursche, wegen dem wir jetzt hier rumsitzen müssen!« hatte ihm eine kleine, fette Reporterin der BILD-Zeitung giftig zugeflüstert. Wegen dem! Ein Deutsch sprachen die, dachte Martin, während er sich nach Bekannten im Hörsaal umdrehte. Plötzlich gewahrte er zwischen zwei Zuschauern das Gesicht von Professor Schäfer. Als Schäfer ihn sah, faßte er mit dem Mittelfinger sein linkes Augenlid und zog es nach unten. Darauf hob Martin den Daumen. Wir verstehen uns! Der Saal war jetzt so vollgelaufen, daß die Zuschauer bereits auf den Stufen des Mittelganges Platz nahmen, da wurde hinten die Tür geschlossen, und Martin wandte sich nach vorne. Auf einer Bühne, die die ganze Front des Hörsaals ausfüllte, standen wie bei einem Podiumsgespräch vier aneinandergereihte Tische. Hinter ihnen saßen die Mitglieder des Disziplinarausschusses. Im rechten Winkel zu der Tischreihe stand vorne rechts ein weiterer Tisch mit einem leeren Stuhl. Auch der Stuhl in der Mitte der Tischreihe war noch leer, weil der Vorsitzende Weskamp sich noch vor der Bühne im Auditorium mit Professor Hackmann unterhielt. Martin kannte Hackmann von Archivbildern und hatte ihn vorgestern kurz gesehen, als er auf der Flucht vor den Demonstranten wie ein Hase an der Front des Soziologischen Instituts entlanggelaufen war. Keine schlechte Erscheinung, mußte er zugeben, man hätte ihm solch eine Schweinerei gar nicht zugetraut. Edles Profil, leicht gewelltes Haar, vergeistigte Züge, ein sensibler Mund – kein Wunder, daß ihn niemand verdächtigt hatte. Aber er, Martin Sommer, hatte ihm das Handwerk gelegt.

Professor Weskamp kletterte jetzt auf die Bühne und setzte sich auf den leergebliebenen Stuhl in der Mitte der Tischreihe. Er klopfte an das Tischmikrophon vor seinem Platz, wartete, bis der Saal ruhig geworden war, und begann.

»Meine Damen und Herren, ich eröffne die heutige Sitzung des Großen Disziplinarausschusses der Universität. Ich darf mich zunächst selbst vorstellen. Mein Name ist Bernd Weskamp vom Romanistischen Seminar, und ich bin der Vorsitzende des Ausschusses. Wir haben einen Fall zu untersuchen, der in der Öffentlichkeit einiges Aufsehen erregt hat. Der Präsident hat deshalb verfügt daß die Sitzung öffentlich stattfinden soll. Gestatten Sie mir daher ein paar Bemerkungen zum besseren Verständnis unseres Verfahrens.

Die Verhandlung heute ist ein Hearing. Das heißt, es gibt keine Beschuldigten, sondern nur Zeugen.« Im Saal erhob sich ein Murmeln. Der Vorsitzende wartete, bis es sich wieder gelegt hatte, und fuhr dann fort: »Das entspricht den zwei Phasen, die uns unsere Disziplinarordnung für ein Verfahren vorschreibt. In der ersten Phase – die, in der wir uns befinden – erfolgt eine reine Voruntersuchung der Tatsachen. Erst dann wird entschieden, ob in der zweiten Phase ein Verfahren angestrengt wird. Um es also noch mal zu betonen: Heute wird nicht gegen einen Angeklagten verhandelt, sondern es werden nur Zeugen befragt.« Er machte eine Pause und blickte auf seine Notizen. »Dem Ausschuß liegt ein Antrag auf Eröffnung eines Disziplinarverfahrens vor. Der Antrag stammt von der Frauenbeauftragten Frau Professor Wagner, und als Grund für den Antrag nennt die Frauenbeauftragte einen Fall sexueller Erpressung einer Studentin durch ihren Professor. Hier möchte ich eine technische Erläuterung einflechten...« Er blickte von seinen Notizen auf und sprach direkt ins Publikum: »Der Ausschuß erachtet die Persönlichkeitsrechte des Opfers in solchen Fällen für ein hohes Rechtsgut. Wir haben es deshalb begrüßt, daß die Presse bisher den Namen der betreffenden Studentin nicht genannt hat, sondern das Pseudonym ›Clara C.‹ benutzt hat. Wir werden das ebenso handhaben: Den Zeugen und den Ausschußmitgliedern ist der richtige Name der Studentin bekannt. Weil wir uns aber für die Öffentlichkeit der Sitzung entschieden haben, haben wir uns darauf verständigt, weiterhin das Pseudonym ›Clara C.‹ zu benutzen. Nur unter dieser Bedingung hat der Präsident der Öffentlichkeit der Sitzung zugestimmt.« Im Publikum erhob sich sporadischer Beifall. ›Meine Erfindung: Clara C.‹, dachte Martin, als der Vorsitzende fortfuhr. »Und noch eins: Wir bitten das Publikum, von Beifalls- und Mißfallenskundgebungen abzusehen. Wir haben uns den Entschluß zur Öffentlichkeit nicht leichtgemacht«, wieso ›wir‹, dachte Martin, vorher hatte er noch gesagt, ›der Präsident‹ ... »und uns nur mit Rücksicht auf das öffentliche Interesse dazu entschieden. Wenn aber der Ablauf der Sitzung gestört wird oder die Zeugen oder die Ausschußmitglieder durch Kundgebungen beeinflußt werden, brechen wir die Sitzung ab und führen sie später nichtöffentlich weiter.« Im Saal wurde es merklich ruhiger. »Bevor wir nun mit der Befragung der Zeugen anfangen, werde ich Ihnen die Ausschußmitglieder vorstellen. Ich beginne von links von Ihnen aus gesehen: Herr Professor Köbele vom Philosophischen Seminar.« Ein kleines Männchen, das grimmig ins Publikum schaute. »Frau Professor Breinig aus der Kieferklinik«, eine strenge Gouvernantentype, dachte Martin, »und Professor Nesselhauf vom Mathematischen Seminar.« Ein asketischer Geistesmensch, der völlig abwesend wirkte. »Und zu meiner Linken«, fuhr Weskamp fort, »geht es weiter mit der Vertreterin der Gruppe der Dozenten, Frau Dr. Schulenburg aus dem Institut für Biochemie«, die einzige Schönheit auf dem Podium, dachte Martin, »daneben sitzt die Vertreterin der Assistenten, Frau Dr. Mann vom Theologischen Seminar. Sie vertritt das Ausschußmitglied Frau Dr. Hopfenmüller, die aber als Zeugin geladen ist. Und ganz außen die beiden Studentenvertreter, Frau Stein von der Physik und Frau Zerbst aus dem Geographischen Institut.« Die beiden Mädchen wirkten fast wie die beiden Scotchterrier auf der Black & White-Whiskyreklame, so symmetrisch schwarz und hellblond waren ihre identischen Frisuren. »Wenn wir jetzt mit dem ersten Zeugen beginnen – Herr Professor Hackmann, würden Sie bitte oben hinter dem Tisch Platz nehmen –, warten die anderen Zeugen im Nebenraum, bis sie aufgerufen werden.« Während Hackmann über eine kleine Treppe auf die Bühne kletterte und auf dem freien Stuhl Platz nahm, standen mehrere Personen aus der ersten Reihe auf, unter denen Martin Frau Schell und Frau Hopfenmüller erkannte, und traten durch eine Seitentür nach draußen.

»Ich beginne mit der Befragung von Professor Hackmann vom Soziologischen Institut. Alle Ausschußmitglieder haben Fragerecht. Ich bitte aber aus Zeitgründen, sich auf das zu beschränken, was noch nicht zur Sprache gekommen oder unklar geblieben ist.

»Herr Professor Hackmann«, wandte er sich jetzt an den Zeugen, »die Studentin, die wir mit dem Namen ›Clara C.‹ bezeichnen – ist sie Ihnen bekannt?«

»Ja.«

»Wie gut kannten Sie sie?«

»Wie viele andere Studenten und Studentinnen auch. Aus Seminaren und durch Besprechungen von Arbeiten.«

»Sie hat also bei Ihnen studiert?«

»So könnte man es bezeichnen.«

»Können Sie das qualifizieren? Hat sie viele Seminare von Ihnen belegt?«

»Sie hat zwei oder drei Seminarscheine bei mir gemacht und wollte bei mir ihre Abschlußarbeit schreiben.«

»Sie sagen, sie wollte schreiben – heißt das, daß es nicht dazu kam?«

»Richtig. Es kam nicht dazu. Ich hatte sie abgelehnt.«

»Welche Gründe hatten sie dafür?«

»Was sie vorhatte, war mir zu abwegig und irregeleitet.«

»Können Sie uns sagen, was sie vorhatte?«

»Sie wollte über Christine de Pizan arbeiten, und ich wußte, daß sie ihr eine unhistorische Interpretation aus der Sicht des modernen Feminismus überstülpen wollte.«

Kaum hatte er das gesagt, lief eine Geräuschwelle durch den Saal. Als sie abgeebbt war, mischte sich Köbele ein.

»Woran konnten Sie das erkennen, Herr Hackmann?«

»Sie weigerte sich, den Kontext der literarischen Debatte um den Rosenroman einzubeziehen; sie las nur moderne feministische Literatur dazu, während sie die einschlägigen Werke der historischen Soziologie ignorierte.«

»War sie über die Zurückweisung aufgebracht?«

»Sehr sogar. Sie hat mir eine Szene gemacht und mich als Macho beschimpft!«

»Sie hatte also gute Gründe, sich an Ihnen zu rächen?«

»Das kann man sagen, ja.«

»Ich danke Ihnen.« Im Saal wurde murmelnder Protest laut. Dieser Köbele war also auf Hackmanns Seite, das war klar. Weskamp nahm die Befragung wieder auf.

»Gab es keine andere Beziehung zwischen Ihnen und Frau C. als die rein dienstliche?«

»Nein.«

»Sie hatten kein Verhältnis mit ihr gehabt?«

»Nein.«

»Sie haben sie auch nicht sexuell erpreßt?«

»Nein.«

»Sie wissen aber, daß sie im Studiotheater einen Zusammenbruch erlitt, als sie die Rolle einer jungen Frau spielte, die von ihrem Professor sexuell erpreßt wurde?«

»Ich habe aus der Presse davon erfahren.«

Martin durchlief ein wohliger Schauer. ›Die Presse, das bin ich – la presse, c'est moi.‹

»Und daß sie vor vielen Zeugen sinngemäß gesagt hat: ›Alles, was in dieser Rolle vorkommt, Vergewaltigung, sexuelle Nötigung, habe ich vor kurzem durch meinen Prüfer selbst erlebt.‹«

»Ich glaube, den Ausdruck ›Prüfer‹ habe ich in der Presse nicht gefunden.«

»Sie haben ja offenbar den Fall sehr genau verfolgt.«

Hackmann sprang auf und schrie: »Das würden Sie auch, wenn Sie fälschlich der sexuellen Nötigung bezichtigt würden.« Dann setzte er sich wieder und sagte leise: »Entschuldigen Sie bitte.«

Weskamp schien jetzt wie Butter zu zerschmelzen.

»Aber Herr Hackmann, als das in der Zeitung stand, war Ihr Name noch gar nicht genannt worden.«

Das stimmte, dachte Martin – er hat sich verraten. Ein gerissener Hund, dieser Weskamp! Es herrschte eine Sekunde Stille. Da fragte der asketische Mathematiker Nesselhauf mit dünner Stimme:

»Wer ist Christine de Pizan?«

Ein allgemeines Gelächter erhob sich im Saal.

Hackmann schaute erst den Mathematiker und dann Weskamp an. »Soll ich die Frage beantworten?«

Weskamp nickte. »Sie sind der Zeuge.«

»Das ist eine venezianisch-französische Schriftstellerin des frühen 15. Jahrhunderts. Sie hat eine Verteidigung der Frauen gegen die Frauensatire im Rosenroman geschrieben und ein Buch mit dem Titel ›La Citée des dames‹ verfaßt. Sie gilt...«

»Danke.« Der Mathematiker hatte offenbar genug gehört und verlor sich wieder in seinen logischen Abstraktionen.

Martin sah, wie Weskamp jetzt einen Zettel in der Hand hielt. Er sah Hackmann an.

»Ich lese Ihnen jetzt eine Erklärung vor, die Frau C. im Beisein ihrer Ärztin vor zwei Tagen unterschrieben hat. Sie lautet folgendermaßen: ›Ich habe jetzt erst gehört, was für ein Unheil aus meiner Behauptung entstanden ist, ich hätte dasselbe erlebt wie die Figur Rhoda in Jessica Wilsons Stück Medea. Weil ich bis jetzt nur Lügen oder Halbwahrheiten erzählt habe und weil daraus niemals etwas Gutes entstehen kann, möchte ich jetzt die Wahrheit sagen: Ich habe Hanno Hackmann geliebt, weil er ein großzügiger, faszinierender Mann ist, der so klug ist, daß ich es gar nicht verstehen kann, warum er eine dumme Studentin wie mich überhaupt beachtet hat. An dem Tag, nachdem ich die Rolle der Rhoda gekriegt habe, hat nicht er mich vergewaltigt, sondern ich ihn. Weil er mit mir Schluß machen wollte, habe ich mich in seinem Büro ausgezogen, um ihm zu zeigen, daß er es nicht schafft, mit mir Schluß zu machen. Dann ist mir plötzlich die Idee gekommen, die Szene aus dem Stück mit ihm zu spielen, in der der Professor die Studentin auf dem Schreibtisch vergewaltigt. Und so habe ich ihn auf seinen Schreibtisch gezerrt, und wir haben uns geliebt. Und als ich das alles auf der Studiobühne in der Probe genau so gespielt habe, ist es mir plötzlich wieder eingefallen, und dann habe ich gesagt, ich habe das schon alles erlebt. Das ist die reine Wahrheit, so wahr mir Gott helfe.‹«

Weskamp blickte von seinem Zettel auf.

»Was sagen Sie zu dieser Aussage?«

Im Saal herrschte Stille. Hackmanns Gesicht war angespannt. Er blickte starr geradeaus.

»Herr Hackmann, ich wiederhole die Frage, was sagen Sie dazu?«

»Nichts.«

»Sie wollen die Frage nicht beantworten?«

»Nein, doch – da gibt es nichts zu sagen. Ich habe damit nichts zu tun. Sie phantasiert.«

»Sie meinen, die Aussage stimmt nicht?«

»Richtig.«

»Stimmt alles nicht oder nur einiges?«

»Na ja, sie war bei mir. Aber die ganze Szene hat nicht stattgefunden, die sie schildert.«

»Sie bleiben also bei Ihrer Aussage, sie hatten auch kein Verhältnis mit Frau C. – noch haben Sie sie sexuell erpreßt.«

»Ja.«

»Ich habe keine weiteren Fragen. Hat jemand von den sonstigen Mitgliedern... ja, Frau Stein.«

Von den Studentinnen lehnte sich der blonde der Scotchterrier vor. »Mich würde interessieren, ob sie verheiratet sind.«

»Ja.«

»Glücklich?« Weskamp mischte sich ein: »Sie müssen die Frage nicht beantworten...« Da fuhr Hackmann ihn scharf an: »Wenn ich schon wegen sexueller Erpressung von Studentinnen vor ein öffentliches Tribunal geladen werde, dann werde ich auch gerne Fragen zu meiner Ehe beantworten.« Er wendete sich an die blonde Studentin. »Ja, ich glaube, ich bin glücklich verheiratet.«

Da hakte der schwarze Scotchterrier nach:

»Fanden Sie Frau C. sexy?« Im Saal erhob sich Gelächter. Auch Hackmann lächelte.

»Sie bringen mich in ein Dilemma: Sage ich ›nein‹, mache ich mich unglaubwürdig – sage ich ›ja‹, gelte ich als das Sexmonster, als das die Zeitungen mich beschreiben.«

Das Gelächter wurde stärker. Dieser Hackmann war geschickt! Er war imstande und zog das Publikum auf seine Seite. Nur vorhin hat er sich verraten, dachte Martin – na ja, wer zuletzt lacht...

»Keine weiteren Fragen? Gut! Dann bitte ich Sie, unten Platz zu nehmen, Herr Hackmann.« Er stand auf, schaute kurz ins Publikum, kletterte von der Bühne und nahm in der ersten Reihe Platz.

Weskamp flüsterte mit der Assistentenvertreterin am Podiumstisch, wie hieß sie gleich? Martin blickte auf seine Notizen – Frau Dr. Mann, komischer Name, auch noch Theologin! Frau Mann stand auf und trat durch die Seitentür, während Weskamp verkündete:

»Wir rufen jetzt den Zeugen Dr. Erdmann auf, ich meine die Zeugin Frau Dr. Erdmann«, verbesserte sich Weskamp.

Frau Dr. Erdmann folgte Frau Mann auf die Bühne und setzte sich dann an den Zeugentisch. Sie war eine schmale, gestrafft wirkende Enddreißigerin, blond, gutaussehend und bestimmt Single, diagnostizierte Martin aus irgendeinem Grunde.

»Frau Dr. Erdmann, Sie arbeiten als Ärztin an der Psychiatrischen Klinik in Eppendorf?«

»Ja.«

»Und zu ihren Patienten gehört Frau C.«

»Ja.«

»Dem Ausschuß liegt ein schriftliches Gutachten von Ihnen über die Natur der psychischen Störung von Frau C. vor. Wir brauchen das hier nicht im einzelnen zu diskutieren; uns genügt es, wenn Sie hier den Kern Ihrer Diagnose noch mal kurz wiederholen.«

»Die Patientin hat ein schweres Verlusttrauma erlitten, so wie es etwa beim Tod der Eltern oder eines Ehepartners eintreten kann. Das hat bei ihr einen depressiven Schub ausgelöst, der zur akuten Suizidgefährdung geführt hat.«

»Wollen Sie damit sagen, daß der Zustand der Patientin nur durch ein äußeres Ereignis ausgelöst worden sein kann?«

»Ja.«

Frau Dr. Mann fragte plötzlich mit verblüffend hoher Stimme: »Sie meinen, er kann nicht durch ein inneres Ereignis ausgelöst worden sein?«

Martin schien es, als ob Frau Dr. Erdmann die Theologin mitleidig ansah.

»Natürlich sind alle psychischen Ereignisse innere Ereignisse. Aber wenn wir von Traumatisierung sprechen, meinen wir in der Tat Verletzungen der Psyche, die in Reaktion auf äußere Ereignisse entstehen. Wenn etwa ein Erlebnis so schrecklich ist, daß die Psyche nicht damit fertig wird.«

Von links bellte die gewaltige Stimme des kleinen drahtigen Köbele.

»Sie erklären uns nichts weiter als Ihren Fachjargon, Frau Kollegin, und nicht die Tatsachen. Sind Sie mit den Forschungen der sprachanalytischen Philosophie vertraut?«

»Nein.«

»Das dachte ich mir. Sie haben nämlich gerade erklärt, was der Begriff ›Traumatisierung‹ bedeutet, aber nicht, ob Ihre Patientin traumatisiert ist.«

Man hörte leichtes Gelächter im Saal.

Frau Erdmanns Stimme wurde gepreßter. »Sie ist es.«

»Sie sprachen von schrecklichen Erlebnissen, die die Traumatisierung auslösen, wenn ich recht verstanden habe?« fuhr Köbele fort.

»Ganz recht.«

»In Ihrem Jargon spricht man aber doch auch von Abwehrmechanismen der Psyche. Bin ich da richtig informiert?«

»Wenn Sie die Fachsprache der Psychoanalyse als Jargon bezeichnen wollen, haben Sie recht.«

»Aha. Sie würden sich also als Psychoanalytikerin bezeichnen?«

»Nun, bei schweren Psychosen ziehen wir auch andere therapeutische Mittel heran.«

»Sagen wir also, Sie verstehen sich im weiteren Sinne als Psychoanalytikerin, so daß Sie die Psychoanalyse bei Ihrer Therapie nicht ausschließen.«

»Ja.«

»Ist Ihnen bekannt, daß von allen Therapieformen, die einer Erfolgskontrolle unterworfen wurden, allein die Verhaltens- und Gesprächstherapie positive Ergebnisse aufweisen? Bei der Psychoanalyse war nicht festzustellen, ob sie eine positive, negative oder gar keine Wirkung auf die Patienten hat. Ist Ihnen das bekannt?«

»Sie meinen die Untersuchung von Cunard und Wattman...«

»Ich frage Sie nur, ob Sie diese Untersuchung kennen.«

»Ja.«

»Aber Sie machen trotzdem mit diesem Verfahren weiter. Ich danke Ihnen.«

Weskamp wollte fortfahren, aber da meldete sich Frau Breinig von der Kieferklinik.

»Frau Dr. Erdmann, haben Sie auch eine medizinische Ausbildung?«

»Selbstverständlich.«

»Danke, das war alles.«

Darauf übernahm der Vorsitzende Weskamp wieder die Befragung.

»Frau Dr. Erdmann, der Ausschuß hat vorhin die Erklärung Ihrer Patientin gehört, in der sie die angeblich wahren Hintergründe für ihre Behauptung erläutert, sie habe die Szene der sexuellen Nötigung und Vergewaltigung aus ihrem Theaterstück selbst erlebt. Danach hätte es ja eine Traumatisierung nicht gegeben. Würden Sie dem Ausschuß erläutern, wie Sie die Erklärung Ihrer Patientin im Lichte Ihrer professionellen Erfahrung einschätzen?«

»Gerne.« Frau Dr. Erdmann lehnte sich nach vorne auf den Tisch und legte die Fingerspitzen zusammen. »In dieser Erklärung sagt die Patientin plötzlich, nicht Professor Hackmann habe sie vergewaltigt, sondern sie ihn. Gleichzeitig lobt sie ihn als großzügig und klug. Das ist eine typische Inversion, die wir bei vielen Traumatisierungen beobachten. Sie dreht also die Verhältnisse um: Sehen Sie, ihr Vater ist früh gestorben. Und die Beziehung zu diesem verlorenen Vater hat sie auf Professor Hackmann übertragen. Nun erlebt ein kleines Kind den Verlust einer geliebten Person oft als Verrat, als eine Art bösartigen Verlassens. Sogar als Strafe für böses Verhalten, wenn etwa ödipale Wünsche und Schuldgefühle mit im Spiel sind. Als nun der Mann, den sie unbewußt an die Stelle ihres Vaters gesetzt hat, sich als Vergewaltiger entpuppt, erlebt sie den Verlust ihres Vaters noch mal in Form einer schrecklichen Bestrafung. Das hält ihre Psyche nicht aus. Sie will es nicht wahrhaben, und durch Identifikation mit dem Aggressor entlastet sie ihn. Nicht er – sie selbst hat die Vergewaltigung begangen. Den Gedanken kann sie besser ertragen als diesen schrecklichen Verlust. Nun hat sie ihren guten Vater wieder. Die Psyche leugnet den Verlust, den sie nicht ertragen kann. Nach der Abfassung der Erklärung hat bei der Patientin eine deutliche Entspannung eingesetzt. Sie hat ohne Medikamente lange geschlafen. Aber die Erklärung selbst ist wahnhaft. Eine Reaktion auf den Verlust, den sie nicht ertragen konnte.«

Während sie gesprochen hatte, hatte Köbele vor seinem Platz eine Menge Walnüsse aufgereiht, die er jetzt mit einem Griff wieder in seiner Hosentasche verschwinden ließ.

»Sie halten es für ausgeschlossen«, sagte er, »daß das, was Sie gerade erzählt haben, völlig wahnhaft ist?«

»Ja, denn wenn ich das täte, hätte ich es nicht erzählt.«

Das weckte den Mathematiker Nesselhauf.

»Aber Ihre Patientin ist wahnhaft, wie Sie sagen, und hält ihren Wahn auch für die Wahrheit.« Darauf antwortete Frau Dr. Erdmann nicht.

Da meldete sich die hübsche Biochemikerin.

»Sie haben da einen Ausdruck verwandt, um diese Inversion zu erklären, Identifikation…«

»Identifikation mit dem Aggressor, meinen Sie?«

»Ja. Versteh ich das recht, ist das eine Art psychische Abwehrtechnik?«

Frau Dr. Erdmann nickte. »Ganz recht.«

»Das interessiert mich als Biochemikerin, weil es da etwas Ähnliches gibt. Auch bei der Immunabwehr der Zellen gibt es Phagozyten, die in ihrer Zellstruktur die Angreiferzellen...«

Weskamp unterbrach sie. »Frau Schulenburg, so interessant das im einzelnen ist, so müssen wir uns hier doch an unsere Leitfrage halten: Gibt es einen Grund für die Eröffnung eines Disziplinarverfahrens? Herr Nesselhauf hat eine Frage.«

»Ja, aber Frau Dr. ...« Der Name war ihm entfallen. »Wenn ich mir vorstelle, es wäre genauso gewesen, wie Ihre Patientin es in ihrer Erklärung behauptet, wie hätte sie das dann ausdrücken müssen?«

Frau Dr. Erdmann blickte verwirrt.

»Können Sie Ihre Frage noch einmal wiederholen?«

Bevor Professor Nesselhauf die Frage wiederholen konnte, sagte der Vorsitzende schnell: »Nun, das war eine spekulative Frage. Herr Nesselhauf, in diesem Punkt stimmt sogar Professor Hackmann mit Frau Dr. Erdmann überein. Auch er hält diese Erklärung für ein Phantasieprodukt der Patientin. Wenn ich also richtig verstanden habe«, fuhr er an die Zeugin gewandt fort, »deuten Sie die schriftliche Erklärung der Patientin so, daß sie ihr Erlebnis in der Erinnerung umgedreht hat, weil sie sich die seelischen Schmerzen über den neuerlichen Verlust des Vaters ersparen wollte. Ist das so richtig?«

»Ja. Sie müssen dabei bedenken, das sind nicht die Verlustängste einer erwachsenen Frau, sondern eines kleinen Mädchens mit einem ganz zarten, unfesten Ich. Diese Ängste sind so bedrohlich, daß sie die Zerstörung der ganzen Person auslösen können. Es sind Todesängste. Das klärt die geradezu besessene Sucht der Patientin, sich durch Fiktionalisierung im Theater und durch Rollenspiel Entlastung zu verschaffen. Sie hat sich dort ihre eigene Therapie gesucht. Im Theater kann sie die Ängste zugleich behandeln und durch Fiktionalisierung unschädlich machen. Wir kennen ja auch das Verfahren des Rollenspiels als Therapieform.«

»Darf der Ausschuß also annehmen, Sie deuten die Erklärung Ihrer Patientin als Bestätigung dafür, daß eine Vergewaltigung stattgefunden hat?«

»Das ist richtig, ja.«

Etwas hastig sagte der Vorsitzende: »Wenn keine weiteren Fragen sind, danke ich Ihnen, Frau Dr. Erdmann. Als nächste Zeugin rufen wir Frau Dr. Hopfenmüller auf.« Während Frau Erdmann ging und Frau Hopfenmüller die Bühne betrat, flüsterte Martin seiner Nachbarin zu: »Ich bin gleich wieder zurück«, und stieg über die im Gang sitzenden Zuschauer hinweg zum Ausgang. Er kannte alles, was Frau Hopfenmüller aussagen würde, und das betraf sowieso nur ihre Beobachtungen bei der ersten Befragung. Und da würde Weskamp sie schon so steuern, daß ein vernichtendes Urteil für Hackmann herauskam. Kein Zweifel, Weskamp wollte diesen Hackmann in die Pfanne hauen. Als er aus dem Gebäude nach draußen trat, wurde er vom Wind fast umgeweht. Im Winkel von 45 Grad arbeitete er sich durch den Orkan zwischen dem Pädagogischen Institut und dem Hauptgebäude und rettete sich durch die Drehtür in die Lobby. Sein Ziel waren die Telefone. Wenn das Hearing zu Ende war, würden alle seine Reporterkollegen zu den beiden einzigen Telefonen des Hauptgebäudes rasen, um ihre brandaktuellen Berichte an die Redaktionen durchzugeben. Martin sah sich um. Um diese Zeit war die Eingangshalle des Hauptgebäudes fast leer. Am Freitag hatte für die Studenten bereits das Wochenende begonnen, oder sie jobbten. Als er sicher war, nicht beobachtet zu werden, holte er zwei Streichhölzer aus einer Schachtel und steckte sie in die Münzschlitze der beiden Telefone, um sie zu blockieren. Er selbst hatte den Schlüssel zum Büro von Frau Dr. Hopfenmüller in der Tasche. Er hatte ihn ihr abgeschwatzt, damit er seinen Bericht ungestört von ihrem Diensttelefon aus durchgeben konnte. Dann ging er zur Cafeteria in der Lobby, holte sich einen Becher Kaffee, setzte sich an einen der leeren Tische und begann, seinen Bericht zu schreiben. Die Informationen, die Frau Hopfenmüller und Frau Schell dem Ausschuß erzählen würden, arbeitete er gleich mit ein und ließ nur noch das Ende offen. So hatte er sich einen beträchtlichen Vorsprung vor den anderen gesichert. Außerdem hatte ihm Professor Weskamp für die Zeit nach dem Abschluß des Verfahrens ein Exklusivinterview versprochen. Er blickte auf die Uhr: Zeit zurückzugehen. Diesmal trieb der Orkan ihn vor sich her zurück zum Pädagogischen Institut und warf ihn geradezu ins Gebäude. Als er seinen Platz wieder einnahm, war die Befragung von Frau Hopfenmüller schon zu Ende. An ihrer Stelle saß Frau Schell am Zeugentisch, und auch sie war offenbar schon mitten in ihrer Aussage. Gerade wurde sie von Köbele ins Kreuzverhör genommen.

»Könnte es nicht sein, Frau Kollegin, daß Frau C. den Zusammenbruch erlitten hat, weil Sie ihr die Rolle weggenommen haben?«

»Nein, niemand bricht zusammen, weil er eine Rolle nicht spielen darf.«

»Aber sie selbst haben doch ihren Entschluß, ihr die Rolle wieder wegzunehmen, damit begründet, daß es zu gefährlich sei, eine Schauspielerin ihre eigene Lebensgeschichte spielen zu lassen. Dann könnte es sein, so haben Sie noch vor wenigen Minuten gesagt, daß sie mitten in der Produktion zusammenbricht. Was wäre dann der Grund für diesen Zusammenbruch?«

»Identifikation von Rolle und Lebensgeschichte.«

»Und wenn Sie ihr also die Lebensgeschichte wegnehmen? Wir haben soeben von ihrer Ärztin gehört, sie hätte das Theater als Therapie benutzt, um sich die traumatische Erfahrung erträglich zu machen.«

»Das entspricht nicht meinem Zugang zum Theater«, entgegnete Frau Schell spitz.

Köbeles Augen blitzten. »Sie betrachten das Theater als ernsthaften Beruf?«

Frau Schell blickte mißtrauisch. »Als ernsthaften und sogar wichtigen Beruf, ja.«

»Und Frau C. wollte diesen Beruf ergreifen?«

»Ja.«

»Und Sie nahmen ihr diesen Beruf wieder weg. Finden Sie das nicht eine viel ernsthaftere Bedrohung als die Ablehnung ihrer Arbeit durch Professor Hackmann?«

»Ich konnte sie ja wohl schlecht sexuell erpressen«, antwortete Frau Schell scharf unter dem Gelächter des Publikums. Köbele war offenbar mit der Wirkung zufrieden, die er erreicht hatte, und blickte wieder in seine Papiere.

»Wenn weiter keine Fragen sind, sind Sie entlassen, Frau Schell. Es ist jetzt fast 13 Uhr«, stellte Weskamp fest. »Wir machen zwei Stunden Pause und beginnen wieder um 15 Uhr hier in diesem Saal – wohlgemerkt: 15 Uhr s. t., also Punkt drei Uhr.«

Martin war mißmutig. Er hatte damit gerechnet, daß die ganze Befragung noch am Vormittag abgeschlossen werden würde. So konnte er ja noch gar nichts berichten! Und außerdem mußte er die Streichhölzer wieder aus den Münzschlitzen klauben, denn wenn seine Kollegen jetzt schon bemerkten, daß die Telefone kaputt waren, würden sie beim nächsten Mal zur Post gehen. Ärgerlich kämpfte sich Martin durch die Menge. Andererseits, wenn die Befragung bis in den späten Nachmittag dauerte, konnte es gut sein, daß seine Konkurrenten mit ihren Berichten vor Redaktionsschluß gar nicht mehr fertig würden, und dann hätte er einen Vorsprung von einem ganzen Tag gewonnen! Und als Martin sich durch den Orkan zum Hauptgebäude zurückkämpfte, hatte sich seine schlechte Laune ins Gegenteil verkehrt.

Hanno hatte in dem Hörsaal, in dem das Hearing stattfand, häufig Kolleg gehalten und kannte sich deshalb in der Geographie des Pädagogischen Instituts gut aus. So war er bei Anbruch der Mittagspause sofort über die Bühne geeilt und durch einen Hinterausgang entwichen, bevor ihn die Fotografen mit ihren Blitzlichtgewittern bombardierten. Und dabei war er prompt Hirschberg in die Arme gelaufen. Der hatte ihn in sein Auto geladen und zum Essen in ein kleines Restaurant nach Eppendorf gefahren. »Es läuft gut«, hatte er gesagt, »Sie haben eine gute Figur gemacht, und dieser Köbele kämpft für Sie wie ein Advokat. Sie werden sehen, es wird ausgehen wie das Hornberger Schießen.«

So fühlte sich Hanno trotz der Anspannung und des Gefühls der Erniedrigung halbwegs zuversichtlich, als er nachmittags wieder in der ersten Reihe des Auditoriums saß und der Befragung zuhörte. Er wagte nicht, sich umzusehen, aus Angst, in die kalten Gesichter seiner Kollegen zu blicken. Aber er spürte, der Saal war jetzt nicht mehr ganz voll. Die Leute fingen vielleicht an, die Sache langweilig zu finden. Andererseits hatte sich die Menge von Fernsehteams und Radioreportern erhöht, die ihre Richtmikrophone am Bühnenrand aufgestellt hatten.

Der Ausschuß hatte sich zwei Freundinnen von Babsi angehört und sie umständlich nach ihren Erfahrungen mit Babsis Seelenzuständen und Charaktereigenschaften befragt. Kein Zweifel, der Vorsitzende Weskamp war darauf aus, ihn zu vernichten! Er führte sich immer mehr wie ein Staatsanwalt auf, der allen Zeugenaussagen ihre schlimmste mögliche Wendung gab. Hanno sah hilflos zu, wie er die Befragung immer mehr monopolisierte und Fragen anderer Ausschußmitglieder, die ihm nicht paßten, einfach abwürgte. Dabei entfaltete er ein nicht unbeträchtliches Geschick. Hanno fragte sich, was er für ein Motiv haben konnte. Er kannte ihn doch kaum. Ob er sich der Frauenbeauftragten andienen wollte? Seine ganze Tonlage enthielt eine betuliche Rücksichtnahme auf die vermeintlichen Opfer der rohen Männergewalt. Dabei verdichtete er geschickt die Implikationen, daß er, Hanno, die Verkörperung dieser Gewalt darstelle und daß er selbst, Weskamp, der neue Siegfried sei, der dazu berufen war, Babsi und alle Jungfrauen der Welt vor Sexualmonstern wie ihm zu retten. Und nun hatte er die arme, harmlose Frau Eggert in der Zange. Hanno hatte jahrelang mit ihr zusammengearbeitet. Es war ihm ganz fremd, sie so distanziert über ihn reden zu hören, als ob er gar nicht anwesend wäre.

»Was meinen Sie mit ›Kratzspuren‹, Frau Eggert?«

»Na ja, eines Morgens kam er ins Büro und hatte diese Kratzspuren im Gesicht. ›Mein Gott, was haben Sie denn gemacht, Herr Professor?‹ habe ich gesagt.«

»Und, was hat er geantwortet?«

»Seine Katze hätte ihn angegriffen.«

»Und, haben Sie ihm das geglaubt?«

Frau Eggert schwieg.

»Ich formulier die Frage anders: War das vor oder nach dem Sprechstundentermin, den Sie Frau C. gegeben hatten?«

»Davor. Aber der Besprechungstermin war nicht in der Sprechstunde, sondern danach.«

»Wann war das?«

»Die Sprechstunde dauerte bis 17 Uhr.«

»Und danach haben Sie Frau C. bestellt?«

»Ja.«

»Können Sie dem Ausschuß erklären, wieso Sie Frau C. nicht in die Sprechstunde selbst, sondern für die Zeit danach bestellt haben, wenn niemand mehr da ist? Sie selbst hatten doch dann auch schon Dienstschluß, oder?«

»Ja, ich gehe um fünf Uhr.«

»Aha, Sie gehen, und Frau C. kommt. Haben Sie sie noch gesehen, als Sie gingen?«

»Nein.«

»Also – warum mußte Frau C. erst nach dem Ende der Sprechstunde kommen?«

»Nun, Professor Hackmann verlegte die Besprechung komplizierter Diplomarbeiten immer in die Zeit unmittelbar nach der Sprechstunde, weil er dann nicht mehr gestört wurde und sich Zeit nehmen konnte.«

»Aha, er konnte nicht mehr gestört werden und nahm sich Zeit. Danke. Gibt es noch Fragen an Frau Eggert?«

Es gab keine Fragen.

»Dann rufe ich jetzt die Zeugen Werner Frahm und Willi Behnke auf.«

Frau Eggert blickte ihn nicht an, als sie sich einige Plätze links neben ihm niederließ. Inzwischen waren zwei Männer aus der Seitentür getreten und sahen sich suchend um. Eilig schaffte die Hilfskraft, die die Zeugen holte, einen zweiten Stuhl aus dem Nebenraum herbei und stellte ihn hinter den Zeugentisch. Dann bat er die Männer, Platz zu nehmen. Hanno hatte sie noch nie gesehen. Beide steckten in Anzügen, wie sie Arbeiter tragen, wenn sie zur Kirche gehen. Der Gedanke löste in Hanno einen Adrenalinschub aus. Das waren die Bauarbeiter! Sie hatten ihn gesehen! Sie hatten ihn mit Babsi auf dem Schreibtisch gesehen! Eine Welle der Scham überspülte ihn. Erst langsam faßte die Erinnerung wieder Fuß, daß die Leute von Hirschberg ihnen ja klargemacht hatten, sie würden sich selber belasten, wenn sie eine Vergewaltigung bezeugen wollten.

»Herr Frahm«, begann Weskamp die Befragung, »Sie und Ihr Kollege Willi Behnke haben am Dienstag, dem 23. April, auf dem Baugerüst des Soziologischen Instituts die Klinkerwand aufgemauert. Ist das richtig?«

»Det is korrekt. Willi und icke.«

Der Mann sprach ja breites Berlinerisch!

»Ich komme jetzt auf die Zeit ungefähr um 17 Uhr, als Sie gerade Feierabend machen wollten. Könnten Sie dem Ausschuß schildern, was sich da abgespielt hat?«

»Also det war so: Der Willi hier war oben, eine Lage höher als wie icke, im vierten Stock. Da seh ick von schräg unten, wie er oben wild an ein Fenster klopft und wie er wat rufen will. Ick sehe richtig, wie er brüllen möchte, aber Willi hier hat manchmal 'ne Ladehemmung. Janz besonders, wenn er uffjeregt is.«

»Da-da-da-da-das stimmt«, bestätigte Willi, so daß das Publikum sich von der Richtigkeit der Beschreibung überzeugen konnte.

»Ick sage, wat is denn los, Willi? Aber er haut mit der Faust gegen dat Fensterkreuz, aber weil er 'n Bauhandschuh anhat, hat dat wohl niemand jehört. Also sage ick, kiekste selber nach, und schwing mir nach oben. Da denk ick, mir trifft der Schlach.«

Hanno hielt den Atem an. Was würde er sagen?

»Ick sehe, wie ein Mann ne nackte Frau durch det Büro jagt. Sie saust hintern Schreibtisch, da läßt er die Hose fallen. Sie schreit, er fängt sie, reißt ihr det Höschen runter und klatscht sie rückwärts uff'n Schreibtisch. Und denn nimmt er sie mit Jewalt. Stimmt's, Willi?«

»Ge-ge-ge-ge-genau.«

Das ist es, dachte Hanno. Das war die Grenzlinie zwischen Tod und Leben. Jetzt hatte er sie überschritten. Mit den Aussagen dieser beiden Clowns hatte sich sein Leben verändert.

»Würden Sie den Mann wiedererkennen, den Sie in dem Büro gesehen haben?«

»Na klar doch, da sitzt er doch.« Der Berliner stand auf, ging auf Hanno zu und zeigte von der Bühne mit ausgestrecktem Zeigefinger auf ihn herab. In diesem Moment brach die Ordnung im Auditorium zusammen. Die Reporter sprangen rücksichtslos auf sie zu und knipsten. Sie fielen direkt übereinander. Alle wollten das Bild haben, wie der Bauarbeiter mit dem Finger auf Hanno zeigte. Als er es bemerkte, ging er noch näher an Hanno heran, grinste in die Kameras und verlängerte die Geste über das nötige Maß hinaus. So blieben sie einige Sekunden wie ein lebendes Bild eingefroren, und alle Fernsehkameras richteten sich auf sie. Um ihn herum sah Hanno plötzlich die Mikrophone. »Was sagen Sie dazu, Professor Hackmann?« »Herr Hackmann, geben Sie es jetzt zu?« Zugleich wurden hinten im Saal die Türen geschlagen. Die Journalisten strebten zu ihren Telefonen, um die frische Sensation durchzugeben. Nach der Ewigkeit des Blitzlichtgewitters hörte Hanno langsam die Stimme des Vorsitzenden durch das Mikrophon.

»Meine Damen und Herren! Meine Damen und Herren, ich

bitte Sie, wieder Platz zu nehmen. Es besteht nachher noch reichlich Gelegenheit für Aufnahmen und Interviews. Ich bitte, behalten Sie doch Platz! Ich habe Verständnis für die Bedürfnisse der Medien, aber bitte haben Sie auch Verständnis dafür, daß wir hier ein ordentliches Hearing veranstalten wollen. Meine Damen und Herren, wenn Sie nicht Platz nehmen wollen, breche ich das Hearing ab.«

Langsam gingen die Reporter auf ihre Plätze zurück, wobei der eine oder andere noch im Rückzug einen Blitz auf Hanno abschoß. Plötzlich wisperte eine weibliche Stimme direkt an seinem Ohr: »Sagen Sie unseren Hörern, was Sie fühlen.« Eine kleine Radioreporterin war direkt hinter seinem Stuhl in die Hocke gegangen und hielt ihm ihr Mikrophon an den Mund. Er schob es mit einer unwirschen Geste beiseite. Er wollte hören, was die Bauarbeiter weiter sagten. Er war ganz gierig darauf, sein Todesurteil auch genau vorgelesen zu bekommen. Ihm war, als sprächen sich alle selbst ihr Urteil. Er spürte, wie in einer Art masochistischer Implosion sein Inneres zusammenstürzte und alle anderen unter sich begrub. Je gründlicher er zerstört würde, desto vollständiger die Vernichtung aller. Er selbst war dieser Saal mit Leuten, er würde auf ihnen zusammenbrechen. Sollten diese Bauarbeiter doch weiterreden. Sollten sie ihr Vernichtungswerk doch zu Ende führen.

Er hörte, wie Weskamp sie aus der Gefahrenzone der Selbstbezichtigung schleppte.

»Sie sagen, Sie haben versucht einzugreifen, um die Vergewaltigung zu verhindern?«

»Gebrüllt haben wir wie verrückt! Aber Sie sehen ja, Willi hier hatte Ladehemmung, und ick war heiser an dem Tach. Ick habe mir erkältet, wissense? Mein Freund, der Karlheinz, hat ein Cabrio; und da hat er mir einjeladen...«

»Wir glauben Ihnen, daß Sie heiser waren.«

»Ja, und deswegen hat die Brüllerei nischt jenützt! Außerdem konnte er bestimmt nischt hören, so hat det Mädchen um Hilfe jeschrien! Na, und dann denke ick, wir holen die Polente, springe vom Baujerüst und verknacks mir den Fuß.« Zum Beweis hob er seinen Fuß. »Hier können Se noch sehen, wie er jeschwollen is. Ick habe immer schon matschige Knöchel vom Fußballspielen. Den Rest muß Willi erzählen.«

Willi zeigte auf Hanno und begann eine Orgie des konvulsivischen Schluckens und Hechelns. »He-he-he-he er rammelt und rammelt und rammelt. Hi-hi-hi-hi ich denke, rammel nur, wir kriegen dich doch. Da-da-da-da-da sehe ich, wie-wie-wie Werner sich den Fuß hält. Ge-ge-ge-gebrochen, denke ich, der me-me-me-me muß ins Krankenhaus. Und da bin ich runter vom Gerüst. Ke-ke-ke-ke Kollegen helfen geht vor.«

Hanno fühlte sich jetzt ruhig und kalt. Das Rauschen in seinem Inneren hatte sich gelegt. Er verstand sehr gut, was er hörte. Das war ein abgesprochenes Szenario. Vier bis sechs Bauarbeiter hatten johlend auf dem Gerüst gestanden und applaudiert. Die Geschichte war ihnen eingetrichtert worden, um sie überhaupt zu einer Aussage zu bewegen. Hanno wußte jetzt, man hatte ihn abschießen wollen. Er war das Wild, das erlegt werden sollte. Die Meute war ihm die ganze Zeit auf der Spur gewesen und hatte ihn gejagt. Das hatte er nicht für möglich gehalten. Er hatte die ganze Zeit geglaubt, man wäre über ihn gestolpert. Nein, man hatte ihn gejagt! So mußte sich ein Hirsch fühlen, der schon lange die Jagdhörner hört und dem plötzlich klar wird, sie gelten ihm. Er dachte an das, was Babsi über die Pornodarstellerinnen in Sado-Filmen erzählt hatte: Plötzlich erkannten sie, daß die Zerstückelung wirklich stattfinden sollte. Erst dieser Schreck, diese Sekunde des Erkennens würde dem Film den richtigen Kick geben. Er schaute sich um und sah, daß alle Fernsehkameras auf sein Gesicht zielten. Er blickte direkt hinein. Hatte er den richtigen Schreck in den Augen? Ihm fiel der Begriff wieder ein, den Babsi dafür gebraucht hatte: Snuff movie. Er war ein Snuff-movie-Star, man wollte sich ansehen, wie er zerstückelt wurde. Arme Babsi, sie war völlig unschuldig! Sie hatte eigentlich die ganze Zeit über die Wahrheit gesagt. Und diese gigantische Lüge war daraus erwachsen. Die Institution hatte sich dieser kleinen krummen Wahrheit bemächtigt und hatte daraus dieses Monster gemacht. Eine gigantische, monströse Wucherung.

Plötzlich wurde ihm bewußt, daß Weskamp schon eine Zeitlang redete.

»... wird die Befragung am Montag um 11 Uhr hier im Saal fortgesetzt. Wir können davon ausgehen, daß wir noch am Montag vormittag das Hearing abschließen werden, und dann wird der Ausschuß direkt im Anschluß daran in nichtöffentlicher Sitzung beschließen, ob ein Verfahren eröffnet wird. Inzwischen danke ich den Zeugen und den Ausschußmitgliedern. Ich danke aber auch der Presse und dem Publikum, daß sie sich an die Spielregeln gehalten haben. Damit vertage ich die Sitzung auf Montag um 11 Uhr.«

Durch das Pandämonium, das losbrach, ging Hanno wie ein Schlafwandler. Inmitten einer Traube von Reportern schritt er aus dem Saal. Von weitem sah er die Gesichter seiner Kollegen, die wie Bojen auf den Wogen der Menge tanzten. Dann wurde er aus dem Eingang des Gebäudes ins Freie gespült und von einer Windböe gepackt.

21

Als Hanno am Samstag aufwachte, war es bereits 12 Uhr Mittag. Er hatte sich eine halbe Nacht lang schlaflos auf seiner Liege herumgewälzt. Dann war das Tageslicht in sein Arbeitszimmer gekrochen, und er mußte eingeschlafen sein. Hanno ging in die Küche, stellte die Kaffeemaschine an, die er gestern aus lauter Gewohnheit noch vorbereitet hatte. Dann goß er Milch über einen Teller mit Cornflakes, nahm den Teller und wanderte durch die Wohnung, während er langsam die Cornflakes löffelte. Gabrielle war mit Sarah immer noch bei den Zitkaus. Die leere Wohnung gab ihm einen Vorgeschmack auf die Scheidung, die Gabrielle jetzt sicher verlangen würde. Ihm fiel die phantastische Erklärung dieser Ärztin zu Babsis Vaterverlust wieder ein. Zwar stimmte kein Wort von dem, was Babsi betraf, aber mit Bezug auf Sarah hatte sie vielleicht recht. Da schoß diese Frau einfach im Dunklen einen Schuß auf ihr Ziel ab und hatte keine Ahnung, daß sie ganz woanders ins Schwarze traf. Das Ich und die Abwehrmechanismen von Anna Freud. Anna und Sigmund und Sarah und Hanno. Vielleicht würde es ja ein produktiver Schmerz werden. Sarah war kein Kleinkind mehr. Eines Tages würde sie alles distanzieren können; sollte er ihr vielleicht einen Bericht über die ganze Affaire schreiben, den er ihr später geben könnte? Ihm fiel ein, daß er ihn ja wohl nun nicht mehr Frau Eggert diktieren konnte, denn nun würde der Disziplinarausschuß am Montag auf jeden Fall ein Verfahren gegen ihn eröffnen. Das Ergebnis war vorauszusehen. Er würde mit seinen jetzigen Versorgungsanrechten aus der Universität ausgeschlossen werden: Adieu, Professor Hackmann! Er brachte den leeren Teller in die Küche zurück und goß sich einen Kaffee ein. Da schrillte das Telefon. Jetzt ging es los! Das war sicher ein Reporter! Er würde den Hörer neben die Gabel legen. Er ließ es klingeln. Als es nicht aufhörte, nahm er ab. Es war Katz aus Freiburg.

»Hallo, Hanno, ich wollte dir nur sagen, daß wir hinter dir stehen!«

»Danke, Leo.«

»Das ist doch alles Unsinn, was die Zeitungen da schreiben, oder?«

»Ja.«

»Hanno, es ist mir furchtbar unangenehm, aber ich muß dir das sagen: Solange das dauert, muß deine Herausgeberschaft bei der Reihe ruhen. Das verstehst du doch?«

»Du wirfst mich hinaus?«

»Mir sind die Hände gebunden, Hanno, ich kann da gar nichts tun.«

»Ich verstehe, Leo. Wiedersehen.«

»Hanno, Hanno...« Er hatte kaum aufgelegt, da klingelte es wieder. Obwohl er es nicht wollte, ließ ihn ein Reflex zum Hörer greifen. Es war Weizmann von der Akademie.

»Eine furchtbare Geschichte, in die Sie da geraten sind, mein Lieber. Das muß ein schreckliches Mißverständnis sein. Das sagt meine Frau auch. Hören Sie, ich werde am Montag auf der Sitzung der Akademie gezwungen sein, Ihren Ausschluß aus der Akademie zu vollziehen.«

»Obwohl das Disziplinarverfahren dann erst eröffnet wird?«

»Bevor es eröffnet wird, mein Lieber, bevor es eröffnet wird. Der Beirat will, daß Sie kein Mitglied mehr sind, wenn es eröffnet wird. Damit man nicht sagen kann: Es trifft ein Akademiemitglied. Sie wollen einfach den Namen der Akademie da heraushalten. Schreckliche Feiglinge sind das alles, ich weiß, aber mir sind die Hände gebunden.«

Hanno mußte lachen. Weizmann hatte dieselbe Formulierung wie Katz gebraucht.

»Geht es Ihnen gut, mein Lieber?«

»Ob ich verrückt werde, meinen Sie? Nein, nein, ich bin in Ordnung. Mir kam nur der Gedanke, wenn es jetzt achtzig Jahre früher wäre, müßten Sie glauben, ich hätte schon die Pistole auf dem Sekretär liegen.«

»Sagen Sie nicht so etwas, mein Lieber, daran dürfen Sie gar nicht denken.«

Weizmann klang jetzt wirklich erschrocken.

»Wissen Sie, wer das letzte Mitglied war, das die Akademie ausgeschlossen hat?« fragte Hanno. »Der Physiker Goldstein. Ich befinde mich also in guter Gesellschaft.«

»So dürfen Sie das nicht sehen...«

Hanno drückte mit dem Zeigefinger die Kontakte nach unten und legte dann den Hörer neben das Telefon.

Das würde jetzt so weitergehen. Der Soziologenverband würde ihn ausschließen, die Kölner Zeitschrift für Soziologie und Sozialpsychologie würde ihn aus dem Beirat abwählen, die katholische

Bischofskonferenz würde die Einladung absagen, die Universitätsgesellschaft würde ihn ausschließen, die Heinrich-Bagel-Stiftung würde ihn um seinen Rücktritt bitten... Es würde eine richtige Vertreibung werden. Aus Beiräten, Gesellschaften, Verbänden, Akademien, Herausgebergremien würde ein geisterhafter Hackmann nach dem anderen aufbrechen, und zusammen würden sie einen ganzen Gespensterzug bilden, der bei ihm an die Tür klopfte. Es wäre die Vertreibung der Hanno Hackmanns. Der Exodus. Die Rückkehr von den Fleischtöpfen der Gesellschaft. ›Ein gerechtes Schicksal für einen Soziologen‹, dachte Hanno. Vielleicht eine Strafe. Die Gesellschaft bestrafte ihn dafür, daß er in ihrem Inneren herumgeschnüffelt hatte. Hanno holte sich eine zweite Tasse Kaffee und kehrte dann wieder in den Sessel neben dem Telefon zurück. Durch den abgelegten Hörer hörte er das monotone Signal der Außenwelt. Sein Schicksal begann für ihn wieder sinnvoll zu werden. ›Unmöglich‹, dachte er, ›wie ein Arzt, der seine eigene Krankheit diagnostiziert und nicht weiß, ob er erschrecken soll, weil er krank ist, oder sich freuen, weil er weiß, wieso.‹ Soziologische Gewohnheit, der eigenen Katastrophe einen sozialen Sinn abzugewinnen. Wenn er Selbstmord begehen würde, könnte er das jedenfalls auf hohem Reflexionsniveau begründen. Schließlich hatte er über die Geschichte des Selbstmords geforscht. Nicht einfach so ein Abschiedsbrief mit der getippten Zeile »Ich kann nicht mehr! Ihr seid alle schuld! Bitte gebt dem Kanarienvogel regelmäßig Wasser, er kann nichts dafür. Viele Grüße, Gottfried«, sondern ein seitenlanger Artikel für die Kölner Zeitschrift. Selbstreflexion der Soziologie. Paradoxie von Distanz und Teilnahme an der Gesellschaft. Zugehörig und distanziert. Grenzgänger, fremd und einheimisch. Worüber hatte Veronika geschrieben? Teilnehmende Beobachtung und beobachtende Teilnahmslosigkeit. Wer beobachtet die Beobachter? Das tat die Gesellschaft selbst. Sie beobachtete ihn jetzt mit tausend Kameras. Der Medusenblick der Gesellschaft auf ihren Beobachter. Hatte nicht Durkheim die Soziologie mit dem Selbstmord eröffnet? Le suicide –

Selbstmord und Selbstbeobachtung der Gesellschaft durch die Soziologie – ein Abschiedsbrief von Hanno Hackmann. Veröffentlicht in der Kölner Zeitschrift für Soziologie und Sozialpsychologie. Vielleicht sollte er das wirklich tun! Er stellte sich vor, wie die Redaktion seine Einsendung diskutierte. »Ein bemerkenswertes Produkt«, würde Lachmann sagen. Aber dann müßte er ja wirklich Selbstmord begehen. Aber erst, wenn er die Fahnen korrigiert hätte. Er stellte sich die Schlagzeilen vor: SELBSTMORD EINES SOZIOLOGEN – FREITOD DES SEXMONSTERS – PROFESSOR HACKMANN RICHTET SICH SELBST. Und in der Abendpost: FREITOD NACH HEXENJAGD. PROFESSOR HACKMANNS FREITOD LÄSST VIELE FRAGEN OFFEN UND STELLT ANDERE NEU – von Gerhard Hirschberg.

Dann hörte er, wie die Türen eines Wagens zugeschlagen wurden. Gabrielle und Sarah kamen nach Hause. Der Schlüssel drehte sich im Schloß, und durch die offene Tür des Wohnzimmers sah er seine Frau und seine Tochter in den Hausflur treten. Als Sarah ihn sah, nahm ihr Gesicht plötzlich denselben schmerzverzerrten Ausdruck an wie bei dem anonymen Anruf. »Du hast mich belogen, Papi!« sagte sie und rannte dann unvermittelt die Treppe hinauf in ihr Zimmer. Gabrielle ließ langsam ihren Mantel und ihre Tasche auf den Teppich des Flurs gleiten und trat in die Tür des Wohnzimmers.

»Gabrielle...«

»Gib mir bitte keine Erklärungen mehr, Hanno. Sie interessieren mich nicht mehr. Morgen rufe ich Dr. Leptin an. Ich werde die Scheidung einreichen. Ich nehme an, das wird dich nicht überraschen. Sarah kommt selbstverständlich zu mir. Wir haben unterwegs schon alles besprochen.«

Er stand auf und stieg die Treppe zu Sarahs Zimmer hinauf. Auf der obersten Stufe hatte ihn Gabrielle überholt und versperrte ihm den Weg.

»Du läßt Sarah in Ruhe!«

»Geh weg, Gabrielle, ich muß mit ihr reden!«

»Du hast genug geredet. Du redest mit niemandem mehr.«

Hanno sah, wie entschlossen sie war, und er bemerkte, daß er es auch war. Ruhig sagte er:

»Wenn du nicht weggehst, Gabrielle, brauch ich Gewalt!«

»Dafür bist du ja inzwischen bekannt.«

Er packte ihr Handgelenk, aber mit erstaunlicher Kraft drehte sie ihre Arme gegen seine Daumen, so daß er loslassen mußte. Er packte sie an den Schultern und drückte sie gegen das Treppengeländer. Sie trat mit den Füßen nach seinen Schienbeinen und fing an zu schreien. Da ging Sarahs Zimmertür auf, und sie stürzte sich auf sie, um sie auseinanderzureißen.

»Hört auf, hört auf! Hört doch bitte, bitte auf!« Sarah hing sich an seinen Arm. Gabrielle hatte eine Hand in sein Hemd gekrallt und versuchte, mit der anderen sein Gesicht zu zerkratzen. Er riß sich los und trat einen Schritt zurück. Durch den Schwung der Bewegung schleuderte Sarah mit seinem Arm nach vorn und stürzte kopfüber die Treppe hinunter. Er spürte noch den Schmerz von Gabrielles Nägeln in seinem Gesicht, dann sah er Sarah schon unten an der Treppe liegen. Sie rührte sich nicht. Er holte aus und schlug Gabrielle mit der flachen Hand ins Gesicht. Dann raste er die Treppe hinunter und fühlte den Puls an Sarahs Hals. Sie war ohnmächtig. Er zog ihre Beine lang, drehte sie ein wenig herum und legte sie sanft auf die Seite.

»Siehst du, was du gemacht hast?« Gabrielle stand oben auf der Treppe.

»Ruf sofort den Rettungswagen«, befahl er, lief an ihr vorbei die Treppe hinauf ins Schlafzimmer. Er griff eine Decke vom Bett und raste die Treppe wieder hinunter. Als er sie vorsichtig über Sarah ausbreitete, hörte er, wie Gabrielle nach dem Rettungswagen telefonierte. Dann kam sie zurück und setzte sich auf die unterste Treppenstufe, während er aus dem Wohnzimmer ein Kissen holte und Sarahs Kopf darauf bettete.

Sie fuhren beide im Notarztwagen mit nach Eppendorf. Als die Pfleger Sarah in der Kinderklinik auf die fahrbare Liege legten und sie durch die Glastür rollten, überließ er es Gabrielle, sie zu begleiten. Er selbst kümmerte sich um die Aufnahme. Dann zwang er sich dazu zu warten. Er durfte jetzt nicht zu ihr, um sie nicht an ihren Konflikt zu erinnern, wenn sie aus ihrer Ohnmacht erwachte. Er setzte sich und betete, daß sie keine inneren Verletzungen hatte! Er beobachtete, wie zwei Pfleger ein wimmerndes Kind hereintrugen, begleitet von einem weinenden halbwüchsigen Jungen, und hinter der Glastür verschwanden. Nach kurzer Zeit erschien der Junge wieder und setzte sich schniefend neben ihn. Dann trat ein Arzt im grünen Kittel und mit grünem Haarschutz auf ihn zu und gab ihm die Hand.

»Professor Hackmann?«

»Ja.«

»Ihre Tochter hat eine schwere Konkussion. Nichts Ernstes. Eine Woche muß sie aber hier zur Beobachtung bleiben. Ihre Frau sagt, sie ist die Treppe hinuntergestürzt?«

»Ja.«

»Dann müssen wir noch ein paar Checks wegen innerer Verletzungen machen. Aber machen Sie sich keine Sorgen, das ist eher unwahrscheinlich. Ein gutes Alter für Stürze«, fügte er lächelnd hinzu. »Bei Ihnen wäre das schon gefährlicher.«

›Da ist ja auch mehr, was fallen kann‹, dachte Hanno.

»Wollen Sie sie sehen?«

»Ich dachte, sie braucht jetzt Ruhe.«

»Da haben Sie recht. Aber bei uns können Sie die kleinen Patienten durch eine Glaswand von außen sehen, ohne sie zu stören. Kommen Sie.«

Er führte ihn in einen Gang, von dem aus er durch eine Art Schaufensterfront in verschiedene Kinderkrankenzimmer blicken konnte. Jedes Schaufenster hatte rechts und links zwei Vorhänge, die sich innen zusammenziehen ließen. Dahinter lagen wie auf der Bühne die Kinder in ihren Betten, vier in jedem Zimmer. Der Arzt verschwand, und Hanno sandte ein Dankgebet gen Himmel. Sarah stützte sich auf den Ellbogen und erbrach sich in eine flache Schale, die eine Schwester ihr unter das Kinn hielt. Auf der anderen Seite des Bettes saß Gabrielle. Dann nahm Sarah der Schwester ein Tuch weg, wischte sich den Mund ab und ließ sich wieder auf die Kissen sinken. Als Gabrielle ihre Hand nahm, lächelte Sarah sie müde an. Da bemerkte Hanno, wie ähnlich sich Mutter und Tochter sahen.

Langsam ging er wieder in die Eingangshalle zurück und setzte sich der Pforte gegenüber auf einen Plastikstuhl. Plötzlich fühlte er sich schwindlig. Sein Atem ging kurz. Er mußte nach Luft schnappen. ›Das ist die Reaktion‹, dachte er, stand unsicher auf und tastete sich durch die Eingangstür ins Freie. Er ging quer über den Platz vor der Kinderklinik und wanderte über die Rasenfläche. Betreten des Rasens verboten! Darauf kam es jetzt weiß Gott auch nicht mehr an! Während er an Teichen mit Enten und blühenden Rhododendronbüschen und an den Stämmen riesiger Blutbuchen vorbeiwanderte, wurde ihm langsam wohler. Sein Atem ging wieder ruhiger, und das Schwindelgefühl versank hinter dem Horizont. Wie spät war es eigentlich? Er starrte auf die Uhr. Samstagnachmittag. Besuchszeit! Auf den Betonwegen hatte sich der Fußgängerverkehr verdichtet. Die Leute sahen nach ihren Kranken. Zu zweit oder in Familientrupps waren sie in alle Richtungen zu den verschiedenen Klinikgebäuden unterwegs, um ihre Blumensträuße abzuliefern. In den Kliniken selbst würden jetzt die Schattengestalten in ihren Bademänteln über die Flure wandern und prüfen, ob sie noch lebten. Vor der Rückseite eines häßlichen Gelbklinkerbaus blieb er stehen. Hinter vergitterten Fenstern konnte er die Umrisse von Gesichtern erkennen, die auf ihn herabsahen. Plötzlich fühlte er einen Schock. War das nicht Babsi? Er trat weiter zurück, unter das Blätterdach einer Buche. Mein Gott, was mußte sie denken, wenn sie ihn plötzlich unten auf dem Rasen stehen sah? Vielleicht war es gar nicht Babsi gewesen. Er beugte sich etwas vor und blickte durch ein Loch im Laub zu den Fenstern empor. Nein, das war nicht Babsis Gesicht. Welche Klinik war das überhaupt? Er ging in einem Bogen um das Gebäude. Vor dem Eingang stand auf zwei Eisenstangen ein breites Schild mit der Aufschrift »Psychiatrische Klinik«. Sie konnte es also doch gewesen sein. Hanno verwarf den Impuls, sie zu besuchen. Plötzlich hörte er eine Stimme: »Professor Hackmann!« Er drehte sich um – ein Blitz blendete ihn. Ein Reporter! Natürlich – hier mußte es wimmeln von Reportern! Er machte kehrt und lief geradewegs über den Rasen zurück.

Als er nach langem Herumirren wieder die Eingangshalle der Kinderklinik betrat, winkte ihn die Schwester zu sich heran an die Pforte.

»Die Besuchszeit ist jetzt zu Ende«, sagte sie. »Ihre Frau ist schon nach Hause gefahren, um Wäsche zu holen. Ich habe ihr ein Taxi bestellt.«

Hanno nickte und ließ sich erschöpft auf seinen alten Stuhl gegenüber der Pforte fallen. Er wartete, bis er sich etwas erholt hatte, und stand dann auf, um noch einmal nach Sarah zu sehen. Als er den Gang betrat, kamen ihm zwei Schwestern entgegen. Zu seinem Entsetzen bemerkte er plötzlich, daß beide weinten. Aus einem der Krankenzimmer trat ein Arzt zu ihnen. »Sie ist gerade gestorben«, flüsterte eine der Schwestern schluchzend, »ein so süßes Mädchen, und...« Hanno wurde von einer Welle der Panik überrollt. Er eilte zu Sarahs Zimmer. Die Vorhänge waren zusammengezogen. Er preßte seine Stirn gegen die Glasscheibe, um durch einen Spalt in der Mitte in ihr Zimmer zu sehen. Sie lag mit geschlossenen Augen auf dem Rücken. Neben ihrem Gesicht lag eine Haarsträhne, die auf dem weißen Kissen besonders dunkel aussah. Und der Zeigefinger ihrer rechten Hand wickelte die Strähne auf und drehte sie wieder ab. Auf und ab – auf und ab. Hanno konnte sich gar nicht sattsehen an dieser Bewegung. Auf und ab. Das Leben seiner Tochter. Während einer langen panischen Sekunde hatte er geglaubt, sie sei tot. Aber ihr Zeigefinger winkte ihm zu, ohne daß sie es wußte.

Am Montag morgen war der große Hörsaal des Pädagogischen Instituts womöglich noch voller als am Freitag. Die Medien hatten während des Wochenendes für die flächendeckende Verbreitung des Skandals gesorgt. Hanno sah seine Kollegen fast vollzählig in einer Reihe versammelt und im Hörsaal verteilt die bekannten Gesichter aus anderen Fächern: den Historiker Schäfer, die Frauenbeauftragte Wagner, den Germanisten Kettemann, Wienholt vom ZfS, den Amerikanisten Beyer, Gerke aus der Berufungskommission. Ja sogar Weizmann aus der Akademie und der Präsident der Universität waren gekommen. An den Seiten klumpten sich die Pulks der Reporter und Kamerateams. Auf der Bühne war die Kommission wieder vollzählig hinter ihrem Tisch versammelt.

»Meine Damen und Herren.« Weskamp klopfte einige Male an sein Mikrophon, bis sich das Rauschen im Saal gelegt hatte, und begann noch einmal. »Ich eröffne die heutige Sitzung des Großen Disziplinarausschusses der Universität. Auf der Tagesordnung steht die Fortsetzung des Hearings vom Freitag. Bei der Gelegenheit begrüße ich den Präsidenten der Universität, Dr. Schacht, der jetzt ein paar Worte an Sie richten wird.«

Mit federnden Schritten eilte der große Häuptling die kleine Bühnentreppe hinauf zu einem Podium, das man ganz rechts für ihn hatte stehenlassen, und wandte sich mit einem Blick an das Auditorium, der es magnetisieren sollte.

»Ich will nicht viele Worte machen«, begann er voller Tatendrang. »Als Präsident dieser Universität möchte ich nur soviel sagen: Was hier geschieht, gereicht der Universität zur Ehre. Dies ist ein Beispiel für Selbstreinigung durch öffentliche Aufklärung. Aber es ist auch eine Erinnerung daran, daß die Reform, die wir vor Jahren begonnen haben, noch längst nicht zu Ende ist.« Im

Auditorium klatschten ein paar Leute Beifall. »Vielleicht werden wir eines Tages sagen«, fuhr der Präsident fort, »daß mit diesem... mit der Arbeit dieser Kommission eine zweite Phase in der Reform der Universität eingeleitet wurde. Eine Reform, in der wir die Demokratisierung zu Ende führen und Ernst machen mit der Chancengleichheit für Frauen in der Universität.« Der Beifall war jetzt gewaltig. »Wir alle wissen, daß es da Widerstände zu überwinden gilt. Um unsere Kräfte für diese Aufgabe zu bündeln, werde ich mich für meine nächste Amtszeit mit zwei Vizepräsidenten bzw. Vizepräsidentinnen zur Wahl stellen, damit sich eine von ihnen allein diesem Reformvorhaben widmen kann. Ich möchte die Gelegenheit nutzen, um beide Kandidaten für dieses Amt vorzustellen. Das eine ist die Frauenbeauftragte der Universität, Frau Professor Wagner aus dem Seminar für Allgemeine Sprachwissenschaften.« Unter dem Beifall des Publikums streckte der Präsident strahlend die Hand ins Auditorium und hielt sie so lange einladend ausgestreckt, bis Frau Wagner zu ihm auf die Bühne geklettert war. Dann umarmte er sie unter dem Zwang eines unwiderstehlichen Enthusiasmus und strahlte sie an, als ob er zum ersten Mal soviel Vollkommenheit sähe. Widerwillig riß er sich dann von ihr los und wandte sich zum Podium, wo er plötzlich von einer neuen Welle der Begeisterung erfaßt wurde. »Und mein zweiter Kandidat ist der Vorsitzende dieses Ausschusses, Professor Bernd Weskamp.« Jetzt streckte er die Hand in Richtung Bühnenmitte aus, bis der Vorsitzende Weskamp aufsprang und ebenfalls mit ausgestreckter Hand auf ihn zueilte wie ein Ballettänzer. Der Präsident beförderte ihn mit geschicktem Armschwung auf seine linke Seite. »Wir«, sagte er, »wir sind das Team, das diese Reform zu Ende führt. Ja, wir sind dazu entschlossen«, bekräftigte er noch ein weiteres Mal und machte dann eine Pause. »Falls ihr uns wählt.« Darauf erhoben sich einige Leute in den vorderen Reihen und begannen zu klatschen. Und schließlich standen alle im Auditorium auf und klatschten minutenlang Beifall. Da faßte der Präsident links und rechts die Hände seiner beiden Vizepräsidenten, hob sie hoch und zog sie mit sich nach vorne an die Bühnenrampe, während die Reporter ein Blitzlichtgewitter auf sie abschossen und die Fernsehteams ein Zweieinhalbminuten-Take in den Kasten holten. Dann schüttelte der Präsident wie zur Besiegelung des neuen Bundes noch mal die Hände seiner beiden Paladine und Paladininnen, löste sich widerwillig von ihnen, klopfte dem Vorsitzenden noch einmal ermutigend auf den Rücken und geleitete die Frauenbeauftragte besorgt zum Bühnentreppchen. Zum Schluß faßte er mit der Rechten seine Linke und schüttelte sie in Richtung Kommissionstisch, um ihnen allen zu danken, daß sie ihm diese kleine Eskapade erlaubt hatten, und ging schließlich strahlend zurück an seinen Platz.

Professor Weskamp hatte sich wieder auf seinen mittleren Stuhl zwischen die Ausschußmitglieder gesetzt. Er klopfte an sein Mikrophon.

»Bevor wir mit der Befragung der Zeugen fortfahren«, begann er, »habe ich noch etwas anzusagen. Herr Professor Hackmann hat mich vor der Sitzung gefragt, ob es ihm gestattet sei, eine persönliche Erklärung abzugeben. Für unser Verfahren gelten die üblichen Geschäftsordnungsregeln, und danach muß eine persönliche Erklärung jederzeit angehört werden. Das gilt zwar nur für Ausschußmitglieder, aber wir behandeln für die Dauer der Befragung die Zeugen wie Mitglieder. Ich bitte das Protokoll«, er blickte zu der Hilfskraft, die in der ersten Reihe das Protokoll führte, »nachher Herrn Hackmann das Protokoll seiner Erklärung gegenzeichnen zu lassen. Herr Professor Hackmann, bitte.«

Als Hanno Hackmann das Treppchen hinaufstieg und hinter das Podium trat, erhob sich im Auditorium ein Pfeifkonzert. Aber Professor Weskamp war der Hüter der Geschäftsordnung und des fairen Verfahrens.

»Meine Damen und Herren, meine Damen und Herren! Geben wir doch bitte Professor Hackmann Gelegenheit, seine Erklärung abzugeben.«

Hanno wartete, bis es ruhig geworden war, dann begann er

leise: »Meine Damen und Herren, ich stehe wahrscheinlich zum letzten Mal hier.«

»Das ist auch gut so, das wird auch Zeit«, rauschte ihm eine Tumultwelle entgegen. Hanno ließ sie auslaufen. »Als ich am vergangenen Freitag bei der Befragung aussagte, war ich noch ein anderer Mensch.« Es wurde plötzlich still im Saal. »Da war ich noch ein Hochschullehrer, der seine Rolle, seinen Beruf, seine Lebensleistung und seinen Status retten wollte. Da hatte ich noch Angst« – es war jetzt so still, daß man von ganz weit her das Geräusch einer Polizeisirene hören konnte. »Seitdem ist etwas geschehen, was das geändert hat.« Er machte eine Pause. »Ich habe eine fünfzehnjährige Tochter. Am Samstag nach dem Hearing, vor zwei Tagen, hatte sie einen Unfall, den ich verschuldet habe. Doch das ist nebensächlich. Aber für eine kurze Zeit habe ich geglaubt, meine Tochter sei tot. In dieser Zeit wurde mir klar, daß dies hier« – er machte eine Geste, die die Kommission, ihn selbst und das Auditorium umfaßte –, »daß dies alles hier nichts zählt im Vergleich zum Leben meiner Tochter. Seit diesem Augenblick hatte ich keine Angst mehr. Auch nicht mehr vor Ihnen. Und so habe ich mich entschlossen, ohne Rücksicht auf mich oder irgendwen die Wahrheit zu sagen.« Wieder wurde die Polizeisirene hörbar. »Ich weiß, daß Sie mir nicht glauben werden. Aber auch darauf will ich jetzt keine Rücksicht mehr nehmen. Es ist wahr, ich habe mit Frau C. ein Verhältnis gehabt. Und es ist wahr, ich habe sie erpreßt.« Im Saal wurde es unruhig. »Aber nicht, wie Sie annehmen, sondern ich habe sie mit der Drohung, ihre Arbeit nicht zu betreuen, dazu erpressen wollen, unser Verhältnis zu beenden. Man kann sagen, das war schäbig und kleinlich. Das war es auch. Aber ich hatte Angst vor dem, was jetzt eingetreten ist. Angst, mich dem Vorwurf der Unzucht mit Abhängigen auszusetzen. Im übrigen ist alles genauso, wie Frau C. in ihrer Erklärung gesagt hat. Sie hat überhaupt fast nur die Wahrheit gesagt. Aus dieser Wahrheit ist eine Lüge geworden. Ich sage das nicht, um mich zu distanzieren. Ich habe zu dieser Lüge beigetragen, und vor wenigen Tagen war ich noch so wie Sie alle: ein kleiner, ehrgeiziger Schuft, der die Wahrheit seinen Ängsten und Zielen opfert. Aber nun habe ich alles verloren: meine Frau, meine Tochter, meinen Beruf, meinen Status und meine Reputation. Diese Anklage, dieses Hearing hat sie mir genommen. Wenn sie einem Menschen alles nehmen, wird er gefährlich. Dann ist er frei, die Wahrheit zu sagen. Dann wird er die Wahrheit. Und die Wahrheit ist, daß kein Mensch in der Universität mehr an ihr interessiert ist. Die beiden Zeugen auf dem Baugerüst, die mich überführt haben, hatten in Wirklichkeit noch vier weitere Kollegen, und sie haben nicht gegen mein Fenster geschlagen, sondern applaudiert und gejohlt! Was sie erzählt haben, hat man ihnen nahegelegt, um sie gegen den Vorwurf der unterlassenen Hilfeleistung zu schützen. Ohne diese Vorsichtsmaßnahme hätte der Ausschußvorsitzende sie wahrscheinlich nicht zur Aussage bewegen können.«

»Das ist eine ungeheuerliche Unterstellung!« unterbrach Weskamp. Aber Hanno fuhr ihn scharf an: »Sie lassen mich meine Erklärung gefälligst zu Ende führen, Herr Weskamp, damit diese Wände wenigstens einmal die Wahrheit hören! Die Wahrheit ist, daß aus der kleinen komplizierten persönlichen Wahrheit einer Studentin eine simple gigantische Lüge geworden ist. Daß diese Lüge in dem Maß gewachsen ist, in dem sie mit der Institution Universität in Berührung kam. Daß die Interessen aller Beteiligten ihr erst Leben und Energie verliehen haben: das Interesse der Frauenbeauftragten, in mir die Männer aller Welt zu besiegen, das Interesse des Präsidenten, die Unterstützung der Frauen für seine Wiederwahl zu gewinnen, das Ziel des Vorsitzenden, Vizepräsident zu werden, die Absicht meiner Kollegen, meine Abteilung unter sich aufzuteilen, und ich weiß nicht, wie viele kleine und große Interessen noch dazu beigetragen haben, diese Lüge so groß zu machen. Das ist in Wahrheit der Stoff, aus dem diese Affaire besteht. Das ist ihr Fleisch und ihr Gewebe. Das sollte der Ausschuß untersuchen. Wenn es wirklich die Selbstreinigung der Universität gäbe, von der der Präsident gesprochen hat, dann würde er das tun. Dann würde er sich gleich zurückziehen und das beschließen. Aber das wird er nicht tun. Diese Selbstreinigung gibt es nämlich nicht, weil es die Universität nicht mehr gibt. Die Universität, die es mal gab, war der Wahrheit verpflichtet. Sie war die Institution, die im großen Getöse gesellschaftlicher Interessen und Strebungen die Wahrheit darstellen sollte. Was davon übriggeblieben ist, können Sie an mir sehen. Ja, sehen Sie mich an! Dann sehen Sie, was aus der Universität geworden ist: ein Trümmerhaufen, eine Ruine, ein Wrack, aus dessen weiterer Demontage sich jeder bedient, der Lust dazu hat. Ein Komposthaufen, aus dessen Fermentierung solche Parasiten wie der Präsident und seine Helfer ...«

»Herr Hackmann, ich muß Sie unterbrechen!« meldete sich der Vorsitzende. »Das ist keine persönliche Erklärung mehr, das ist eine Beschimpfung.«

»... ihre Energie ...«

»Herr Hackmann, ich entziehe Ihnen das Wort. Bitte gehen Sie an Ihren Platz zurück.«

»... gewinnt. Sehen Sie mich an, ich bin die Wahrheit der Universität ...«

»Herr Hackmann, ich entziehe Ihnen das Wort.«

»Der Vorsitzende entzieht der Universität das Wort.«

»Herr Hackmann, Ihre persönliche Erklärung ist jetzt beendet. Ich entziehe Ihnen das Wort.«

Da drehte sich Hanno Hackmann um. »Herr Weskamp, Sie sind zwar ein kleines intrigantes Schwein, das die Schlauheit besessen hat, mir alles zu nehmen. Aber eins können Sie mir nicht entziehen: das Wort.« Und dann ging er durch die Mitte des schweigenden Auditoriums zum Ausgang des Hörsaals und schlug die Tür hinter sich zu.

Epilog

»So geht's nicht weiter! Vorgestern taucht der Hackmann schon wieder auf, als ich den Kongreß über ›Modernität und Barbarei‹ eröffne, und stellt mir Fragen zu meinem Verständnis von Barbarei und Zivilisation und zur Dialektik der Aufklärung und was weiß ich noch. Bei jeder Rede, die ich halte, bei jeder Ausstellung, die ich eröffne, bei jedem Empfang, den ich gebe, ist Hackmann da und stellt hinterhältige Fragen. Das ist wie ein Alptraum: Ich kann mich nirgends mehr sehen lassen. Das muß ein für allemal aufhören.« Es war fast auf den Tag genau neun Monate nach dem spektakulären Abgang von Hanno Hackmann, daß der neue Präsident auf einer Sitzung der Feuerwehr seinem Ärger Luft machte. Er war genauso sandfarben wie der alte, und er hieß immer noch Hans Ulrich Schacht. Auf einer Welle von Reformversprechen und Aufbruchrhetorik reitend, hatte er seinem biederen Gegenkandidaten, dem Physiker Weber vom Bund unabhängiger Hochschullehrer, keine Chance gelassen. Und mit dem Sieg des großen Häuptlings war auch Bernd Weskamp an der Seite der Frauenbeauftragten zum Vizepräsidenten ernannt worden. Jetzt wartete er zusammen mit dem großen Häuptling und Pit Schmale auf den Leiter des Rechtsreferats, Dr. Matte.

Sie wußten, was den großen Häuptling so quälte. Nach der Premiere von Jessica Wilsons »Medea« durch den Studiengang »Theater« hatte Hanno die Aufmerksamkeit der versammelten Presse auf den Zusammenhang zwischen dem Inhalt des Stückes und seinem Fall gelenkt, so daß zur grenzenlosen Erbitterung von Frau Schell die Rezensionen weder von ihr noch von ihren Schauspielern Notiz nahmen. Dadurch stand sein »Fall« plötzlich in anderem Licht da. Nachdem der Wissenschaftssenator Professor Hackmann trotzdem vom Dienst suspendiert und ihm für das Soziologische Institut Hausverbot erteilt hatte, war die Stimmung unter den Studenten umgeschlagen: Hackmann war jetzt ein Opfer. Und als Opfer war Hackmann nach einiger Zeit im Zustand gepflegter Vernachlässigung wieder auf dem Campus aufgetaucht und hatte begonnen, in der Caféteria der Mensa hofzuhalten: In einer Mischung aus alternativer Sprechstunde und Kolloquium beriet er Studenten der Sozial- und Kulturwissenschaften bei ihren Referaten und Examensarbeiten, bis diese Sitzungen zu einer feststehenden Einrichtung von großer Popularität geworden waren. Dann war er dazu übergegangen, bei öffentlichen Anlässen die Selbstdarstellung des Präsidenten durch subversive Auftritte zu unterminieren. So war Hanno Hackmann im Zustand seiner demonstrativen Zerstörtheit eine beunruhigende Präsenz auf dem Campus geworden, die die Universität heimsuchte wie der Geist eines Toten – eine ständige Irritation und unklare Mahnung. Dieses rumorende Phantom, diese alternative Spukgestalt hatte der Präsident zunächst mit einem campusweiten Hausverbot zu bannen gesucht. Aber da hatte sich der Leiter des Rechtsreferats quergelegt. Er hatte darauf bestanden, daß zunächst die gerichtliche Untersuchung abgewartet werden müsse. Und gerade in dieser Hinsicht war Bernie besonders besorgt.

Zwar hatten sie damals aufgrund der Zeugenaussagen im Ausschuß den Tatbestand der sexuellen Nötigung und der Unzucht mit Abhängigen zweifelsfrei festgestellt; auch hatte Frau Clauditz sich nach einigen Therapiesitzungen die Interpretation ihrer Ärztin zu eigen gemacht, daß sie die Vergewaltigung nur aus der Angst heraus geleugnet hatte, ihr positives Vaterbild zu verlieren, und hatte in einer umfangreichen Erklärung noch mal erzählt, wie Hackmann sie in seinem Büro sexuell genötigt und vergewaltigt hatte; als sie dann aber als geheilt entlassen worden war, hatte sie vor der Staatsanwaltschaft die Aussage widerrufen und erklärt, sie nur gemacht zu haben, weil sie in der Klinik den Eindruck gewonnen habe, daß man sie anderenfalls nicht mehr aus der Psychiatrie herauslassen würde. In Wirklichkeit habe sich alles so zugetragen, wie sie es in ihrer ersten Erklärung vor dem Untersuchungsausschuß geschildert habe. Damit wurde es zunehmend unwahrscheinlich, daß das Urteil des Disziplinarausschusses durch eine gerichtliche Untersuchung bestätigt wurde. Zwar gab es nach wie vor die Zeugenaussage der Bauarbeiter, aber eben in dieser Hinsicht drohte Bernie in ein schlechtes Licht zu geraten: Vor sechs Wochen hatte der SPIEGEL damit begonnen, die verlorenen Riezler-Tagebücher zu publizieren. Die Publikation war eine gewaltige Sensation, da die Tagebücher bewiesen, daß die deutsche Reichsleitung auf die Entfesselung des Ersten Weltkriegs hingearbeitet hatte. Der große Häuptling war geradezu außer sich vor Aufregung und Vergnügen, denn es waren Historiker seiner Universität, der Universität Hamburg, die die Tagebücher gefunden und ediert hatten. Der kleine Schäfer und seine Assistentin. Welche Reklame! Welche vernichtende Widerlegung all dieser Unkenrufe vom wissenschaftlichen Niedergang, und welche Bestätigung seiner Auffassung von der Rolle der Universität als Speerspitze kritischer Aufklärung! Das war die direkte Renaissance der Fischer-Kontroverse. Und war nicht Fritz Fischer auch ein Hamburger Historiker gewesen? Wurde nicht seine These vom Griff nach der Weltmacht blendend bestätigt? Und wurde damit nicht einmal mehr gezeigt, daß die rechten Milieus die deutsche Katastrophe verschuldet hatten? Das war Munition für den bevorstehenden Landtagswahlkampf in Hamburg, und die Parteifreunde des Präsidenten klopften ihm dankbar auf die Schulter dafür, daß die Universität ihrer gesellschaftlichen Aufgabe gerecht geworden war.

Für den Präsidenten war das ein Triumph. Aber für Bernie hatte die Publikation eine unangenehme Nebenfolge. Der Chefredakteur Bülhoff vom JOURNAL fühlte sich getäuscht. Außer sich vor

Wut hatte er bei Bernie angerufen und ihm eröffnet, daß er, Bülhoff, vielleicht etwas blöd sei, aber am Ende schon merke, wenn man ihn an der Nase herumführe. Und dann hatte er sich in unflätiger Weise über die Lächerlichkeit der Hackmann-Affäre ausgelassen, mit der man ihn von der Spur der Riezler-Tagebücher abgelenkt habe.

Als später Bernie den Journalisten Martin Sommer angerufen hatte, erzählte ihm dieser, daß er nicht mehr beim JOURNAL arbeite, sondern zur Abendpost von Hirschberg gewechselt sei. Und Hirschberg habe ihn nur unter der Bedingung genommen, daß er ihm die Geschichte von dem Deal zwischen Bernie und dem JOURNAL über die Bezahlung der Bauarbeiter berichtete. Denn Hirschberg hatte vor, nun seinerseits eine Kampagne zur Rehabilitierung von Hackmann anzuzetteln. Als der Präsident das gehört hatte, war er aus der Haut gefahren. Erst hatte er Bernie mit Beschuldigungen überhäuft, daß er seine Untersuchung nicht wasserdicht abgeschottet habe. Dann machte er ihm Vorwürfe, daß er ihn, den Präsidenten, zu dieser schmutzigen Kampagne gegen einen angesehenen Hochschullehrer aufgewiegelt habe. Und schließlich drohte er ihm, ihn fallenzulassen. Wenn sich öffentlich herausstellen sollte, daß Hackmann zu Unrecht beschuldigt und vom Dienst suspendiert worden sei, stünde für ihn der Schuldige dafür jetzt schon fest: Bernie Weskamp. Zum Schluß hatte der Präsident den Leiter des Rechtsreferats, Dr. Matte, beauftragt, mit Hirschberg zu verhandeln. Um den Bericht über diese Verhandlung zu hören, hatten sie sich heute versammelt.

Als Matte schließlich, wie immer schnaufend, hereintrottete und sich in den leeren Sessel der Sitzgruppe in der teppichbezogenen Zone der Gemütlichkeit fallen ließ, sahen ihn alle gespannt an.

»Na, wie war's?« begann der Präsident ungeduldig, »Was hat er vor? Sind wir bei dem Hirschberg überhaupt an der richtigen Adresse? Kennt er den Hackmann gut?«

»O ja, das tut er.« Matte wälzte sich eine Sitzmulde im Sessel zurecht. »Als ich bei ihm ins Büro komme, sitzt da eine junge Frau, eher ein Mädchen, die mich anguckt, als ob sie mich ermorden wolle. Sie sagt keinen Ton, und als sie draußen ist, erklärt Hirschberg mir, das ist die Tochter von Hackmann, sie besucht ein Internat und macht jetzt bei ihm in der Zeitung ein Praktikum. Nein, der Hirschberg ist ein Freund der Familie.«

»Ich dachte, er wär geschieden?« wandte Bernie ein.

»Ist er auch. Die Frau hat ihn aus dem Haus geworfen. Er hat versucht, zu der Studentin in die Psychiatrie vorzudringen, um sie zur Rede zu stellen. Beim zweiten oder dritten Mal hat er offenbar Krawall gemacht, und da hat man ihn selbst festgesetzt.«

»Können wir das nicht benutzen, um ihm ein Hausverbot für den ganzen Campus zu erteilen?« wollte der Präsident wissen. Aber Matte ignorierte ihn.

»Als sie in wieder rausgelassen haben, war das Mädchen schon entlassen. Er verfolgt ihre Spur, findet ihre Wohngemeinschaft, da ist sie auch schon ausgezogen, und weil er keine Bleibe mehr hat, zieht er an ihrer Stelle ein.«

»Wissen Sie das alles von dem Hirschberg?«

»Ja, ich sage doch, der ist offenbar eng mit dem Hackmann befreundet. Und nun arbeitet auch noch der Verfasser dieser Artikel im JOURNAL für ihn, der, der damals für den Pressewirbel gesorgt hat. Bernie hat mit ihm diesen sauberen Deal gemacht.«

Bernie schwieg, als Matte ihn ansah.

»Wie hieß er noch, Bernie? Jedenfalls hat er dann Hirschberg erzählt, wie der Schäfer vom Historischen Seminar ihm den Hackmann-Fall als Köder hingehalten hat, um ihn von der Spur der Riezler-Tagebücher abzulenken. Weil er darauf hereingefallen ist, hat ihn der Chefredakteur des JOURNAL rausgeschmissen, und so ist er eben bei Hirschberg gelandet.«

»Martin Sommer heißt er«, ergänzte Bernie.

»Richtig, Martin Sommer. Der Komplize des Vizepräsidenten ist zum Gegner übergelaufen. Da ist Gefahr im Verzug.«

»Was für eine Scheiße!« Der Präsident wandte sich an Bernie. »Wie konnten Sie sich auf eine solche stümperhafte Intrige einlassen? Sehen Sie bloß zu, daß Sie da heil wieder rauskommen.« Bernie wollte protestieren. »Und kommen Sie mir bloß nicht damit, wir hätten Sie da hineingetrieben. Sie waren es, der uns überredet hat, stimmt's?« Er blickte in die Runde der starren Gesichter. »Sehen Sie?« wandte er sich wieder an Bernie, »ich habe noch ganz deutlich Ihr Plädoyer im Ohr, daß wir das Hearing öffentlich machen sollten. Ich höre es noch.« Und er wies auf ein Ohr unter seinem sandigen Kräuselhaar. »Am besten, Sie entschuldigen sich bei Hackmann. Was sagt denn nun dieser Hirschberg, was er vorhat? Sollen wir ihn wieder einstellen und rehabilitieren, wenn die Staatsanwaltschaft zu dem Ergebnis kommt, daß an der Sache nichts dran war?«

Matte verlagerte sein Körpergewicht. »Ja, das hat der Hirschberg dem Hackmann vorgeschlagen. Er wollte dabei die publizistische Trommel rühren, damit Hackmanns Ehre auch weithin hörbar wiederhergestellt würde. Schließlich geht es ja nicht nur um Wiedereinstellung, sondern um Wiederherstellung einer ruinierten Reputation. Da muß die Universität zu Kreuze kriechen. Da werden die Verantwortlichen an den Pranger gestellt...«

»Was heißt da, die Verantwortlichen? Der Verantwortliche ist der Vizepräsident Professor Weskamp, und der wird zurücktreten. Warum hat mich keiner von euch gewarnt? Dr. Matte, Sie sind doch sonst immer so besonnen?«

»Auf jeden Fall hat der Hirschberg dem Hackmann das angeboten.«

»Nein, das geht nicht!« schrie der Präsident wieder. »Das ruiniert den Ruf der Universität! Das müssen wir verhindern!«

»Das brauchen wir nicht mehr zu verhindern. Der Hackmann hat das Angebot abgelehnt.«

Pit Schmale fing sich als erster. »Du meinst, er verlangt gar keine Rehabilitation?«

»Nein. Er will sie nicht.« Matte wuchtete sich in dem Sessel herum. »Der Hirschberg hat es mir erklärt: Er hat mit Hackmann eine längere Aussprache über das Leben, das Schicksal, die Wissenschaft, die Universität und den Tiefsinn gehabt, und da hat ihm der Hackmann auseinandergesetzt, daß er sich in seiner neuen Rolle wohler fühle als vorher. Echter. Authentischer. Er genießt es, ein wissenschaftlicher Robin Hood zu sein. Er spielt den akademischen Sozialrebellen. Er hat die Rolle seines Lebens gefunden. Diogenes in der Tonne. Er ist ein gepflegter Outcast, ein Sinnlieferant der Protestkultur, nicht des Establishments. Wißt ihr, daß er im Merve-Verlag ein Buch herausgebracht hat, in dem er das soziale Leben eines wissenschaftlichen Instituts mit den Stammessitten der Nuer vergleicht? Er sei wiedergeboren worden, hat er dem Hirschberg gesagt.«

»Das heißt, wir werden ihn nie mehr los.« Die Bemerkung des Präsidenten war eher eine Feststellung als eine Frage.

»Nein.«

»Also er will auch keine öffentliche Rehabilitation mit Tamtam und Rummel und Selbsterniedrigungen des Vizepräsidenten?«

»Nein.«

»Hm.« Der Präsident dachte nach. »Stellt er Bedingungen?«

»Ja.«

»Aha. Und was will er?«

»Er will, daß der Vizepräsident die ganze Geschichte – wie man ihn gejagt und reingelegt hat, wer da mitgemacht hat und aus welchen Motiven –, daß er das alles bis aufs kleinste Detail seiner Tochter Sarah erzählt.«

Da sprang der Präsident auf und jubelte: »Mehr nicht?«

»Und wenn er fertig ist, soll er es aufschreiben und ihm den Bericht aushändigen.«

»Wir machen aber eine Kopie«, befahl der Präsident.

Und so geschah es.